U0107754

颜氏文献丛书　徐复岭主编

颜光敏诗文校注

（清）颜光敏　著

王永超　赵雷　校注

线装书局

图书在版编目（CIP）数据

颜光敏诗文校注／（清）颜光敏著；王永超，赵雷
校注. —北京：线装书局，2021.8
　（颜氏文献丛书／徐复岭主编）
　ISBN 978-7-5120-4557-6

　Ⅰ.①颜… Ⅱ.①颜… ②王… ③赵… Ⅲ.①古典诗
歌—注释—中国—清代 Ⅳ.①I222.749

中国版本图书馆 CIP 数据核字（2021）第 159023 号

颜光敏诗文校注

作　　者：（清）颜光敏
校　　注：王永超　赵　雷
责任编辑：林　菲
出版发行：線裝書局
　　　　　地　址：北京市丰台区方庄日月天地大厦 B 座 17 层（100078）
　　　　　电　话：010-58077126（发行部）　010-58076938（总编室）
　　　　　网　址：www.zgxzsj.com
经　　销：新华书店
印　　制：三河市龙大印装有限公司
开　　本：710mm×1000mm　1/16
印　　张：36.75
字　　数：655 千字
版　　次：2022 年 7 月第 1 版第 1 次印刷
印　　数：0001—2000 册

定　　价：98.00 元

线装书局官方微信

一、颜光敏藤荫读书图，茅麐（天石）绘，原图纵30厘米，横165厘米，藏重庆中国三峡博物馆

五言古
望嶽

岱宗俯羣山萬壑朝蒼龍絪緼肇元
化物象含冲融雲氣朝四塞倐忽高
天空天門如覆葢兩壁來松風邦祀
不敢瀆曠代無登封為御道問社
鼓聲連連石間覆薜蘿經春葢青蔥

何時陟峻崿目盡扶桑東

張夏道中

山行頗忘疲曲棧穿蘿蔦下臨千丈
巖沙嶼何娟妙桃李綠清谿跳花自
相照日落蒼烟深餘香上寒嶠谷鳥
將雛飛游魚潑波越石梯絕攀援終
古無弋釣武陵爭問津翻令達者誚
車馬常班班幾人展清眺
朝出

二、颜光敏《乐圃集》正文首页书影，山东省博物馆藏《颜氏三家诗集》原抄底本

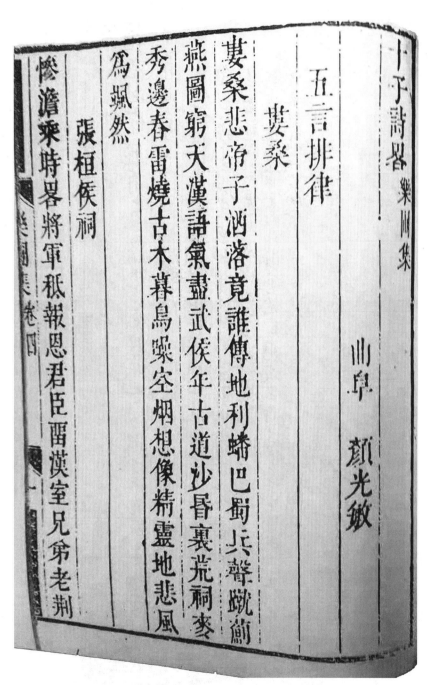

十子詩畧　樂圃集

五言排律

婁桑

婁桑

婁桑悲帝子　泗落竟誰傳　地利蟠巴蜀　共聲趼蘭

燕圖窮天漢　語氣盡武侯　年古道沙昏襄荒祠麥

秀邊春雷燒古木暮鳥喿空烟想像精靈地悲風

爲飀然

張桓侯祠

慘澹乘時畧將軍秖報恩君臣雷漢室兄弟老荆

山阜　顏光敏

三、《十子诗略》之颜光敏《乐圃集》卷三首页书影

顔光敏字遜甫一字修来山東曲阜人康熙丁未進士官考功郎

中有樂圃集　節錄廬見曾漁洋感舊集小傳卷三

朱竹垞曝書亭集顔君墓志云有集若干卷施尚白愚山集顔

修来詩集序云京師輩下盛傳十千詩修来其一也云則所謂樂圃

集者亦抵詩集耳今得此文鈔卽為尠無多是亦吉光片羽敏所

藏懇當年或未刊行則更足珍視矣辛卯三月二十九日小敷山翁記時

在天津張儒廟舍

四、《颜修来文钞》未刊稿本扉页题记，小敷山翁撰，稿本藏南开大学图书馆

書卷啓　笠翁新制

五、颜光敏书函手迹，藏书函图书馆

"颜氏文献丛书"
编辑出版说明

　　以颜光敏为代表的清朝曲阜颜氏家族，家学渊源深厚，向有重儒笃学、诗礼传家的优良传统。自顺、康至雍、乾百余年间，曲阜颜氏仕宦不绝，文脉绵延，传世著作甚夥，但大都为稿本或抄本，虽也有少数几种刻印本，只是收藏于个别大图书馆或博物馆内，流传面极窄，一般读者难得一见。文献内容十分丰富，包括诗歌创作、经学阐释以及笔记杂著、家乘尺牍等。其中有些文献如颜光敏、颜伯珣、颜懋侨等人的诗歌创作，具有重要的文学研究价值和社会认识价值，而《颜氏家诫》《颜氏家藏尺牍》等文献的重要历史资料价值和研究价值，也早已引起了学术界的重视。

　　清朝曲阜颜氏家族文献是我国优秀传统文化的一部分，是留给我们的宝贵文化遗产。济宁学院地处颜氏故乡，理应对包括颜氏家族文献在内的曲阜地域文化和乡贤文化研究做出自己应有的努力和贡献。整理和研究清朝颜氏家族的珍贵历史文献，编辑出版"颜氏文献丛书"，正是我们开展中华优秀传统文化研究工作的一个重要方面。这套"颜氏文献丛书"的编辑出版，不仅对于丰富和拓展地域文化、家族文化乃至清朝前期社会历史与文学发展史的研究领域与内容有重要意义，而且对于继承和弘扬儒家优秀传统文化、促进社会主义核心价值观形成和精神文明建设都具有重要的意义。

　　为编辑这套"颜氏文献丛书"，我们从院内外（以院内为主）选聘了有关专家学者，组成了编辑委员会和专门的编辑班子。我们要求"颜氏文献丛书"以整理本的形式出版，对每本书都要进行认真的校勘、注释。"颜氏文献丛书"计划编辑出版八种，分批出齐。具体书目和整理人分工如下：

　　《颜伯珣　颜伯璟诗校注》，樊英民、徐复岭整理；

　　《颜光敏诗文校注》，赵雷、王永超整理；

　　《颜光猷　颜光斅诗校注》，吴宪贞整理；

《颜肇维　颜小来诗校注》，颜健、孙毓晗整理；

《颜懋伦　颜懋价诗校注》，颜伟、段春杨整理；

《颜懋侨诗校注》，赵雷整理；

《颜崇槼诗文校注》，王祥整理；

《〈颜氏家藏尺牍〉校注》，王永超、徐复岭整理。

丛书编写与出版过程中，济宁学院领导给予了大力支持。曲阜中华颜氏联谊会也给予了支持和帮助。首都图书馆、北京大学图书馆、山东省图书馆、曲阜师大图书馆以及我校图书馆等，为我们查阅与复制资料提供了诸多方便。曲阜师范大学赵传仁教授和民间收藏家、青岛海右博物馆赵敦玲馆长等，无私地将珍贵私藏提供给我们使用。为弘扬我国优秀传统文化，大家尽其所能，做出了自己的最大努力。在此，我们向有关方面和热心的朋友表示由衷的感谢！

由于水平所限，整理工作中难免存有缺陷甚至错误，欢迎专家和广大读者提出批评和建议。

"颜氏文献丛书" 序

　　历史上经济文化相对发达地区的著姓望族，大都非常重视家族文化建设，而创作、辑存、整理、出版家族文献，又是家族文化建设最为重要的内容之一。山左望族是有清一代文献活动最为频繁的家族，山东地区也因此成为全国文献资源最雄厚、文献活动最活跃的地区之一。新城王氏、安丘曹氏、聊城杨氏、鱼台马氏、即墨黄氏，以及曲阜孔氏、颜氏，等等，作为地方上具有举足轻重作用的社会力量，这些望族的家族文化成就在相当程度上反映甚至决定着当地地方文化的成就。

　　这些文献发达型的名门右族，在发展壮大的过程中，济美多才，作者迭兴，风流不坠，文采焕发，堪称"文献之家"。他们留下的文献资料卷帙浩繁，"上以备国家搜访，近以供邑乘钩遗"，极大地丰富充实了地方文献的内容，成为地方文献中最重要的组成部分，具有重要的历史价值；同时，也为社会开辟了一扇了解该家族的历史，特别是该家族智慧成果的窗口。由于家族文献大多没有正式出版，流布分散，又少有现成的目录索引可资检索，网罗散佚相当困难，因此，文献家族还特别重视本族文献的收集与保存，凡属本族文献零落仅存者，乃至于零缣残墨、吉光片羽，亦在掇拾之列；继而或编纂总目，或汇辑总集，或刊刻丛书，使后人藉以一窥该家族的学术史、文化史。总体而言，清代山东地区望族的文献活动，无论在数量上还是质量上，都达到了相当高的水平，相应地大大提升了整个山东地区的文化质量。

　　颜氏是鲁国望族。自复圣颜子之后，世居鲁都曲阜或徙居外乡的颜氏后人，赓续先祖圣训，重儒笃学，文人蹒兴，累世有集，一门称盛。清顺治至乾隆朝一百余年间，以颜光敏为代表的数代曲阜颜氏家族成员，无论为官还是为民，风雅祖述，诗礼相承，前薪后火，息息相继，逮于闺秀，亦娴吟咏，构成一条壮观的家族文化之链，留下丰厚的家族文献遗产，显示出家族源远流长的文化传承以及家族文化活动旺盛的生命力。这批遗著举凡诗文创作、经典阐释、家乘方志、诗话笔记、博物考古、形胜记撰等，含括宏富，数量巨大，都具有很高的价值，其中尤以诗歌为长，在历代家族文化和家族文献中颇具代表性和典型性。十多年前，颜氏家族成员的这批著作，还大都没有正式刻印出版过，只是以稿本或抄本的形式保存流传，有的在图书馆或博物馆束之高阁，有的在民间散落尘封，赖一线而孤传，这既不能发挥历史文献应有的社会价值，也面临着湮灭或失传的危险。2006年，为抢救保存具有一定学术价值的罕传文献，我们启动了《山东文献集成》的编纂工作。在调查收集、考订编纂山东文献的过程中，我们深深体会到乡邦文献抢救保存和流通的紧迫性。《山东文献集成》第一辑中收录的山东省博物馆藏《海岱人文》稿本，其中收有曲阜颜氏诗文集三十三种之多，大部分传世稀少。"颜氏文献丛书"的整理编纂，学者们大都注意到或使用了《山东文献集成》的相关本子，稀见善本不羽而飞，嘉惠士林，这正是我们编纂《山东文献集成》的初衷所在。

一项好的古籍整理成果，选题确当与做法地道当然是极为重要的，但更重要的还是整理者的学术专长和业务水平。本丛书的主编徐复岭教授早年就以研究《醒世姻缘传》等相关学术问题和汉语史为世所知。如今徐教授已届耄龄，但老骥伏枥、壮心犹存，近年仍活跃在语言学、辞书编纂学等领域，耕耘不辍，相继推出《近现代汉语论稿》《〈金瓶梅词话〉〈醒世姻缘传〉〈聊斋俚曲集〉语言词典》等著作。对于"颜氏文献丛书"的校注整理，徐教授亲自选定工作版本、规定整理体例、拟定工作方法，带领一批学有专长的博士、教授和地方文史专家，经过数年艰苦努力，第一批书稿就要出版了，这是值得祝贺的事情。

就"颜氏文献丛书"首批四种著作来看，校注体例合乎古籍整理的传统做法，注释详略也适合一般学习者的阅读与利用，这些做法都是非常地道、也是值得称道的。特别需要指出的是，校注者多方搜求现有存世版本，尽量把原作者的作品收齐、收全，校注时选用最佳版本作为工作底本。这里不妨结合我的某些工作经历举几个例子。我曾参与主持编辑的《山东文献集成》，收录颜伯珣的诗作仅限于《秪芳园集》《旧雨草堂集》和《颜氏三家诗集》等三个钞本，而"颜氏文献丛书"另外收集到嘉庆二十五年（岁次庚辰，1820）锄月轩刻印本《秪芳园遗诗》，该印本四卷、别集二卷，补遗一卷，现藏山东省图书馆，先师王绍曾先生《山东文献书目》著录。三个钞本共收颜诗二百七十七首，而刻本《秪芳园遗诗》则收诗四百四十二首，较三种钞本多出一百四十五首。整理者将颜伯珣所有版本的诗作合并并去其重出者，得诗计五百五十六首，颜伯珣存世诗作首次得成完璧。再如颜懋伦诗集《什一编》，《山东文献集成》中《海岱人文》钞本仅收诗三十三首，"颜氏文献丛书"整理者千方百计从民间访得该集稿本，仅"丙辰至丙寅"部分就收诗一百一十二首。研究颜懋伦诗歌，"颜氏文献丛书"本无疑优于《海岱人文》本。又如颜肇维《锺水堂诗》，我在拙著《四库存目标注》中，曾加标注，但所恨闻见不广，没有提及国家图书馆还藏有此书。"颜氏文献丛书"整理者经过寻访，发现该书除北大本、南图本、鲁图本和青图本之外，国图本实属该书另一重要版本。另外，齐鲁书社 1997 年出版《四库全书存目丛书》影印《锺水堂诗》时，所依据的是虫蚀严重、序跋残缺且正文仅存三卷的南图本。而"颜氏文献丛书"整理者在对该书各种版本进行细致比勘考辨后，认定青图本是成书最晚、收诗最全的本子，且精校精刻、保存完好，遂作为整理工作的底本——这种考镜源流的工作对学术研究的影响是不言而喻的。

"家之粹，即国之粹"。对清朝曲阜颜氏家族文化和文献进行系统整理研究，无疑是极有意义的工作。这不仅对于拓展丰富地域家族文化和清朝社会史与文学发展史的研究领域与内容具有重要价值，而且对于继承和弘扬儒家优秀传统文化、促进社会主义核心价值观形成和精神文明建设都具有重要现实意义。颜氏家族文献固然以诗歌创作为大宗，其他类型的文献似也不容忽略。仅拿颜光敏举例，氏著《训蒙日纂》是一部帮助童子读经典的启蒙性读物，在今天仍有启发意义：其《文释》卷对常用文言虚词逐一作了通俗解读；《音正》卷则讲解古音、纠正方音。作为一部"小学"类著作，本书具有工具书或辅助教材的性质，著名学者毛先舒称《音正》卷"细如毛发，昭哉发矇"，《文释》卷也早于刘淇《助字辨略》，在我国古代语法史研究中理应占有一席之地。他的《德园日历》、《南行日历》（附《历下纪游》）、《京师日历》三部日记，保存了大量清初珍贵史料，足以发明史实、补苴史阙，是极为重要的历史文献，颇具参考价值。其他诸如诗话、笔记、文物考古等方面的文献，其价值也尚待深入开发利用。我们期待具有更高学术水平的"颜氏文献丛书"的第二批、第三批成果也早日问世。

2021 年 7 月 10 日　杜泽逊于槐影楼

目 录

颜光敏诗校注

乐圃集

颜光敏文校注

颜氏家诫

颜光敏诗文校注·附　录

颜光敏诗校注

颜光敏诗校注
前　言

颜光敏（1640—1686），字逊甫，号德园，一字修来①，晚号乐圃②，出于曲阜颜氏，为复圣六十七代孙。颜光敏生于风雨飘摇的明末，入清后曾两度为宦京师，对天下的治乱与士人心态的转变有着切身的体验。他擅交游、好剧谈、能骑射、精蹴鞠、善赏曲，无论居官京城期间，还是漫游秦中、吴越期间，常常呼朋引类，笑傲侪侣。清初大家如施闰章、王士禛、顾炎武、孔尚任等海内名士，往往引之以为知己。他存诗三百余首，诸体皆备，侧身"金台十子"，有《乐圃集》传世。颜光敏虽于清初诗坛难称巨擘，但阮亭、亭林、愚山之誉，亦非虚辞。透过颜光敏的诗文，不但能细察陋巷先贤家学、家风之余韵，亦可上窥清初一代文士踯躅于进退之间的微妙心理和他们对诗艺、诗境的不懈探索。

纵观颜光敏的一生，其经历和创作大致可分为四个时期，其诗歌创作主要集中在前三个时期。

一、为学求仕时期（明崇祯庚辰年至清康熙丁未年）

明崇祯庚辰年（1640）正月初七，颜光敏生于兖州。颜氏祖籍曲阜，光敏为曲阜颜氏龙湾户支系后裔③。崇祯壬午年（1642）腊月初八，清军破兖州，颜家宅邸被焚，其叔父颜伯玠中流失而亡，其母朱氏为清军手刃，几死。其父颜伯璟逃难时从城墙跳下，伤左脚，为清军所执，后得脱。乳母孙氏怀抱幼年的颜光敏辗转数十日至龙湾，幸免于兵祸。同年十一月，其祖父颜胤绍为河间知府，据城力战，城破，举家六口自焚殉节。这一年的寒冬就这样永远镌刻在颜光敏的记忆中，

---

① 《曲阜诗钞》作"号修来"，有误。颜光敏弟颜光枚字"従甫"，则"逊甫"或为初字，"修来"或晚之。

② 颜肇维《颜修来先生年谱》："（康熙辛酉）于宅西偏，买石筑山，穿池引水，慕姑苏苏清嘉坊朱氏之乐圃，即以名其园，更号乐圃主人，吟啸其中。"

③ 《颜氏世家谱》清光绪刻本。

童年的经历和家族的不幸影响了颜光敏的一生。颜光敏在后来的游历中，曾不止一次凭吊祖父故迹，访寻在世的故人，其内心的情节一如陆机之与父祖之德。

清顺治至康熙初，颜光敏游心典籍，旁及诗文、书法、琴艺、小学，并结识施闰章、顾炎武等名士，其诗名书誉已为时人所重。与施闰章的交往对颜光敏影响很大，顺治丙申年①，施闰章督学山东，曾置光敏科试第一，由此获得廪生资格。此后，两人的交往持续了数十年。施氏不但对光敏有提携之恩，两人的诗歌追求也有近似之处。施氏主"诗有本""言有物"、尊唐人、重学养，②考之光敏诸作，多有契合处。甚至施氏晚年取径"王孟风致"的作品，与光敏近体山水绝句相较，也有几分神似。难怪施氏评修来诗"有概于中""积学而出""上窥风雅，下仿韩杜"。③颜光敏与顾炎武的交往则多少带有几分服膺顾氏气节的成分。故而，当顾炎武身陷囹圄的时候，颜光敏能不顾牵累，为之奔走。在学问上，两人也有相惜之处。顾氏为音韵学大家，光敏亦有《吕律集说》（佚失）、《音正》《音变》等音韵学著作，两人常以书信往来的方式切磋学问、交流心得。这一阶段，颜光敏学识与艺文逐渐彰显于世，而举业并不顺利。

这一阶段也是颜光敏诗歌创作的第一个高峰期。颜光敏的诗歌创作起步较早。孔尚任《墓表》载其"十三工诗"④，惜无留存。据《年谱》载，光敏于清顺治末曾与顾炎武同赋《行路难》九篇；又与吴六益唱和，并集《旧雨堂诗》一卷。两者均未见流传，不知其详。据颜光敏流传至今的诗作，他的第一次诗歌创作高峰出现在康熙丙午年（1666）。是岁，光敏之河间访祖父故迹，又西入秦中，游华山，与李因笃、王弘撰等人悠游唱和，与屈大均的交往，也当在此时。屈氏与李因笃、王弘撰交好，曾于是岁入秦。屈氏秦中之行，曾策划反清活动，顾炎武也曾于是岁入秦见屈大均。颜光敏与上述诸人均有交往，是否也侧身于反清活动的策划中，史料阙如，不得而知。颜光敏前期存世的诗作，主要以这一年前后所作居多，近六十首。古诗如《邯郸行》《招隐诗二首》《易水歌》《登太华山九首》《游伊阙二首》，近体诗如《次卫河》《送客》《洺关》《过邯郸作》《潼关道中》《望华山》等。

颜光敏这一时期的诗歌作品感慨最深，后期如为宦京城、漫游吴越期间的作品，虽间有感喟，但就寄意之遥深而言，均稍逊此一时期。究其原因，大约与家

---

① 《颜修来先生年谱》作"顺治乙未"，据《施愚山年谱》和孔尚任《授奉政大夫吏部考功司郎中颜公墓表》，应为顺治丙申年。

② 施闰章《蠖斋诗话》。

③ 施闰章《乐圃集序》。

④ 孔尚任《授奉政大夫吏部考功司郎中颜公墓表》。

族凌夷、举业偃蹇等因素有关。颜光敏亲历嬗代，祖父殉节自焚，父亲颜伯璟守节不仕，母亲为朱明皇族支裔，几死于清军刀下，时代巨变的凄风苦雨仿佛都浇注在这个有着"陋巷"底蕴的文化家族身上。在清初的数十年里，华夷之辨是中原士人抹不去的心结。颜光敏为复圣后裔，家族成员又身遭丧乱，这种民族情绪在颜光敏的作品中还是比较明显的。康熙甲辰年（1664），颜光敏秋试下第，同年冬，长女丙夭亡。康熙丙午年春，颜光敏自京南行，经涿州、永年、邯郸、临漳、卫辉、辉县、武陟、洛阳、陕县、潼关、华阴、骊山，最后到达西安，同年夏秋之际，经登封、开封东归曲阜。在这次历时大半年的游历中，颜光敏借述祖德、吊古迹、摹山水、慕神仙等题材，尽情浇释郁结在心头的块垒，发出了《乐圃集》中最为深沉感喟。

在颜光敏称颂祖德的诗篇中，有着浓郁的兴亡之慨。颜光敏在入秦之前，途经邯郸故地，他"止临洺关，访河间公缚虎去礁处"①。祖父自焚殉节时，颜光敏尚在襁褓，但这件事却让颜光敏终身不能释怀。在《颜氏家诫·承家篇》中，他叙写之细，宛如亲历。为《颜氏家诫》题跋的刘湄也感受到了颜光敏的这种情绪，他写道："载河间公殉难事尤详，睹其阖门焚死，足令人悲，而慷慨激昂之气，又使人英英有立志。"② 颜光敏颂赞祖父的忠烈节操，当然有绍续颜氏门风之意，但在这个堂皇的借口之下，掩盖的是其对国覆家亡的悲慨。满人初主中原，文网繁密，吴梅村、孔尚任之写离合，与颜光敏颂祖德均源于此。《邯郸行》《过邯郸作》两篇作品均属此类型作品。《邯郸行》采用五古形式，便于叙事与议论，意欲再现祖父守邯郸期间为太监高起潜诬陷，最后殉节河间的事迹。颜光敏通过对祖父遭遇的叙写，寄寓了他对明朝覆亡的深刻思考。"神州久殄瘁，幕府无才良。全躯保妻子，五字垂官常。遂令长子权，隐忍归貂珰。堂堂细柳营，蟠蟠悬金章。屈膝事妇寺，兵气安得扬？"官守无良才，宦官掌军枢，遂至崇祯一朝上失其官，下失其民，"深仁二百年，嚣然愿偕亡"。值此天下纷扰之际，祖父知其不可为之，"披坚四驰突"，"百折怀刚肠"，终以杀身成仁，无愧为复圣族裔。在该诗的后半部分，颜光敏没有正面描写祖父殉节的过程，大约有忌惮文禁的考虑。他改用曲笔，通过邯郸、河间父老对自己的态度，隐晦地传达出了祖父在他们心中的地位。"父老闻我至，跋涉罗壶浆。挥涕感今昔，矫首丛台荒。"桃李不言，下自成蹊，这种欲言又止的写法，在诗文的结尾处形成节奏上的张力，让整首诗更有余韵。《过邯郸作》为七律，主要抒发颜光敏对祖父的思念。颜光敏出生时，祖父正值守邯郸、河间，祖孙两人竟未能一见。"平

① 颜肇维《颜修来先生年谱》。

② 颜光敏《颜氏家诫》卷四，清刻本。

干烽火接皇都，故国空悬户左弧。周岁曾闻封绣褓，含饴遂痛掩黄垆。"诗人只能借着画像与故旧父老的回忆，来补填失去祖父的憾恨。"枕戈遗事传臧获，呕血愁容见画图。"思愈切，憾愈深。

西游期间，颜光敏创作了大量的咏吊古人事迹的诗作。如《易水歌》《娄桑》《张桓侯祠》《苏季子故里》《广平城外园亭》《铜雀台》《邺城》《覃怀》《洛阳》《潼关》《骊山》《吊淮阴侯》《杂感三首》等。在这类诗中，诗人通过对故迹沧桑感的抒发，寄寓着深沉的黍离之悲。如："古道沙昏里，荒祠麦秀边"（《娄桑》）、"鸟啄松鳞尽，狐游露井喧"（《张桓侯祠》）、"铜马何曾怀帝子"（《杂感》其一）、"啼鸟朝闻故国音"（《杂感》其二）、"狂歌拟上侯嬴家，汴水桑田已渺茫"（《望汴城》），等等。诗人徜徉于冀雍间，一如周大夫行役于宗周故地，战后的凋残触目惊心，台阁苑囿之衰飒尚在其表，迁鼎改朔之悲，才是难以言说的剧痛。他只能"行迈靡靡，中心摇摇"，在半吞半吐之间表达心忧。至于"故国何人凭险阻"（《洛阳》）、"王侯屡负将军约"（《吊淮阴侯》）等诗句，则是诗人对"悠悠苍天，此何人哉"这一历史追问的思考。值得注意的是，诗人在《娄桑》《张桓侯祠》《铜雀台》三首诗中对刘备、张飞、曹操的抑扬态度。《娄桑》伤刘备，《张桓侯祠》悼张飞，两诗在感情格调上均浸润着同情的伤感，而《铜雀台》述及曹氏父子，其情感基调转为讽刺。"疑冢何如起霸陵"之句，直接把曹操的七十二疑冢与汉文帝的霸陵并置在一起，又以反诘加重追问的语气，诗人对曹操的行径显然是鄙弃的。"不应蒙面说金縢"之句，用周公之典，直斥曹丕篡汉。抑曹扬刘，在民间戏剧、传说领域早已有之，但以诗人之学识、史识，对曹刘之臧否本不该雷同于民间俗调，而诗人却着意为之，这大概与诗人的民族情绪有关。满洲定鼎中原，这对注重华夷之辨的士人打击颇大，顾炎武谓之"亡天下"①。颜光敏此三首诗不能不说与激荡在士人中的民族情绪有关。

西行期间，颜光敏还创作了大量的山水记游诗。古体如《登太华山九首》《游伊阙二首》《青柯坪》《大松》，七律如《望华山》《再望华山》，五绝如《山苏亭》《峪口》《桃林坪》《毛女峰》《希夷峡》《娑罗坪》等。诗人一生耽于山水之乐，但在这些诗歌里面涌动的，不仅仅是对山水的眷顾游赏之乐，亦有人生不顺的苦闷和仕途崚嶒的失落。如："驱马过华阴，岂为穷壮观？"（《南峰》）"有怀向谁论，长歌下云峤。"（《游伊阙其二》）这种情绪在《青柯坪》《大松》中表现得较为明显与激烈。

---

① 顾炎武《日知录》卷十三《正始》。

我从华阴来，秋怀苦凄怆。

一登十八盘，嗒焉如尽丧。

手拂岫幌开云关，峰峦变灭无停状。

狸狌啸雨猿昼啼，咫尺但愁失归向。

苍藤幂历穿危栈，高下冥迷那得辨。

石棱涧道仅数寻，渭水秦山几回转。

举头忽讶青天开，垣屋鳞鳞缀晴巘。

长松挂壁森蓬葺，细雾缘扉袅烟篆。

吁嗟青柯坪，壮观真崔巍！

三峰高造天，于我何有哉？

安得巨灵咆哮重擘裂，二十八潭倾帝台。

手挽铁船入天汉，仰攀十丈莲花开。

回头却笑羡门子，坐看东海生黄埃。（《青柯坪》）

诗歌前半部分以赋笔铺陈山路的高岑险峻，后半放笔为之，苍郁雄快。施闰章论其诗"苍郁雄高，出入于工部昌黎之间，伟怪百态"（施闰章《乐圃集序》），此论仅就其诗艺渊源而发，诗中"三峰高造天，于我何有哉"之叩问，才是颜氏此诗之肯綮所在。这种才高而途穷的慨叹在西游时期屡屡发诸诗端。如"却问秦松近无恙，仰天大笑谁能听？"（《大松》）有时，这种慨叹会以曲折的方式表达出来，或发为游仙之趣，或发为隐逸之情，但在他看似飘逸洒脱的背后，掩盖着一颗坎壈愤懑的真心。"且复望虞渊，散发晞朝暾"（《东峰》）、"便和此中住，弥年承玉浆"（《犁沟》）、"我欲乘轻舠，中夜凌紫烟"（《游伊阙其一》）之类的诗句，就属于这类情况。

民族情绪的悲愤与个人生活的苦闷叠加在一起，使得颜光敏西游时期的创作多梗概而有气力，古人云"穷而后工"，此之谓也。泛观颜氏前期诗歌，除上述掷地有声的作品外，其山水、送别、酬赠之作，亦偶有佳构。如华山纪游的几首五绝，就写得清浅而有余韵，在随意点染之间，颇能见出诗人乐山乐水的情致。

二、为宦京师时期（清康熙丁未年至康熙丁巳年）

清康熙丙午年（1666）年十二月十三日，颜光敏负箧北上，丁未春，中进士，补国史院中书舍人，与田雯同署。康熙己酉年（1669），天子幸太学，加恩四氏子弟之仕于朝者，迁礼部仪制司主事。康熙庚戌年（1670），充会试同考官，不久出监龙江关税，这是颜光敏第一次江南之行，其间再与施闰章相值于金陵。康熙乙卯年（1675）八月，转吏部稽勋司主事，同年诰封奉政大夫。康熙丁巳岁（1677），以丁忧返回曲阜故里。

在为宦京城的十年间，颜光敏在政事之暇，常与施闰章、王士禛论诗赏书。都下文士如田雯、宋荦、曹贞吉等也常与颜氏往来酬酢。据田雯自编的《蒙斋年谱》载：康熙丙辰（1676），田雯督大通桥漕运事务，事毕，曾"招集同人，泛舟通济河。绘图，题七言歌行一篇，和者甚众"①。这次聚会，"都门十子"几乎都到了，颜光敏也有和诗。这类聚会在颜光敏的《德园日历》中俯仰皆是，他的交往圈子很宽泛，除了常与上述诸子游处外，他还多次与李渔交往。日历载：康熙葵丑九月二十四，"晤原一、冯益都，至李笠翁寓"。是年十月初三，"阅笠翁所作《锦囊诗韵》"②。颜光敏熟谙音韵学，曾著有《音正》《音变》等，两人或就此有所商榷。前辈的奖掖与提携，同辈的商榷与赞誉，对颜光敏的诗艺与诗名均有裨益，"十子"之称也就渐渐传遍京师。大约在颜光敏离京丁忧之前，其《乐圃集》由王士禛选编付梓，列于《十子诗略》。王士禛《居易录》载："丙辰、丁巳间，商丘宋荦牧仲、邠阳王又旦幼华、安邱曹真吉升六、曲阜颜光敏修来、黄冈叶封井叔、德州田雯子纶、谢重辉千仞、晋江丁炜雁水及门人江阴曹禾颂、江都汪懋麟季角皆来谈艺，予为定《十子诗》刻之。"③ 京师十年是颜光敏的第二个创作高峰，存诗近百首。如《对菊》《咏燕》《红蓼》《放鲤行》《徒步行》《戊申六月十七日齐鲁大地震歌以纪之》《题龙江楼》《送王考功西樵归里》《斗鹑行》《送高少司寇念东予假归》《斫冰行》《秦以御应武科不第歌以送之》《梁氏园对酒歌》《送徐方虎假旋寄孙屺瞻》《寓慈仁寺》《沈康臣见过同作》《同人秋日燕集分赋得促织》《长安》《同黄子厚途中作》等，均为这个时期的作品。

综观其该阶段诗作，早期愤激之情似有褪色，其风格转而走向老成持重，在沉郁典实之中，遥有寄托。若就诗歌旨趣而言，前期的"愤"已经沉淀为心底的"忧"。究其诗风转变的原因，大约与时代的变迁和为宦的经历有关。清顺治末年，晚明政府层面的抗清活动基本被肃清，至康熙初年，民间层面的反清活动也已明显减弱。顺治、康熙为了挽回士大夫对满洲政权的疏离感，也采用了一些缓和满汉矛盾的举措。如顺治颁布《洪武宝训》，组织编修明史，还曾亲自祭奠崇祯陵墓。这些措施对颜光敏的心理还是有抚慰作用的，他的感念在《世祖章皇帝挽诗》中有明确的表现："忆过黄花口，亲封隧道旋。长怜亡国恨，屡问史臣编。泪接冰天外，神归彩仗前。皇戎虚宝录，遗事正须传。"顺治、康熙还大

---

① 田雯《古欢堂集》卷五，《四库全书》1324 册，第 51 页。

② 颜光敏《德园日历》，康熙稿本。

③ 王士禛《居易录》卷五，《四库全书》1323 册，第 66 页。

力宣扬尊儒崇圣，保障了孔子与四氏子弟的地位，这对颜光敏也有切身的影响。颜光敏入仕的第三年，就赶上康熙临雍祭孔，他在《恭侍临雍有作》中写道："款语微臣洽，隆恩博士偏。舍人叨侍从，家学愧高坚。复圣难绳武，褒成但比肩。阶东随象舞，堂下逐貂蝉。洙泗遗言在，箪瓢素业传。愿陪蒙瞍奏，长拱圣明筵。"也就是这次临雍不久，康熙加恩四氏子弟中仕于朝者，颜光敏迁礼部仪制清吏司主事。顺、康两朝的这些措施，对于缓和满汉矛盾，拉近士人与执政者的心理距离，确实起到了一定作用。颜光敏的民族情绪虽然不至于消泯殆尽，但较之前期西行期间的激昂慷慨，确有缓解与平复。另外，为官台阁的经历也让颜光敏变得老成了许多，作为一个实际政治的参与者，自然比旁观者更多了几分理智与清醒。他认识到了政治与人事中的诸多不堪，而这种不堪又非一己之力所能改变，他只得在无可奈何中寄予忧思与悲悯。在他的《德园日历》中，这种无奈的心绪也有流露，他常常一个人"弹琴竟夕""兀坐丁香树下，竟夕""露坐夜半"。经过十年仕宦的磨洗，颜光敏诗歌的格调变得低沉了许多，《咏燕》是他这一时期最好的心理写照：

> 自我辞故林，幽禽隔芳甸。十年巢官邸，栖栖但双燕。
> 双燕双红襟，性拙人所贱。营巢殊未工，磊落悬危栈。
> 广庭涷雨侵，长夏震雷荐。赖此堂奥深，未觉林垌变。
> 年华异乡速，荏苒屡相见。稍益芹泥封，薄采杜衡荐。
> 曾无戊己避，聊慰枌榆恋。虚牖开帘旌，匡床徒书卷。
> 旅人少欢娱，卧听每忘倦。忆昨秋风来，海涛何渺沔。
> 俦侣纷东归，低回去犹愞。九关足尘沙，歧路愁霜霰。
> 岂意原野青，复快南薰扇。卑栖远虞罗，款语接欢宴。
> 大厦欣共托，何劳计私便？高城乌尾讹，绮树莺歌啭。
> 物情各有怀，于尔何由羡。养雏食渐多，辛勤哺还遍。
> 愿待羽翮成，相依岁时晏。

诗人借寓居自己官邸的双燕为比，抒发自己游宦异乡的寂寥与无可奈何的忧思。诗人笔下的燕子就是寄居京城的自己，它"性拙人所贱"，遭受着周围环境的冷落甚至打击，"广庭涷雨侵，长夏震雷荐"，但它仍然固守自己的孤高，不随俗俯仰，"稍益芹泥封，薄采杜衡荐"。当秋季来临后，它又要面临"九关尘沙"和"歧路霜霰"的考验。诗人对自己的仕宦生涯显然不是踌躇满志，他不但不能左右自己的生活，甚至还怀有"卑栖远虞罗"的隐忧，最后那句"愿待羽翮成，相依岁时晏"也只能是无奈的自慰之词。这一时期，其隐逸之念时有流露，也是这一情绪的反映。对仕宦的倦怠感，让他常作江湖之想。如"栖迟金马门，野性迷町疃"（《王北山邀同升六子纶饮次西郊下》）、"顾今异畴昔，幽趣仍采撷"（《对菊》）、"茅屋临中条，所虑林壑美""海曲有逸民，柴荆益深闭"（《招隐诗二首》）、"步檐立青霄，心在汶川上"（《为梁予培题嘉庄农隐图》）、"海中传有三神山，梦魂欲到风吹还"（《题龙江楼》）、"有琴在抱书在几，日长且卧敬亭山"（《卖船行为宣城先生作》），等等。

颜光敏这一时期的作品，除了对一己的忧思，还有对天下的忧虑，这种忧思多表现在对国事的牵挂和对弱者的悲悯上。颜光敏在《德园日历》中常语及时势。如对吴三桂叛乱的记录：癸丑十二月二十一日载："闻滇蜀有搪报。"二十二日载："满正卿在内议滇南事。"吴三桂起兵的同时，朱三太子在京城作乱，对此颜光敏也有记录：二十三日"城门前皆甲士环守，缇骑分驰，捕为乱者，兵刑两署皆满"。驻军扰民也让颜光敏惴惴不安，甲寅年二月二十日载："于翔九自里门至，云兖州新驻守兵，颇扰居民，民多携家远避，幸已南去。今河间复遇行军，未审驻何所也。"三藩之乱时期的颜光敏，就像"安史之乱"时期的杜甫，他既支持朝廷的调军平叛，又担心驻军对百姓的骚扰，这种深忧天下的情怀，与颜回"不违仁"是一脉相传的。在颜光敏的诗歌中，对弱势群体的同情也是一贯的。如《斫冰行》：

> 河干夜雪寒太酷，两岸严风折乔木。
> 千人斫冰冰乱开，鼋鼍下徙鲛人哭。
> 荒鸡声断闻铙吹，舳舻衔尾相駜駓。
> 红旗猎猎拂雪乾，朱雀苍龙耀双烛。
> 昔到炎荒供豆䔲，黄茅万里云熇熇。
> 弓拨矢钩鼓声死，但怨羲和滞南陆。
> 岂知天伐垂东南，玄蜂赤蚁犹在目。
> 恨无膂力操戈铤，敢爱疮痍饱鞭扑。
> 东方日出传朝餐，停船翻受篙师辱。
> 熊膰牛腱冻不肥，争向南村求雁鹜。
> 南村妇子轻家室，岁拾橡栗采野谷。
> 朝来鸟雀盈墙头，迟回恐是逃亡屋。

战祸会给百姓带来一连串重负，兵役、徭役、税负之外，他们还要应付政府摊派的各种不时之务。南方战事吃紧，运河输运繁重，坚冰封河，只得以人力斫冰。诗人也知道斫冰乃不得已之举，"天伐垂东南"，不通辎重，无以戡乱，他只好把更多的同情都倾注在这些弱势的斫冰者身上。诗人只是希望官吏能对这些斫冰者好一点，不要动辄施以鞭扑，官船所到之处，也不要骚扰岸边居民。诗歌的最后一句，以乐景衬哀情，鸟鹊在院墙上嬉戏，并非这户人家有喜兆，而是已经举家逃亡，人去屋空。对弱势的悲悯和对时局的牵挂，使得颜光敏的诗风由早期的愤激转为沉郁老成，时人多谓颜光敏诗歌有似杜甫者①，此之谓也。

三、丁忧与漫游时期（清康熙丁巳年至康熙壬戌岁）

清康熙丁巳（1677）末，颜光敏以丁忧归故里。服丧期间，颜光敏著《家诫》四卷，述祖德勉子弟。除服后，颜光敏于康熙己未（1679）九月出游吴越，至康熙辛酉（1681）仲冬始归，历时两年有余。南游期间，颜光敏除了饱览山水之胜，也广交江南士大夫，甚至与高僧大德亦有往来。登山临水之余，群贤雅聚之际，意之所惬，往往有所咏叹，其行迹均见于《南游日历》。康熙壬戌（1682）春，颜光敏又北游历下湖山，有《历下纪游》存世。居乡期间，颜光敏多与孔尚任往来，考订礼乐，潜心理学，两人还曾编写《鲁谚》，惜未见传世②。康熙壬戌七月，颜光敏返京，九月补吏部验封司主事。

这一时期是颜光敏诗歌创作的第三个高峰期，存诗百余首。在这些诗歌中，悯世伤时的古体诗尤其值得称道。如《朝出》《昔闻》《野老》《驱蝗》《麦雨叹》等作品均能言之有物，跌宕而有深致。为宦京师期间，颜光敏诗风似有转变，激情变弱而沉郁老成之气渐生。在丁忧与漫游时期，颜光敏的诗风又有细微的变化，他的沉郁老成之气依旧健旺，但似乎又多了一些劲健和雄奇。他对人事的悲悯之情蓄积得更深厚了，对现实的批判似乎也不像为宦京师期间那样有所顾忌，诗歌因为放得开和蓄积深而变得更厚重，基本形成了"苍郁高雄"③的个人风格。这一时期的颜光敏不再纠结于民族情绪的宣泄，虽然他对祖父殉节之事仍不能释怀，南行期间还曾"询河间公宰凤阳政绩"，并"书之于绅"④，他也曾继续交往游离于清朝体制之外的明逸民，但对于新朝的拒斥之情已经不明显了，他已经走出早期的华夷之辨，步入对天下治乱的忧思，故而这种忧思也就显得更深厚，也更具普遍性。他对受侮辱与损害者的同情，也变得一往而深，透出浓郁的人道情怀。如在《昔闻》一诗中，他同情"远窜昧生理，隐忍求纤润"的流亡者，对他们"朝逐中山狼，暮追东郭逡"的遭遇表示理解，正是"匹夫罪怀璧"的苛酷才造成了他们负罪流亡的生活。诗人在"中宵击壤歌，痛思康衢觐"的感喟中，流露出一丝面对无助者而无能为力的愧疚之情，这是以前的诗歌中所不

---

① 施闰章《乐圃集序》谓颜诗"出入昌黎、工部间"。郑方坤《国朝名家诗钞小传》卷二谓颜诗"七古在李颀、杜甫之间"。

② 颜崇榘《颜氏家藏尺牍》卷四载孔尚任书云："《鲁谚》尚未成集，虽小道，必有可观。"

③ 施闰章《乐圃集序》。

④ 颜肇维《颜修来先生年谱》。

多见的情怀。《麦雨叹》中，诗人这样写农人的悲戚遭遇："宁逢旱魃行，莫见商羊舞。小麦黄时赛田祖，汗流肩赪何太苦。霏霏淫雨连三旬，却恨炎羲在何所？昨日飞蛾空麦头，今朝麦尾生黄牛（麦中小虫名）。嘉实几日作糠秕，长饥更待凉风秋。"淫雨、飞蛾、黄牛这一连的灾害同时降临在麦收季节，致使嘉实成糠秕。"汗流肩赪何太苦""却恨炎羲在何所"之句，可与白居易"心忧炭贱愿天寒"之句遥相呼应，没有"救济人病，裨补时阙"的深厚情怀，是不会这样怅叹时事的。在《野老》中，他又把自己的同情转移到官衙内落拓杂役身上，他们在上级官吏的呵斥与鞭扑中，"扫室移囷仓，隔篱障鸡狗"，非但操劳，亦含屈辱。诗人由此慨叹远古人情的淳厚与现世民风的浇薄，体现出善待他者的仁者情怀。这类诗歌，均为颜光敏"悲天悯人之志"[1] 的外化。

颜光敏在游赏江南风物、历下湖山时，创作了大量的记游诗。其中的古体诸作多气势流宕，诗中那种天马行空、毫无挂碍的想象力颇似李太白，而"怪伟百态"[2]、奇崛硬险的风格，又似韩昌黎。如《游泗水源》：

> 朝弄泗水浊，暮弄泗水清。
>
> 泗水潋滟竟何许？今晨拟作寻源行。
>
> 道旁嘉树列帷幛，持筋缓步闻仓庚。
>
> 金沙银砾行忽断，爝然满地朝霞明。
>
> 七十二泉殷地出，石角沙痕相斗争。
>
> 累如玉绳曲篆籀，东西奔汇无定名。
>
> 卞桥横束不盈丈，飞湍变灭何淳泓。
>
> 清渠夹岸光炯碎，湾环倒影摇空城。
>
> 何人沿溪抗风榭，炊烟缥缈悬瑶京。

诗人对泉水在沙砾间变幻的光影有着异乎常人的感受能力。在他眼里，水花折射的光影，像是朝霞，清澈的泉水激起的沙砾像是在争斗，涓涓的细流像玉绳，蜿蜒的水态似篆籀。人事有代谢，泉源无古今，俯仰叹逝之间，似与古人相契，乘流浮海之念也就随之而生。《江阁》一诗更以凌厉的气势和奇诡的物象见胜：

> 长江没山根，重云覆山顶，中开石壁炎天冷。
>
> 谁施铁索悬飞楼，仄径螺旋到人境。
>
> 楼前倒影十丈杉，风枝雾鬣摇巉岩。
>
> 石林日落黑蛟踊，行舟遥过惊收帆。

---

① 吴涵《乐圃集序》。

② 施闰章《乐圃集序》。

夜来高歌望云海，空山白鹤应相待。

君不见，江中浦洲须臾改。

渔人举网东复西，江蓠落尽无人采。

起首一句，连用"没""覆""冷"三字，不但写出了水壮山高的气势，也写出了登临前的心理感受。诗人接着写山径如索、江阁如悬，奇崛中透着几分飘逸。中间通过换韵转向描写大松，使得全诗在音节上也跌宕有致。南朝的七言歌行多流丽婉转，唐人一转而为铿锵澎湃，颜氏此诗也与高亢的唐音近似，不论怀人、寄慨、抒愤、状物，颜氏驾驭古体的技巧都表现得相当纯熟。颜光敏的近体纪游之作也很有特色，如《游邹峄山八首》《蒙山》《宿蒙山顶》等作品，多能状物工巧，清疏流逸。

颜光敏存诗中还有一类模仿乐府、民歌的作品很值得玩味。颜光敏居乡期间，曾与孔尚任一同编纂《鲁谚》，这说明颜光敏此时期对民歌用力较深，《乐圃集》所存乐府、民歌二十余首，虽不可一一详考其年代，但写于此时期的可能性较大。乐府有《朱鹭》《思悲翁》《战城南》《君马黄》《巫山高》《陇头水》《武溪深》等。民歌有五绝《春塘曲》二首、《春词》八首。七绝有《子夜歌》二首、《昭君曲》《春词》。颜氏的乐府古体，多能感于哀乐，缘事而发，反映了清朝初年的战乱与民生之凋敝，只是语言的质实古拙气稍有欠缺。颜氏的近体民歌，多语浅意婉，清丽流畅，可与中唐刘宾客之作相颉颃。如《春塘曲》二首：

其一

春塘波滟滟，绿草蝶飞飞。

含情无一语，春水照罗衣。

其二

为爱桃花岸，盈盈沂碧流。

回头见鹧鹕，却转木兰舟。

诗人不炫雕琢、隶事之功，以质素之言，娓娓道来，含蓄不说破，颇有神韵与情致。朱明"七子"以来，民歌开始走入文士的视野，李梦阳提出"真诗乃在民间"①，这对于革除文人诗歌的滞重乏情，不失为一条新路。颜光敏的部分诗歌，也有过于典重隶事的不足，他的这类民歌作品或许是自觉矫正己弊的尝试，虽然在后期的作品中，看不到颜诗格调为之一改的迹象，但就这些民歌来

---

① 李梦阳《弘德集》序。

说，仍不失为《乐圃集》中的一股清泉，让人耳目一新，齿颊留香。

四、再宦京师时期（清康熙壬戌岁至康熙丙寅岁）

清康熙壬戌岁（1682）九月，颜光敏复任吏部，为验封司主事。次年，升员外郎。康熙甲子岁（1684）三月，升吏部验封司郎中。康熙丙寅岁（1686）四月，充《一统志》纂修官，秋九月，卒于京邸，享年四十七岁。再宦京师的这几年，颜光敏政务繁杂，又加职位渐高，访客如云，据其《京师日历》所载，颜氏几乎日日晤客，其中的情投意惬者，还是那些交往多年的老友，如王士祯、朱彝尊、孙屺瞻、曹贞吉、田雯等。在入京前后的两年间，颜光敏还曾深入研究理学，与张烈探讨《大学》"格物"之说，有《未信编》一卷。又据《年谱》所载，颜光敏在趋朝视事之暇，日课时文一篇，终成《未信堂制艺》八十篇。上述诸事，占据了颜光敏的大量时间，致使他在最后的几年里，诗作骤然减少，今存其后期作品，仅不足十首，且多为酬赠之作。如《送汪舟次使琉球》《陪李少司马望石花下饮戏赠》《喜李天生至都赋赠》《送周星公使安南》等。只有《上元行》一首稍有可观，其余诸诗作，皆无甚可论。

就颜光敏的一生来看，他未入仕之前的诗作多激情流露，民族情绪的愤懑和世路艰辛的怅惘，借着少年气盛，喷薄而出。为宦京师的十年，是颜光敏诗歌渐趋老成的阶段，他把早期的激情化为低沉的忧思，在沉郁顿挫中寄托怀抱。丁忧与南游期间的诗作，有老成沉郁一面，也有奇伟跌宕的一面。至此，其个人风格基本形成，诗艺、诗境较之第二个时期，又有提高和拓展。

颜光敏是一位多才多艺的文士，在诗歌领域，他的成就也是多方面的。他存诗310余首，古体近百首，主流风格以雅正为本，兼之以奇崛与沉郁。近体二百余首，主流风格也近于雅正，其中的山水和民歌两类，也有秀逸奇伟、清丽婉约的一面。顾炎武《乐圃集序》论其诗曰："古诗训辞深厚，往往得古人微旨，可称大雅遗音，迩来殆无出其右者。近体清新婉约，逼似唐人。"雅正诗风在顺康之世较为主流，朱彝尊曾力主之，颜朱之间有数十年的交往，或有同气相求之契。再则，颜光敏入仕的十几年主要在礼吏二部，台阁中枢的日常活动与交往，往往笼罩着端庄雅正的气氛。另外，颜光敏为复圣族裔，性格内敛而不张扬，礼让而不自矜，自幼克己复礼，谨言慎行，是一位敦敦儒者，这种个性和学养也更易于接受雅正的风格。观颜光敏酬赠、燕集、侍御之作，多以敦厚醇正擅长，若是颜光敏诗歌仅此一面，也不会为时人所推崇，并侧身"十子"之列。雅正之外，尚有奇变，这才是颜光敏卓然于诸家之上的原因。

颜光敏悲悯时事的五言古诗，多在雅正之外，尚有沉郁之气。如《朝出》《野老》《驱蝗》《邯郸行》《对菊》《咏燕》等。这些诗作，或悲人，或悼古，或抒怀，均能真气灌注，情动于衷而行于言，低沉慷慨，有金石声。颜光敏模山范水的五言古诗，则以奇伟的想象见长。如《登太华山九首》《游伊阙二首》《游燕子矶》等。徐世昌《晚晴簃诗汇》卷三十六引郑则厚论颜诗曰："乐圃五言，原本三谢。"① 郑氏所言，未为笃论。颜氏五言古诗，不像"三谢"那样囿于山水一端，此其一。若就颜氏的山水题材来论，也与"三谢"不尽相同。"三谢"以"清"称，颜氏则或奇伟或俊逸，唯独"清"的色彩不浓，此其二。

颜光敏悲悯时事、抒写怀抱的七古，与其五古相似。如《易水歌》《菊叹》《麦雨叹》《斗鹑行》《斫冰行》等。还有一些显出奇崛之气的七言古诗，甚至超越了其五言古诗的成就。如《醉时歌赠孔垣三先生》《游泗水源》《青柯坪》《江阁》《戊申六月十七日齐鲁地大震歌以纪之》《送王考功西樵归里》《送宋观察荔裳之蜀》等。这类诗歌，与其说"七古在李颀、杜甫之间"②，不如说更近于韩愈。这些七言古诗，也是《乐圃集》中最为出色的。

颜光敏近体诗的总格调也是雅正。其中，律诗较之绝句更显滞重，就其艺术价值而言，不如其古诗成就更高。在其近体诗中，那些怀古、怀人、抒发一己忧思的作品和模仿民歌情调的作品，显得较为突出。前者如《寓慈仁寺》《怀孔栗如先生》《长安》《铜雀台》《邺城》《次卫辉》《洛阳》《潼关》《杂感》三首、《寓慈仁寺》等。后者如《春塘曲》二首、《春词》八首、《昭君曲》《元夕松江竹枝词》等。颜光敏近体诗的内蕴不丰厚，多属徜徉山水的作品，只是在反复抒发对仕途的倦怠，有境界雷同之感。

颜光敏的语言、修辞技巧极高，这也是有清一代文士的共性。颜光敏十三岁能诗赋，精于制艺，广涉文史，游艺经传。他的知识储备足以应对诗歌中的对仗、用典、声律、藻饰。他近体诗中的对仗都很精巧，如"望中三辅道，别后万重云"（《送客》）、"野旷千峰起，秋生一叶悬"（《早秋》）、"山雨乍连夜，溪流初断桥"（《柴门》）、"野水经秋乱，空庭落果残"（《秋日》），等等。有时，他还通过句子结构的颠倒，来增加诗歌阻抗性，以期带来陌生化的效果。如"晴岩垂路细，风岸落花高"（《将去金陵漫成》七首·其二）、"眠从塔影转，坐待海门晴"（《将去金陵漫成》七首·其三）、"荷翻鱼戏久，谷静鸟飞迟"（《将去金陵漫成》七首·其四）。这些句子乍一看，确实能新人耳目，也能显出诗人极为精细的锤炼之功。颜光敏的锤炼之功还表现在对个别动词的斟酌上，如"冰开日色迟"（《恭侍籍田有作》），以"迟"字状冬日太阳的慵懒，确实别有匠心。颜光敏诗中的典故也很普遍，多数典故能运用得当，也有少数作品，因典

---

① 徐世昌《晚晴簃诗汇》卷三十六，中华书局 1990 年版。
② 同上。

故生僻或稠密，导致诗文滞重堆积，如"兵戎屡诘付灶养，藩篱欲撤先虔刘"（《兖州故宫篇》）。颜光敏点化前人成句的地方也有不少，如"江南砧杵夜，空解忆长安"（《同人秋日燕集分赋得促织》）之句，化用杜甫"遥怜小儿女，未解忆长安"之句，效果并不理想。出色的文字功夫和修辞技巧是诗歌成功的必要条件之一，但不是充分条件。杜诗之好，不在其"语不惊人死不休"，而在其以一己之心负担起整个时代的苦难，境界阔大。学识渊博的颜光敏确实熟稔上述技巧和功夫，但在运用这些技能的时候，往往做得有些过头，近体诗的情况更是如此。

由愤激逐渐转向沉郁，颜光敏诗歌风格的这种转移，也折射了清初一代诗人的共同转变。在颜光敏生活的半个世纪里，因天下板荡的现实和华夷之辨的固有观念，文士们多具有顾炎武"亡天下"的愤激，随着时事的转移和执政者一系列抚慰政策的实施，文士们的愤激逐渐有所化解，抵触情绪也平复了很多。清初诗歌中那种激扬慷慨的民族情绪，在半个世纪后也逐渐消解了。与上述现实相对应，在诗艺上，明代诗歌的"尊唐"传统，至清初也出现松动，沈德潜的"格调"说虽然还穿戴着唐人的衣冠，但已经露出宋人的眉目来，朱彝尊诗歌中的那种学者气也绝非唐人面目，王士祯主"神韵"尊唐而不抑宋，这些迹象都表明清初诗坛在逐渐转移，而颜光敏的诗歌就涌动在这股时代的潮流中，他的诗虽不能等视那些开宗立派者，但作为时代转移的样本，亦有其价值存焉。

本书校勘所据底本为《清代诗文汇编》所收《十子诗略·乐圃集》（简称"汇编本"），该本为影印清康熙刻《十子诗略》本。用以参校的版本有：

（1）《颜氏三家诗集》原抄底本（简称"三家本"），该本收录颜光敏、颜伯珣、颜懋侨三家合集，原件现藏于山东省图书馆。

（2）《曲阜诗钞》刻本（简称"诗钞本"），该本为道光二十三年曲阜孔氏刻本，现藏于山东师范大学图书馆。

（3）《山东文献集成》所收《国朝山左诗钞》（简称"山左本"）本，该本为影印清乾隆卢见曾辑《国朝山左诗钞》刻本。该本原件现藏于山东省图书馆。

本书在校勘过程中遵循如下原则：

（1）凡底本与参校本不同的文字，若底本文义可通，以底本为准，并出校记附于诗注中。若底本文义不通，则参阅他本之善者，并出校记附于诗注中。

（2）因各版本所收诗歌数量有异，本着求全勿漏的原则，任一版本所独收的诗文，均收入此书，并附校记于注中。

（3）若底本与参校本差异较大，仍以底本为准，并附录参校本原文、校记于注中。

（4）底本原有的诗序、自注，仍予保留，不附校记。若参校本无上述诗序、自注，或虽有，而文字不同，则附校记于诗注中。

（5）通假字、异体字均依照简化字规范写法录入，不附校记。

曲阜颜氏起自复圣，家风、家学绍续数十代，颜光敏存世之诗文、家诚、尺牍、制艺、书画等，可观者甚繁，会济宁学院"儒学与地域文化研究中心"正致力于整理先贤遗书，遂广采文献，成此《颜光敏诗校注》。虽间有徐复岭教授、王永超博士等同人指瑕补缺，亦不敢谓无疏漏，谨祈方家以正。

赵　雷

乐圃集

卷一 五言古诗

望岳[1]

岱宗[2]俯群山，万叠朝苍龙[3]。氤氲肇元化[4]，物象含冲融[5]。云气朝四塞[6]，倏忽[7]高天空。天门[8]如覆盎[9]，两壁来松风。邦祀[10]不敢渎[11]，旷代无登封[12]。胡为御道间，社鼓声逢逢[13]。石间覆薜萝[14]，经春益青葱。何时陟[15]峻峨[16]，目尽扶桑[17]东。

【注释】

[1] 这是一首远望泰山的写景诗。诗人借助遥望岱宗所见，并借助想象来充实画面的细节，以此抒发渴望登临的感受。文辞看似不甚讲究，实则内气贯注，既写出了泰山的气势，也显示了自己的胸襟。据颜光敏《历下纪游》载，他曾于清康熙二十一年（1682）"三月初二日过南义（今作南驿，属宁阳县磁窑镇，在泰安南麓）望徂徕、泰山，顶皆积雪"，此诗或作于此时。

[2] 岱宗：泰山。岱，泰山的别称。《五经通义》："宗，长也，言为群岳之长。"

[3] 苍龙：苍龙又叫青龙，由东方七宿排列而成，泰山属于这七宿的分野区域。另外，泰山层峦叠嶂，也如苍龙盘桓。

[4] "氤氲（yīn yūn）"句：阴阳之气创造出天地。这里指泰山为烟云所笼罩的样子。氤氲，烟气弥漫的样子。肇（zhào），初始。元化，指天地。《周易·系辞》："天地氤氲，万物化醇。"

[5] "物象"句：万物无不饱含冲和之气。这里是指云雾弥漫的山峦。

[6] 四塞：到处充塞。《史记·司马相如列传》："旁魄四塞，云敷雾散。"

[7] 倏忽：很快地。

[8] 天门：泰山顶峰的南天门，位于十八盘尽头，是登山盘道最顶端，上有门楼，远望可见。

[9] 覆盎：倒扣的瓦盆。

[10] 邦祀（sì）：国家的祭祀。

[11] 渎（dú）：态度不庄重，轻慢。

[12] 登封：登山封禅。封禅，古代帝王的祭天大典，宋真宗后再无封禅者，故云"旷代无登封"。

[13] 逢逢：象声词，鼓声。"三家本"作"逢"；"诗钞本""汇编本"均作"逢"。在词义上，"逢""逢"均可指鼓声，今从后者。

[14] "石间"句：石门上覆盖着薜萝（bì luó）。石间，山名，即石间山，在今山东省泰安市南。这里既可指泰山上的石门，也可指石间山，一语双关。《汉书·武帝纪》："（太初）三年春正月，行东巡海上。夏四月，还，修封泰山，禅石间。"薜萝，薜荔和女萝，两者皆野生植物，常攀缘于山野林木或屋岩之上。屈原《山鬼》："若有人兮山之阿，披薜荔兮带女萝。""汇编本"作"萝薜"，今从"三家本"。

[15] 陟（zhì）：登高。

[16] 峻峨（é）：高峻巍峨，这里指泰山。

[17] 扶桑：东海里的树木名。传说太阳从这里升起。《十洲记》："扶桑在碧海中。树长数千丈，一千余围，两干同根，更相依倚，日所出处。"

张夏道中[1]

山行顿忘疲，曲栈[2]穿萝茑[3]。下临千丈岩，沙屿何娟妙[4]。桃李缘清溪，疏花自相照。日落苍烟深，余香[5]上寒峤[6]。谷鸟将雏飞，游鱼溅波跳。石梯绝攀缘，终古无弋钓[7]。武陵争问津[8]，翻令达者诮[9]。车马常班班[10]，几人展清眺[11]。

【注释】

[1] 这是一首行旅诗。清康熙二十一年（1682）诗人取道张夏（济南长清区，在泰山北）返京履职，该诗或作于此时。诗人通过对山行所见静穆风物的描写，表达了他对仕进与闲居两种生活方式的思考，在内心深处，作者无疑更向往闲居养志的生活。

[2] 曲栈（zhàn）：弯曲的山路。

[3] 萝茑（luó niǎo）：女萝和茑，两种蔓生植物，常缘树而生。南朝梁沈约《郊居赋》："室暗萝茑，檐梢松栝。"

[4] 娟妙：秀美。唐杜甫《大历三年春白帝城放船出瞿唐峡有诗凡四十韵》："神女峰娟妙，昭君宅有无。"

[5] 余香：浓郁的香气。唐丘为《左掖梨花诗》："冷艳全欺雪，余香乍入衣。"

[6] 峤（jiào）：山道。

[7] 弋钓：射鸟钓鱼，这里也暗指隐逸高卧的生活方式。三国魏嵇康《与山巨源绝交书》："抱琴行吟，弋钓草野。"

[8] 武陵争问津：陶潜《桃花源记》文末有"后遂无问津者"之句，此处反用其典。

[9] 翻令达者诮（qiào）：翻，反而、却，表示转折。诮，嘲讽、责备。《论语·微子》载：子路问津，反而遭到长沮、桀溺的嘲讽。

[10] 班班：络绎不绝貌；盛多貌。唐杜甫《忆昔》之二："齐纨鲁缟车班班，男耕女桑不相失。"

[11] 清眺（tiào）：悠闲地远望。唐羊士谔《息舟荆溪入阳羡南山游善权寺呈李功曹》："冲襟得高步，清眺极远方。"

朝出[1]

朝出[2]城东门，喧嚣[3]闻聚讼。我马本俶颓[4]，数里如遮送[5]。旱魃[6]垂三年，相依守馁冻[7]。赈贷及穷檐[8]，喜愕[9]翻疑梦。吏情颇久谙[10]，谁敢安愚戆[11]？尽典悬鹑衣[12]，屡顾储粟瓮。岂知膏泽[13]屯，只讶[14]名籍众[15]。无力号穹苍[16]，惟向路人控[17]。吁嗟我矜人[18]，忧乐当尔共。所怜九阍[19]遥，莫效蒙瞍[20]诵。宄俗无盖藏[21]，薄征始禹贡[22]。适来螟蝗[23]灾，久阙筐筥[24]供。庙堂不加督，频烦[25]损国用。终当召天麻[26]，坐致嘉禾[27]颂。昨望河出云，已闻沾[28]梁宋。勿为豪吏多，或忘主恩重。劝尔姑吞声，忍饥事[29]春种。

【注释】

[1] 此诗为悯灾民之作，或写于居乡丁忧时期。作者通过对出门所闻、所见的描写，一方面对无可赴诉的灾民给予了深切的同情，并对救灾过程中豪吏的作为进行了暗讽；另一方面，作者也流露了对连年旱灾导致"国用"损耗的担心，将忧民、忧国的情绪杂糅在一起。

[2] 朝（zhāo）出：早晨出行。

[3] 喧嚣（xiāo）：吵闹声。

[4] 虺颓（huī tuí）：（马匹）疲极致病的样子。《诗经·周南·卷耳》："陟彼崔嵬，我马虺颓。"

[5] 遮送：夹道相送，这里指诉苦的人多。

[6] 旱魃（bá）：古代传说中引起旱灾的怪物。《诗经·大雅·云汉》："旱魃为虐，如惔如焚。"《神异经》："南方有人，长二三尺，袒身而目在顶上，走行如风，名曰魃。所见之国大旱，赤地千里。"

[7] 馁（něi）冻：挨饿受冻。馁，饥饿。

[8] 穷檐：贫困人家。韩愈《孟生》："顾我多慷慨，穷檐时见临。"

[9] 喜愕（è）：既高兴又惊讶。

[10] 谙（ān）：熟悉。

[11] 谁敢安愚戆（zhuàng）：谁敢安慰这些蒙昧的百姓？安，抚慰。愚戆，蒙昧戆直的人，这里指下层灾民。

[12] 悬鹑衣：鹌鹑毛斑尾秃，似披敝衣，因以"悬鹑"比喻衣服破烂。《荀子·大略》："子夏贫，衣若悬鹑。"

[13] 膏泽：比喻恩惠。《孟子·离娄下》："膏泽下于民。"

[14] 讶（yà）：惊异、惊奇。

[15] "三家诗"本作"重"，"诗钞本""清诗文汇编本"均作"众"，今从后者。

[16] 穹苍：苍天，这里指最高当政者。

[17] 控：控诉（自己的苦难）。

[18] 矜（jīn）人：可哀怜的人，这里指灾民。矜，怜悯。《诗经·小雅·鸿雁》："爰及矜人，哀及鳏寡。"

[19] 九阍（hūn）：九天之门，这里指皇帝。阍，门。

[20] 蒙瞍（méng sǒu）：盲人。蒙，有眼珠而看不见。瞍，没眼珠。古代乐工多目盲，故称乐工为"矇瞍"。《诗经·大雅·灵台》："鼍鼓逢逢，矇瞍奏公。"《曲阜诗钞》作"叟"，亦通。

[21] 盖藏：储藏。《礼记·月令》："命百官，谨盖藏。"

[22] 薄征始禹贡：兖州的赋敛始于大禹时期。《尚书·禹贡》："济、河惟兖州……厥田惟中下，厥赋贞。"

[23] 螟（míng）蝗：食稻麦的昆虫。

[24] 筐篚（fěi）：盛物竹器，这里指应该上缴的供赋。方曰筐，圆曰篚。

[25] 频烦：频繁。《三国志·蜀志·费祎传》："以奉使称旨，频烦至吴。"

[26] 天庥（xiū）：上天的庇佑。

[27] 嘉禾：长势良好的农作物。古人以"嘉禾"为祥瑞，宋人吴泳曾作《嘉禾颂》以美祥祯。

[28] 沾：浸湿，这里指下雨。

[29] 事：从事，动词。

昔闻[1]

昔闻老农言，所患惟饥馑[2]。妇子勤经年[3]，私喜空仓牣[4]。匹夫罪怀璧[5]，斯语良亦信。奈何稼穑艰，遂使婴祸衅[6]。愚氓[7]贵苟全，良苗复奚吝？远窜昧生理[8]，隐忍求纤润[9]。颇闻轩盖[10]中，薰莸[11]得互进。矧[12]我微且羸[13]，独能守贞顺[14]。朝逐中山狼[15]，暮追东郭逡[16]。甘为徒侣[17]嗤[18]，但惧乡里讯[19]。中宵击壤歌[20]，痛思康衢觐[21]。我始亦良农，伤哉负尧舜。

【注释】

[1] 这是一首代言体诗歌。诗人借流荡在外的"老农"之口，将下层民众生活的艰辛与不得已流亡在外的苦衷娓娓道来，并寄寓了作者对太平生活的向往之情。诗歌感情深挚，格调凄怆。此诗感情持重，用笔老成，或写于居乡丁忧时期。

[2] 饥馑（jī jǐn）：灾荒。《尔雅·释天》："谷不熟为饥，蔬不熟为馑。"

[3] 经年：一年、常年。

[4] 牣（rèn）：满。

[5] 匹夫罪怀璧：这里是指"老农"连简单的衣食丰足的愿望也无法实现。《左传》："匹夫无罪，怀璧其罪。"

[6] 婴祸衅（xìn）：招致祸患。婴，遭受。祸衅，犹祸隙。三国魏阮籍《咏怀》："萧索人所悲，祸衅不可辞。"

[7] 愚氓：愚钝的人（常指普通百姓）。"三家"本作"愚蒙"，亦能通，今从"汇编本"。

[8] 远窜昧生理：外出逃难使得生活越发艰辛。生理，生计。唐杜甫《春日江村》："艰难昧生理，漂泊到如今。"

[9] 纤润：微薄的利益（以供养生计）。

[10] 轩盖：车和帷盖，代指官员。

[11] 薰莸（xūn yóu）：香草和臭草。喻善恶、贤愚、好坏等。《左传·僖公四年》："一薰一莸，十年尚犹有臭。"

[12] 矧（shěn）：况且，何况。连词。

[13] 微且尰（zhǒng）：微，小腿生褥疮。尰，足部水肿。《诗经·小雅·巧言》："既微且尰，尔勇伊何！"《尔雅·释训》："既微且尰。骭疡为微，肿足为尰。"

[14] 贞顺：臣民忠贞效顺的节操。

[15] 中山狼：这里用其本义，以形容生活的艰难。马中锡《中山狼传》（又名《东郭先生传》）后被改为戏剧，故"中山狼"一词多以寓意行世。

[16] 东郭逡（qūn）：狡兔名。《战国策》："东郭逡者，海内之狡兔也。"

[17] 徒侣：同行的人，同伴。这里指一同逃亡的人。

[18] 嗤（chī）：讥笑。

[19] 乡里讯：官府的追索。

[20] 击壤歌：这是一首远古先民咏赞美好生活的歌谣，这里用以慨叹对美好时代的向往。《帝王世纪》载："帝尧之世，天下大和，百姓无事。有八九十老人，击壤而歌：'日出而作，日入而息。凿井而饮，耕田而食。帝力于我何有哉？'"

[21] 康衢觐（jìn）：康衢，古曲名，起源于尧舜时期。觐，下见上。《列子·仲尼篇》："尧治天下五十年，不知天下治欤，不治欤？不知亿兆之愿戴己欤？不愿戴己欤？顾问左右，左右不知。问外朝，外朝不知。问在野，在野不知。尧乃微服游于康衢，闻儿童谣曰：'立我蒸民，莫匪尔极。不识不知，顺帝不则。'"

野老[1]

野老对门巷，侵晨[2]荫榆柳。偶坐壶觞前，似是商山叟[3]。东方一骑来，幡然[4]解趋走[5]。扫室移囷仓[6]，隔篱障鸡狗。东皋[7]雨新足，布谷鸣北牖[8]。三朝废锄犁，坐叹生稂莠[9]。市门习儇薄[10]，冠盖贱已久。阛阓[11]有嗤呵[12]，独在轩车后。君子无令德[13]，惟能忍瑕垢[14]。兹岂无怀民[15]，遗俗良独厚。先王亲馈酳[16]，盛事今则朽。奈何鞭扑威，竟忍施黄耈[17]。

【注释】

[1] 这是一首咏人的作品。诗中的"野老"或许是某官衙的落拓杂役，作者借他的遭遇，对世风的浇薄和官吏的苛酷进行了委婉的讽刺，文辞间无不浸润着诗人对老者的同情。

[2] 侵晨：黎明；早晨初现光亮。

[3] 商山叟："商山四皓"。"商山四皓"是秦朝末年四位信奉黄老之学的博士，因避秦时乱，隐居商山，后人用"商山四皓"来泛指有名望的隐士。叟，老年男子。

[4] 幡然：很快地（改变）。

[5] 解趋走：懂得小步疾走，以示庄敬。唐储光羲《田家杂兴》诗之八："孺人喜逢迎，稚子解趋走。""三家本"作"鲜"；今从"汇编本"。

[6] 囷（qūn）仓：《礼记·月令》："筑城郭，建都邑，穿窦窖，修囷仓。"

[7] 东皋（gāo）：水边向阳高地，也泛指田园、原野。三国魏阮籍《辞蒋太尉辟命奏记》："方将耕于东皋之阳。"

[8] 北牖（yǒu）：在北墙上开窗户。

[9] 稂莠（láng yǒu）：稂和莠，都是形状像禾苗、妨害禾苗生长的杂草。

[10] 儇（xuān）薄：轻薄。儇，轻浮；慧黠。

[11] 阛阓（huán huì）：街道。左思《魏都赋》："班列肆以兼罗，设阛阓以襟带。"

[12] 噭诃（jiào hē）：厉声责备。"诃"同"呵"。《史记·万石张叔列传》："文帝且崩时，属孝景曰：'绾长者，善遇之。'及文帝崩，景帝立，岁余不噭呵绾，绾日以谨力。"司马贞索隐："一作'谯呵'。谯，责让也。"

[13] 令德：美好的德行。

[14] 瑕垢（xiá gòu）：玉石的斑疵，这里指耻辱。

[15] 无怀民：无怀氏时期的人。无怀氏，上古帝王命。宋罗泌《路史·禅通纪三·无怀氏》："无怀氏，帝太昊之先。其抚世也，以道存生，以德安刑……当世之人甘其食，乐其俗，安其居而重其生。"

[16] 馈酳（yìn）：谓赐予酒食养老。馈，进食于人。酳，献酒使少饮或漱口。《礼记·乐记》："食三老五更于大学，天子袒而割牲，执酱而馈，执爵而酳。"

[17] 黄耇（gǒu）：年老的人。《诗经·小雅·南山有台》："乐只君子，遐不黄耇？"毛传："黄，黄发也；耇，老。"

驱蝗[1]

夏蝗乘南风，蚕食逼邻邑。百里互传警，一朝遍原隰[2]。侧听风涛涌，仰惊霰雪集[3]。良苗郁芃芃[4]，凶年变呼吸[5]。比屋争喧阗[6]，余亦操竿立。衾裯[7]摇旆旌[8]，妇子列伍什。攘袂[9]或暂休，断穗纷争拾。浃旬[10]得晴干，子孙复蛰蛰[11]。田祖[12]空有神,荐瘥[13]竟相袭。惟昔有仁人,四境期不入[14]。阡陌莽交通,驱除岂能及?矧[15]我比闾[16]间,饘粥[17]常难给。人情贱茕嫠[18],追呼独尔急。我仓虽未盈,雁鹜[19]时余粒。忍令偏罹[20]灾,坐见向隅泣[21]。投竿对童叟,壹浆可共挹[22]。且息嘉树阴,清风挂台笠[23]。

【注释】

[1] 这是一首描写百姓驱蝗活动的诗歌,诗人也"操竿"而立,参与其间。连续的晴干天气,导致飞蝗肆虐,作者在与"妇子""童叟"驱赶飞蝗的同时,也表达了对"仁人在位,蝗不入境"的渴望,以及对百姓"饘粥常难给"境遇的同情。此诗当写于居乡丁忧时期。

[2] 一朝遍原隰(xí):(蝗灾的警报)很快传遍乡野。原隰,泛指原野。隰,低湿的地方。

[3] "侧听"二句:飞蝗来临,听如风涛涌动,看似大雪飘落。这里以风涛、大雪形容蝗虫的快速与密集。霰(xiàn),小冰粒,多在下雪前或下雪时出现。

[4] 芃芃(péng):形容植物茂盛的样子。《诗经·鄘风·载驰》:"我行其野,芃芃其麦。"

[5] 呼吸:一呼一吸,顷刻之间。《孔丛子·论势》:"齐楚远而难恃,秦魏呼吸而至。"

[6] 喧豗(huī):喧闹之声。

[7] 衾裯(qīn dāo):指被褥床帐和衣物等,民众用以驱蝗。裯,禅衣。

[8] 斾(pèi)旌:泛指旗帜。《诗经·小雅·车攻》:"萧萧马鸣,悠悠斾旌。"

[9] 攘袂(rǎng mèi):捋起袖子。

[10] 浃(jiā)旬:一旬,十天。

[11] 蛰蛰(zhé):众多貌。《诗·周南·螽斯》:"螽斯羽,揖揖兮,宜尔子孙,蛰蛰兮。"

[12] 田祖:农神。《周礼·春宫》:"凡国祈年于田祖。"

[13] 荐瘥(jiàn chài):一再发生疫病;深重的灾祸。《诗经·小雅·节南山》:"天方荐瘥,丧乱弘多。"

[14] "惟昔"二句:"蝗不入境"的记载屡见于史籍,这反映了百姓对仁人德政的祈望。郦道元《水经注》:"(卓)茂任汉黄门郎,迁密令,举善而教,口无恶言,教化大行,道不拾遗,蝗不入境,百姓为之立祠,享祀不辍矣。"

[15] 矧(shěn):另外,况且,何况。

[16] 比闾：比、闾为古代户籍编制基本单位，后因以"比闾"泛称乡里。《周礼·地官·大司徒》："令五家为比，使之相保，五比为闾，使之相受。"

[17] 饘（zhān）粥：稀饭。

[18] 茕嫠（qióng lí）：寡妇，亦作"茕釐"。《文选》："茕嫠为之擗摽，孀老为之鸣咽。"李善注："寡妇为嫠。"

[19] 雁鹜（wù）：鹅和鸭。《战国策》："赖得先王雁鹜之余食，不宜瘝。"

[20] 罹（lí）：遭受苦难或不幸。

[21] 向隅泣：对着墙壁哭泣。

[22] 挹（yì）：舀，把液体盛出来，这里指共饮。

[23] 台笠：指蓑衣和笠帽。《诗经·小雅·都人士》："彼都人士，台笠缁撮。"

邯郸行[1]

总兵太监高起潜[2]，纵兵焚掠畿辅[3]间。先王父[4]令邯郸，禁戢[5]之。起潜疏劾[6]：阻挠援师。几蹈不测，后竟坐[7]镌级[8]，守城功亦不叙[9]。

昔在戊寅岁[10]，蚩尤[11]方降殃。神州久殄瘁[12]，幕府无才良。全躯保妻子，五字垂官常[13]。遂令长子权[14]，隐忍归貂珰[15]。堂堂细柳营[16]，蟠蟀悬金章[17]。屈膝事妇寺[18]，兵气安得扬？畿辅募壮士，怨讟[19]成乖张。肆然为蟊贼[20]，遂行肘腋旁[21]。放火连虹霓，挥刃交雪霜[22]。深仁二百年[23]，嚣然[24]愿偕亡[25]。我祖令邯郸，百折怀刚肠。披坚四驰突[26]，片言慑豺狼[27]。生缚送麾下[28]，列状盈案箱。细者[29]施鞭棰，走者辙杀伤。僚佐闻此事，咋舌[30]争潜藏。百姓见屡出，叩马牵衣裳。是岁洺关[31]破，连营趋滏漳[32]。王师竟安在，所赖城与隍[33]。折盖[34]充矛戟，载橐[35]传糇粮[36]。三日解围去，大酺[37]典衣装。天谴[38]忽而至，祸始挠援兵。赫怒[39]先削夺，旦晚缇骑[40]行。通衢伐[41]大鼓，万人何皇皇。誓欲食督师[42]，北往排帝阍[43]。我祖跨马出，遮道乎穹苍。慷慨睨白刃，始得安岩墙[44]。从兹饱丧乱，竟殉畿南疆。每饭念赵人，生聚犹未遑[45]。父老闻我至，跋涉罗壶浆。挥涕感今昔，矫首丛台[46]荒。

【注释】

[1]《邯郸行》本为汉乐府旧题，诗人以此为题，追念祖父"邯郸令"颜胤绍的事迹。颜胤绍虽位轻官卑，当清军入关、民乱四起之际，他毅然担当起戡乱、抚民的责任，以至构怨于权贵太监高起潜，最后虽遭谗左迁，仍不失尽忠保国的职责，终于城池失守之际焚身殉国。诗人在追述祖父忠烈往事的同时，还委

婉地对朱明亡国略有反思。本诗感情真挚而深厚,文辞略显古拙,颇有乐府遗韵。清康熙丙午年（1666）,诗人由京师之秦,经邯郸。

　　[2] 高起潜:明末宦官,受崇祯器重。清兵入关后,一度为监军督战,后降清。

　　[3] 畿（jī）辅:京城周围附近的地区,这里指河北、山东地区。

　　[4] 先王父:已故祖父的称呼。诗人的祖父颜胤绍曾为邯郸令、河间知府,明崇祯十五年闰十一月清军围河间府,颜胤绍于城陷之际自焚殉国。

　　[5] 禁戢（jí）:禁止;杜绝。

　　[6] 疏劾（hé）:上疏弹劾。

　　[7] 坐:定罪,由……而获罪。

　　[8] 镌（juān）级:降低官阶,降职。

　　[9] 该序见于"清诗文汇编本""诗钞本","三家本"无此序。

　　[10] 戊寅岁:崇祯十一年（1638）,此年九月,清军第四次入塞,扫荡畿南、山东,颜胤绍为邯郸令。

　　[11] 蚩（chī）尤:上古时代九黎族首领,这里指抢掠百姓的农民起义军。

　　[12] 殄瘁（tiǎn cuì）:病困,困穷。《诗经·大雅·瞻卬》:"人之云亡,邦国殄瘁。"

　　[13] "全躯"二句:大难来临而只顾自己家庭的安危,这成了当时官场的惯例。诗人这样写,也是为了突出其祖父舍家赴国难的忠烈行为。

　　[14] 长子权:军队的权柄。《周易·师卦》:"长子帅师,弟子舆尸,贞凶。"

　　[15] 貂珰（diāo dāng）:貂尾和金、银珰,古代侍中、常侍的冠饰,这里用以指代宦官。汉应劭《汉官仪》卷上:"中常侍,秦官也。汉兴,或用士人,银珰左貂。光武以后,专任宦者,右貂金珰。"

　　[16] 细柳营:代指军队、军营。汉代周亚夫曾驻军细柳（今陕西省咸阳市西南）,故名。《史记·绛侯周勃世家》:"文帝之后六年,匈奴大入边。……以河内守亚夫为将军,军细柳,以备胡。"

　　[17] 蟠螭、金章:蟠螭,官服上的花纹,代指官服。金章,官印。

　　[18] 妇寺:宫中的妇女近侍,这里指宦官。寺,阉人,宦官。

　　[19] 怨讟（dú）:怨恨诽谤。《左传·宣公十二年》:"昔岁入陈,今兹入郑,民不罢劳,君无怨讟,政有经矣。"杜预注:"讟,谤也。"

　　[20] 蟊（máo）贼:吃禾苗的两种害,比喻祸害百姓的人。《诗经·小雅·大田》:"去其螟螣,及其蟊贼。"毛传:"食根曰蟊,食节曰贼。"

[21] 肘腋（zhǒu yè）旁：比喻切近的地方，附近。"三家本""清诗文汇编本"均作"旁"，"诗钞本"作"傍"。今从"三家本"。

[22] "放火"二句：高起潜放纵士兵烧杀掳掠河北、山东一带的百姓。颜胤绍的治所也在该区域。

[23] "深仁"句：明朝的皇恩只持续了二百余年。深仁，指国君的恩惠。宋陈亮《书〈欧阳文粹〉后》："初，天圣、明道之间，太祖、太宗、真宗以深仁厚泽涵养天下盖七十年。"

[24] 嚻（xiāo）然：忧愁的样子。《汉书·王莽传》："是以四海之内，嚻然丧其乐生之心，中外愤怨。"颜师古注："嚻然，众口愁貌也。"

[25] 愿偕亡：一起灭亡。《尚书·汤誓》："时日曷丧，予及汝偕亡！"

[26] 驰突：快跑猛冲。

[27] 慑豺狼：震慑住了劫掠百姓的乱兵。

[28] 麾下：军帐之下。

[29] 细者：罪责小的人。

[30] 咋（zé）舌：咬舌，形容吃惊、害怕，说不出话或不敢说话。

[31] 洺（míng）关：关口名，在永年县城。洺，水名。

[32] 滏（fǔ）漳：两条水的名字。

[33] 隍（huáng）：没有水的城壕。

[34] 折盖：拆掉房顶。

[35] 载橐（tuó）：也作"橐载"，袋装车载。《史记·范雎蔡泽列传》："伍子胥橐载而出昭关，夜行昼伏，至于陵水。"

[36] 糇（hóu）粮：干粮，食粮。杜甫《彭衙行》："野果充糇粮，卑枝成屋椽。"

[37] 酺（pú）：赐饮，这里指犒劳防守城池的兵民。

[38] 天谴（qiǎn）：指皇帝的责罚。汉董仲舒《春秋繁露》："圣主贤君尚乐受忠臣之谏，而况受天谴也。"

[39] 赫（hè）怒：（皇帝的）盛怒。《诗经·大雅·皇矣》："王赫斯怒。"

[40] 缇骑（tí qí）：本为穿红色军服的卫队，明代指为逮治犯人的禁卫吏役的通称。明张溥《五人墓碑记》："缇骑按剑而前，问：'谁为哀者？'"

[41] 伐：敲击。

[42] 督师：指监军太监高起潜。

[43] 帝阊（chāng）：指皇帝居住地。阊，宫门。

[44] 岩墙：这里以岩墙比喻大局。

[45]"每饭"二句：诗人常常思念当年拥戴自己祖父的邯郸民众，可一直还没机会见到过他们。

[46]丛台：又称武灵丛台，位于邯郸城内。

登太华山九首[1]

千尺峡[2]

自峪口逶迤[3]行二十里，抵青柯坪[4]，上肩舆[5]可达。自此已上皆悬縆自汲[6]，峡口有石，镌[7]曰"回心"，用[8]戒登者。[9]

青柯围翠屏[10]，四合无嵌窦[11]。东北穷[12]石林，劈空悬巨溜[13]。巉岩[14]互喷薄[15]，造化争一候[16]。天矫[17]转蛇龙，窈冥[18]穿鼯鼬[19]。侧闻天籁[20]发，旷野雷霆斗。仰井[21]窥秋旻[22]，浮云袅[23]清昼[24]。白帝[25]觞[26]百神，众峰为笾豆[27]。琼台[28]阻且长，翠葆[29]纷何就？

【注释】

[1]这是一系抒写登临华山感受的组诗，诗人先后以千尺峡、瀑布、犁沟、白云峰、擦耳崖、苍龙岭、西峰、南峰、东峰为题，分别描述华山各处胜景，并借以抒发或悠闲或惊愕的不同感受，严整而不失峭拔之气。太华山：西岳华山，在陕西省华阴市境内。郦道元《水经注》："其高五千仞，削成而四方，远而望之，又若华状，西南有小华山也。"颜肇维（颜光敏子）《颜修来先生年谱》："康熙丙午（1666），府君年二十七……登华山，与秦中名士李天生（因笃）、王无异（弘撰）游，有诗数十篇。"

[2]千尺峡在华山千尺幢北，是登华山的第二个险境。这里谷深壁危，巉岩奔涌，天如一线，又有巨石悬空，形势极为险峻。诗人在实写的铺垫下，又间以虚笔，用缥缈的神仙世界来拓展诗境，激发起无限的遐想。

[3]逶迤（wēi yí）：蜿蜒曲折的样子。

[4]青柯坪：太华山峪道的尽处，到这里恰好为登山路程的一半。这里三面环山，地势平坦，林草茂盛。"汇编本"作"坪"，"诗钞本"作"枰"，今从"汇编本"。

[5]肩舆（yú）：用人力抬扛的代步工具，东晋及南朝时即盛行。其制为二长竿，中设软椅以坐人。

[6]悬縆（jú）自汲（jí）：自己拉着悬下的绳索攀缘而上。縆：井绳。

[7]镌（juān）：雕刻，凿。

[8] 用：以。

[9] 本序见于"汇编本"和"诗钞本"，"三家本"未收录。

[10] 翠屏：（千尺峡）四周崖壁长满树木，像是被绿屏环绕。

[11] 嵌窦（qiàn dòu）：山洞。唐杜甫《园人送瓜》："竹竿接嵌窦，引注来鸟道。"仇兆鳌注："嵌窦，谓泉穴。"

[12] 穷：尽头。

[13] 巨溜（liù）：本义是悬在屋檐的滴水装置，这里指夹在峡谷两壁之间的悬空巨石，名"惊心石"，为华山胜景之一。

[14] 巉（chán）岩：高而险的山岩。巉，山势高峻。李白《蜀道难》："问君西游何时还？畏途巉岩不可攀。"

[15] 喷薄：形容事物出现时气势壮盛。

[16] 一候：道家术语，练功时，内气在体内运行一周，谓之一候。这里指岩壁负势竞上，如造化之元气奔涌而出。《混元八景真经》卷四："候者，天地日月交合用气候。周身气一匝，却从元宫，上潮于舌下，津生满口，为一候也。"

[17] 夭矫（jiǎo）：屈伸貌。"诗钞本"作"娇"，今从"三家本"。

[18] 窈冥（yǎo míng）：幽暗；昏暗。《庄子》："动于无方，居于窈冥。"

[19] 鼯鼬（wú yòu）：指鼯鼠与鼬鼠之类的野生动物。

[20] 天籁（lài）：自然界的声音，物自然而然发出的声音。《庄子》："女闻人籁而未闻地籁，女闻地籁而未闻天籁夫！"

[21] 井：一语双关，华山属雍州，是井宿的分野所在。另，千尺峡谷深崖陡，诗人在谷底看天，如坐井中。

[22] 秋旻：秋季的天空。李白《古风》之一："文质相炳焕，众星罗秋旻。"

[23] 袅（niǎo）：缭绕。

[24] 清昼：白天。李白《秦女休行》："手挥白杨刀，清昼杀仇家。"

[25] 白帝：古传说中五天帝之一，主西方之神。

[26] 觞（shāng）：古代酒器，这里指宴饮。

[27] 笾（biān）豆：古代食器，竹制为笾，木制为豆。

[28] 琼台：玉饰的楼台，这里指上文中"白帝"的居处。

[29] 翠葆：古代帝王仪仗的一种，以翠羽连缀于竿头而成，形若盖。

瀑布[1]

即玉井[2]水流出两峰间，昔年有巨石阻其口，水泓深[3]，峰不可登。[4]

溪回峡角转，三峰[5]面始正。万仞青琅玕[6]，瀑流下砰訇[7]。天逼[8]多烈风，飘洒无时定。细沫随雾消，大珠如星迸。石罅[9]昔未辟，渟泓[10]绝人径。时挹[11]霄汉[12]芬，遥想菡萏[13]盛。谁使鸿蒙[14]开，瑶宫[15]借涵映[16]。高萝有垂猿[17]，登历当与并。

【注释】

[1] 瀑布位于华山东西两峰之间，水源来自玉井。诗人笔下的瀑布从碧绿的万仞石壁上倾泻而下，溅起的水珠星迸玉碎。仰观飞瀑，诗人又借助玉井千叶白莲的传说，展开企望仙境的想象，这又为华山瀑布增加了些许神异的色彩。

[2] 玉井：在华山西峰下镇岳宫院内。

[3] 泓（hóng）深：水深势大。泓，水深而广。

[4] 本序见于"诗钞本"和"汇编本"，"三家本"未收录。

[5] 三峰：指华山的朝阳峰、莲花峰、落雁峰。

[6] 琅玕（láng gān）：古代神话传说中的仙树，其实似珠。这里指瀑布后面的石壁。《山海经·海内西经》："服常树，其上有三头人，伺琅玕树。"

[7] 砰訇（pēng hōng）：象声词，大水声。南朝陈沈炯《归魂赋》："其水则砰訇澎汩，或宽或疾，击万濑而相奔。"

[8] 天逼：靠近天，极言山峰之高。逼，靠近。

[9] 石罅（xià）：两峰之间的缝隙，瀑布经此流出。罅，缝隙，裂缝。

[10] 渟泓（tíng hóng）：积水很深的样子。渟，水积聚不流。

[11] 挹（yì）：舀，把液体盛出来。

[12] 霄汉：云霄和天河，这里指瀑流的水。

[13] 菡萏（hàn dàn）：荷花的别称。据民间传说，玉井内生有千叶白莲，人吃了白莲可以升仙。唐韩愈《古意》："太华峰头玉井莲，花开十丈藕如船。冷比雪霜甘比密，一片入口沉疴瘥。"

[14] 鸿蒙：混沌的样子。三国魏宋均《春秋命历序》："蒙鸿萌兆，浑浑混混。"

[15] 瑶宫：传说中的仙宫，用美玉砌成。南朝梁陶弘景《许长史旧馆坛碑颂》："瑶宫碧简，绚采垂文。"

[16] 涵映：包含映照。唐元结《登白云亭》诗："涵映满轩户，娟娟如镜明。"

[17] "高萝"句：高高的藤萝之上生活着猿猴，这是作者的虚想而非实境。杜甫《长江二首》："孤石隐如马，高萝垂饮猿。"

犁沟[1]

犁沟划绝壁,直上无回藏[2]。熊经[3]复鱼贯[4],谁得相扶将[5]。危柯[6]
袅[7]撑拄[8],修绠[9]垂毫芒[10]。仰睇[11]愁瞑眩[12],况乃穷八荒[13]。昔梦逐化
人[14],灵境[15]空徬徨。退身渺无地[16],懦夫亦时强。高林绝鸟雀,万壑闻笙
簧[17]。便合[18]此中住,弥年承玉浆[19]。

【注释】

[1] 这首诗写犁沟之奇险与诗人的攀登感受,犁沟的险与难并没有阻挡诗
人欲与仙人偕游的情志。犁沟,位于千尺峡上面,有"犁险于幢,幢险而犁突"
之说,它是夹在陡峭石壁之间一条深不可测的沟状险道。传说太上老君过此处,
见无路可通,就牵来青牛一夜间犁成这条山沟。至今在西侧的崖上仍有犁槽状
石沟。

[2] 回藏:回身歇脚处。

[3] 熊经:如熊弓着身子爬树状,这里指写诗人攀爬的身姿,以状犁沟之
陡峭。宋玉《高唐赋》:"倾岸洋洋,立而熊经。"

[4] 鱼贯:游鱼先后接续,比喻一个挨一个地依序进行。此言犁沟之狭窄。
南北朝鲍照《代出自蓟北门行》:"雁行缘石径,鱼贯度飞梁。"

[5] 扶将:搀扶,扶持。《木兰诗》:"爷娘闻女来,出郭相扶将。"

[6] 危柯:高处的树枝。

[7] 袅(niǎo):柔弱的样子。

[8] 撑拄:支撑;顶拄。汉陈琳《饮马长城窟行》:"君独不见长城下,死
者骸骨相撑拄。"

[9] 绠(gěng):(由高出垂下的)绳索,以供攀缘。

[10] 毫芒(máng):纤细。

[11] 仰睇(dì):仰望。睇,斜着眼看。

[12] 瞑眩(míng xuàn):指头晕目眩。

[13] 八荒:又称八方,最远之处。汉贾谊《过秦论》:"并吞八荒之心。"

[14] 化人:本为掌握道术、幻术的方术之人或修为极高的人,已入化境之
人。这里指传说中的仙人。

[15] 灵境:虚无缥缈的仙境。

[16] "退身"句:因为犁沟狭窄,根本没有回身的余地。

[17] 笙簧(shēng huáng):指笙。簧,笙中的簧片。刘向《列仙传》:
"萧史善吹箫,作凤鸣。秦穆公以女弄玉妻之,作凤楼,教弄玉吹箫,感凤来集。

弄玉乘凤，萧史乘龙，夫妇同仙去。"

[18] 合：应该。

[19] 玉浆：用美玉制成的浆液，传说饮了它可以成仙。晋郭璞《山海经图赞·太华山》："华岳灵峻，削成四方，爰有神女，是挹玉浆。"

白云峰[1]

在三峰北，又北为香炉峰。[2]

三峰信[3]灵造[4]，巍巍司寇冠[5]。磊砢[6]不尽泄，蚴蟉[7]复北盘[8]。结空[9]出瑶几，前对香炉[10]寒。大道望如发，豁然见长安[11]。我行采山荪[12]，葱蒨[13]被冈峦。秋色何时来？万里霜林丹。三川[14]富陈迹，八水[15]无停澜。玉女[16]怅不顾，目断双青鸾[17]。

【注释】

[1] 白云峰在"三峰"与香炉峰之间，山势曲折峻拔，站在白云峰顶可环视诸峰，亦可俯瞰长安。诗人环视，则见满眼苍翠；远眺，则目尽长安。这让诗人顿生采荪山阿、暂忘俗尘的玄想。

[2] 此序见于"汇编本"与"诗钞本"，"三家本"未录。

[3] 信：确实。

[4] 灵造：（三峰）为神灵所造就。

[5] 司寇冠：山峰如同官帽的形状。司寇，古代官职名，掌管刑狱、纠察等事。

[6] 磊砢（lěi luǒ）：山石众多委积的样子。司马相如《上林赋》："蜀石黄碝，水玉磊砢。"

[7] 蚴蟉（yòu liú）：蛟龙屈折行动的样子，这里用以比喻曲折而上的山势。

[8] 盘：回旋，回绕。这里指山势曲折。

[9] 结空：盘结在高处。

[10] 香炉：指香炉峰。

[11] "大道"两句：从白云峰上俯瞰，远处的道路细如发丝，极目远眺，仿佛能看到长安城。

[12] 荪（sūn）：古书上说的一种香草。

[13] 葱蒨（cōng qiàn）：草木青翠茂盛的样子。南朝梁江淹《池上酬刘记室》："葱蒨亘华堂，葐蒀杂绮树。"

[14] 三川：洛河、泾水、渭水三条河流。

[15] 八水：长安周围的八条河流：渭、泾、沣、涝、潏、滈、浐、灞，它们在长安城四周穿流，均属黄河水系。西汉司马相如《上林赋》："荡荡乎八川分流，相背而异态。"

[16] 玉女：华山"玉女峰"，传说是春秋时秦穆公女弄玉的修身之地。这里是双关的用法。

[17] 青鸾（luán）：常伴西王母的一种神鸟，多为神仙坐骑。赤色多者为凤，青色多者为鸾。

擦耳崖[1]

振衣[2]更南登，诡状[3]乃非一。蚁行缘危栈[4]，逡巡[5]皆股栗[6]。侧身常瓶[7]耳，茹趾[8]妨啮膝[9]。吹径乾松花，滴空熟崖蜜[10]。萧槭[11]无人踪，坐惜幽芳失。昔闻避世乱，鸡犬喧云日。劫火烧咸秦[12]，遥慨人代毕[13]。遗灶尚可寻，终当置蓬室[14]。

【注释】

[1] 擦耳崖是由北峰前往其余诸峰的路径，崖壁上修有栈道，极狭处只能贴壁前行，故有擦耳崖之称。诗人也亲历了"股栗""瓶耳"的感受，正因为崖高栈危，再加以山风中飘荡的松花、崖蜜的香气，寂静的山道上自有一番情趣在。诗人在最后还抒发了人事代谢、终老蓬室的感慨。

[2] 振衣：抖衣去尘，整衣。这里也有抖擞精神的意思。司马迁《史记·屈原贾生列传》："新沐者必弹冠，新浴者必振衣。"王逸注："去尘秽也。"

[3] 诡状：这里山道怪异的形状。南朝宋谢灵运《归涂赋》："路威夷而诡状，山侧背而异形。"

[4] 危栈（zhàn）：高而险的栈道，这里指擦耳崖的栈道。

[5] 逡巡（qūn xún）：因有所顾虑而徘徊不前。

[6] 股栗：因紧张、害怕而两腿发抖。

[7] 瓶（lìn）：因磨损而变薄，这里指摩擦。

[8] 茹趾：容下脚趾，形容栈道石阶的狭窄。

[9] 啮（niè）膝：良马名，这里指快走。因栈道石阶狭窄，不能快速攀登。唐杜甫《清明》："渡头翠柳艳明眉，争道朱蹄骄啮膝。"

[10] "吹径"二句：山道上松花随风飘荡，崖壁上空偶尔滴下几滴野蜂蜜。崖蜜，野蜂的蜜。

[11] 萧槭（sè）：凋零；零落。槭古同"槭"，树枝光秃，树叶凋落的样子。唐杜甫《法镜寺》："婵娟碧藓净，萧槭寒箨聚。"

[12] 咸秦：指秦。秦都咸阳，故称。

[13] 毕：完结。作者在这里有抒发山形依旧、人事代谢的感慨。

[14] 蓬室：穷人所住的草屋，这里用来传达作者意欲归隐之念。《列子·力命》："居则蓬室，出则徒行。"

苍龙岭[1]

纡回[2]下平坂[3]，削成当左冲[4]。青霄岚彩[5]灭，蜿蟺[6]垂苍龙。修鳞剥石藓，高脊突剑锋。神物倏[7]幻化，雷雨愁相从。玉京[8]多栏楯[9]，琪树[10]无春冬。咫尺不可接，劳心[11]益忡忡[12]。危巢[13]见炊烟，下界闻夕钟。相携戒前路，日暮崖霜浓。

【注释】

[1] 苍龙岭为华山著名险道之一，在救苦台南，因岭呈苍黑色，势若游龙而得名。诗人攀登在剑锋般的山脊上，山顶的玉京、琪树虽近在咫尺，似乎又无法到达，遂有劳心忡忡之叹。日暮降临，诗人只得在响彻山林的钟声中，相互挽扶着继续攀登。

[2] 纡（yū）回：曲折；回环。汉班彪《北征赋》："涉长路之绵绵兮，远纡回以樛流。"

[3] 坂（bǎn）：山坡，斜坡。

[4] 左冲：苍龙岭在山路的左前方拔地而起。冲，突，直上。

[5] 岚彩：岚光，山中云气。唐杜牧《商山麻涧》："云光岚彩四面合，柔柔垂柳十余家。"

[6] 蜿蟺（wān dàn）：蚯蚓的别名，这里比喻屈曲盘旋的样子。晋崔豹《古今注·鱼虫》："蚯蚓，一名蜿蟺，一名曲蟺。"

[7] 倏（shū）：极快地。

[8] 玉京：道家传说元始天尊居住于玉京山（昆仑山）中。这里指山顶隐约可见的楼阁。《魏书·释老志》："道家之原，出于老子。其自言也，先天地生，以资万类。上处玉京，为神王之宗，下在紫微，为飞仙之主。"

[9] 栏楯（lán shǔn）：栏杆，纵为栏，横曰楯。宋苏轼《兴国寺浴室院六祖画赞》："汝乃作栏楯以护之。"

[10] 琪（qí）树：指仙境中的玉树。《文选》："建木灭景于千寻，琪树璀璨而垂珠。"

[11] 劳心：忧心、愁心。《诗经·齐风·甫田》："无思远人，劳心忉忉。"

[12] 忡忡（chōng）：忧愁烦闷的样子。屈原《九歌·云中君》："思夫君

今叹息，极劳心兮忡忡。""诗钞本"作"危桥"，今从"三家本"。

[13] 危巢：本指高树上的鸟巢，这里用来形容山顶的屋舍。

西峰[1]

众险历已穷，千盘堕[2]幽渺[3]。西见青莲花[4]，娟洁[5]万象表[6]。夕气收秦川，蜃市[7]竞纷扰。渐觉明霞昏，忽讶[8]繁星绕。何年采芝翁[9]，结庐出林杪[10]。阴壑应天鸡[11]，空阶裂寒筱[12]。梦余念畴昔[13]，纤末俱了了[14]。愿从叔卿[15]游，自顾浮生[16]小。

【注释】

[1] 西峰也叫莲花峰，是华山最秀丽险峻的山峰。据徐霞客《游太华山日记》载："峰上石耸起，有石片覆其上，如荷花。"诗人攀登至此，天已黄昏，但见群峰万壑逐渐淹没在暮色中，只有莲花峰赫然卓立，在暝色的映衬下越发秀美。明霞退去后，代之以繁星，阴谷鸟音，空阶竹响，宛如天籁。睡梦之余，抚今思昔，诗人似乎参透了许多人生的道理。

[2] 堕：跌落。这里指走过的山道逐渐淹没在暮色里，就像跌入黑暗一样。

[3] 幽渺（miǎo）：精深微妙，比喻黑暗的暮色。

[4] 青莲花：华山的西峰，因状如莲花而得名。

[5] 娟洁：清雅美好。

[6] 万象表：莲花峰（西峰）卓然挺拔于诸峰之上。唐柳宗元《与崔策登西山》："迥穷两仪际，高出万象表。"

[7] 蜃（shèn）市：滨海或沙漠地区，因大气折光而形成的幻景。

[8] 讶（yà）：诧异，感到意外。

[9] 采芝翁：泛指山中的隐者。秦末商山四皓曾作《四皓歌》或《采芝操》："莫莫高山，深谷逶迤。晔晔紫芝，可以疗饥。"

[10] 林杪（miǎo）：树梢，林外。晋陆机《感时赋》："猿长啸于林杪，鸟高鸣于云端。"

[11] 天鸡：传说中天有司晨的鸡。南朝梁任昉《述异记》："东南有桃都山，上有大树，名曰'桃都'，枝相去三千里。上有天鸡，日初出，照此木，天鸡则鸣，天下鸡皆随之鸣。"

[12] 筱（xiǎo）：指比较细的竹子。《汉书·地理志上》注："筱，小竹也。"

[13] 畴昔：往昔，以前。

[14] 了了：指心里明白，通达。晋袁宏《后汉纪·献帝纪》："小时了了

者，至大亦未能奇也。"

[15] 叔卿：卫叔卿，传说中的仙人。据《神仙传》载：汉武帝闲居殿上时，卫叔卿乘云车驾白鹿来见，羽衣星冠颜色如童子，自言本中山人，因感武帝失礼，遂忽不见。汉武帝命皇子往华山寻访他，见他在白玉床上与许多人下棋。

[16] 浮生：空虚不实的人生。《庄子·外篇》："其生若浮，其死若休。"

南峰[1]

侵晨[2]望南峰，岧峣[3]更天半[4]。仰凌[5]变寒温，俯视殊昏旦。平冈始徐立，亭亭步鹳鹤[6]。游尘失秦陇，微缕求沔汉[7]。乱山互纠结，豁然四奔窜[8]。欹倾[9]如海涛，泱漭[10]天为岸。驱马过华阴[11]，岂谓穷[12]壮观？徘徊俯清池[13]，濯缨[14]复三叹。

【注释】

[1] 此诗写登临华山主峰的所见所感。南峰为华山之巅，因地势高峻，侵晨而起的诗人仿佛置身于"寒温""昏旦"不同的两个世界。登顶后，诗人俯瞰华山诸峰全貌，群山苍莽如涛，沔汉微茫似带，面对如此壮阔的山川，诗人顿生"濯缨"之念。

[2] 侵晨：早晨初现光亮，黎明。

[3] 岧峣 (tiáo yáo)：山高峻貌。曹植《九愁赋》："践蹊隧之危阻，登岧峣之高岑。"

[4] 天半：在半空中，这里形容南峰之高。

[5] 仰凌：往上攀登。凌，升，登上。这里诗人恐尚未登临南峰，可作仰望解。唐杜甫《龙门镇》："仰凌栈道细，俯映江木疏。"

[6] "亭亭"句：像亭亭而立的鹳、鹤一样，在平坦的山道上徜徉。亭亭，昂首挺立的样子。唐杜甫《大雨》："荒庭步鹳鹤，隐几望波涛。"

[7] "游尘"二句：浮尘遮挡住了秦岭和陇山，沔水、汉江宛若一缕丝线。秦陇，秦岭和陇山的合称，指陕西、甘肃一带。沔汉，水名，指沔水和汉江。

[8] "乱山"二句：华山诸峰仿佛纠缠在一起，而诸峰山脚的余脉又各自伸向四面八方。

[9] 欹 (qī) 倾：歪斜、歪倒，这里指山峰相互依偎的样子。唐杜甫《通泉驿南去通泉县十五里山水作》："登顿生曾阴，欹倾出高岸。"

[10] 泱漭 (yāng mǎng)：亦作"泱莽"，广大的样子。唐杜甫《送率府程录事还乡》："东风吹春冰，泱莽后土湿。"清魏源《黄山诗》："泱漭天为岸，扶难感藜杖。"

[11] 华阴：地名，在华山北面。

[12] 穷：尽。

[13] 清池：南峰老君洞北有太上泉，东流涧下，今称"仰天池"，泉水终年碧绿。

[14] 濯缨（zhuó yīng）：洗涤冠带，比喻超脱世俗，操守高洁。据《孟子》载《孺子歌》："沧浪之水清兮，可以濯我缨；沧浪之水浊兮，可以濯我足。"唐白居易《题喷玉泉》："何时此岩下，来作濯缨翁。"

东峰[1]

东峰不可极[2]，乃知造化尊[3]。屹然鼎彝峙[4]，势如虎豹蹲。松气[5]望蔚蓝，无人践霜根[6]。巨灵[7]拓太古，高掌谁能扪[8]。晨光[9]没河汉[10]，似有云车[11]痕。阴风折秋花，吹落洗头盆[12]。蜷局[13]念乡国，久客伤精魂[14]。且复望虞渊[15]，散发晞朝暾[16]。

【注释】

[1] 东峰又名"朝阳峰"，是华山主峰之一，因位置居东得名。峰顶有一平台，居高临险，视野开阔，是著名的观日出的地方，人称"朝阳台"。诗人在登临前，先仰观其势如虎豹的雄姿，登顶后似有怀乡之忧泛起，最后只得以散发赏晨曦作排遣。

[2] 不可极：延绵不断，没有尽头。极，尽头。唐祖咏《江南旅情》："楚山不可极，归路但萧条。"

[3] 造化尊：大自然的尊贵。尊，尊贵，高贵。《易·系辞上》："天尊地卑，乾坤定矣。"

[4] 鼎彝峙（dǐng yí zhì）：像鼎彝那样立着，这里用以形容东峰的高峻。鼎、彝，两种古代祭器。峙，稳固地、高高地立起。

[5] 松气：指松林间的雾气。南朝梁江淹《渡西塞望江上诸山》："松气鉴青蔼，霞光铄丹英。"

[6] 霜根：指经冬不凋的树木的根或苗。南朝宋王僧达《和琅琊王依古》："仲秋边风起，孤蓬卷霜根。"

[7] 巨灵：神话传说中劈开华山的河神。晋干宝《搜神记》："二华之山，本一山也，当河，河水过之，而曲行；河神巨灵，以手擘开其上，以足蹈离其下，中分为两，以利河流。今观手迹犹在华岳上，指掌之形具在；脚迹在首阳山下，至今犹存。"汉张衡《西京赋》："左有崤函重险、桃林之塞，缀以二华，巨灵赑屃，高掌远跖，以流河曲，厥迹犹存。"

[8] 扪（mén）：按，摸。

[9] 晨光：早晨的阳光。陶渊明《归去来兮辞》："恨晨光之熹微。"

[10] 河汉：银河。

[11] 云车：以云彩为装饰花纹的车子，传说中仙人的所乘。唐李白《寄王屋山人孟大融》："所期就金液，飞步登云车。"

[12] 洗头盆：华山中峰有玉女祠，祠前有石臼，称为玉女洗头盆。唐杜甫《望岳》："安得仙人九节杖，拄到玉女洗头盆。"仇兆鳌注引《集仙录》："明星玉女，居华山，服玉浆，白日升天，祠前有五石臼，号玉女洗头盆。其水碧绿澄澈，雨不加溢，旱不减耗。"

[13] 蜷（quán）局：蜷曲或弯曲不伸的样子，这里指精神不健旺。战国屈原《离骚》："仆夫悲余马怀兮，蜷局顾而不行。"

[14] 精魂：精神。

[15] 虞渊：传说为日落处，亦称"虞泉"。《淮南子·天文训》："日至于虞渊，是谓黄昏。"

[16] 朝暾（zhāo tūn）：形容初升的太阳明亮温暖，亦指早晨的阳光。暾，刚升起的太阳。唐李白《大鹏赋》："刷渤澥之春流，晞扶桑之朝暾。"

游伊阙二首[1]

其一

群山走嵩阳[2]，空翠[3]叠[4]远天。西南断削壁[5]，中见霓虹悬。高秋水痕落[6]，沙石何清妍[7]。游鱼粲[8]可数，霞彩濯[9]更鲜。侧闻风雨交[10]，奔淙[11]泄鸣泉。澄潭荇藻[12]静，凉月生娟娟[13]。我欲乘轻舠[14]，中夜[15]凌紫烟[16]。紫烟渺无际，悠然怀泗川[17]。

【注释】

[1] 伊阙，即龙门，在河南省洛阳市南。龙门是洛阳南面的天然门户，这里两岸香山、龙门山对立，伊水中流，远望就像天然的门阙一样。隋炀帝建都洛阳，因皇宫大门正对伊阙，古代帝王又以真龙天子自居，因此得名"龙门"。其一，重在写伊水；其二，重在写龙门山。诗人在登山临水之际，也流露出思乡、怀古之情。诗人于清康熙丁未年（1667），自秦返鲁，经伊阙。

[2] 嵩阳：嵩山之南。阳，山的南面或水的北面（多用于地名），这里指方位。

[3] 空翠：指青色的潮湿的雾气。宋范成大《浪淘沙》："空翠湿征鞍，马首千山。"

[4] 叠：累积，层层累加。

[5] 断削壁：龙门，因两岸崖壁直立相对，伊水中流而过。

[6] 水痕落：水边崖壁上留下的丰水期浸渍的痕迹。元艾性夫《湖阴故人家》："水痕落尽见晴沙，步入湖阴处士家。"

[7] 清妍（yán）：美好。

[8] 粲：鲜明。唐杜甫《法镜寺》："朱甍半光炯，户牖粲可数。"

[9] 濯（zhuó）：冲洗。

[10] 风雨交：指风雨交加，用以形容水流的声音。

[11] 淙（cóng）：水流的声音。

[12] 荇藻（xìng zǎo）：两种水生植物，叶子浮在水面，根生在水底；又名藻荇。宋苏轼《记承天寺夜游》："庭下如积水空明，水中藻荇交横，盖竹柏影也。"

[13] 娟娟：姿态柔美的样子，这里指月光柔和。宋司马光《和杨卿中秋月》："嘉宾勿轻去，桂影正娟娟。"

[14] 轻舠（dāo）：轻快的小船。舠，小船。唐李白《送当涂赵少府赴长芦》："我来扬都市，送客回轻舠。"

[15] 中夜：为六时之一，又作夜半。

[16] 紫烟：紫色瑞云。宋范仲淹《上汉谣》："冉冉去红尘，飘飘凌紫烟。"

[17] 泗川：泗河，这里代指故乡。泗河发源于蒙山腹地太平顶西麓，西南流入泗水县境后改向西行，至曲阜市和兖州市边境复折西南，于济宁市东南鲁桥镇注入京杭大运河。

其二

龙门[1]已曛黑[2]，局步[3]凌幽峭。夕阳散轻阴[4]，飘忽[5]见残照。冉冉行旅[6]绝，冥冥[7]露鹤[8]叫。岩谷互响答，似听苏门啸[9]。洛城与邙山[10]，延望[11]空窈窕[12]。昔看盛歌钟[13]，达人[14]久凭吊[15]。金银接梵宇[16]，墟落[17]存余烧[18]。有怀向谁论？长歌下云峤[19]。

【注释】

[1] 龙门：龙门山，隔水与香山对峙。白居易曾说："洛都四郊，山水之胜，龙门首焉。"龙门石窟就开凿于山水相依的峭壁间，除了佛教造像外，这里尚有大量古碑刻，是魏碑体和唐楷的典范。颜光敏善书法，此游想必不仅为山水

而来。

[2] 曛（xūn）黑：日暮天黑。曛，落日的余光。唐杜甫《彭衙行》："延客已曛黑，张灯启重门。"

[3] 局（jú）步：小步。局，小心翼翼的样子。唐杜甫《万丈潭》："局步凌垠堮，侧身下烟霭。"

[4] 轻阴：淡云，薄云。唐刘禹锡《秋江早发》："轻阴迎晓日，霞霁秋江明。"

[5] 飘忽：（风和云等）迅速飘移，轻快迅疾的样子。

[6] 行旅：远行的人；往来的旅客。唐孟浩然《夜渡湘水》："行旅时相问，浔阳何处边？"

[7] 冥冥：昏暗的样子。这里指夜幕下。

[8] 露鹤：指鹤。晋周处《风土记》载：白鹤性警，至八月露降，流于草叶上，滴滴有声，即鸣。元赵孟頫《修竹赋》："露鹤长啸，秋蝉独嘶。"

[9] 苏门啸：吟啸的声音，多用以表达高士的情怀。《晋书·阮籍列传》："籍尝于苏门山遇孙登，与商略终古及栖神导气之术。登皆不应，籍因长啸而退。至半岭，闻有声若鸾凤之音，响乎岩谷，乃登之啸也。"唐杜甫《上后园山脚》："敢为苏门啸，庶作梁父吟。"

[10] 邙山：北邙山，也作"北芒"或"芒山"，位于洛阳市北，黄河南岸，是秦岭山脉的余脉，崤山支脉。

[11] 延望：引颈远望。

[12] 窈窱（yǎo tiǎo）：深远、深邃的样子，同"杳窕"。唐杜甫《白沙渡》："差池上舟楫，杳窕入云汉。"

[13] 歌钟：歌乐声，这里用以形容昔日的繁华。唐李白《魏郡别苏明府因北游》："青楼夹两岸，万家喧歌钟。"

[14] 达人：通达之人，这里指昔日曾游赏于此地的文人名士。《左传·昭公七年》："圣人有明德者，若不当世，其后必有达人。"孔颖达疏："谓知能通达之人。"

[15] 凭吊：对着遗迹、遗物感慨往古的人或事。

[16] 梵（fàn）宇：佛寺。唐宋之问《登禅定寺阁》："梵宇出三天，登临望八川。"

[17] 墟（xū）落：村落、村庄。南朝梁范云《赠张徐州稷》："轩盖照墟落，传瑞生光辉。"

[18] 余烧：晚霞。

[19] 云峤（qiáo）：高而尖的山，这里指龙门山。唐杜甫《忆郑南》："风杉曾曙倚，云峤忆春临。"另，古代神话传说中海中的仙山也叫"云峤"。唐姚合《暮春书事》："宿愿眠云峤，浮名系锁闱。"

雪中早朝[1]

朝趋[2]铜龙门[3]，朔雪莽寒冱[4]。马迟废[5]轻棰[6]，仆痡[7]烦屡顾[8]。天关[9]燎火[10]明，花絮更回互[11]。问寝[12]传鸡人[13]，垂裳[14]俨[15]象辂[16]。端居[17]视如伤[18]，恻恻[19]无晨暮。井闬[20]间炊烟，舆台[21]裂纨素[22]。方当盛汉时，累诏问田赋。六经未表章[23]，遂几[24]致刑措[25]。承祧[26]今四叶[27]，实系苞桑[28]固。细旃广厦[29]间，黼黻[30]岂文具[31]？翠叠圜丘坛[32]，皓洁瀛台[33]树。小臣方载笔[34]，聊得耽[35]暇豫[36]。

【注释】

[1] 这是一首台阁体诗作。诗人冒着大雪赶到朝房，问寝之余，遂展开对圣上爱民如伤、勤勉国政的称颂，并回溯汉文帝朝的事迹以比况当下。诗中虽有规箴，仍不掩雅颂。该诗作于颜光敏初仕京师不久，时为中书舍人。

[2] 趋：小步快走。

[3] 铜龙门：汉太子宫门名，门楼上饰有铜龙，亦称"铜门"。这里借指帝王宫阙。南朝齐陆厥《奉答内兄希叔》："属叨金马署，又点铜龙门。"

[4] 寒冱（hù）：严寒冻结；极寒。冱，冻结。唐陈岵《履春冰赋》："因润下而生德，由寒冱以生姿。"

[5] 废：通"发"（fā）。举，发生。

[6] 棰：马鞭。

[7] 仆痡（fū）：车夫很疲劳。痡，过度疲劳，疲倦。《诗经·周南·卷耳》："陟彼砠矣，我马瘏矣，我仆痡矣，云何吁矣。"

[8] 屡顾：频繁地回头看。《诗经·小雅·正月》："屡顾尔仆，不输尔载。"

[9] 天关：本义为天门，这里指宫廷。唐皎然《览史》："嘉谋匡帝道，高步游天关。"

[10] 燎（liǎo）火：火炬。这里指宫廷里的灯火。

[11] 回互：回环交错。这里是指雪花在灯光中回旋。

[12] 问寝：问候尊长者的起居。这里指向宫人问皇帝的起居。

[13] 传鸡人：指"鸡人"，周代官名，掌供办鸡牲。凡举行大典，则报时以警夜。后指宫廷中专管更漏计时的人。南朝梁陆倕《新刻漏铭》："坐朝晏罢，

每旦晨兴，属传漏之音，听鸡人之响。"

[14] 垂裳（cháng）："垂衣裳"，指定衣服之制，示天下以礼。后用以称颂帝王无为而治。垂，垂示。衣，上衣。裳，下服。《周易·系辞下》："黄帝、尧、舜，垂衣裳而天下治，盖取诸乾坤。"

[15] 俨（yǎn）：恭敬、庄重的样子。这里用以形容皇帝的威严与庄重。

[16] 象辂（lù）：以象牙为饰的车子，为帝王所乘。辂，古代的一种大车。《释名·释车》："天子所乘曰玉辂，以玉饰车也。辂亦车也。谓之辂者，言行于道路也。象辂、金辂、木辂，各随所以为饰名之也。"

[17] 端居：闲居，与上文的"垂裳"对举。

[18] 视如伤：指"视民如伤"，形容当政者极其顾恤民众疾苦。《孟子·离娄下》："文王视民如伤，望道而未之见。"

[19] 恻恻：诚恳、恳切的样子。

[20] 井闾：邻里。

[21] 舆台：古代十等人中两个低微等级的名称。舆为第六等，台为第十等。这里指宫中的仆役。

[22] 裂纨素：裁制绢帛以备寒衣。裂，破。素、纨，纨与素均指白色生绢。

[23] 表章：同"表彰"，显扬。班固《汉书·武帝纪赞》："卓然罢黜百家，表章《六经》。"

[24] 几：表示非常接近，相当于"几乎""差不多"。

[25] 刑措：亦作"刑厝"，置刑法而不用。意思是社会治安好，诉讼人数少。班固《汉书·文帝纪赞》："断狱数百，几致刑措。"应劭注："措，置也。民不犯法，无所刑也。"

[26] 承祧（tiāo）：指承继为后嗣。祧，古代称远祖的庙。

[27] 四叶：四代。

[28] 苞桑：桑树的根本，比喻牢固的根基。《周易》："其亡其亡，系于苞桑。"孔颖达疏："若能其亡其亡，以自戒慎，则有系于苞桑之固，无倾危也。"

[29] 细毡（zhān）广厦：高大的房屋，精致的毡毯。指居住条件优越。亦作"广厦细旃"。班固《汉书·王吉传》："广厦之下，细旃之上，明师在前，劝诵在后。"

[30] 黼黻（fǔ fú）：古代衣服边上有规律的"黑白""黑青"相间的花纹，多指官服。

[31] 文具：具文，徒有其纹饰。

[32] 圜丘坛：为皇帝冬至日祭天大典的场所，在天坛南部，始建于明代，又称祭天坛，坛面为艾叶青石铺就。

[33] 瀛台：位于中南海南海中的仙岛皇宫。始建于明朝，清朝顺治、康熙年间曾两次修建，是帝王、后妃的听政、避暑和居住地。因其四面临水，衬以亭台楼阁，像座海中仙岛，故名瀛台。

[34] 载笔：携带文具以记录王事。这里指宫里的内侍在布置皇帝上朝的用品。

[35] 耽（dān）：沉溺，迷恋。

[36] 暇豫：闲暇的时间。三国魏何晏《景福殿赋》："鸠经始之黎民，辑农功之暇豫。"

奉使将及里门作[1]

暮投溪上村，我马饱场藿[2]。晨行瞻里门[3]，杳霭[4]青山郭。渠涨没旧痕，竹高解新箨[5]。昔出与亲辞，谁分[6]滞京洛[7]。岂乏大官粟[8]，艰难怅[9]犹昨。庞眉[10]与鬒发[11]，梦寐然疑[12]作。老者勤耕桑，少者耽弈博[13]。且喜觏颜色[14]，遑能知愧怍[15]。梁间冒[16]蛛丝，门外噪干鹊[17]。冠盖复满堂，翻恐妨娱乐[16]。

【注释】

[1] 此诗写作者偶归故里的感受。诗人久滞京城，偶归故乡，乍见邻里老少，如在梦寐。诗人到此笔锋一转，展开对乡里少年沉迷赌博、荒废常业的描写，洙泗之地世风竟如此不堪，这为诗歌染上一层忧虑与无奈。颜光敏于清康熙辛亥年（1671）由龙江返京，五月过鲁省亲。本诗当作于此时前后。

[2] 场藿（huò）：这里指马的饲料。藿，豆类植物的叶子。《诗经·小雅·白驹》："皎皎白驹，食我场藿。"

[3] 里门：闾里的门。古代同里的人家聚居一处，设有里门。司马迁《史记·万石张叔列传》："庆及诸子弟入里门，趋至家。"

[4] 杳霭（yǎo ǎi）：树木茂盛貌的样子。汉陈琳《柳赋》："蔚昙昙其杳蔼，象翠盖之葳蕤。"

[5] 箨（tuò）：草木脱落的皮或叶。这里指竹子长势好，不断脱掉旧叶子。

[6] 分（fèn）：料想。

[7] 京洛：指京城。

[8] 官粟：官府的谷物，这里指官俸。

[9] 怅（chàng）：失意，不痛快。

[10] 庞眉：眉毛黑白杂色。形容老貌。唐钱起《赠柏岩老人》："庞眉忽相见，避世一何久。"

[11] 鬒（zhěn）发：黑发。这里代指年轻人。《诗经·鄘风·君子偕老》："鬒发如云，不屑髢也。"

[12] 然疑：半信半疑。屈原《楚辞·歌·山鬼》："君思我兮然疑作。"

[13] 耽（dān）弈博：沉溺于下棋赌博。耽，沉溺。弈，下棋。博，一种棋戏；后泛指赌财物。

[14] 觏（gòu）颜色：作脸色，给人脸色看。觏同"构"。《陈书·江总传》："曷用销鄙吝，枉趾觏颜色。"

[15] 愧怍（zuò）：惭愧，羞愧。《孟子·尽心上》："仰不愧于天，俯不怍于人。"

[16] 罥（juàn）：悬挂。

[17] 干鹊：喜鹊，其性好晴，其声清亮，故名。汉王充《论衡·龙虚》："狌狌知往，干鹊知来。"

[16] 妨娱乐：妨碍了相聚的欢娱之情。妨，妨害。

谒祖庙[1]

我祖夙[2]闻道[3]，冲怀[4]绝夸骋[5]。心与造物游[6]，德契尼山永[7]。遗庙肃[8]邦祀[9]，日星竞熛炳[10]。荒阶蘼芜[11]深，虚壁松樌[12]冷。入户蔼[13]春温，神仪[14]变俄顷。焄蒿[15]袭空帷，謦欬[16]闻藻井[17]。屏息欻[18]永叹[19]，层霄[20]更延领[21]。积庆[22]流云孙[23]，瓜瓞[24]良厚幸[25]。贫窭[26]乏远犹[27]，沉埋[28]困机阱[29]。樗散[30]谬通籍[31]，波深愁短绠[32]。康庄追骐骥，霖雨[33]羞蛙黾[34]。有怀常恐违，椒蕙[35]终独秉[36]。吾祖称骏德[37]，亦惟纷华屏[38]。支离尘埃中[39]，无乃[40]阙三省[41]。微风燎烟[42]高，旭日重门静。寒泉香且冽，裴徊[43]鉴清影。

【注释】

[1] 诗人借谒祖庙、颂祖德，展示了自己欲摒弃纷华、独守椒蕙的志向，此志向看似消沉，实与其祖箪食瓢饮而乐道不疲的节操是一致的。谒（yè），拜。祖庙，即颜子庙，位于曲阜陋巷街北首，又叫复圣庙，是祭祀颜回的庙宇。

[2] 夙（sù）：早。

[3] 闻道：懂得孔子的大道。孔子曾言"志于道"（《论语·述而》）；"朝

闻道，夕死可矣"（《论语·里仁》）。又言："吾道一以贯之。"（《论语·里仁》）颜回是孔子最欣赏的学生之一，颜回所闻之"道"，即孔子之"道"。

[4] 冲怀：虚怀。冲，空虚。《老子》："大盈若冲，其用不穷。"

[5] 夸骋：放纵。唐顾况《杜秀才画立走水牛歌》："江村小儿好夸骋，脚踏牛头上牛领。"

[6] 心与造物游：心与天地同游。造物，指创造万物的天地。《庄子·天下》："上与造物者游，而下与外死生、无终始者为友。"

[7] 德契尼山永：（颜子）的大德像尼山一样久远。契，相合，相投。尼山，原名尼丘山，位于曲阜市城东南。据载，孔子母亲祷于尼山而得孔子。

[8] 肃：恭敬地引进，恭逢。《礼记·曲礼》："主人肃客而入。"

[9] 邦祀：国家的祭祀。唐玄宗、宋真宗、元文宗、清仁宗（嘉庆）诸帝均对颜子有封谥，对颜子庙的祭祀也就成了国家层面的事情。

[10] 熛（biāo）炳：辉光闪耀的样子。熛，火星迸飞。

[11] 蘼芜（mí wú）：一种香草的名字。

[12] 槚（jiǎ）：楸树的别称。

[13] 蔼（ǎi）：和气、和善的样子。

[14] 神仪：神情仪表。《南史·隐逸传下·陶弘景》："及长，身长七尺七寸，神仪明秀，朗目疏眉。"

[15] 焄（xūn）蒿：祭祀时祭品所发出的气味。《礼记·祭义》："其气发扬于上，为昭明、焄蒿、悽怆，此百物之精也，神之著也。"

[16] 謦欬（qǐng kài）：本义指咳嗽声，引申为言笑。《庄子·徐无鬼》："夫逃虚空者，藜藋柱乎鼪鼬之迳，踉位其空，闻人足音跫然而喜矣，又况乎昆弟亲戚謦欬其侧者乎？"

[17] 藻井：中国古典建筑顶棚的结构与装饰，呈伞盖形，由细密的斗拱承托，象征天宇的崇高，上有彩画、浮雕。

[18] 欻（chuā）：拟声字，形容短促迅速划过的摩擦声音，延伸为快速的意思。

[19] 永叹：长久叹息。《诗经·大雅·公刘》："笃公刘，于胥斯原，既庶既繁。既顺乃宣，而无永叹。"

[20] 层霄：高空。晋庾阐《游仙诗》："层霄映紫芝，潜涧泛丹菊。"

[21] 延领：伸长脖子，形容瞻望的样子。延，引长。领，脖子。

[22] 积庆：积累善行的人家会德泽后辈。《周易》："积善之家，必有余庆。"

[23] 云孙：辈分名。据《尔雅·释亲》：父之子为子，子之子为孙，孙之子为曾孙，曾孙之子为玄孙，玄孙之子为来孙，来孙之子为晜孙，晜孙之子为礽孙，礽孙之子为云孙。

[24] 瓜瓞（dié）：比喻子孙繁衍，相继不绝。瓞，小瓜。《诗经·大雅·绵》："绵绵瓜瓞，民之初生，自土沮漆。"

[25] 厚幸：大幸。三国魏曹植《求自试表》："今臣蒙国重恩，三世于今矣，正值陛下升平之际，沐浴圣泽，潜润德教，可谓厚幸矣！"

[26] 贫窭（jù）：贫乏，贫穷。唐杜甫《早发射洪县南途中作》："将老忧贫窭，筋力岂能及。"

[27] 远犹：犹远猷（yóu），长远的打算，远大的谋略。《诗经·大雅·抑》："讦谟定命，远犹辰告。"

[28] 沉埋：犹言"埋首"，专心工作。唐韦应物《高陵书情，寄三原卢少府》："开卷不及顾，沉埋案牍间。"

[29] 机阱：设有机关的捕兽陷阱。比喻坑害人的圈套。

[30] 樗（chū）散："散樗"，质地不好的树木，不能成材。后遂以"散樗"比喻无用之人，常用作自谦之词。樗，树木名。《庄子·逍遥游》："吾有大树，人谓之樗。其大本拥肿而不中绳墨，其小枝卷曲而不中规矩，立之涂，匠者不顾。今子之言，大而无用，众所同去也。"《庄子·人间世》："已矣，勿言之矣！散木也，以为舟则沉，以为棺椁则速腐，以为器则速毁，以为门户则液樠，以为柱则蠹。是不材之木也，无所可用，故能若是之寿。"

[31] 通籍：指记名于门籍，可以进出宫门，指代做官。唐杜甫《题省中院壁》："腐儒衰晚谬通籍，退食迟回违寸心。"

[32] 波深愁短绠（gěng）：指水深而吊绳短，比喻力不胜任。绠，汲水用的绳子。《庄子·至乐》："褚小者不可以怀大，绠短者不可以汲深。"

[33] 霖（lín）雨：连绵不止的大雨。霖，久下不停的雨。

[34] 蛙黾（měng）：蛙，亦指蛙声。黾，蛙。唐韩愈《杂诗》："蛙黾鸣无谓，咯咯只乱人。"

[35] 椒蕙（jiāo huì）：两种香料的名称，这里比喻好的品格操守。

[36] 秉（bǐng）：操持，这里指恪守节操。

[37] 骏德：高尚的德操。

[38] 屏（bǐng）：除去，排除。

[39] "支离"句：在漫长的尘世中逐渐衰微。支离，衰弱。尘埃，尘世。

[40] 无乃：难道是。表示委婉反问。

[41] 三省（xǐng）：指曾子三省其身。《论语·学而》："曾子曰：吾日三省吾身——为人谋而不忠乎？与朋友交而不信乎？传不习乎？"

[42] 燎（liáo）烟：燔燎祭天的烟缕。《东观汉记·丁鸿传》："柴祭之日，白气上升，与燎烟合。"

[43] 裴徊（péi huái）：回环。北魏郦道元《水经注·谷水》："又言遥遥九曲间，裴徊欲何之者也。"

游燕子矶[1]

漾舟[2]下澄江[3]，安稳废轻楫[4]。遥空指苍翠，久行渐重叠。石藓秋更荒，皋兰[5]露犹裛[6]。孤亭四环望，风磴[7]遂屡蹑。盘涡[8]凫雁[9]惊，幽窟[10]蛟龙怙[11]。恐触冯夷宫[12]，俯听常震慑[13]。诘屈[14]双银杏，天半垂黄叶。波涛撼危岩，栩栩[15]乱风蝶[16]。东西吴楚间，舳舻[17]邈相接。铁锁沈千年[18]，金陵气久厌[19]。苍凉金粟堆[20]，时时见樵猎[21]。凤凰无遗音[22]，嶰竹谁更叶[23]。浩歌[24]怀美人，褰裳[25]不可涉。徬徨江雾消，斜日照城堞[26]。

【注释】

[1] 这是一首记游诗。诗人乘舟远望，燕子矶（jī）笼盖在一片苍翠之色中。在攀登燕子矶的山径石阶旁，长满苔藓与兰草。登临燕子矶后视角转为阔大，山光水势尽收眼底，江面舳舻千里，岸崖洞幽鸟惊，山水环抱的金陵城笼盖在金色晚霞中，诗人抚今追昔，不禁怆然。燕子矶位于南京市栖霞区观音门外，是岩山东北的一支，长江三大名矶之一。山石直立江上，三面临空，形似燕子展翅欲飞，故名为燕子矶。

[2] 漾舟：泛舟。南朝齐谢惠连《西陵遇风献康乐》："成装候良辰，漾舟陶嘉月。"

[3] 澄江：澄澈的江水，这里指长江。

[4] 轻楫（jí）：轻舟。唐贾岛《送董正字常州觐省》："轻楫浮吴国，繁霜下楚空。"

[5] 皋（gāo）兰：水边的高地上的兰草。皋，水边的高地。

[6] 裛（yì）：沾湿。

[7] 风磴：指山岩上的石级。岩高多风，故称。磴，石阶。唐杜甫《谒文公上方》："窈窕入风磴，长萝纷卷舒。"

[8] 盘涡：水旋流形成的深涡。

[9] 凫（fú）雁：野鸭与大雁，这里泛指水鸟。《荀子·富国》："然后飞鸟

凫雁若烟海。"

[10] 幽窟：燕子矶西南方沿江的悬崖上有若干个石灰岩溶洞，古代游记中称为岩山十二洞。

[11] 怗（tiē）：静。

[12] 冯夷宫：冯夷宫是传说中的水府，水神宫殿。明李东阳《与李中舍应正同饮》："珠光照海月，下彻冯夷宫。"

[13] 震慑（shè）：震动使害怕。

[14] 诘（jí）屈：弯曲的样子。

[15] 栩栩（xǔ）：形容生动活泼的样子。《庄子·齐物论》："昔者庄周梦为蝴蝶，栩栩然蝴蝶也。"

[16] 乱风蝶：风吹动银杏树叶，如蝴蝶在空中飞舞。

[17] 舳舻（zhú lú）：船头和船尾的合称，泛指船只。宋苏轼《前赤壁赋》："舳舻千里，旌旗蔽空。"

[18] "铁锁"句：吴国曾以铁锁拦江以御晋军，晋军熔断铁锁灭吴。《晋书·王濬传》：太康元年正月，（王）濬发自成都……吴人于江险碛要害之处，并以铁锁横截之，又作铁锥长丈余，暗置江中，以逆距船。先是，羊祜获吴间谍，具知情状。濬乃作大筏数十，亦方百余步，缚草为人，被甲持杖，令善水者以筏先行，筏遇铁锥，锥辄著筏去。又作火炬，长十余丈，大数十围，灌以麻油，在船前，遇锁，然炬烧之，须臾，融液断绝，于是船无所碍。

[19] 金陵气久厌：金陵的王气早就收敛了。厌，收缩。《隋书·天文志上》："日无小大，而所存者有伸厌。厌而形小，伸而体大，盖其理也。"金陵气，古人认为金陵（今南京市）有祥瑞之气。战国时，楚威王曾经埋金以镇王气，故曰"金陵"。

[20] 金粟堆：本指陕西蒲城东北金粟山唐玄宗的陵墓。这里泛指金陵的帝王陵墓。唐杜甫《韦讽录事宅观曹将军画马图歌》："君不见金粟前松柏里，龙媒去尽鸟呼风。"

[21] 樵（qiáo）猎：砍柴打猎，这里用以形容帝王陵墓的荒凉。

[22] "凤凰"句：凤凰的鸣叫声再也没有了。据《江南通志》载："凤凰台在江宁府城内之西南隅，犹有陂陀，尚可登览。宋元嘉十六年，有三鸟翔集山间，文彩五色，状如孔雀，音声谐和，众鸟群附，时人谓之凤凰。起台于山，谓之凤凰山，里曰凤凰里。"

[23] 嶰（xiè）竹谁更叶（xié）：昔日繁华时的箫管之音，再也没人与其相和了。

嶰竹，产于嶰谷的竹。传说黄帝使伶伦取嶰谷之竹以制乐器。后因以借指箫笛之类管乐器。叶，和洽，相合。《汉书·律历志》："黄帝使泠伦，自大夏之西，昆仑之阴，取竹之嶰谷生，其窍厚均者，断两节间而吹之，以为黄钟之宫。制十二筒以听凤之鸣，其雄鸣为六，雌鸣亦六，比黄钟之宫，而皆可以生之，是为律本。"

[24] 浩歌：放声高歌。

[25] 褰（qiān）裳：提起下衣。《诗经·郑风·褰裳》："子惠思我，褰裳涉溱。"

[26] 城堞（dié）：城上的矮墙，泛指城墙。堞，城墙上如齿状的薄型矮墙，用以防守。

招隐诗二首[1]

其一

三晋[2]多贤豪，高风缅[3]青史。绵上逃竟焚[4]，首阳饿终死[5]。遭逢岂不淑[6]，苦节[7]鲜生理。后人鉴前辙[8]，发愤趋朝市[9]。山阪[10]足良田，踟蹰[11]废耘耔[12]。昨朝[13]天书[14]下，束帛[15]求隐士。里巷相钩稽[16]，人疑刺奸宄[17]。借问求何为，将使登膴仕[18]。昔过青门[19]旁，轮蹄如流水。尚苦皇路隘[20]，焉用绳枢子[21]？茅屋临中条[22]，所虑林壑美。藏身无近名[23]，屠贩[24]自今始。

【注释】

[1] 招隐诗始于淮南小山的《招隐士》，这类题材至西晋大盛。招隐诗最初有招隐士出山之意，后期的招隐诗主题逐渐转向领略山水之美和寄寓遗世高蹈之情。本诗由歌咏古代高士——介子推、伯夷、叔齐起手，以古代高士的守节殉身，暗讽当下士人趋鹜仕宦、汲汲富贵之风。最后以虚想寄身林壑、屠贩自资为结，寄寓了自己欲守节草野的意愿。

[2] 三晋：战国时期的赵国、魏国、韩国三国的合称，因三家原为晋国大夫，后分晋国为三。后来用以指称山西省所在地域。

[3] 缅：遥远。这里指在历史中延绵久远。

[4] "绵上"句：介子推逃往绵山，最后竟然被烧死。绵山，地处太原盆地西南端、太岳山北侧、汾河南畔，今属山西省介休市。据传说，晋国公子重耳流亡在外十九年，介子推忠心护驾，文公复国后，介子推与母归隐绵山。文公为了

让介子推出山，下令焚山，介子推与母被焚而亡。

[5] 首阳饿终死：伯夷叔齐最后饿死在首阳山。《史记·伯夷列传》：武王克商后，天下宗周，而伯夷、叔齐耻食周粟，逃隐于首阳山，采集野菜而食之，及饿将死，作歌。其词曰：登彼西山兮，采其薇矣。以暴易暴兮，不知其非矣。神农、虞、夏忽焉没兮，我安适归矣？于嗟徂兮，命之衰矣！遂饿死于首阳山。

[6] 不淑：不善，不良。《诗经·鄘风·君子偕老》："子之不淑，云如之何！"

[7] 苦节：坚守节操。东汉班固《汉书·苏武传》："以武苦节老臣，令朝朔望，号称祭酒，甚优宠之。"

[8] 鉴前辙：借鉴前车的车辙，这里指后人接受前人的经验。

[9] 趋朝市：奔往仕宦之路。朝市，本义为朝廷和市集，后泛指仕宦。唐白居易《重题》："喜入山林初息影，厌趋朝市久劳生。"

[10] 山阪（bǎn）：山坡。陆贾《新语·资质》："隘于山阪之阻，隔于九坑之堤。"

[11] 踟蹰（chí chú）：心中犹疑，要走不走的样子。

[12] 耘耔（yún zǐ）：除草，培土。泛指从事农业劳动。《诗经·小雅·甫田》："今适南亩，或耘或耔。"

[13] 昨朝：昨天。唐高适《同群公秋登琴台》："静然顾遗尘，千载如昨朝。"

[14] 天书：皇帝的诏书。

[15] 束帛：捆为一束的五匹帛。古代用为聘问、馈赠的礼物。《易·贲》："束帛戋戋。"

[16] 钩稽（jī）：考核。这里指查找探寻。

[17] 奸宄（guǐ）：违法作乱的人或事。《尚书·舜典》："蛮夷猾夏，寇贼奸宄。"孔传："在外曰奸，在内曰宄。"

[18] 膴（wǔ）仕：高官厚禄。《诗经·小雅·节南山》："琐琐姻亚，则无膴仕。"

[19] 青门：汉长安城东南门。后以"青门"指退隐之处。《三辅黄图·都城十二门》："长安城东，出南头第一门曰霸城门。民见门色青，名曰青城门，或曰青门。门外旧出佳瓜，广陵人召平为秦东陵侯，秦破，为布衣，种瓜青门外。"阮籍《咏怀》："昔闻东陵瓜，近在青门外。"

[20] 皇路隘：仕途之路狭窄。皇路，君道、国运，代指仕途。隘，狭窄。

[21] 绳枢（shū）子：出身寒微的人。绳枢，以绳系户枢，形容贫家房舍

之陋。司马迁《史记·秦始皇本纪》："陈涉，瓮牖绳枢之子，甿隶之人，而迁徙之徒。"

[22] 中条：中条山，位于山西省南部，黄河、涑水河间。

[23] 近名：追求名誉。《庄子·养生主》："为善无近名，为恶无近刑。"

[24] 屠贩：屠户与贩夫，亦指地位低微的人。北齐刘昼《新论·妄瑕》："樊哙，屠贩之竖；萧曹，斗筲之吏。"

其二[1]

青骢[2]金络头[3]，飒爽[4]如电逝。天街[5]多狭邪[6]，蹀蹀[7]无留憩[8]。闻君隐者流，何年焚茓制[9]？昔陷大泽中，菁篁[10]交翁翳[11]。山魈[12]据神丛[13]，自矜[14]频谒帝[15]。赠我云绡衣[16]，熟视[17]乃萝薜[18]。既负县令弩[19]，亦拥诸侯彗[20]。幸无云礜盟，孰谓欺松桂[21]？盛代恶虚声，斯人殊左计[22]。倏忽婴网罗[23]，辗转[24]投荒裔[25]。不谓巢与由[26]，其人天且劓[27]。海曲[28]有逸民，柴荆[29]益深闭。蜉蝣[30]何足论，结念[31]云霄际。

【注释】

[1] 本诗意在讥讽徒有其表的隐者，他们负云礜、欺松桂，专意于"终南捷径"，与诗人本真的云霄之念不可同日而语。

[2] 青骢（cōng）：毛色青白相杂的骏马。《玉台新咏·古诗为焦仲卿妻作》："踯躅青骢马，流苏金镂鞍。"

[3] 金络（luò）头：金饰的马笼头。南朝宋鲍照《代结客少年场行》："骢马金络头，锦带佩吴钩。"

[4] 飒（sà）爽：矫健挺拔的样子。唐杜甫《丹青引赠曹将军霸》："褒公鄂公毛发动，英姿飒爽犹酣战。"

[5] 天街：隋唐京师长安城朱雀大街的别称。

[6] 狭邪：小街曲巷。明刘基《早行衢州道中》："大道无狭邪，平原多稻田。"

[7] 蹀蹀（dié）：缓行的样子。宋范成大《三月十五日华容湖尾看月出》："徘徊忽腾上，蹀蹀恐颠坠。""汇编本"作"蹀躞"，亦通，今从"三家本"。

[8] 留憩（qì）：停留。憩，休息。

[9] 焚茓制（jì zhì）：烧了隐居草野时穿的衣服。茓制，指隐居者的衣服。屈原《离骚》："制茓荷以为衣兮，集芙蓉以为裳。"南朝齐孔稚珪《北山移文》："焚茓制而裂荷衣，抗尘容而走俗状。"

[10] 菁篁（qīng huáng）：茂盛的竹林。菁，山间的大竹林。篁，竹林。

[11] 蓊翳（wěng yì）：林木茂密的样子。

[12] 山魈（xiāo）：神话传说中的山中的精灵。晋葛洪《抱朴子·登涉篇》："山精形如小儿，独足向后，夜喜犯人，名曰魈。"

[13] 神丛：神灵依托的茂林，后用以比喻仗势的权臣。《战国策·秦策三》《索隐》："高诱注云：神，祠；丛，树也。"

[14] 自矜（jīn）：自负，自夸。

[15] 谒（yè）帝：拜见天帝，这里指拜见帝王。谒，拜见。

[16] 云绡（xiāo）衣：用轻而薄的丝裁制而成的衣物。

[17] 熟视：注目细看。汉司马迁《史记·齐悼惠王世家》："灌将军熟视笑曰：'人谓魏勃勇，妄庸人耳。'"

[18] 萝薜（bì）：指攀缘的蔓生植物，也指女萝和薜荔，屈原《九歌·山鬼》："若有人兮山之阿，被薜荔兮带女萝。"唐杜甫《陪郑广文游何将军山林》："绤衣挂萝薜，凉月白纷纷。"

[19] 负县令弩（nǔ）：负弩，谓背负弓箭，开路先行。古代迎接贵宾之礼。汉司马迁《史记·司马相如列传》："乃拜相如为中郎将，建节往使……至蜀，蜀太守以下郊迎，县令负弩矢先驱。"南朝陈徐陵《与王僧辩书》："郡将州司，郊迎负弩。"

[20] 拥诸侯彗（huì）：拥彗，手拿扫帚，清扫道路。表示对来访者的敬意。拥：抱持；彗：扫帚。汉荀悦《汉纪·高祖纪》："后上朝太公，太公拥彗迎门，却行欲拜。"

[21] "幸无"两句：与云壑没有盟誓，也就谈不上辜负松桂了。南朝齐孔稚珪《北山移文》有"诱我松桂，欺我云壑"之语，这里是反用该典。

[22] 左计：与事实相悖的打算，引申为失策。宋文天祥《保州道中》："厉阶起玉环，左计由石郎。"

[23] 婴网罗：陷于罗网中。婴，触，缠绕。魏嵇康《答二郭诗·其二》："坎凛趣世教，常恐婴网罗。"

[24] 辗（zhǎn）转：指反复不定，翻来覆去的样子。辗，指车轮转动。

[25] 荒裔（yì）：指边远地区。汉班固《封燕然山铭》："铄王师兮征荒裔，剿凶虐兮截海外。"

[26] 巢与由：巢父、许由，古代著名隐士。晋皇甫谧《高士传》：尧让天下于许由，许由不受而逃去，于是遁耕于中岳，颍水之阳，箕山之下。尧又召为九州长，由不欲闻也，洗耳于颍水滨。时其友巢父牵犊欲饮之，见由洗耳。问其故。对曰："尧欲召我为九州长，恶闻其声，是故洗耳。"巢父曰："子若处高岸

深谷，谁能见之？子故浮游，欲闻求其名声，污吾犊口！"牵犊上流饮之。

[27] 天且劓（yì）：受过墨刑与劓刑的人。《周易》："见舆曳，其牛掣，其人天且劓；无初有终。"天，古代的墨刑。孔颖达疏："剠额为天。"剠，同"黥"。劓，古代五刑之一，割鼻。

[28] 海曲：海隅，指荒远之地。唐王勃《滕王阁诗序》："屈贾谊于长沙，非无圣主；窜梁鸿于海曲，岂乏明时？"

[29] 柴荆：指用柴荆做的简陋门户。唐白居易《秋游原上》："清晨起巾栉，徐步出柴荆。"

[30] 蜉蝣（fú yóu）：虫名，幼虫生活在水中，成虫褐绿色，有四翅，生存期极短。比喻微小的生命。

[31] 结念：念念不忘。

送赵玉藻典试广东[1]

圣代罗八纮[2]，率土[3]得同庆。巴僰[4]闻弦歌，徭黎[5]仰明圣。作人[6]三十年，颇伤浮华竞[7]。讵意[8]颎洞[9]间，顿觉昔全盛。赵子金闺彦[10]，激昂自天性。嘉谟[11]摩[12]史编，雄心寄酒政[13]。受命适东粤[14]，行与师旅并。逝将黼皇猷[15]，庞风[16]追先正。长风滩水高，白日烽烟净。五羊城[17]岿然，犹持太阿柄[18]。粤海多珊瑚，岭花相辉映。聊辍[19]凤池[20]吟，坐赏鹿鸣[21]咏。遐荒[22]叹沦胥[23]，盛典或遥听。此行实具瞻[24]，终使归文命[25]。

【注释】

[1] 此诗为赠别友人之作。诗人先从圣朝广纳才俊、文化八方写起，暗示赵玉藻典试广东亦有以文化粤的意义，而赵玉藻才高气熊，亦堪当此任。诗人接着又用虚笔，悬揣友人赴粤后的情状，并寄寓了诗人自己对礼乐化粤的期许。赵文㷖（jiǒng），字玉藻，号铁源，清初胶州人，康熙九年（1670）进士。

[2] 罗八纮（hóng）：把极偏远的人才都招罗进来。八纮，八方极远之地，泛指天下。三国魏曹植《与杨德祖书》："吾王于是设天网以该之，顿八纮以掩之。"

[3] 率土："率土之滨"的省略语，意谓境域之内。《诗经·小雅·北山》："率土之滨，莫非王臣。"王引之《经义述闻·毛诗中》："《尔雅》曰：'率，自也。自土之滨者，举外以包内，犹言四海之内。'"

[4] 巴僰（bó）：古代西南地区少数民族名的称谓。

[5] 徭黎：瑶族、黎族，徭，古代对瑶族的称谓，今作"瑶"。

[6] 作人：改变人，这里指清朝对华夏的统治和对人民的改造。《诗经·大

雅·棫朴》："周王寿考，遐不作人。"孔颖达疏："作人者，变旧造新之辞。"

[7] 浮华竞："竞浮华"，虚浮不实的风气在世上很流行。

[8] 讵（jù）意：岂能想到。讵，岂，难道。用于表示反问。

[9] 颎（hòng）洞：绵延，弥漫。汉贾谊《旱云赋》："运清浊之颎洞兮，正重沓而并起。"

[10] 金闺彦：翰林院的才俊。金闺，汉朝金马门，后世用以称翰林院。彦，有才学的人。

[11] 嘉谟（mó）：好的谋略。唐杜甫《奉赠太常张卿垍二十韵》："能事闻重译，嘉谟及远黎。"

[12] 摩：切磋，研究。《礼记·学记》："不陵节而施之谓孙；相观而善之谓摩。"郑玄注："摩，相切磋也。"

[13] 酒政：酒令。清袁枚《随园诗话》卷七："有客行酒政，要一句唐诗，一句曲牌名。"

[14] 东粤：明清时期，常以两粤称两广地区，东粤即广东地区。

[15] 黼（fǔ）皇猷（yóu）：辅弼帝王的谋略或教化。唐岑参《送颜平原》："吾兄镇河朔，拜命宣皇猷。"黼，白与黑相次文，这里用作动词纹饰。

[16] 庬风：混乱的世风。庬古同"厖"，多而杂。《尚书·周官》："庶官乃和，不和政庬。"孔传："庬，乱也。"

[17] 五羊城：羊城，广州的别称。

[18] 太阿柄：太阿宝剑的剑柄。这里指赵玉藻奉御旨前来广州。

[19] 辍（chuò）：中止，停止。

[20] 凤池：凤凰池。南北朝时设中书省于禁苑，掌管机要，接近皇帝，故称中书省为"凤凰池"。赵尝任职中书，故云。

[21] 鹿鸣：这里指"鹿鸣宴"。鹿鸣宴是古时地方官祝贺考中贡生或举人的"乡饮酒"宴会，在唐至清代的科举和教育文化体系中延续了一千多年。

[22] 遐荒：边远荒僻之地。汉韦孟《讽谏》："彤弓斯征，抚宁遐荒。"

[23] 沦胥：泛指沦陷、沦丧。这里指广州地处偏远，文化尚荒蛮。《晋书·凉武昭王李玄盛传》："淳风杪莽以永丧，缙绅沦胥而覆溺。"

[24] 具瞻：为众人所瞻望。《诗经·小雅·节南山》："赫赫师尹，民具尔瞻。"

[25] 归文命：回归到礼乐教化的道路上来。文命，文德教命。《尚书·大禹谟》："文命敷于四海，祗承于帝。"孔传："言其外布文德教命，内则敬承尧舜。"

红蓼[1]

庭前红蓼花，历历[2]谁种汝？托根非水乡，三五自相侣[3]。秋阶倚绳床[4]，高枕送残暑。放眼看苍旻[5]，空蒙竟何许？流云若奔涛，停云若沙屿。红蓼当我前，忽疑泊江渚[6]。花繁穗渐重，风劲叶初举。岁寒如可期，吾当丐[7]青女[8]。

【注释】

[1] 这是一首咏物之作，诗人借堂前三五相依的红蓼，看似在表达自己孤高情趣，但细细寻绎，此诗似有更深的寄托。"空蒙竟何许"之句似有言外之意：是仕途倦怠之叹？还是有志不获骋的无奈？抑或是怀人而不遇的遗憾？已不可尽解。红蓼（liǎo），花卉的一种，茎直立，具节，中空，花呈淡红色，常开于夏秋之际。

[2] 历历：一个个清晰分明的样子。《古诗十九首·明月皎夜光》："玉衡指孟冬，众星何历历。"

[3] 相侣：相依、相伴。

[4] 绳床：古时一种可以折叠的轻便坐具。

[5] 苍旻（mín）：苍天。旻，天，天空。晋陶潜《感士不遇赋》："苍旻遐缅，人事无已。"

[6] 江渚（zhǔ）：江中小洲，亦可指江边。唐王勃《滕王阁序》："滕王高阁临江渚，佩玉鸣鸾罢歌舞。"

[7] 丐：乞求。

[8] 青女：传说中掌管霜雪的女神。《淮南子·天文训》："至秋三月……青女乃出，以降霜雪。"高诱注："青女，天神，青霄玉女，主霜雪也。"

对菊[1]

我爱甘菊花，风霜共高洁。非关托隐沦[2]，邈如[3]对贤哲。十载园林荒，尘状空鼝䕫[4]。方春思种溉[5]，怀归屡中辍[6]。九月凉风高，百卉萎鸣鹎[7]。晚节始扶植[8]，盆盎稍罗列。野人[9]恣微尚[10]，卤莽[11]岂所屑。枝干攒[12]丰茸[13]，柎萼[14]剪薄劣。顾今异畴昔，幽趣仍采撷[15]。圃师[16]终岁勤，曾不[17]自怡悦。遑敢羞雷同[18]，还疑笑忝窃[19]。把酒巡檐楹[20]，弹琴向寥泬[21]。馨香苟无忒[22]，及尔终如结[23]。

【注释】

[1] 这是一首托物寄傲的诗作。诗人爱甘菊的高洁与孤芳，遂收拾荒园，手植数棵。秋深花盛之际，诗人把酒对花，吟啸不已，与甘菊许下终身之约。树甘菊花，菊科菊属，多年生草本植物，茎枝有稀疏的柔毛，花黄，多开于夏秋。

[2] 托隐沦：寄托隐居之志。隐沦，指隐者或隐居。南朝颜延之《五君咏·嵇中散》："立俗迕流议，寻山洽隐沦。"

[3] 邈（miǎo）如：恍如，仿佛是。

[4] 蹩躠（bié xiè）：（尘土）盘旋起舞的样子。《庄子·马蹄》："及至圣人，蹩躠为仁，踶跂为义，而天下始疑矣。"

[5] 种溉：种植浇灌。

[6] 中辍（chuò）：中止，中断。西晋潘岳《笙赋》："舞既蹈而中辍，节将抚而弗及。"

[7] 鸣鴂（jué）：鹈鴂，一名杜鹃。三月即鸣，至夏不止。南朝宋谢惠连《连珠》："盖闻春兰早芳，实忌鸣鴂，秋菊晚秀，无惮繁霜。"

[8] 扶植：栽种。

[9] 野人：自谦之词。

[10] 恣（zì）微尚：顺遂自己微小的志趣、意愿。微尚，常用作谦辞，小的志趣。南朝宋谢灵运《初去郡》："伊余秉微尚，拙讷谢浮名。"

[11] 卤（lǔ）莽：指荒草，也指荒芜。

[12] 攒（zǎn）：积聚。

[13] 丰茸（róng）：枝叶繁密茂盛的样子。

[14] 柎萼（fū è）：花萼。

[15] 采撷（xié）：摘取。撷，摘下，取下。

[16] 圃（pǔ）师：种植花卉的工匠，这里指诗人自己。圃，种植菜蔬、花草、瓜果的园子。

[17] 曾（zēng）不：竟不、能不。表示反问。曾，竟，简直，还（hái）。

[18] "遑敢"句：不敢效仿那些赏菊寄傲的高士。羞，动词，以……为羞。雷同，相同。

[19] 忝（tiǎn）窃：辱居其位或愧得其名。自谦之词。晋羊祜《让开府表》："且臣忝窃虽久，未若今日兼文武之极宠，等宰辅之高位也。"

[20] 檐楹（yán yíng）：本为屋檐下厅堂前部的梁柱。这里指房前。唐韩愈《食曲河驿》："群鸟巢庭树，乳雀飞檐楹。"

[21] 寥沕（liáo xuè）：亦作"沕寥"，空旷清朗的样子，这里指代天空。

宋林逭《鸣皋》："一唳便惊寥泬破，亦无闲意到青云。"

[22] 忒（tè）：没有差谬，这里指甘菊花的香气不变化或减损。忒，差错。《管子·内业》："敬慎无忒，日新其德。"

[23] "及尔"句：与甘菊花始终相陪伴。

王隐臣至都赋赠[1]

王善琴，尤工《耕歌》[2]、《关雎》[3]二曲。[4]

鸣琴方在膝，浊酒初启瓮[5]。故人入我门，喧喧劳仆从。腴[6]知心神舒，老觉须眉重[7]。相看久还疑，只似君伯仲。张灯理[8]旧曲，廿载忽如梦。逸响[9]随暇心[10]，默识[11]犹微中[12]。洋洋幽雅篇[13]，蔼蔼[14]河洲弄[15]。对此歌南薰[16]，差拟[17]朝阳凤。流俗竞繁促[18]，靡曼兼斗哄[19]。雅音久沦亡，缅邈[20]谁复共？闻君多远游，区区[21]存杞宋[22]。高怀企前贤，颇惧识者众。更深烛三跋[23]，醉后谈始纵[24]。归云静寒宵，矫首天宇空。

【注释】

[1] 颜光敏精通音律，王隐臣擅长鼓琴，故引以为同调。二人相识十数年后再会于京城，诗人遂赋诗以赠友人。在诗中，颜光敏不但表达了对王氏琴艺的激赏，也流露了对流俗之音弥漫、大雅之音沦亡的隐忧。王氏以一己之力，存杞宋、传大雅而无企誉之心，夜深畅叙，越发显其情志之高迈。

[2]《耕歌》：古琴曲名，又名《豳风歌》。《伯牙心法》载：周公辅成王，"虑其未知稼穑之艰而作"。徵音，二十一段。

[3]《关雎》：古琴曲名，孔子曾经赞美它"乐而不淫，哀而不伤"。

[4] 该序见于"汇编本"，"三家本"未载。

[5] 启瓮：打开密闭的酒坛子。

[6] 腴（yú）：肥胖。

[7] 须眉重：胡须与眉毛变得浓密。

[8] 理：治，演奏。

[9] 逸响：奔放的乐音。《古诗十九首·今日良宴会》："弹筝奋逸响，新声妙入神。"

[10] 暇心：心神自由的样子。暇，空闲。

[11] 默识（zhì）：暗中记住。《论语·述而》："默而识之。"

[12] 微中（zhòng）：相合。

[13] 幽雅篇：《诗经·豳风·七月》篇所配的乐曲。《周礼·春官·籥章》：

"凡国祈年于田祖，吹《豳雅》，击土鼓，以乐田畯。"郑注："《豳雅》，亦《七月》也。《七月》又有'于耜举趾，馌彼南亩'之事，是亦歌其类。谓之雅者，以其言男女之正。"后亦泛指农事之歌。宋陆游《十一月十一日夜闻雨声》："丰年倘可期，击壤歌《豳雅》。"

[14] 蔼蔼（ǎi）：温和、和气的样子。

[15] 河洲弄：《关雎》之乐章。《诗经·周南·关雎》："关关雎鸠，在河之洲。"唐卢照邻《中和乐·歌中宫》："河洲在咏，风化攸归。"

[16] 南薰（xūn）：远古的《南风》歌。《礼记·乐记》："昔者舜作五弦之琴以歌南风。"《孔子家语·辩乐》："南风之薰兮，可以解吾民之愠兮；南风之时兮，可以阜吾民之财兮。"

[17] 差拟（chà nǐ）：比拟。差，比。

[18] 繁促：繁密急促。

[19] 斗哄（hòng）：吵闹的样子。

[20] 缅邈（miǎn miǎo）：久远，遥远。

[21] 区区：引申为真情挚意。三国繁钦《定情诗》："何以致区区？耳中明月珠。"

[22] 存杞宋：（王隐臣）保有古代大雅之音。杞、宋，均为周代的封国，以存夏、商之祀。《论语·八佾》："夏礼吾能言之，杞不足征也；殷礼吾能言之，宋不足征也。文献不足故也。足，则吾能征之矣。"

[23] 跋（bá）：火炬或烛燃尽残余的部分。宋陆游《自勉》："余年尚努力，勿待烛见跋。"

[24] 纵：纵恣，放得开。

王北山邀同升六子绖饮西郊花下[1]

久辍[2]郊坰[3]游，因君驱我懒。望远徒离忧[4]，为欢欣得伴。虽无岩壑奇，出郭欻[5]萧散[6]。矫首闻喧器，始拟尘氛[7]断。花林出层霄[8]，纡曲[9]逢池馆。繁英落缤纷，细蕊犹纂纂[10]。野旷天风柔，雨蒸香气暖。花间饶蠓蠛[11]，游扬[12]无停缓。韶光[13]逐物化，何由得款款[14]。我昔泗水滨，倾榼[15]屡挥碗。醉诵兰亭诗[16]，狂歌笑迂诞[17]。栖迟[18]金马门[19]，野性迷町疃[20]。顾我壮心惊，窥君鬓发[21]短。趺坐[22]空踟蹰，飞花堕衣满。

【注释】

[1] 此诗纪与京中诸友出郭游赏。诗人于繁华曲池间虽偶得萧散之乐，目

睹时序更迭，诗人心中又涌起万物迁化之思。抚今追昔，往日的豪情与野性似乎已消失殆尽，一如眼前飘零的落花。王北山，名曰高（？—1678），茌平县北八里村人。自幼聪敏，七岁能文。清顺治十年进士，先入翰林院，后升工科右给事中，累官至礼部掌印给事中。有《槐轩集》存世。升六，即曹贞吉（1634—1698），清代著名诗词家，安丘县城东关人。康熙三年进士，官至礼部郎中，以疾辞湖广学政，归里卒。嗜书，工诗文，与嘉善诗人曹尔堪并称为"南北二曹"。词尤有名，被誉为清初词坛上"最为大雅"的词家。子纶，即田雯（1635—1704），清初诗人，山东德州人。康熙三年进士，累官至江苏巡抚。其诗与王士禛、施闰章同具盛名。著有《山姜诗选》《古欢堂集》《古欢堂集》《黔书》《长河志籍考》等。

[2] 久辍（chuò）：长时间中止。

[3] 郊埛（jiōng）：泛指郊外。埛，都邑的远郊。晋葛洪《抱朴子·崇教》："或建翠翳之青葱，或射勇禽于郊埛。"

[4] 离忧：忧伤。战国屈原《九歌·山鬼》："风飒飒兮木萧萧，思公子兮徒离忧。"马茂元注："离忧，就是忧愁的意思。楚地方言。"

[5] 欻（chuā）：拟声字，形容短促迅速划过的摩擦声音，引申为快速的意思。

[6] 萧散：闲散舒适。《西京杂记》："司马相如为《上林》《子虚》赋，意思萧散，不复与外事相关。"

[7] 尘氛：尘俗的气氛。唐牟融《题孙君山亭》："长年乐道远尘氛，静筑藏修学隐论。"

[8] 层霄：高空。晋庾阐《游仙诗》："层霄映紫芝，潜涧泛丹菊。"

[9] 纡（yū）曲：迂回曲折。汉司马相如《大人赋》："低回阴山翔以纡曲兮，吾乃今目睹西王母。"

[10] 纂纂（zuǎn）：集聚的样子。西晋潘岳《笙赋》："咏园桃之夭夭，歌枣下之纂纂。"李善注："古《咄喑歌》曰：'枣下何攒攒，荣华各有时。'攒，聚貌。纂与攒，古字通。"

[11] 蠓蠛（měng miè）：昆虫名。

[12] 游扬（yáng）：轻盈飘动貌。唐耿湋《寒蜂采菊蕊》："游扬下晴空，寻芳到菊丛。"

[13] 韶光：美好的时光，常指春光。唐王勃《梓州郪县兜率寺浮图碑》："每至韶光照野，爽霭晴遥。"

[14] 款款：和乐、融洽的样子。南朝梁刘孝标《广绝交论》："范款款于下

泉，尹班陶陶于永夕。"

[15] 倾榼（kē）：倾杯。榼，盛酒的器具。唐杜甫《羌村三首》："手中各有携，倾榼浊复清。"

[16] 兰亭诗：《兰亭集》中的诗作。东晋永和九年三月三日，王羲之与谢安、孙绰等名流及亲朋共四十余人聚会于兰亭，行修禊之礼，曲水流觞，饮酒赋诗。王羲之汇集各人的诗文编成集子，即《兰亭集》，并为该诗集写了序。

[17] 迂诞：迂阔荒诞，不合事理。颜之推《颜氏家训·涉务》："其余文义之士，多迂诞浮华，不涉世务。"

[18] 栖迟：漂泊失意。

[19] 金马门：汉宫门名。据司马迁《史记·滑稽列传》载，东方朔曾待诏金马门。

[20] 町疃（tǐng tuǎn）：本指小路上留下的兽迹，这里代指诗人家乡的生活环境，寄寓有思归之意。亦作"町畽"。町，田界田间小路。疃，禽兽践踏的地方。《诗经·豳风·东山》："町畽鹿场，熠耀宵行。不可畏也，伊可怀也。"

[21] 鬒（zhěn）发：黑发。

[22] 趺（fū）坐：盘腿端坐。唐王维《登辨觉寺》："软草承趺坐，长松响梵声。"

咏燕[1]

自我辞故林[2]，幽禽隔芳甸[3]。十年巢官邸[4]，栖栖[5]但双燕。双燕双红襟，性拙人所贱。营巢殊未工，磊落[6]悬危栈[7]。广庭[8]涷雨[9]侵，长夏[10]震雷荐[11]。赖此堂奥[12]深，未觉林垌[13]变。年华异乡速，荏苒[14]屡相见。稍益芹泥[15]封，薄采[16]杜衡荐[17]。曾无戊己避[18]，聊慰枋榆[19]恋。虚牖[20]开帘旌[21]，匡床[22]徒书卷。旅人少欢娱，卧听每忘倦。忆昨秋风来，海涛何渺沔[23]。俦侣纷东归，低回[24]去犹眷[25]。九关[26]足尘沙，歧路[27]愁霜霰。岂意原野青，复快南薰扇[28]。卑栖[29]远虞罗[30]，款语[31]接欢宴。大厦欣共托，何劳计私便[32]？高城乌尾讹[33]，绮树[34]莺歌啭[35]。物情各有怀，于尔何由羡。养雏食渐多，辛勤哺还遍。愿待羽翮[36]成，相依岁时晏[37]。

【注释】

[1] 这是一首咏物诗。诗人以寓居自己官邸的双燕为比，用以抒发自己游宦异乡的寂寥与无可奈何。诗人在描写燕子时笔触细腻、娓娓道来，像是在与老朋友对话。托物言志，情真意切。

[2] 故林：这里指代故乡。

　　[3] 芳甸（diàn）：芳草丰茂的原野。甸，郊外的土地。

　　[4] 宦邸：官宦的府邸，这里指诗人为官时的住处。

　　[5] 栖栖：孤寂零落的样子。唐白居易《胶漆契》："陋巷饥寒士，出门甚栖栖。"

　　[6] 磊落：错杂的样子。

　　[7] 危栈：高而险的栈道，这里指燕子筑巢的房梁。

　　[8] 广庭：宽阔的厅堂。

　　[9] 涷（dōng）雨：暴雨。战国屈原《九歌·大司命》："令飘风兮先驱，使涷雨兮洒尘。"王逸注："暴雨为涷雨。"

　　[10] 长夏：指夏日。因其白昼较长，故称。唐沈佺期《有所思》："坐看长夏晚，秋月照罗帏。"

　　[11] 震雷荐：响雷频仍。震雷，响雷。荐，屡次。唐杜甫《对雨书怀走邀许主簿》："震雷翻幕燕，骤雨落河鱼。"

　　[12] 堂奥：厅堂和内室。奥，室的西南隅。

　　[13] 林坰（jiōng）：郊野。亦作"林垧"。《尔雅》："邑外谓之郊，郊外谓之牧，牧外谓之野，野外谓之林，林外谓之坰。"唐杜甫《桥陵诗三十韵因呈县内诸官》："朝仪限霄汉，客思回林坰。"

　　[14] 荏苒（rěn rǎn）：时间在不知不觉中渐渐过去。

　　[15] 芹泥：燕子筑巢所用的草泥。唐杜甫《徐步》："芹泥随燕觜，花蕊上蜂须。"

　　[16] 薄采：采摘。薄：语助词，无义。《诗经·鲁颂·泮水》："思乐泮水，薄采其芹。"

　　[17] 荐：草、草席。

　　[18] 戊己避："避戊己"。据传燕子衔泥筑巢会避开戊日和己日，因为戊己于五行属土。宋吴淑《事类赋》引晋张华《博物志》："燕戊己日不衔泥涂巢，此非才智，自然得之。"

　　[19] 枋榆：枋树与榆树，比喻狭小的天地。战国庄子《逍遥游》："蜩与学鸠笑曰：'我决起而飞，抢榆枋，时则不至而控于地而已矣，奚以之九万里而南为？'"

　　[20] 虚牖（yǒu）：空窗。牖，古建筑中室与堂之间的窗子，后泛指窗。唐王维《老将行》："苍茫古木连穷巷，寥落寒山对虚牖。"

　　[21] 帘旌（jīng）：帘端所缀之布帛，亦泛指帘幕。唐白居易《旧房》：

"床帷半故帘旌断，仍是初寒欲夜时。"

[22] 匡床：安适的床。一说方正的床。《商君书·画策》："人主处匡床之上，听丝竹之声，而天下治。"

[23] 渺沔（diān miàn）：水势盛大无边的样子。左思《三都赋·吴都赋》："渺沔森漫。"《注》："滇沔，水阔无涯之状。"

[24] 低回：徘徊，流连。唐韩愈《驽骥》："骥骥不敢言，低回但垂头。"

[25] 殿：居后，在后。《论语·雍也》："孟之反不伐，奔而殿。"何晏集解："殿，在军后者也。"

[26] 九关：九重天门或九天之关。屈原《招魂》："魂兮归来，君无上天些。虎豹九关，啄害下人些。"王逸注："言天门凡有九重，使神虎豹执其关闭。"王夫之通释："九关，九天之关。"

[27] 歧（qí）路：从大路上分出来的小路，岔路。"九关"二句，实写燕子，虚示作者自己的仕宦感受，有双关之意。

[28] 南薰扇：南风吹起。南薰，亦作"南熏"。本指《南风》歌，借指从南面刮来的风。扇，动词，吹起。唐邬载《送萧颖士赴东府得君字》："和风媚东郊，时物滋南薰。"

[29] 卑栖：居于低下的地位。唐皇甫冉《送田济之扬州赴选》："调补无高位，卑栖屈此贤。"

[30] 虞（yú）罗：原指掌山泽之虞人所张设的网罗，泛指渔猎者设置的网罗。虞，古掌管山泽之人。唐陈子昂《感遇诗之二三》："岂不在遐远，虞罗忽见寻。"

[31] 款语：亲切交谈。款，直诚，诚恳。

[32] 计私便：计较个人的利益。私便，个人利益。《韩非子·八说》："匹夫有私便，人主有公利，不作而养足，不仕而名显，此私便也。"

[33] 讹（é）：通"吪"。行动，移动。《诗经·小雅·无羊》："或降于阿，或饮于池，或寝或讹。"毛传："讹，动也。"王先谦集疏："《玉篇·口部》引《诗》：'或寝或吪，吪，动也。'是正字当作'吪'。"唐杜甫《日暮》："日暮风亦起，城头乌尾讹。"

[34] 绮树：美丽茂盛的树木。汉陈琳《宴会诗》："玄鹤浮清泉，绮树焕青蕤。"

[35] 啭（zhuàn）：声音婉转如歌。

[36] 羽翮（hé）：指鸟羽。翮，羽轴下段不生羽瓣而中空的部分。

[37] 岁时晏：岁暮。晏，迟、晚。

送曹颂嘉假归[1]

昔贤耽微禄[2]，曾不羞籥翟[3]。君在承明庐[4]，何为终戚戚[5]？岁月如电驶，骅骝[6]困伏枥[7]。盐车登太行[8]，犹胜空羁靮[9]。高怀竟龃龉[10]，柔翰[11]遂沉溺[12]。世人漫[13]欣赏，谓有雕虫癖[14]。六月方炎蒸[15]，胡然[16]去接淅[17]。频年[18]感秋风，浩荡中肠激。悠悠天津云，飒飒潞川荻[19]。别日从此长，聊复停飞鹢[20]。

【注释】

[1] 这是一首赠别诗。作者首先赞赏了朋友的才能，并婉箴其留任京城。接着又肯定了朋友的文才与声誉。最后在一片怅惘的氛围中与朋友作别。曹颂嘉（1637—1699）名禾，号未庵，又号峨嵋，江苏江阴人。清康熙年间进士，官至国子祭酒，以事罢归。曹禾喜纵酒，酷爱围棋，工诗文，与颜光敏、田雯、宋荦等称"诗中十子"，著有《未庵初集》《峨嵋集》等。

[2] 微禄：菲薄的俸禄。耽，担负，承当。唐高适《平台夜遇李景参有别》："家贫羡尔有微禄，欲往从之何所之？"

[3] 籥翟（yuè dí）：本指执籥、翟而舞。这里指昔日贤士甘为帝王所用。籥，古代乐器，像编管之形，似为排箫的前身。有吹籥、舞籥两种。吹籥似笛而短小，三孔；舞籥长而六孔，可执作舞具。翟，古代乐舞所执的雉羽。《诗·邶风·简兮》："左手执籥，右手秉翟。"毛传："翟，翟羽。"孔颖达疏："籥虽吹器，舞时与羽并执，故得舞名。""翟，翟羽，谓雉之羽也。"

[4] 承明庐：本为汉代承明殿旁边的房舍，用以侍臣值宿所居，称"承明庐"。后来以入"承明庐"为入朝或在朝为官的典故。唐李颀《送綦毋三谒房给事》："徒言青琐闼，不爱承明庐。"

[5] 戚戚：忧惧、忧伤的样子。陶潜《五柳先生传》："不戚戚于贫贱，不汲汲于富贵。"

[6] 骅骝（huá liú）：指赤红色的骏马，周穆王的"八骏"之一。常指代骏马。唐杜甫《奉简高三十五使君》："骅骝开道路，鹰隼出风尘。"

[7] 伏枥（lì）：马伏在槽上，比喻为壮志未酬或蛰居待时。亦作"伏历"。枥，马槽。三国魏曹操《步出夏门行》："老骥伏枥，志在千里；烈士暮年，壮心不已。"

[8] "盐车"句：比喻人才不得其用，诗中反用其意。《战国策》："君亦闻骥乎？夫骥之齿至矣，服盐车而上太行。蹄申膝折，尾湛胕溃，漉汁洒地，白汗

交流，中阪迁延，负辕不能上。伯乐遭之，下车攀而哭之，解纻衣以冪之。骥于是俯而喷，仰而鸣，声达于天，若出金石声者，何也？彼见伯乐之知己也。今仆之不肖，厄于州部，堀穴穷巷，沈洿鄙俗之日久矣，君独无意渐拔仆也，使得为君高鸣屈于梁乎？"

[9] 羁靮（jī dí）：马络头和缰绳，喻束缚。《礼记·檀弓下》："如皆守社稷，则孰执羁靮而从？"陈澔集解："羁，所以络马；靮，所以鞚马。"

[10] 龃龉（jǔ yǔ）：牙齿上下对不上，比喻不顺达，多指仕途。战国楚宋玉《九辨》："圆凿而方枘兮，吾固知其龃龉而难入。"

[11] 柔翰：本指毛笔，这里指写作。翰，长而坚硬的羽毛。西晋左思《咏史》："弱冠弄柔翰，卓荦观群书。"

[12] 沉溺（nì）：沉迷其中。

[13] 漫：遍，普遍。

[14] 雕虫癖：谓曹颂嘉有写作的癖好。雕，雕刻。古代没有纸，写字用刀刻在木板上。虫，虫书，秦八书体之一。雕虫指代写字或写作。汉扬雄《法言·吾子篇》："童子雕虫篆刻。俄而曰：'壮夫不为也。'"

[15] 炎蒸：亦作"炎烝"。暑热熏蒸。北周信《奉和夏日应令》："五月炎烝气，三时刻漏长。"

[16] 胡然：匆忙、无备的样子。

[17] 接淅（xī）：捧着已经淘湿的米，指行色匆忙。《孟子·万章下》："孔子之去齐，接淅而行。"朱熹集注："接，犹承也；淅，渍米也。渍米将炊，而欲去之速，故以手承米而行，不及炊也。"

[18] 频年：连续几年。

[19] 潞川荻（dí）：潞河上的荻草。潞川，水名，潞河。荻，水生植物名。

[20] 飞鹢（yì）：指快船。鹢，古书上的一种水鸟，形如鹭而大，羽色苍白，善高飞。古代在船首以彩色画鹢鸟之形。后借指船。《汉书·司马相如传》："西驰宣曲，濯鹢牛首。"颜师古注："濯者，所以刺船也。鹢即鹢首之舟也。"

送孙屺瞻假归[1]

烽火遍南国，鹓行[2]去相踵[3]。与君共栖迟[4]，胡更弃闲冗[5]？三十垂银鱼[6]，稽古[7]亦殊宠。中宵歌《白华》[8]，有檄不亲捧[9]。迩来奋天戈[10]，归命及秦陇。赖知皇威宣[11]，转益[12]乡思动。我闻苕雪[13]间，戎马昔倥偬[14]。锋刃随所遭，坐见群盗拥。鸿雁纷安归，疮痍[15]赋犹重。儒生乃何知，忧端[16]拟泉涌。翩翩洛阳少[17]，片言迈晁董[18]。七国方晏然[19]，痛哭愁病瘴[20]。古人贵几先[21]，后人迫将恐[22]。君怀桑梓忧[23]，宸听[24]应时耸。苏门啸[25]清历[26]，《天台赋》[27]巃嵷[28]。高蹈殊未遑[29]，九阍[30]待垂拱[31]。

【注释】

[1] 这是一首赠别诗。友人辞京归乡，诗人颇感意外，回忆昔日游处之欢，诗人于不舍中似有一丝遗憾，因南国尚不安宁，更增加了诗人对友人的挂念。诗人笔锋一转，又借助贾谊谪居长沙来暗示友人（也包括自己）才高而不为所用的无奈，最后以高迈之语作结，劝慰友人或可待时而飞。孙岜瞻（1644—1689），名在丰，浙江德清人，世居归安（今浙江湖州）菱湖，清朝治河名臣。清康熙九年进士，授翰林院编修。孙岜瞻敏赡多艺，应制赋诗，援笔立就；又擅射，皇帝称其为文武之才。著有《扈从笔记》《东巡日记》《下河集思录》《尊道堂诗文》等。

[2] 鹓（yuān）行：指朝官的行列。唐温庭筠《病中书怀呈友人》："凤阙分班立，鹓行竦剑趋。"

[3] 相踵：前后相继的样子。

[4] 栖迟：游息。

[5] 闲冗：指闲散的官职。汉蔡邕《巴郡太守谢版》："今月丁丑，一章自闻，乞闲冗，抱关执龠。不意录符银青，授任千里。"

[6] 银鱼：佩戴着银鱼符。银鱼符，银质的鱼符。唐代授予五品以上官员佩戴，用以表示品级身份。亦作发兵、出入宫门或城门之符信。亦省作"银鱼"。唐刘禹锡《酬严给事贺加五品并简同制水部李郎中》："初佩银鱼随仗入，宜乘白马退朝归。"

[7] 稽（jī）古：考察古代的事迹，以明辨道理是非、总结知识经验，从而于今有益、为今所用。

[8] 《白华》：《诗经·小雅·鹿鸣之什》中的一篇，六笙诗之一。《毛诗序》："《南陔》，孝子相戒以养也；《白华》，孝子之絜白也以；《华黍》，时和岁丰宜粱彼也，有其义，而无其辞。"

[9] 有檄（xí）不亲捧：不愿意接受授官的公文。捧檄，亦作"奉檄"，接受官职。《东观汉记》："毛义少节，家贫，以孝行称。南阳人张奉慕其名，往候之。坐定而府檄适至，以义守令，义奉檄而入，喜动颜色。奉者，志尚士也，心贱之，自恨来，固辞而去。及义母死，去官行服。数辟公府，为县令，进退必以礼。后举贤良，公车征，遂不至。张奉叹曰：'贤者固不可测。往日之喜，乃为亲屈也。斯盖所谓"家贫亲老，不择官而仕"者也。'"

[10] 天戈：指帝王的军队。韩愈《石鼓歌》："周纲陵迟四海沸，宣王愤起挥天戈。"

[11] 皇威宣：皇帝的旨意。宣，皇帝命令或传达皇帝的命令。

[12] 转益：更加、越发。

[13] 苕霅 (tiáo zhá)：苕溪、霅溪二水的并称，在今浙江省湖州市境内，孙屺瞻故乡所在。

[14] 倥偬 (kǒng zǒng)：事情纷繁迫促，这里指兵荒马乱的环境。

[15] 疮痍 (chuāng yí)：创伤，或比喻遭受破坏或遭受灾害后的景象。

[16] 忧端：愁绪。南朝宋谢灵运《长歌行》："览物起悲绪，顾己识忧端。"

[17] "翩翩"句：洛阳少年。这里指下文中的贾谊。

[18] "片言"句：贾谊的上疏超越了晁错、董仲舒。片言，指贾谊的奏疏。迈，超越。晁董，晁错、董仲舒。

[19] 晏然：安宁，安定。

[20] "痛哭"句：为国家潜在的危机而担心。"痛哭""病瘇 (zhǒng)"均见于贾谊《治安策》："可为痛哭者一，可为流涕者二，可为长太息者六。""臣故曰非徒病瘇也，又苦跖戾。可痛哭者，此病是也。"瘇，足肿病。

[21] 几 (jǐ) 先：犹机先，先兆。宋苏舜钦《蜀士》："吾相柄天下，处事当几先。"

[22] 迫将恐：（危机）迫近了才知道害怕。此句与上句对应，意在指陈今人之短视。

[23] 桑梓 (zǐ) 忧：思乡之忧。桑梓，古代常在家屋旁栽种桑树和梓树，后遂用桑梓比喻故乡。《诗经·小雅·小弁》："维桑与梓，必恭敬止。"

[24] 宸 (chén) 听：谓帝王的听闻。宸，北极星，比喻帝王。

[25] 苏门啸：苏门山上阮籍与孙登彼此应和的长啸声。比喻高士的情趣。《晋书·阮籍传》："籍尝于苏门山遇孙登，与商略终古及栖神导气之术。登皆不应，籍因长啸而退。至半岭，闻有声若鸾凤之音，响乎岩谷，乃登之啸也。"

[26] 清历：清越而高迈。

[27] 《天台赋》：东晋孙绰曾作《游天台山赋》，以寄寓其超然物外的精神。

[28] 巃嵸 (lóng zōng)：山势高峻的样子，亦作"巄嵸"。汉司马相如《上林赋》："于是乎崇山矗矗，巃嵸崔巍。"

[29] 未遑 (huáng)：没有时间顾及，来不及。汉扬雄《羽猎赋》："立君臣之节，崇贤圣之业。未遑苑囿之丽、游猎之靡也。"

[30] 九阍 (hūn)：见《朝出》注释 [18]。

[31] 垂拱（gǒng）：本义为垂衣拱手，后多用以称颂帝王无为而治。《尚书·武成》：“惇信明义，崇德报功，垂拱而天下治。”孔颖达疏：“谓所任得人，人皆称职，手无所营，下垂其拱。”

雨后[1]

三伏积淫雨[2]，泥淖[3]充天街[4]。溅飞过檐溜[5]，市廛[6]不能开。马首看西山，竟日[7]无纤埃。岚光[8]净如沐，百里凝苍苔。双车来啍啍[9]，满载惟蒿莱[10]。争道缘底[11]急，瞋目[12]声如豺。我见殊未忍，欲归独徘徊。何当[13]面遥峰，更筑糟丘[14]台。

【注释】

[1] 这是一首即事抒慨的讽喻诗，有较强的现实性。连绵的雨让京城的街道泥泞不堪，雨后的天空变得更加明净，远处的山峦与云烟依稀可见。两辆飞驰而来的大车打破了街道的宁静，车夫的蛮横和不可一世暗示了其主人骄恣。最后诗人以夏桀为比，对这一现象进行了辛辣的讥讽。

[2] 淫（yín）雨：连绵的雨。淫，久雨。宋范仲淹《岳阳楼记》：“淫雨霏霏，连月不开。”

[3] 泥淖（nào）：烂泥、淤泥。宋王安石《次前韵寄杨德逢》：“翻然陂路长，泥淖困臧获。”

[4] 天街：隋唐时期京师长安城朱雀大街的别称，后以代称京城的大街。

[5] 檐溜（liù）：屋檐下接水的沟槽。溜，屋檐的流水。

[6] 市廛（chán）：市中店铺。《孟子·公孙丑》：“市，廛而不征。”赵岐注：“廛，市宅也。”

[7] 竟日：终日。

[8] 岚（lán）光：山间雾气经日光照射而发出的光彩。唐李绅《若耶溪》：“岚光花影绕山阴，山转花稀到碧玙。”

[9] 啍啍（tūn tūn）：迟重缓慢貌。《诗经·王风·大车》：“大车啍啍，毳衣如璊。”毛传：“啍啍，重迟之貌。”

[10] 蒿莱（hāo lái）：植物名，代指野草。或说，嫩苗可食，为古代贫者常食的野菜。

[11] 缘底：因何，为什么。后蜀阎选《八拍蛮》：“憔悴不知缘底事，遇人推道不宜春。”“三家本”写作“绿底”，不通。今从“汇编本”。

[12] 瞋（chēn）目：瞪大眼睛以示愤怒。

[13] 何当：安得，怎能。宋王安石《次韵答陈正叔》："何当水石他年住，更把书编静处开。"

[14] 糟丘：积糟成丘，极言酿酒之多，沉湎之甚。《韩诗外传》："桀为酒池，可以运舟，糟丘足以望十里，而牛饮者三千人。"

《朱鹭》[1]

黄钺[2]出阊阖[3]，铙歌[4]奏《朱鹭》[5]。岂愿闻凶残，所取疆域故。行行[6]逼烽烟，马嘶益疾怒[7]。乱阶[8]始何人？斩馘[9]常恐误。道上多潢池[10]，相戒勿反顾[11]。苍鹰忍朝饥[12]，终自猎麂兔[13]。

【注释】

[1] 这是一首奉送戡乱大军出师的诗歌。诗中既有对将士军容与内心的描写，也有对将士的叮嘱与勉励。

[2] 黄钺（yuè）：以黄金为饰的钺，这里指出征的军队。钺，本为古代兵器，斧形，用以砍斫，后成为兵权的象征，为帝王独专。《尚书·牧誓》："王左杖黄钺，右秉白旄以麾。"

[3] 阊阖（chāng hé）：原指传说中的西边的天门，后泛指宫门或京都城门。屈原《离骚》："吾令帝阍开关兮，倚阊阖而望予。"王逸注："阊阖，天门也。"

[4] 铙（náo）歌：军中乐歌。传说黄帝、岐伯所作。汉乐府中属鼓吹曲。马上奏之，用以激励士气。也用于大驾出行和宴享功臣以及奏凯班师。

[5] 《朱鹭》：铙歌乐曲之一。孔颖达说："楚威王时，有朱鹭合沓飞翔而来舞，旧鼓吹《朱鹭曲》是也。"《朱鹭》辞曰："朱鹭，鱼以乌。鹭何食？食茄下。不之食，不以吐，将以问诛者。"

[6] 行行（xíng）：不停地前行。《古诗十九首》："行行重行行，与君生别离。"

[7] 疾怒：暴怒。

[8] 乱阶：祸端、祸根。《诗经·小雅·巧言》："无拳无勇，职为乱阶。"

[9] 斩馘（guó）：斩敌首割下左耳计功。亦泛指战场杀敌。馘，古代战争中割取敌人的左耳以计献功。

[10] 潢（huáng）池：本义为积水塘，后以之称造反的人。东汉班固《汉书·循吏传·龚遂传》："海濒遐远，不沾圣化，其民困于饥寒而吏不恤，故使陛下赤子盗弄陛下之兵于潢池中耳。今欲使臣胜之邪，将安之也？"唐颜师古

注："赤子犹言初生幼小之意也。积水曰潢，音黄。"

[11] 反顾：回顾，引申为翻悔。

[12] 朝饥：早晨空腹时感到的饥饿。唐杜甫《述古》："竹花不结实，念子忍朝饥。"

[13] 毚（chán）兔：狡兔，大兔。《诗经·小雅·巧言》："跃跃毚兔。"毛传："毚兔，狡兔也。"孔颖达疏："《仓颉解诂》：'毚，大兔也。'大兔必狡猾，又谓之狡兔。"

思悲翁[1]

问翁何所悲？翁悲不能言。故乡有息女[2]，人言似天孙[3]。空山豺虎骄[4]，三岁扃[5]重门。昨遗绣罗襦，乃在铜鞮村[6]。偷生伏皂枥[7]，终夜闻哀猿。哀猿终夜啼，我独空烦冤[8]。

【注释】

[1] 这是一首汉乐府旧题诗。《思悲翁》为"汉鼓吹铙歌十八曲"之一，诗人借旧题来抒写眼前这位老者的悲戚故事。他离乡背井，数年不能与爱女团圆，近来又收到了爱女寄来的衣物，遂倍加思念爱女与家人，每当夜深人静时，似乎总能听到老者的悲泣之声。

[2] 息女：古时在别人面前称自己的女儿。

[3] 天孙：织女星。《史记·天官书》："婺女，其北织女。织女，天女孙也。"唐司马贞索隐："织女，天孙也。"

[4] 豺虎骄：野兽凶暴，这里或指兵乱未消。唐杜甫《又雪》："冬热鸳鸯病，峡深豺虎骄。"

[5] 扃（shǎng）：门上环钮，这里用作动词。

[6] 铜鞮（dī）村：铜鞮是沁县古县名，这里的所指地域不详。

[7] 皂枥：马厩。

[8] 烦冤：烦躁愤懑。战国屈原《九章·思美人》："蹇蹇之烦冤兮，陷滞而不发。"王逸注："忠谋盘纡，气盈胸也。"

战城南[1]

百里闻寇警[2]，大纛[3]和衙衙[4]。不闻格斗声，溅血盈沟渠。昨知丧乱后，有令宽田租。暖暖[5]桑麻村，谁使成废墟？人生盗贼间，何似鸢与乌。乌鸢[6]实甘人^[7]，岂解^[8]闻号呼？

【注释】

[1] 这是一首汉乐府旧题诗。《战城南》属"汉鼓吹铙歌十八曲"之一，原诗以人乌对话展示战争的凄惨，本诗没有沿用对话的结构。诗人避开对战争的正面描写，仅用"溅血盈沟"的特写来暗示出战争的规模和惨烈。一句"谁使成废墟"不但深化了主题，亦传达出诗人对安定生活的渴望。最后以乌鸢食人作结，亦是对汉乐府原诗的照应。

[2] 寇警：乱军来犯的警报。

[3] 大纛（dào）：古代行军中或重要典礼上的大旗。宋欧阳修《昼锦堂记》："然则高牙大纛，不足为公荣；桓圭衮冕，不足为公贵。"

[4] 衔衔：相向而立的样子。唐皇甫湜《题浯溪石》："石屏立衔衔，溪口扬素濑。"

[5] 暧暧（ài）：迷蒙隐约的样子。晋陶潜《归园田居》："暧暧远人村，依依墟里烟。"

[6] 乌鸢（yuān）：乌鸦与老鹰。

[7] 甘人：这里指乌鸦与老鹰以人肉为食。甘，用作动词，以……为甘。李白《战城南》有"野战格斗死，败马号鸣向天悲。乌鸢啄人肠，衔飞上挂枯树枝"之句。

[8] 解：明白，理解。

芳树^[1]

丹穴^[2]有雏凤，栖栖^[3]芳树林。琼蕤^[4]无嘉实，终朝怀好音。虞罗^[5]尽机巧^[6]，谅不加千寻。毛羽常自怜，在远犹可钦^[7]。飞飞出霄汉，下视重云深。徘徊念芳树，勿令霜雪侵。

【注释】

[1] 这是一首乐府旧题诗。诗人对生活在仙山琼林中的凤凰充满钦美之情，它既有悦耳的声音，又有佳丽的羽毛，而无罗网之忧。诗中的"凤凰"与"芳林"显然有所寄托，"凤凰"或为自比，"芳林"所指为何，已不可探知。《芳林》，汉乐府"汉铙歌十八曲"之一。

[2] 丹穴：传说中的山名。《山海经·南山经》："丹穴之山……有鸟焉，其状如鸡，五采而文，名曰凤凰。"

[3] 栖栖（xī）：孤寂零落的样子。唐白居易《胶漆契》："陋巷饥寒士，出

门甚栖栖。"

[4] 琼蕤（qióng ruí）：玉质的花朵。西晋陆机《拟东城一何高》："京洛多妖丽，玉颜佛琼蕤。"张铣注："琼蕤，玉花也。"

[5] 虞罗：见《咏燕》注释 [29]。

[6] 机巧：诡诈。《庄子·天地》："功利机巧，必忘夫人之心。"

[7] 钦：谨慎，戒慎。

君马黄[1]

君马黄复骊[2]，我马驽且疲[3]。我自游康庄[4]，君自凌险巇[5]。与君金石交，欲语中肠悲。挽君君不留，未敢相追随。封狐[6]走侁侁[7]，冈峦相蔽亏[8]。勿狃[9]他人往，当思我为谁。

【注释】

[1] 这是一首乐府旧题诗。诗中的"君"当为诗人的旧友，但诗人与"君"似乎走着不同的路。该诗似为规箴朋友而作，情深而词婉。《君马黄》汉铙歌名，因歌词首句"君马黄"而得名。原词为："君马黄，君马苍，二马同逐臣马良。"

[2] 骊（lí）：纯黑色的马。

[3] 驽（nú）且疲：缓慢又懈怠。驽，劣马，走不快的马。疲，懈怠。

[4] 康庄：四通八达的大道。唐白居易《和松树》："漠漠尘中槐，两两夹康庄。"

[5] 险巇（xiǎn xī）：险峻崎岖。嵇康《琴赋》："丹崖险巇，青壁万寻。"吕良注："险巇，倾侧貌也。"

[6] 封狐：大狐。战国屈原《离骚》："羿淫游以佚畋兮，又好射夫封狐。"王逸注："封狐，大狐也。"

[7] 侁侁（shēn）：往来奔走的样子。战国屈原《招魂》："豺狼从目，往来侁侁些。"

[8] 蔽亏：因遮蔽而半隐半现。唐孟郊《梦泽行》："楚山争蔽亏，日月无全辉。"

[9] 狃（niǔ）：习惯。《诗经·郑风·大叔于田》："将叔无狃，戒其伤女。"毛传："狃，习也。"

巫山高[1]

前登巫山高，杀气[2]薄南斗[3]。绝域标功名[4]，尚恐铜柱朽[5]。荷戟缨旄落，始知去乡久。别时计归程，虑在阳春[6]后。春蚕已成茧，桑叶复垂牖[7]。关关黄鸟鸣，缫车[8]暂停手。

【注释】

[1] 这是一首乐府旧题诗。《巫山高》本为汉乐府铙歌十八曲名。《乐府解题》曰："古辞言江淮水深，无梁可度，临水远望思归而已。若齐王融'想象巫山高'，梁范云'巫山高不极'，杂以阳台神女之事，无复远望思归之意也。"《乐府诗集》所收南朝诸作，多为演绎巫山神女之事，与古辞写思归、怀远的意蕴有所区别。本诗与原题诗旨倒是颇为接近，诗歌从男女两个视角分别来抒写怀归与相思之情。两个场景的末句都处理得别具匠心，有言近旨远的韵味。

[2] 杀气：军旅杀伐的气氛，借指战斗或战事。《礼记·月令》："（仲秋之月）杀气浸盛，阳气日衰。"

[3] 薄南斗：迫近南斗六星。薄，迫近。南斗，星名，在北斗星以南，有星六颗，形似斗，故称。有时借指南方，南部地区。

[4] 标功名：题写功名。标，题写。孙绰《游天台山赋》："故事绝于常篇，名标于奇记。"李善注引《广雅》："标，书也。"

[5] "尚恐"句：东汉光武帝建武十六年，交趾地区爆发了征侧、征贰姐妹领导的"二征起义"。朝廷派马援率领大军镇压了这次起义。战事结束后，马援在交趾立铜柱（今越南中部广平、广治一带）为汉之极南界，其柱铭文曰："铜柱折，交趾灭。"后因以"马援柱""马柱""铜柱"为典实。

[6] 阳春：温暖的春天。

[7] 垂牖（yǒu）：低垂在窗前。牖，古建筑中室与堂之间的窗子，后泛指窗。

[8] 缫（sāo）车：缫丝所用的器具。

陇头水[1]

朝随螯弧旗[2]，夕饮呜咽水[3]。人乐壶浆迎[4]，我见独疮痏[5]。天府[6]曾无缺，谁实为祸始？京观[7]多黄巾[8]，穷荒鲜赤子。深山窜雄虺[9]，毒焰[10]殊未已。书生请勒铭[11]，丈夫乃深耻。

【注释】

[1] 这是一首乐府旧题诗。《陇头水》即《陇头歌辞》，梁鼓角横吹曲之一。《乐府诗集》收录三首，均为抒写游子漂流之痛的作品。本诗重在抒发作者对战乱的反思。战乱平定之后，作者没有沉浸在欢庆与颂赞之中，他把更深的思考放在引发战乱的缘由上。面对战乱导致的大规模死伤，作者也透出深深的悲悯。全诗格调悲凉，思虑深邃。

[2] 蝥（máo）孤旗：蝥孤，春秋时期郑伯旗帜的名字，后泛指军旗。《左传》：“郑有蝥孤，齐有灵姑铍，皆诸侯之旗也……其名当时为之，其义不可知也。”

[3] 鸣咽水：指陇头水。《三秦记》：“陇山顶有泉，清水四注，俗歌：陇头流水，鸣声呜咽。遥望秦川，肝肠断绝。”

[4] 壶浆迎：百姓用壶盛酒水来欢迎他们爱戴的军队。《孟子·梁惠王》：“以万乘之国伐万乘之国，箪食壶浆以迎王师，岂有他哉！”

[5] 疮痏（wěi）：本义疮疡、伤痕，引申为祸害。汉焦赣《易林·噬嗑之益》：“斧斤所斫，疮痏不息。”宋苏轼《荔支叹》：“我愿天公怜赤子，莫生尤物为疮痏。”

[6] 天府：天子的府库，比喻某地区物产丰饶。

[7] 京观：古代为炫耀武功，聚集敌尸，封土而成的高冢。《左传》：“潘党曰：‘君盍筑武军，而收晋尸以为京观。臣闻克敌必示子孙，以无忘武功。’”

[8] 黄巾：东汉末年张角所领导的起义军，因头包黄巾而得名。这里指乱军。《后汉书·皇甫嵩传》：“角（张角）等知事已露，晨夜驰敕诸方，一时俱起，皆着黄巾为标帜，时人谓之‘黄巾’。”

[9] 雄虺（huī）：古代传说中的大毒蛇。战国屈原《招魂》：“雄虺九首，往来倏忽，吞人以益其心些。”王逸注：“言复有雄虺，一身九头，往来奄忽，常喜吞人魂魄，以益其贼害之心也。”

[10] 毒焰：比喻大的灾祸。焰，比喻灼人的气势。

[11] 勒铭：刻石记功。《后汉书·窦宪传》：“宪、秉遂登燕然山，去塞三千余里，刻石勒功，纪汉威德。”

武溪深[1]

武溪水滔滔，曾[2]不远天汉[3]。何为理方舟[4]，终岁闻伐叛[5]。铮铮[6]刁斗[7]鸣，熠熠军火[8]乱。擐[9]甲坐戎幕，永夜何时旦。兵家忌拙速[10]，岂乏制

75

胜算。哀哀[11]穷荒民，引领[12]出涂炭[13]。

【注释】

[1] 武溪深，古乐曲名。晋崔豹《古今注·音乐》："《武溪深》，乃马援南征之所作也。援门生爰寄生善吹笛，援作歌以和之，名曰《武溪深》。其曲曰："滔滔武溪，一何深，鸟飞不度，兽不能临，嗟哉武溪，多毒淫！"诗人以旧题写时事，在慨叹连年战乱不止同时，亦寄寓了对平叛将士与百姓的同情，情深词切。

[2] 曾（zēng）：表示出乎意料，副词，相当于"乃""竟"。

[3] 天汉：银河。

[4] 理方舟：驾御大船。理、治。方舟，大船。

[5] 伐叛：讨伐叛乱。

[6] 铮铮（zhēng）：金属撞击声。即下文的刁斗之声。

[7] 刁斗：军中用具，白天可供烧饭，夜间敲击以巡更。杜甫《夏夜叹》："竟夕击刁斗，喧声连万方。"

[8] 军火：军队营地夜晚照明的灯火。

[9] 擐（huàn）：穿，贯。《左传·成公二年》："擐甲执兵，固即死也。"

[10] 拙速：谓用兵宁拙于机智而贵在神速。拙，笨，不灵巧。笨拙。速，快。《孙子·作战》："兵闻拙速，未睹巧之久也。"杜牧注："攻取之间，虽拙于机智，然以神速为上。"

[11] 哀哀：悲痛不已的样子。《诗经·小雅·蓼莪》："哀哀父母，生我劳瘁。"郑玄笺："哀哀者，恨不得终养父母，报其生长己之苦。"

[12] 引领：伸颈远望，多以形容期望殷切。

[13] 涂炭：烂泥和炭火，比喻极困苦的境遇。

为王阮亭题庭前竹[1]

昔在长干陌[2]，修竹接林莽。把酒行春风，竟日迷来往。寒翠浮客衣，飘箨[3]乱清响[4]。对此翻离忧[5]，欲济恨川广。长安辟高斋，隙地才如掌。美人来几时？忽见琅玕[6]长。西风吹庭户，海月渐东上。邈然[7]怀三山[8]，凤结[9]鸾鹤想[10]。深丛递蛮音[11]，重露明珠网。野人[12]逝将归，谁与共幽赏？

【注释】

[1] 本诗名为题竹，实为借竹抒怀。王阮亭与诗人交往颇深，而今已离开旧居赴任京城。诗人睹物思人，追忆昔日把酒竹下的欢娱，不禁怆然。修竹尚

在，欢娱难继，秋风中的虫声，蛛网上的清露，映现出衰飒的氛围，诗人的落寞之情也在这气氛中凸显出来。王阮亭（1634—1711），名王士禛，号阮亭，又号渔洋山人，世称王渔洋。山东新城（今桓台县）人。清初杰出诗人，其诗论主"神韵"说，对后世影响深远。

[2] 长干陌：古建康里巷名，故址在今江苏省南京市南。陌，小路。

[3] 飘箨（tuò）：飘落的竹皮。箨，竹笋上的皮，随着竹子的生长，会渐次脱落。南朝宋鲍照《咏采桑》："早蒲时结阴，晚箨初解箨。"

[4] 清响：清脆的响声。唐孟浩然《夏日南亭怀辛大》："荷风送香气，竹露滴清响。"

[5] 翻离忧：倍添离别之忧。翻，成倍地增加。离忧，离别的感伤。

[6] 琅玕（láng gān）：形容竹之青翠，亦指竹。唐杜甫《郑驸马宅宴洞中》："主家阴洞细烟雾，留客夏簟青琅玕。"仇兆鳌注："青琅玕，比竹簟之苍翠。"

[7] 邈（miǎo）然：遥远的样子。

[8] 三山：神话传说中的东海三座仙山。晋王嘉《拾遗记》："三壶，则海中三山也。一曰方壶，则方丈也；二曰蓬壶，则蓬莱也；三曰瀛壶，则瀛洲也。"

[9] 夙（sù）结：早就怀有。夙，早。

[10] 鸾鹤想：游仙的念头。鸾鹤，仙人所乘，亦指代仙人。

[11] 蛩（qióng）音：蟋蟀的叫声。蛩，蟋蟀。

[12] 野人：作者自谦之词。

同曹升六郊行二首[1]

其一

八月歘炎[2]热，半夜风雷骄。城阖[3]射朝霁[4]，水涨东溪桥。空陂[5]绝虫鱼，风定沧漪[6]消。倒影看飞鸿，历历排烟霄[7]。美人去荒江[8]，松桂不可要[9]。披襟坐修阪[10]，俯瞰沧海潮。驽马[11]行屡却[12]，终日鸣萧萧。斯游怅难再，何为恋场苗[13]？

【注释】

[1] 此诗借雨后与曹升六郊游，抒发了作者即将与友人离别的遗憾和诗人自己倦游思归之情。曹升六（1634—1698），名贞吉，安丘县城东关人，清代著名诗词家。曹氏嗜书，工诗文，与嘉善诗人曹尔堪并称为"南北二曹"，词尤有名，被誉为清初词坛上"最为大雅"的词家，著有《珂雪集》，另有《朝天集》

《鸿爪集》《黄山记游诗》。

[2] 欻（chuā）炎：快而热的暑气。欻，快的样子。

[3] 城闉（yīn）：城内重门，亦泛指城郭。南朝谢庄《宋孝武宣贵妃诔》："崇徽章而出寰甸，照殊策而去城闉。"李善注："闉，城曲重门也。"

[4] 射朝霁：映射着晴朗的天空。霁，雨过天晴的样子。

[5] 空陂（bēi）：空旷的池塘。陂，池塘。

[6] 沧漪（yī）：水的波纹，同"沧猗"。《诗经·魏风·伐檀》："河水清且沧猗。"毛传："沧，小风水成文，转如轮也。"

[7] 烟霄：云霄。唐陈子昂《春日登金华观》："山川乱云日，楼榭入烟霄。"

[8] 荒江：荒远之地。这里指曹升六的去处。

[9] "松桂"句：与友人的松桂之约再也不能实现。松桂，代指游仙超俗之念。要（yāo），约请，邀请。《诗经·鄘风·桑中》："期我乎桑中，要我乎上宫。"

[10] 修阪（bǎn）：长长的山坡。

[11] 驽（nú）马：劣性的或无用的马。这是作者的自谦之辞。

[12] 屡却：屡屡后退。却，后退。

[13] "场苗"句：意谓诗人自己也有去意。《诗经·小雅·白驹》："皎皎白驹，食我场苗。"毛传："宣王之末，不能用贤者，有乘白驹而去者。"郑玄笺："愿此去者，乘其白驹而来，使食我场中之苗，我则绊之系之，以永今朝。爱之欲留之。"后以"场苗"为贤才所宜居之所。

其二[1]

西山[2]接苍穹，远色同蔼靆[3]。落日烧霞红，峰峦渐深黛。万壑积秋霖[4]，百里明素濑[5]。前行陂陇[6]高，未觉村墟碍[7]。郁郁河桥柳，分行叠旌斾[8]。秋色何匆匆，飒然[9]变关塞。猎骑归城隅[10]，虫声向天外。与君歌《楚辞》，千古同遥慨[11]。

【注释】

[1] 此诗写秋日雨后，与曹升六远行所见风物之美，颇近于山水诗。西山苍茫，远看似浓云，雨后的山谷万籁争鸣。河桥柳色青青，如旌斾逶迤，自己与友人也仿佛戎装骑猎的古人，徜徉于雄关险塞。给人以诗情爽朗、意兴高迈的感受。

[2] 西山：北京西山，是太行山的一条支阜，又称小清凉山。

[3] 蔼靆（ài dài）：浓云密布的样子。这形容远处山势重叠如密云状。晋

潘尼《逸民吟》："朝云暧曃，行露未晞。"

[4] 秋霖（lín）：秋日连绵的雨。《管子·度地》："冬作土功，发地藏，则夏多暴雨，秋霖不止。"

[5] 素濑（lài）：泛着白沫的激流。濑，激流的水。

[6] 陂（bēi）陇：险仄的山路。

[7] 碍：阻挡。

[8] 旌斾（pèi）：旌旗。斾，旗末端状如燕尾的垂旒。

[9] 飒（sà）然：迅疾、倏忽貌。唐杜甫《牵牛织女》："飒然精灵合，何必秋遂通。"

[10] 城隅：城角，这里代指城。《诗经·邶风·静女》："静女其姝，俟我于城隅。"

[11] 遥慨：与古人一同感慨。

董烈妇诗并序[1]

妇孙氏，为董樵[2]中子道广妇，偕隐[3]成山。夫殁后[4]，从容告庙[5]，与家人诀[6]，自经死[7]。

董生今仲连[8]，高节凌沧波。忼慷[9]引大体[10]，裋褐[11]良足多。中男制荷衣[12]，中妇带女萝[13]。形影常双栖，松桂闲婆娑[14]。一朝闭重泉[15]，秋兰委陂陀[16]。骨肉衔哀荣[17]，行路纷悲歌。余时厕容台[18]，公好非敢阿[19]。六年壅上闻[20]，感愤空蹉跎[21]。吁嗟潜德光[22]，枯槁终销磨[23]。董生爱修名[24]，当奈清史何？

【注释】

[1] 这是一首表彰节烈的诗歌。董道广与其父董樵均能持节而不屈，隐居以守志。道广妇追随其夫，双栖山野。道广殁后，其妇从容自经，终成节烈之女。诗人满含敬仰地追述了董氏夫妇的高德义行，又以董氏之名不得显荣当代而感到深深的遗憾。

[2] 董樵：原名震起，字樵谷，号东湖，后易名朱山樵，山东莱阳大淘漳村人。董樵是明末清初爱国主义诗人，明亡后，曾长期隐居，守节不仕。

[3] 偕隐：一同隐居。偕，一起、一同。

[4] 夫殁后："诗钞本""汇编本"均作"夫殁"，"三家本"作"夫殁后"，今从"三家本"。殁（mò）：死。

[5] 告庙：祭告祖庙。

[6] 诀 (jué)：辞别，多指不再相见的分别。

[7] 自经死："诗钞本"作"遂自经死"，"汇编本""三家本"均作"自经死"，今从后者。自经，上吊自杀。

[8] 今仲连：当今的鲁仲连。鲁仲连，战国游士，喜"为人排患释难解纷乱而无取"，性格飘然远举，不受羁绁。

[9] 忼慷 (kāng kāng)：意气激昂，胸襟开阔。《新唐书·列女传·杨烈妇》："虽敢决不忘于国，然不如杨烈妇忼慷知君臣大义云。"

[10] 大体：重要的义理，有关大局的道理。《史记·平原君虞卿列传》："（平原君）未睹大体。"

[11] 裋 (shù) 褐：粗陋的布衣，多为贫者所服。《列子·力命》："朕衣则裋褐，食则粢粝，居则蓬室，出则徒行。"

[12] 制 (zhì) 荷衣：裁制荷叶为衣。战国屈原《离骚》："制芰荷以为衣兮，集芙蓉以为裳。"制，裁衣。荷衣，荷叶制成的衣裳，指高人、隐士之服。

[13] 带女萝：以松萝为带。女萝，亦作"女罗"。植物名，多附生在松树上，成丝状下垂。战国屈原《九歌·山鬼》："若有人兮山之阿，被薜荔兮带女罗。"王逸注："罗，一作萝。"

[14] 婆娑 (suō)：盘旋舞动的样子。《诗经·陈风·东门之枌》："子仲之子，婆娑其下。"毛传："婆娑，舞也。"

[15] 重 (zhòng) 泉：犹九泉，指死者所归之处。南朝梁江淹《效潘岳〈悼亡〉》："美人归重泉，悽怆无终毕。"

[16] 陂陀 (pō tuó)：阶陛，亦作"陂陁"。战国屈原《招魂》："文异豹饰，侍陂陀些。"王逸注："陂陁，长陛也。言侍从之人，皆衣虎豹之文，异采之饰，侍君堂隅，卫阶陛也。"

[17] 哀荣：死后办得很隆重的丧事。《论语·子张》："其生也荣，其死也哀。"何晏集解："故能生则荣显，死则哀痛。"

[18] 厕容台：任职礼部。厕，置身。容台，礼署、礼部的别称。《史记·殷本纪》："表商容之闾。"司马贞索隐引汉郑玄云："商家典乐之官，知礼容，所以礼署称容台。"

[19] 阿 (ē)：迎合，偏袒。

[20] 壅 (yōng) 上闻：阻塞向朝廷呈报的路。壅，阻塞。上闻，向朝廷呈报。唐韩愈《与华州李尚书书》："愚以为苟虑有所及，宜密以上闻，不宜以疏外自待。"

[21] 蹉跎 (cuō tuó)：失意的样子，或指虚度光阴。南朝齐谢朓《和王长

史卧病》：“日与岁眇邈，归恨积蹉跎。”

[22] 德光：道德的光华。

[23] 销磨：磨灭，消耗。宋刘过《沁园春·赠王禹锡》：“便平生豪气，销磨酒里。”

[24] 修名：美好的名声。修，美。

为梁予培题《嘉庄农隐图》[1]

方吉偶[2]画。

灵境[3]遗高踪[4]，千载成风尚。竞写桃源图[5]，不睹莘野[6]状。嘉庄[7]伊谁[8]作？蓊阁[9]俨入望[10]。地僻藩篱疏，山空鸡犬放。村烟暖[11]将夕，田塍[12]莽交向。幽人在何许？惟见行餫饷[13]。爱此龙眠笔[14]，尘容一神王[15]。步檐[16]立青霄，心在汶川上[17]。

【注释】

[1] 这是一首题画诗。友人梁予培有《嘉庄农隐图》，为方吉偶所作，诗人赏其田园雅致，遂有此题。在方吉偶所画的疏篱、鸡犬、夕阳下的村落、伸向远方的田埂等具象的背后，无不渗透着画家的高迈情趣，而这种情趣恰与诗人的内心契合，故诗人赏画之文亦颇有超迈世俗的韵味。

[2] 方吉偶：名亨咸，字吉偶，号邵村、龙暝、心童道士，安徽桐城人。清顺治四年进士，官御史。能文，善书，长于丹青，精于小楷。山水仿黄公望，博大沈雄，力追古雅，与程正揆、顾大申时称鼎足。花鸟意态如生，曾绘百尺梧桐卷，雀雏入神品。

[3] 灵境：泛指风景名胜之地。南朝梁江淹《效谢灵运〈游山〉》：“灵境信淹留，赏心非徒设。”

[4] 高踪：高尚的行迹。晋傅咸《赠何劭王济》：“岂不企高踪，麟趾邈难追。”

[5] 桃源图：指用陶潜《桃花源记》为题材的画。

[6] 莘（shēn）野：隐居之所。《孟子·万章上》：“伊尹耕于，有莘之野。”赵岐注：“有莘，国名。”

[7] 嘉庄：《嘉庄农隐图》。

[8] 伊谁：谁，何人。《诗经·小雅·何人斯》：“伊谁云从？维暴之云。”

[9] 蓊阁（wěng gé）：绿荫环绕的样子。阁，山川或河流烟气环绕的样子。蓊，草木蓬勃茂盛的样子。唐杜甫《三川观水涨》：“蓊阁川气黄，群流会

空曲。"

[10] 入望：映入眼帘。五代孟贯《冬日登江楼》："远村虽入望，危槛不堪凭。"

[11] 暧（ài）：昏暗不明的样子。

[12] 田塍（chéng）：田埂。塍，田间的土埂、小堤。

[13] 馌饷（yè xiǎng）：送食物到田头。明李东阳《题王维诗意图》："村烟多乞邻，馌饷常及午。"

[14] 龙眠笔：北宋画家李龙眠的笔法。李龙眠（1049—1106），即李公麟，字伯时，号龙眠居士。北宋画家，凡人物、释道、鞍马、山水、花鸟，无所不精，时推为宋画中第一人。

[15] 神王：精神旺盛的样子。王，通"旺"。《庄子·养生主》："泽雉十步一啄，百步一饮，不蕲畜乎樊中，神虽王不善也。"成玄英疏："心神长王，志气盈豫。"

[16] 步檐：长廊、走廊。唐王维《上张令公》："步檐青琐闼，方憩画轮车。"

[17] "心在"句：意谓无意于仕进。汶川，即汶河。《论语·雍也》："季氏使闵子骞为费宰。闵子骞曰：'善为我辞焉，如有复我者，则吾必在汶上矣。'"

赠董阆石[1]

上驷[2]当戎车[3]，喷沫知敌忾[4]。及其困皁栈[5]，翛然[6]自怨艾[7]。董侯早通籍[8]，华颠[9]犹秉耒[10]。芝草冠众芳，令名[11]人不逮。君看鹤盖阴[12]，恣睢[13]难为态。市儿[14]艳纷华[15]，野人闵荒秽[16]。何如守残编[17]，肘寸[18]起烟霭[19]。峨峨[20]九培楼[21]，蠢起拟东岱。选声含醇和[22]，掞藻[23]绝疵颣[24]。假使绾金章[25]，有鼎宜知爱。吏治[26]求方殷[27]，盛年渺难再。空逐作息伦[28]，狂歌托圣代[29]。密雨连朝昏，大海同噯嗳[30]。矫首望茸城[31]，为君发遥慨。

【注释】

[1] 董阆石（1624—1697），名含，号苍水，松江华亭（今上海市金山区）人。以列名江南奏销案被黜，放归田里。此后时事纷扰，董生又经历三藩之乱等变故，遂绝意仕进，耕读自娱，虽家徒四壁，犹勤于著述。作者借此诗，既表达了对董阆石才能的赞许，又寄寓了盛时难再、贤才难容于世的感慨。

[2] 上驷：上等马，良马。

[3] 戎车：战车。

[4] 敌忾（kài）：抵抗所愤恨的敌人。忾，愤怒，愤恨。

［5］皂枥：马厩，养马之所。金元好问《上致政冯内翰》："皂枥老归千里骥，白云闲钓五溪鱼。"

［6］倏（xiāo）然：迅疾貌。宋司马光《馆宿遇雨怀诸同舍》："佳雨濯烦暑，倏然生晓凉。"

［7］怨艾：悔恨，怨恨。

［8］通籍：谓记名于门籍，可以进出宫门，后以指代做官。籍，古代宫门外写有姓名、年龄、身份等信息的竹片，挂在宫门外，以备出入时查对。唐杜甫《夜雨》："通籍恨多病，为郎忝薄游。"

［9］华颠：头发黑白相间，指年老。唐卢肇《被谪连州》："黄绢外孙翻得罪，华颠故老莫相嗤。"

［10］秉耒（lěi）：执耒，干农活。耒，农具。

［11］令名：指美好的声誉，好的名称。《左传·襄公二十四年》："侨闻君子长国家者，非无贿之患，而无令名之难。"

［12］鹤盖阴：车盖下面。鹤盖，形如飞鹤的车盖。汉刘桢《鲁都赋》："盖如飞鹤，马如游鱼。"

［13］恣睢（zì suī）：放纵暴戾。《荀子·非十二子》："纵情性，安恣睢，禽兽行。"

［14］市儿：市井好利之徒。唐元结《浪翁观化·时化》："朋友为世利所化，化为市儿。"

［15］艳纷华：羡慕繁华。艳，羡慕。纷华，繁华，富丽。宋欧阳修《读书》："纷华暂时好，俯仰浮云散。"

［16］荒秽（huì）：荒芜。晋陶潜《归园田居》："晨兴理荒秽，带月荷锄归。"

［17］残编：残缺不全的书。元成廷珪《夜思》："青灯细雨三更梦，白首残编万古心。"

［18］肤寸：一指宽为寸，四指宽为肤，比喻极小或极少。宋王安石《和平甫舟中望九华山》："尚无肤寸功，岂免窃食嫌。"

［19］烟霭（ǎi）：云雾。唐杜甫《万丈潭》："局步凌垠堮，侧身下烟霭。"

［20］峨峨：高耸的样子。

［21］培塿：本作"部娄"。小土丘。《左传·襄公二十四年》："部娄无松柏。"杜预注："部娄，小阜。"

［22］醇和：纯正平和。三国魏嵇康《琴赋》："含天地之醇和兮，吸日月之休光。"

［23］揿（shàn）藻：铺张辞藻。

[24] 疵颣 (lèi)：缺点，毛病。

[25] 绾 (wǎn) 金章：系着金质的官印，指做高官。绾，系结。金章，金质的官印。南朝宋鲍照《建除》："开壤袭朱绂，左右佩金章。"钱振伦注引《文选·孔稚圭〈北山移文〉》注："金章，铜印也。"

[26] 吏治：官吏的作风和治绩。

[27] 方殷：谓正当剧盛之时。

[28] 作息伦：劳作与休息的顺序。汉王充《论衡·偶会》："作与日相应，息与夜相得也后因称劳作和休息为。"

[29] 圣代：对当代的谀称。

[30] 暧逮 (ài dài)：浓云密布的样子。这形容远处山势重叠如密云状。晋潘尼《逸民吟》："朝云暧逮，行露未晞。"

[31] 茸城：松江的别称。

韬光阁[1]

高山静夕气，直上若垂空。仰观飞泉流，疑与银河通。曲磴[2]缘秋毫[3]，栏槛[4]排[5]珠宫[6]。久厌竹林密，豁然出樊笼[7]。江流外荡潏[8]，湖光内冲融[9]。吴山成岛屿，夭矫[10]浮当空。鸟雀相呼归，羁栖[11]谁与同？千里眺旧乡，日落烟蒙蒙。

【注释】

[1] 这是一首登高怀归之作。诗人客游杭州，傍晚时分登韬光阁，但见修竹环翠、阶染苔痕。远处江水撼波，吴山若浮。近处山林寂寂，归鸟相鸣。在迷蒙的落日余晖中，羁旅之愁油然而兴。

[2] 曲磴 (dēng)：弯曲的石阶。磴，石阶。

[3] 秋毫：本义为鸟兽在秋天新长出来的细毛。喻细微之物。诗中或指布满台阶石缝的苔藓。

[4] 栏槛 (kǎn)：栏杆。

[5] 排：引向、指向。

[6] 珠宫：道院或佛寺。这里指韬光阁。

[7] 樊 (fán) 笼：关鸟兽的笼子。晋陶潜《归园田居》："久在樊笼里，复得返自然。"

[8] 荡潏 (jué)：水波涌腾起伏的样子。南朝齐张融《海赋》："沙屿相接，洲岛相连，东西荡潏，如满于天。"

[9]　冲融：充溢弥漫的样子。唐韩愈《游青龙寺赠崔大补阙》："魂翻眼倒忘处所，赤气冲融无间断。"

　　[10]　天矫：纵恣自得的样子。汉张衡《思玄赋》："偃蹇天矫，婉以连卷兮。"李善注："天矫，自纵恣貌也。"

　　[11]　羁栖（jī qī）：淹留他乡。唐杜甫《熟食日示宗文宗武》："消渴游江汉，羁栖尚甲兵。"

赠张杞园[1]

　　张子别三年，虬须[2]满衣衽。扁舟[3]渡江淮，千里发长吟。越国绝逢迎[4]，问俗忘氛祲[5]。放眼穷西湖，凉无烟霞[6]禁。我来先旬日，早受绿萝荫。闻君制荷衣[7]，鲍女[8]工缝纴[9]。幽谷众禽喧，远浦垂虹饮[10]。酒酣送落日，吴山遥可枕。昔贤东出关，曾不鄙春赁[11]。徜徉图史[12]间，行乐亦已甚。荣名良可宝，欲语还声噤[13]。矫矫云中鹤，为媒或托鸩[14]。

【注释】

　　[1]　张杞园（1636—1712），名贞，字起元，号杞园，山东安邱人，清初著述家、书法家、篆刻家。诗人与张杞园阔别三年，重逢于杭州，遂有此赠。张杞园才高名重，无意仕进，以徜徉典籍、怡情山水为乐。诗描述张杞园虬髯飘逸，时或矫首长吟，颇有名士风范。

　　[2]　虬（qiú）须：蜷曲的胡须。唐杜甫《八哀诗·赠太子太师汝阳郡王琎》："虬须似太宗，色映塞外春。"

　　[3]　扁（piān）舟：小船。唐李白《还山留别金门知己》："扁舟寻钓翁。"

　　[4]　逢迎：迎接，接待。

　　[5]　氛祲（jìn）：本为云气，比喻战乱，叛乱。

　　[6]　烟霞：泛指山水、山林。南朝梁萧统《锦带书十二月启·夹钟二月》："敬想足下，优游泉石，放旷烟霞。"

　　[7]　制（zhì）荷衣：裁制荷叶为衣。战国屈原《离骚》："制芰荷以为衣兮，集芙蓉以为裳。"制，裁衣。荷衣，荷叶制成的衣裳，指高人、隐士之服。

　　[8]　鲍女：春秋宋国鲍苏之妻也，因侍奉婆婆尽心，丈夫再娶而不妒，被表彰为女子的楷模。《古烈女传》载："女宗者，宋鲍苏之妻也。养姑甚谨。"

　　[9]　缝纴（rèn）：泛指缝纫补缀之事。

　　[10]　虹饮：传说中的龙吸水。

　　[11]　春赁（chōng lìn）：受雇佣给人春米。南朝宋范晔《后汉书·逸民列

传·梁鸿传》："后至吴，依大家皋伯通，居庑下，为人赁春。每归，妻为具食；不敢于鸿前仰视，举案齐眉。"

[12] 图史：图书。《新唐书·杨绾传》："性沉靖，独处一室，左右图史，凝尘满席，澹如也。"

[13] 声噤（jìn）：闭口不说话。

[14] 为媒或托鸩（zhèn）：《楚辞·离骚》："吾令鸩为媒兮，鸩告余以不好。"王逸注："鸩羽有毒，可杀人，以喻谗佞贼害人也。"后因以"鸩媒"指善用谗言害人的人。诗中或用其本义以表达作者的仰慕。

严方贻席上食逆鱼同曹秋岳赋[1]

逆鱼[2]生苕溪[3]，赋形何么麽[4]。龙津[5]登未能，鱼贯[6]行必果[7]。圣人制网罟[8]，利用愁阶祸[9]。水清无巨鱼，残虐[10]及微琐[11]。野蕨繁细丛，山樱变新颗。霉雨[12]涨渐深，居人颐早朵[13]。侍御[14]晚留宾，风流擅[15]江左。百里烹小鲜，一一苞芦[16]裹。君看五侯鲭[17]，金盘耀璀瑳[18]。留此鲲鲕仁[19]，蔬食良自可。生气[20]惧渐微，戕贼[21]无由我。醉来登吴山，空江遍渔火。

【注释】

[1] 严方贻（1639—1700），名曾榘，字方贻，严沆之长子，余杭人。少入太学，清康熙三年（1664）中进士，改庶吉士，擢升广西道监察御史，历台谏二十四年。著有《德聚堂集》《叠罗词》等。曹秋岳（1613—1685）名溶，字秋岳，号倦圃、锄菜翁，秀水（今浙江嘉兴）人。家富藏书，工诗、词，其诗源本杜甫苍老之气，一洗妩柔之调，与合肥龚鼎孳齐名，世称"龚曹"。填词规摹两宋，无明人之弊，浙西词风为之一变，盖浙西词派之先河也，著有《静惕堂诗词集》。严方贻设宴招待诗人与曹秋岳，席间有逆鱼数条，牵动作者怀仁万物之心，遂有此诗。逆鱼形小而味美，常为网罟所获。盛夏正是万物氤氲生长的季节，而渔人、食客竟不避大小而捕食之，实悖天地化育之功。

[2] 逆鱼：鱼名，喜群集逆水溯游，故名。味道鲜美。

[3] 苕（tiáo）溪：水名，在浙江省北部，流入太湖。由于流域内沿河各地盛长芦苇，当地人称芦花为"苕"，故名苕溪。

[4] 么麽（yāo mó）：同"幺麽""么么"。微小，细小。唐刘恂《岭表录异》卷上："（周遇）又经流虬国，其国人么么，一概皆服麻布而有礼。"

[5] 龙津：龙门。龙门一名河津，故称。《晋书·郭璞传》："登降纷于九五，沦涌悬乎龙津。"

[6] 鱼贯：游鱼先后接续。

[7] 行必果：本指人言行一致。这里是戏谑之笔，指逆鱼群一味逆流而上。

[8] 网罟（gǔ）：网。罟，鱼网。唐杜甫《五盘》："地僻无网罟，水清反多鱼。"

[9] 阶祸：召致祸患，惹祸。

[10] 残虐："三家本"作"残雪"，不通。今从"汇编本"。

[11] 微琐：细小的（鱼）。

[12] 霉雨：初夏江淮流域一带会出现一段持续较长的阴雨天。此时，器物易霉，故亦称"霉雨"，简称"霉"。此时值江南梅子黄熟之时，故亦称"梅雨"或"黄梅雨"。

[13] 颐（yí）朵：早早地享用美食。颐朵，即"朵颐"，动腮帮进食的样子。颐，脸颊。朵，动。

[14] 侍御：这里指严方贻。

[15] 擅（shàn）：压倒，胜过。

[16] 苞芦：玉米的别称。这里或指小鱼黄澄澄的颜色。

[17] 五侯鲭（qīng）：古代一种鱼肉杂烩的美食。晋葛洪《西京杂记》卷二："五侯不相能。宾客不得来往。娄护丰辩传食五侯间。各得其欢心。竞致奇膳。护乃合以为鲭。世称五侯鲭。以为奇味焉。"

[18] 璀瑳（cuō）：玉鲜明洁白的样子。

[19] 鲲鲕（ér）仁：对小鱼的仁慈之心。鲲鲕，亦作"鲲鱬"，小鱼。《诗经·齐风·敝笱》："其鱼鲂鳏"。孔颖达疏引《国语·鲁语》："鱼禁鲲鱬。"今本《国语·鲁语上》作"鱼禁鲲鲕"，韦昭注："鲲，鱼子也。鲕，未成鱼也。"

[20] 生气：使万物生长发育之气。《礼记·月令》："（季春之月）是月也，生气方盛，阳气发泄，句者毕出，萌者尽达，不可以内。"

[21] 戕贼：伤害，戕害。

送汪舟次使琉球[1]

往年厕容台[2]，裳裸[3]悉入觐[4]。欲作暹罗[5]行，屡即陪臣[6]讯。神哉百谷王[7]，终古效丹荩[8]。盘空[9]见蝴蝶，明灭飞相趁[10]。高天运鹏风[11]，叠浪排鱼阵。海童[12]及象网[13]，馨折[14]为价傧[15]。吾友济川才[16]，舟楫名久振。中山七日程[17]，如逐瑶池骏[18]。扪星[19]稍知遥，映岛方今觉进[20]。鲨帆[21]动蠕蠕[22]，千里乃一瞬。空中蚁蛭[23]出，城郭横云峻。欢然迎夔龙[24]，益转慕尧舜^[25]。百川泻群言，十洲漱芳润^[26]。遥采琼田^[27]花，再鬓高堂鬓^[28]。昔贤戒垂堂^[29]，岂为臣子分^[30]。举朝望遄归^[31]，怀哉履^[32]忠信。

【注释】

[1] 汪舟次（1626—1689），名楫，号悔斋，安徽休宁人，寄籍江苏江都。著有《崇祯长编》《悔庵集》《使琉球杂录》《册封疏钞》《中州沿革志》《补天石传奇》《观海集》等。琉球，东海上的岛国，疆域北起奄美大岛，东到喜界岛，南止波照间岛，西界与那国岛。此诗为送别汪舟次持节出使琉球之作。诗人以企美的口吻下笔，先写了自己对异域风光、海上奇景的向往，接着对汪舟次出使琉球的海上之旅展开铺陈，最后表达了对汪舟次不辱使命、归化外夷的期许。

[2] 厕容台：供职于礼部。厕，参与。容台，礼署、礼部的别称。

[3] 裳裸：形容异国使节服装不整的样子。

[4] 觐（jìn）：朝见（君主）。

[5] 暹（xiān）罗：泰国的旧称。音译词。

[6] 陪臣：古代天子以诸侯为臣，诸侯以大夫为臣，大夫又自有家臣。因之大夫对于天子，大夫之家臣对于诸侯，都是隔了一层的臣，即所谓"重臣"，因之都称为"陪臣"。《左传·襄公二十一年》："天子陪臣盈，得罪于王之守臣，将逃罪。"杜预注："诸侯之臣称于天子曰陪臣。"这里是指外国使节。

[7] 百谷王：指江海。百谷之水必趋江海，故称。《老子》："江海所以能为百谷王者，以其善下之，故能为百谷王。"

[8] 丹荩（jìn）：忠诚。荩古同"进"，帝王所进用的，后代指忠诚。

[9] 盘空：绕空，凌空。

[10] 相趁：相追逐。趁，追逐。

[11] 鹏风：迅速上旋的大风。《庄子·逍遥游》："（鹏）抟扶摇而上者九万里。"王先谦集解："《尔雅》：'扶摇谓之飙。'郭注：'暴风从下上。'"

[12] 海童：传说中的海中神童。晋左思《三都赋·吴都赋》："江斐于是往来；海童于是宴语。"刘逵注："海童，海神童也。"李善注引《神异经》："西海有神童，乘白马，出则天下大水。"

[13] 象网：同"象罔"。《庄子》寓言中的人物。含无心、无形迹之意。《庄子·天地》："黄帝游乎赤水之北，登乎昆仑之丘而南望，还归，遗其玄珠。使知索之而不得，使离朱索之而不得，使吃诟索之而不得也。乃使象罔，象罔得之。"王先谦集解引宣颖曰："似有象而实无，盖无心之谓。"

[14] 磬折：曲躬如磬，表示谦恭。汉董仲舒《春秋繁露·五行相生》："升降揖让，般伏拜谒，折旋中矩，立而磬折，拱则抱鼓。"

[15] 价傧：导引和接待宾客之人。金冯璧《雨后看并玉所控诸峰》："接武如朋簪，承迎如价傧。"

[16] 济川才：辅佐帝王之才。《尚书·说命上》："爰立作相，王置诸其左右。命之曰：'朝夕纳诲，以辅台德。若金，用汝作砺；若济巨川，用汝作舟楫。'"下文的"舟楫"也是这个意思。

[17] "中山"句：山中七日的路程。明叶盛《水东日记》卷十："王子去求仙，丹成入九天。山中方七日，世上已千年。"

[18] "如逐"句：就像驾着周穆王的骏马奔赴瑶池。瑶池，西王母居处。据《穆天子传》载：周穆王曾驾八骏西巡天下，行程九万里，会见西王母。

[19] 扪 (mén) 星：举手能摸到星星。扪，摸。唐李白《题峰顶寺》："夜宿峰顶寺，举手扪星辰。不敢高声语，恐惊天上人。"

[20] "映岛"句：以海岛为参照，方觉船在行进。映，因光线照射而显出。

[21] 鲎 (hòu) 帆：代指帆。鲎背部甲壳可上下翘动，上举时人称鲎帆。唐段成式《酉阳杂俎·鳞介篇》："今鲎壳上有一物，高七八寸，如石珊瑚，俗呼为鲎帆，成式荆州尝得一枚。"

[22] 蠕蠕 (rú)：像虫子似的前后蠕动身体，形容船帆慢慢移动的样子。

[23] 蚁蛭 (zhì)：蚁冢，突出地面的土堆。"蛭"通"垤"。《诗经·豳风·东山》："鹳鸣于垤，妇叹于室。"毛传："垤，蚁冢也。"

[24] 夔 (kuí) 龙：本为古代传说中的官员名字，这里指代清使节汪舟次。《尚书·舜典》："伯拜稽首，让于夔龙。"孔传："夔龙，二臣名。"

[25] 慕尧舜：此言琉球仰慕尧舜而归化。

[26] "百川"二句：言汪舟次辞令之美。芳润，芳香润泽，比喻文辞之精美。晋陆机《文赋》："倾群言之沥液，漱六艺之芳润。"

[27] 琼田：传说中能生灵草的田。《十洲记·祖洲》："鬼谷先生云：'东海祖洲上有不死之草，生琼田中，或名为养神芝。其叶似菰，苗丛生，一株可活一人。'"唐顾况《朝上清歌》："琼田瑶草，寿无涯些。"

[28] "再鬒"句：让父母的白发变黑。鬒 (zhěn)：黑而密的头发，这里用作动词。高堂：代指父母。

[29] 戒垂堂：避开可能有危险的地方。垂堂，靠近堂屋檐下。因檐瓦坠落可能伤人，故以喻危险的境地。《汉书·爰盎传》："千金之子不垂堂，百金之子不骑衡。"颜师古注："垂堂，谓坐堂外边，恐坠堕也。"

[30] 臣子分 (fèn)：臣下的本分。分，职分。《荀子·王霸》："相者，论列百官之长，要百事之听，以饰朝廷臣下百吏之分。"

[31] 遄（chuán）归：速归。遄，快，迅速。

[32] 履：践行。

郊行[1]

驱车鲁东门，矫首望南岗。朔风吹断蓬，交飞感我裳[2]。丘墓何累累[3]，传自鲁共王[4]。形骸不自保，富贵岂所望。封狐[5]窜枯柤[6]，饥鸟噪空墙。返镳[7]舍之去，掩袂向秋阳。安得逐子晋[8]，云霄振馀芳。

【注释】

[1] 这是一首秋日郊行感怀之作。在一片荒野中，昔日侯王的陵墓显得格外凄凉，当年的富贵奢华早已消逝在时间的长河里，只有封狐、饥鸟偶来相伴。人生百年，何以为寄？诗人想到了王子乔。

[2] 感我裳：吹动我的衣裳。"感"通"撼"，摇动。

[3] 累累（léi）：数量多的样子。

[4] 鲁共王：刘余，汉景帝和程妃所生，初为淮阳王，公元前154年徙为鲁王。好治宫事、苑圃、狗马，初治宫室，坏孔子旧宅，结果从旧墙里面发现了古文《尚书》《礼》《论语》《孝经》等书，一共几十篇。

[5] 封狐：大狐。战国屈原《离骚》："羿淫游以佚畋兮，又好射夫封狐。"王逸注："封狐，大狐也。"

[6] 柤（lǔ）：通"稆"，野生的谷物。

[7] 返镳（biāo）：驱马返回。镳，本义马嚼子，这里指代马。

[8] 逐子晋：追逐仙人王子晋。据《列仙传》载：周灵王太子晋（子乔）好吹笙作凤凰鸣，后在嵩山成仙。

送井丹文之任洛阳[1]

一夕登龙门[2]，九载思乘舟[3]。故人官兹土[4]，欢然如再游。青天足洞壑，响答无时休。荇藻[5]漾空际，金碧[6]明沙洲[7]。宿世[8]非仙吏，高踪谁与俦[9]？烽火[10]遍遐荒[11]，廊庙[12]方殷忧[13]。君过贾傅祠[14]，流涕[15]恐未收。金汤壮王会[16]，耕凿[17]安神州。龙门饶胜事，还销终古愁。

【注释】

[1] 井丹文，生平不详，曾与颜光敏同中二甲进士。此诗为井丹文离京赴任洛阳所作。数年前，颜光敏有伊阙之游，并留有诗篇。今天朋友的赴任，又勾

起了他对洛阳的美好回忆。美景依旧而可携手同游的朋友却在离散，诗人思此，颇感悲伤。诗人接着设想：叛乱未平，国事堪忧，友人若过贾生祠堂，想必也会怆然出涕吧！洛阳的美景或许能帮助朋友抹平忧伤。

[2] 龙门：地名。在今河南洛阳市南。因两山相对如阙门，伊水流经其间，故名。

[3] "九载"句：多年来一直还怀想着当年泛舟伊水的情景。

[4] 兹土：指洛阳。

[5] 荇（xìng）藻：水生植物名，又名藻荇。

[6] 金碧：水边五彩的卵石。

[7] 沙洲："三家本"作"沙流洲"，"流"字当为衍文。

[8] 宿世：前世，前生。唐王维《偶然作》："宿世谬词客，前身应画师。"

[9] 俦（chóu）：同辈，伴侣。

[10] 烽火：战火。此指"三藩之乱"。

[11] 遐（xiá）荒：边远荒僻之地。汉韦孟《讽谏》："彤弓斯征，抚宁遐荒。"

[12] 廊庙：代指官府、政府。

[13] 殷忧：深忧。殷，深厚，深切。

[14] 贾傅祠：西汉贾谊的祠堂。贾谊曾为长沙王太傅，故称贾太傅。贾谊谪居长沙，有志不获骋，终抑郁而早逝。

[15] 流涕：流泪。贾谊《治安策》有"痛哭""流涕""长太息"之句，这里是双关的用法。

[16] 王会：指洛阳城。《逸周书·王会篇》曾记载了成王大会诸侯的盛况以及诸侯方国的丰盛贡品。

[17] 耕凿：耕田凿井。《击壤歌》："日出而作，日入而息，凿井而饮，耕田而食，帝力于我何有哉？"后常用"耕凿"形容百姓生活安定，天下太平。

卷二 七言古诗

易水歌[1]

易水寒流几千载，砂砾满眼风物改。波涛凌乱倏明灭[2]，飒飒英风至今在。六国流辈[3]徒纷纷[4]，二百余年生此君。雄心岂顾秦竖子[5]，高义先死樊将军[6]。白浪高翻秋风起，白衣[7]相送秋风里。变徵[8]繁音四座闻，机谋不入秦人耳[9]。蜂准豺声[10]辟万人[11]，鸣钟陛戟[12]罗九宾。匕首[13]一出无人色，汹汹[14]忽动咸阳尘。不尔元君[15]亦囚鲁，大辙螳螂敢轻怒[16]？燕家太子情何悲，甘心委肉当饥虎[17]。君不见[18]，儒臣动称万全术[19]，专征[20]赐剑勤王室[21]。天子预镌[22]麟阁铭[23]，将军岂肯凶门[24]出？秦庭击筑屠狗人[25]，衰年瞤目[26]终伏锧[27]。当时乌头何曾白[28]？君臣朋友如胶漆。榆次客[29]，邯郸生，大言浪得千年名。伛偻[30]老死安足道，我欲叱之谢庆卿[31]。

【注释】

[1] 这是一首七言歌行体咏史诗。《易水歌》又名《渡易水歌》，是荆轲在易水饯别之际所唱的一首楚歌，原文仅两句。诗人沿用旧题，抒写了荆轲刺秦的背景和过程，并对荆轲及其追随者高渐离的壮举表达了由衷的敬佩之情。值得注意的是，诗人对燕太子稍有讽刺，刺秦之前所发生的一系列悲壮事件，似乎均出于太子丹之权谋。诗人咏叹志士之余，亦对刺秦事件进行了重新思考。

"三家本""汇编本"与"诗钞本"差异甚大，今从前者。兹"诗钞本"如下，以备参考。

《易水歌》：易水寒流几千载，砂砾满前风物改。波涛凌乱倏明灭，中有英雄旧时血。六国流辈徒纷纷，二百余年有此君。屠狗贳酒岂殊众，高义先死樊将军。萧萧白浪秋风起，白衣相送秋风里。变徵繁音不可闻，离人按剑发上指。蜂准豺声辟万人，鸣钟陛戟罗九宾。匕首一出无人色，汹汹倾动咸阳尘。不尔元君亦囚鲁，大辙螳螂争敢怒。燕家太子真可人，甘心委肉当饥虎。君不见，渐离瞤目终伏锧，子房报韩竟奔逸。生死一酬国士恩，智勇何须论得失。榆次客，邯郸生，大言浪得千年名。伛偻老死安足道，我欲叱之谢庆卿。

[2] 倏（shū）明灭：忽明忽暗。倏，极快地。

[3] 流辈：同辈，同一流的人。

[4] 徒纷纷：多而杂乱的样子。

[5] 秦竖子：荆轲的副手秦舞阳。竖子，对人的鄙称。犹言"小子"。《战

国策·燕策三》："荆轲怒，叱太子，曰：'今日往而不反者，竖子也！'"

[6] 樊将军：樊於期，原为秦国将军，后因伐赵兵败于李牧，畏罪逃往燕国，被燕国太子丹收留。太子丹派荆轲谋刺秦王政时，荆轲请求以樊於期首级与庶地督亢（今河北省高碑店市一带）地图作为进献秦王的礼物，以便行刺。樊於期获悉，自刎而死。

[7] 白衣：据《史记·刺客列传》载，荆轲上路前，"太子及宾客知其事者，皆白衣冠以送之"。

[8] 变徵（zhǐ）：传统音乐术语。古七声音阶（宫、商、角、变徵、徵、羽、变宫）的一个音级。以此为主调的歌曲，凄怆悲凉。《战国策·燕策三》："高渐离击筑，荆轲和而歌，为变徵之声，士皆垂泪涕泣。"

[9] "机谋"句：行刺密谋不让秦国人知道。据《史记·刺客列传》载，燕太子丹经由田光引荐，得识荆轲，田光为消除太子丹对泄密的顾虑，自杀身亡。

[10] 蜂准豺声：高鼻梁，说话如豺声，这里指秦王。《史记·秦始皇本纪》："秦王为人，蜂准，长目，鸷鸟膺，豺声，少恩而虎狼心，居约易出人下，得志亦轻食人。"裴骃集解引徐广曰："蜂，一作'隆'。"张守节正义："蜂，虿也，高鼻也。文颖曰：'准，鼻也。'"

[11] 睥万人：俯视众人。"睥"，古同"睨"，睥睨。

[12] 鸣钟陛戟：秦王迎接燕国使节（荆轲）的仪仗。钟声响起，大殿的台阶两侧分列着执戟勇士。陛戟，持戟侍卫于殿阶两侧。《汉书·霍光传》："期门武士陛戟，陈列殿下。"颜师古注："陛戟谓执戟以卫陛下也。"

[13] 匕首：短剑。据《史记·刺客列传》载：荆轲将短剑藏在地图中。

[14] 汹汹（xiōng）：骚乱不宁的样子。

[15] 元君：卫国傀儡国君卫元君，没用荆轲，后死于秦人之手。汉司马迁《史记·刺客列传》："荆卿好读书击剑，以术说卫元君，卫元君不用。其后秦伐魏，置东郡，徙卫元君之支属于野王。"

[16] "大辙"句：车辙里的螳螂不敢轻易发怒（阻挡车辆）。意谓荆轲之刺秦，非但为报燕太子，也有为卫国复仇的意谓。

[17] "甘心"句：情愿把肉块放在饥饿的老虎面前。汉司马迁《史记·刺客列传》："秦将樊於期得罪于秦王，亡之燕，太子丹受而舍之。鞠武谏曰：'不可。夫以秦王之暴而积怒于燕，足为寒心，又况闻樊将军之所在乎？是谓"委肉当饿虎之蹊"也，祸必不振矣！虽有管、晏，不能为之谋也。愿太子疾遣樊将军入匈奴以灭口。请西约三晋，南连齐、楚，北购于单于，其后乃可图也。'"

[18] 君不见：七言歌行常见的插入语，表示感叹或无意。

[19] 万全术：万无一失的谋略。

[20] 专征：受命自主征伐。汉班固《白虎通·考黜》："好恶无私，执义不倾，赐以弓矢，使得专征。"

[21] 勤王室：勤王，指君王有难，而臣下起兵救援君王的行为。

[22] 镌（juān）：雕刻。

[23] 麟阁铭：功臣的铭赞。麟阁，指汉代麒麟阁，在未央宫中，"以藏秘书，处贤才也"。汉宣帝时曾图霍光等十一位功臣像于阁上，以表扬其功绩。杜甫《投赠哥舒开府翰》："今代麒麟阁，何人第一功？"

[24] 凶门：北门。《淮南子·兵略训》："设明衣也，凿凶门而出。"高诱注："凶门，北向门也。将军之出，以丧礼处之，以其必死也。"

[25] 击筑屠狗人：指荆轲的好友高渐离。《战国策》："荆轲既至燕，爱燕之狗屠及善击筑者高渐离。"

[26] 矐（huò）目：使目失明。《史记·刺客列传》："秦皇帝惜其善击筑，重赦之，乃矐其目。"司马贞索隐："说者云以马屎熏令失明。"

[27] 伏锧（zhì）：被处死。亦作"伏质"。古代有腰斩的死刑，施刑时罪犯裸身俯伏砧上，故称"伏锧"。质，通"锧"，砧。《史记·张丞相列传》："苍坐法当斩，解衣伏质。"

[28] 乌头何曾白：唐司马贞《史记索隐》《燕丹子》："丹求归，秦王曰：'乌头白，马生角，乃许耳。'丹乃仰天叹，乌头即白，马亦生角。"

[29] 榆次客：荆轲曾游于榆次。下文的"邯郸生"亦指荆轲。

[30] 伛偻（yǔ lǚ）：伛偻，即腰背弯曲。

[31] 庆卿："荆卿"，古时"荆"音似"庆"。

汶阴禹庙歌[1]

汶流[2]西折如白虹，高源遥出徂徕[3]东。穿穷石窟漱灵液，披翻峭壁凌刚风[4]。涂山[5]遗庙谁所作？闷室[6]终古留鸿濛[7]。阶前老柏饱雷电，霜皮脱落成虬龙。火齐[8]高张势崒嵂[9]，双睛四射疑磨砻[10]。引颈北来渴且怒，将无锁钮[11]烦神工。泰山岩岩[12]作襟带，洸沂洙泗[13]皆朝宗[14]。一从分水济飞挽[15]，疏凿颇与淮渎[16]同。南流滔天北流竭，万夫始得帆樯[17]通。天穷人厄[18]信巫觋[19]，杀牛伐鼓冯夷宫[20]。昔闻洪州铸铁树[21]，蛟鼍[22]偃塞[23]沉泥中。谁使古鼎[24]沦泗上？下民昏垫[25]无时终。当年随山辨九土[26]，流沙荒服[27]开尧封[28]。可怜精卫漫填海，铩羽[29]垂头谁谓功？玄圭[30]告成屡相贺，昨来征调[31]何匆匆！庙门寂寞独下拜，侧身南望长书空[32]。

【注释】

[1] 这是一首借助拜谒大禹庙而抒怀的作品。大禹定九州，疏通天下的河道，他的成功给天下的百姓带来了安定。九鼎沉沦之后，执政者似再无治水济民之功，水利的疏通反倒增加了他们征调的便利。今昔对比，诗人也只能以这种欲语还休的方式表达愤慨。

[2] 汶流：大汶河。大汶河发源于山东旋崮山北麓沂源县境内，汇泰山山脉、蒙山支脉诸水，自东向西流经莱芜、新泰、泰安、肥城、宁阳、汶上、东平等县、市，汇注东平湖。

[3] 徂徕（cú lái）：山名，在山东省泰安市东南。

[4] 刚风：高天强劲的风。

[5] 涂山：这里代指大禹。《左传·哀公七年》："禹合诸侯于涂山。"

[6] 閟（bì）室："閟"，姜嫄之庙，这里代指大禹庙。《诗经·鲁颂·閟宫》："閟宫有侐，实实枚枚。"毛传："閟，闭也。先妣姜嫄之庙在周，常闭而无事，孟仲子曰：'是禖宫也。'"

[7] 鸿濛：亦作"鸿蒙"，宇宙形成前的混沌状态。《庄子·在宥》："云将东游，过扶摇之枝，而适遭鸿濛。"成玄英疏："鸿濛，元气也。"

[8] 火鬣（liè）：脖子上如火苗一样长毛。鬣，颈上的长毛。

[9] 嶻嵂（qiú zú）：高峻的样子。班固《两都赋》："岩峻嶻嵂，金石峥嵘。"吕延济注："嶻嵂、峥嵘，高峻貌。"

[10] 磨礲（lóng）：磨治、打磨。汉赵晔《吴越春秋》："一夜天生神木一双……巧工施校，制以规绳，雕治圆转，刻削磨礲。"

[11] 锁钮：比喻字的笔势，这里借来用以指代龙的飞腾之势。

[12] 岩岩：高大、高耸的样子。《诗经·鲁颂·閟宫》："泰山岩岩，鲁邦所詹。"孔颖达疏："言泰山之高岩岩然，鲁之邦境所至也。"

[13] 洸（guāng）沂洙（zhū）泗：四条水的名字，其主干均在今山东省境内。

[14] 朝宗：比喻小水流注大水。《尚书·禹贡》："江汉朝宗于海。"孔颖达疏："朝宗是人事之名，水无性识，非有此义。以海水大而江汉小，以小就大，似诸侯归于天子，假人事而言之也。"

[15] 济飞挽：四条河流供给着运河的水流。飞挽，同"飞刍挽粟"，指谓迅速运送粮草。东汉班固《汉书·主父偃传》："又使天下飞刍挽粟，起于黄、腄、琅邪负海之郡，转输北河，率三十钟而致一石。"颜师古注："运载刍槀，

令其疾至，故曰飞刍也。挽谓引车船也。”亦省作“飞刍”“飞挽”。

[16] 淮渎（dú）：指淮河。

[17] 帆樯（qiáng）：船上挂帆的杆子，借指船只。

[18] 天穷人厄（è）：天灾人祸。人厄，人为的困苦、灾难。宋苏轼《海市》：“率然有请不我拒，信我人厄非天穷。”

[19] 巫觋（xí）：女巫为“巫”，男巫为“觋”，合称“巫觋”。

[20] 冯夷宫：传说中的水府，水神宫殿。

[21] “昔闻”句：旧传洪州（今江西省南昌市）多水患，许都仙铸铁树以镇水妖，水患遂止。

[22] 蛟鼋（jiāo yuán）：蛟龙与大鳖，这里指大禹庙中的水族塑像。

[23] 偃蹇（jiǎn）：困顿、窘迫的样子。

[24] 古鼎：九鼎，传为大禹所铸，以代九州。汉司马迁《史记·封禅书》：“禹收九牧之金，铸九鼎。皆尝亨鬺上帝鬼神。遭圣则兴，鼎迁于夏商。周德衰，宋之社亡，鼎乃沦没，伏而不见。”

[25] 昏垫（diàn）：陷溺，指困于水灾。亦指水患，灾害。《尚书·益稷》：“洪水滔天，浩浩怀山襄陵，下民昏垫。”孔颖达疏：“言天下之人，遭此大水，精神昏瞀迷惑，无有所知，又若沉溺，皆困此水灾也。”

[26] 随山辨九土：当年，大禹治平水患，以土质的优劣定各地的贡赋。《尚书·禹贡》：“禹别九州，随山浚川，任土作贡。”

[27] 荒服：古“五服”之一，称离京师两千到两千五百里的边远地方。亦泛指边远地区。《尚书·禹贡》：“五百里荒服。”孔传：“要服外之五百里，言荒又简略。”

[28] 尧封：传说尧时命舜巡视天下，划为十二州，并在十二座大山上封土为坛以作祭祀。后遂以尧封指代中国。《尚书·舜典》：“肇有十二州，封十有二山。”

[29] 铩（shā）羽：伤了翅膀，比喻失意的样子。铩，摧残，伤残。

[30] 玄圭：一种黑色的玉器，上尖下方，古代用以赏赐建立特殊功绩的人。这里指大功勋。《尚书·禹贡》：“禹锡玄圭，告厥成功。”“三家本”“汇编本”均作“元圭”，不通。今从“诗钞本”。

[31] 征调：征集、调用人力或物资。

[32] 书空：用手指在空中虚画字形，意谓欲言又止的样子。

菊叹[1]

东园甘菊[2]高过墙，主人与尔同风霜。北窗支枕尽炎景[3]，婆娑[4]已似闻寒香。六月芸黄[5]雨转急，中宵独往擎双笠[6]。溅叶犹防锦石崩，漂根岂合[7]污流入？秋冬之间怀抱恶[8]，年年植此同莳药[9]。尽赊市酒罗户庭，大索[10]明灯缀帘幕。去年蓓蕾不尽开，今年委绝缠蒿莱。篱边朝槿[11]终何用？偃蹇[12]愁眠罢[13]举杯。

【注释】

[1] 这是一首咏物诗。篱边的甘菊看似不起眼，却给同样落寞的诗人带来了些许慰藉。诗人与甘菊相伴多年，风霜同度，人花之间渐生惺惺相惜之情，暴雨骤至，诗人则擎笠而护，而当诗人心绪烦乱之时，甘菊则像一剂解忧之药。

[2] 甘菊：多年生菊科草本植物，有地下匍匐茎。

[3] 炎景：炎热的日光。魏曹植《槐赋》："覆阳精之炎景，散流耀以增鲜。"

[4] 婆娑（pó suō）：盘旋舞动的样子。《诗经·陈风·东门之枌》："子仲之子，婆娑其下。"毛传："婆娑，舞也。"

[5] 芸（yún）黄：花草枯黄的样子。芸，为极黄之貌。《诗经·小雅·苕之华》："苕之华，芸其黄矣。"

[6] 擎双笠：支起双笠以遮挡雨水。

[7] 合：应该。

[8] 怀抱恶（è）：心绪不好的样子。怀抱，心绪、心情。

[9] 莳（shì）药：种植药物。莳，种植。

[10] 大索：尽力搜求。索，搜寻。

[11] 朝槿：木槿。花朝开暮落，故名。

[12] 偃蹇（jiǎn）：困顿、窘迫的样子。

[13] 罢："三家本""汇编本"均作"罢"，"诗钞本"作"独"，今从前者。

寒食日过故沙丘[1]

在兖城东，故青楼地。

君不见，绵上山[2]，孤高表[3]云海。同时侪侣[4]纷光彩，黄河投璧[5]今安在？又不见，古沙丘[6]，朝朝寒食王孙游。田家八口忧馕粥[7]，汝曹博塞[8]皆天禄[9]。早知巢覆争[10]须臾，恨不常然[11]夜游烛[12]。青楼左右连槐衔[13]，明星渐落啼早鸦。凿蹄[14]骄马转飞鞚[15]，迎门对扫棠梨[16]花。棠梨岁久成高树，不荫楼台荫丘墓。牛山[17]有泪行复歌，古来如此当奈何！

【注释】

[1] 这是一首怀古诗。兖州城东的古沙丘曾经是浮华王孙的冶游之地，而今繁华逝去，只剩下荒凉的沙丘。春秋时期，晋文公君臣曾经显赫一时，昔日渡河返晋的誓言尚在，而晋文公君臣早已湮灭。抚今思昔，孤独的诗人也陷入了对人生的感伤。

[2] 绵上山：绵山，在今山西省介休市东南。公元前636年介之推隐居于此，晋文公焚山以求，介子推抱树而死。

[3] 表：特出，迥异于众的样子。战国屈原《九歌·山鬼》："表独立兮山之上，云容容兮而在下。"王逸注："表，特也。"

[4] 俦侣（chóu lǚ）：伴侣，朋辈。当时一块随重耳出游的人。

[5] 投璧：晋公子自秦返晋，曾投璧黄河，以示对追随者的信任。其事见《左传·僖公二十四年》："及河，子犯以璧授公子，曰：'臣负羁绁从君巡于天下，臣之罪甚多矣。臣犹知之，而况君乎？请由此亡。'公子曰：'所不与舅氏同心者，有如白水。'投其璧于河。"

[6] 古沙丘：古地名，即"瑕丘"，在兖州城东。

[7] 饘（zhān）粥：稀饭。饘，糜也。

[8] 博塞：古代博戏，属于棋类游戏。张籍《上韩昌黎淑》："愿执事绝博塞之好，弃无实只谈。"也作"博簺"。

[9] 天禄：天赐的福禄。

[10] 争：犹只。元关汉卿《玉镜台》："你少年心想念着风流配，我老则老争多的几岁？"

[11] 然：通"燃"。

[12] 夜游烛：夜晚烛火中冶游，这里指通宵地游乐。汉《古诗十九首》："昼短苦夜长，何不秉烛游。"

[13] 槐衔：长安天街两旁排列成行的槐树，代指繁华的市井场景。南唐尉迟偓《中朝故事》："天街两畔槐树，俗号为槐衔；曲江池畔多柳，亦号为柳衔，意谓其成行列如排衔也。"

[14] 凿蹄：指钉上马掌的蹄子。唐杜甫《送长孙九侍御赴武威判官》："骢马新凿蹄，银鞍被来好。"

[15] 飞鞚（kòng）：谓策马飞驰。鞚，带嚼子的马笼头。南朝宋鲍照《拟

古》："兽肥春草短，飞鞚越平陆。"

　　[16] 棠梨：树木名，多年生落叶果树。

　　[17] 牛山：山名，在今山东省淄博市东。春秋时，齐景公登牛山，因感慨人生终有一死而悲哀下泪。后用"牛山下涕""牛山叹""牛山悲""牛山泪"等来比喻因事物变迁而引起的悲哀。《晏子春秋·谏上》："景公游于牛山，北临其国城而流涕曰：'若何滂滂去此而死乎？'"

蹴鞠行[1]

　　东郊二月野色苍，虹桥春水流汤汤[2]。桥南桥北皆垂杨，氍毹[3]满地毳幕[4]张。流苏[5]前结金鸳鸯，冲牙[6]后缀鸣锵锵[7]。水边葳莎[8]盈寸长，垂鞭弹鞚[9]尘不扬。少年下马蹴鞠场，内府[10]盘螭云锦裳[11]。观者渐多神洋洋[12]，鲜衣[13]映彻[14]珊瑚光，轻袿[15]绮靡风中飏。齐云[16]班首[17]出尚方[18]，迅驶[19]不复愁遮防[20]。黄帝昔作教戎行[21]，涿鹿[22]貔虎[23]走且僵[24]。迩来[25]闾左[26]无牙璋[27]，只与游冶[28]争回翔。陌上有女可怜[29]妆，藻翅金雀[30]明月珰[31]。日佩迷迭[32]焚都梁[33]，却羡中泽[34]杜若[35]香。清晨往采逢柔桑[36]，怪尔蚕妾[37]何皇皇[38]。幕前蹴鞠当青阳[39]，蛾眉[40]曼睩[41]空相望。愿作双燕栖画堂，愿为飞絮萦珠缰[42]。绮筵[43]丝络[44]悬中央，安得提携[45]常在旁？盈盈姊妹相扶将[46]，踟蹰道左且彷徨，日暮归去遗笼筐。

【注释】

　　[1] "蹴鞠"又名"蹴踘"（cù jū）。蹴，踢。鞠，古时一种用来踢打玩耍的皮球。"蹴鞠"是一项古老的体育运动，其起源或与军事训练有关。本诗记载了一场郊野蹴鞠盛会，诗歌没有围绕蹴鞠比赛本身展开，而是把相当多的笔墨用在围观的女子身上。透过女子们刻意的装扮、明媚的眼神，还有她们看到蹴鞠少年后微妙的心理活动，诗人把春情萌动的采桑女刻画得惟妙惟肖。据《年谱》载：康熙辛丑，颜光敏自龙关返京，过鲁省亲，曾"蹴鞠校猎，道旁观者，殊不知为仕宦也"。该诗当作于此时前后。

　　[2] 汤汤（shāng）：河水流动的样子。

　　[3] 氍毹（qú shū）：一种织有花纹图案的毛毯。《说文》："氍毹、毾𣰆，皆毡缞之属。盖方言也。"唐岑参《玉门关盖将军歌》："暖屋绣帘红地炉，织成壁衣花氍毹。"

　　[4] 毳（cuì）幕：亦作"毳幙"，游牧民族居住的毡帐。李陵《答苏武书》："韦韝毳幙，以御风雨。"李善注："毳幙，毡帐也。"

[5]流苏：下垂的穗子，装饰在马车、帐幕等上面下垂的穗状物，用五彩羽毛或丝线制成。

[6]冲牙：佩玉部件之一种。《礼记·玉藻》："佩玉有冲牙。"孔颖达疏："凡佩玉必上系于衡，下垂三道，穿以玭珠，下端前后以悬于璜，中央下端悬以冲牙，动则冲牙前后触璜而为声。所触之玉，其形似牙，故曰冲牙。"唐温庭筠《开成五年隆冬自伤书怀一百韵》："鸣玉锵登降，冲牙响曳娄。"

[7]鸣锵锵（qiāng）：这里指玉佩发出的清脆声。

[8]蔵莎（zhēn suō）：蔵，马蓝，一种草。莎，多年生草本植物，地下的块根称"香附子"，可入药。

[9]垂鞚觯鞚（duǒ kòng）：松弛马勒。觯，下垂。鞚，带嚼子的马笼头。唐杜甫《醉为马坠诸公携酒相看》："江村野堂争入眼，垂鞚觯鞚凌紫陌。"

[10]内府："内务府"的称呼，皇宫内负责监管制造器具的部门。

[11]盘螭（chī）云锦裳：绣着螭龙纹的彩色锦缎缝制的衣服。螭，无角龙。

[12]洋洋：精神饱满的样子。《礼记·中庸》："大哉圣人之道，洋洋乎发育万物，峻极于天。"孔颖达疏："洋洋，谓道德充满之貌。"

[13]鲜衣：美丽的衣着。汉班固《汉书·尹赏传》："杂举长安中轻薄少年恶子，无市籍商贩作务，而鲜衣凶服被铠扜持刀兵者，悉籍记之，得数百人。"

[14]映彻：映照。晶莹剔透貌。南朝宋刘义庆《世说新语·赏誉》："虽不能休明一世，足以映彻九泉。"

[15]轻裾（guī）：妇女所穿的轻盈飘逸的长袍，质地轻柔。三国魏曹植《洛神赋》："扬轻裾之猗靡兮，翳修袖以延伫。"

[16]齐云："齐云社"，南宋著名民间蹴鞠社团。"齐云"有形容球踢得高入云霄的意思。

[17]班首：谓班列之首，这里指蹴鞠社的领导、组织者。

[18]尚方：本为古代制造帝王所用器物的官署名，这里指"班首"的身份高贵，来自内府。

[19]迅驶：迅疾，快速。宋苏轼《十月十六日记所见》："忽惊飞电穿户牖，迅驶不复容遮防。"

[20]遮防：遮挡防护。旧时达官贵人外出，常遮挡以示威严。

[21]戎行（róng háng）：指军旅之事。唐杜甫《新婚别》："勿为新婚念，努力专戎行。"这里是指黄帝发明蹴鞠，是为了演习军旅之事。

[22]涿（zhuō）鹿：山名。《史记·五帝本纪》："于是黄帝乃征师诸侯，

与蚩尤战于涿鹿之野，遂禽杀蚩尤。"裴骃集解引服虔曰："涿鹿，山名，在涿郡。"

[23] 貔（pí）虎：亦作"豼虎"，貔和虎，亦泛指猛兽。

[24] 走且僵：跑得腿僵硬，形容追赶不上的样子。宋苏轼《潮州韩文公庙碑》："追逐李杜参翱翔，汗流籍湜走且僵。"

[25] 迩来：近来。

[26] 闾左：居于里门左边的平民百姓，这里代指被征的士兵。里门左侧是古代贫苦人民居住的地区，秦制不发闾左，至秦二世天下骤变，闾左亦在征发之列。

[27] 牙璋（zhāng）：古代的一种兵符，这里代指战事。《周礼·春官·典瑞》："牙璋以起军旅，以治兵守。"郑玄注曰："牙璋瑑以为牙。牙齿，兵象，故以牙璋发兵，若今时以铜虎符发兵。"

[28] 游冶（yě）：出游寻乐。这里是说，蹴鞠本为演习士兵所用，因近来无战事，遂为民间娱乐。宋王安石《次韵酬宋圮》："游冶水边追野马，啸歌林下应山君。"

[29] 可怜：可爱的样子。

[30] 藻翘金雀：女子头饰名。晋陆机《日出东南隅行》："金雀垂藻翘，琼佩结瑶璠。"

[31] 明月珰（dāng）：夜明珠穿成的耳饰。珰，妇女的耳饰。南朝徐陵《玉台新咏·古诗为焦仲卿妻作》："腰若流纨素，耳著明月珰。"

[32] 迷迭：芳香植物名，佩之可以香衣，燃之可以驱蚊蚋、避邪气。

[33] 都梁：芳香植物名，常用作佛事活动。《乐府诗集·杂曲歌辞》："列国持何来……迷迭艾蒳及都梁。"《广志》："都梁香出交广，形如藿香。迷迭出西域。魏文帝有《迷迭赋》。"

[34] 中泽：草泽之中。《诗经·小雅·鸿雁》："鸿雁于飞，集于中泽。"毛传："中泽，泽中也。"

[35] 杜若：芳香植物名。

[36] 柔桑：嫩桑叶。《诗经·豳风·七月》："女执懿筐，遵彼微行，爰求柔桑。"郑玄笺："柔桑，稚桑也。"

[37] 蚕妾：古代育蚕女奴，后亦泛指养蚕、采桑的女子。南朝宋鲍照《绍古辞》："昔与君别时，蚕妾初献丝。"

[38] 皇皇：同"遑遑"。指匆忙。

[39] 青阳：春天。《尔雅·释天》："春为青阳。"郭璞注："气青而温阳。"

[40] 蛾（é）眉：蚕蛾触须细长而弯曲，因以比喻女子美丽的眉毛。《诗经·卫风·硕人》："螓首蛾眉，巧笑倩兮。"

[41] 曼睩（lù）：目光明媚。战国屈原《招魂》："蛾眉曼睩，目腾光些。"王逸注："曼，泽也。睩，视貌。"

[42] 珠缰：珠帘。缰，绳索。

[43] 绮筵（yán）：华丽丰盛的筵席。

[44] 丝络：丝线制成的网状装饰物。

[45] 提携：牵扶、携带，这里指相伴。

[46] 扶将：扶持、搀扶。

醉时歌赠孔垣三先生[1]

仲冬物色凋已久，陷日埋山[2]朔风吼。屋上钑铮[3]金铁鸣，城隅历乱[4]蓬蒿走。故人幸有金叵罗[5]，斗室红炉照虚牖[6]。凭陵[7]袒跣[8]呼博徒[9]，搴帷弄爵[10]出纤手。烂醉十旬君不嫌，拔木九千[11]我何有？人生自古趋炎热[12]，浮云[13]相逾倏相灭。君不见，道旁沟水藏鲵鳅[15]。昨朝日暖层冰裂，淘河[16]之颈肥如瓠[17]，飞来飞去须臾竭。驾鹅[18]秃鹙[19]无觍颜[20]，忽来喋喋[21]森成列。拔剑捎网[22]古来有，胡为比屋此佌佌[23]无才杰？我欲言之言且长，潦[24]倒负此灯烛光。飘风[25]乍息天向曙，空阶皎月凌严霜，为君解酲[26]进一觞。龟山斧柯[27]不在手，大泽封狐兕尽张[28]。晏居[29]深念竟何益？不如琴瑟车马聊徜徉[30]。

【注释】

[1] 此诗为仿杜甫《醉时歌》之作。杜甫以《醉时歌》赠郑虔，诗中以自嘲谐谑的口吻叙述自己和郑虔的不幸遭遇。这首诗在写法上与杜诗不同，诗人首先叙述了与孔垣三先生彻夜畅饮的背景——仲冬烈风之日，酒酣耳热之后，诗人开始借酒抒发自己不得势于时的忧愤之绪，最后又以徜徉于琴瑟车马来宽慰自己。

[2] 陷日埋山：遮挡了太阳，隐没了山峦，形容大风扬尘的恶劣天气。

[3] 钑铮（cōng zhēng）：象声词，形容金属等物相击声。宋欧阳修《秋声赋》："其触于物也，钑钑铮铮，金铁皆鸣。"

[4] 历乱：纷乱，杂乱。南朝宋鲍照《拟行路难》："锉檗染黄丝，黄丝历乱不可治。"

[5] 金叵罗：金制酒器。宋吴曾《能改斋漫录》："东坡诗：'归来笛声满山

谷，明月正照金叵罗。'按《北史》，祖珽盗神武金叵罗，盖酒器也。"

[6] 虚牖（yǒu）：虚掩的窗户。牖，室与堂之间的窗户。

[7] 凭陵：亦作"凭凌"。横行，猖獗。这里形容饮酒后狂放的样子。

[8] 袒跣（tǎn xiǎn）：袒胸赤足。袒，指脱去上衣。跣，光脚。唐白居易《不出门》："袒跣北窗下，葛天之遗民。"

[9] 博徒：赌徒。这里指一同饮酒嬉戏的朋友。

[10] 爵：酒具。

[11] 拔木九千：比喻超人的力量或能力。这里是诗人酒后故作狂放的言辞。战国屈原《招魂》："一夫九首，拔木九千些。"王逸注："言有丈夫，一身九头，强梁多力，从朝至暮，拔木九千枚也。"

[12] 趋炎热：攀附权贵。炎热，比喻权贵。

[13] 浮云：比喻看得到却得不到的东西，这里指代上文中提及的权贵。

[14] 相逾：相互超越，这里指权势者的相互倾轧。

[15] 鲵鮛（古同鮛）（ní sū）：指代小的水生动物。"三家本"作"蜺蠩"，不通，今从"汇编本"。

[16] 淘河：鹈鹕的别名。《尔雅·释鸟》："鹈，鴮鸅。"晋郭璞注："今之鹈鹕也。好群飞，沉水食鱼，故名洿泽，俗呼之为淘河。"

[17] 瓠（hù）：一年生草本植物，茎蔓生，果实长圆形。

[18] 驾鹅：野鹅。汉东方朔《七谏》："鸾皇孔凤日以远兮，畜凫驾鹅。"洪兴祖补注引郭璞曰："驾鹅，野鹅也。"

[19] 鹙（qiū）：亦作"秃秋"，水鸟名，头项无毛，状如鹤而大，色苍灰，好啖蛇，性贪恶。《诗经·小雅·白华》："有鹙在梁。"毛传："鹙，秃鹙也。"

[20] 觍（tiǎn）颜：表现出惭愧的脸色。

[21] 唼喋（shà zhá）：水鸟吃食的声音，也指水鸟吃食。汉司马相如《上林赋》："唼喋青藻，咀嚼菱藕。"

[22] 捎（shāo）网：芟除罗网。这里用来指代英俊之士。三国魏曹植《野田黄雀行》："拔剑捎罗网，黄雀得飞飞。"

[23] 比屋呰呰（cǐ）：渺小，微贱。《诗经·小雅·正月》："呰呰彼有屋，蓛蓛方有谷。"毛传："呰呰，小也。"高亨注："呰呰，卑微渺小。"

[24] 潦："三家本"误为"渣"，不通，今从"汇编本"。

[25] 飘风：旋风，暴风。《诗经·大雅·卷阿》："有卷者阿，飘风自南。"毛传："飘风，回风也。"

[26] 解醒（chéng）：消除酒病。醒，酒醒后神志不清有如患病的感觉。唐元稹《放言》："五斗解醒犹恨少，十分飞盏未嫌多。"

[27] 龟山斧柯：龟山，在今新泰市谷里镇南。斧柯，代指权柄。东汉蔡邕《琴操》记载："《龟山操》者，孔子所作也……譬季氏于龟山，托势位于斧柯。季氏专政，犹龟山蔽鲁也。伤政道之凌迟，悯百姓不能其所，欲诛季氏而力不能，于是援琴而歌云：'予欲望鲁兮，龟山蔽之。手无斧柯，奈龟山何！'"

[28] "大泽"句：比喻小人得势猖狂的样子。封狐，大狐。

[29] 晏（yàn）居：闲居、安居。

[30] 徜徉（cháng yáng）：安闲自在地巡游。

麦雨叹[1]

宁逢旱魃[2]行，莫见商羊舞[3]。小麦黄时赛田祖[4]，汗流肩赪[5]何太苦。霏霏淫雨[6]连三旬，却恨炎羲[7]在何所？昨日飞蛾空麦头[8]，今朝麦尾生黄牛（麦中小虫名）[9]。嘉实[10]几日作糠秕[11]，长饥更待凉风秋。劝农使者[12]来省耘[13]，麦花布野扬苾芬[14]。岂知仓庾[15]有灾眚[16]，翻嗔[17]野老多传闻。频年[18]屡歉[19]蒙宽假[20]，秋来并命[21]鞭棰下。蛾兮牛兮何为者？靦然[22]食我仓中粟，何不往遮使君马？

【注释】

[1] 这是一首悯农诗。淫雨、飞蛾、黄牛这一连串的灾害同时降临在麦收季节，致使嘉实成糠秕。劝农使者仅凭春日麦花的繁盛来制定秋赋，对实际的凶年不予宽宥。诗人在寄寓对农人同情的同时，也对"使君"不宽假凶年的行为给予了暗讽。

[2] 旱魃：见《朝出》注释[6]。

[3] 商羊舞：古代一种祈雨的舞蹈。商羊，鸟名，每当大雨到来之前，会屈着一只脚在田间飞舞。《孔子家语·辩证》："齐有一足之鸟，飞集于公朝，下止于殿前，舒翅而跳。齐侯大怪之，使使聘鲁，问孔子。孔子曰：'此鸟名曰商羊，水祥也。昔儿童有屈起一脚，振讯两眉而跳，且谣曰："天将大雨，商羊鼓舞。"今齐有之，其应至矣也。'急告民趋治沟渠，修堤防，将有大雨为灾。顷之，大霖雨，水溢泛诸国，伤害民人。惟齐有备不败。"

[4] 赛田祖：古时祭祀农神的活动。田祖，农神名。《诗经·小雅·甫田》："琴瑟击鼓，以御田祖。"朱熹集传："谓始耕田者，即神农也。"

[5] 肩赪（chēng）：肩膀因负重而发红。赪，红色。

［6］淫雨：见《雨后》注释［2］。

［7］炎羲（xī）：亦作"炎曦"，指炽烈的日光。唐韩愈《郑群赠簟》："倒身甘寝百疾愈，却愿天日恒炎曦。"

［8］飞蛾空麦头：飞蛾吃光了麦穗。

［9］黄牛：害虫名。"麦中小虫名"为"汇编本"附注，"三家本"无此注。

［10］嘉实：佳美的果实，这里指长势好的小麦。

［11］糠秕（kāng bǐ）：糠，麦子的皮或壳。秕，麦粒不饱满。

［12］劝农使者：官府负责指导督促农业生产的官吏。下文的"使君"亦同。

［13］省耘（xǐng yún）：古代帝王或官吏适时视察农业生产。省，查看。耘，除草。《孟子·梁惠王下》："春省耕而补不足，秋省敛而助不给。"

［14］苾（bì）芬：犹芬芳，本指祭品的馨香，这里指麦花的香气。《诗经·小雅·楚茨》："苾芬孝祀，神嗜饮食。"

［15］仓庾（yǔ）：本为贮藏粮食的仓库，这里指收成。庾，露天的谷仓。

［16］灾眚（shěng）：灾殃，祸患。眚，灾难、疾苦。《周易·复》："上六，迷复，凶，有灾眚。"孔颖达疏："'有灾眚'者，暗于复道，必无福庆，唯有灾眚。"

［17］翻嗔（chēn）：反而责怪。

［18］频年：连续几年发生（多指不好的事情）。

［19］屡歉：常常歉收。

［20］宽假：宽恕，这里指官府的宽宥。

［21］并命：舍命。

［22］靦（miǎn）然：厚着脸皮的样子。"靦"同"腼"。

放鲤行[1]

赤鲤[2]赤鲤龙为邻，石湫[3]沦落殊苦辛。浊水三尺还自跃，烟波万顷终难驯。霜蓑[4]下沉菱叶烂，澄潭石齿[5]青粼粼。赪尾[6]聊藏鳝蛇窟，污泥不掩黄金鳞。牧童走报罟师[7]喜，吁嗟神物难近人。夏来雨崩大河岸，万鱼齐出香炉津[8]。远投菹泽[9]不受钓，争知[10]沟渎[11]堪容身？一夕蛟龙尽收摄[12]，细微趁入亦有神。当时谁令汝独后，秋霄从此云雷屯[13]。东林巨浸[14]富蜑蛤[15]，顺流吹沫如飙尘[16]。我今放汝暂相傍，慎勿昂藏[17]生怒嗔[18]。

【注释】

[1] 这是一首记叙放生赤鲤的诗歌。诗人对落入网罟的赤鲤充满怜悯之意，并对赤鲤寄身石潭鳝窟的处境表达了惋惜之情，逆境中的赤鲤未尝不是诗人生活的写照，故诗人以拟人之笔道出独白，如晤好友，颇有情致。

[2] 赤鲤：亦称"赤骥"。据《列仙传·琴高》载，赤鲤，能飞越江湖，为神仙所乘。

[3] 石湫（qiū）：石水潭。湫，水潭。

[4] 霜箨（tuò）：霜打的落叶。箨，落叶。《诗经·郑风·箨兮》："箨兮箨兮，风其吹女。"

[5] 石齿：指潭中齿状的石头。

[6] 赪尾：红尾。这里代指赤鲤。

[7] 罟（gǔ）师：渔夫。罟，渔网。唐王维《送沈子福归江东》："杨柳渡头行客稀，罟师荡桨向临圻。"

[8] 香炉津：指赤鲤寄身的石潭，与上文的"石湫"对应。

[9] 菹（zū）泽：水草繁茂的沼泽地。《管子·轻重甲》："山林菹泽草莱者，薪蒸之所出，牺牲之所起也。"

[10] 争知：怎知。宋柳永《八声甘州》："争知我，倚阑干处，正恁凝愁？"

[11] 沟渎（dú）：指田间水道。渎，水沟、小渠。

[12] 收摄：被捕获。

[13] 云雷屯：云雷不行于空。屯，屯聚。

[14] 巨浸：宽广的水域，大湖泽。《宋史·食货志》："太湖者，数州之巨浸，而独泄以松江之一川，宜其势有所不逮。"

[15] 蜃蛤（shèn gé）：蚌蛤之类的水生软体动物。

[16] 飙（biāo）尘：大风扬起的尘土。

[17] 昂藏（cáng）：气度轩昂的样子。宋王安石《与北山道人》："可惜昂藏一丈夫，生来不读半行书。"

[18] 怒嗔（chēn）：怨怒。嗔，对人不满的样子。

白狼行[1]

树巃嵷[2]，山险峻，往来行人相问讯[3]。中有黑喙[4]双白狼，痴坐看人不移瞬[5]。东井[6]之间光灼灼[7]，弧矢空张射不落[8]。岂有伥鬼[9]为尔用？竟使三年恣腾跃[10]。噫嘻！山径昏黑人走藏[11]，驺虞[12]解廌[13]今何方？风尘汹洞[14]

河无梁[15]。

【注释】

[1] 这是一首有象征意味的诗，诗意隐晦，不可尽解。因"天狼星"主侵扰，诗中的"白狼"或象征战乱之象。作者对三年战乱未靖，老百姓四处躲藏，天下不得安宁的现状表达了忧虑。

[2] 巃嵸（lóng zōng）：树枝长而不整齐的样子。唐杜甫《乾元中寓居同谷县作歌》："南有龙兮在山湫，古木巃嵸枝相樛。"

[3] 问讯：打听。南朝徐陵《玉台新咏·古诗》："幸可广问讯，不得便相许。"

[4] 喙（huì）：鸟或兽的嘴。

[5] 移瞬：眼珠不动，形容注视的样子。瞬，眨眼，眼球一动。

[6] 东井：井宿，二十八宿之一。因在玉井之东，故称。《礼记·月令》："仲夏之月，日在东井。"

[7] 灼灼（zhuó）：盛烈的样子。《文选·汉高祖功臣颂》："灼灼淮阴，灵武冠世。"李周翰注："灼灼，盛烈貌。"

[8] 弧矢空张射不落：弓箭空张却无法射落天狼星。弧矢，弓箭。战国屈原《九歌·东君》："举长矢兮射天狼。"王逸注："天狼，星名，以喻贪残。"洪兴祖补注："狼一星在东井南，为野将，主侵掠。"

[9] 伥（chāng）鬼：旧时传说，谓人死于虎，其鬼魂受虎役使者为"伥鬼"。

[10] 恣腾跃：恣意妄为。

[11] 走藏：逃走躲藏。

[12] 驺（zōu）虞：传说中的义兽。《诗经·召南·驺虞》："彼茁者葭，壹发五豝，于嗟乎驺虞。"毛传："驺虞，义兽也。白虎，黑文，不食生物，有至信之德则应之。"

[13] 獬豸（xiè zhì）：又称"獬豸"或"獬廌"，神话传说中的神兽，形似麒麟，额上长一角，俗称"独角兽"。它能辨曲直，是勇猛、公正的象征。

[14] 澒（hòng）洞：见《送赵玉藻典试广东》注释 [9]。

[15] 梁：桥。

兖州故宫篇[1]

吴门[2]一唱吴宫[3]秋，吴人悲愤吴王愁。古来亡国尽淫放[4]，谁言天道终悠悠[5]？东藩肇封[6]始洪武[7]，恭俭[8]直与河间[9]俦。我寻遗构[10]入西苑[11]，惟见阴洞藏鸺鹠[12]。池旁渴乌[13]绣苔鲜，横桥[14]已断寒塘流。桃花堕地旋入水，风牵乱上如浮沤[15]。昔闻嵼山[16]响觱篥[17]，俄传汴国[18]倾阳侯[19]。河济[20]桑麻尚乐土[21]，纷纷赵舞兼齐讴[22]。先公亲贤作干橹[23]，已知孱弱[24]输营丘[25]。何况桐圭[26]拥虚器[27]，安危坐听神京筹[28]。文皇[29]大略定中夏[30]，只防同室操戈矛[31]。兵戎屡诘[32]付灶养[33]，藩篱欲撒先虔刘[34]。湣滩[35]之岁那可道，小丑终贻濠泗[36]羞。嫚辞[37]竟抵会同馆[38]，羽林翻作传书邮。白灯[39]乍悬久骇散，青骡[40]出幸同羁囚。空庭独立见何晚，累朝祖免[41]谁同仇？刀俎游魂互枕藉[42]，洒血不得渐螭头[43]。魑魅[44]悬消红日雾，纵横白骨无人收。十载农人耕废苑[45]，茫然不解漆室忧[46]。金口坝[47]前漫歌舞，何如寒鸟声啁啾[48]。

【注释】

[1] 兖州故宫为明太祖之子鲁王朱檀所建。崇祯十五年（1642）清兵入塞攻破兖州府，鲁王朱以派自缢而亡，鲁王宫苑也在这次战火中倾颓。诗人游览鲁王故宫苑，所见皆荒败，遂引发诗人对明朝覆灭和鲁王死难的思考，在诗人无可奈何的感喟中，似乎还暗暗涌动着一股民族情绪。

[2] 吴门：苏州的别称之一，为春秋吴国故地，故称。

[3] 吴宫：指吴王夫差为西施所建的馆娃宫，在苏州西南灵岩山上。

[4] 淫放：纵欲放荡。唐祖咏《古意》："夫差日淫放，举国求妃嫔。"

[5] 悠悠：辽阔无际，遥远。

[6] 肇（zhào）封：开始分封。肇，开始，初始。

[7] 洪武：朱元璋年号，时间为1368—1398年。鲁王朱檀于洪武三年（1370）受封为鲁王，洪武十八年（1385）就藩于兖州。

[8] 恭俭：恭敬俭约。俭，俭约，不放纵。

[9] 河间：指河间献王刘德（前171—前130）。刘得为汉景帝刘启第二子，汉武帝刘彻异母兄，西汉著名藏书家。东汉班固《汉书·河间献王刘德传》："王身端行治，温仁恭俭，笃敬爱下，明知深察。"

[10] 遗构：前代留下的建筑物。唐杜甫《玉华宫》："不知何王殿，遗构绝壁下。"

[11] 西苑：指鲁王朱檀的宫苑名。

[12] 鸺鹠（xiū liú）：猫头鹰的一种，鸣声凄厉。

[13] 渴乌：古代吸水用的曲筒。《后汉书·宦者传·张让》："又作翻车渴乌，施于桥西，用洒南北郊路，以省百姓洒道之费。"李贤注："翻车，设机车以引水；渴乌，为曲筒，以气引水上也。"唐李白《天马歌》："尾如流星首渴

乌，口喷红光汗沟珠。"

[14] 横桥："三家本"作"衡桥"，今从"汇编本"。

[15] 浮沤（ōu）：水面上的泡沫。因其易生易灭，常比喻变化无常的世事和短暂的生命。

[16] 嶯（zhái）山：山名，在山东，详不可知。据诗意推测，当在兖州北。

[17] 觱篥（bì lì）：古簧管乐器名。以竹为管，管口插有芦制哨子，有九孔，本出西域龟兹。这里代指明末起义军的军乐声。

[18] 汴国：指开封。

[19] 阳侯：古代传说中的波涛之神，亦借指波涛。《淮南子》："武王伐纣，渡于孟津，阳侯之波，逆流而击。"《开封府志》卷三十九："崇祯十五年九月十五日，贼决水灌城。"

[20] 河济：黄河与济水区域，这里指鲁王所在地。

[21] 尚乐土：还是一片乐土（没有乱军侵扰）。

[22] 赵舞兼齐讴（ōu）：形容鲁王宫内的歌舞升平景象。赵舞，相传古代赵国女子善舞，后因以指美妙的舞蹈。唐卢照邻《长安古意》："罗襦宝带为君解，燕歌赵舞为君开。"齐讴，同"齐歌"。唐杨巨源《古意赠王常侍》："欲学齐讴逐云管，还思楚练拂霜砧。"

[23]"先公"句：鲁国的第一位封君周公之子为鲁国制定了礼仪。先公，指周公。干橹（gān lǔ）：小盾、大盾，这里借代礼义。《礼记·儒行》："儒有忠信以为甲胄，礼义以为干橹；戴仁而行，抱义而处。"

[24] 孱（chán）弱：懦弱，怯懦。

[25] 输营丘：弱于齐国。营丘，今淄博，代指齐国。据《史记·鲁世家》载：周公在分封之初，据伯禽与太公的国策，就已得出鲁国将弱于齐国的预言。"三家本"作"营邱"，今从"汇编本"。

[26] 桐圭：亦作"桐珪"，指帝王封拜的符信。《吕氏春秋·览部》："成王与唐叔虞燕居，援梧叶以为圭，而授唐叔虞曰：'余以此封女。'叔虞喜，以告周公。周公以请曰：'天子其封虞邪？'成王曰：'余一人与虞戏也。'周公对曰：'臣闻之，天子无戏言。天子言，则史书之，工诵之，士称之。'于是遂封叔虞于晋。"

[27] 虚器：空有帝王的名位而无其实。明朝藩王无军政大权，当义军来犯时，并无抵御能力。

[28] 神京筹：天子的谋划。神京，指帝都京城。

[29] 文皇：永乐皇帝朱棣（1360—1424），谥文。

[30] 中夏：中国的别称。《后汉书·班固传》："目中夏而布德，瞰四裔而抗棱。"

[31] "只防"句：藩王不拥兵是明王朝的国策，以防皇族成员之间的杀戮。

[32] 诘：问，引申为发难。

[33] 灶养：厨工的辱称，借指无能的武将。南朝宋范晔《后汉书》："更始纳赵萌女为夫人，有宠，遂委政于萌……其所授官爵者，皆群小贾竖，或有膳夫庖人，多著绣面衣、锦裤、襜褕、诸于，骂詈道中。长安为之语曰：'灶下养，中郎将。烂羊胃，骑都尉。烂羊头，关内侯。'"

[34] 虔（qián）刘：劫掠，杀戮。《左传·成公十三年》："芟夷我农功，虔刘我边陲。"

[35] 涒（tūn）滩：申年的别称，这里指甲申年（1644）。此年李自成攻陷北京，崇祯皇帝自尽，明亡。《吕氏春秋·序意》："维秦八年，岁在涒滩。"高诱注："岁在申名涒滩……涒滩，夸人短舌不能言为涒滩也。"陈奇猷校释引谭戒甫曰："涒、滩为双声联绵字，亦为汉代方言。"

[36] 濠（háo）泗：濠、泗二州为朱元璋故地，这里代指朱元璋。

[37] 嫚（màn）辞：轻侮的言辞。嫚，轻视，侮辱。

[38] 会同馆：明清时期朝廷接待宾客的机构。

[39] 白灯：据《明季北略》载："至武英殿，各门密召守城官，每门付白灯笼三碗。嘱曰：'寇信缓急，自一至三，宫中望此灯为号。盖寇攻城，则悬一灯；攻城急，则悬二灯；城破，则悬三灯也。'"当崇祯"率数十人，至前门，见城上白灯已悬三矣"。

[40] 青骢：庾信在怀念故国的《哀江南赋》中曾用"乘白马而不前，策青骢而转碍"来表达无可奈何的心迹。

[41] 袒免：袒衣免冠。这里指吴三桂为崇祯戴孝之事。古代丧礼：凡五服以外的远亲，无丧服之制，唯脱上衣，露左臂，脱冠扎发，用宽一寸布从颈下前部交于额上，又向后绕于髻，以示哀思。

[42] 枕藉（jiè）：物体纵横相枕而卧，这里形容死人多而杂乱的样子。

[43] "洒血"句：渐，浸渍。螭头，古代彝器、碑额、庭柱、殿阶及印章等上面的螭龙头像。最后一任鲁王朱以派为清兵执杀，不得其死，故曰"不得渐螭头"。

[44] 魑魅：代指推翻明朝的起义军。

[45] 废苑：鲁王故宫苑。

[46] 漆室忧：喻指担忧国事，亦作"忧葵"。刘向《列女传·鲁漆室女》：

漆室女者，鲁漆室邑之女也。过时未适人。当穆公时，君老，太子幼。女倚柱而啸，旁人闻之，莫不为之惨者。其邻人妇从之游，谓曰："何啸之悲也？子欲嫁耶？吾为子求偶。"漆室女曰："嗟乎！始吾以子为有知，今无识也。吾岂为不嫁不乐而悲哉！吾忧鲁君老，太子幼。"

[47] 金口坝：水坝名，在兖州城东五里的泗河上。

[48] 啁啾（zhōu jiū）：鸟鸣声。

徒步行[1]

五里一休堠旁树[2]，十里一憩沙头津[3]。僦[4]驴满道行不顾，有钱自醉梨花春[5]。朦腾[6]乍觉风雨集，高树浓荫如戴笠。眼看西山[7]雷电激，阴崖[8]鬼魅皆阑入[9]。大声蹴地[10]万马过，溪头浊浪高嵯峨[11]。巨石訇隐[12]类搏撠[13]，小石硌磕[14]争旋涡。双蛇蓁蓁[15]大如毂[16]，忽下波涛走精锐[17]。吐舌俄惊蛙黾[18]逃，昂头颇窃蛟龙势。噫嘻，生不能为东海之鲸北海鲲[19]，忍能与尔[20]同崩奔[21]。鸣雨[22]既过决独返，泥深已没轮蹄痕。夸父逐日走江汉，支离[23]鼓笑[24]谋饔飧[25]。白驹过隙[26]偶然耳，人生何必出国门[27]。

【注释】

[1] 这是一首纪游抒慨的诗。行，古诗的一种体裁。诗人出京远游，途中暴雨骤降，山洪奔泻。溪中游动的双蛇引发了诗人的感怀，"生不能为东海之鲸北海鲲"亦是自况之词，谋食易，谋道难！

[2] 堠（hòu）旁树：路边树。堠，古时路边记里程的土堆。"三家本"作"堠树旁"；"汇编本"作"堠旁树"，与下文"沙头津"更合。今从后。

[3] 沙头津：沙洲边的渡口。沙头，沙洲边。津，渡口。北周庾信《春赋》："树下流杯客，沙头渡水人。"

[4] 僦（jiù）：租赁。

[5] 梨花春：酒名。唐白居易《杭州春望》："红袖织绫夸柿蒂，青旗沽酒趁梨花。"自注："其（杭州）俗酿酒，趁梨花时熟，号为'梨花春'。"

[6] 朦腾：迷糊的样子。宋晏几道《玉楼春》："临风一曲醉朦腾，陌上行人凝恨去。"

[7] 西山：见《同曹升六郊行二首》其二注释[2]。

[8] 阴崖：背阳的山崖。

[9] 阑（lán）入：指擅自闯入。东汉班固《汉书·成帝纪》："阑入尚方掖门。"颜师古注引应劭曰："无符籍妄入宫曰阑。"

[10] 蹴（cù）地：触地。

[11] 嵯峨（cuó é）：形容山势高峻。

[12] 訇（hōng）隐：巨大的声响。汉枚乘《七发》："訇隐匈礚，轧盘涌裔，原不可当。"刘良注："訇隐、匈礚，皆大声也。"

[13] 搏撠（jǐ）：搏击。

[14] 硍磕（láng kē）：物相击声。清吴伟业《游石公山诸胜》："硍磕打空滩，澎湃溅飞沫。"

[15] 蓁蓁（zhēn）：积聚的样子。战国屈原《招魂》："蝮蛇蓁蓁，封狐千里些。"

[16] 轊（wèi）：车轴头，即套在车轴末端的金属筒状物。

[17] 精锐：精练勇锐。这里指蛇在水中游动迅速的样子。

[18] 蛙黾（miǎn）：指蛙。唐韩愈《杂诗》："蛙黾鸣无谓，咯咯只乱人。"

[19] 北海鲲（kūn）：北海里的巨鱼。鲲，传说中的大鱼。《列子·汤问》："终北之北有溟海者，天池也，有鱼焉，其广数千里，其长称焉，其名为鲲。"

[20] 尔：指上文中的"蛙黾"之类。

[21] 崩奔：奔驰。

[22] 鸣雨：狂风暴雨。唐杜甫《雨不绝》："鸣雨既过渐细微，映空摇扬如丝飞。"浦起龙《心解》："鸣雨，大雨也。"

[23] 支离：衰残瘦弱的样子。宋陆游《病起书怀》："病骨支离纱帽宽。"

[24] 鼓筴（jiā）：用簸箕扬谷物。《庄子·人间世》："鼓筴播精，足以食十人。"成玄英疏："筴，小箕也。"

[25] 饔飧（yōng sūn）：早饭和晚饭，饭食。《孟子·滕文公》："贤者与民并耕而食，饔飧而治。"赵岐注："饔飧，熟食也。"

[26] 白驹过隙：比喻时光流逝得快。《庄子·知北游》："人生天地之间，若白驹之过隙，忽然而已。"

[27] 国门：国都的城门。

游泗水源[1]

朝弄泗水浊，暮弄泗水清。泗水激滟[2]竟何许[3]？今晨拟[4]作寻源行。道旁嘉树列帷幛[5]，持觞[6]缓步闻仓庚[7]。金沙银砾[8]行忽断，燿然[9]满地朝霞明。七十二泉[10]殷地[11]出，石角沙痕相斗争。累如玉绳曲篆籀[12]，东西奔汇无定名。卞桥[13]横束不盈丈，飞湍[14]变灭[15]何渟泓[16]。清渠夹岸光烱碎，湾环[17]

倒影摇空城。何人沿溪抗风榭[18]，炊烟缥缈[19]悬瑶京[20]。手植杨柳皆合抱，密叶交错垂苔容[21]。蜩螗[22]沸聒[23]乱人耳，黄昏始觉潺湲[24]声。酒酣顾影爱流沫，荧荧灯火回三更。昔年列坐杏坛[25]席，弦歌[26]左右清风生。俯仰叹逝[27]陈迹在，谁言太上能忘情[28]？我生无地寄驺荡[29]，逝将浮海乘苍精[30]。但使身如黄犊恣[31]，幽讨苍林白石[32]。岂应与尔终寒盟[33]。

【注释】

[1] 此诗记叙诗人探访泗水源的游览与感受。泗水源，今在泗水县东泉林镇，众泉喷涌，汇为泗水。诗中的泗水源泉源遍地，有七十二泉之称，汩汩的泉水激荡着金沙、细石，逐渐汇为澄澈如玉绳，盘曲如篆籀的小溪，众溪横穿卞桥泻入水潭。水面上树影婆娑，台榭映衬，树林间蝉声鼎沸，让诗人流连忘返。俯仰古今，诗人遂有乘龙浮海的遐想。据《南游日历》载：诗人于康熙己未年（1679）九月二十七日游泗水，"出东郭有仲子庙，四十五里至卞桥，为卞庄子旧邑，又五里为泗水源，乱泉濍洞，可数十亩"。

[2] 潋滟（liàn yàn）：形容水波荡漾的样子。

[3] 何许：哪里。

[4] 拟：打算。

[5] 帷幛（wéi zhàng）：形容树木整齐排列的样子。"三家本"作"帏"，亦通，今从"汇编本"。

[6] 持觞（shāng）：举杯。

[7] 仓庚：亦作"鸧鹒"，黄莺的别名。《诗经·豳风·东山》："仓庚于飞，熠耀其羽。"

[8] 金沙银砾（lì）：金银颜色的沙砾。砾，粗沙或碎石。

[9] 爚（huò）然：闪烁的样子。

[10] 七十二泉：据清光绪《泗水县志》载：泉群有名泉七十二，大泉数十，小泉多如牛毛。

[11] 殷地：满地。殷，多，富足。

[12] 曲篆籀（zhuàn zhòu）：曲如篆籀。篆籀，两种汉字书体，圆笔较多。

[13] 卞桥：泗河桥名，因为泉林一带古为卞国，故名"卞桥"。

[14] 飞湍：急流。北魏郦道元《水经注·庐江水》："水出山腹，挂流三四百丈，飞湍林表，望若悬素。"

[15] 变灭：变化幻灭。

[16] 渟泓（tíng hóng）：积水很深的样子。

[17] 湾环：曲水围绕。唐白居易《玩止水》："广狭八九丈，湾环有涯涘。"

[18] 抗风榭：御风的台榭。抗，抵御。

[19] 缥缈（piāo miǎo）：隐隐约约，若有若无的样子。亦作"飘渺"。唐李白《愁阳春赋》："缥缈兮翩绵，见游丝之萦烟。"

[20] 瑶京：玉京，天帝所居，泛指仙界。

[21] 苕（tiáo）容：苕子的花，这里指柳絮。苕，苕子的花。

[22] 蜩螗（tiáo táng）：蝉的别名，亦作"蜩螳"。汉焦赣《易林·谦之解》："蜩螗欢喜，草木嘉茂。"

[23] 沸聒（guō）：喧腾，嘈杂。唐康骈《剧谈录·真身》："缁徒梵诵之声，沸聒天地。"

[24] 潺湲（chán yuán）：流水声。唐岑参《过缑山王处士黑石谷隐居》："独有南涧水，潺湲如昔闻。"

[25] 杏坛：传说中孔子讲学处。《庄子·渔父篇》："孔子游于缁帷之林，休坐乎杏坛之上。弟子读书，孔子弦歌鼓琴。"清代顾炎武认为《庄子》书中凡是讲孔子的，采用的都是寓言的写法，杏坛不必实有其地。

[26] 弦歌：依琴瑟而咏歌。汉司马迁《史记·孔子世家》："三百五篇，孔子皆弦歌之。"

[27] 俯仰叹逝：感叹岁月易去。《论语·子罕》："子在川上曰：逝者如斯夫，不舍昼夜。"

[28] 太上能忘情：圣人不为情绪所动。太上，指圣人。忘情，不为情而动。南朝宋刘义庆《世说新语·伤逝》："王戎丧儿万子，山简往省之，王悲不自胜。简曰：'孩抱中物，何至于此！'王曰：'圣人忘情，最下不及情；情之所钟，正在我辈。'简服其言，更为之恸。"

[29] 骀（dài）荡：无所局限、拘束，放纵。亦作"骀宕"。《庄子·天下》："惜乎惠施之才，骀荡而不得，逐万物而不反。"

[30] 苍精：苍龙。晋葛洪《神仙传》："壶公云：'吾尝佩含景，驾苍精。'"

[31] 恣（zì）：纵恣，无羁绊。

[32] "幽讨"句：此句有阙文。

[33] 寒盟：背弃或忘却盟约。《左传·哀公十二年》："公会吴于橐皋，吴子使大宰嚭请寻盟。公不欲，使子贡对曰：'盟，所以周信也，故心以制之，玉帛以奉之，言以结之，明神以要之。寡君以为苟有盟焉，弗可改也已。若犹可改，日盟何益？今吾子曰"必寻盟"，若可寻也，亦可寒也。'乃不寻盟。"此句文意突兀，或缺少上句。

汉韩敕修孔庙礼器碑歌[1]

岐阳[2]猎石[3]舆京师，西京[4]惨淡无雄词。鬼神守护自邹鲁，峄山野火谁为之[5]？两楹梦奠四百载[6]，先民犹似生同时。修复礼器片石[7]在，千年盈把珊瑚枝[8]。剜苔剔藓[9]出锋铩[10]，细如烟篆[11]交蚕丝。天汉分流注析木[12]，苍松倒挂垂玄芝[13]。鼎彝[14]剥落车服[15]坏，岿然坟典[16]争陆离[17]。黄初[18]以来尚方削[19]，岂知笔墨和天倪[20]。延陵十字[21]殊草草，阳冰[22]变化事颇疑。屼嵝之碑[23]遍岳麓，昌黎[24]搜索空涟洏[25]。当时郑璞[26]谁得见，惊人岂在行模奇。逢掖章甫[27]纵无用，安能垢面如蒙颒[28]。东国使君制响拓[29]，牛车岁贡同盐绨[30]。当前拱璧[31]不知护，壁中蝌蚪[32]谁更贻[33]。丰碑十丈勒宸藻[34]，赤文绿字[35]迎阶墀[36]。大雅[37]沦亡恐复夜，愿长留此光三仪[38]。

【注释】

[1] 汉韩敕修孔庙礼器碑又称"礼器碑"，刻于汉永寿二年（156）。碑文记述鲁相韩敕修饰孔庙、增置各种礼器、吏民共同捐资立石以颂其德事。此碑是汉代隶书的重要代表作之一，金石家评价极高。碑文字迹清劲秀雅，有一种肃穆而超然的神采，历来被奉为隶书极则。诗人从岐阳石鼓、峄山刻石一直写到"礼器碑"，礼器碑笔锋刚健，结体高妙，但在宋之前，并没得到应有的重视，唐人更关注石鼓文、峄山刻石，诗人对此颇感惋惜，并由此发出大雅沦亡的喟叹。

[2] 岐（qí）阳：岐山的南面。岐山，今在陕西省宝鸡市。

[3] 猎石：石鼓，因铭文中多言渔猎之事，故又称它为"猎碣"。

[4] 西京：长安，今陕西省西安市。

[5] "峄（yì）山"句：据《史记·秦始皇本纪》载：始皇二十八年（前219）东行郡县，上邹峄山，与鲁诸儒生议刻石、颂秦德、议封禅、望祭山川之事，李斯留有"峄山刻石"。又据《封演闻见记》载：李斯手书碑刻被北魏太武帝登峄山时推倒。但因李斯小篆盛名遐迩，碑虽倒，慕名前来摹拓的文人墨客络绎不绝。当地官民因常疲于奔命送往迎来，便聚薪碑下，将其焚毁，从此不可摹拓。到了唐代，有人叹惜秦碑被毁，便将流传于世的拓片摹刻于枣木板上。因此，杜甫《李潮八分小篆歌》中有"峄山之碑野火焚，枣木传刻肥失真"句。

[6] "两楹"句：自孔子卒后四百余年，始皇兴。汉司马迁《史记·孔子世家》："孔子因叹，歌曰：'太山坏乎！梁柱摧乎！哲人萎乎！'因以涕下。谓子贡曰：'天下无道久矣，莫能宗予。夏人殡于东阶，周人于西阶，殷人两柱间。昨暮予梦坐奠两柱之间，予始殷人也。'后七日卒。"

［7］片石：韩敕碑。

［8］"千年"句：自韩敕碑始立至清朝康熙年间，已有千五百年，而韩敕碑上的文字，也就越发显得珍贵。珊瑚枝，比喻碑刻贵重。

［9］刬苔剔藓：刬剔苔藓，清除掉碑上的绿苔。

［10］锋铩（shā）：笔锋，笔势。

［11］烟篆：如烟缕一般缭绕圆曲的篆字。

［12］析木：星次名，二十八宿相配为尾、箕两宿，古代以析木次为燕的分野，属幽州。这里是指石鼓文迁往京城之事，与"岐阳猎石舆京师"对应。

［13］"苍松"句：这里是形容石鼓文的字形笔试如苍松高挂，灵芝高悬。玄芝，灵芝。"三家本"作"元"，避康熙（玄烨）讳。今从"汇编本"。

［14］鼎彝：古代祭器，上面多刻着表彰有功人物的铭文。

［15］车服：车舆礼服。《尚书·舜典》："敷奏以言，明试以功，车服以庸。"孔传："功成则赐车服以表显其能用。"孔颖达疏："人以车服为荣，故天子之赏诸侯，皆以车服赐之。"

［16］坟典：三坟、五典的并称，后转为古代典籍的通称。《三坟》即伏羲、神农、黄帝之书。《五典》即少昊、颛顼、高辛、尧、舜之书。

［17］陆离：分散、散落的样子。

［18］黄初：魏文帝曹丕的年号，共计七年，即 220—226 年。

［19］尚方削：以方削之笔为贵。

［20］和天倪（ní）：和合于自然。天倪，自然的分际。《庄子·齐物论》："何谓和之以天倪？"郭象注："天倪者，自然之分也。"

［21］延陵十字：据传延陵季子的墓碑出于孔子手笔，题为"呜呼有吴延陵君子之墓"十字。延陵，季札，因封于延陵，故号。清赵翼《陔余丛考》："古碑之传于世者……究而论之，要当以孔子题延陵吴季子十字碑为始。或有疑季子碑为后人伪托者，唐李阳冰初工峄山篆，后见此碑，遂变化开合，如龙如虎，则非后人所能造可知也。自此以后，则峄山之累碣石等，虽非冢墓，亦仿之以纪功德矣。"

［22］阳冰：唐代书法家李阳冰。

［23］岣嵝（gǒu lǒu）之碑：禹王碑，因最先发现于衡山岣嵝峰，又称岣嵝碑，位于岳麓山顶禹碑峰东。

［24］昌黎：唐文学家韩愈，以郡望称昌黎。

［25］涟洏（ér）：形容涕泪交流的样子。韩愈在其《石鼓歌》一诗中，曾有"嗟余好古生苦晚，对此涕泪双滂沱"之句。

[26] 郑璞（pú）：古代郑国人叫未经雕琢的玉为"璞"，这里是指代石鼓文。

[27] 逢掖章甫：本代指读书人，这里是指韩敕碑。逢掖，古代读书人所穿的一种袖子宽大的衣服。《礼记·儒行》："丘少居鲁，衣逢掖之衣。"孙希旦集解："逢掖之衣，即深衣也。"章甫，礼帽。《释名·释首饰》："章甫，殷冠名也。甫，丈夫也。服之所以表章丈夫也。"

[28] 蒙颒（qī）：古代驱疫鬼时扮神的人所戴的面具。

[29] 响拓（tuò）：又称"向拓"，碑帖术语，复制碑帖法书的一种方法。由于法书墨迹因年代久远，纸色沉暗，字迹难辨，故在摹制时，须向光照明，以纸覆帖（常用油纸、蜡纸），勾勒其原字笔画，然后再以墨笔填充。向拓亦曰"影书""影覆"。

[30] 绤（chī）：细葛布。

[31] 拱璧：古代一种大型玉璧，用于祭祀。因其须双手拱执，故名。后因用以喻极其珍贵之物。

[32] 壁中蝌蚪：指孔壁藏书。蝌蚪，指秦隶之前的小篆。据载，西汉景帝刘启末年，藩王鲁恭王刘余拆毁孔子旧宅来扩建其宫室，在孔府墙壁内曾经发现了一批用战国时六国文字写成的各种经典，称为"古文经"。"三家本""汇编本"均作"璧"，有误。

[33] 贻（yí）：遗留，留下。

[34] 宸（chén）藻：帝王的墨迹。

[35] 赤文绿字：祥瑞的图文。《艺文类聚》卷十一引《尚书中候》："帝尧即政，荣光出河，休气四塞，龙马衔甲，赤文绿色。"

[36] 阶墀（chí）：台阶。

[37] 大雅：《诗经》的组成部分之一，这里代指高尚雅正的古代文化。

[38] 三仪：天、地、人合称"三仪"。

留别孙钟元先生[1]

苏门[2]山势何嶙峋[3]，卫源澄澈如汉津[4]。征君[5]来时已白首，种松复作苍龙鳞。担簦[6]本意绝氛垢[7]，门边结驷[8]来诜诜[9]。目若悬珠齿编贝[10]，褐衣[11]不混渔樵[12]人。天启之朝钩党急[13]，半夜宫门甀函[14]入。群凤争鸣困一枭[15]，翻与桁杨[16]增接楹[17]。镇抚司[18]前惨么麼[19]，狼藉[20]何从辨杨左。孝廉急难[21]排风雷，剥烂[22]岂知存硕果。我来夏峰[23]访幽谷，鸣鸠乍乳山樱熟。

濯缨[24]遥汲百泉[25]水，朝粲细剧[26]淇园[27]竹。千秋坛坫[28]徒纷纷，缁帷[29]弦歌久不闻。五交三衅[30]竞飙起，达人干预[31]麋鹿群。鲍山遗烈[32]渺难再，鹅湖鹿洞[33]劳区分。（先生讲学颇以不黜姚江见诋）[34]酒阑[35]捧杖意惝怳[36]，翻愁岐路风尘昏。孥骀[37]已驾且长往，何日重过元礼[38]门。

【注释】

[1] 孙钟元（1584—1675），名奇逢，字启泰，号钟元，明末清初理学大家。晚年讲学于辉县夏峰村二十余年，从者甚众，世称夏峰先生。天启年间，曾参与营救杨左等六君子。顺治元年（1644）明朝灭亡后，清廷屡召不仕，人称孙征君。与李颙、黄宗羲齐名，合称明末清初三大儒。诗人记叙了前往苏门山探望孙奇逢先生的经历和惜别时的怅惘，诗中对孙奇逢在天启年间的义举用笔较重，透过对孙奇逢此举的赞赏，亦可见作者的用心。

[2] 苏门：山名，又名苏岭、百门山。晋孙登曾隐居于此。今在河南省辉县西北。

[3] 嶙峋（lín xún）：形容山势峻峭、重叠、突兀的样子。

[4] 汉津：银河。

[5] 征君：征而不仕的高士，也称"征士"。孙奇逢历明清两代，曾屡征而不仕，人称孙征君。

[6] 担簦（dēng）：背着伞。簦，古代一种有柄的笠，类似现在的伞。南朝宋吴迈远《长相思》："虞卿弃相印，担簦为同欢。"

[7] 氛垢（gòu）：本义为尘雾，比喻尘世。宋林逋《郊园避暑》："柴门鲜人事，氛垢颇相忘。"

[8] 结驷（sì）：一车并驾四马。战国屈原《招魂》："青骊结驷兮齐千乘，悬火延起兮玄颜烝。"王逸注："结，连也。四马为驷。"

[9] 诜诜（shēn）：众多的样子。《诗经·周南·螽斯》："螽斯羽，诜诜兮；宜尔子孙，振振兮。"毛传："诜诜，众多也。"

[10] 编贝：编排起来的贝壳，比喻洁白整齐的牙齿。《韩诗外传》："目如擗杏，齿如编贝。"

[11] 褐（hè）衣：粗布衣，指代贫贱者的穿着。

[12] 渔樵（qiáo）：打鱼砍柴。唐高适《封丘县》："我本渔樵孟诸野，一生自是悠悠者。"

[13] "天启"句：明天启四年（1624），魏忠贤诬枉杨涟、左光斗、魏大中、周朝瑞、袁化中、顾大章六君子结党，下诏狱致死。钩党，谓相牵引为同党。

[14] 匦（guǐ）函：朝廷接受臣民投书的匣子，始置于唐。后亦指称上呈朝廷的书信、奏章。明天启四年（1624）六月，左副都御史杨涟上疏弹劾东厂提督太监魏忠贤二十四大罪，此事拉开了士人与阉宦斗争的序幕。

[15]"群凤"句：杨左等士大夫向以魏忠贤为代表的阉党发起冲击。群凤，指代杨左等士大夫。一枭，指魏忠贤。

[16] 桁（háng）杨：用于套在囚犯脚或颈的刑具。《庄子·在宥》："今世殊死者相枕也，桁杨者相推也，刑戮者相望也。"成玄英疏："桁杨者，械也。夹脚及颈，皆名桁杨。"

[17] 棳榍（jiē xí）：接合之木，小梁。《庄子·在宥》："吾未知圣知之不为桁杨棳榍也。"陆德明释文："棳榍，桎梏梁也。"

[18] 镇抚司：官署名。明沿元制，于诸卫置镇抚司。锦衣卫所属之南北两镇抚司从事侦察、逮捕、审问等活动，是阉党迫害士大夫的工具之一。

[19] 么麽：见《严方贻席上食逆鱼同曹秋岳赋》注释 [4]。

[20] 狼藉：乱七八糟；散乱、零散。杨、左等人入诏狱，被酷刑折磨致死，形体不可分辨。

[21] 急难：解救危难。《诗经·小雅·常棣》："脊令在原，兄弟急难。"

[22] 剥烂：剥蚀毁坏，这里用以指称时局、朝政。

[23] 夏峰：地名，孙奇逢晚年讲学处。

[24] 濯缨：见《南峰》注释 [14]。

[25] 百泉：泉名，位于河南省辉县苏门山南麓。

[26] 劚（zhǔ）：挖。

[27] 淇园：园林名，位于河南省淇县淇河湾内，以竹林闻名，据传为西周晚期卫武公所建。南朝齐祖冲之《述异记》："卫有淇园，出竹，在淇水之上。"

[28] 坛坫（diàn）：会盟的坛台。

[29] 缁帷：林木繁茂之处。《庄子·渔父》："孔子游乎缁帷之林。"成玄英疏："缁，黑也。尼父游行天下，读讲《诗》《书》，时于江滨，休息林籁，其林郁茂，蔽日阴沉，布叶垂条，又如帷幕，故谓之缁帷之林也。"后因以指代贤士讲学之地。

[30] 五交三衅（xìn）：五交，指五种非正道的交友——势交、贿交、谈交、穷交、量交。三衅，三瑕隙。南朝梁刘孝标《广绝交论》："因此五交，是生三衅。败德殄义，禽兽相若，一衅也；难固易携，仇讼所聚，二衅也；名陷饕餮，贞介所羞，三衅也。"李善注："杜预《左氏传》注曰：衅，瑕隙也。"

[31] 干预：过问或参与某事。

[32] 鲍山遗烈：前人遗留的烈节、风操。鲍山，字元则，以孝悌称，尝筑庵黄山，隐居以全志。

[33] 鹅湖鹿洞：鹅湖，山名，在江西省铅山县北。晋末有龚氏畜鹅于此，因名鹅湖山。宋淳熙二年（1175）六月，吕祖谦为了调和朱熹"理学"和陆九渊"心学"之间的理论分歧，使两人的哲学观点"会归于一"，尝出面邀请陆九龄、陆九渊兄弟前来与朱熹见面。双方就各自的哲学观点展开了激烈的辩论，这就是著名的"鹅湖之会"。《宋史·儒林传四·陆九渊》："九渊尝与朱熹会鹅湖，论辨所学，多不合。"鹿洞，即白鹿洞，北宋六大书院之一，位于江西省九江市庐山东北玉屏山南，虎溪岩背后。朱熹曾经讲学于此。

[34] "先生"句：原注如此。姚江，即"阳明学派"，理学流派之一。学派主旨为"心即理""知行合一""致良知"，由王守仁继承陆象山之学而加以发展而来，与朱熹学说的"论先后，知为先"说相颉颃。

[35] 酒阑：酒筵将尽。唐杜甫《魏将军歌》："吾为子起歌《都护》，酒阑插剑肝胆露。"

[36] 惝怳（chǎng huǎng）：惆怅、失意的样子。

[37] 驽骀（tái）：劣马。

[38] 元礼：李膺（110—169），字元礼，颍川郡襄城县（今属河南省襄城县）人。东汉名士，士人领袖，因"党锢之祸"，陷狱而死。

青柯坪[1]

我从华阴来，秋怀苦凄怆。一登十八盘[2]，嗒焉[3]如尽丧。手拂岫幌[4]开云关，峰峦变灭[5]无停状。狸狌[6]啸雨猿昼啼，咫尺但愁失归向。苍藤幂历[7]穿危栈[8]，高下冥迷[9]那得辨。石棱涧道仅数寻，渭水秦山几回转。举头忽讶[10]青天开，垣屋鳞鳞缀晴巘[11]。长松挂壁森蓬藋[12]，细雾缘扉袅烟篆[13]。吁嗟青柯坪，壮观真崔巍[14]！三峰高造[15]天，于我何有哉？安得巨灵[16]咆哮重擘[17]裂，二十八潭[18]倾帝台[19]。手挽铁船[20]入天汉，仰攀十丈莲花开。回头却笑羡门子[22]，坐看东海生黄埃。

【注释】

[1] 诗人经由十八盘登临青柯坪，但见翠峰变灭于云雾间。环视则苍藤铺满山道，俯视则渭水、秦山断续可见，仰望则长松挂壁、细雾缘扉。见此壮丽的景观，诗人内心的羁旅愁绪为之一扫而空，不禁心荡神驰，欲手挽铁船，仰攀莲花。登华山之乐，何啻东海仙山。

〔2〕十八盘：山道名，指从混元石至毛女祠的一段登山道路，因其随山势回曲，十有八折盘山而上，故名。《三才图会》："山最陡者，十八折乃得上。"

〔3〕嗒（tà）焉：形容怅然若失的样子。《庄子·齐物论》："南郭子綦隐机而坐，仰天而嘘，嗒焉似丧其耦。"

〔4〕岫幌（xiù huǎng）：山洞居室的窗户。岫，山洞。幌，帘帷。南朝齐孔稚珪《北山移文》："宜扃岫幌，掩云关，敛轻雾，藏鸣湍。"吕延济注："岫幌，山窗也。"

〔5〕变灭：见《游泗水源》注释〔15〕。

〔6〕狸狌（xīng）：野猫。《庄子·逍遥游》："子独不见狸狌乎？卑身而伏，以候敖者；东西跳梁，不辟高下；中于机辟，死於网罟。"成玄英疏："狸狌，野猫也。"

〔7〕幂（mì）历：分布覆被的样子。宋梅尧臣《和寿州宋待制九题·齐云亭》："浩荡孤思发，幂历蔓草齐。"

〔8〕危栈：见《擦耳崖》注释〔4〕。

〔9〕冥迷：迷蒙，迷茫。唐杜牧《阿房宫赋》："高低冥迷，不知西东。"

〔10〕讶：见《朝出》注释〔14〕。

〔11〕嵃（yǎn）：大山上的小山。

〔12〕蓬藋（dí）：蓬草和藋草，指代草舍。宋陆游《老马》："马固忘华厩，士亦安蓬藋。"

〔13〕"细雾"句：细细的烟缕萦绕着门窗，袅娜如篆字的圆曲笔画。扉，门窗。烟篆，烟缕曲折的样子。

〔14〕崔巍（cuī wēi）：高峻，高大雄伟。

〔15〕造：至，到。

〔16〕巨灵：见《东峰》注释〔7〕。

〔17〕擘：同"掰"。

〔18〕二十八潭：华山"二十八宿潭"。华山莲花坪位于三峰之间，地势较低，溪潭交错多达二十八个，名为"二十八宿潭"。

〔19〕帝台：帝阙。

〔20〕铁船：捣药用具。与下文的"十丈莲花"对应，均为诞幻之语。

〔22〕羡门子：一作羡门高，古代传说中的仙人，秦始皇至碣石曾派人寻求。后世用作咏求仙的典故。《史记·秦始皇本纪》："三十二年，始皇之碣石，使燕人卢生求羡门高誓。"裴骃集解韦昭注："古仙人。"

大松^[1]

自抵东峰上鳌背^[2]，滑石登顿^[3]脚不停。崩崖^[4]划开怪蛇斗^[5]，晴空幻作游尘形。魂摇目悸^[6]行障面^[7]，耳边忽觉闻清泠^[8]。东峰拔地五千仞，明星玉女^[9]愁云軿^[10]。疾风四起扬^[11]屋瓦，独留大树排^[12]天庭。孤高自绝雨露上，鸿蒙^[13]一气含精灵。岭猿长啸杂竽籁^[14]，山魈^[15]欲入愁雷霆。影落千山势夭矫^[16]，西连月窟^[17]东沧溟^[18]。名山福地^[19]辟略尽，蛩蛩^[20]神穴无人经。洞口葳蕤^[21]锁双树，霜中著叶疑冬青。此松摩挲^[22]几千载，十寻之上常冥冥^[23]。翠旌孔盖^[24]纷相荡，苍鳞夜夜蛟龙腥^[25]。松根羽人^[26]皆皓首^[27]，远寻五粒^[28]劚^[29]茯苓^[30]。却问秦松近无恙，仰天大笑谁能听。

【注释】

[1] 华山以松闻名，在诗人的笔下，屹立于东峰之上的大松充满奇伟的风韵。大松之伟岸，在于其直达天庭的枝干和影落千山的树冠，而大松之奇，则在其充满灵气。它那如翠旌般茂密的枝叶仿佛遮掩着一个神异的世界，苍干婆娑如龙行空，皓首羽人在此修仙访药。诗人用笔夸饰，思绪玄诞，颇具浪漫色彩。

[2] 鳌背：本喻指大海，这里比喻东峰光滑的山脊。

[3] 登顿：上下，行止。谢灵运《过始宁墅》："山行穷登顿，水涉尽洄沿。"李周翰注："登顿，谓上下也。"

[4] 崩崖：坍塌的悬崖。

[5] 怪蛇斗：形容山石对峙，如蛇相斗状。

[6] 魂摇目悸（jì）：形容人精神紧张的样子。悸，因害怕而心跳得厉害。

[7] 障面：（在风沙中行走，人不得不）遮挡住面部。

[8] 清泠：清凉的溪水（流动的声音）。

[9] 明星玉女：传说中的神仙名字。《神异经·东荒经》："（东王公）恒与一玉女投壶。"唐李白《古风》："西上莲花山，迢迢见明星。素手把芙蓉，虚步蹑太清。"

[10] 云軿（píng）：神仙所乘之车。以云为之，故云。軿，有帷盖的车子。

[11] 扬（yáng）：飞扬，飘扬。

[12] 排：推开。

[13] 鸿蒙：见《汶阴禹庙歌》注释[7]。

[14] 竽籁（lài）：竽和箫（的声音）。战国宋玉《高唐赋》："纤条悲鸣，声似竽籁。清浊相如，五变四会。感心动耳，回肠伤气。"吕向注："竽，笙属；

籁，箫也。"

[15] 山魈：见《招隐诗二首》其二注释［12］。

[16] 夭矫：形容姿态伸展屈曲而有气势。

[17] 月窟：传说月的归宿处。《汉武帝内传》："仰上升绛庭，下游月窟阿。"

[18] 沧溟：大海。《汉武帝内传》："诸仙玉女，聚居沧溟。"

[19] 福地：指神仙居住之处。道教有七十二福地之说。

[20] 蟹蜼（féi wèi）：蛇名。《山海经》："太华之山有蛇焉，名曰蟹蜼。六足四翼，见则天下大旱。"

[21] 葳蕤（wēi ruí）：草木茂盛，枝叶下垂的样子。汉东方朔《七谏》："便娟之修竹兮，寄生乎江潭。上葳蕤而防露兮，下泠泠而来风。"

[22] 摩挲（suō）：抚摩。这里是指大松枝叶在天空摇曳的样子。

[23] 冥冥：见《游伊阙二首》其二注释［7］。

[24] 翠旌孔盖：大松的枝叶像翠绿的旌旗、巨大的车盖。孔，硕大。

[25] "苍鳞"句：苍老剥蚀的树皮如龙鳞，晚上仿佛散发出蛟龙的水腥味道。

[26] 羽人：身长羽毛或披羽毛外衣能飞翔的人，泛指仙人。战国屈原《远游》："仍羽人於丹丘兮，留不死之旧乡。"

[27] 皓首：白头。仙人长生不老，故多白头。

[28] 五粒：华山松的一种。或以为五粒之粒当读为鬣，讹为粒，每五鬣为一叶，故又称"五鬣松"。一说，一丛有五粒子，形如桃仁，可食，因以粒名之。《寰宇记》："唐时华州贡五粒松"。

[29] 劚：见《留别孙钟元先生》注释［26］。

[30] 茯苓（fú líng）：又称玉灵、茯灵，是寄生在松树根上的一种菌核，形如甘薯。古人认为，服之可长生。晋葛洪《抱朴子》："老松余气结为茯苓，千年树脂化为琥珀。"《神农本草经》："（茯苓）久服安魂养神，不饥延年。"

丁未八月支俸米寄里中因题长句[1]

金门大隐[2]真顽劣[3]，诙诡[4]颇嗤[5]首阳[6]拙。饱食安步称易农[7]，遂令千载轻臣节[8]。鲁国儒生[9]无寸长[10]，到官一月分天仓[11]。夜驱僮仆制行縢[12]，南风计日闻炊香。今年稻塘泥没秒[13]，镰刀生薜禾成菌[14]。县吏打门犹索租，衣襦苦自蚕时尽。人生作吏何所求，万钟之粟饱亦休。昔贤真为三釜[15]

喜，夷然[16]肯顾监河侯[17]。

【注释】

[1] 清康熙六年（丁未），颜光敏以进士入仕，初领俸米颇有感怀，遂有此诗。诗人否定了东方朔的"饱食安步"主张，寄托了自己对"谋道"与"谋食"的思考。长句，唐人对七言诗的习称。

[2] 金门大隐：指东方朔。汉司马迁《史记·滑稽列传》载：东方朔被汉武帝视作滑稽弄臣，内心很苦闷，曾作歌曰："陆沉于俗，避世金马门，宫殿中可以避世全身，何必深山之中，蒿庐之下。"金门，金马门。

[3] 顽劣：顽钝而不服管教。

[4] 诙诡（huī guǐ）：荒诞怪异。

[5] 嗤：见《昔闻》注释[18]。

[6] 首阳：首阳山，代指伯夷叔齐。参见《招隐诗二首》其一，注释[5]。

[7] "饱食"句：衣食饱足，安然自得，以做官治事代替隐退耕作。东方朔《诫子书》："明者处事，莫尚于中，优哉游哉，与道相从。首阳为拙，柳惠为工。饱食安步，在仕代农。"

[8] 臣节：人臣的节操。

[9] 鲁国儒生：诗人自称之词。

[10] 寸长：微小的长处。这里是作者自谦之词。宋苏轼《湖州谢上表》："凡人必有一得，而臣独无寸长。"

[11] 天仓：这里指国家给的俸禄。

[12] 行帣（juàn）：行囊。帣，口袋。

[13] 轸（zhěn）：车厢底部四周的横木。

[14] "镰刀"句：镰刀生满铁锈，稻谷长满霉菌。

[15] 三釜：古代一般年成每人每月的食米数量，比喻菲薄的俸禄。亦作"三䤱"。《庄子·寓言》："曾子再仕而心再化，曰：'吾及亲仕，三釜而心乐；后仕，三千钟而不洎，吾心悲。'"

[16] 夷然：平静镇定的样子。

[17] 监河侯：本为官职名，代指放贷者。《庄子·外物》："庄周家贫，故往贷粟于监河侯。监河侯曰：'诺。我将得邑金，将贷子三百金，可乎？'"

戊申六月十七日齐鲁地大震歌以纪之[1]

冥海[2]禺强[3]立天门，啄害[4]下人[5]乘夜昏。耳间[6]青蛇双嘘[7]火，蜿蜒[8]竞与蛟螭[9]奔。穿穷地肺[10]作陶复[11]，嵡岈[12]势欲无昆仑。大噬[13]羵羊[14]细蝼蚁，苍生履厚[15]徒惽惽[16]。千雷万霆伏床下，发声直夺飞廉[17]魂。城郭跳踔[18]金石走，六幕八柱[19]手可扪。威斧怒划裂平壤，幽光腾闪疑陆浑[20]。黄泉激水立千丈[21]，虹霓[22]交射相并吞。踉跄[23]裸体走旷野，摩挲[24]大树同鸥蹲[25]。荒鸡不鸣狗乱吠，行冲南纪[26]犹啍啍[27]。间门[28]渐返寻骨肉，眼明喜见扶桑暾[29]。恍疑中宵[30]现妖梦[31]，一时庆吊忘赛飧[32]。共言巨鳌[33]覆公竦[34]，缩颈自请甘钳髡[35]。高陵深谷瞥然[36]改，岳渎[37]亦失公侯尊。嗟尔东人出兵燹[38]，版筑[39]未就三冬温。焚巫暴尪[40]测天意，疲氓忍使疮痏[41]存。西方雨雹大如象，探丸[42]篝火惊蜂屯[43]。野人习见尚云妄，监门何得彻[44]九阍[45]。三十年来增户口，秖[46]愁庸调[47]抛儿孙。村头一夕遍磷火[48]，旧鬼烦冤[49]安足论。

【注释】

[1]　戊申六月十七日（1668年7月25日），山东郯城发生大地震，诗人把这一惊魂时刻用夸诞的笔墨再现出来。海神禺强乘着夜幕穿地呼啸而来，所到之处地陷山摇，天上闪耀着怪异的幽光。城郭颠簸跳动，仿佛天翻地覆一般，幸存的人们衣冠不整地逃往空旷的野外。诗人在后半部分进一步探究地震的原因。在诗人看来，繁重的赋税令民生不堪，故上天降震以警示，但这样的警示真能触动上层吗？

[2]　冥海：传说中的大海，亦作"溟海"。《庄子·逍遥游》："穷发之北，有冥海者，天池也。"

[3]　禺强：又称"禺疆"，传说中的海神。《庄子·大宗师》："北海之神，名曰禺强，灵龟为之使。"成玄英疏："禺强，水神名也，亦曰禺京。人面鸟身，乘龙而行，与颛顼并轩辕之胤也。"《山海经·大荒北经》："北海之渚中，有神，人面鸟身，珥两青蛇，践两赤蛇，名曰禺疆（禺强）。"

[4]　啄害：残害，毁害。

[5]　下人：世间的人。

[6]　耳间："钞本"作"闻"，有误。今从"汇编本"。

[7]　噀（xùn）：喷。南朝宋范晔《后汉书·郭宪传》："忽面向东北，含酒三噀。"

[8]　蜿蜒（wān yán）：弯曲延伸的样子。

[9]　蛟螭（jiāo chī）：蛟龙。

[10]　地肺：浮动的土地（道教术语）。南朝梁陶弘景《真诰》卷十一："金陵者，洞虚之膏腴，句曲之地肺也，履之者万万，知之者无一。"《茅山志》

卷之六注曰："其地肥良，故曰膏腴。水至则浮，故曰地肺。"

[11] 陶复：古代凿地而成的土室。《诗经·大雅·绵》："古公亶父，陶复陶穴，未有家室。"毛传："陶其壤而穴之。"

[12] 谽谺（hān xiā）：山谷空旷幽深的样子，这里指上文的"洞穴"深邃无边。唐卢照邻《五悲·悲昔游》："当谽谺之洞壑，临决咽之奔泉。"

[13] 大噬（shì）：大口吞。这里指地震引发的地表塌陷。

[14] 羵（fén）羊：土中的精怪。《国语·鲁语下》："季桓子穿井，获如土缶，其中有羊焉。使问之仲尼曰：'吾穿井而获狗，何也？'对曰：'以丘所闻，羊也。丘闻之：木石之怪曰夔、蝄蜽，水之怪曰龙、罔象，土之怪曰羵羊。'"

[15] 履厚：脚踩大地。

[16] 惛惛（hūn）：精神昏暗，神志不清。《庄子·至乐》："人之生也，与忧俱生，寿者惛惛，久忧不死，何苦也！"

[17] 飞廉：亦作"蜚廉"，古代神话中的神兽。战国屈原《离骚》："前望舒使先驱兮，后飞廉使奔属。"王逸注："飞廉，风伯也。"

[18] 跳踔（chuō）：跳起。这里是形容地震波将城郭掀起的样子。

[19] 六幕八柱：六幕，指天地四方。汉班固《汉书·礼乐志·郊祀歌·天门》："专精厉意逝九阂，纷云六幕浮大海。"颜师古注："六幕，犹言六合也。"八柱，传说地有八柱，用以承天。战国屈原《天问》："八柱何当？东南何亏？"王逸注："言天有八山为柱。"洪兴祖补注："《河图》言，昆仑者，地之中也，地下有八柱，柱广十万里，有三千六百轴，互相牵制，名山大川，孔穴相通。"

[20] 陆浑：古地名，指今敦煌以西吐鲁番一带，以酷热闻名。韩愈有《陆浑山火和皇甫湜用其韵》："摆磨出火以自燔，有声夜中惊莫原。天跳地踔颠乾坤，赫赫上照穷崖垠。截然高周烧四垣，神焦鬼烂无逃门。"

[21] "黄泉"句：形容地震引发的地下水喷涌而出的样子。

[22] 虹霓：这里指地震时天空闪现出的奇异光芒。

[23] 踉跄（liàng qiàng）：走路不稳的样子。

[24] 摩挲：这里指用手紧紧抱住树干的样子。

[25] 鸱（chī）蹲：如鸱蹲状，局促而瑟缩。宋欧阳修《雪对十韵》："儿吟愁凤语，翁坐冻鸱蹲。"

[26] 南纪：南方。《诗经·小雅·四月》："滔滔江汉，南国之纪。"郑玄笺："江也，汉也，南国之大水，纪理众川，使不壅滞；喻吴楚之君能长理旁侧小国，使得其所。"后因以指南方。

[27] 啍啍（tūn）：迟重缓慢的样子。《诗经·王风·大车》："大车啍啍，

毳衣如璊。"毛传："噂噂，重迟之貌。"

[28] 闾门：闾里之门，即家门。

[29] 扶桑暾（tūn）：东方初升的太阳。扶桑，传说日出于扶桑之下，亦代指太阳。暾，刚升起的太阳。战国屈原《九歌·东君》："暾将出兮东方，照吾槛兮扶桑。"王逸注："日出，下浴于汤谷，上拂其扶桑，爰始而登，照耀四方。"

[30] 中宵：中夜，半夜。

[31] 妖梦：反常之梦，妖妄之梦。

[32] 饔飧（yōng sūn）：做饭，亦可指饭食。《孟子·滕文公上》："贤者与民并耕而食，饔飧而治。"赵岐注："饔飧，熟食也。"

[33] 巨鳌（áo）：大龟。传说东海中有巨鳌驮着的仙山，地震是由于巨鳌不堪重负跌落仙山所致。

[34] 覆公𫗧（sù）：比喻不堪其用，不能胜任。公𫗧，君主、贵族所享用的盛馔。《周易·鼎》："鼎折足，覆公𫗧。其形渥，凶。"孔颖达疏："鼎折足，覆公𫗧者：𫗧，糁也。八珍之膳，鼎之实也……施之于人，知小而谋大，力薄而任重，如此必受其至辱。"

[35] 钳髡（qián kūn）：古代刑罚名。钳，用铁圈束颈。髡，剃去头发。

[36] 瞥（piē）然：忽然，迅速地。

[37] 岳渎（dú）：五岳和四渎的并称，这里泛指山河地貌。

[38] 兵燹（xiǎn）：兵火、战火。燹，火。这里指不祥的征兆，故而上天降地震以警示。下文的"版筑不就""三冬温"同此。

[39] 版筑：建筑方法之一，用两板相夹，填泥其中，以杵捣实成墙。

[40] 焚巫暴尪（wāng）：古代沟通天人的仪式。焚巫，古代求雨的一种形式，将巫觋置于积薪之上，放火烧之。暴尪，曝晒瘠病者，冀天哀怜之而降雨。《礼记·檀弓下》："岁旱，穆公召县子而问然，曰：'天久不雨，吾欲暴尪而奚若？'"陈澔集说："《左传》注云：尪者，瘠病之人，其面上向，暴之者，冀天哀之而雨也。"

[41] 疮痏：见《陇头水》注释 [5]。

[42] 探丸：比喻豪侠杀人报仇，这里借以指强人四起。汉班固《汉书·酷吏列传》："长安中奸猾浸多，闾里少年群辈杀吏，受赇报仇，相与探丸为弹，得赤丸者斫武吏，得黑丸者斫文吏，白者主治丧。"

[43] 蜂屯：蜂聚，这里指集聚的灾民。

[44] 彻：通。

[45] 九阍：见《朝出》注释［18］。

[46] 祇：只，但。"钞本"作"祇"，今从"汇编本"。

[47] 庸调（diào）：赋税之名目，这里代指赋税。

[48] 磷（lín）火：俗称鬼火。

[49] 烦冤：烦躁愤懑。唐杜甫《兵车行》："新鬼烦冤旧鬼哭，天阴雨湿声啾啾。"

题龙江楼[1]

我来亟[2]问凤凰台[3]，荒基零落委城市。江上高楼起何年？画栋朱栏宛相似。钟山[4]走势连豫章[5]，苍然四合云锦张[6]。就中擘裂[7]贯江水，鱼龙始卧金陵旁。金陵城郭如泛梗[8]，凭高直欲西南翔。寒空明灭三山[9]在，玉色芝光遥可采。影入波涛众峰碎，千年空翠东流海。海中传有三神山[10]，梦魂欲到风吹还[11]。燕市三年冒尘土[12]，野人何地开心颜？四月江南梅雨休，滩水渐高风力柔。鲥鱼[13]泼剌[14]举网得，樱桃历乱[15]无人收。谁能不醉龙江楼！

【注释】

[1] 龙江楼位于江边高地，画栋朱栏宛若当年的凤凰台，站在龙江楼上举目四望，钟山蜿蜒远逝，江水如练，波光倒影映衬下的金陵称宛然若浮。绮丽壮美的景色驱散了诗人胸中的郁闷，让人沉醉。据《年谱》载："（康熙庚戌）三月出监龙江关税。"该诗或作于此时期。

[2] 亟（qì）：屡次。

[3] 凤凰台：见《游燕子矶》注释［22］。

[4] 钟山：位于江苏省南京市玄武区，因山顶常有紫云萦绕，又得名紫金山。

[5] 豫章：古地名，说法不一。据《左传》杜预注：春秋时的豫章，皆在江北淮水南，汉移其名于江南，置郡。这里的豫章当是指此。

[6] 云锦张：彩云如锦绣一样铺开。

[7] 擘（bò）裂：撕裂。"三家本"作"礕"，不通。今从"汇编本"。

[8] 泛梗（gěng）：本喻漂泊不定，这里指金陵四面环水，如浮水上。《战国策·孟尝君将入秦》：（苏秦）谓孟尝君曰："今者臣来，过于淄上，有土偶人与桃梗相与语。桃梗谓土偶人曰：'子，西岸之土也，挺子以为人，至岁八月，降雨下，淄水至，则汝残矣。'土偶曰：'不然。吾西岸之土也，土则复西岸耳。今子，东国之桃梗也，刻削子以为人，降雨下，淄水至，流子而去，则子漂漂者

将何如耳。'"

[9] 三山：山名，在金陵城外。

[10] 三神山：见《为王阮亭题庭前竹》注释 [8]。

[11] "梦魂"句：汉武帝被方士鼓动，到东海求仙未得的故事。《史记·封禅书》："自威、宣、燕昭使人入海求蓬莱、方丈、瀛洲。此三神山者，其传在勃海中，去人不远；患且至，则船风引而去。盖尝有至者，诸仙人及不死之药皆在焉。其物禽兽尽白，而黄金银为宫阙。未至，望之如云；及到，三神山反居水下。临之，风辄引去，终莫能至云。"

[12] "燕市"句：诗人此前曾居京为官三年。燕市，北京。冒尘土，谓北方秋冬之际的扬尘天气。

[13] 鲥（shí）鱼：长江下游所产的名贵食用鱼，以当涂至采石一带横江鲥鱼味道最佳，素誉为江南水中珍品。

[14] 泼剌：象声词。唐卢纶《书情上大尹十兄》："海鳞方泼剌，云翼暂徘徊。"

[15] 历乱：见《醉时歌赠孔垣三先生》注释 [3]。

赠邢命石[1]

忆昔相访慈仁寺[2]，烟霏人散鸣夕钟。廊下风吹九松树，訇然[3]如坐匡庐[4]峰。怪君对此翻不乐，蹉跎未就长生药。昨梦南归断臂崖，山灵数我欺云壑[5]。云壑绵邈在何方，雨花牛首[6]遥相望。忽向金陵重携手，喜君尚未骖龙翔[7]。颜如渥丹[8]发如漆，手种琅玕[9]今垂实。兴来自写沧州图[10]，百丈峰阴避炎日。眼中无数学仙人，却爱丹砂不爱身。我知鬐公最绝伦，盛年肥遁[11]愁逡巡。君不见，苏门山下留琴子[12]，至今蹩躠[13]犹风尘。

【注释】

[1] 邢命石仿佛是一位方外高士，数年前曾经与诗人相知于北京，今又重逢于金陵，故有此赠。诗人对邢命石修持遁世，不涉俗务的高致颇为欣赏，也流露出对自己没能超越风尘的遗憾。

[2] 慈仁寺：建于元朝，地处北京南城，为清初文士会聚之地。

[3] 訇（hōng）然：风声猛烈的样子。

[4] 匡庐：指庐山。相传殷周之际有匡俗兄弟七人结庐于此，故称。范晔《后汉书·郡国志四·庐江郡》："寻阳南有九江，东合为大江。"刘昭注引南朝宋慧远《庐山记略》："有匡俗先生者，出殷周之际，隐遁潜居其下，受道于仙

人而共岭，时谓所止为仙人之庐而命焉。”

[5] “山灵”句：山上的神灵责备我辜负了山中的云壑。南朝齐孔稚珪《北山移文》：“世有周子，隽俗之士，既文既博，亦玄亦史。然而学遁东鲁，习隐南郭，偶吹草堂，滥巾北岳。诱我松桂，欺我云壑。虽假容于江皋，乃缨情于好爵。”

[6] 雨花牛首：南京城的雨花台与牛首山。

[7] 骖（cān）龙翔：驾驭飞龙而成仙。骖，驾在车前两侧的马，这里用作动词。

[8] 渥（wò）丹：润泽光艳的朱砂，多形容红润的面色。

[9] 琅玕：见《登太华山九首·瀑布》注释[6]。

[10] 沧州图：隐逸图。沧州，水中小洲，此指隐者所居之处。唐李白《代寿山答孟少府移文书》：“申管晏之谈，谋帝王之术，奋其智能，愿为辅弼，使寰区大定，海县清一，事君之道成，荣亲之义毕，然后与陶朱、留侯，浮五湖，戏沧州，不足为难矣。”

[11] 肥遁：指称退隐。《周易》：“上九，肥遁，无不利。”孔颖达疏：“子夏传曰：肥，饶裕也。四五，虽在于外，皆在内有应，犹有反顾之心。惟上九最在外极，无应于内，心无疑顾，是遁之最优，故曰肥遁。”

[12] “苏门”句：指隐居苏门山的孙奇逢。参见《留别孙钟元先生》。

[13] 蹩躠（bié xiè）：尽心用力的样子。《庄子·马蹄》：“及至圣人，蹩躠为仁，踶跂为义，而天下始疑矣。”成玄英疏：“蹩躠，用力之貌。”

重登牛首山[1]

春风浩荡临江潭[2]，驱光逐景[3]如惊骖[4]。却看山色喜长住，王孙一去林壑惭。铁心桥畔理双屐[5]，陂陀[6]回望迷朝岚[7]。苍藤新架竹篱改，路幽不使行人谙。忆昨秋深陟[8]绝顶，高歌楚些[9]哀江南[10]。忧能伤人坐蕉萃[11]，重来自对弥勒龛[12]。兜率[13]悬崖不受日，空中石发[14]垂鬖鬖[15]。重楼倚巘[16]开北牖[17]，藜床[18]药灶[19]浮蔚蓝。丘壑信美不终老，谁令逋客[20]穷幽探。我谢[21]山灵勿遣怒[22]，荷衣[23]岂少庸夫[24]贪。共知万境皆变灭[25]，只疑大海同泓涵[26]。鹤怨猿惊[27]几千载，钟山楼观徒眈眈[28]。山僧煮石[29]不酿酒，阶前辜负[30]泉香甘。我行醉卧双塔景，径思凿壁营茆庵[31]。桃花堕席梦初醒，黄鸟撩人[32]歌正酣。人生所贵快意耳，安能束缚同春蚕。

【注释】

[1] 牛首山位于江苏省南京市江宁区，此山不但风物佳丽，也是著名的佛

教圣地，自有一股静谧与超脱的神韵在。诗人重登牛首山，对后者的感受更深一些。诗歌前半部分重在描摹牛首山的景色，后半部分则重在抒发诗人欲终老烟霞的夙愿。

［2］江潭：江边。战国屈原《渔父》："屈原既放，游于江潭，行吟泽畔。"

［3］驱光逐景：追逐美景。

［4］惊骖：飞驰的马车。骖，驾三四马。

［5］屐（jī）：用木头做鞋底的鞋，唐以前多用作旅游，宋代以后多用作雨鞋。

［6］陂陀（pō tuó）：倾斜不平的样子。

［7］岚（lán）：山林中的雾气。

［8］陟（zhì）：登。

［9］楚些：《楚辞·招魂》沿用楚国民间流行的招魂词的形式写成，句尾皆有"些"字。后因以"楚些"指招魂歌，亦泛指楚地的乐调或《楚辞》。

［10］哀江南：《楚辞·招魂》的语句，原句为："皋兰被径兮，斯路渐。湛湛江水兮，上有枫。目极千里兮，伤春心。魂兮归来，哀江南。"

［11］蕉萃（qiáo cuì）：同"憔悴"，形貌枯槁的样子。

［12］弥勒龛（kān）：供奉弥勒佛的石室或小阁。弥勒，菩萨名，住在兜率天内院，是一生补处菩萨。

［13］兜率（dōu lǜ）：佛教用语，是欲界的第四天。诗中指供奉弥勒佛像的地方。

［14］石发：生于水边石上的苔藻。晋周处《风土记》："石发，水苔也，青绿色，皆生于石也。"

［15］毵毵（sān）：毛发、枝条等细长的样子。宋陆游《题阎郎中溧水东皋园亭》："毵毵华发映朱绂，同舍半已排云翔。"

［16］倚㟧（yǎn）：依靠山崖。

［17］北牖（yǒu）：朝北的窗。

［18］藜（lí）床：藜制之榻。北周庾信《小园赋》："况乎管宁藜床，虽穿而可坐；嵇康煅灶，既暖而堪眠。"藜，多年生草本植物名。

［19］药灶：炼丹药的炉灶。

［20］逋（bū）客：避世之人，隐士。唐司空图《光启丁未别山》："此去不缘名利去，若逢逋客莫相嘲。"

［21］谢：告诉，告诫。

［22］遣怒：发怒。

[23] 荷衣：见《董烈妇诗并序》注释 [12]。

[24] 庸夫："诗钞本"作"庸人"，今从"汇编本"。

[25] 变灭：见《游泗水源》注释 [15]。

[26] 泓涵（hóng hán）：水深而阔的样子。

[27] 鹤怨猿惊：用于表达厌倦官场，有意归隐的心情。南朝齐孔稚珪《北山移文》："蕙帐空兮夜鹤怨，山人去兮晓猿惊。"

[28] 耽耽（dān dān）：深邃地注视。

[29] 煮石：指神仙、方士烧煮白石为粮，后借为道家修炼。晋葛洪的《神仙传·白石先生》："（白石先生）常煮白石为粮，因就白石山居。"

[30] 辜负："诗钞本"作"孤负"，今从"汇编本"。

[31] 茆（máo）庵：茅庵。"茆"同"茅"。

[32] 撩人：主动地讨人喜欢。

卖船行为宣城先生作[1]

高人昔日寒无毡[2]，书籍捻卖供酒钱。先生卖船今几载？我把诗篇[3]重唱然。君不见，江头日日有官舸[4]，绣旗十丈交婀娜。画槛[5]高悬大羽箭，绮窗[6]横列繁花朵。云幕夹岸移桃笙[7]，解衣[8]如瓠[9]当中坐。鸣铙伐鼓气飞扬，金钱珠贝如堆垜[10]。古来豪奢等电逝[11]，贪泉[12]一酌堪垂涕。先生之船水一方，沙棠[13]为楫木兰枻[14]。中虚[15]载取西江石[16]，望若仙舟渺天际。嗟此扁舟留不得，归田仗策[17]牵薜荔。先生昔出方红颜，年来多忧双鬓斑。鲁门[18]丝竹响复辍，泽国鸿雁[19]何时还？梁间悬鼓[20]愁天关[21]，岂应常历风涛间。有琴在抱书在几，日长且卧敬亭山[22]。

【注释】

[1] 宣城先生即施闰章（1619—1683）。清康熙六年（1667），施闰章罢官江西，曾作《卖船行》，此诗为颜光敏的步韵之作。施闰章早年任山东提学佥事时，曾提携诗人与其他东鲁才俊，再加上其一生政声颇佳，故诗中对施闰章甚为敬仰。诗人通过对施闰章与其他官员船只的对比，用其他官船的豪奢与排场，来陪衬先生的简约与低调，以此来凸显先生精神境界的高迈。

[2] 无毡：没有毡子，以指称居官清寒。唐杜甫《戏简郑广文虔兼呈苏司业源明》："才名四十年，坐客寒无毡；赖有苏司业，时时与酒钱。"

[3] 诗篇：指施闰章的《卖船行》诗。

[4] 官舸（gě）：官船。舸，大船。

[5] 画槛（jiàn）：有纹饰的栏杆。

　　[6] 绮窗：雕刻有花纹的窗子。

　　[7] 桃笙（shēng）：桃枝竹编的竹席。西晋左思《吴都赋》："桃笙象簟，韬于简中。"刘逵注："桃笙，桃枝簟也，吴人谓簟为笙。"

　　[8] 解衣："三家本"作"鲜衣"，今从"汇编本"。司马迁《史记·张丞相列传》："苍坐法当斩，解衣伏质身长大，肥白如瓠，时王陵见而怪其美士，乃言沛公，赦勿斩。"下有"如瓠"搭配，故以"解衣"为妥。

　　[9] 瓠（hù）：瓠子，果实长圆形，去皮鲜白，嫩时可食。

　　[10] 堆垛（duò）：堆积成垛，形容数量多。

　　[11] 等电逝：如同闪电一样飞逝而过，比喻豪奢如过眼烟云。

　　[12] 贪泉：古代泉水名，相传人饮其水则起贪心。贪泉所在，说法不一。《晋书·吴隐之传》："吴隐之，操守清廉，为广州刺史，未至州二十里，地名石门，有水曰贪泉，相传饮此水者，即廉士亦贪。"北魏郦道元《水经注·耒水》："耒水又西，黄水注之……按盛弘之云：'众山水出，注于大溪，号曰横流溪，溪水甚小，冬夏不干，俗亦谓之贪泉，饮者辄冒于财贿，同于广州石门贪流矣。'"

　　[13] 沙棠：木名。叶、干类棠梨。其木材可造船，果如红枣，可食。《山海经·西山经》："（昆仑之丘）有木焉，其状如棠，黄华赤实，其味如李而无核，名曰沙棠；可以御水，食之使人不溺。"

　　[14] 木兰枻（yì）：木兰装饰的船舷。枻，船舷。

　　[15] 中虚：本指人的胸腔，这里借指船舱。《荀子·天论》："心居中虚，以治五官。"

　　[16] 西江石："郁林石"，代指为官清廉。西江，即郁江，在广西，广西汉时曾经称郁林郡。《新唐书·隐逸传·陆龟蒙》："陆氏在姑苏，其门有巨石。远祖绩尝事吴为郁林太守。罢归无装，舟轻不可越海，取石为重。人称其廉，号'郁林石'。世保其居云。"

　　[17] 仗策：拄拐杖。

　　[18] 鲁门：代指山东省。清顺治十三年（1656）施闰章擢山东提学佥事，取士"崇雅黜浮"，有"冰鉴"之誉，当时"四方名士"慕其名而"负笈问业者无虚日"，"闰章一一应之，不少倦"，"士以此益归其门"。任上曾录取蒲松龄为童子试第一名，又修葺孟庙、闵子庙、伏生祠墓等。

　　[19] 泽国鸿雁：指施闰章。顺治十八年（1661），施闰章调任江西布政司参议，分守湖西道，辖临江、吉安、袁州三府。康熙六年（1667），清廷裁撤道

使，施闰章被罢官。江西多湖泊，故称"泽国"。

[20] 梁间悬鼓：古时官署所挂的鼓，供击鼓求见之用，这里代指为官。《后汉书·五行志一》引汉桓帝时童谣："梁下有悬鼓，我欲击之丞卿怒。"

[21] 愁天关：为朝廷之事而发愁。天关，代指朝廷。

[22] 敬亭山：山名，在宣城。施闰章宣城人，故谓。

江阁[1]

长江没山根，重云覆山顶，中开石壁炎天[2]冷。谁施铁索悬飞楼，仄径螺旋到人境[3]。楼前倒影十丈杉，风枝[4]雾鬣[5]摇巉岩[6]。石林日落黑蛟踊[7]，行舟遥过惊收帆。夜来高歌望云海，空山白鹤应相待。君不见，江中浦[8]洲须臾改。渔人举网东复西，江蓠[9]落尽无人采。

【注释】

[1] 江阁位于江边崖石之上，是俯瞰长江的胜地。远望江阁所在，上有重云，下有江水，远山如浮，江阁如悬，甚是壮观。诗人登阁远眺，水阔山幽，渔火摇曳。面对流逝不尽的江水，人生有崖之思不禁涌上心头。

[2] 炎天：南方的天。《吕氏春秋·有始》："天有九野……何谓九野？中央曰钧天，其星角、亢、氐；东方曰苍天……南方曰炎天，其星舆鬼、柳、七星。"

[3] "仄径"句：崎岖的小径从山顶蜿蜒而下，直到山脚。

[4] 风枝：风吹拂下的树枝。唐戴叔伦《客夜与故人偶集》："风枝惊暗鹊，霜草覆寒蛩。"

[5] 雾鬣（liè）：比喻浓密的水汽。鬣，马脖子上的鬃毛。金党怀英《和张德远伐松之什》："烟鳞渍寒雨，雾鬣明朝曦。"

[6] 巉岩：见《登太华山九首·千尺峡》注释[14]。

[7] 踊（yǒng）：腾跃。日落后的石林，如黑色蛟龙腾跃。

[8] 浦（pǔ）：水边或河流入海的地方。

[9] 江蓠（lí）：水生香草名，叶似当归，香气似白芷。战国屈原《离骚》："扈江蓠与辟芷兮，纫秋兰以为佩。"

送宋观察荔裳之蜀[1]

三闾[2]昔日沉沅湘[3]，楚臣[4]憭慄[5]长悲凉。兰台[6]巫岫[7]类讽谏[8]，翻令千载讥淫荒[9]。片言立朝岂易得，何况秉节[10]来天阊[11]。怪君天刑[12]谁与解，倏为霖雨[13]周[14]雍梁[15]。忆昔含香[16]坐藤院[17]，公然白眼[18]轻张汤[19]。一朝蒙辱[20]处囊槛[21]，狱吏嫚侮[22]如驱羊。拘絷[23]反成好游癖，南穷涨海[24]西河湟[25]。今年被诏按[26]巴蜀，龙墀[27]乍见须眉苍[28]。巴蜀年来成鬼国[29]，蚕丛鱼凫[30]重辟疆。颇闻中丞[31]贡嘉穗[32]，九茎[33]岂得盈千箱？猰貐[34]磨牙近城市，驺虞[35]垂首眠通庄[36]。神禹泣罪[37]柢[38]辇下，穷陬[39]无计逃桁杨[40]。使君冠佩望鱼雅[41]，万人祖送[42]纷琳琅[43]。子规昼啼岩谷静，木棉花落旌旗香。万事夷险如转烛[44]，天公好生[45]民寿康。皋陶[46]庙里袭长夜，凄风苦雨君无忘。（荔裳有《祭皋陶》剧）[47]

【注释】

[1] 荔裳，即宋琬（1614—1673），字玉叔，号荔裳，清初著名诗人，山东莱阳人。顺治四年（1647）进士，曾任户部河南司主事、吏部稽勋司主事、陇西右道佥事、左参政；康熙十一年（1672），授通议大夫四川按察使司按察使。此诗即为饯别宋琬此行之作。诗人以宋玉之悲起调，表达了对宋琬秉节守正、不偶时俗的赞赏，宋琬达则尽职尽责，穷则守身不阿，数年来饱经沉浮，已须眉斑白。今奉旨前往蜀地，肩负着稽查地方政务的重任，诗人对宋琬之行既有期许，也存离思，故能情真而意切。

[2] 三闾：指三闾大夫屈原。三闾大夫是战国时楚国特设的官职。王逸《离骚序》：“三闾之职，掌王族三姓，曰昭、屈、景。屈原序其谱属，率其贤良，以厉国士。入则与王图议政事，决定嫌疑；出则监察群下，应对诸侯。”

[3] 沅湘：湘江与沅江的并称，二水皆在湖南省。据司马迁《史记·屈原列传》载，屈原“于是怀石，遂自投汨罗以死”，并非投沅湘二水。

[4] 楚臣：这里指宋玉（约前298—前222），宋玉作《九辩》表达“贫士失职而志不平”的感慨，格调悲凉。

[5] 憭慄（liǎo lì）：同“憭栗”，凄怆的样子。宋玉《九辩》：“悲哉，秋之为气也！萧瑟兮，草木摇落而变衰。憭栗兮若在远行，登山临水兮送将归。”

[6] 兰台：战国时期楚国台名，故址传说在今湖北省钟祥市东。战国宋玉《风赋》：“楚襄王游于兰台之宫，宋玉、景差侍。”李周翰注：“兰台，台名。”唐张九龄《登古阳云台》：“楚国兹故都，兰台有余址。”

[7] 巫岫：巫山。岫，山。宋玉曾作《高唐赋》《神女赋》，借巫山神女之事以讽谏楚襄王。

[8] 谲（jué）谏：委婉地规谏。《毛诗序》：“上以风化下，下以风刺上，主文而谲谏，言之者无罪，闻之者足以戒，故曰风。”郑玄笺：“谲谏，咏歌依违不直谏。”

[9] 淫荒：耽于逸乐，纵欲放荡。

[10] 秉节：保持节操，守节。

[11] 天闾：皇宫的大门。明王世贞《郑君义方亭》："一经为世业，双璧奏天闾。"

[12] 天刑：天降的刑罚。唐韩愈《答刘秀才论史书》："夫为史者，不有人祸，则有天刑。"

[13] 霖雨：本为连绵大雨，比喻恩泽。《尚书·说命上》："若岁大旱，用汝作霖雨。"

[14] 周：遍及，普遍。

[15] 雍梁：雍州与梁州，主要分布在今甘肃省一带。宋琬于清顺治十一年（1654）出任陇西道佥事，次年陇西地震，宋琬"出家财，自莱阳邮致以恤其灾"，故云。

[16] 含香：古代尚书郎奏事答对时，口含鸡舌香以去秽，故常用指侍奉君王。唐刘禹锡《早春对雪奉澧州元郎中》："新恩共理犬牙地，昨日同含鸡舌香。"

[17] 藤院：指代吏部。宋琬曾任吏部稽勋司主事。明朝吴宽（1435—1504）曾在吏部右堂植藤。

[18] 白眼：表示看不起人或不满意，与"青眼"相对。唐房玄龄等《晋书·阮籍传》："籍又能为青白眼。见礼俗之士，以白眼对之。"

[19] 张汤：汉武帝时期酷吏，后人常以他作为酷吏的代表人物。

[20] 蒙辱：蒙受羞辱。宋琬曾于清顺治七年（1650）、顺治十八年（1661）两度含冤入狱。

[21] 囊槛（náng jiàn）：监狱。《庄子·天地》："罪人交臂历指而虎豹在于囊槛。"

[22] 嫚（màn）侮：侮辱。

[23] 拘絷（zhí）：押系，束缚。

[24] 涨海：南海的古称。《琼州府志》："南溟者天池也，地极燠，故曰炎海；水恒溢，故曰涨海。"

[25] 河湟（huáng）：河指黄河，湟指湟水，代指青海一带。

[26] 按：稽查。清康熙十一年（1672）宋琬案情得到昭雪，再次被起用，授四川按察使。

[27] 龙墀（chí）：皇宫的台阶，代指朝廷。

[28] 须眉苍：须眉均已花白。

[29]"巴蜀"句：指明末张献忠屠川之事。

[30]蚕丛鱼凫（fú）：传说中两位古蜀国国王的名字。《艺文类聚》卷六引汉扬雄《蜀本纪》："蜀始王曰蚕丛，次曰伯雍，次曰鱼凫。"唐李白《蜀道难》："蚕丛及鱼凫，开国何茫然。"

[31]中丞：这里指四川巡抚。巡抚兼衔为兵部侍郎都察院右副都御史，右副都御史相当于古代的御史中丞，所以称之为"中丞"，这在古文化术语上叫拟古称。

[32]嘉穗：苗壮饱满的禾穗，亦作"嘉穟"。

[33]九茎：指芝草，《史记·孝武本纪》："甘泉防生芝九茎。"这里还是指上文中的"嘉穗"。

[34]猰貐（yà yǔ）：古代传说中的一种吃人凶兽，像貔，虎爪，奔跑迅速。

[35]驺虞（zōu yú）：古代中国神话传说中的仁兽。《山海经·海内北经》："林氏国有珍兽，大若虎，五彩毕具，尾长于身，名曰驺虞，乘之日行千里。"

[36]通庄：往来的大路。唐骆宾王《秋夜送阎五还润州》："通庄抵旧里，沟水泣新知。"

[37]神禹泣罪：又作"下车泣罪"，喻广施仁政，自责其失。刘向《说苑·君道》："禹出见罪人，下车问而泣之，左右曰：'夫罪人不顺道，故使然焉，君王何为痛之至于此也？'禹曰：'尧舜之人，皆以尧舜之心为心；今寡人为君也，百姓各自以其心为心，是以痛之。'"

[38]祇："诗钞本"作"祗"，今从"汇编本"。

[39]穷陬（zōu）：偏远的角落。

[40]桁（háng）杨：古代用于套在囚犯脚或颈的一种枷。《庄子·在宥》："今世殊死者相枕也，桁杨者相推也，刑戮者相望也。"成玄英疏："桁杨者，械也。夹脚及颈，皆名桁杨。"

[41]鱼雅：形容车驾前行威仪整肃的样子。韩愈《元和圣德诗》："驾龙十二，鱼鱼雅雅。"

[42]祖送：犹饯行，祖饯送行。《文选序》："燕太子丹使荆轲刺秦王，丹祖送于易水上。"张铣注："祖者，将祭道以相送。"

[43]纷琳琅：缤纷琳琅，形容众多的样子。

[44]转烛：风摇烛火，比喻世事变幻莫测。唐杜甫《佳人》："世情恶衰歇，万事随转烛。"

[45]天公好生：老天有呵护生灵之德。

[46] 皋陶（gāo yáo）：尧帝时期的一位贤人，曾经被舜任命为掌管刑法的"理官"，以正直闻名天下。

[47] "三家本"无此注，今据"汇编本"。《祭皋陶》是宋琬创作于清顺治年间的作品，以纪念东夷部落首领皋陶而作。

送王考功西樵归里[1]

生不愿封万户侯，但愿百岁无离忧[2]。绕床呼卢[3]醒复醉，瞢腾[4]不觉清商[5]流。向来思逐巫峡舟（时阮亭使蜀[6]），君复垂翅[7]归齐丘。瀛台[8]荷花御沟[9]柳，何时快作联镳[10]游。忆昔神仙邂相接，紫骝[11]并剪三花鬤[12]。同时卿相皆雁行[13]，天人忽堕修罗劫[14]。回首刀砧[15]梦犹怯，放臣[16]意气凌荆聂[17]。大江白浪高于山，歌笑中流掷轻楫。焦山古鼎[18]龙鸟文[19]（焦山有周鼎，出豪门。西樵为绘图赋诗传之，今将复往）[20]，驳荦[21]颇类王司勋。苍松绿藓光不分，结成缥缈空中云[22]。尘埋波滚不能没，人间再出愁氤氲[23]。江天安可无此君，玉堂绮席[24]何足云。一官再罢[25]客常满，长斋绣佛[26]矜迁诞[27]。秋夜渐长日苦短，破除文字[28]挥金碗。忽睨苍生肺肝热，银瓶欲上丝绳断[29]。古来贤达皆转蓬[30]，尼山片席何曾暖[31]。鲛人[32]泪迸明月珠，可怜弃掷沉泥涂。海水直下深万里，谁施铁网求珊瑚。朝来日射黄金铺[33]，鹤盖成阴水接轸[34]。空劳天上悬冰壶[35]，吁嗟归休[36]乎大夫。

【注释】

[1] 西樵，即王士禄（1626—1673），字子底，一字伯受，号西樵，山东新城人，清顺治十二年（1655）进士，曾任吏部主事，故曰考功。王士禄清介有守，笃于友爱。自少能文章，工吟咏，与诗人相友善。诗人从昔日与王士禄游处之欢写起，这就把整首诗笼盖在欢娱难再的感伤情绪中。诗中对王士禄德高才俊的赞美，也是为后文"明珠""沉泥涂"作铺垫，在对王士禄罢官归里的感慨中，也寄寓了诗人自己的慨叹——"古来贤达皆转蓬"。

[2] 离忧：忧伤。战国屈原《九歌·山鬼》："风飒飒兮木萧萧，思公子兮徒离忧。"马茂元注："离忧，就是忧愁的意思。楚地方言。"

[3] 呼卢：古代一种赌博游戏。共有五子，五子全黑的叫"卢"，得头彩。掷子时，高声喊叫，希望得全黑，所以叫"呼卢"。

[4] 瞢（méng）腾：形容模模糊糊，神志不清。亦作"懵腾"。

[5] 清商：谓秋风。晋潘岳《悼亡诗》："清商应秋至，溽暑随节阑。"

[6] "三家本"无此注。阮亭，即王士禛，王士禄弟。

〔7〕垂翅：失意的样子。唐钱起《送员外侍御入朝》："自怜江上鹤，垂翅羡飞鸣。"

〔8〕瀛（yíng）台：中南海南海中的仙岛皇宫。始建于明朝，是帝王、后妃的听政、避暑和居住地。因其四面临水，衬以亭台楼阁，像座海中仙岛，故名瀛台。

〔9〕御沟：流经皇宫的河道。

〔10〕联镳（biāo）：并马同行的样子。镳，马嚼子。唐权德舆《酬崔千牛四郎早秋见寄》："联镳长安道，接武承明宫。"

〔11〕紫骝（liú）：古骏马名。

〔12〕三花鬣（liè）：唐代崇尚与马剪鬣为饰，剪马鬣为三辫者，称三花马；五辫者称五花马。鬣，马鬣。

〔13〕雁行（háng）：飞雁的行列。

〔14〕修罗劫："修罗"与人文的"天、人"同为佛教所说的六道之一，所谓六道，即人、天、阿修罗（三善道）、地狱、饿鬼、畜生（三恶道）。此谓王士禄遭遇厄运，由善道坠入恶道。

〔15〕刀砧（zhēn）：刀和砧板，这里指王士禄所经历的事件。

〔16〕放臣：放逐之臣。汉祢衡《鹦鹉赋》："放臣为之屡叹，弃妻为之嘘唏。"李周翰注："放臣，谓得罪见逐远国者。"

〔17〕荆聂：荆轲与聂政，战国时期的两位著名刺客。

〔18〕焦山古鼎：焦山寺有西周古鼎，王士禄曾作《焦山古鼎歌》。

〔19〕龙鸟文：古鼎上的图文。

〔20〕"三家本"无此注，今据"汇编本"。

〔21〕驳荦（luò）：文采间杂，斑驳。汉司马迁《史记·司马相如列传》："赤瑕驳荦，杂臿其闲。"司马贞索隐引司马彪曰："驳荦，采点也。"

〔22〕"苍松"二句：此两句旨在渲染王士禄的书画造诣。

〔23〕氤氲：指天地阴阳二气交互作用的状态。此两句意在表彰王士禄乃天造之才。

〔24〕玉堂绮席：豪华的宅院与奢华的筵席。

〔25〕一官再罢：王士禄曾两次遭遇罢免。

〔26〕长斋绣佛：吃长斋于佛像之前，形容修行信佛。长斋，终年吃素。绣佛，刺绣的佛像。唐杜甫《饮中八仙歌》："苏晋长斋绣佛前，醉中往往爱逃禅。"

〔27〕迂诞：迂阔荒诞，不合事理。

[28] 文字：公文，案卷。宋范仲淹《耀州谢上表》："今后贼界差人赍到文字，如依前僭伪，立便发遣出界，不得收接。"

[29] "银瓶"句：化用"井底引银瓶，银瓶欲上丝绳绝"之句，表达欲有为而不得的处境。

[30] 转蓬：随风飘转的蓬草，比喻沉浮不定。

[31] "尼山"句：化用"孔席不暖"之意。尼山，孔子出生地，代指孔子。东汉班固《答宾戏》："是以圣哲之治，栖栖遑遑，孔席不暖，墨突不黔。"此谓圣人急于推行其道，到处奔走，每至一处，坐席未暖，又急急他往，不暇安居。

[32] 鲛（jiāo）人：又名泉客，古代神话中鱼尾人身的灵异动物。晋干宝《搜神记》："南海之外，有鲛人，水居如鱼，不废织绩，其眼泣，则能出珠。"

[33] 黄金铺：（在朝阳的照射下，街道）如黄金铺地。

[34] "鹤盖"句：形容官员的车马络绎不绝的样子。鹤盖，形如飞鹤的车盖。汉刘桢《鲁都赋》："盖如飞鹤，马如游鱼。"接轸：车辆相衔接而行。汉张衡《西京赋》："冠带交错，方辕接轸。"

[35] 冰壶：比喻人品德清白廉洁。宋苏轼《赠潘谷》："布衫漆黑手如龟，未害冰壶贮秋月。"

[36] 归休：回家休息。《庄子·逍遥游》："归休乎君，予无所用天下为。"

斗鹑行[1]

高堂邃宇[2]人罕过，锦囊高挂珊瑚柯[3]。乍闻人响轩[4]勇气，空中跳踯[5]常傞傞[6]。何来宾从皆秃袖，门外微闻双玉珂[7]。服膺拳拳[8]疑印绶，朝餐废箸[9]犹摩挲[10]。三尺宝床正中设，郑锦齐缕金盘陁[11]。南窗日光抵檐溜[12]，曲房雪后仍暄和[13]。两鹑出囊已脱手，盛怒不复容扬诃[14]。朱目绀趾[15]岂得辨，疾如激水旋双涡。注观良久三叹息，为官为私理则那[16]？戕伐[17]固皆尔俦类[18]，崇朝[19]百胜何足多。碟毛[20]啄血供一笑，谁当与尔同痒痾[21]？瞥然[22]一败竟俎醢[23]，争如[24]朱鹭供铙歌[25]。田中偃鼠[26]饫[27]草实（《月令》：田鼠化为䴅，即鹑也。）[28]，徐行不避虞人[29]罗。乃知羽翼反为累，呜呼奈此微生何？

【注释】

[1] 斗鹑，即斗鹌鹑，这是一种起源很早的游戏。清初，达官显贵也乐此不疲，逐成风气，诗人有感于此，遂作诗以寄讽喻。诗歌从两个视角展开。其一，高堂华宇里的显贵们沉醉于此，甚至不惜巨资之费以玩赏鹌鹑，这于公于私均堪称弊害；其二，诗人对鹌鹑同类相残仅为博人一笑的命运寄寓了同情，对

"羽翼反为累"的慨叹似乎别有隐衷。

[2] 邃宇：指深广的屋宇。战国屈原《招魂》："高堂邃宇，槛层轩些；层台累榭，临高山些。"

[3] 珊瑚柯（kē）：珊瑚枝。

[4] 轩：高。

[5] 跳踉：上下跳跃。唐韩愈《答柳柳州食虾蟆》："跳踉虽云高，意不离污淖。""钞本"作"掷"，亦通，今从"汇编本"。

[6] 傞傞：醉舞失态的样子。《诗经·小雅·宾之初筵》："侧弁之俄，屡舞傞傞。"

[7] 玉珂（kē）：马络头上的玉制装饰物，指代告官显贵。晋张华《轻薄篇》："文轩树羽盖，乘马鸣玉珂。""钞本"作"入门豪气声谁呵"，今从"汇编本"。

[8] 服膺拳拳：衷心信服的样子。汉戴圣《礼记·中庸》："回之为人也，择乎中庸，得一善则拳拳服膺，而弗失之矣。"这里有反讽的意思，谓达官贵人们对斗鹌鹑的呵护之细腻，就像对待自己的印绶一样。

[9] 废箸（zhù）：放下筷子（停止进食）。

[10] 摩挲：见《大松》注释[22]。

[11] 金盘陀（tuó）：同"金盘陀"，本指金属制成的马鞍，这里指鹌鹑身上的装饰物。唐杜甫《魏将军歌》："星缠宝校金盘陀，夜骑天驷超天河。"仇兆鳌注："《唐书·食货志》云：'先是诸炉铸钱窳薄，镕破钱及佛像，谓之盘陀。'语颇相合。盖雕饰鞍勒，以铜杂金为之。"

[12] 檐溜（liù）：屋檐下接水的沟槽。唐元结《潓阳亭序》："因开檐溜，又得石渠。"

[13] 暄和：暖和，温暖。宋柳永《黄莺儿》："暖律潜催，幽谷暄和，黄鹂翩翩，乍迁芳树。""诗钞本"无此两句，今从"汇编本"。

[14] 扬诃（huī hē）：亦作"扬呵"，指挥。金元好问《并州少年行》："黄罴朱豹皆遮罗，男儿万马随扬诃。""诗钞本"作"盛怒似欲寻干戈"，今从"汇编本"。

[15] 绀（gàn）趾：（鹌鹑）红青色的爪。

[16] 理则那：（这样做的）道理在哪里？那，同"哪"。

[17] 戕（qiāng）伐：伤害。

[18] 俦（chóu）类：同类。

[19] 崇朝（chóng zhāo）：终朝，从天亮到早饭时，犹言一个早晨。有时

也可指整天。崇，通"终"。

[20] 磔（zhé）毛：撕裂皮毛。磔，古代一种酷刑，把肢体分裂。

[21] 瘁疴（kē）：病痛。疴，病。

[22] 瞥然：见《戊申六月十七日齐鲁地大震歌以纪之》注释[36]。

[23] 俎醢（zǔ hǎi）：剁成肉酱。宋王安石《读汉功臣表》："本待山河如带砺，缘何俎醢向侯王。"

[24] 争如：怎比得上。前蜀韦庄《夏口行》："双双得伴争如雁？一一归巢却羡鸦。"

[25] 朱鹭供铙歌：《朱鹭》是汉铙歌十八曲之一。孔颖达曰："楚威王时，有朱鹭合沓飞翔而来舞，旧鼓吹《朱鹭曲》是也。"汉之朱鹭为祥瑞，其曲传送至今，而鹌鹑之争斗只为娱笑，故云鹑不如鹭。

[26] 偃鼠：鼹鼠，田鼠。《庄子·逍遥游》："鹪鹩（jiāo liáo）巢于深林，不过一枝；偃鼠饮河，不过满腹。"郭庆藩集释："偃，或作鼹，俗作鼹。"

[27] 饫（yù）：饱食。唐杜甫《丽人行》："犀箸厌饫久未下，鸾刀缕切空纷纶。"

[28] "诗钞本"无此注，今从"汇编本"。

[29] 虞人：见《咏燕》注释[29]。

送高少司寇念东予假归[1]

画师昔貌[2]柴桑翁[3]，千人传羡声雷同[4]。先生箕踞[5]振长啸，莺鸠[6]岂识南海风。自言身是烟霞[7]质，魂梦何曾暂相失。郁郁天台[8]松，莽莽苍梧[9]云。枕中[10]洞天三十六，纵横路向华胥[11]分。清禁[12]迢迢屡召见，题诗日满披香殿[13]。飘潇[14]素发随风扬，侍卫惊看至尊羡。西坛[15]八月方虔祷，三日清斋迹如扫。紫陌[16]俄闻叹息声，骊驹[17]已首淄川道。海门[18]日出生红潮，鼋鼍[19]出没沙燕骄。独上蓬莱吹紫箫，青天忽断霓虹桥。昨日满前列枒械[20]，朝来惟见青山霭。扫除法律披丹经[21]，松间洗耳听笙籁。野人初过黄金台[22]，荆高凭吊[23]吟且哀。当时伯乐未一顾，胡为扬眉抵掌[24]许我腾骧[25]材。祇今烧剔羁絷[26]就衔辔[27]，凤臆龙鬐[28]安在哉？眼看神龙纵超越[29]，转愁皂枥终尘埃[30]。离筵[31]欲撤休徘徊，与君促膝俱引满[32]，携手同歌《归去来》[33]。

【注释】

[1] 高念东，即高珩（1612—1697），号紫霞道人，山东淄川（今山东省淄博市淄川区）人。高珩明崇祯十六年（1643）进士，选翰林院庶吉士。顺治朝

授秘书院检讨，升国子监祭酒，后晋吏部左侍郎、刑部左侍郎（故称少司寇）。珩工诗，体近元、白，生平所著，不下万篇。著有《劝善》诸书及《栖云阁集》。颜光敏初入京师，高珩有推誉之举，两人相与友善。此诗为饯别高珩之作。诗中对高珩的烟霞之质赞赏有加，接着用虚笔勾勒出高珩归乡后的惬意生活，同时又追忆了高珩当年给予的推誉。

[2] 貌：描绘，画像。

[3] 柴桑翁：指晋代的陶渊明。因其晚年隐居柴桑（今江西省九江市），故称。宋朱熹《正月五日欲用斜川故事结客载酒过伯休新居分韵得中字》："愿书今日怀，远寄柴桑翁。"

[4] 雷同：随声附和。《礼记·曲礼上》："毋剿说，毋雷同。"郑玄注："雷之发声，物无不同时应者；人之言当各由己，不当然也。"

[5] 箕踞（jī jù）：两脚张开，两膝微曲地坐着，形状像箕。这是一种不拘礼节的坐法，亦可形容高士的狂放。

[6] 莺（xué）鸠：一种鸟类，又名斑鸠。《庄子·逍遥游》："蜩与莺鸠笑之曰：'我决起而飞，枪榆枋而止，时则不至而控于地而已矣，奚以之九万里而南为？'"

[7] 烟霞：见《赠张杞园》注释 [6]。

[8] 天台：浙江的天台山。东晋孙绰《天台山赋》："天台山者，盖山岳之神秀者也。"

[9] 苍梧：九嶷山，位于湖南省永州市宁远县境内。司马迁《史记·帝本纪》："舜南巡崩于苍梧之野，葬于江南九嶷。"

[10] 枕中：谓梦中。自上文"魂梦何曾暂相失"之句到此，均为对梦境的虚写。

[11] 华胥：传说是伏羲氏的母亲，这里指华胥国。《列子·黄帝》："（黄帝）昼寝，而梦游于华胥氏之国……其治国有方，民无嗜欲，自然而已，是为盛世乐土。"

[12] 清禁：指皇宫，宫禁之中清静整肃，故称。

[13] 披香殿：汉宫殿名，这里代指宫殿。《三辅黄图·未央宫》："武帝时，后宫八区，有昭阳、飞翔、增城、合欢、兰林、披香、凤凰、鸳鸯等殿。"

[14] 飘潇：飘逸洒脱的样子。

[15] 西坛：西坛是祭祀少皞的地方，少皞主刑杀，故于刑部对应。高念东尝为刑部侍郎。《史记·封禅书》："秦襄公既侯，居西垂，自以为主少皞之神，作西畤，祠白帝。"瓒曰："水阴，阴主刑杀，故尚法。"

[16] 紫陌：帝京的道路。唐刘禹锡《元和十年自郎州召至京师戏赠》："紫陌红尘拂面来，无人不道看花回。"

[17] 骊驹：既是马的名字，也是逸《诗》的篇名，一语双关。《汉书·儒林传·王式》："谓歌吹诸生曰：'歌《骊驹》。'"颜师古注："服虔曰：'逸《诗》篇名也，见《大戴礼》。客欲去歌之。'文颖曰：'其辞云"骊驹在门，仆夫俱存；骊驹在路，仆夫整驾"也。'"后因以为典，指告别。唐韩翃《赠兖州孟都督》："愿学平原十日饮，此时不忍歌《骊驹》。"

[18] 海门：内河通海之处。

[19] 鼋鼍（yuán tuó）：神话传说中是指巨鳖和猪婆龙（扬子鳄）。

[20] 杻（chǒu）械：古代手铐一类的刑具，泛指刑具。唐杜甫《草堂》："眼前列杻械，背后吹笙竽。"

[21] 丹经：指导炼丹的经书。

[22] 黄金台：古台名。又称金台、燕台。故址在今河北省易县东南北易水南。相传战国燕昭王筑台，置千金于台上，延请天下贤士，故名。此句指诗人初来京城。

[23] 荆高凭吊：凭吊荆高。荆，荆轲。高，高渐离。

[24] 抵掌：击掌。"汇编本""三家本"均作"抵"，有误。

[25] 腾骧（xiāng）：飞腾，奔腾。汉张衡《西京赋》："负笋业而余怒，乃奋翅而腾骧。"薛综注："腾，超也；骧，驰也。"

[26] 烧剔羁絷：拘执马的各种措施。烧，指烧红铁器灼炙马毛。剔，指剪剔马毛。羁，马络头。絷，绊马脚的绳索。《庄子·马蹄》："及至伯乐，曰："我善治马。"烧之，剔之，刻之，雒之，连之以羁，编之以皂栈，马之死者十二三矣。"

[27] 衔辔（xián pèi）：马嚼子和马缰绳。

[28] 凤臆龙鬐：凤凰的胸脯，龙的颈毛。比喻骏马的雄奇健美。唐杜甫《李鄠县丈人胡马行》："凤臆龙鬐未易识，侧身注目长风生。"

[29] "眼看"句：此句写高念东像千里马一样脱俗而去。

[30] "转愁"句：此句写诗人自己像沉沦马厩的马。皂栈，马厩。尘埃，喻凡俗。

[31] 离筵（yán）：饯别的宴席。唐杜甫《奉送苏州李二十五长史文之任》："客间头最白，惆怅此离筵。"

[32] 引满：斟酒满杯而饮。汉班固《汉书·叙传上》："皆引满举白，谈笑大噱。"颜师古注："谓引取满觞而饮，饮讫，举觞告白尽不也。"

[33]《归去来》：东晋陶渊明作品。

送屠尹和任扶沟[1]

今上龙飞[2]之二载，汝身已上青云衢[3]。九载南宫[4]始相见，惊人尚作骅骝驹[5]。遒文丽藻[6]满人耳，烂漫争收沧海珠[7]。老蚌[8]弃掷竟何用，依然闭口沉泥涂。今年似得殊常[9]喜，中州[10]俄绾百里符[11]。姑射仙人[12]冰雪肤，居然盐米操中厨[13]。迩来循吏[14]翻为祟[15]，斯言堪下彤墀[16]泪。何人驾驭腾骧[17]材[18]，坐使诡衔复窃辔[19]。太府新书盛版图[20]，中原奥草[21]犹魑魅[22]。自从军书遍荒服[23]，不道列星应郎位[24]。屠生，屠生，力不能取万户封，区区铅椠[25]真雕虫[26]。桑阴童子守驯雉[27]，何如射弋鸣桑弓[28]。但嗟所号为赤子[29]，鹑衣鹄面[30]难为容。秋禾粜[31]尽输夏税，书生岂解愁年丰，愿君作吏如老农。君不见，汉代循良受上赏，麒麟[32]何必皆边功。

【注释】

[1] 屠尹和，名又良，浙江仁和（一说秀水）人，清康熙九年（1670）进士，康熙十四年（1675）任扶沟县令。

[2] 龙飞：位。

[3] 青云衢（qú）：比喻科举得意。衢，四通八达的路。

[4] 南宫：唐及以后，尚书省六部统称南宫，又因进士考试多在礼部举行，故又专指六部中的礼部为南宫。

[5] 骅骝（huá liú）驹：良马的名字，比喻屠生为良马之才。诗文中有为屠又良惋惜的意谓，谓其多年来不见重用。骅骝，周穆王的"八骏"之一，常指代骏马。

[6] 遒（qiú）文丽藻：遒文，笔力雄健的文章。丽藻，华丽的诗文。南朝梁刘孝标《广绝交论》："遒文丽藻，方驾曹王；英跱俊迈，联横许郭。"

[7] "烂漫"句：谓屠又良的文才被大家认可，他的诗文广为收藏。

[8] 老蚌：指屠又良。此句谓屠又良的诗文被认可，而屠又良本人并未被重用，就像人们爱惜珍珠，而冷落产珍珠的老蚌一样。

[9] 殊常：不同寻常。

[10] 中州：古称河南省为中州。

[11] 绾（wǎn）百里符：指获得扶沟县的印绶。绾，系结。百里，指县。符，符印之类。

[12] 姑射（yè）仙人：庄子虚构的仙人。《庄子·逍遥游》："藐姑射之山

有神人居焉，肌肤若冰雪，绰约若处子。"

[13]"居然"句：居然去做一位为操持盐米的后厨。此句有为屠又良惋惜的意谓。

[14]循吏：守法循理的官吏。

[15]为祟（suì）：做不正当的事情。

[16]彤墀（tóng chí）：丹墀。借指朝廷。唐韩愈《归鼓城》："我欲进短策，无由至彤墀。"

[17]腾骧：见《送高少司寇念东予假归》注释［25］。

[18]"三家本"作"才"，亦通。今从"汇编本"。

[19]诡衔复窃辔：诡衔，吐出马嚼；窃辔，摆脱笼头。马吐出嚼子，咬断缰绳。比喻不受束缚。《庄子·马蹄》："夫加之以衡扼，齐之以月题，而马知介倪圉扼鸷曼，诡衔窃辔。故马之知而态至盗者，伯乐之罪也。"

[20]版图：版，户籍；图，地图。《周礼·天官·司会》："掌国之官府郊野县都之百物财用，凡在书契版图者之贰，以逆群吏之治，而听其会计。"

[21]奥草：茂密的荒草。古人以野无奥草为天下清平的象征，这里是反用其意，谓中原尚不安宁。《国语·周语中》："民无悬耜，野无奥草。"韦昭注："奥，深也。"

[22]魑魅：本义为鬼怪，这里指为非作歹的流寇或盗贼。

[23]荒服："五服"之一。称离京师两千到两千五百里的边远地方。亦泛指边远地区。军书遍荒服，谓天下大乱，匪寇四起。《尚书·禹贡》："五百里荒服。"孔传："要服外之五百里，言荒又简略。"

[24]郎位：星座名，南宫五帝座后相聚的十五颗星，为一星座，称"郎位"。后以指代职居枢要的郎官之位。《史记·天官书》："（五帝座）后聚一十五星，蔚然，曰郎位。"张守节正义："郎位十五星，在太微中帝坐东北。"

[25]铅椠（qiàn）：古人书写文字的工具，代指文章或写作。铅，铅粉笔；椠，木板片。汉代刘歆《西京杂记》："扬子云好事，常怀铅提椠，从诸计吏，访殊方绝域四方之语。"

[26]雕虫：比喻微小的技能，也用来谦称自己写的诗作或文章。韩敬《法言注》："雕，雕刻。古代没有纸，写字用刀刻在木板上。虫，虫书。指学童学习书写古文字。"

[27]驯雉：汉鲁恭宰中牟，以德化民。时郡国螟蝗伤稼，独不入其境；有母雉将雏过童子旁，童子仁而不捕。后以"驯雉"为称颂地方官吏施行仁政泽及鸟兽之典。范晔《后汉书·鲁恭传》："建初七年，郡国螟伤稼，犬牙缘界，

不入中牟。河南尹袁安闻之，疑其不实，使仁恕掾肥亲往廉之。恭随行阡陌，俱坐桑下，有雉过，止其傍。傍有童儿，亲曰：'儿何不捕之？'儿言：'雉方将雏。'亲瞿然而起，与恭诀曰：'所以来者，欲察君之政迹耳。今虫不犯境，此一异也；化及鸟兽，此二异也；竖子有仁心，此三异也。久留，徒扰贤者耳。'还府，具以状白安。是岁，嘉禾生恭便坐廷中，安因上书言状，帝异之。"

[28] 桑弓：桑木做的弓。亦泛指强弓、硬弓。此句与上句对应，意谓文治教化不如武力戡乱更易于被擢拔。唐杜甫《岁宴行》："渔夫天寒网罟冻，莫徭射雁鸣桑弓。"

[29] 赤子：百姓，也指纯洁善良的人。

[30] 鹑衣鹄面：破烂的衣服，瘦削的面形。这里用来形容穷苦百姓的落魄之状。

[31] 粜（tiào）：卖米。

[32] 麒麟：麒麟阁的简称，代指拥有卓越功绩的大臣。汉甘露三年（前51），汉宣帝因匈奴归降，回忆往昔辅佐有功之臣，乃令人画十一名功臣图像于麒麟阁以示纪念和表扬。

斫冰行[1]

河干夜雪寒太酷，两岸严风[2]折乔木。千人斫冰冰乱开，鼋鼍[3]下徙鲛人[4]哭。荒鸡[5]声断闻铙吹[6]，舳舻[7]衔尾相陵蹙[8]。红旗猎猎[9]拂雪乾[10]，朱雀苍龙[11]耀双烛。昔到炎荒[12]供豆荳[13]，黄茅万里云熇熇[14]。弓拨矢钩[15]鼓声死，但怨羲和[16]滞南陆。岂知天伐[17]垂东南，玄蜂赤蚁[18]犹在目。恨无臂力[19]操戈铤[20]，敢爱疮痍饱鞭扑[21]。东方日出传朝餐，停船翻受篙师[22]辱。熊膰牛腱[23]冻不肥，争向南村求雁鹜[24]。南村妇子轻家室[25]，岁拾橡栗采野谷。朝来鸟雀盈墙头，迟回[26]恐是逃亡屋[27]。

【注释】

[1] 明清时期，运河是沟通南北经济的重要纽带。清康熙前期，南方兵乱未息，水道成了粮草军备补给的大通道。此诗写冬日河面封冻，千人斫冰以通漕运的状况。诗文中有对斫冰者的同情，也有对官吏威福自任的批判，但主要还是表达诗人对国家时局的牵挂和对战乱区域百姓的悲悯。

[2] 严风：寒风。南朝宋袁淑《效古》："四面各千里，纵横起严风。"

[3] 鼋鼍：见《送高少司寇念东予假归》注释[19]。

[4] 鲛人：见《送王考功西樵归里》注释[32]。

[5] 荒鸡：指三更前啼叫的鸡。旧以其鸣为恶声，主不祥。《晋书·祖逖传》："（祖逖）与司空刘琨俱为司州主簿，情好绸缪，共被同寝。中夜闻荒鸡鸣，蹴琨觉曰：'此非恶声也。'因起舞。"

[6] 铙（náo）吹：铙歌，军中乐歌。

[7] 舳舻（zhú lú）：首尾衔接的船只。舳，指船尾；舻，指船头。宋苏轼《前赤壁赋》："舳舻千里，旌旗蔽空。"

[8] 隑蹙（huī cù）：撞击。唐杜甫《三川观水涨二十韵》："自多穷岫雨，行潦相隑蹙。"

[9] 猎猎：形容风声或风吹动旗帜等的声音。南朝宋鲍照《上浔阳还都道中》："鳞鳞夕云起，猎猎晚风遒。"

[10] 雪乾（qián）：雪天。宋王安石《雪乾》："雪乾云净见遥岑，南陌芳菲复可寻。"

[11] 朱雀苍龙："四象"中的两个灵兽名，分别主东、南，有驱邪、避灾、祈福的作用。这里指旗帜上的图案。

[12] 炎荒：南方炎热荒远之地。晋傅玄《述夏赋》："清微泛于琴瑟，朱鸟感于炎荒。"

[13] 豆莝（cuò）：豆和草，亦指粮草。宋苏辙《饮酒过量肺疾复作》："达人遗形骸，驽马怀豆莝。"

[14] 熇熇：本义为火势旺盛的样子，这里形容天气炎热。

[15] 弓拨矢钩：弓非箭折，指代战事不顺。拨，非；钩，弯折。

[16] 羲和：传说中的日神。

[17] 天伐：上天的惩罚。

[18] 玄蜂赤蚁：比喻作乱的叛军，此处所涉兵患，或与三藩之乱有关。玄蜂，传说中的大毒蜂。赤蚁，传说中的大蚂蚁。战国屈原《招魂》："赤蚁若象，玄蜂若壶些。"王逸注："旷野之中，有赤蚁，其状如象……旷野之中，有飞蜂腹大如壶，有毒，能杀人也。""三家本"作"元蜂"，为避康熙（玄烨）讳，今从"汇编本"。

[19] 膂（lǚ）力：体力，力气。

[20] 铤（chán）：古代一种铁柄短矛。司马迁《史记·匈奴列传》："其长兵则弓矢，短兵则刀铤。"

[21] 鞭扑：古代刑具之一，这里指鞭打。

[22] 篙师：撑船的熟手，这里指管理船工的低级官吏。唐杜甫《水会渡》："篙师暗理楫，歌笑轻波澜。"

[23] 熊膰（fán）牛腱：熊掌与牛腱，两种美味食料。

[24] 雁鹜（wù）：鹅和鸭。

[25] 轻家室：此为反语，百姓离家是因为没有吃的。

[26] 迟回：迟疑，犹豫。

[27] 逃亡屋：百姓逃荒后留下的空房。唐聂夷中《伤田家》："我愿君王心，化作光明烛。不照绮罗筵，只照逃亡屋。"

上元行[1]

是岁始令民间放灯。[2]

燕山雨雪连春冬，入春旬日犹朔风。雪花作团大如斗，风吹一夜天街空。天子临轩[3]赐游衍[4]，九衢[5]应诏[6]欢儿童。大作烛龙细花焰，咸池[7]夜半烧霞红。昔侍宸幄[8]观众伎，白狐人立追元熊[9]。黄矢[10]一加走且拜，蛾眉细管[11]来璇宫[12]。自从摄提[13]罢百戏，坐[14]忧兵甲伤春农。日边侏儒[15]饥欲死，相将南下如秋蓬[16]。南中[17]高牙[18]屹林立，燕歌齐舞羞雷同。美酒厌饫[19]不成醉，何如秬鬯[20]酬勋庸[21]。容台[22]小臣不知事，起看河汉心忡忡。门前喧阗[23]夜还夜，枕上惟闻长乐钟。

【注释】

[1] 上元节赏灯游玩乃民间传统。清康熙十三年，康熙以三藩之乱为由，禁止民间花灯巡游与百戏表演。康熙二十一年，又恢复上元节花灯巡游。诗中通过对上元放灯习俗禁与解禁的叙述，即表达了诗人对百姓欲求的理解，也表达了诗人对戡乱期间将领恃宠而骄的隐忧。

[2] 清朝解除上元节放灯禁令或在康熙二十一年（1682），此诗或写于是年春。

[3] 临轩：皇帝不坐正殿而御前殿。殿前堂陛之间近檐处两边有槛楯，如车之轩，故称。唐王维《少年行》："天子临轩赐侯印，将军佩出明光宫。"

[4] 游衍：恣意游逛。《诗经·大雅·板》："昊天曰旦，及尔游衍。"毛传："游，行；衍，溢也。"孔颖达疏："游行衍溢，亦自恣之意也。"

[5] 九衢：纵横交叉的大道；繁华的街市。战国屈原《楚天问》："靡蓱九衢，枲华安居。"王逸注："九交道曰衢。"

[6] "诏""欢"之间，"三家本"有衍文"儿"。

[7] 咸池：古代汉族神话中日浴之处。战国屈原《离骚》："饮余马于咸池兮，余辔乎扶桑。"王逸注："咸池，日浴处也。"

[8] 宸（chén）幄：帝王所居之处。

[9] 元熊：玄熊。玄，黑色。避玄烨之讳，改为元。

[10] 黄矢：铜箭头。《易经·解》："九二，田获三狐，得黄矢，贞吉。"

[11] 蛾眉细管：指代美女、箫笛之属，以供娱乐。

[12] 璇（xuán）宫：玉饰的宫殿，多指王宫。晋王嘉《拾遗记·少昊》："少昊以金德王，母曰皇娥，处璇宫而夜织。"

[13] 摄提："摄提格"的简称，为古代岁星纪年中的年名，对应十二地支中的"寅"。清康熙十三年（1674）为甲寅年。

[14] 坐：因。

[15] 日边侏儒：皇帝身边的杂技艺人。侏儒，身材矮小的人，代指杂技艺人。

[16] 秋蓬：比喻漂泊不定。

[17] 南中：古地区名，相当于今四川省大渡河以南和云南、贵州两省。亦泛指南部地区。唐王勃《蜀中九日》："人情已厌南中苦，鸿雁那从北地来。"

[18] 高牙：高高的军旗。晋潘岳《关中诗》："桓桓梁征，高牙乃建。"李善注："牙，牙旗也。兵书曰：牙旗，将军之旗。"

[19] 厌饫（yù）：吃饱，吃腻。

[20] 秬鬯（jù chàng）：古代以黑黍和郁金香草酿造的酒，用于祭祀降神及赏赐有功的诸侯。《诗经·大雅·江汉》："厘尔圭瓒，秬鬯一卣。"毛传："秬，黑黍也，鬯，香草也，筑煮合而郁之曰鬯。"郑笺："秬鬯，黑黍酒也，谓之鬯者，芬香条鬯也。"

[21] 勋庸：功勋。

[22] 容台：见《董烈妇诗并序》注释 [18]。

[23] 喧聒：喧嚣刺耳。

陪李少司马望石花下饮戏赠[1]

之罘[2]东出沧海高，山田户户多松醪[3]。王孙[4]不归今几载？空林夜夜悲猿猱[5]。脂车[6]秣马[7]行未得，往往税驾[8]来蘅皋[9]。拔剑起舞歌都护[10]，坐看万里[11]皆旌旄[12]。路鼓[13]贲鼓[14]竟安在，累累对簿同秋曹[15]（司马专任缉逃）[16]。神山屃贔[17]良自苦，岂有戴粒[18]称巨鳌。丰台三月花满眼，朝来谷雨何刁骚[19]。十步一休五步转，酒鳞[20]赴吻如波涛。双桧阴浓日正午，天风卧听云林璈[21]。落蕊幡幡[22]入怀袖，游蜂冉冉投颠毛[23]。北来少年兽锦袍，平原猎罢挥鸾刀^[24]。大呼先生乐复乐，何人知尔心郁陶^[25]。

【注释】

[1] 李赞元（1623—1678）原名李立，清顺治帝赐名赞元，字公州，号望石，山东海阳人，顺治十二年（1655）进士，累官至兵部督捕右侍郎（少司马为兵部侍郎古称），善书法，有《滴翠园集》。李赞元勤于政务，久未归乡，赏花聚友的欢快也难掩其怅惘的隐衷。敏锐的诗人透过繁华喧嚣的表象，体察到了李赞元那种难以言说的心曲，可谓知音者。

[2] 之罘（fú）：山名，也作"芝罘"，在今山东省烟台市北。

[3] 松醪（láo）：用松肪或松花酿制的酒。醪，浊酒。唐戎昱《送张秀才之长沙》："松醪能醉客，慎勿滞湘潭。"

[4] 王孙：指代李望石。汉淮南小山《招隐士》："王孙游兮不归，春草生兮萋萋。"

[5] 猿猱（náo）：泛指猿猴。唐李白《蜀道难》："黄鹤之飞尚不得过，猿猱欲度愁攀缘。"

[6] 脂车：油涂车轴，以利运转。借指驾车出行。晋夏侯湛《抵疑》："仆固脂车以须放，秣马以待却。"

[7] 秣（mò）马：饲马。秣，喂马的谷饲料，这里用作动词。

[8] 税（tuō）驾：解下驾车的马，停车；有休息或归宿之意。税：通"挩（tuō）""脱"，脱去、脱掉。汉司马迁《史记·李斯列传》："物极则衰，吾未知所税驾也。"司马贞索隐："税驾，犹解驾，言休息也。李斯言己今日富贵已极，然未知向后吉凶，正泊在何处也。"

[9] 蘅皋：生长香草的水边高地。三国魏曹植《洛神赋》："尔乃税驾乎蘅皋，秣驷乎芝田。"

[10] 歌都护：吟唱《丁督护歌》。《丁督护歌》，一名"阿督护"。乐府旧题，属《清商曲辞·吴声歌曲》。《宋书·乐志》说："《督护歌》者，彭城内史徐逵之为鲁车丸杀，宋高祖使府内直督护丁旿收验殡埋之。逵之妻，高祖长姊，呼旿至阁下，自问殡送之事，每问，辄叹息曰：'丁督护！'其声哀切，后人因其声广其曲焉。"

[11] "汇编本"作"万国"，今从"三家本"。

[12] 旌旄（máo）：泛指旗帜。

[13] 路鼓：鼓名，古时祭享宗庙所用的四面鼓。《周礼·地官·鼓人》："以路鼓鼓鬼享。"郑玄注："路鼓，四面鼓也。"

[14] 贲（bēn）鼓：大鼓。《诗经·大雅·灵台》："虞业维枞，贲鼓维

镛。"毛传:"贲,大鼓也。"孔颖达疏:"贲,大也,故谓大鼓为贲鼓。"

[15] 秋曹:刑部的别称。唐张蠙《赠水军都将》:"平生为有安邦策,便别秋曹最上阶。"

[16] "三家本"无此注。

[17] 屃赑(xì bì):亦作"赑屃"。古代神话传说中龙之九子之一,又名霸下。形似龟,好负重,长年累月地驮载着石碑。

[18] 戴粒:代指蚂蚁。《太平御览》卷九四七引《符子》:"东海有鳌焉,冠蓬莱而浮游于沧海……群蚁曰:'彼之冠山,何异我之戴粒,逍遥封壤之巅,伏乎窟穴也。'"

[19] 刁骚:时断时续的样子。

[20] 酒鳞:酒面的微波。宋苏舜钦《和彦猷晚宴明月楼》:"香穗萦斜凝画栋,酒鳞环合起金罍。"

[21] 云林璈(áo):传说中仙人所演奏的乐曲。《汉武帝内传》:"上元夫人自弹云林之璈,鸣弦骇调,清音灵朗,玄凤四发,乃歌《步玄》之曲。"璈,古乐器名。

[22] 幡幡(fān):飘动的样子。《诗经·小雅·瓠叶》:"幡幡瓠叶,采之亨之。"

[23] 颠毛:头发。

[24] 鸾刀:古代名刀。《诗经·小雅·信南山》:"执其鸾刀,以启其毛,取其血筋。"孔颖达疏:"鸾即铃也。谓刀环有铃,其声中节。"

[25] 郁陶:忧思积聚的样子。《尚书·五子之歌》:"郁陶乎予心,颜厚有忸怩。"孔传:"郁陶,言哀思也。"

十二砚歌赠汪蛟门[1]

舍人[2]倜傥[3]才无敌,自许红颜[4]富声色[5](蛟门自写三好图,谓:音乐、书、酒)。行年三十不称意,短咏微吟转凄恻。昨来攫得[6]十二砚,传语倾朝皆啧啧[7]。骑马就君贺且问,哑然遥指华胥国[8]。灵风[9]吹雾摇青冥[10],松杉飒飒岩谷黑。滑如波涛光雷电[11],禹凿神功总难测。鹳鹆[12]之眼重圆晕[13],罗纹精莹无顽慝[14]。公然抱持还敝庐,山鬼含睇[15]惜不得。我闻玉砚冬常温,丝纶挟纩[16]出宸极[17]。小臣橐笔[18]人所轻,授简何曾置君侧。璇宫[19]夜织皇娥来,苔华[20]荧荧美人隔。平时所好时入梦,拉沓[21]犹堪快胸臆。胡为得此如百朋[22],俯首攒眉事雕刻[23]。大雅[24]榛芜[25]期抵柱[26],昆仑欲蹴沧溟[27]窄。自从风烟起七泽[28]，市儿[29]跃马风生腋。丈夫书才记姓名[30]，十二皆穿[31]竟何益。

【注释】

[1] 汪懋麟（1640—1688），字季角，号蛟门，江苏江都人，清康熙六年（1667）进士，授内阁中书。后以刑部主事入史馆充纂修官，与修明史，撰述甚富。汪懋麟曾梦得十二砚台，并赋诗以纪，颜光敏亦作诗以和之，并非真有十二砚台之事。此诗虽凭虚而写，但其中对砚台的描绘亦颇精彩可观。另外，诗人以戏谑的文字，承载了自己和汪懋麟为代表的书生的愤懑——在"大雅榛芜"的环境中，纵有"抵柱"之才，纵能勤奋到"十二皆穿"的地步，又有什么出路呢！

[2] 舍人：汪懋麟在清康熙九年（1670）曾经担任中书舍人一职。

[3] 倜傥（tì tǎng）：洒脱、不拘束。汉司马迁《报任安书》："古者富贵而名磨灭，不可胜记，唯倜傥非常之人称焉。"

[4] 红颜：年轻人面色红润，这里指年轻时期。

[5] 富声色：富于声色之娱，如诗人自注所言。

[6] 攫得：获取、得到。

[7] 啧啧（zé）：叹词，表示赞叹、叹息、惊异等。

[8] 华胥国：参见《送高少司寇念东予假归》注释[11]。这里代指仙境。

[9] 灵风：春风，东风。唐李商隐《赠白道者》："十二楼前再拜辞，灵风正满碧桃枝。"叶葱奇疏解："次句标明时令。"

[10] 青冥：形容青苍幽远，指代青天。战国屈原《九章·悲回风》："据青冥而摅虹兮，遂倏忽而扪天。"王逸注："上至玄冥，舒光耀也。所至高眇不可逮也。"

[11] "滑如"句：此句言砚台的纹理与光泽。

[12] 鸲鹆（qú yù）之眼："鸲鹆"亦作"鸲鸲"，鸟的名字。常用以指称砚台上的圆形花纹，有时也代指砚台。宋朱敦儒《相见欢》："琴上金星正照，砚中鸲眼相青。"

[13] 圆晕：环状波纹。

[14] 顽慝（tè）：本义为人的行为恶劣，这里指砚台的瑕疵。

[15] 含睇（dì）：含情而视。战国屈原《九歌·山鬼》："既含睇兮又宜笑，子慕予兮善窈窕。"王逸注："睇，微眄貌也。言山鬼之状，体含妙容，美目盼然。"

[16] 挟纩（kuàng）：披着绵衣，比喻受人抚慰而感到温暖。《春秋左传·

宣公十二年》：“申公巫臣曰：‘师人多寒。’王巡三军，拊而勉之，三军之士皆如挟纩。”杜预注：“纩，绵也。言说（悦）以忘寒。”

[17] 宸极：北极星，这里代指仙境。

[18] 橐（tuó）笔：古代书史小吏，手持橐橐，簪笔于头，侍立于帝王大臣左右，以备随时记事，称作持橐簪笔，简称“橐笔”。后亦以指文士的笔墨耕耘。

[19] 璇宫：见《上元行》注释 [12]。

[20] 苕（tiáo）华：美玉名。

[21] 拉沓：象声词，杂乱的样子。汉《铙歌·思悲翁》：“枭子五，枭母六，拉沓高飞莫安宿。”

[22] 百朋：指极多的货币。《诗经·小雅·菁菁者莪》：“既见君子，锡我百朋。”高亨注：“朋，古代以贝壳为货币，五贝为一串，两串为一朋。”

[23] 雕刻：比喻刻意修饰文辞。唐杜甫《寄刘峡州伯华使君》：“雕刻初谁料，纤毫欲自矜。”

[24] 大雅：本为《诗经》中的一类诗，雅有正的意思，后以指称雅正的作品。

[25] 榛芜：形容荒凉的景象，这里指雅正的风气式微。

[26] 抵柱：比喻能独挽狂澜的人物。

[27] 沧溟：苍天。此句喻欲有为而无出路。

[28] “自从”句：风烟，战乱。七泽，相传古时楚有七处沼泽。后以“七泽”泛称楚地诸湖泊，这里用以泛指南方地区。

[29] 市儿：市井少年。

[30] “丈夫”句：大丈夫学书能够记录姓名就可以了。《史记·项羽本纪》：“项籍少时，学书不成，去学剑，又不成。项梁怒之。籍曰：‘书足以记名姓而已。剑一人敌，不足学，学万人敌。’于是项梁乃教籍兵法，籍大喜，略知其意，又不肯竟学。”

[31] 穿：把砚台磨穿。

听董樵谈海市有述[1]

董樵久居蛟蜃乡[2]，饱看海市[3]头颅苍。北来碣石[4]侈天口[5]，顿令座客神洋洋。蓬莱杰阁[6]倚千仞，空明四尽无遐荒[7]。霾曀[8]久消乍蒙昧，天轮胶戾[9]如簸扬。大舸连樯[10]蔽空下，黄头[11]击汰[12]皆戎装。旌竿林立间龙盾[13]，屹如烽橹[14]蟠城隍。观者欲走旋脱坏[15]，崩云屑雨[16]回清光。岛石擘裂[17]渐盈丈，就中[18]窈窕开芝房[19]。天窗绮疏射朝霁，阶前双树枇杷黄。我语董生未为怪，人间万事殊诪张[20]。尘埃野马[21]围大块[22]，谁凿混沌[23]灾中央。层城[24]华屋剧泛梗[25]，旅葵[26]白雉[27]夸殊方[28]。皮岛[29]大星陨如斗，偏裨斯养[30]翻侯王。天吴[31]见此应未省，那从远睇[32]穷毫芒。神山跬步[33]不可接，安期[34]一逝成荒唐。云车[35]风马[36]有何意，徒与尘世逐秕糠[37]。从来海市依近岛，只疑芥子浮坳堂[38]。安得巨灵[39]为铲尽，沧波万古空茫茫。

【注释】

[1] 董樵，原名震起，字樵谷，号东湖，后易名朱山樵，山东莱阳大淘漳村人，明末清初著名民族义士。明亡后，董樵长期隐居，义不仕清，其一生诗作很多，"合雅掩骚，惜不多传"，留存至今尚有百五十首左右。诗歌前半部分借董樵之口以状海市之奇幻壮观，后半部分则转入诗人自己对现实的慨叹——海市虚幻，世事亦如此。

[2] 蛟蜃乡：滨海之乡。蛟蜃，海中水族类。

[3] 海市：大气因光折射而形成的反映地面物体的形象。旧称蜃气。晋伏琛《三齐略记》："海上蜃气，时结楼台，名海市。"

[4] 碣石：山名，在河北省昌黎县北。

[5] 侈天口：施展能言善辩的口才。天口，形容人能言善辩。汉班固《汉书·艺文志》："《田子》二十五篇。名骈，齐人，游稷下，号天口骈。"李善注引《七略》："齐田骈好谈论，故齐人为语曰天口骈。天口者，言田骈子不可穷，其口若事天。"

[6] 蓬莱杰阁：蓬莱阁，在山东省烟台市蓬莱市区西北的丹崖山上，据山临海。

[7] 遐荒：边远荒僻之地。这里指从蓬莱阁观海，但见天海茫茫，并无陆地。

[8] 霾曀（mái yì）："曀霾"，阴霾。曀，昏暗。

[9] 胶戾：回环往复的样子。西晋木华《海赋》："状如天轮胶戾而激转。"吕向注："胶戾，环旋貌。"

[10] 大舸连樯：大船桅杆连着桅杆。舸，船。樯，桅杆。

[11] 黄头：指水军。汉班固《汉书·枚乘传》："汉知吴之有吞天下之心也，赫然加怒，遣羽林黄头循江而下。"颜师古注引苏林曰："羽林黄头郎，习水战者也。"

[12] 击汰：拍击水波。亦指划船。战国屈原《九章·涉江》："乘舲船余上

沅兮，齐吴榜以击汰。"王逸注："吴榜，船棹也。汰，水波也。"

[13] 龙盾：亦作"龙楯"。画有龙的盾牌。《诗经·秦风·小戎》："龙盾之合，鋈以觼軜。"毛传："龙盾，画龙其盾也。"

[14] 烽橹：举烽火的望楼。唐杜甫《入衡州》："旗亭壮邑屋，烽橹蟠城隍。"

[15] 脱坏：崩塌。

[16] 崩云屑雨：云崩雨落的样子。西晋木华《海赋》："崩云屑雨，浤浤汩汩。"李善注："言波浪飞洒，似云之崩，如雨之屑也。"

[17] 擘（bò）裂：崩裂，垮塌。

[18] 就中：从中、居中。

[19] 芝房：成丛的灵芝。汉张衡《南都赋》："芝房菌蠢生其隈，玉膏滵溢流其隅。"李善注："芝房，芝生成房也。"

[20] 诪（zhōu）张：本义为以虚幻的东西来欺骗，这里指虚幻。《尚书·无逸》："民无或胥诪张为幻。"孔传："诪张，诳也。君臣以道相正，故下民无有相欺诳幻惑也。"

[21] 野马：游动的薄云或水蒸气。《庄子·逍遥游》："野马也，尘埃也。生物之以息相吹也。"郭象注："野马者，游气也。"

[22] 大块：大自然，大地。《庄子·齐物论》："夫大块噫气，其名为风。"成玄英疏："大块者，造物之名，亦自然之称也。"

[23] 混沌：传说中的人物。《庄子·应帝王》："南海之帝为倏，北海之帝为忽，中央之帝为混沌。倏与忽时相遇于混沌之地，混沌待之甚善。倏与忽谋报混沌之德，曰：'人皆有七窍。以视听食息，此独无有，当试凿之。'日凿一窍，七日而混沌死。"

[24] 层城：神话中昆仑山上的高城。汉张衡《思玄赋》："登阆风之层城兮，构不死而为床。"李善注："《淮南子》曰：'昆仑虚有三山：阆风、桐版、玄圃，层城九重。'禹云：'昆仑有此城，高一万一千里。'"

[25] 泛梗：见《题龙江楼》注释 [8]。

[26] 旅獒（áo）：古代西戎旅国出产的大犬。《尚书·旅獒》："西旅底贡厥獒。"孔颖达疏："西戎旅国，致送其大犬曰獒。"

[27] 白雉：白色羽毛的野鸡。古时以为瑞鸟。《尚书》："周公居摄六年，制礼作乐，天下和平。越裳以三象重译而献白雉。"

[28] 殊方：远方，异域。汉班固《西都赋》："逾昆仑，越巨海，殊方异类，至于三万里。"

[29] 皮岛：地名，位于辽东、朝鲜、后金之间，关联三方，位置冲要。今属朝鲜，改名椵岛。

[30] 斯养：奴仆。汉桓宽《盐铁论·殊路》："故事人加则为宗庙器，否则斯养之酥才。"

[31] 天吴：古代神话传说中的水神。《山海经》："朝阳之谷，有神曰天吴，是为水伯。其为兽也，人面八首、八足、八尾，皆青黄。"

[32] 远睇（dì）：从远处看。

[33] 跬（kuǐ）步：本义指半步，引申为迈步、步行。

[34] 安期：秦汉时期的安期生，或曰策士，或曰神仙方士。《史记·封禅书》："安期生，仙者，通蓬莱中，合则见人，不合则隐。"

[35] 云车：传说仙人所乘的车马。《史记·孝武本纪》："文成言曰：'上即欲与神通，宫室被服不象神，神物不至。'乃作画云气车。"

[36] 风马：疾驰如风的马。唐杜甫《朝享太庙赋》："园陵动色，跃在藻之泉鱼；弓剑皆鸣，汗铸金之风马。"

[37] 秕糠（bǐ kāng）：瘪谷和米糠，比喻没有价值的或无用的东西。

[38] 坳（ào）堂：堂上的低洼处。《庄子·逍遥游》："且夫水之积也不厚，则其负大舟也无力；覆杯水于坳堂之上，则芥为之舟，置杯焉则胶，水浅而舟大也。"

[39] 巨灵：见《东峰》注释 [7]。

喜李天生至都赋赠[1]

华岳西上莲峰高，山危径绝愁悬猱。松桧无风夜深喉，恍疑大海生波涛。再来尘界厌凡响，时闻人籁[2]思腾逃[3]。君才横绝世莫比，挥斥岂顾三辅豪[4]。目营八极[5]怅千古，五更卧被闻攫搔[6]。小言詹詹[7]恒不省，有如鳌咳[8]惊蒲牢[9]。长安伏雨[10]泥没马，秋兰当户缠蓬蒿。朝来为君自锄理，扫除不使寒虫[11]号。忆昔汉廷开虎观[12]，吏治犹从经术操[13]。书策稠浊[14]渐卤莽[15]，只余蛮触争秋毫[16]。寻源不睹星宿海[17]，却指昆仑欺我曹[18]。怪君疏通[19]略文字，洒然[20]冥契[21]神相遭。自度蓬莱[22]水清浅，片言只语皆云璈[23]。文章小技等附赘[24]，珍惜亦似绥山桃[25]。为君大笑且屡舞，转愁时辈生嘲嘈[26]。明朝雨霁残暑退，相携跨马行东皋。

【注释】

[1] 李因笃（1632—1692），字子德，号天生，陕西富平东乡（今富平薛镇

韩家村）人。自幼聪敏，博学强记，遍读经史诸子，尤谙经学要旨，精于音韵，长于诗词，为明清之际的思想家、教育家、音韵学家、诗人。被时人称为不涉仕途的华夏"四布衣"之一。诗人以华岳松喉喻李因笃才艺不同凡响，接着赞誉李氏经学造诣与圣人有冥契神遇之功，李氏文章亦如仙桃之超然卓异。最后诗人以伴游东皋相邀，表达了对李因笃的敬仰之情。

[2] 人籁：人吹丝竹管弦等乐器发出的声音。《庄子·齐物论》："子游曰：'地籁则众窍是已，人籁则比竹是已。'"郭象注："籁，箫也。夫箫管参差，宫商异律，故有短长高下，万殊之声。"

[3] 腾逃：躲避开的样子。

[4] 三辅豪：京畿地区的才士。三辅，西汉治理京畿地区的三个职官的合称，亦指其所辖地区。

[5] 目营八极：目力可达八方之极。

[6] 攫搔（jué sāo）：腾掷跃动的样子。《庄子·徐无鬼》："吴王浮于江，登乎狙之山。众狙见之，恂然弃而逃，逃于深蓁。有一狙焉，委蛇攫搔，见巧乎王。王射之，敏给搏捷矢。王命相者趋射，狙执死。"

[7] 詹詹：言辞烦琐、喋喋不休的样子。《庄子·齐物论》："大言炎炎，小言詹詹。"成玄英疏："詹詹，词费也。"

[8] 鳖咳（biē hāi）：亦作"鳖欬"。比喻言语不清，意思难明。汉焦赣《易林·贲之旅》："猾丑如诚，前后相违，言如鳖咳，语不可知。"

[9] 蒲牢：传说中的灵兽，受击就大声吼叫，常充作洪钟提梁的兽钮。三国薛淙《西京赋·注》："海中有大鱼曰鲸，海边又有兽名蒲牢，蒲牢素畏鲸，鲸鱼击蒲牢，辄大鸣。"

[10] 伏雨：指连绵不断的雨。唐杜甫《秋雨叹》："阑风伏雨秋纷纷，四海八荒同一云。"仇兆鳌注引赵子栎曰："阑珊之风，沉伏之雨，言其风雨之不已也。"

[11] 寒虫：寒天的昆虫，多指蟋蟀。

[12] 虎观：白虎观的简称，为汉宫中讲论经学之所，后泛指宫廷中讲学处。范晔《后汉书·章帝纪》："于是下太常将、大夫、博士、议郎、郎官及诸生、诸儒会白虎观，讲议'五经'同异……帝亲称制临决，如孝宣甘露、石渠故事，作《白虎议奏》。"

[13] "吏治"句：汉代尊儒，官吏施政，多依傍经书而行。

[14] 稠（chóu）浊：混浊，混乱。《战国策·秦策一》："书策稠浊，百姓不足。"

[15] 卤莽：也作"鲁莽"，粗疏。

[16] 蛮触争秋毫：比喻琐屑之争。《庄子·则阳》："有国于蜗之左角者，曰触氏，有国于蜗之右角者，曰蛮氏。时相与争地而战，伏尸数万，逐北旬有五日而后反。"

[17] 星宿海：湖泊名，古人曾以之为黄河源头。

[18] 我曹：我辈。

[19] 疏通：剖析阐释。唐杜甫《送从弟亚赴安西判官》："兵法五十家，尔腹为箧笥。应对如转丸，疏通略文字。"

[20] 洒然：了然而悟。宋罗大经《鹤林玉露》："渊明诗云：'形迹凭化往，灵府长独闲。'说得更好。盖其自彭泽赋归之后，洒然悟心为形役之非，故其言如此。"

[21] 冥契：默契，暗相投合。

[22] 蓬莱：古代藏书馆名，这里用以指代儒家经典。《后汉书·窦章传》："是时学者称东观为老氏藏室，道家蓬莱山。后因以指秘阁。"

[23] 云璈：见《陪李少司马望石花下饮戏赠》注释[21]。

[24] 附赘（zhuì）：比喻多余的东西。《庄子·大宗师》："彼以生为附赘县疣。"

[25] 绥山桃：传说中的仙桃。汉刘向《列仙传·葛由》："一旦骑羊而入西蜀，蜀中王侯贵人追之上绥山，绥山在峨眉山西南，高无极也。随之者不复还，皆得仙道。故里谚曰：'得绥山一桃，虽不得仙，亦足以豪。'"

[26] 嘲嘈：犹言多加讥评。宋欧阳修《绿竹堂独饮》："马迁班固泪歆向，下笔点窜皆嘲嘈。"

九月十日子纶邀同人泛舟东河醉歌[1]

我生堕地[2]逢重阳，放船独数金陵快。江心柁楼[3]一丈高，坐见洪涛纳千湃[4]。赤波万顷连扶桑，突立江豚[5]向天拜。烂醉岂知津吏[6]迎，狂呼每犯舟人戒。自从都市饱尘鞅[7]，常忆秋空浮沆瀣[8]。故人持节来东河，衙前绿水添澎湃。钲金伐鼓[9]罗众宾，短咏微吟出官廨[10]。昨宵雨阻龙山[11]饮，晓云散落如崩坏。游鱼波剌[12]跳相溅，菊花细琐[13]沿村卖。金台[14]已平马骨朽，当杯岂暇论兴败。庆丰闸[15]水争须臾，煦沫[16]旋涡转幽怪。人生富贵会有崖，摧眉折腰天所械[17]。岭上松筠[18]常自寒，空中雕鹗[19]谁能铩[20]。何时携手三山[21]巅，下瞰神州似纤芥[22]。

【注释】

[1] 子纶，即田雯（1635—1704），字紫纶，一字子纶，号漪亭，自号山姜子，晚号蒙斋。山东德州人，田绪宗之子。清康熙三年（1664）进士，授中书舍人，累官为江苏巡抚。田雯为"金台十子"之一，诗与王士禛、施闰章同具盛名，著有《山姜诗选》《古欢堂集》等。颜光敏受邀与田雯等同游东河，相处甚欢，写下了这首诗。诗中首先追忆了往日江南游处之胜，然后转入叙写当下东河泛舟之乐。诗人并未完全沉醉在这份欢快中，"金台已平马骨朽"之句似有不遇于世的怅憾，"携手三山"之语也只有无奈的排遣。乐尽哀来之绪直追醉翁、兰亭诸彦。

[2] 堕地：落地，指出生。唐杜甫《锦树行》："生男堕地要膂力，一生富贵倾邦国。""三家本""汇编本"均写作"随地"，不通。

[3] 柁（tuó）楼：船上操舵之室，亦指后舱室。因高起如楼，故称。

[4] 千沽（gū）：众多的河。沽，古水名。"三家本"为"千派"，不通。今从"汇编本"。

[5] 江豚：生活在长江中的一种小型鲸。

[6] 津吏：职官名，管理渡船津梁的官吏。

[7] 尘鞅（yāng）：比喻世俗事务的束缚。鞅，套在马颈上的皮带。唐牟融《寄羽士》："使我浮生尘鞅脱，相从应得一盘桓。"

[8] 沆瀣（hàng xiè）：夜间的水汽，露水。战国屈原《远游》："餐六气而饮沆瀣兮，漱正阳而含朝霞。"王逸注："《凌阳子明经》言：春食朝霞……冬饮沆瀣。沆瀣者，北方夜半气也。"

[9] 钑（cōng）金伐鼓：今作"枞金伐鼓"，敲锣打鼓。钑，金属撞击声，这里用作动词。

[10] 官廨（xiè）：官吏办公的房舍。宋欧阳修《晚秋凝翠亭》："黄叶落空城，青山绕官廨。"

[11] 龙山：在当涂县南十里，蜿蜒如龙，蟠溪而卧，故名。《元和郡县志》："龙山，在县东南十二里，桓温尝与僚佐九月九日登此山宴集。"李白有《九日龙山饮》诗传世。

[12] 泼剌：见《题龙江楼》注释[14]。

[13] 细琐：琐碎细微的事物。唐杜甫《叹庭前甘菊花》："篱边野外多众芳，采撷细琐升中堂。"

[14] 金台：见《送高少司寇念东予假归》注释[22]。

[15] 庆丰闸：北京城东便门到通州，元代人工开挖一条通惠河，河上建有

五闸：大通闸、庆丰闸、高碑闸、花园闸、普济闸等。庆丰闸，又名二闸，最著名。完颜麟庆《鸿雪因缘图记·二闸修禊》："其二闸一带，清流萦碧，杂树连清，间以公主山林濒染逸致，故以春秋佳日都人士每往游焉或泛小舟，或循曲岸，或流觞而列坐水次，或踏青而径入山林，日永风和，川晴野媚，觉高情爽气各任其天，是都人游幸之一。"

[16] 煦沫：水上的气泡。《庄子·大宗师》："泉涸，鱼相与处于陆，相呴以湿，相濡以沫。"

[17] 械：戒备。

[18] 松筠（yún）：松竹。

[19] 雕鹗：雕与鹗，猛禽。比喻才望超群者。

[20] 铩（shā）：摧残，伤残。

[21] 三山：传说中的海上三神山。晋王嘉《拾遗记·高辛》："三壶，则海中三山也。一曰方壶，则方丈也；二曰蓬壶，则蓬莱也；三曰瀛壶，则瀛洲也。"

[21] 纤芥：亦作"纤介"，比喻细小。

秦以御应武科不第歌以送之[1]

秦生昔来游帝都，赢縢履屩[2]行操觚[3]。海内新诗每在口，朝华夕秀争敷腴[4]。今来意气凌九衢，棱棱[5]眉彩髭髭[6]须。中枢[7]府前调骏马[8]，犀渠[9]玉剑缨曼胡[10]。南方雄虺[11]流毒焰，我曹岂得耽[12]文儒。闻鸡起舞良可哂[13]，聊为渤澥[14]添双凫[15]。甘泉[16]捷书日三至，策勋[17]已满麒麟图[18]。旌旗飐裂[19]鼙鼓[20]哑，驽骀[21]不使同驰驱。三载悬科[22]募壮士，舆台斯养[23]何所无。燕角之弓剡[24]嚆矢[25]，从天飘落如投壶[26]。猿臂[27]引满惜不发，道旁识者常吁嗟。燕颔[28]封侯亦有命，强探虎子[29]何其愚。宣武门[30]边霜叶枯，城楼嗷嗷[31]啼夜乌。与君历落[32]望星斗，夜深醉卧黄公垆[33]。

【注释】

[1] 秦以御，名定远，泰州海陵人，清康熙癸卯科武举人。秦定远应武进士不第，颜光敏赠诗以慰藉。诗中写到秦定远的文采与武艺俱超逸俗类，且怀有一个为国驱驰的心，但应试不顺，让人叹惋。诗人虽以富贵有命之语相宽慰，但亦难掩仕进不顺之憾。

[2] 赢縢（téng）履屩（jué）：扎着绑腿，穿着草鞋。屩，草鞋。《战国策·秦策一》："赢縢履屩，负书担橐，形容枯槁，面目黧黑，状有归色。"

[3] 操觚（gū）：原指执简写字，后即指写文章。觚，古代作书写用的木

简。晋陆机《文赋》："或操觚以率尔，或含毫而邈然。"

[4] 敷腴（fū yú）：喜悦的样子。唐杜甫《遣怀》："忆与高李辈，论交入酒垆，两公壮藻思，得我色敷腴。"仇兆鳌注："敷腴，喜悦之色。"

[5] 棱棱：威严的样子。

[6] 鬑鬑（lián）：须发稀疏的样子。宋郭茂倩《乐府诗集·陌上桑》："为人洁白皙，鬑鬑颇有须。"

[7] 中枢：旧指兵部。

[8] 调（diào）骏马：驯调马匹。

[9] 犀渠（qú）：用犀皮制成的盾牌。《国语·吴语》："建肥胡，奉文犀之渠。"韦昭注："文犀之渠，谓楯也。文犀，犀之有文理者。"

[10] 曼胡：长而无刃之戟。

[11] 雄虺（huī）：古代传说中的大毒蛇。这里指三藩之乱。战国屈原《招魂》："雄虺九首，往来倏忽，吞人以益其心些。"王逸注："言复有雄虺，一身九头，往来奄忽，常喜吞人魂魄，以益其贼害之心也。"

[12] 耽（dān）：沉溺、迷恋。

[13] 哂（shěn）：讥笑。这里有轻视的意思，谓曹定远或可超越当年的刘琨，成就大业。

[14] 渤澥：又作"勃澥"，古代称东海的一部分，即渤海。裴骃集解："《汉书音义》曰：'海别枝名也。'"司马贞索隐："按《齐都赋》云，海旁曰勃，断水曰澥也。"

[15] 双凫（fú）：传说中仙人所化之鸟。范晔《后汉书·方术列传上·王乔》："乔有神术，每月朔望，常自县诣台朝。帝怪其来数，而不见车骑，密令太史伺望之。言其临至，辄有双凫从东南飞来。"

[16] 甘泉：汉宫殿名，这里代指皇宫。

[17] 策勋：记功勋于策书之上。《左传·桓公二年》："凡公行，告于宗庙；反行，饮至、舍爵、策勋焉，礼也。"杜预注："既饮置爵，则书勋劳于策，言速纪有功也。"

[18] 麒麟图：见《易水歌》注释 [23]。

[19] 飐（zhǎn）裂：被大风撕裂。飐，风吹物使其颤动。

[20] 鼙（pí）鼓：古代军队中用的小鼓，汉以后亦名骑鼓。

[21] 驽骀（tái）：本义为劣马，喻指才能低劣者。战国宋玉《九辩》："却骐骥而不乘兮，策驽骀而取路。"

[22] 悬科：设定的考试科目。亦泛指科举考试。

［23］舆台斯养：泛指地位低下或才能拙劣的人。

［24］剡（yǎn）：古代的五种射技，这五种射技为：白矢、参连、剡注、襄（rǎng）尺、井仪。剡注，谓矢行之疾。

［25］嚆（hāo）矢：响箭。《庄子·在宥》："焉知曾史之不为桀跖嚆矢也。"成玄英疏："嚆，箭镞有吼猛声也。"

［26］投壶：古代士大夫宴饮时做的一种投掷游戏，设壶投箭，多中者为胜。

［27］猿臂：形容人臂长如猿，多谓善射者或勇武者。

［28］燕颔：形容相貌威武，据说为封侯之相。颔，下巴。范晔《后汉书·班超传》："超问其状。相者指曰：'生燕颔虎颈，飞而食肉，此万里侯相也。'"

［29］强探虎子：这里指班超在出使期间的冒险活动。范晔《后汉书·班超传》："班超曰：不入虎穴，不得虎子。当今之计，独有因夜以火攻虏，使彼不知我多少，必大震怖，可殄尽也。"

［30］宣武门：明、清时京师内城九门之一。因为取武为意，城门守军训练用的护卫校场就设在宣武门外。

［31］嗷嗷（jiào）：鸟兽鸣声。魏曹植《杂诗》："飞鸟绕树翔，嗷嗷鸣索群。"

［32］历落：疏落的样子。这里是双关用法，既指星落稀疏，亦指人不偶与群。

［33］黄公垆：魏晋时王戎与阮籍、嵇康等竹林七贤会饮之处。后诗文常以"黄公酒垆"指朋友聚饮之所，抒发物是人非的感叹。《世说新语·伤逝》："王浚冲为尚书令，著公服，乘轺车，经黄公酒垆下过，顾谓后车客：'吾昔与嵇叔夜、阮嗣宗共酣饮于此垆，竹林之游，亦预其末。自嵇生夭、阮公亡以来，便为时所羁绁。今日视此虽近，邈若山河。'"

题吴园次年谱[1]

东周以来工乐府[2]，两千余载推延陵[3]。文孙[4]颇穷铢黍[5]妙，残编[6]坐使云霞蒸[7]。少年橐笔[8]直[9]金殿，清姿照耀龙池冰。宫悬[10]新谱数称旨，退朝往往持缣缯[11]。竹西酒肆杂市侩[12]，出郭数武[13]闻喧腾[14]。酒阑[15]祖跣[16]行六博[17]，座中群指吴吴兴[18]。几年为守贫且窭[19]，独余胜迹[20]夸友朋。震湖[21]泱漭[22]豁胸次，何处窈窕藏眉棱[23]。自从昌黎变俳偶[24]，三唐[25]奥府[26]无人登。丈夫郁郁聊复尔，沉酣[27]已任流俗憎[28]。咸英韶濩[29]岂难作，下士大笑如苍蝇。为君作歌发遥慨，千载何人同服膺[30]。

【注释】

[1] 吴园次（1619—1694）字绮，一字丰南，号绮园，又号听翁。江都（今江苏扬州）人。清顺治十一年（1654）贡生、荐授弘文院中书舍人，累官至湖州知府。吴绮诗词文俱可观。其诗摹徐、庾；其词擅小令；其骈文追慕李商隐，以秀逸见胜。吴绮还著有传奇三种：《忠愍记》《啸秋风》和《绣平原》，当时多被管弦，今均无存。今存《林蕙堂集》26卷。诗歌主要围绕吴绮的才德展开铺写的，吴绮绍续季札遗韵，长于音律，屡得至尊之赏，为官亦颇有令闻，可谓才德俱佳。诗中也偶涉吴绮的任性放旷，唯其任真而无意于为文，故能成其骈文之妙，也因之而遭人嫉妒。

[2] 乐府：联系下文，这里当作音律解。

[3] 延陵：吴公子季札。季札（前576—前484），姬姓，寿氏，名札，封于延陵（今常州一带），又称延陵季子。季札有德行，尤善音律。

[4] 文孙：指周文王之孙。后泛用为对他人之孙的美称。《尚书·立政》："继自今文子文孙。"孔传："文子文孙，文王之子孙。"

[5] 铢（zhū）黍：铢、黍本为古代计量单位。古代音律的高下也以一定尺寸的铜管为标准音，对这一铜管的度量，也用铢黍为计。这里代指音律。

[6] 残编：残缺不全的书。这里指吴绮所存文稿。

[7] 云霞蒸：云蒸霞蔚，形容文采斐然的样子。

[8] 橐笔：见《十二砚歌赠汪蛟门》注释[18]。

[9] 直：同"值"，值守。

[10] 宫悬：礼乐制度规定：皇帝"宫悬""八佾"（64人），诸侯"轩悬""六佾"（36人），卿、大夫"判悬""四佾"（16人），士"特悬""二佾"（4人）。这里指吴绮为皇宫谱曲。

[11] 缣缯（jiān zēng）：双丝织成的细绢。这里指皇帝的赏赐。

[12] 市侩（kuài）：旧称买卖的居间人。

[13] 数武：不远处，没有多远。武，量词，古代六尺为步，半步为武。

[14] 喧腾：喧闹沸腾，形容声音杂乱。唐刘禹锡《聚蚊谣》："喧腾鼓舞喜昏黑，昧者不分聪者惑。"

[15] 酒阑：酒宴将尽。《史记·高祖本纪》："酒阑，吕公因目固留高祖。"裴骃集解引文颖曰："阑言希也。谓饮酒者半罢半在，谓之阑。"

[16] 袒跣（xiǎn）：袒胸赤足。跣，光脚。唐白居易《不出门》："披衣腰不带，散发头不巾。袒跣北窗下，葛天之遗民。"

[17] 六博：又作"陆博"，是中国古代民间一种掷采行棋的博戏类游戏，因使用六根博箸所以称为六博，以吃子为胜。

[18] 吴吴兴：吴绮。吴兴，湖州旧称。吴绮曾任湖州知府，故称。

[19] 贫且窭（jù）：贫穷。窭，贫穷得无法备礼物，亦泛指贫穷。"三家本"作"屡"，不通。今从"汇编本"。

[20] 胜迹：这里引申为好的声誉。

[21] 震湖：太湖古称。

[22] 泱溔：见《南峰》注释 [10]。

[23] 眉棱：亦作"眉棱"。生长眉毛的略微高起的部位。

[24] 俳（pái）偶：对偶骈俪。南朝至唐，文多骈偶，韩愈奋起而张扬古文。苏轼《潮州韩文公庙碑》："文起八代之衰。"

[25] 三唐：诗家论唐人诗作，多以初、盛、中、晚分期，或以中唐分属盛、晚，谓之"三唐"。这里代指唐代。

[26] 奥府：深奥微妙之处。

[27] 沉酣：醉心其事。

[28] 流俗憎：世俗的嫉恨。

[29] 咸英韶濩（hù）：古乐名，泛指大雅之作。尧乐名《咸池》，帝喾乐名《六英》，并称"咸英"。南朝梁刘勰《文心雕龙·乐府》："自《咸》《英》以降，亦无得而论矣。"韶濩，汤乐名。《左传·襄公二十九年》："见舞《韶濩》者。"杜预注："殷汤乐。"孔颖达疏："以其防濩下民，故称濩也……韶亦绍也，言其能绍继大禹也。"

[30] 服膺（yīng）：铭记在心。《礼记·中庸》："得一善，则拳拳服膺而弗失之矣。"朱熹《四书集注》："服，犹著也；膺，胸也。奉持而著之心胸之间，言能守也。"

梁氏园对酒歌[1]

长安[2]四月花如雪，水馆纱窗迥[3]无热。堂上华筵[4]箫鼓陈，梁园上客多人杰。开帘远对蓬莱宫，西山佳气来青葱。嘶风骄马何曾歇，入座新诗各不同。更烧绛蜡垂帘坐，歌扇舞衣飘婀娜。乍看晴云水面飞，忽听凉雨尊前堕。入夜霏微[5]风满天，酒酣耳热重流连。愿君樗蒲[6]且停手，为君更进《珊瑚鞭》[7]。君不见，汉家侏儒饱欲死[8]，翻笑金门可怜子[9]。又不见，山中松桂生幽香，谁甘藜藿[10]轻王侯。丈夫穷达各有道，安能逐队[11]无短长。南飞黄鹄北飞燕，明朝别思分乡县。但使生前多令名[12]，何必陌头数相见。

【注释】

[1] 此诗借友朋盛会抒发一己之人生感喟，前半部分极言状盛会很华丽盛大，后半部分转向对富贵穷达的思考，诗人虽然也说"穷达各有道"，而"汉家侏儒饱欲死，翻笑金门可怜子"恐怕才是诗人的肺腑之词。不遇于时的愤懑与欢会的繁华之间的不和谐，给诗歌增加了张力。

[2] 长安：代指北京。

[3] 迥：深。

[4] 华筵：丰盛的筵席。

[5] 霏微：细雨蒙蒙的样子。

[6] 樗蒲（chū pú）：一种古代博戏。博戏中用于掷采的骰子最初是用樗木制成，故称摴蒱或樗蒲。

[7]《珊瑚鞭》：徐又陵所作传奇剧名。

[8] "汉家"句：喻小人得志而贤才受屈。汉班固《汉书·东方朔列传》："侏儒长三尺余，奉一囊粟，钱二百四十。臣朔长九尺余，亦奉一囊粟，钱二百四十。侏儒饱欲死，臣朔饥欲死。臣言可用，幸异其礼；不可用，罢之，无令但索长安米。"颜师古注："侏儒，短人也。"

[9] 金门可怜子：借指待而未用的贤才。金门，汉宫门名。

[10] 藜藿：两种植物的名字，亦泛指粗劣的饭菜。

[11] 逐队：谓随众而行。唐元稹《望云骓马歌》："功成事遂身退天之道，何必随群逐队到死蹋红尘。"

[12] 令名：美好的声誉。

临清池行并序[1]

邑有田夫溺泗水死，妇宋氏将殉之。家人防之，率夜[2]不寐。妇徐曰："奚此之为？我死终当于水耳。"其家去泗水远，复无井，人以为诳[3]也。逾日，失所在，遍求弗得。后于门前污池中见其带，已毙命数日矣。池水深才二尺耳，妇蒲伏[4]怀大石，故得死焉。及出，见其自衣至裳暨足履皆以线密属[5]之。观者如堵，感叹有礼。时年二十有□。实康熙丁巳[6]□月□日也，为作《临清池行》。

临清池，孤鸿照影悲今夕。丈夫昔怀沙[7]，妾有支机石。君流波，妾止水，止水曾无三尺深，萧萧冥冥依于蒲苇。流波汤汤，东流到海岂复有还时。海童[8]邀路来呼之，巫阳[9]下招，肃彼灵旗[10]。于万斯年[11]，大津稽天[12]，此水泓然^[13]。

【注释】

[1] 这是一首表彰烈妇宋氏的作品。小序偏于叙事，诗歌重在抒情。受限于那个时代的主流意识形态，诗人对宋氏殉夫而死抱有悲悯之情，惜无惋惜之词。

[2] 率夜：通夜。

[3] 诳（kuáng）：欺骗，瞒哄。

[4] 蒲伏：今作"匍匐"。伏地而行。

[5] 属：连缀、缝。

[6] 康熙丁巳：康熙十六年，公历 1677 年。

[7] 怀沙：屈原作《怀沙》而投水，这里指溺亡。

[8] 海童：传说中的海中神童。左思《吴都赋》："江斐于是往来，海童于是宴语。"刘逵注："海童，海神童也。"李善注引《神异经》："西海有神童，乘白马，出则天下大水。"

[9] 巫阳：古代传说中的女巫。屈原《招魂》："帝告巫阳曰：'有人在下，我欲辅之。魂魄离散，汝筮予之。'"王逸注："女曰巫。阳，其名也。"

[10] 灵旗：神灵的旗子。唐刘禹锡《七夕》："河鼓灵旗动，嫦娥破镜斜。"

[11] 于万斯年：亿万年。形容长远的年代。斯，语助词，无义。《诗经·大雅·下武》："于万斯年，受天之祜。"

[12] 大津稽天：冲天的大水。大津，大水。稽天，到天。《庄子·逍遥游》："大浸稽天而不溺。"成玄英疏："稽，至也。"

[13] 泓然：水深满的样子。

送徐方虎假旋兼寄孙屺瞻^[1]

御水桥南识方虎，亲看彩笔凌《鹦鹉》^[2]。门边车马空纷纷，独把诗篇守环堵^[3]。绝足^[4]终刷幽并夜^[5]，孤骞^[6]始免鹔鹴^[7]侮。玉堂美人相映立，飘潇自觉风棱^[8]古。昨来^[9]骑马趋瀛洲^[10]，雨涨方塘芦荻秋。震湖^[11]八月望如海，归心已逐南云流。橘柚离披^[12]映高岸，凫鹥^[13]散乱随行舟。人生何似^[14]故乡好，谁令理棹^[15]翻百忧。贫困几人曾折节，频年感旧常幽咽。楚泽行吟^[16]鹈鴂^[17]鸣，庐江^[18]宿草^[19]车轮绝。灯前夜雨风萧萧，《骊歌》^[20]未唱唾壶缺^[21]。碧山学士^[22]如相讯^[23]，为道还如乍离别。

【注释】

[1] 徐倬(1624—1713),字方虎,号苹村,浙江德清新塘(今德清县士林镇徐家墩)人。康熙十二年(1673)进士。曾任翰林院庶吉士、史馆编修、国子监司业、礼部侍郎等职。徐倬兼工诗古文辞,著有《苹村类稿》。诗人对徐倬的才华与笃志向学的节操甚为欣赏,引以为同类,故徐倬之辞京返乡让诗人怅然若失。诗人以徐倬的视角描摹归程,在疏淡的景致之中,浸染着诗人浓郁的离愁。诗歌最后以屈原南行来喻指徐倬美才不得驰骋,绝非为徐倬一人而发。

[2]《鹦鹉》:指汉末祢衡所作《鹦鹉赋》,此状方虎之文采。

[3] 环堵:四周环着每面一方丈的土墙。形容狭小、简陋的居室。《礼记·儒行》:"儒者有一亩之宫,环堵之室。"郑玄注:"环堵,面一堵也。五版为堵,五堵为雉。"

[4] 绝足:喻指千里马。汉孔融《论盛孝章书》:"燕君市骏马之骨,非欲以骋道里,乃当以招绝足也。"

[5] 刷幽并夜:谓徐倬离开京城。幽并,代指北京。唐杜甫《骢马行》:"昼洗须腾泾渭深,夕趋可刷幽并夜。"

[6] 孤骞:独自高飞。骞,高举、飞起。唐杨炯《王勃集序》:"得其片言而忽然高视,假其一气则邈矣孤骞。"

[7] 鹪鹩(jiāo liáo):鸟名。

[8] 风棱:风姿。

[9] "三家本"作"昨日",亦通。今从"汇编本"。

[10] 瀛洲:河间古称瀛州,地处冀中平原腹地,位于今河北省内,属沧州市管辖。

[11] 震湖:见《题吴园次年谱》注释[21]。

[12] 离披:(果实)分散下垂貌的样子。战国宋玉《楚辞·九辩》:"白露既下百草兮,奄离披此梧楸。"朱熹集注:"离披,分散貌。"

[13] 凫鹥:凫和鸥。泛指水鸟。《诗经·大雅·生民之什》:"凫鹥在泾,公尸来燕来宁。"《集传》:"凫,水鸟,如鸭者。鹥,鸥也。"

[14] 何似:何如。用反问的语气表示不如。

[15] 理棹(zhào):整治船桨。谓行船,启航。棹,船桨。南朝宋谢灵运《初去郡》:"理棹遄还期,遵渚骛修坰。"

[16] 楚泽行吟:在楚泽畔边走边吟唱。西汉司马迁《史记·屈原贾生列传》:"屈原至江滨,被发行吟泽畔,颜色憔悴,形容枯槁。"

[17] 鹈鴂(tí jué):鸟名,即杜鹃。战国屈原《离骚》:"恐鹈鴂之先鸣兮,

使夫百草为之不芳。"王逸注："鹈鴃……常以春分鸣也。"

[18] 庐江：地名，位于安徽省中部，合肥市南区，毗邻巢湖、长江。

[19] 宿草：隔年的草。《礼记·檀弓上》："朋友之墓，有宿草而不哭焉。"孔颖达疏："宿草，陈根也，草经一年则根陈也，朋友相为哭一期，草根陈乃不哭也。"

[20]《骊歌》：先秦时代逸诗名，为古代客人离别时所唱的歌。后被用以泛指有关离别的诗歌或歌曲。唐李白《灞陵行送别》："正当今夕断肠处，骊歌愁绝不忍听。"

[21] 唾壶缺：痰盂的边口残缺。《世说新语·豪爽》："王处仲每酒后辄咏'老骥伏枥，志在千里。烈士暮年，壮心不已'。以如意打唾壶，壶口尽缺。"

[22] 碧山学士：泛指闲居的文士。唐杜甫《柏学士茅屋》："碧山学士焚银鱼，白马却走深岩居。"

[23] 相讯：问询。

江南词[1]

江南春色远，远见大江流。江流无停意，春色安可留。沙棠[2]之舟泛城郭，舟上纷纷杂化落。不见其人空渺然[3]，日暮芳洲搴[4]杜若。

【注释】

[1] 本诗虽为古调，但其情韵颇类小令。文辞浅近，加上顶真手法的运用，又不失民歌的质朴。诗中的人物似有所待，若有所失，加上江南春色的映衬，意境朦胧而旨趣深幽。

[2] 沙棠：乔木名，其材可做船。

[3] 渺然：广远貌的样子。

[4] 搴（qiān）：采摘。战国屈原《九歌·湘君》："搴芙蓉兮木末。"

题孔四别业[1]

神仙中人住何处，茅堂面面三株树[2]。白云相逐东山[3]来，洞户玲珑旋不去。庭前秋水明玉沙[4]，一曲参差[5]月欲斜。青鸟[6]双飞来，啄我金粟花[7]。三山[8]鸾鹤不可致，且欲因之弄紫霞[9]。

【注释】

[1] 孔贞灿，生卒年不详，孔子六十二代孙孔闻诗第四子。明末曾任河南

布政使参议，入清未试，是一位附生。康熙六年（1667）被衍圣公推荐，做过五年四氏学学录。孔贞灿入清后，无心仕进。诗人笔下的孔贞灿别业，白云缭绕，洞户玲珑，星月映照，仙鸟偶至，很有仙界的韵味，这种意境的构建与孔贞灿昂首天外的神致甚合。

[2] 三株树：亦作"三珠树"，传说中的神异树木。《山海经·海外南经》："三株树在厌火北，生赤水上。其为树如柏，叶皆为珠。"

[3] 东山：东晋谢安曾隐居东山，后以指代隐者居处。

[4] 玉沙：比喻星斗。

[5] 参差：古代乐器名。洞箫，即无底的排箫，亦名笙。相传为舜造，像凤翼参差不齐。战国屈原《九歌·湘君》："望夫君兮未来，吹参差兮谁思？"

[6] 青鸟：神话传说中为西王母取食传信的神鸟。

[7] 金粟花：桂花的别名。因其色黄如金，花小如粟，故称。宋范成大《中秋后两日自上沙回闻千岩观下岩桂盛开复舣石湖留赏一日赋两绝》："金粟枝头一夜开，故应全得小诗催。"

[8] 三山：见《为王阮亭题庭前竹》注释 [8]。

[9] 紫霞：紫色云霞。道家谓神仙乘紫霞而行。西晋陆机《前缓声歌》："献酬既已周，轻举乘紫霞。"刘良注："众仙会毕，乘霞而去。"

送程周量之桂林[1]

昔别莱阳荔裳氏[2]，蚕丛[3]杳渺巫峡长。君今出守八千里，庙谟[4]无乃勤[5]遐荒。仙才有数生非偶，总角[6]缀文[7]如老苍。骅骝[8]作驹逢伯乐，谁分[9]垂耳游康庄[10]。校文[11]不入天禄阁[12]，持筹[13]漫逐尚书郎。蛮徼[14]烽烟今乍息，坐镇者谁汉职方[15]。桂林风日如乡土，愿君对此神洋洋。青螺拔地几千仞，仙吏翻翻乘五羊。庭中翡翠[16]骄怜羽，署外藤萝远共香。四海诛求[17]殊未已，作郡岂必股肱[18]良。忧时倘作鲛人泪[19]，愿逐珊瑚达上方。

【注释】

[1] 程可则，字彦揆，别字周量，号石曜，南海人，生卒年不详。顺治九年（1652）会试第一名，以磨勘不得与殿试，益沈酣经史。顺治十七年（1660）春应阁试，授内阁撰文中书，累迁为郎中，出任广西桂林府知府。程可则的诗、文有盛名，为"岭南七子"之一，有《海日楼诗文集》《遥集楼诗草》等并传于世。诗人欣赏程可则的才干，也对程氏仕途偃蹇表达了含蓄的同情。程氏赴任桂林，诗人似得欣慰，也对程氏执宰乱后的边远之地寄予了厚望。

［2］荔裳氏：宋琬号荔裳，先于程可则任职西南蜀地，参见《送宋观察荔裳之蜀》。

［3］蚕丛：见《送宋观察荔裳之蜀》注释［30］。

［4］庙谟（mó）：犹"庙谋"。出于朝廷的谋划。

［5］勤：担心，忧虑。

［6］总角：古时少儿男未冠，女未笄时的发型。头发梳成两个发髻，如头顶两角。代指儿童时代。《诗经·齐风·甫田》："婉兮娈兮，总角丱兮。"孔颖达疏："总角聚两髦，言总聚其髦以为两角也。"

［7］缀（zhuì）文：联缀字句而成文章，作文。

［8］骅骝：见《送曹颂嘉假归》注释［6］。

［9］谁分：谁料。唐杜甫《大历三年春白帝城放船出瞿峡久居夔府将适江陵漂泊有诗凡四十韵》："此生遭圣代，谁分哭穷途。"仇兆鳌注："谁分，犹云谁料。"

［10］垂耳游康庄：此谓程可则曾长期任闲职，才能不得施展。

［11］校文：校勘文章。汉张衡《西京赋》："次有天禄、石渠，校文之处。"

［12］天禄阁：汉朝藏书之处，位于未央宫北部。天禄阁主要存放国家文史档案和重要图书典籍，西汉的著名学者扬雄、刘向、刘歆等都曾在天禄阁校对书籍。

［13］持筹：手持算筹。此谓程氏为郎属，忙于日常杂务。

［14］蛮徼（jiào）：蛮地、边徼。泛指边远地区。徼，边界、边境。

［15］职方：古官名。《周礼》夏官所属有职方氏。唐宋至明、清皆于兵部设职方司。

［16］翡翠：一种生活在南方的鸟，毛色十分美丽，通常有蓝、绿、红、棕等颜色。一般这种鸟雄性的为红色，谓之"翡"，雌性的为绿色，谓之"翠"。

［17］诛求：强制征收。

［18］股肱（gōng）：本义指腿和胳膊，意辅弼（大臣）。《尚书·夏书》："帝曰：臣作朕股肱耳目。予欲左右忧民，汝翼。"

［19］鲛人泪：见《送王考功西樵归里》注释［32］。

卷三　五言律诗

次卫河[1]

莽莽卫河滨，孤城[2]对古津[3]。风沙连塞地，鞍马去乡人。日落帆前树，烟含庙口春。客心从此异，忍见柳条新。

【注释】

[1] 这是一首行旅诗。落日烟霞笼罩着古城边的渡口，舍船登岸的诗人看到嫩绿的柳条，泛起淡淡的乡愁。次，旅行中的暂住。卫河，汉称白沟，隋称永济渠，宋曰御河，明称卫漕，清代因该河发源于春秋卫地，终止于天津卫，取其首末两端"卫"字而名之曰"卫河"，一直沿用至今。

[2] 孤城：夏津或临清，不可详知。大体在冀鲁之交的卫河某古渡口旁。

[3] 古津：古渡口。津，渡口。

送客[1]

旧许[2]同羁旅[3]，胡为此送君。望中三辅[4]道，别后万重云。浊酒移灯劝，寒溪入夜闻。梦中惊塞雁，已似久离群。

【注释】

[1] 这是一首赠别诗。相邀同游的挚友半途而别，这给羁旅中的诗人增添别样的愁绪，诗人自比离群孤雁，仿佛再也不堪经受任何变故的袭扰。

[2] 许：许诺、承诺。

[3] 羁旅：寄居异乡。《左传·庄公二十二年》："齐侯使敬仲为卿，辞曰：'羁旅之臣……敢辱高位？'"杜预注："羁，寄；旅，客也。"

[4] 三辅：代指长安地区。

西畴[1]

西畴[2]观获罢，酌酒对林皋[3]。细草聊成坐，寒蝉任自号。星夜初见影，云薄渐行高。常怪刘伶[4]醉，终知有二豪[5]。

【注释】

[1] 这是一首闲适诗。诗人在夏忙之余，把酒荫下，独享清闲，个中滋味

难以言表。

[2] 西畴（chóu）：西边的田地，泛指田地。晋陶渊明《归去来兮辞》："农人告余以春及，将有事于西畴。"

[3] 林皋（gāo）：林，此泛指林野；皋，此泛指岸边，水旁陆地。《庄子·知北游》："山林与，皋壤与，使我欣欣然而乐与。"

[4] 刘伶：魏正始年间"竹林七贤"之一，佯狂放旷，不拘礼法，性嗜酒，尝作《酒德颂》。

[5] 二豪：刘伶《酒德颂》中的虚拟人物，分别为"贵介公子""搢绅处士"。他们是当时礼法之士的代表，与"七贤"不同道。

早秋[1]

南威[2]忽已霁，好雨静高天。野旷千峰起，秋生一叶悬。山棠惊宿鸟[3]，野寺[4]急鸣蝉。赖有清溪竹，盘餐[5]上小船。

【注释】

[1] 这是一首山水诗。诗人紧扣"早秋"节令，由远及近，由视觉到听觉，从多个角度勾勒出早秋的寥廓与静穆，别有情趣。

[2] 南威：谓南方极热的暑气。南朝宋鲍照《苦热行》："赤阪横西阻，火山赫南威。"张铣注："南方之威色。"

[3] 宿鸟：归巢栖息的鸟。唐杜甫《无家别》："宿鸟恋本枝，安辞且穷栖。"

[4] "三家本"作"萧寺"，"萧寺"代指"佛寺"，亦通。今从"汇编本"。

[5] 盘餐：盘盛的食物。

世祖章皇帝挽诗六首[1]

其一

海岳[2]春晖[3]变，鸣钟警百僚。尚疑人日[4]宴，谁信鼎湖[5]遥。列炬寒深殿，群灵失大招[6]。禁城知万树，一夜尽冰条（是时，树上冰丝盈寸）。

【注释】

[1] 这是一组追悼顺治（1644—1661）皇帝的挽诗，虽有颂圣溢美之嫌，但也不乏真情。如第五首，诗人回忆一年之前顺治皇帝亲临祭孔大典，当时诗人还是太学生，曾亲承音旨，故有物是人非之痛。世祖，为顺治的庙号，章皇帝为

谥号。

[2] 海岳：大海和高山。

[3] 春晖：春日的阳光。

[4] 人日：旧俗以农历正月初七为人日。顺治于辛丑年（1661）正月初七日，逝于养心殿。

[5] 鼎湖：传说中黄帝乘龙飞升处，这里代指顺治帝之死。西汉司马迁《史记·封禅书》："公孙卿曰：'黄帝采首山铜铸鼎于荆山。鼎既成，有龙垂胡髯，下迎黄帝。黄帝上骑，群臣后宫从上者七十余人……故后世因名其处曰鼎湖。'"

[6] 大招：楚辞名，相传为景差或屈原所作，后用以泛指招魂或悼念之词。

其二

珠浦[1]应全入，铜梁[2]复何如。转刍[3]愁瘴疠[4]，迎诏想弦歌。虎帐[5]宫屯[6]肃，龙荒[7]苦雾多。云台诸将[8]在，忍泪向山河。

【注释】

[1] 珠浦：产珍珠的海湾，泛指南方沿海地区。

[2] 铜梁：地名，在四川，代指西南地区。明末张献忠曾为乱四川。

[3] 转刍：转运粮草以供军需。

[4] 瘴疠（zhàng lì）：感受瘴气而生的疾病。亦泛指恶性疟疾等病。唐杜甫《闷》："瘴疠浮三蜀，风云暗百蛮。"

[5] 虎帐：将军的营帐。唐王建《寄汴州令狐相公》："三军江口拥双旌，虎帐长开自教兵。"

[6] 宫屯：在皇宫附近驻扎。

[7] 龙荒：指漠北地区。龙，指匈奴祭天处龙城；荒，谓"荒服"。

[8] 云台诸将：代指清军的将领。汉永平中，明帝刘庄图画开国诸勋于南宫云台，计二十八人，史称"云台二十八将"。

其三

数有炎荒赉[1]，讴歌[2]彻九阍[3]。轮台[4]知过[5]举，蔀屋[6]见新恩。银海朱裳舞，龙帷[7]绛烛昏。野人陈麦饭，痛哭遍山村。

【注释】

[1] 赉（lài）：赐或赠。

[2] 讴歌：歌颂。

[3] 九阍：见《朝出》注释[18]。

[4] 轮台：地名，地处天山南麓，塔里木盆地北缘，曾为西域古国，唐置都护府于此。

[5] 知过：知道过错。这里指顺治帝临终发布诏书，检讨自己执政以来的过错达十四条之多。西汉武帝末年，刘彻也曾发布《轮台罪己诏》。

[6] 蔀（bù）屋：草席盖顶之屋，泛指贫家幽暗简陋之屋。蔀，搭棚用的席。宋王安石《寄道光大师》："秋雨漫漫夜复朝，可嗟蔀屋望重霄。"

[7] 龙帷：画有龙的帷幕，王侯的棺饰。《礼记·丧服大记》："饰棺，君龙帷。"孔颖达疏："帷，柳车边障也，以白布为之，王、侯皆画为龙，象人君之德，故云龙帷也。"

其四

忆过黄花口，亲封隧道[1]旋。长怜亡国恨，屡问史臣编（上每谕史臣，愍帝非亡国君）。泪接冰天外，神归彩仗前。皇宬[2]虚宝录，遗事正须传。

【注释】

[1] 亲封隧道：顺治帝亲祭崇祯。清赵尔巽《清史稿·世祖本纪》：顺治十六年，"壬申，次昌平州，上酹酒明崇祯帝陵，遣学士麻勒吉祭王承恩墓。甲戌，遣官祭明帝诸陵，并增陵户，加修葺，禁樵采……甲申，次三屯营。追谥明崇祯帝为庄烈愍皇帝。"

[2] 皇宬（chéng）：明清皇帝收藏历代帝王实录、秘典的地方。

其五

七日传柑节[1]，龙髯[2]去已遥。无由知缟素[3]，尚拟听箫韶。晓月金根辂[4]，春风璧水[5]桥（庚子正月，亲祀文庙，臣为太学生，获觐）。微臣曾伏谒[6]，沾洒恨云霄。

【注释】

[1] 传柑节：北宋时期，上元夜宫中宴近臣，贵戚宫人以黄柑相赠，谓之"传柑"。

[2] 龙髯：龙之须，后用为皇帝去世之典。

[3] 缟（gǎo）素：缟与素都是白色的生绢，这里指丧服。

[4] 金根辂（lù）：金根车，为帝王所专乘。辂，古代的一种大车。东汉应劭《汉官仪》："天子法驾，所乘曰金根车，驾六龙，以御天下也。有五色安车，有五色立车，各一，皆驾四马。"

[5] 璧水：指太学。宋吴自牧《梦粱录·学校》："古者天子有学，谓之'成均'，又谓之'上庠'，亦谓之'璧水'，所以养育作成天下之士类，非州县学比也。"

[6] 伏谒（yè）：古时指谒见尊者，伏地通姓名。

其六

岳渎[1]陪双阙[2]，桐圭[3]典六军。宁惟尊国柄[4]，兼欲保元勋。负扆[5]嗟多难，垂帘旧不闻。协恭[6]思献纳，遥望列星[7]文。

【注释】

[1] 岳渎（dú）：五岳和四渎的并称。渎，河川。汉蔡邕《陈太丘碑文》："征士陈君禀岳渎之精，苞灵曜之纯。"东汉李善注引《孝经援神契》："五岳之精雄圣，四渎之精仁明。"

[2] 双阙：古代宫殿、祠庙、陵墓前两边高台上的楼观。

[3] 桐圭：亦作"桐珪"，指帝王封拜的符信。《吕氏春秋·览部》："成王与唐叔虞燕居，援梧叶以为圭，而授唐叔虞曰：'余以此封女。'叔虞喜，以告周公。周公以请曰：'天子其封虞邪？'成王曰：'余一人与虞戏也。'周公对曰：'臣闻之，天子无戏言。天子言，则史书之，工诵之，士称之。'于是遂封叔虞于晋。"

[4] 国柄：国家大权。《管子·立政》："大德不至仁，不可以授国柄。"

[5] 负扆（yǐ）：天子见诸侯时，背扆而坐。扆，户牖之间的屏风。《淮南子·齐俗训》："（周公）摄天子之位，负扆而朝诸侯。"

[6] 协恭：勤谨合作。《书·皋陶谟》："同寅协恭，和衷哉。"孔传："以五礼正诸侯，使同敬合恭而和善。"

[7] 列星：罗布天空定时出现的恒星，这里指代辞世的顺治帝。《公羊传·庄公七年》："恒星者何？列星也。"何休注："恒，常也，常以时列见。"

柴门[1]

柴门无暑气[2]，清兴[3]发今朝。山雨乍连夜，溪流初断桥。秫田[4]争乳雀[5]，风柳厌鸣蜩[6]。便拟褰裳[7]去，轻泥涨未消。

【注释】

[1] 此诗写夏日雅兴。雨过暑退，溪涨桥没，雀飞蝉鸣，诗人很想像陶渊明那样敛裳而逝。

[2] 暑气：盛夏的热气。

[3] 清兴：清雅的兴致。唐王勃《山亭夜宴》："清兴殊未阑，林端照初景。"

[4] 秫（shú）田：种植高粱的田。陶渊明《归去来分序》："公田悉令吏种秫稻，妻子固请种粳，乃使二顷五十亩种秫，五十亩种粳。"后常以"秫田"代指隐者所居的场景。

[5] 乳雀：幼雀。南朝梁王僧孺《赋体》："新桐兮始华，乳雀兮初化。"

[6] 鸣蜩（tiáo）：蝉的一种，亦称秋蝉。亦谓蝉鸣叫。《诗经·豳风·七月》："四月秀葽，五月鸣蜩。"孔颖达疏："《方言》曰：楚谓蝉为蜩，宋卫谓之螗，陈郑谓之蜋蜩，秦晋谓之蝉。是蜩、蝉一物方俗异名耳。"

[7] 褰（qiān）裳：撩起下裳。褰，提起。《诗经·郑风·褰裳》："子惠思我，褰裳涉溱。"

雨后[1]

断云归嗳嶘[2]，山溜[3]绕纤盘[4]。谷树交丛湿，春鸥守薄寒。怀人登草阁[5]，洗药逐回滩[6]。珍重桃花发，今年此地看。

【注释】

[1] 此诗写春天雨后乡居之景，亦兼有思友至极。

[2] 嗳嶘：见《同曹升六郊行二首》其二，注释[3]。

[3] 山溜：山间向下倾注的细小水流。晋陆机《招隐诗》："山溜何泠泠，飞泉漱鸣玉。"

[4] 纤盘：曲折的样子。

[5] 草阁：草屋。

[6] 回滩：曲折流急的河道。唐杜甫《放船》："收帆下急水，卷幔逐回滩。"

秋日[1]

远游殊未暇，墟里[2]重盘桓[3]。野水经秋乱，空庭落果残。钓鱼呼小竖[4]，把酒戒初寒。菊蕊垂垂结，还应岁暮看。

【注释】

[1] 此诗写秋日消闲，或垂钓野水，或把酒庭前，均饶有趣味。

[2] 墟里：村落。晋陶渊明《归园田居》："暧暧远人村，依依墟里烟。"

[3] 盘桓：徘徊、逗留。东汉班固《幽通赋》："承灵训其虚徐兮，伫盘桓

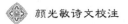

而且俟。"李善注:"盘桓,不进也。"

[4] 小竖:童仆。

过奎泉[1]

芊绵[2]春草色,寒食满天涯。乱水鸣孤淑[3],高城落片鸦。辉辉波动日,纂纂[4]树交花。幽意何时惬,前林暮景斜。

【注释】

[1] 此诗写寒食前后奎泉风物之美。奎泉,即逵泉,位于曲阜城东南二里处,早在《左传》中就有关于逵泉的记载,春秋时期鲁公曾在逵泉附近修建泉宫,现已干涸。

[2] 芊(qiān)绵:形容草木繁密茂盛的样子。宋欧阳修《蝶恋花》:"独倚阑干心绪乱,芳草芊绵,尚忆江南岸。"

[3] 淑(xù):水边,这里指河流。

[4] 纂纂(zuǎn):聚集的样子。潘岳《笙赋》:"咏园桃之夭夭,歌枣下之纂纂。"东汉李善注:"古《咄喑歌》曰:'枣下何攒攒,荣华各有时。'攒,聚貌。纂与攒,古字通。"

再过奎泉[1]

野圃[2]经旬变,原花到眼稀。枳[3]篱巢翡翠[4],溪女惜蔷薇。沙岸颓初涨,晴丝卷不飞。重将歌管醉,莫惜典春衣[5]。

【注释】

[1] 此诗再写奎泉玩赏之乐,以状诗人之疏狂。

[2] 野圃:野外的园圃。

[3] 枳(zhǐ):枳树篱笆。枳,小乔木,多刺,常种植为篱笆。

[4] 翡翠:见《送程周量之桂林》注释[16]。

[5] 典春衣:典当春天的衣物。唐杜甫有《曲江》有"朝回日日典春衣"之句,后常以典春衣代指买醉。

游邹峄山八首[1]

其一

岱岳[2]遗神秀[3]，名山倚太虚。居人迷洞壑，官路隐樵渔[4]（山如累卵，洞壑不可穷诘）[5]。劫火[6]无秦篆[7]，仙踪有素书（近传，有玉真子步上高崖，不见。所遗书，人不能读）。我来恣幽讨[8]，风雨定何如。

【注释】

[1] 这是一组登临峄山的纪游之作。诗中既有对峄山风景的描写，也有借景抒怀、寄傲的慨叹。诗人抒发的情怀多散淡、闲适、高逸，也有稍显棱角的情绪，如其四。峄山，今在山东省邹城市东。

[2] 岱岳：泰山的别称。

[3] 神秀：形容山河造化之神奇秀丽。

[4] 樵（qiáo）渔：樵夫和渔夫，亦泛指乡野中人。唐岑参《终南山双峰草堂作》："有时逐樵渔，尽日不冠带。"

[5] "三家本"无此注，今据"汇编本"。

[6] 劫火：借指兵火。

[7] 秦篆：秦人留下的篆书，这里指李斯留下的峄山刻石文。详见《汉韩敕修孔庙礼器碑歌》注释[5]。

[8] 幽讨：讨幽，寻访幽雅胜境。

其二

迎导[1]喜无客，招寻惟有山。路危穿窈窕[2]，力倦俯潺湲[3]。药草频须劚[4]，篮舆[5]好是闲。儿童相顾笑，三月未应还。

【注释】

[1] 迎导：迎接导引。

[2] 窈窕（yǎo tiǎo）：（宫廷、山水）深邃幽美。杜甫《客堂》："舍舟复深山，窈窕一林麓。"

[3] 潺湲（chán yuán）：这里指溪涧流动的水。

[4] 劚（zhǔ）：大锄头，这里用作动词。

[5] 篮舆：古代供人乘坐的交通工具，形制不一，一般以人力抬着行走，类似后世的轿子。也说古时一种竹制的座椅。

其三

晓日见残雨，归去收岱宗。门开临瀑水，晞发[1]倚长松。屿[2]远红犹在，楼高翠转浓。明朝寻旧迹，应被野苔封。

【注释】

[1] 晞发：晒发使干，常指高洁脱俗的行为。战国屈原《九歌·少司命》："与女沐兮咸池，晞女发兮阳之阿。"

[2] 屿：远处的小山。

其四

杳霭[1]疑天近，盘回[2]惜路穷。苍山忽堕地，白日迥临空。目眩龙蛇窟，身凭鹳鹤风。浮生[3]随浩劫[4]，耻与众人同。

【注释】

[1] 杳霭：见《奉使将及里门作》注释[4]。

[2] 盘回：盘旋回绕。

[3] 浮生：空虚不实的人生。

[4] 浩劫：极长的时间。佛家认为天地从形成至毁灭为一大劫。

其五

忽望阑干[1]峻，琼台[2]象外幽。崖从青帝[3]辟，人为紫芝留。倒影悬珠塔，浮光结海楼[4]。晚来发长啸，便拟过沧州[5]。

【注释】

[1] 阑干：交错杂乱的样子，这里指峰山峰峦交错的样子。

[2] 琼台：玉饰的楼台，亦泛指华丽的楼台。

[3] 青帝：传说中的五帝之一，主东方。

[4] 海楼：海市蜃楼。

[5] 沧州：见《赠邢命石》注释[10]。

其六

绝巘[1]余亭古，群游引兴新。钟声山向午，日气水浮春。坐爱蔷薇发，行怜翡翠驯[2]。青阳[3]看已暮，采撷[4]更可人。

【注释】

[1] 绝巘（yǎn）：极高的山峰。巘，山峰。

［2］驯：驯良、温顺。

［3］青阳：春天。《尔雅·释天》："春为青阳。"郭璞注："气青而温阳。"

［4］采撷（xié）：摘取，采摘。

其七

阻水因成憩[1]，沿流稍出村。潆洄[2]浮树杪[3]，娟洁[4]洗云根[5]。款款风中蝶，垂垂壁上猿。只愁灵境闭，无计觅花源[6]。

【注释】

［1］憩（qì）：休息。

［2］潆洄（yíng huí）：水流回旋的样子。

［3］树杪（miǎo）：树梢。

［4］娟洁：清雅美好。

［5］云根：山石、山峰。唐杜甫《题忠州龙兴寺所居院壁》："忠州三峡内，井邑聚云根。"仇兆鳌注："张协诗'云根临八极'注：五岳之云触石出者，云之根也。"

［6］花源：桃花源。

其八

淹留[1]真自哂[2]，君至若前期（垣三先生[3]适至）。尽有花留赏，宁辞酒更随。石钟朝自扣（洞中悬石如钟），楼笛夜同吹。他日怜芳草，空山复对谁。

【注释】

［1］淹留：长期逗留。

［2］自哂（shěn）：自己笑自己。哂，微笑。

［3］垣三先生：孔垣三。参见《醉时歌赠孔垣三先生》。

早夏二首[1]

其一

超忽[2]春光晏[3]，逶迤夏木阴。虚堂[4]儿女梦，远客[5]岁时心。高馆繁朱果，虫丝上素琴[6]。还凭春酒绿，一慰短长吟。

【注释】

［1］此二首为客居思亲友之作。第一首主要以室内寂静、落寞的场景来衬

托诗人的心境。第二首转向对室外场景的勾画，以时起时落的鸟、时断时续的雨、早蕨初菱缓慢的生长，来况味诗人寂寥思归的心绪。

[2] 超忽：遥远貌。东晋王中《头陀寺碑文》："东望平皋，千里超忽。"吕向注："超忽，远貌。"

[3] 晏：迟、晚。

[4] 虚堂：空堂。这里指家乡的住宅。

[5] 远客：作者自指。

[6] 素琴：不加装饰的琴。《晋书·隐逸传·陶潜》："（陶潜）性不解音，而畜素琴一张，弦徽不具，每朋酒之会，则抚而和之，曰：'但识琴中趣，何劳弦上声。'"

其二

缘岸开芳圃[1]，低空度[2]夏云。沙禽惊更落，江雨断还闻。早蕨[3]青苞出，初菱细角分。冷然[4]临静夜，离思故纷纷。

【注释】

[1] 芳圃：花园。

[2] 度：飘过。

[3] 蕨：又叫龙头菜，嫩芽可食用。

[4] 冷然：形容凉爽、寒凉。元揭傒斯《饶隐君墓志铭》："花气袭衣，竹阴满地，使人冷然忘归。"

过虎崖道人故庄二首[1]

其一

虎崖人已没，故宅尚余悲。丹灶[2]萦新网，岩松折旧枝。哀猿依户宿，惊隼抱巢危。飒踏[3]空帐掩，溪风尽日吹。

【注释】

[1] 此二首借对虎崖道人故居空寂场景的描写，抒发了诗人倦怠俗务，意欲闲散的心绪。

[2] 丹灶：道人炼丹的炉灶。

[3] 飒踏：盘桓的样子。

其二

重来如昨日，相望在山椒[1]。倦马投门巷，春风长药苗。市亭[2]悲寂历，瀛海[3]信飘摇。旧侍双童在，晴暄[4]自采樵[5]。

【注释】

[1] 山椒（jiāo）：山巅、山顶。东晋谢庄《月赋》："洞庭始波，木叶微脱；菊散芳于山椒，雁流哀于江濑。"李善注："山椒，山顶也。"

[2] 市亭：市中高大的楼亭，这里指代世俗的生活。唐储光羲《贻余处士》："市亭忽云构，方物如山峙。"

[3] 瀛（yíng）海：大海。汉王充《论衡·谈天》："九州之外，更有瀛海。"

[4] 晴暄（xuān）：晴朗温暖的天气。

[5] 采樵：打柴。《左传·桓公十二年》："请无扞采樵者以诱之。"杜预注："樵，薪也。"

剧雨[1]

山农迎麦候[2]，涷雨[3]日纷纷。齐鲁重阴[4]合，乾坤远电分。虫声灯下出，人语夜深闻。百虑苍茫里，空知念故群[5]。

【注释】

[1] 此诗为思友人之作。静夜无眠，孤灯下的诗人只有虫声相伴，思友至极难遣。

[2] 麦候：麦熟季节，一般在农历四五月间。南朝齐谢朓《出夏馆》："麦候始清和，凉雨销炎燠。"

[3] 涷（dōng）雨：暴雨。战国屈原《九歌·大司命》："令飘风兮先驱，使涷雨兮洒尘。"王逸注："暴雨为涷雨。"

[4] 重阴：指阴雨。晋成公绥《啸赋》："济洪灾于炎旱，反亢阳于重阴。"李周翰注："阴雨谓之重阴也。"

[5] 故群：往昔的好友。

七月一日作[1]

初萤才照夜，深巷得凉飔[2]。药裹[3]经时晒，庭榴对面垂。天高云去尽，楼静月来迟。渐有商歌[4]发，深凭浊酒卮[5]。

【注释】

[1] 此诗用寂静的环境反衬空寂的心境，以示闲适的雅趣。

[2] 凉飔（sī）：凉风。南朝齐谢朓《在郡卧病呈沈尚书》："珍簟清夏室，轻扇动凉飔。"

[3] 药裹：药包、药囊。唐王维《酬黎居士淅川作》："松龛藏药裹，石唇安茶臼。"

[4] 商歌：悲凉的歌，商声凄凉悲切，故称。《淮南子·道应训》："宁越饭牛车下，望见桓公而悲，击牛角而疾商歌。桓公闻之，抚其仆之手曰：'异哉，歌者非常人也！'命后车载之。"

[5] 卮（zhī）：古代盛酒的器皿。

中秋[1]

青天动彩虹，月出海门[2]东。秋色晴摇树，江声夜起鸿。轮[3]高看渐小，烟尽望逾空。故国[4]愁千里，清光[5]永夜同。

【注释】

[1] 此诗为中秋望月思乡之作。

[2] 海门：内河通海之处。

[3] 轮：月亮。

[4] 故国：指故乡。唐杜甫《上白帝城诗》："取醉他乡客，相逢故国人。"

[5] 清光：清亮的光辉。多指月光、灯光之类。唐李白《赠郭季鹰》："盛德无我位，清光独映君。"

出郭[1]

颇厌山城僻，新看水榭[2]重。郊烟围岭路，日气抱原松。绿重樽仍满[3]，黄多菊易逢。柴门寻未得，远寺已昏钟[4]。

【注释】

[1] 此诗写出郭作一日之游。

[2] 水榭：建于水边或水上的亭台，以供游赏之用。

[3] "绿重"句：此句的"绿"有双关意味，即指山林之绿，亦指樽中的酒色。下句之"黄"同此。

[4] 昏钟：傍晚的钟声。昏，日落时分。

村居同家兄作[1]

僻地[2]惭高隐，多愁念岁时[3]。秋容经雨尽[4]，暝色到山迟。起舞凭谁促，狂吟且自怡[5]。更余同跨马，莽莽向山陂[6]。

【注释】

[1] 此诗写秋日与家兄同娱之乐。

[2] 僻地：偏僻之地。

[3] 岁时：岁月；时间。唐韩愈《赠族侄》："岁时易迁次，身命多厄穷。"

[4] "秋容"句：谓雨水过后，天空更明净。

[5] 自怡（yí）：自乐、自娱。唐张九龄《夏日奉使南海在道中作》："行李岂无苦，而我方自怡。"

[6] 山陂（bēi）：山坡。宋张耒《岁暮书事》："牛羊已归去，残照满山陂。"

郯城[1]

去国[2]今何许，乡关泪眼中。水吞淮口北，天尽马陵[3]东。春米烦邻老，缝衣试小童。相看饶笑乐，不敢怨途穷[4]。

【注释】

[1] 此诗写行次郯城的羁旅之愁。

[2] 去国：离开故乡。

[3] 马陵：马陵山，亦称马岭山，地处苏北鲁南，经郯城、东海、新沂，南止于宿迁境内的骆马湖边。

[4] 途穷：道路的尽头，比喻走投无路或处境困窘。《晋书·阮籍列传》："（阮籍）时率意独驾，不由径路，车迹所穷，辄恸哭而反。"

雪[1]

四更雨声绝，莽莽[2]洒平湖。夜色去何早，朝山看渐无[3]。村墟围戍火[4]，浦溆[5]守樯乌[6]。不见戴安道[7]，遥怜清思[8]孤。

【注释】

[1] 此诗写夜雪茫茫，万物素裹，友人悬隔，情思悠然。

[2] 莽莽：（雪片）密集的样子。

[3]"夜色"两句：此谓雪势之大，天地皆白。

[4]戍火：此谓值更警戒之火。

[5]浦溆（xù）：水边。唐杜甫《戏题画山水图歌》："舟人渔子入浦溆，山木尽亚洪涛风。"

[6]樯乌：桅杆上的乌形风向仪。也用以比喻飘忽不定的生活。唐杜甫《登舟将适汉阳》："塞雁与时集，樯乌终岁飞。"

[7]戴安道：戴逵（326—396），东晋名士。王徽之曾雪天访戴，此诗或用此意。

[8]清思：清雅美好的情思。唐孟郊《立德新居》："碧峰远相揖，清思谁言孤。"

有感[1]

殊方[2]犹战斗，岁晏[3]且飘零。笛里江梅发，兵前塞柳青。雾深连积水，夜久出妖星[4]。万虑空搔首，凄凉户早扃[5]。

【注释】

[1]此诗既怀天下战事未消之虑，又兼个人飘零无着之感，情调甚为凄恻。

[2]殊方：远方、异域。

[3]岁晏：一年将尽，亦可比喻人的暮年。唐王维《秋夜独坐怀内弟崔兴宗》："吾生将白首，岁晏思沧洲。"

[4]妖星：指预兆灾祸的星。唐刘禹锡《平蔡州》："蔡州城中众心死，妖星夜落照河水。"

[5]扃（jiōng）：上闩、关门。

雨中有怀[1]

朝雨寒仍在，春云黯[2]不归。情怜三载别，梦到五湖[3]稀。对酒花空发，无书雁只飞。何时亲鼓棹[4]，遥把故人衣。

【注释】

[1]此诗写春日思故人之情。别来三载，雁书断绝，把酒对花，别情难耐。

[2]黯（àn）：昏暗，暗淡无光。

[3]五湖：或指吴越地区的湖泊。其说不一。

[4]鼓棹（zhào）：划桨。

漫兴[1]

野旷浑连水，人闲屡出游。无端[2]芳草歇，总作故乡愁。池浅莲衣落，园深柿叶秋。儿童不相问，争弄倚滩舟。

【注释】

[1] 此诗看似闲适，实蕴乡愁。节令、物候更迭，看似无意，却有诗人的用心在。

[2] 无端：无心、无意。宋欧阳修《玉楼春》："游丝有意苦相萦，垂柳无端争赠别。"

齐川[1]

惨淡[2]齐川道，荒鸡[3]促晓程。山高栖水气，石浅过冰声。羽猎[4]心犹壮，悲歌气渐平。故园兄弟好，春至约同耕。

【注释】

[1] 此诗写归乡途中所感。"羽猎"两句，写出了诗人内心与外在环境之间的冲突，回归故园与兄弟同耕，也是无奈的选择。

[2] 惨淡：昏暗的样子。"三家本"作"惨惔"，今从"汇编本"。

[3] 荒鸡：见《斫冰行》注释[5]。

[4] 羽猎：原指负羽箭随帝王出猎，这里或指代诗人的仕宦生涯。

秋日归西溪二首[1]

其一

别时收陇麦[2]，归去荐[3]园桃。伏枥[4]看征马，谋生有浊醪[5]。鱼稀垂钓久，水落闭门高。戏问东蓄[6]客，辛勤负汝曹。

【注释】

[1] 此二首写诗人归西溪后的闲适生活，情致高迈，颇似陶渊明。

[2] 陇麦：小麦。

[3] 荐：进献，引申为进食。

[4] 伏枥：马伏在槽上。比喻壮志未酬，蛰居待时。三国魏曹操《步出夏

门行》："老骥伏枥，志在千里；烈士暮年，壮心不已。"

[5] 浊醪（láo）：浊酒。杜甫《清明二首》："钟鼎山林各天性，浊醪粗饭任吾年。"

[6] 东菑（zī）：东面新开垦的土地，泛指土地。菑，开垦一年的土地。唐王维《积雨辋川庄作》："积雨空林烟火迟，蒸藜炊黍饷东菑。"

其二

炎天[1]雨断绝，遂及雁来时[2]。西阁书仍废，东皋醉不辞[3]。采荼[4]安岁俭[5]，爱菊愿秋迟。尚想柴桑老[6]，幽怀许尔知。

【注释】

[1] 炎天：见《江阁》注释[2]。

[2] 雁来时：秋天。

[3] 西阁、东皋：互文用法，谓整日废书而饮。此为自谦之语。

[4] 荼（tú）：苦菜。

[5] 岁俭：年成歉收。

[6] 柴桑老：指陶渊明，陶为浔阳柴桑人。

将归[1]

客睡醒何早，乡心[2]望转迷。月高喧枥马[3]，风远应村鸡。醉恐邻人怨，诗从仆子[4]题。高堂[5]应少寐，敢谓久羁栖[6]。

【注释】

[1] 此诗写归乡心切，以致夜不安寐，直欲兼程而归。

[2] 乡心：思念家乡的心情。唐刘长卿《新年作》："乡心新岁切，天畔独潸然。"

[3] 枥马：拴在马槽上的马。

[4] 仆子：童仆之称。

[5] 高堂：指父母。

[6] 羁栖：淹留他乡。唐杜甫《熟食日示宗文宗武》："消渴游江汉，羁栖尚甲兵。"

自西溪来观西园菊二首[1]

其一

远涧晴沙白，高天落木黄。卑栖[2]容懒性，幽梦怯晨光。种药知秋暖，摊书[3]觉昼长。似闻花烂漫[4]，忽忆酒癫狂。

【注释】

[1] 此二首写西园赏菊之趣。其一为虚写，花未赏而兴已高。其二为实写，西园之菊如幽光、明霞，令人游赏不厌。

[2] 卑栖：居于低下的地位。

[3] 摊书：摊开书本，谓读书。唐杜甫《又示宗武》："觅句知新律，摊书解满床。"

[4] 烂漫：花开茂盛的样子。

其二

昨诵新好诗，能忘对菊花！幽光团素壁，夜色起明霞。觅酒烦邻媪[1]，烹鱼想钓槎[2]。秋蜂太无赖[3]，日日向西家[4]。

【注释】

[1] 媪（ǎo）：老妇人的通称。

[2] 钓槎（chá）：钓舟、渔舟。槎，传说中来往于海上和天河之间的木筏。晋张华《博物志》："旧说云：天河与海通，近世有人居海渚者，年年八月，有浮槎去来，不失期。"

[3] 无赖：指似憎而实爱，含亲昵意。唐段成式《折杨柳》："长恨早梅无赖极，先将春色出前林。"

[4] 西家：西园。

洺关[1]

鼓角严更[2]后，星河罢酒余。窗中洺水[3]动，楼外紫山[4]虚。抚剑身何往，还家梦已疏。灯明殊不寐，屡检[5]故人书。

【注释】

[1] 此诗写归乡途中对故人的思念。

［2］严更（gēng）：警夜行的更鼓。班固《西京赋》："周以钩陈之位，卫以严更之署。"李善注引薛综注曰："严更，督行夜鼓。"

［3］洺（míng）水：古称寝水、千步水、南易水，流经河北省南部地区。

［4］紫山：也叫马服山，位于河北省邯郸市西北。

［5］检：查看。

房氏马[1]

何处怜神骏[2]，房家好弟兄。幸分天子厩[3]，肯向众人鸣。金埒[4]游远尘，春郊细草平。玉鞭如可试，吾欲赋《西征》[5]。

【注释】

［1］此诗写骏马之超逸绝尘，亦兼写房氏弟兄之豪迈。

［2］神骏：良马。晋王嘉《拾遗记》："（其马号曰'白鹄'），行数百里，瞬息而至。马足毛不湿。时人谓为乘风而行，亦一代神骏也。"

［3］天子厩：皇帝的马厩，这里代指马。

［4］金埒（liè）：借指名贵的马匹。埒，墙。南朝宋刘义庆《世说新语·汰侈》："于时人多地贵，（王）济好马射，买地作埒，编钱匝地竟埒。时人号曰'金埒'。"

［5］《西征》：潘岳赴任长安令，曾作《西征赋》。诗人意欲西行长安，故云。

苏季子故里[1]

七雄争爱客，尚有敝貂裘[2]。洛邑征车返[3]，函关[4]霸气收。骄奢张乐[5]饮，惨淡[6]负书游。富贵焉常保，终贻[7]故里羞。

【注释】

［1］此诗论苏秦之穷达异变，叹其不得善终，语稍贬抑。

［2］敝貂裘：苏秦西游秦地，"秦王书十上而说不行，黑貂之裘敝，黄金百斤尽"（《战国策》）。

［3］"洛邑"句：据《战国策》载，苏秦说赵王成功，"将说楚王，路过洛阳，父母闻之，清宫除道，张乐设饮，郊迎三十里。妻侧目而视，倾耳而听。嫂蛇行匍伏，四拜自跪而谢"。

［4］函关：函谷关。六国合纵后，秦人东进的锐气被压制，故云"霸气收"。

[5] 张乐：置乐、奏乐。

[6] 惨淡：形容落魄的样子。

[7] 贻（yí）：遗留。

寓慈仁寺[1]

不信春光好，羁栖[2]倍忆家。客还仍独酌，梦断复天涯。鸟静仙坛午，蜂喧佛国花。自怜饥曼倩[3]，何苦恋京华[4]。

【注释】

[1] 此诗写诗人仕途偃蹇，寄居慈仁寺，常怀归乡之思。

[2] 羁栖：见《将归》注释[6]。

[3] 曼倩：汉东方朔字曼倩。

[4] 京华：京城。

直宿东阁晓起作[1]

伏枕香炉在，开窗御柳斜。地深[2]迟见日，天近早舒霞。绮树交宫燕，虹桥涨玉沙。君恩容缓步[3]，不敢负年华。

【注释】

[1] 此诗写诗人值宿东阁的日常生活，较为平淡，稍有馆阁气。

[2] 地深：宫墙高大，遮挡朝阳，故云。

[3] 缓步：按照礼制，宫廷内臣下须疾走。这里的"缓步"是特许的，故云"君恩"。

沈康臣见过同作[1]

之子[2]来何晚，幽怀[3]满薜萝[4]。凉知花界[5]近，闲觉鸟声多。贺监[6]犹耽禄[7]，梁鸿[8]久放歌。谁能论世事，烂醉共婆娑[9]。

【注释】

[1] 此诗写友人来访之欢会，但在欢娱的场景中，似有一丝悲凉在。沈胤范（1624—1675），字康臣，号肯斋，浙江缨兴人，康熙六年进士，官至刑部主事。

[2] 之子：这个人，指来访的沈康臣。《诗经·周南·汉广》："之子于归，

言秣其马。"

[3] 幽怀：隐藏在内心的情感。

[4] 薜萝：植物名，这里指代隐逸的生活方式。

[5] 花界：佛寺。唐元稹《与杨十二李三早入永寿寺看牡丹》："晓入白莲宫，琉璃花界净。"

[6] 贺监：唐代诗人贺知章尝官秘书监，晚年自号秘书外监，故称。

[7] 耽（dān）禄：沉溺于禄位。

[8] 梁鸿：东汉初期人物，尝与其妻孟光"共入霸陵山中，以耕织为业，咏诗书，弹琴以自娱"（《后汉书·隐逸传》）。

[9] 婆娑：见《董烈妇诗并序》注释 [14]。

南苑扈从恭赋八首[1]

其一

先皇[2]辟灵囿[3]，阅武[4]近朝端[5]。野旷琳宫[6]小，年深御柳寒。角声齐万马，烛影送千官。应念繁霜露，云霄陟降[7]看。

【注释】

[1] 此组诗为诗人随从天子阅武南苑时所写，非出于一时一事，故而内容随意。或写南苑猎场规模之大；或写天子围猎场面之壮；或写天子在打猎之余还日理机要，勤于国政。虽也有部分规谏的成分，但又显得过于敦厚婉曲，远不如颂圣上、歌升平的谀辞来得直白。唯有抒发一己之闲趣的第六首，宛然在目，清新可喜。

[2] 先皇：指顺治皇帝。

[3] 灵囿：周文王苑囿名，后泛指帝王畜养动物的园林。这里指南苑。

[4] 阅武：讲习、检校武事。清帝常在南苑检校八旗武装。

[5] 朝端：朝廷。

[6] 琳宫：仙宫，亦为道观、殿堂之美称。这里指南苑里的宫殿。

[7] 陟（zhì）降：升降，上下。《诗经·大雅·文王》："文王陟降，在帝左右。"朱熹集传："盖以文王之神在天，一升一降，无时不在上帝之左右。"

其二

入夜浮烟敛，当空大角[1]明。天门闲八骏[2]，仙乐静连营[3]。凤问司农稼，新扬武校兵[4]。似闻原隰[5]改,无乃轸[6]皇情。

【注释】

[1] 大角:星名,较亮,列二十八宿之首。

[2] 八骏:传说中周穆王驾车用的八匹骏马,能日行万里。

[3] 连营:星名。这里是双关用法,既指南苑操练的军队营帐,也指天上的星宿。

[4] "夙问"两句:这里用以赞颂皇帝勤勉,既询问稼穑,又检阅军备。

[5] 原隰(xí):广平与低湿之地,亦泛指原野。这里或指南苑猎场与农民耕地之间的矛盾。

[6] 轸(zhěn):悲痛,意谓太让皇帝操劳。

其三

凌晨分羽卫,豹尾[1]立南冈。开阖[2]因群力,威灵[3]出大黄[4]。击鲜[5]张绣幕,洗马宴回塘[6]。一片天营[7]月,欢娱殊未央[8]。

【注释】

[1] 豹尾:豹尾车,天子属车。唐骆宾王《王昭君》:"敛容辞豹尾,缄怨度龙鳞。"

[2] 开阖:(军阵)的张开与合拢。

[3] 威灵:威望、威风。西汉王褒《四子讲德论》:"今圣德隆盛,威灵外覆。"

[4] 大黄:猎狗名。

[5] 击鲜:宰杀鲜活的猎物。

[6] 回塘:曲折的堤岸。南朝宋谢惠连《西陵遇风献康乐》:"回塘隐舻栰,远望绝形音。"吕延济注:"回塘,曲岸也。"

[7] 天营:星垣名。即紫微垣。《晋书·天文志上》:"紫宫垣十五星,其西蕃七,东蕃八,在北斗北。一曰紫微,大帝之坐也,天子之常居也,主命主度也。一曰长垣,一曰天营。"

[8] 未央:未尽。《诗经·小雅·庭燎》:"夜如何其?夜未央。"朱熹集传:"央,中也。"

其四

元辅[1]陪宸幄[2],联镳[3]上御堤。老犹冲鸟过,恩许控弦[4]齐。粤海消炎瘴[5],崆峒[6]厌鼓鼙[7]。应知神武在,不拟问磻溪[8]。

【注释】

[1] 元辅：首辅大臣。

[2] 宸幄：天子的帷帐，这里指天子。

[3] 联镳：见《送王考功西樵归里》注释 [10]。

[4] 控弦：拉弓。

[5] 炎瘴：南方湿热致病的瘴气，这里代指南方的战乱。

[6] 崆峒（kōng tóng）：山名，在甘肃省。

[7] 鼓鼙（pí）：亦作"鼓鞞"。古代军中常用的乐器。这里代指征战。

[8] 磻（pán）溪：水名，在今陕西省宝鸡市东南。源出南山兹谷，北流入渭水。相传吕尚垂钓于此而遇周文王。

其五

数有封章[1]人，俄传彩仗移。瞻云[2]过大麓[3]，逐日[4]向瑶池。鞲[5]上鹰常怒，筵前曲每迟。万方清晏[6]事，独有近臣知。

【注释】

[1] 封章：言机密事之章奏皆用皂囊重封以进，故名封章。亦称封事。

[2] 瞻云：比喻得近天子。《史记·五帝本纪》："就之如日，望之如云。"

[3] 大麓：犹总领，谓领录天子之事。《尚书·舜典》："纳于大麓，烈风雷雨弗迷。"孔传："麓，录也。纳舜使大录万机之政，阴阳和，风雨时，各以其节，不有迷错愆伏。"

[4] 逐日：追随天子。

[5] 鞲（gōu）：用以架猎鹰的臂套。

[6] 清晏：清平安宁。《三国志·魏志·钟会传》："拓平西夏，方隅清晏。"

其六

不讳[1]书生懒，淹留竟日[2]闲。夕风吹野水，秋色下遥山。树密移茵[3]就，沙暄[4]脱屣[5]还。几年燕市客，今在舞雩[6]间。

【注释】

[1] 讳：讳言。

[2] 竟日：终日；从早到晚。

[3] 茵：铺垫的东西。

[4] 沙暄：沙暖。

[5] 屣（xǐ）：鞋。

［6］舞雩（yú）：台名，是鲁国求雨的坛，在现在曲阜市东。《论语·先进》："暮春者，春服既成，冠者五六人，童子六七人，浴乎沂，风乎舞雩，咏而归。"

其七

尚想西清署[1]，开轩受好风。秋声中夜至，月色故园同。列幔飘萤火，荒原聒[2]草虫。高堂[3]劳梦寐，犹在掖门[4]东。

【注释】

［1］西清署：清代宫廷内南书房。

［2］聒（guō）：鸣叫。

［3］高堂：父母。

［4］掖（yè）门：宫殿正门两旁的边门。《汉书·高后纪》："章从勃请卒千人，入未央宫掖门。"颜师古注："非正门而在两旁，若人之臂掖也。"

其八

自是乘时令，非同汉武巡[1]。近愁龙塞[2]雪，或接凤舆[3]尘。问寝重帷晓，垂衣[4]万国春。圣朝无贱士，谏猎[5]定何人？

【注释】

［1］汉武巡：汉武帝巡狩、畋猎。

［2］龙塞：龙城，泛指边远地区。唐杜牧《贵游》："斧钺旧威龙塞北，池台新赐凤城西。"

［3］凤舆：凤辇，天子的车。

［4］垂衣：垂衣而治。《周易·系辞下》："黄帝、尧、舜，垂衣裳而天下治，盖取诸乾坤。"

［5］谏猎：谏止畋猎。

将去金陵漫成七首[1]

其一

辟地营茅阁（署后构小竹阁，面江山）[2]，焚香坐翠微[3]。江昏知雪重，灯乱觉星稀。薄禄心仍忝[4]，名山赏更违（摄山诸胜未及往）。官梅深造次[5]，著意促人归。

【注释】

[1] 此组诗写于诗人离开南京前夕，内容随遇而书，故谓之"漫成"。诗人或摹山水，或写嘉园，在对江南风物的描绘中，一以贯之的是其思乡怀归之情。其五以燕自喻，很能显出诗人久客南京的情怀。

[2] "三家本"无此注，今据"汇编本"。本诗下注同。

[3] 翠微：形容山光水色青翠缥缈。

[4] 忝（tiǎn）：有愧于，常用作谦辞。

[5] 造次：仓促；匆忙。

其二

矶头[1]新雨涨，西港始容舠[2]。江汉来词客，儿童习水曹[3]。晴岩[4]垂路细，风岸落花高。泗曲还乘兴，轻舟自学操。

【注释】

[1] 矶（jī）头：矶，三面环江，一面连接江岸，谓为矶（头）。长江有三大矶：岳阳的城陵矶、安徽马鞍山市采石矶、南京的燕子矶。诗中当指后者。

[2] 舠（dāo）：小船。唐李白《下泾县陵阳溪至涩滩》："白波若卷雪，侧石不容舠。"

[3] 水曹：水中的诸般技艺。

[4] 晴岩：晴日下的远山。岩，代指山。

其三

群山行忽断，双阙俯江城。灵籁[1]生幽树，飞泉聒太清[2]。眠从塔影转，坐待海门晴。却忆春萝月[3]，酣歌望玉京[4]。

【注释】

[1] 灵籁：优美动听的乐音。明王慎中《登金山口绝顶》："长啸发灵籁，倦坐席苔藓。"

[2] 太清：天空。《鹖冠子·度万》："唯圣人能正其音，调其声，故其德上及太清，下及太宁，中及万灵。"陆佃注："太清，天也。"

[3] 萝月：藤萝间的明月。南朝宋鲍照、王延秀等《月下登楼连句》："佛仿萝月光，缤纷篁雾阴。"

[4] 玉京：道家传说元始天尊居住于玉京，代指仙乡。

其四

名圃[1]遥环水（佟中丞园林)[2]，丛篁[3]总映篱。荷翻鱼戏久，谷静鸟声迟。晚堕山公[4]马，晨陪谢傅[5]棋。梦魂来未得，为有故园期。

【注释】

[1] 名圃：园林。

[2] "三家本"无此注，今从"汇编本"。

[3] 丛篁：丛生的竹子。篁，竹子。唐宋之问《泛镜湖南溪》："沓嶂开天小，丛篁夹路迷。"

[4] 山公：晋代山简。《世说新语·任诞》："山季伦（山简）为荆州，时出酣畅，人为之歌曰：'山公时一醉，径造高阳池，日莫（暮）倒载归，酩酊无所知。复能乘骏马，倒著白接篱（头巾），举手问葛疆：何如并州儿？'高阳池在襄阳。疆是其爱将，并州人也。"

[5] 谢傅：东晋谢安。据《晋书·谢安传》载：晋时苻坚率众百万，次于淮淝，京师震恐。晋孝武帝加谢安为征讨大都督。"安遂命驾出山墅，亲朋毕集，与玄围棋赌别墅。"

其五

漂泊江南燕，双飞到野航[1]。华堂嫌附热[2]，海国饱经霜。浦草遥侵郭，村花稍出墙。蓬窗来往便，更徙读书床。

【注释】

[1] 野航：指农家小船。唐杜甫《南邻》："秋水才深四五尺，野航恰受两三人。"

[2] 附热：逢迎。

其六

竟岁沧江卧，征帆不可从。去应留杜若[1]，归及采芙蓉[2]。红近蓬莱日，青环禁苑[3]峰。垂鞭经古寺，还抚六朝松。

【注释】

[1] 杜若：香草名。

[2] 芙蓉：荷花别名。

[3] 禁苑：皇家园林。

其七

近有西湖信，兼怀越水遥（时家叔父游武林）[1]。铙歌疑去艇，金柝[2]想前宵。蜃气[3]山浮浦，雷声海上潮。壮游堪浪迹，或恐滞还镳[4]。

【注释】

[1] "三家本"无此注,今从"汇编本"。武林,杭州之旧称。

[2] 金柝(tuò):刁斗,三足一柄,白天用以烧饭,夜晚用以打更。《木兰诗》:"朔气传金柝,寒光照铁衣。"

[3] 蜃(shèn)气:一种大气光学现象。光线经过不同密度的空气层后发生折射,使远处景物显现在半空中或地面上的奇异幻象。常发生在海上或沙漠地区。古人误以为蜃吐气而成,故称。亦作"蜄气"。

[4] 还镳(biāo):犹回马,这里指归程。镳,马嚼子。唐李峤《十一月奉教作》:"平原已从猎,日暮整还镳。"

集席允叔斋得江字[1]

高会车轮集,空堂烛影双。冬温犹酿雪[2],月近早临窗。幽兴开书帙[3],余酣俯石淙[4]。他时怜静夜,回首忆邗江[5]。

【注释】

[1] 此诗为雅集助兴之作。诗人以"江"字为韵,既描绘了聚会的场景,又表达了对主人的谢意,运思巧妙。席允叔,名居中,清初诗人,原籍辽宁锦县,后迁居江南,与纪映钟、金俊明、张元拱、孙枝蔚等诗人有交往。颜光敏《南游日历》:康熙十八年己未,十一月十三日,"席允叔招饮,同穆倩、仙裳、屺怀、扶晨、翁山"。

[2] 酿雪:孕育雪。宋范成大《过鄱阳湖次游子明韵》:"春工酿雪无端密,大块囊风不肯收。"

[3] 书帙(zhì):泛指书籍。帙,盛放帛书用的囊,后指书画外面包着的套子。宋苏辙《南窗》:"西斋书帙乱,南窗初日升。"

[4] 石淙(cóng):石上水流。淙,水声,水流。

[5] 邗(hán)江:古河道名,也称"邗沟",自扬州市西北至淮安市北入淮的运河。这里用以代指扬州。

庚申除夕寓学山园八首[1]

其一

名圃宜幽赏,辛盘[2]愿颇违。春随天浩浩,愁与雾霏霏。径草荣新变,园蜂暖乍飞。长看慈母线[3]，未忍换征衣。

【注释】

[1] 这是一组南游金陵过程中暂寓太仓学山园时的诗作。时近岁末，诗人时怀思乡之念、兄弟之情，如其一、其六、其八。其余诸篇，则多抒一己不得志的郁闷，"双阙云烟隔"之词很显无奈，"文章付二毛"之语略带迟暮，"文章工何益"之叹语涉愤激。这类作品，看似随意，却是作者内心的真实写照。

[2] 辛盘：正月初一，用葱韭等五种味道辛辣的菜蔬置盘中供食，取迎新之意。明李沂《丙寅元日》："颓檐缺壁还风雪，浊酒辛盘自岁时。"

[3] 慈母线：代指母亲缝制的衣物。

其二

连夜雨涔涔[1]，溪山一倍深。亭寒消宿酒[2]，乡梦恋重衾。杳霭[3]娄江[4]树，凄凉泗水吟。梅花无意绪，还欲滞归心。

【注释】

[1] 涔涔（cén）：雨不停息的样子。唐杜甫《秦州杂诗》："云气接昆仑，涔涔塞雨繁。"

[2] 宿酒：犹宿醉。唐白居易《早春即事》："眼重朝眠足，头轻宿酒醒。"

[3] 杳霭：见《奉使将及里门作》注释[4]。

[4] 娄江：太仓上溯至太湖胥口为娄江。

其三

阴壑[1]归云起，空潭夕气澄。野禽窥卷幔，松鼠避张灯。捷足[2]真可补，低眉[3]幸未曾。名山游喜遍，回首郁峻嶒[4]。

【注释】

[1] 阴壑：幽深的山谷，背阳的山谷。宋陆游《过大蓬岭度绳桥至杜秀才山庄》："湿云朝莫雨，阴壑古今风。"

[2] 捷足：捷足先登的省称，此处指出仕较早。

[3] 低眉：谦卑顺服的样子。晋葛洪《抱朴子·刺骄》："低眉屈膝，奉附权豪。"

[4] 峻嶒（céng）：山势陡峭不平貌，这里用以指心绪。

其四

未断鲸鳌[1]足，难消岭海[2]峰。天厨[3]闻减膳[4]，戚里[5]忆鸣钟[6]。双阙[7]云烟隔，三年拜跪慵。惭恩无寸补，何用祝华封[8]。

【注释】

[1] 鲸鳌：鲸鱼巨龟，这里或指孤悬海外的反清势力。

[2] 岭海：指两广地区，其地北倚五岭，南临南海，故名。这里或指三藩之乱余势为熄。唐韩愈《潮州刺史谢上表》："虽在万里之外，岭海之陬，待之一如畿甸之间，辇毂之下。"

[3] 天厨：皇帝的庖厨。唐萧至忠《送张暄赴朔方应制》："推食天厨至，投醪御酒传。"

[4] 减膳：减少食物的种类及分量，古代帝王常于这样的方式表示自责。

[5] 戚里：帝王外戚聚居的地方。西晋左思《魏都赋》："亦有戚里，置宫之东。"吕延济注："戚里，外戚所居之里。"

[6] 鸣钟：食则鸣钟。形容古代富室、贵族出外和居家时的豪华奢侈生活。

[7] 双阙：这里指天子居处。

[8] 祝华封：华封人对尧的三个美好祝愿：祝寿、祝富、祝多男子，合称"三祝"。封人，官吏疆界的官吏。《庄子·外篇·天地篇》："尧观乎华。华封人曰：'嘻，圣人！请祝圣人寿……圣人富……圣人多男子。'"

其五

忆共椒花[1]夕，开帆越水高。身常依药饵[2]，性久狎[3]风涛。岁月销三径[4]，文章付二毛[5]。遥知良夜醉，南望首频搔。

【注释】

[1] 椒花：晋刘臻妻陈氏曾于正月初一献《椒花颂》，后常用为春节代指。唐杜甫《十二月一日》："未将梅蕊惊愁眼，要取椒花媚远天。"仇兆鳌注："春将至，故椒花欲颂。"

[2] 药饵：养生祛病的药石与营养品。

[3] 狎：亲昵。

[4] 三径：归隐者的家园或是院子里的小路。东汉赵岐《三辅决录·逃名》："蒋诩归乡里，荆棘塞门，舍中有三径，不出，唯求仲、羊仲从之游。"

[5] 二毛：斑白的头发。《左传·僖公二十二年》："君子不重伤，不禽二毛。"杜预注："二毛，头白有二色。"

其六

两兄稀见面，三载复离居。海国[1]鸿[2]难到，燕台[3]岁易除。称觞[4]颂玉醴[5]，佐馔[6]得江鱼。彩服聊行乐，愁怀莫浪书[7]。

【注释】

[1] 海国：近海地域。此处指诗人游处的江南。

[2] 鸿：代指书信。

[2] 燕台：黄金台，诗中代指北京。

[4] 称觞（shāng）：举杯祝酒。觞，酒器。

[5] 玉醴（lǐ）：美酒。李白《咏山樽》："外与金罍并，中涵玉醴虚。"

[6] 佐馔（zhuàn）：陈设美食。馔，美食。

[7] 浪书：恣意书写。

其七

独拥书连屋，谁知客去家。狂吟惊獭啸，深坐爱灯花。三妇歌常艳[1]，群儿晚更哗。眼看双鬓改，犹自贱年华[2]。

【注释】

[1] "三妇"句：指"三妇艳"。古诗《相逢行》《长安有狭斜行》的后段，都有大妇、中妇、小妇织锦调瑟的段落，被单独划分出来，名为"三妇艳"。后以此象征富贵之家。

[2] 贱年华：不珍惜年华。

其八

握手金陵别，年来各素冠[1]。心伤骐骥[2]老，影对鹡鸰[3]寒。文采工何益，风尘道转难。他时同守岁，应只在长安[4]。

【注释】

[1] 素冠：白色的帽子，古代遭凶丧事时所戴。颜光敏素冠为丁父忧。

[2] 骐骥：千里马的别称，比喻有才之士。

[3] 鹡鸰（jí líng）：鸟名，亦作"脊令"，后常用以比喻兄弟。《诗经·小雅·常棣》："脊令在原，兄弟急难。""三家本"作"脊令"，今从"汇编本"。

[4] 长安：代指北京。

正月五日登昆山[1]

苍天殊泛爱[2]，首岁许登临（阴雨连日，至山下忽晴）。雾色浮城起，山容向夕深。行舟嫌密树，游女问鸣禽。倘忆天台药[3]，仙踪定可寻。

【注释】

[1] 此诗写昆山雨后初晴的景致与诗人登临的遐想，诗人常怀神仙之趣，也是为了反衬现实的不堪。

[2] 泛爱：博爱。

[3] 天台：山名，在浙江省。刘义庆《幽明录》曾载刘晨、阮肇入天台山遇仙女之事。

张梅岩斋集得岑字[1]

近郭开芳燕[2]，惊雷起远岑[3]。烛过佳节驻，帘外旅愁[4]深。旨酒[5]嫌频酌，新诗喜互吟。他乡逢故旧，肯[6]受旅愁侵。

【注释】

[1] 此诗为朋友雅集助兴之作，诗人两用"旅愁"，巧而有思致。

[2] 燕：同"宴"，宴会。

[3] 远岑：远处的山。岑，山小而高。南唐李中《献徐舍人》："下直无他事，开门对远岑。"

[4] 旅愁：羁旅者的愁闷心情。

[5] 旨酒：美酒。《诗经·小雅·鹿鸣》："我有旨酒，以燕乐嘉宾之心。"

[6] 肯：乐意、愿意。

集张带三斋得浓字[1]

冒雨宁辞醉，当歌岂再逢。烛怜春宵短，酒爱异乡浓。霁色明双塔，离愁黯九峰。莼鲈[2]何足羡，知己在吴淞[3]。

【注释】

[1] 此诗以"浓"字为韵，即兴而作。宴会主人殷勤之意胜过莼鲈之味，冲淡了诗人些许离愁。

[2] 莼鲈：莼菜与鲈鱼，比喻美食，亦指代思乡之情。《晋书·张翰传》："翰因见秋风起，乃思吴中菰菜、莼羹、鲈鱼脍，曰：'人生贵适志，何能羁宦数千里，以邀名爵乎？'遂命驾而归。"

[3] 吴淞：地名，在今上海市。

题赵双白春耕图[1]

炎荒[2]戈未熄，词客老关江。村径连云海，禽声拟故山[3]。野桥驱犊过，春雨荷锄还。陇上遗经[4]在，犹传到百蛮[5]。

【注释】

[1] 本诗虽为题画而作，亦以自况，起首两句"炎荒戈未熄，词客老关江"，实为自我写照。

[2] 炎荒：见《斫冰行》注释[12]。

[3] 故山：故乡之谓。拟，似。

[4] 陇上遗经：这里指《老子》一书。《史记·老子韩非列传》："居周之久，见周之衰，迺遂去。至关，关令尹喜曰：'子将隐矣，强为我著书。'于是老子乃著书上下篇，言道德之意五千余言而去，莫知其所终。"

[5] 百蛮：古代南方少数民族的总称。后也泛称其他少数民族。《诗经·大雅·韩奕》："以先祖受命，因时百蛮。"毛传："因时百蛮，长是蛮服之百国也。"

徐方虎邀同黄伯和吴赤一孙屺瞻泛舟西湖得莼字

把棹当何往，湖山四面新。渔歌风向夕，草色雨留春。弄沫[2]频移影，含情罢采莼。龙池[3]他日会，回首惜芳晨。

【注释】

[1] 此诗歌咏与朋友泛舟西湖之乐，亦寄望来日能复聚京城。

[2] 弄沫：划水。

[3] 龙池：池塘名，这里代指北京。《旧唐书·音乐志》载："玄宗龙潜之时，宅在隆庆坊。""玄宗正位，以坊为宫，池水逾大，弥漫数里。"

春日山中二首[1]

其一

杳冥[2]何所极，路尽一峰开。沧海溶溶[3]暗，群山衮衮[4]来。祠前明宝气，劫外[5]俯沉灰。惆怅书门迹，鸣銮[6]遂不回。

【注释】

[1] 此二首写春日山中所见胜景，以及意欲终老山中、不复仕进的想法。这种情绪屡见于颜氏诗中，亦可见其对官场的倦怠。此二诗仅见于"诗钞本"，"汇编本""三家本"均未收录。

[2] 杳冥：指天空，高远之处。北魏郦道元《水经注·胶水》："北眺巨海，杳冥无际，天际两分。"

[3] 溶溶：水流盛大貌。汉刘向《九叹·逢纷》："扬流波之潢潢兮，体溶溶而东回。"王逸注："溶溶，波貌也。"

[4] 衮衮（gǔn）：相继不绝的样子。

[5] 劫外："劫外天"的省称，佛家术语，谓未遭受灾难之天地，犹净土。

[6] 鸣銮（luán）：装在轭首或车衡上的铜铃。这里指代驾车追随仙人而去，不愿再回到俗世。

其二

绝巘[1]余亭古，群游[2]引兴新。钟声山向[3]午，日气水浮春。坐爱[4]蔷薇发，行怜翡翠[5]驯。淮南招隐未[6]，芳草[7]忆何人？

【注释】

[1] 绝巘：见《桃林坪》注。

[2] 群游：结伴游玩。

[3] 向：临近。唐李商隐《登乐游原》："向晚意不适，驱车登古原。"

[4] 坐爱：因为喜欢。坐，因为。唐杜牧《山行》："停车坐爱枫林晚，霜叶红于二月花。"

[5] 翡翠：鸟名，毛色十分美丽，通常有蓝、绿、红、棕等颜色。一般这种鸟雄性的为红色，谓之"翡"，雌性的为绿色，谓之"翠"。

[6] "淮南"句：淮南小山（人名）招徕隐士没？淮南：汉作家淮南小山，他写有《招隐士》一赋。

[7] 芳草：汉淮南小山《招隐士》有"王孙游兮不归，春草生兮萋萋"之句。这里指隐者所居之处。

泊天妃闸作[1]

稍击淮南楫，连宵[2]望大河。星高知夜气，风转得渔歌。问稼[3]愁年祲[4]，怀乡厌梦多。灯前看旅燕[5]，吾醉亦婆娑[6]。

【注释】

［1］此诗写夜泊天妃闸的忧思。水阔星高，风传渔歌，但诗人却没有雅兴欣赏此景，国事家事，涌上心头，只得灯前醉舞，排遣落寞。天妃闸，水里枢纽，位于淮河与黄河（故道）交汇处。《清史稿》："旧设天妃闸，自淮、黄交汇处至清江浦，凡为五闸，重运到时，更迭启闭，过即下板锁断，是以全淮注黄。"此诗仅见于"诗钞本"，"汇编本""三家本"均未收录。

［2］连宵：见《望汴城》注释［6］。

［3］问稼：《论语》有"樊迟问稼"的记载，这里指探问年景的意思。"诗钞本"作"间"，不通。

［4］祲（jìn）：阴阳之气。此句谓担心年景不好，粮食歉收。

［5］旅燕：归燕。燕为候鸟，故云。元郝经《镜芗亭》："槛外流莺仍语巧，梁间旅燕又巢新。"

［6］婆娑：盘旋舞动的样子。《诗经·陈风·东门之枌》："子仲之子，婆娑其下。"毛传："婆娑，舞也。"

无题[1]

凤梦满京尘，连宵泗水津。夏云早秋色，贵客似离人。驿路繁黄鸟，龙池足白蘋。难将两承诏，不换一垂纶。

【注释】

［1］原诗失题，据诗义推测，当写于为宦北京期间。"驿路黄鸟""龙池白蘋"言早秋的萧瑟，让人去留无着，一如诗人在仕隐之间的纠结与踟蹰。"三家本"未录入，今据"汇编本"。

卷四　五言排律

娄桑[1]

娄桑[2]悲帝子[3]，洒落[4]竟谁传。地利蟠巴蜀[5]，兵声蹴蓟燕[6]。图穷天汉语[7]，气尽[8]武侯[9]年。古道沙昏里，荒祠麦秀[10]边。春雷烧古木，暮鸟噪空烟。想象精灵[11]地，悲风为飒然[12]。

【注释】

[1] 这是一首怀古诗。刘备起于涿州，承鼎西南，然其兴也勃焉，其亡也忽焉。枯桑尚在，而蜀汉已成往事；荒祠颓败，血食不再。诗人面对荒祠、枯桑，不禁喟然。

[2] 娄桑：地名，刘备出生地，在河北省涿州市。今作"楼桑"。《三国志·蜀志·先主传》："先主少孤，与母贩履织席为业。舍东南角篱上有桑树生高五丈余，遥望见童童如小车盖，往来者皆怪此树非凡，或谓当出贵人。先主少时，与宗中诸小儿于树下戏，言：'吾必当乘此羽葆盖车。'"

[3] 帝子：这里指刘备。

[4] 洒落：散落。

[5] 蟠（pán）巴蜀：盘踞在巴蜀之地。蟠，屈曲、环绕。

[6] 蓟（jì）燕：故地名，均在今河北省一带。

[7] "图穷"句：建安二十五年，谯周、诸葛亮等人据《河图》《洛书》所载谶言，建言刘备称帝。

[8] 气尽：气数完结。

[9] 武侯：诸葛亮谥号。

[10] 麦秀：麦子开花而未实，亦指亡国之痛。汉司马迁《史记·宋微子世家》："箕子朝周，过故殷虚，感宫室毁坏，生禾黍，箕子伤之，欲哭则不可，欲泣为其近妇人，乃作《麦秀之诗》以歌咏之。"

[11] 精灵：神异的。这里指刘备宅边生桑树之事，见注释 [2]。

[12] 飒然：萧索冷落的样子。南朝梁梁沈约《齐故安陆昭王碑文》："城府飒然，庶僚如賈。"吕向注："飒然，谓空而无人也。"

张桓侯祠[1]

惨淡乘时[2]略，将军只报恩。君臣留汉室[3]，兄弟老荆门[4]。泪断雄图歇，名惭国士[5]存。烟尘昏绝域，庙祀尚[6]中原。鸟啄松鳞[7]尽，狐游露井[8]喧。南魂[9]招未得，流恨满丘园[10]。

【注释】

[1] 这是一首怀古诗。张飞，谥桓侯，其祠在涿州市。诗人认为张飞兄弟维系汉号，堪称国士，故对张飞祠的荒败流露出惋惜之意。

[2] 乘时：乘机、趁势。

[3] 留汉室：曹丕废汉自立，刘备称帝西南，仍以汉为号，故云。

[4] 荆门：荆州。

[5] 国士：国中才能最优秀的人物。《左传·成公十六年》："国士在，且厚，不可当也。"

[6] 尚：尊崇。

[7] 松鳞：松树龟裂的老皮。

[8] 露井：没有覆盖的井。

[9] 南魂：张飞死于南方，故云。

[10] 丘园：家园，亦可解为坟墓。

奉送大宗伯真定公归里[1]

不羡纶扉[2]召，恒山[3]有敝庐。嘉谟[4]先铸鼎[5]，浩气久凌虚[6]。边徼[7]烽烟静，春台[8]象纬[9]舒。皇躬迟黻冕[10]（时上未亲政）[11]，臣分[12]合[13]樵渔。肯续灵均[14]赋，长焚乐毅[15]书。万方霖雨[16]切，翘首奉安车。

【注释】

[1] 此诗为送别大宗伯梁清标免归故里而作。大宗伯，《周礼》旧称，唐以后为礼部尚书的别称。梁清标（1620—1691），字玉立，直隶真定（今河北省正定县）人，明崇祯十六年进士，历任兵部尚书、礼部尚书、刑部尚书、户部尚书、保和殿大学士等职。著有《蕉林诗集》《棠村词》等。本诗先述梁氏辅助顺治帝的丰功，再述梁氏之心志——愿意像屈原那样心系君国，而不会像乐毅那样舍君而走。文辞雅驯，情感敦实。

[2] 纶扉：犹内阁。明、清时称宰辅所在之处为"纶扉"。梁清标曾历任户

部尚书、礼部尚书、兵部尚书、吏部尚书，故云。

[3] 恒山：地名，汉置恒山郡，后避文帝讳改常山。梁清标故里所在。

[4] 嘉谟：犹嘉谋，好的策略。

[5] 铸鼎：犹言建立和巩固政权。

[6] 凌虚：升向高空或高高地在空中。

[7] 边徼：见《送程周量之桂林》注释 [14]。

[8] 春台：指春日登眺览胜之处，也是古代礼部的别称。《老子·道经二十章》："众人熙熙，如享太牢，如登春台。"

[9] 象纬：象数谶纬。唐杜甫《游龙门奉先寺》："天阙象纬逼，云卧衣裳冷。"仇兆鳌注："象纬，星象经纬也。"

[10] 黻（fú）冕：古制大夫以上，冕服皆有黻，故称"黻冕"。这里指天子亲政。

[11] "三家本"无此注，今据"汇编本"。

[12] 分：本分，名位、职责、权力的限度。

[13] 合：应该。白居易《与元九书》："文章合为时而著，诗歌合为时而作。"

[14] 灵均：屈原字灵均，楚都陷落后，投水而死。

[15] 乐毅：燕名将，曾经率联军大败齐国，后受燕王猜忌，转投赵国。

[16] 霖雨：比喻恩泽甘霖。

恭侍临雍有作[1]

一代文明会，冲皇[2]正御天[3]。光华[4]弘日月，开阖[5]应坤乾。睿哲[6]方亲政[7]，神灵[8]即拓边[9]。命长[10]凝木火[11]，威早息戈铤[12]。访道从箕子[13]，尊师得伏虔[14]。三雍[15]欢莅止[16]，万国望陶甄[17]。庙貌新丹腰[18]，宫墙满紫棉[19]。著[20]茎穿草嫩，鸟篆[21]印苔藓。古柏犹含雪，秾花[22]已泛泉。元辰[23]惟首夏[24]，盛典及丰年。降辇棂星[25]外，张帷璧沼[26]前。分行高蜡炬，缓步褎[27]炉烟。晓露沾阶冷，晴霞映殿妍。温恭[28]初执爵，肃静不鸣鞭[29]。羽树[30]非干戚[31]，蘋[32]香只豆笾[33]。聪明辟黄耳[34]，唱叹得朱弦[35]。子弟桥门立，彝伦[36]斧扆[37]悬。尚方[38]频授几，祭酒[39]坐横编。羲卦[40]陈三画，《虞书》[41]尽一篇。典谟[42]垂琬琰[43]，图象[44]合方圆。顾问龙颜喜，登歌[45]鹭羽联。衮衣[46]亲教授，銮驾[47]欲流连。协律[48]韶和作，句胪[49]大训喧。儒生期龟勉[50]，国老待周旋。款语[51]微臣洽，隆恩博士偏。舍人[52]叨[53]侍从，家学[54]愧高坚。复圣[55]难绳武[56]，褒成[57]但比肩。阶东随象舞[58]，堂下逐貂蝉[59]。洙泗[60]遗言在，箪瓢[61]素业传。愿陪朦瞍[62]奏，长拱圣明筵。

【注释】

[1] 此诗为应制之作。诗人记叙了清康熙亲政不久举行的一场祭孔、讲学大典。铺陈翔实，场面恢宏，情感肃穆。

[2] 冲皇：年幼的皇帝。冲，冲龄。

[3] 御天：统御天下。

[4] 光华：明亮的光辉。

[5] 开阖：指统治者的权术和策略。汉董仲舒《春秋繁露·立元神》："据位治人，用何为名；累日积久，何功不成。可以内参外，可以小占大，必知其实，是谓开阖。"

[6] 睿哲：深邃的智慧。《诗经·商颂·长发》："睿哲维商，长发其祥。"

[7] 亲政：幼年继位的帝王，成年后亲自执政。清康熙帝八岁登基，十四岁亲政。

[8] 神灵：威灵，圣明。《汉书·卫青传》："青固谢曰：'臣幸得待罪行间，赖陛下神灵，军大捷，皆诸校力战之功也。'"

[9] 拓边：开拓边疆。

[10] 命长：大清的天命长久。

[11] 凝木火：积聚木火之德。凝，凝聚。古人认为朝代兴替应之五行。

[12] 戈铤（chán）：戈与铤，借指战争。前蜀杜光庭《温江县招贤观众斋词》："一方昭泰，四境乂安，疫毒无侵，戈铤不作。"

[13] 箕子：殷末贤人。据载：武王向箕子询问殷商灭亡的原因，箕子不说话，因为他不愿意讲自己故国的坏话。武王也发觉自己失言了，就向他询问怎样顺应天命来治理国家。箕子于是便将夏禹传下的《洪范九畴》陈述给武王听，史称"箕子明夷"。武王听后，十分钦佩，就想请箕子出山治理国事，重用箕子。但箕子早对微子说过："商其沦丧，我罔为臣仆。"

[14] 伏虔（qián）：东汉经学家服虔，河南荥阳人。《后汉书·儒林传》："少以清苦建志，入太学受业。有雅才，善著文论，作《春秋左氏传解》，行之至今。"

[15] 三雍：辟雍、明堂、灵台，合称三雍，是帝王举行祭祀、典礼的场所。

[16] 莅止：莅临。

[17] 陶甄（zhēn）：本为陶器名，这里用以比喻陶冶、教化。《晋书·乐志

上》："弘济区夏，陶甄万方。"

　　[18] 丹腰（huò）：红色颜料，这里作动词涂饰。腰，赤石脂（一种粉红色陶土）之类，古代用作颜料。

　　[19] 紫棉：紫木棉，花名。

　　[20] 蓍（shī）：草名，古代用其茎占卜。

　　[21] 鸟篆（zhuàn）：篆体古文字，形如鸟的爪迹，故称。这里指形如篆书的鸟的爪迹。

　　[22] 秾（nóng）花：盛开的花。秾，花木繁盛。

　　[23] 元辰：良辰、吉辰。《礼记·月令》："（孟春之月）乃择元辰，天子亲载耒耜。"郑玄注："元辰，盖郊后吉辰也。"

　　[24] 首夏：始夏，初夏。指农历四月。

　　[25] 棂（líng）星：棂星门。"棂星"本为"灵星"，即田天星，古帝王常祭之以求风调雨顺。到了宋代，儒家把孔子与天相配，把祭祀孔子当作祭天，所以文庙也筑有灵星门楼，用以祭祀孔子。演变到后代，人们觉得汉代祭祀天田星是为了求得农业丰产，与孔庙里祭祀天田星当作祭祀孔子没有关系，又见门的形状好像窗棂，就把"灵星"改为"棂星"。

　　[26] 璧沼：也叫"璧池"，古代学宫前半月形的水池。

　　[27] 袅（niǎo）：缭绕。

　　[28] 温恭：温和恭敬。这是在描写天子主祭时的容色。

　　[29] 鸣鞭：皇帝仪仗中的一种，鞭形，挥动发出响声，使人肃静，故又称"静鞭"。

　　[30] 羽树：祭祀仪式之一，执雉尾以舞蹈。

　　[31] 干戚：盾牌和大斧，代指兵器。古代典礼中又有"干戚舞"，舞者操干戚的武舞。《礼记·乐记》："干戚之舞，非备乐也。"

　　[32] 蘋（pín）：香草名。

　　[33] 豆笾（biān）：盛祭品的容器名，木制的叫豆，竹制的叫笾。

　　[34] 黄耳：用黄金或黄铜所制的器物之耳。

　　[35] 朱弦：练朱弦，用练丝（熟丝）制作的琴弦。《礼记·乐记》："《清庙》之瑟，朱弦而疏越，壹倡而三叹，有遗音者矣。"

　　[36] 彝伦：常理；常道。《尚书·洪范》："王乃言曰：'呜呼，箕子！惟天阴骘下民，相协厥居，我不知其彝伦攸叙。'"蔡沉集传："彝，常也；伦，理也。"

　　[37] 斧扆（yǐ）：亦作"斧依"。古代帝王朝堂所用的状如屏风的器具，以

绛为质，高八尺，东西当户牖之间。其上有斧形图案，故名。《仪礼·觐礼》："天子设斧依于户牖之间。"郑玄注："依，如今绨素屏风也。"

[38] 尚方：古代制造帝王所用器物的官署。《史记·绛侯周勃世家》："条侯子为父买工官尚方甲楯五百被可以葬者。"司马贞索隐："工官即尚方之工，所作物属尚方，故云工官尚方。"

[39] 祭酒：汉魏以后官名。汉代有博士祭酒，西晋改设国子祭酒，隋唐以后称国子监祭酒，为国子监的主管官。清末始废。

[40] 羲卦：羲皇八卦的省称。"三家本"作"羲封"，不通。今从"汇编本"。

[41] 《虞书》：《尚书》组成部分之一。相传是记载唐尧、虞舜、夏禹等事迹之书。今本凡《尧典》《舜典》《大禹谟》《皋陶谟》《益稷》五篇。

[42] 典谟：《尚书》中《尧典》《舜典》和《大禹谟》《皋陶谟》等篇的并称。《书序》："典谟训诰誓命之文凡百篇，所以恢宏至道，示人主以轨范也。"

[43] 琬琰（wǎn yǎn）：为碑石之美称。

[44] 图象：这里指卦象。

[45] 登歌：升堂奏歌。古代举行祭典、大朝会时，乐师登堂而歌。礼乐活动中升堂而歌，因此又称为"升歌"。《乐府诗集》："登歌者，祭祀燕飨，堂上所奏之歌也。"

[46] 衮衣：本为天子举行大典是所穿礼服之名，这里用以代指天子。

[47] 銮驾：天子的车驾。天子车驾有銮铃，故称。

[48] 协律：调和音乐律吕，使之和谐。

[49] 句胪（lú）：陈述；传语。

[50] 黾（mǐn）勉：勉力、努力。

[51] 款语：亲切交谈。

[52] 舍人：诗人时为中书舍人，陪侍左右。

[53] 叨（tāo）：承受、承担。

[54] 家学：书香世家中相延续的学问。"三家本"作"家觉"，不通。今从"汇编本"。

[55] 复圣：元文宗封颜回为兖国复圣公，明嘉靖时罢封爵，止称"复圣"。

[56] 绳武：继承祖先业绩。《诗经·大雅·下武》："昭兹来许，绳其祖武。"朱熹集传："绳，继；武，迹。言武王之道，昭明如此，来世能继其迹。"

[57] 褒成：孔子的封号，全称为"褒成宣尼公"。

[58] 象舞：大典时的舞容之一。唐孔颖达疏："《维清》诗者，奏象舞之歌

乐也。谓文王时有击刺之法，武王作乐，象而为舞，号其乐曰'象舞'。至周公成王之时，用而奏之于庙。"

[59] 貂蝉：貂尾和附蝉，古代为侍中、常侍等贵近之臣的冠饰。这里代指来参加祭孔典礼的显贵们。

[60] 洙泗：流经曲阜的两条水名，这里用以指代孔子。

[61] 箪瓢：因《论语·雍也》有"一箪食，一瓢饮，在陋巷，人不堪其忧，回也不改其乐"的记载，故这里用以指代颜回。箪瓢，盛饭食、饮料器具。

[62] 曚瞍：见《朝出》注释 [19]。

益都公晋大司寇喜赋[1]

公望西台[2]长，雄标[3]北海[4]滨。谈经摧鹿角[5]，焚草[6]动龙鳞[7]。未果抽簪[8]兴，新陪曳履[9]晨。文昌[10]开贯索[11]，少昊[12]洗秋旻[13]。汉法章何简，圜扉[14]草木春。徒传书牍[15]狻，谁感下车仁[16]。雷电开黄道[17]，阳和[18]出紫宸[19]。圣朝致刑措[20]，更与万方[21]新。

【注释】

[1] 冯溥（1609—1691），字孔博，号易斋，益都（今属山东省青州市）人，冯裕六世孙。清顺治三年（1646）进士，初授编修，后擢吏部侍郎。康熙年间为刑部尚书，拜文华殿大学士，加太子太傅，卒谥文毅。此诗为恭贺冯溥晋升刑部尚书（大司寇）而作，诗中对冯溥学问道德均有称述，然辞过其情，终不出台阁应酬之俗调。

[2] 西台：官署名。刑部的别称。

[3] 雄标：指高耸的山峰。

[4] 北海：汉郡名，辖青州地域。

[5] 摧鹿角：用以指称人有学养。《汉书·杨胡朱梅云传》："是时，少府五鹿充宗贵幸，为《梁丘易》。自宣帝时善梁丘氏说，元帝好之，欲考其异同，令充宗与诸《易》家论。充宗乘贵辩口，诸儒莫能与抗，皆称疾不敢会。有荐云者，召入，摄衣登堂，抗着而请，音动左右。既论难，连拄五鹿君，故诸儒为之语曰：'五鹿岳岳，朱云折其角。'由是为博士。"

[6] 焚草：烧掉奏稿，以示谨密。《宋书·谢弘微传》："（弘微）每有献替及论时事，必手书焚草，人莫之知。"

[7] 动龙鳞：引起皇帝的注意。龙鳞，指代皇帝。

[8] 抽簪：古时做官的人须束发整冠，用簪连冠于发，故称引退为"抽

簪"。晋张协《咏史》:"抽簪解朝衣,散发归海隅。"

　　[9]曳(yè)履:拖着鞋子。形容闲暇、从容。汉班固《汉书·郑崇传》:"(郑)崇少为郡文学史,至丞相大车属。弟立与高武侯傅喜同门学,相友善。喜为大司马,荐崇,哀帝擢为尚书仆射。数求见谏争(诤),上初纳用之。每见曳革履,上笑曰:'我识郑尚书履声。'"

　　[10]文昌:文曲星,司科甲,乃文魁之星。

　　[11]贯索:星座名,属天市垣,共九星,主法律,禁暴强。冯溥主刑部尚书,故云。

　　[12]少昊(hào):远古时代华夏部落联盟首领之一,司西方之神,按照五行理论,西方对应四季中的秋季,故少昊也是主秋之神。

　　[13]秋旻(mín):秋季的天空。唐李白《古风》:"文质相炳焕,众星罗秋旻。"

　　[14]圜(huán)扉:解释为狱门。亦借指为牢狱。唐骆宾王《狱中书情通简知己》:"圜扉长寂寂,疏网尚恢恢。"陈熙晋笺注:"圜扉,狱户以圜木为扉也。"

　　[15]书牍(dú):简牍书信之类的总称,这里指法律文书。狱吏常以之巧立罪状,故云。

　　[16]下车仁:比喻为政宽仁,也作"下车泣罪"。汉刘向《说苑·君道》:"禹出见罪人,下车问而泣之。左右曰:'夫罪人不顺道,故使然焉,君王何为痛之至于此也?'禹曰:'尧舜之人皆以尧舜之心为心,今寡人为君也,百姓各自以其心为心,是以痛之也。'"

　　[17]黄道:也叫日道,是一年中太阳在天球上运行的轨迹。

　　[18]阳和:春天的暖气,这是比喻宽缓的刑律。

　　[19]紫宸(chén):宫殿名,天子所居,亦代指天子。

　　[20]刑措:亦作"刑厝",即置刑法而不用,意谓社会治安好,诉讼人数少。汉司马迁《史记·周本纪》:"成康之日,政简刑措。"

　　[21]万方:指万国,各地诸侯;亦可指各地方。

恭侍籍田有作[1]

　　古帝勤耕稼,吾皇及岁时[2]。斋心[3]因黍稷[4],返璞[5]在茅茨[6]。地脉神皋[7]动,阳和[8]太史知。先农频俎豆[9],沃野即耘耔[10]。雨霁烟光暖,冰开日色迟。桃含千片雪,柳吐万年丝。紫燕[11]迎仙仗[12],苍龙出玉墀[13]。炉香佳气

213

绕，扇影[14]彩云移。水旱忧艰食，春秋勤孝思[15]。三推[16]扶绀耒，九陌望青旗[17]。父老帷宫拜，臣僚劳酒持。曾非钩盾[18]戏，总与寝园[19]期。汉景雕文诏[20]，周成载柞诗[21]。一人天泽降，万里土膏[22]滋。化已昆虫洽[23]，祥应凤鸟仪[24]。嘉禾[25]归有道，品物[26]荷无私。本富民须劝，年丰国所资。玉田[27]初垦草，金水[28]尚流渐[29]。種稑[30]分宫女，粢盛[31]属甸师[32]。诸侯从此养，百福[33]自今绥[34]。暑雨还谁怨[35]，熏风[36]况在兹。臣微恭御事[37]，礼毕敬陈辞。终亩[38]惭无力，除坛[39]幸有司。蒙恩似光禄（宋光禄大夫延年有《侍东耕诗》）[40]，拜手[41]向东菑[42]。

【注释】

[1] 籍田，古代吉礼的一种。每逢春耕前，由天子执耒耜在籍田上三推或一拨，称为"籍礼"，以示对农业的重视。此诗为颜光敏参与清康熙籍田之礼而作。诗中对天子籍田之礼的时令、仪式、过程都有所描述，并对天子躬亲秉礼而耕的意义大加颂赞。全诗文字雅驯，情态恭谨肃穆，然终为颂圣谀辞，稍乏感染力。

[2] 岁时：每年一定的季节或时间。天子籍田，例在初春。

[3] 斋心：祛除杂念，使心神凝寂。《列子·黄帝》："退而闲居大庭之馆，斋心服形。"

[4] 黍稷：糯者古称黍，现称黍子或黄粟；粳者古称稷、穄，现称稷子、糜子。这里代指五谷。

[5] 返璞：归于质朴。

[6] 茅茨（cí）：茅草盖的屋顶。《墨子·三辩》："昔者尧舜有茅茨者，且以为礼，且以为乐。"

[7] 神皋（gāo）：神明所聚之地，引申为神圣的土地。亦可指京畿地区。

[8] 阳和：见《益都公晋大司寇喜赋》注释[18]。

[9] 俎（zǔ）豆：古代祭祀、宴飨时盛食物用的礼器，亦泛指各种礼器。后引申为祭祀和崇奉之意。

[10] 耘耔（yún zǐ）：除草、培土，泛指从事田间劳动。《诗经·小雅·甫田》："今适南亩，或耘或耔。"

[11] 紫燕：燕名，也称越燕，为祥瑞之兆。

[12] 仙仗：这里指天子籍田的仪仗。

[13] 玉墀（chí）：宫殿前的石阶，亦借指朝廷。汉武帝《落叶哀蝉曲》："罗袂兮无声，玉墀兮尘生。"

[14] 扇影：羽扇的影子。唐杜甫《至日遣兴奉寄故人》："麒麟不动炉烟

上，孔雀徐开扇影还。"

[15] 孝思：孝亲之思。《诗经·大雅·下武》："永言孝思，孝思维则。"毛传："则其先人也。"郑玄笺："长我孝心之所思。所思者其维则三后之所行。子孙以顺祖考为孝。"

[16] 三推：古代帝王亲耕之礼。天子于每年正月亲临籍田，扶耒耜往还三度，以示劝农，称"三推"。《礼记·月令》："（孟春之月）乃择元辰，天子亲载耒耜……率三公、九卿、诸侯、大夫，躬耕帝籍，天子三推，三公五推，卿诸侯九推。"

[17] 青旗：借指帝王车驾、师旅。

[18] 钩盾：古代职官和官署名。汉少府属官有钩盾令，职掌园苑游观之事，晋亦有之；隋唐曰钩盾署，属司农寺，职掌薪炭鹅鸭薮泽之物，以供祭缯。

[19] 寝园：帝王陵墓，这里代指逝去的先祖们。

[20] 雕文诏：汉景帝发布的《令二千石修职诏》，诏书曰："雕文刻镂，伤农事者也；锦绣纂组，害女红者也。"故云"雕文诏"。此诏书与汉文帝的《议佐百姓诏》、汉武帝的《求茂才异等诏》合称"汉兴三诏"。

[21] 载柞诗：《诗经·周颂·载芟》篇。诗文曰："载芟载柞，其耕泽泽。"毛传："除草曰芟，除木曰柞。"后因以"芟柞"指耕作。

[22] 土膏：肥沃的土地。

[23] 洽：与首字"化"搭配为"化洽"，意谓使教化普沾。唐刘商《金井歌》："文明化洽天地清，和气氤氲孕至精。"

[24] 凤鸟仪：凤凰来仪，古人以为祥瑞的征兆。《尚书·益稷》："《箫韶》九成，凤凰来仪。"孔传："仪，有容仪。备乐九奏而致凤凰，则余鸟兽不待九而率舞。"

[25] 嘉禾：见《朝出》注释[26]。

[26] 品物：犹万物。《易·乾》："云行雨施，品物流形。"

[27] 玉田：这里指天子籍田之地。

[28] 金水：流经北京的金水河，因与上句"玉田"相配，省称"金水"。

[29] 流澌（sī）：江河解冻时流动的冰块。战国屈原《九歌·河伯》："与女游兮河之渚，流澌纷兮将来下。"王逸注："流澌，解冰也。"

[30] 穜稑（tóng lù）：指谷类的早熟品种和晚熟品种。《礼记》："上春，诏王后帅六宫之人而穜稑之种，而献之于王。"

[31] 粢盛（zī chéng）：指古代盛在祭器内以供祭祀的谷物。《公羊传·桓公十四年》："御廪者何？粢盛委之所藏也。"何休注："黍稷曰粢，在器曰盛。"

[32] 甸（diàn）师：官名。《周礼》谓天官所属有甸师，设下士二人，府一人，史二人，以下胥三十人，徒多至三百人。掌耕种"籍田"，提供王室食用与祭祀所需农产品。《周礼·甸师》："甸师掌帅其属，而耕耨王藉。"

[33] 百福：犹多福。《诗经·大雅·假乐》："干禄百福，子孙千亿。"

[34] 绥：平安、安泰。

[35]"暑雨"句：反用"暑雨祁寒"之意，谓没人为生计艰难而嗟叹。《尚书·君牙》："夏暑雨，小民惟曰怨咨，冬祁寒，小民亦惟曰怨咨，厥惟艰哉。"蔡沉集传："祁，大也。暑雨祁寒，小民怨咨，自伤其生之艰难也。"

[36] 薰（xūn）风：和暖的南风。《吕氏春秋·有始》："东南曰薰风。"

[37] 御事：治事。《尚书·顾命》："乃同召太保奭、芮伯、彤伯、毕公、卫侯、毛公、师氏、虎臣、百尹御事。"孔传："诸御治事者。"孙星衍疏："主事者。"

[38] 终亩：谓耕尽全部田亩。古代于立春日，天子行始耕之仪，公卿以下亦耕数锹，然后庶民尽耕之。《国语·周语上》："王耕一墢，班三之，庶民终于千亩。"韦昭注："终，尽耕之也。"

[39] 除坛：整地筑坛。《国语·周语上》："王乃使司徒咸戒公卿、百吏、庶民，司空除坛于籍，命农夫咸戒农用。"

[40]"三家本"无此注，今从"汇编本"。

[41] 拜手：古代汉族男子一种跪拜礼。在下跪时，两手拱合，低头至手与手心平，而不及地，故称"拜手"。亦叫"空手""拜首"。《尚书·太甲中》："伊尹拜手稽首。"孔传："拜手，首至手。"

[42] 东菑：见《秋日归西溪二首》其一，注释 [6]。

送谢方山赍诏江西[1]

羽檄[2]交驰日，欣看使节临。安驱无警急[3]，迎拜有讴吟[4]。彭蠡[5]新涛壮，匡庐[6]积雪侵。花秾[7]行冀野，麦秀[8]逼淮阴。稍惬探幽赏，终伤去国心。疮痍[9]群命贱，虎豹九关[10]深。路足王良[11]策，庭无单父[12]琴。端忧[13]劳旰食[14]，宴息[15]愧华簪[16]。揽辔怀先哲，鸣珂[17]返禁林[18]。凤毛[19]人所羡，更听紫霄[20]音。

【注释】

[1] 谢重辉（1644—1711），字千仞，号方山，清初德州城南关街人，致仕后定居德城区黄河涯镇谢家坟村。谢重辉以父荫入仕，后历任刑部主事、刑部员

外郎、刑部郎中。谢诗受王士祯影响，主神韵，为金台十子之一，留有《杏村诗集》。此诗为颜光敏送谢重辉奉诏江西而作，表达了对谢氏此行的恭贺与钦美，并对谢氏负职返京上达天听寄予厚望，此亦可见颜氏对国事的关注。此诗虽为应酬之作，亦不乏真情。

[2] 羽檄（xí）：古代军事文书，插鸟羽以示紧急，必须迅速传递。这里指三藩之乱战事未平。三国魏吴质《答魏太子笺》："军书辐至，羽檄交驰。"

[3] 警急：危急。唐杜甫《夕烽》："照秦通警急，过陇自艰难。"

[4] 讴吟：吟唱之声。

[5] 彭蠡：彭蠡湖，鄱阳湖古称，在江西省北部。

[6] 匡庐：见《赠邢命石》注释[4]。

[7] 秾（nóng）：花木繁盛的样子。

[8] 秀：小麦抽穗。《尔雅》："木谓之华，草谓之荣。不荣而实者谓之秀。"

[9] 疮痍：比喻战乱地区。

[10] 虎豹九关：到天庭去的九重门都有虎豹把守，比喻天子禁地之森严。战国屈原《招魂》："魂兮归来，君无上天兮；虎豹九关，啄害天下人兮。一夫九首，拔木九千兮。"

[11] 王良：春秋时代著名的善御（驾驶马车）者。《淮南子·览冥训》："昔者王良、造父之御也，上车摄辔，马为整齐而致谐，投足调均，劳逸若一。"高诱注："王良，晋大夫邮无恤子良也。所谓御良也，一名孙无政，为赵简子御。"

[12] 单父（shàn fǔ）：古地名，今山东省单县南。据《吕氏春秋·察贤》载："宓子贱治单父，弹鸣琴，身不下堂而单父治。"

[13] 端忧：深忧。唐杜甫《遣闷》："余力浮于海，端忧问彼苍。"

[14] 旰（gàn）食：指事务繁忙不能按时吃饭，泛指勤于政事。旰，天色晚。

[15] 宴息：闲居休息。《周易·随》："君子以向晦入宴息。"

[16] 华簪：华贵的冠簪，这里指为官的职责。

[17] 鸣珂：显贵者所乘的马以玉为饰，行则作响，因名。南朝梁何逊《车中见新林分别甚盛》："隔林望行幰，下阪听鸣珂。"

[18] 禁林：翰林院的别称。

[19] 凤毛：比喻人子孙有才似其父辈者。南朝宋刘义庆《世说新语·容止》："王敬伦风姿似父，作侍中，加授桓公公服，从大门入。桓公望之，曰：'大奴固自有凤毛。'"余嘉锡笺疏："南朝人通称人子才似其父者为凤毛。""三

"家本"作"凤衣",今从"汇编本"。

[20] 紫霄:指帝王所居处。

伏读上谕因地震修省成十四韵[1]

三载辞京辇[2],层霄[3]望独悲。颇闻颁秬鬯[4],私喜靖边陲[5]。土伯[6]惭无状[7],神鳌敢自移[8]?艰难逢帝[9]怒,愚贱费[10]皇慈[11]。苦忆沅湘阻[12],频惊鬐鬛[13]吹。哀鸿[14]迷雾露,硕鼠[15]逐旌麾。岂暇忧黔首[16],惟甘畏赤眉[17]。羽书常献捷,谠论[18]想持危。汲黯[19]心何切,京房[20]见已迟。鳌弧[21]须胜算,虎观[22]且遐遗[23]。南国收酣战,中原念阻饥[24]。农时田泽泽[25],蚕月女祈祈[26]。不羡芝三秀[27],争歌穗两岐[28]。会看邦本[29]在,重与奠坤维[30]。

【注释】

[1] 修省,修身反省之谓。古人认为地震等灾害乃是天罚的一种,时三藩之乱已近尾声,清康熙自责于天下,以承担地震之责,颜光敏因以为诗。该诗从时势艰难的角度回应天子的自责,既表达了对天子的宽慰,也对"重奠坤维"寄予了厚望。

[2] 京辇:国都。晋葛洪《抱朴子·讥惑》:"其好事者,朝夕放效,所谓京辇贵大眉,远方皆半额也。"

[3] 层霄:高空或高空的云气。晋庾阐《游仙诗》:"层霄映紫芝,潜涧泛丹菊。"

[4] 秬鬯(jù chàng):以黑黍和香草汁酿造的酒,用于祭祀降神及赏赐有功的诸侯。《诗经·大雅·江汉》:"厘尔圭瓒,秬鬯一卣。"毛传:"秬,黑黍也,鬯,香草也,筑煮合而郁之曰鬯。"

[5] 靖边陲:平定边患。时三藩之乱已渐平。

[6] 土伯:神话中后土手下的侯伯,阴间幽都的看守。

[7] 无状:谓所行丑恶无善状。

[8] "神鳌"句:古人认为,鳌背负着大地,地震则是鳌的翻身所致,故云。

[9] 帝:天帝。

[10] 费:用、消耗。

[11] 皇慈:皇上的仁爱。唐白居易《社日谢赐酒饼状》:"空荷皇慈,岂伸丹慊。"

[12] 沅湘阻:西南之地的艰难。沅湘,代指西南之地,三藩之乱以西南吴

氏为最甚。

[13] 觱篥（bì lì）：古代管乐器之一种，多用于军中。唐杜佑《通典》："觱篥，本名悲篥，出于胡中，其声悲。"

[14] 哀鸿：悲鸣的鸿雁。比喻哀伤苦痛、流廓失所的人。《诗经·小雅·鸿雁》曰："鸿雁于飞，哀鸣嗷嗷。维比哲人，谓我劬劳。"《序》云："《鸿雁》，美宣王也。万民离散，不安其居，而能劳来还定，安集之。"

[15] 硕鼠：这里指为非作歹参与作乱的人。

[16] 黔首：平民、百姓。

[17] 赤眉：两汉之交的民乱暴动，因以赤色涂眉为标志，故称。这里指作乱的人。

[18] 谠（dǎng）论：指正直之言。谠，正直，敢于直言。宋欧阳修《为君难论》："忠言谠论，皆沮屈而去。"

[19] 汲黯：武帝时人。汲黯为人耿直，好直谏廷诤，尝未请命而自主开仓赈济灾民，汉武帝刘彻称其为"社稷之臣"。

[20] 京房：西汉后期易学家，师从梁人焦延寿，详于灾异，开创了京氏易学。

[21] 蝥（máo）弧：春秋诸侯郑伯旗名，后借指军旗或军旅之事。《左传·隐公十一年》："颍考叔取郑伯之旗蝥弧以先登，子都自下射之，颠。"孔颖达疏："《周礼》诸侯建旃，孤卿建旟。"

[22] 虎观：白虎观的简称。为汉宫中讲论经学之所。

[23] 逜遗：疏远遗弃。

[24] 阻饥：饥饿或饥荒。《尚书·舜典》："帝曰：'弃，黎民阻饥。汝后稷，播时百谷。'"孔传："阻，难；播，布也。众人之难在于饥。"

[25] 泽泽：土地疏松的样子。《诗经·周颂·载芟》："载芟载柞，其耕泽泽。"

[26] 祁祁：众多的样子。《诗经·豳风·七月》："春日迟迟，采蘩祁祁。"毛传："祁祁，众多也。"

[27] 三秀：灵芝一年开花三次，故又称三秀。《楚辞·九歌·山鬼》："采三秀兮于山间，石磊磊兮葛蔓蔓。"王逸注："三秀，谓芝草也。"

[28] 两岐：结两只麦穗，多用以表示祥瑞或善政。范晔《后汉书·张堪传》："（张堪）拜渔阳太守……乃于狐奴开稻田八千余顷，劝民耕种，以致殷富。百姓歌曰：'桑无附枝，麦穗两岐。张君为政，乐不可支。'"

[29] 邦本：国家的根本，指人民。《尚书·五子之歌》："民惟邦本，本固

邦宁。"孔颖达疏："民惟邦国之本，本固则邦宁"。

[30] 坤维：指西南方，因《易·坤》有"西南得朋"之语，故以坤指西南。因三藩之乱在西南，故云。

过郯城赋呈会稽子藏金夫子八韵[1]

藉甚[2]文章伯，风流[3]映海波。仙云郯国[4]遍，春草越山[5]多。照乘[6]空沧海，垂阴[7]上薜萝。桓荣[8]资献纳，原宪[9]慰蹉跎。旧许醇醪[10]醉，亲知暖律[11]和。芝深盘紫气[12]，风远忆鸣珂[13]。绿柳繁天苑[14]，丹花覆玉河。预思迎瑞雉[15]，更见五云[16]过。

【注释】

[1] 金子藏（1638—1694），名煜，会稽人，清顺治十五年进士，曾为郯城知县。颜光敏乡试时，金子藏曾有提携之举，故颜光敏以师奉之。该诗对金氏的才学、政绩均有称誉，诗句文辞讲究，用典较多，有过分骋才使气之嫌。

[2] 藉（jiè）甚：（名声）盛大、卓著。

[3] 风流：风度，仪表。

[4] 郯（tán）国：春秋时期一个小国，在今山东省郯城县一带。

[5] 越山：越地之山。因金子藏为会稽人，故云。

[6] 照乘：照乘珠，光亮能照明车辆的宝珠。

[7] 垂阴：树木枝叶覆盖形成阴影，亦作"垂荫"。这里用为双关，亦有承蒙金子藏提携之意。

[8] 桓荣：东汉初年名儒。桓荣赴长安求学，拜拜九江人朱普为师，他家中贫困，常靠佣工养活自己，精力不倦，十五年没有回家探视，到王莽篡位时才回去。恰逢朱普去世，桓荣到九江郡奔丧，自己背着土为老师筑坟。后文的"献纳"，即此之谓。

[9] 原宪：孔门弟子，个性狷介，一生安贫乐道，不肯与世俗合流。孔子所谓"为己之学"，原宪近于是。

[10] 醇醪（chún láo）：味厚的美酒。

[11] 暖律：温暖的节候称"暖律"。

[12] 紫气：紫色的霞气，古人以为瑞祥的征兆。《史记·老子韩非列传》："莫知其所终。"司马贞索隐引汉刘向《列仙传》："老子西游，关令尹喜望见有紫气浮关，而老子果乘青牛而过也。"

[13] 鸣珂：显贵者所乘的马以玉为饰，行则作响，因名。这里指金子藏。

[14] 天苑：仙人的苑囿。

[15] 瑞雉：祥瑞的雉鸡。古人以白雉为祥瑞的征兆。

[16] 五云：五色瑞云，多作吉祥的征兆。

同人秋日燕集分赋得促织[1]

长夏[2]吟方急，清商[3]听转繁。曾无兼岁智，那识百忧端？著意窥人寂，关情[4]语夜阑[5]。灯前乡梦少，露下客衣单。张幕连郊树，开樽对井栏。静闻原隰[6]聒，深讶[7]别离难。塞草三时歇，并州九月寒。江南砧杵[8]夜，空解忆长安[9]。

【注释】

[1] 燕集，宴饮聚会。促织，蟋蟀别名。此诗为郊野燕集，祝酒遣兴而作。前六句以促织的视角起兴，拟物微妙，后八句转而抒写诗人的思乡之绪，语浅情深。

[2] 长夏：指六月。《素问·六节藏象论》："春胜长夏。"王冰注："所谓长夏者，六月也。"

[3] 清商：谓秋风。晋潘岳《悼亡诗》："清商应秋至，溽暑随节阑。"

[4] 关情：动心，牵动情怀。唐陆龟蒙《又酬袭美次韵》："酒香偏入梦，花落又关情。"

[5] 夜阑：夜残、夜将尽时。唐杜甫《羌村》："夜阑更秉烛，相对如梦寐。"

[6] 原隰（xí）：广平与低湿之地。亦泛指原野。《国语·周语上》："犹其原隰之有衍沃也。"韦昭注："广平曰原，下湿曰隰。"

[7] 讶（yà）：诧异，感到意外。

[8] 砧杵（zhēn chǔ）：捣衣石和棒槌。亦指捣衣。唐韦应物《登楼寄王卿》："数家砧杵秋山下，一郡荆榛寒雨中。"

[9] "空解"句：唐杜甫《月夜》有"遥怜小儿女，未解忆长安"之句，此处为化用杜甫诗句而得。

送王敬修之任垫江[1]

霖雨东溟[2]望，干将北斗文[3]。乘风千里壮，奏政九重[4]闻。白帝[5]秋鸿急，黄陵[6]野日曛。巴童[7]环种黍，僰女[8]善裁云。卓鲁[9]新驰誉[10]，皋夔[11]早致君。联翩[12]知有日，莫惜暂离群。

【注释】

[1] 王敬修，山东高密人，清康熙年间曾任职西南垫江知县。此诗为颜光敏送王敬修赴任之作，诗中盛赞王氏有卓世之才，并对王氏乘时而飞寄予厚望。

[2] 东溟：东海。

[3] "干将"句：干将，剑名。据《晋书·张华列传》载：吴未灭的时候，斗牛之间常有紫气，豫章人雷焕为张华掘地得双剑，斗牛间紫气不复存在。这里用剑气上应星宿来暗喻王敬修将一展身手，为时所用。

[4] 九重：九天，喻天子所居之地。唐白居易《长恨歌》："九重城阙烟尘生，千乘万骑西南行。"

[5] 白帝：地名，在四川省奉节县瞿塘峡口，王敬修入川必经之地。

[6] 黄陵：黄陵庙，坐落在湖北省宜昌市西陵峡中段长江南岸黄牛岩下，为祭祀大禹而建。

[7] 巴童：巴渝之童，善歌舞。南朝宋鲍照《舞鹤赋》："燕姬色沮，巴童心耻。"刘良注："巴童、燕姬，并善歌者。"

[8] 僰（bó）女：僰，西南地区少数民族名。这里代指西南土著民。

[9] 卓鲁：汉卓茂、鲁恭的并称。两人均以循吏见称，后因以指贤能的官吏。

[10] 驰誉：声誉传得很远。南朝宋鲍照《见卖玉器者》："扬芳十贵室，驰誉四豪门。"

[11] 皋夔：亦作"夔皋"，皋陶与夔的合称。夔、皋陶均为舜帝之良臣。

[12] 联翩：形容连续不断。意谓王敬修将要在西南地区任职一段时间。

卷五　七言律诗

怀孔栗如先生[1]

闭门萧寺[2]晚花残，被酒狂歌拂玉鞍。常笑功名嫌客问，每焚骚雅[3]畏人看。燕台[4]木落砧声[5]早，鲁甸[6]山空月色寒。十载同游多依杖，浑头[7]白发尚冲冠[8]。

【注释】

[1] 此诗前四句写孔栗如先生特立独行的性格与做派——任性情而薄功名；后四句写诗人对孔先生的思念，诗人虽然与孔先生南北悬隔，但在诗人心中，孔先生定当豪气不减。

[2] 萧寺：佛寺。唐李肇《唐国史补》："梁武帝造寺，令萧子云飞白大书'萧'字，至今一'萧'字存焉。"后因称佛寺为萧寺。

[3] 骚雅：《离骚》与《诗经》中《大雅》《小雅》的并称。这里借指孔栗如有才情的作品。

[4] 燕台：见《送高少司寇念东予假归》注释 [22]。

[5] 砧声：捣衣声。唐李颀《送魏万之京》："关城曙色催寒近，御苑砧声向晚多。"

[6] 鲁甸：旧鲁国地区。甸，郊野之地。

[7] 浑头：满头。

[8] 冲冠：头发把帽子冲起。这里形容孔栗如虽年迈而豪气尚在。

喜荆璞伯父归里[1]

三年浮海[2]嗟为吏，五十还家喜弄孙。南陌锄犁安野性，东山岁月总君恩[3]。迎人鸟雀骄怜羽，近水蔷薇乱绕门[4]。稷契[5]平生原不屑，比邻莫拟浣花村。

【注释】

[1] 颜伯璟，字荆璞，为颜光敏伯父。颜伯璟宦海不顺，数年为吏，归老故里。诗人咏叹伯父归乡后的恬美与安适，亦暗含伯父不得志于时的孤愤，诗歌的最后两句正话反说，颇耐寻味。

[2] 浮海：浮于宦海。颜伯璟仕途不彰，尝为鱼台县教谕，故云"嗟为吏"。

[3]"南陌""东山"两句：谓颜伯璟回归乡里后，过着适性的生活，然亦未忘君恩。

[4]"迎人""近水"两句：以花鸟拟人，以状颜伯璟归里后的惬意与安适。

[5]稷契：稷和契的并称。稷是后稷，传说他在舜时教人稼穑；契，传说是舜时掌管民治的大臣。杜诗有"许身一何愚，窃比稷与契"之语，此处暗用杜诗之意。

长安[1]

长安日日掩双扉[2]，二月轻寒未典衣[3]。沈约[4]耽诗[5]身颇懒，桓荣[6]稽古[7]愿常违。桃花正拟还家发，柳色遥怜出塞稀。南去关山何日到？北来鸿雁不须飞。

【注释】

[1] 此诗以思乡怀归为迹，实乃抒发京城宦游之艰难与无奈，欲效法沈约、桓荣而不得，春色渐显，归乡之绪转浓。

[2] 扉（fēi）：门扇。

[3] 典衣：典押衣服。唐杜甫《曲江二首》："朝回日日典春衣，每日江头尽醉归。"

[4] 沈约（441—513）：南朝梁文学家，字休文，吴兴武康（今浙江省德清县）人。历仕宋、齐、梁三代，在梁代官至尚书令，封建昌县侯。死后谥号为隐。在诗的声律上创"四声""八病"之说，对古体诗向律诗的转变起了重要作用。

[5] 耽（dān）诗：沉迷、沉溺于诗歌。耽，沉溺、入迷。

[6] 桓荣：字春卿，沛郡龙亢（今安徽省怀远县龙亢镇）人。东汉初年名儒、大臣。少赴长安求学，拜博士朱普为师，他刻苦自励，十五年不回家乡，终成学业。《太平御览》卷二四四引《东观汉记》曰："建武二十八年，以桓荣为少傅，赐以辎车乘马。荣大会诸生，陈车马印绶，曰：'今日所蒙，稽古之力也，可不勉乎。'"

[7] 稽古：考察古代的事迹，以明辨道理是非、总结知识经验，从而于今有益、为今所用。

寄吴六益[1]

茱萸[2]良宴惜离群，每见黄花倍忆君。北地风烟从此隔，南州鸿雁几回闻。

江天木落悲吴苑[3]，海国秋高接塞云。莫向龙山[4]重载酒，清狂谁似孟参军[5]。

【注释】

[1] 此诗为思故友之作。吴六益（1615—1687），名懋谦，号华苹山人，华亭（今上海市）人。少从陈子龙、李雯诸人游。明亡，托迹林皋，泥水自蔽，终身为布衣。吴懋谦行径高迈，故诗中比之南朝名士孟嘉。

[2] 茱萸（zhū yú）：植物名。香气辛烈，可入药。汉族民间风俗，九月九日重阳节，佩茱萸能驱邪辟恶。唐王维《九月九日忆山东兄弟》："遥知兄弟登高处，遍插茱萸少一人。"

[3] 吴苑：吴地的苑囿。《晋书·张翰传》："翰因见秋风起，乃思吴中莼菜、莼羹、鲈鱼脍。"

[4] 龙山：地名，在湖北江陵。据《晋书·孟嘉传》载：九月九日，桓温曾大聚佐僚于龙山。后遂以"龙山会"称重阳登高聚会。唐朱湾《九日登青山》："想见龙山会，良辰亦似今。"

[5] 孟参军：东晋名士孟嘉，尝为桓温参军。《世说新语·识鉴》："九月九日，温游龙山，参佐毕集，时佐史并着戎服，风吹嘉帽堕落，温戒左右勿言，以观其举止。嘉初不觉，良久如厕，命取还之。令孙盛作文嘲之，成，箸嘉坐。嘉还即答，四坐嗟叹。"

过邯郸作[1]

先祖自邯郸令历守河间，敏生。三年，竟未获见。

平干[2]烽火接皇都，故国[3]空悬户左弧[4]。周岁曾闻封绣襦[5]，含饴[6]遂痛掩黄垆[7]。枕戈遗事传臧获[8]，呕血愁容见画图。二十余年人代隔，秋霜春雨梦魂无。

【注释】

[1] 此诗为怀念祖父而作。祖父死时，颜光敏仅三岁，但祖父的忠义之举给诗人以很大震撼。诗人西行途中，取道邯郸，访遗迹寻故老，遥想祖父当年之义勇忠烈，能无怆乎！

[2] 平干：汉初国名，在今河北省永年县一带。

[3] 故国：故乡，即曲阜。

[4] 悬户左弧：悬弧于门左。古代风俗尚武，家中生男，则于门左挂弓一张，后因称生男为悬弧。《礼记·内则》："子生，男子设弧于门左，女子设帨于门右。"

[5] 秀褓（bǎo）：覆裹婴儿的绣被，亦作"绣葆"。

[6] 含饴（yí）：形容祖孙之情意。饴，饴糖，用麦芽或谷芽之类熬成。元刘埙《隐居通议·骈俪三》："肯堂收教子之功，含饴遂弄孙之乐。"

[7] 黄垆（lú）：犹黄泉。《淮南子·览冥训》："上际九天，下契黄垆。"高诱注："上与九天交接，下契至黄垆，黄泉下垆土也。"

[8] 臧获：古代对奴婢的贱称。《荀子·王霸》："大有天下，小有一国，必自为之然后可，则劳苦耗悴（hào cuì）莫甚焉；如是，则虽臧获不肯与天子易执业。"

广平城外园亭[1]

背郭园亭往复回，到门葵堇[2]落还开。已看黄鸟林间少，莫笑青娥马上来[3]。鼓瑟楼台春寂历[4]，照眉池馆[5]月徘徊。信陵[6]归去余醇酒，午夜酣歌罢举杯。

【注释】

[1] 此诗借春日游历，来抒发历史的沧桑感，在时光的长河里，一切繁华与显赫都将褪去色彩，就像当年的赵王宫苑、信陵公子一样。

[2] 葵堇：花卉名。

[3] "莫笑"句：唐杜审言《戏赠赵使君美人》有"红粉青娥映楚云，桃花马上石榴裙"之句，此处化用该句。青娥，少女。

[4] 寂历：寂静、冷清。

[5] 照眉池馆：战国时期赵王池苑的名字。上文"鼓瑟楼台"，也当指此。

[6] 信陵：战国时期的信陵君魏无忌。他曾立救赵之功，归国后受猜忌，以饮酒卒。

已发洺关却寄房梅崓[1]

春风祖帐[2]柳千条，夹道繁阴酒易消。东望鲁门初日近，南行漳水故人遥。浮云欲暗相如巷[3]，班马[4]长嘶豫让桥[5]。君亦少年轻万里，应怜魂梦逐兰桡[6]。

【注释】

[1] 此诗作于诗人南归途中，以云暗马嘶之凄迷，状诗人离群思友之情。

[2] 祖帐：道旁设帐饯行。

[3] 相如巷：邯郸城的"回车巷"，战国蔺相如曾在此回车以避让廉颇，故名。

[4] 班马：离群的马。《左传·襄公十八年》："有班马之声，齐师其遁。"杜预注："夜遁，马不相见，故鸣。班，别也。"

[5] 豫让桥：豫让刺杀赵襄子所避之桥，在邯郸城内。司马迁《史记·刺客列传》："既去，顷之，襄子当出，豫让伏于所当过之桥下。襄子至桥，马惊，襄子曰：'此必是豫让也。'使人问之，果豫让也。"

[6] 兰桡（ráo）：小舟的美称。桡，船桨。秦观《临江仙》："千里潇湘接蓝浦，兰桡昔日曾经。"

渡漳河[1]

我昔梦游漳河滨，桃花树树开城闉[2]。今来此地寻芳草，无那[3]轻舟送远人。楼前烟暝铜台[4]路，天际沙明白马津[5]。长路关山归未得，莫将客思恼阳春。

【注释】

[1] 此诗为辞别燕冀之作，虽以春游起兴，但落脚处却在别思。

[2] 城闉：见《同曹升六郊行二首》其一，注释［3］。

[3] 无那：无奈。

[4] 铜台：铜雀台，汉末曹操所建，位于河北省邯郸市临漳县。

[5] 白马津：黄河古渡口之一，位于今河南省滑县北。唐高适《夜别韦司士得城字》："黄河曲里沙为岸，白马津边柳向城。"

铜雀台[1]

漳干南望郁峻嶒[2]，遗构[3]荒凉遍野塍[4]。樵牧浪传[5]铜雀瓦，绮罗空守穗帷[6]灯。华林风见嘶边马，疑冢[7]何如起灞陵[8]。乱世雄才聊复尔[9]，不应蒙面[10]说金縢[11]。

【注释】

[1] 这是一首咏史诗，前四句写铜雀台今日之萧瑟残破，后四句论曹操之奸雄本色，并对曹氏篡汉表达了讽刺。

[2] 峻嶒（jùn céng）：陡峭不平貌。

[3] 遗构：这里指铜雀台建筑的遗迹。

[4] 野塍（chéng）：田垄。塍，田间的土埂子，小堤。

[5] 浪传：空传，妄传。唐杜甫《得舍弟消息》："浪传乌鹊喜，深负鹡鸰诗。"仇兆鳌注："弟不能归，空传乌鹊之喜。"

[6] 穗（suì）帷：用细疏的布制成的灵帐。曹操《遗令》："于台堂上，安六尺床，下施穗帐，朝脯设脯糒之属。"

[7] 疑冢：为反盗墓而虚设的坟墓，民间传说，曹操有"疑冢"72处。

[8] 灞陵：也写作"霸陵"，汉孝文帝刘恒陵寝。灞，即灞河。因靠近灞河，因此得名。

[9] 聊复尔：姑且如此而已。聊，姑且；尔，如此。《晋书·阮咸传》："未能免俗，聊复尔耳。"

[10] 蒙面：遮饰脸面，意谓犹厚颜无耻。

[11] 金縢（téng）：收藏书契的柜。周公曾有"金縢"之书，曹操《让县自明本志令》载："见周公有《金縢》之书以自明，恐人不信之故……或者人见孤强盛，又性不信天命之事，恐私心相评，言有不逊之志，妄相忖度，每用耿耿。"曹操用此典来表明自己对汉朝的忠诚，反击朝野对自己的讪谤。

邺城[1]

邺城[2]风日暂徘徊，榆林清阴[3]夹道开。沃野北连天府[4]阔，浮云西拥太行来。韩陵勒石[5]人何往？洹水[6]怀琼[7]歌自哀。七郡分藩[8]从此数，岂应弥望[9]但蒿莱。

【注释】

[1] 邺城居于华北平原的中心，自春秋以至汉晋，均为繁华之地。经过明末清初的战乱，映入诗人眼帘的只有蒿莱。诗人通过今昔的反差，以状古城之凋零，读之怆然。

[2] 邺（yè）城：地名，在今河北省临漳县，原为东汉末年冀州治，曹操破袁绍后又加经营，遂成为当时的行政中心。

[3] 清阴：清凉的树荫。晋陶渊明《归鸟诗》："顾俦相鸣，景庇清阴。"

[4] 天府：天子的府库，比喻某地区物产丰饶。

[5] 韩陵勒石："韩陵"之名与汉初名将韩信相关。《彰德府志》载："汉韩信尝屯兵焉，故号韩陵。"另一说：因山上有一个名叫韩陵的大墓，山因墓得名，称韩陵。据《北史》卷六载：永熙元年（532），高欢率军与朱尔兆在韩陵山决战，高欢大获全胜，在韩陵山修建定国寺，并让御史温子升撰写《韩陵山

寺碑》歌颂战功。"韩陵勒石"因温子升文采飞扬的文字而名扬海内。

[6] 洹(huán)水：一音 yuán，水名，在河南省，亦称"安阳河"。

[7] 怀琼：《左传·成公十七年》："初，声伯梦涉洹。或与己琼瑰，食之。泣而为琼瑰，盈其怀。从而歌之曰：'济洹之水，赠我以琼瑰。归乎！归乎！琼瑰盈吾怀乎！'"

[8] 七郡分藩：公元前 453 年，韩、赵、魏联合击败智氏，平分其地，分别建立韩、赵、魏三个政权。公元前 403 年，周威烈王封三家为侯国，正式承认了他们诸侯的地位。

[9] 弥望：满眼。东汉班固《汉书·元后传》："大治第室，起土山渐台，洞门高廊阁道，连属弥望。"

次卫辉[1]

淇园[2]萧瑟接平畴[3]，客路荒凉出顿丘[4]。乱后人烟多近郭，雨余竹树早惊秋。楼台漫筑王孙[5]怨，舟楫空传卫女愁[6]。莫向朝歌[7]问耆老[8]，百年遗事早悠悠。

【注释】

[1] 此诗写诗人途经卫辉，所见皆荒凉破败之景，遂引发诗人对战乱的慨叹。卫辉，地名，今河南省卫辉市，殷商时为畿内牧野地。

[2] 淇(qí)园：古苑囿名，以产竹闻名，位于河南省淇县，据传为西周晚期卫武公所建。《述异记》："卫有淇园，出竹，在淇水之上。"

[3] 平畴：平坦的田野。晋陶潜《癸卯岁始春怀古田舍》："平畴交远风，良苗亦怀新。"

[4] 顿丘：古地名，汉置顿丘县，在今河南省清丰县西南。《诗经·卫风·氓》："送子涉淇至于顿丘。"

[5] 王孙：明代潞王的藩地在卫辉，此处当指末代潞王朱常淓。

[6] 卫女愁：《诗经·卫风·竹竿》一诗据传是许穆夫人为思乡而作，诗云："淇水滺滺，桧楫松舟。驾言出游，以写我忧。"

[7] 朝(zhāo)歌：殷都名，在今河南省鹤壁市淇县。

[8] 耆(qí)老：指六七十岁的老人。六十曰耆，七十曰老。

辉县道中[1]

日日河桥望太行，近城春色晚苍苍。潞王[2]园上丹青落，玉女楼前草木香。

金尽朝歌难系马，路迷秦岭倍思乡。何当归载河阳[3]酒，却醉清溪嘉树旁。

【注释】

[1] 此诗为纪行旅之作。诗人行走在春色苍茫的大道上，虽有丹青映眼，草香扑鼻，总难遣散思乡之绪。

[2] 潞（lù）王：明末代潞王为朱常淓（1607—1646），潞简王朱翊镠第一子。万历四十六年（1618）闰四月袭封潞王。崇祯十七年（1644）三月，李自成攻入北京，明亡。五月，清军入关，朱常淓随军南渡长江，寓居杭州，后降清。因"金印案"被杀于北京。

[3] 河阳：地名，在今河南省孟州市。西晋时期，石崇等文士们曾在河阳金谷雅集宴饮。

覃怀[1]

傍城流水各西东，水上浮烟接太空。草色千峰春雨后，乡心一路鸟声中。松楸[2]历落山公[3]墓，翡翠凄凉帝子宫[4]。却忆当年歌舞地，不堪吟望落花风。

【注释】

[1] 此诗前四句写覃怀之春色，言壮而景阔，后四句即景怀古，语凄而情婉。覃（Tán）怀，古地名，夏代时的称谓，今河南省沁阳市、温县周围一带。

[2] 松楸（qiū）：松树与楸树。墓地多植，因以代称坟墓。

[3] 山公：山涛（205—283），字巨源。河内郡怀县（今河南省武陟县西）人。魏晋西晋名士、政治家，"竹林七贤"之一。据《沁阳县志》载："晋少傅山涛墓，在城北山王庄；黄门侍郎向秀墓，在城北山王庄。"

. [4] 帝子宫：或指沁园。东汉明帝曾为其最宠爱的第五个女儿刘致建造一所园林，起名沁水公主园，简称"沁园"。《怀庆府志》载：（沁园）"在府城东北三十里，沁水北岸。"

渡河[1]

急水高滩卷白沙，津楼古道夕阳斜。飘摇[2]舟上迷乡土，潦倒河阳[3]怨岁华。万里忽开三晋树，南天遥堕北邙[4]花。独怜从此音书断，那得狂夫不忆家。

【注释】

[1] 此诗写诗人横渡黄河南下，漂荡的行舟更加剧了诗人漂浮尘世的感觉，望天水茫茫，思乡之情顿浓。

[2] 飘摇：风吹貌。汉班彪《北征赋》："风猋发以飘摇兮，谷水灌以扬波。"刘良注："飘摇，风驰貌。"

[3] 潦倒河阳：西晋潘岳曾为河阳县令，曾作《河阳县诗》以抒怀才不遇之情。

[4] 北邙（máng）：山名，即邙山。因在洛阳之北，故名。东汉、魏、晋的王侯公卿多葬于此。

洛阳[1]

城阙萧森[2]望洛阳，西来瀍涧[3]水汤汤。千山紫翠[4]朝中岳[5]，万古歌钟对北邙[6]。故国何人凭险阻，皇天有意阅沧桑。可怜贾傅[7]今祠庙，吴楚[8]苍生几战场。

【注释】

[1] 这是一首咏史诗，诗歌以描写洛阳山形水势起兴，后四句笔锋一转，抒发诗人对历史的反思：安天下须以贤人，不可凭险阻。

[2] 萧森：萧条冷落。

[3] 瀍（chán）涧：瀍水和涧水的并称。东周以来的古都洛阳（今河南省洛阳市东），瀍水直穿城中，涧水环其西。

[4] 紫翠：山色葱郁的样子。

[5] 中岳：嵩山，位于洛阳市东。

[6] 北邙：见《渡河》注释[4]。

[7] 贾傅：贾谊（公元前200—前168），西汉初洛阳（今河南省洛阳市东）人，著名的思想家、文学家。由于当过长沙王太傅，故世称贾太傅、贾傅。洛阳有贾谊祠堂。

[8] 吴楚：指汉初分封的吴国、楚国。文帝时，贾谊提出"众建诸侯而少其力"（《治安策》）的主张，文帝不能用。至景帝时，终于爆发了"七国之乱"。

张茅[1]

驿树参差陇麦交，微茫一径是张茅。河流绕地浮三晋[2]，山势连空结二崤[3]。云外旌旗间古戍[4]，洞中烟火出危巢[5]。岩花岸草空经眼，哪得他乡有乐郊[6]。

【注释】

[1] 此诗借张茅山水形胜以抒发诗人乡关之思。张茅位于三晋旧地，依山傍河，岩高岸险，颇有气势。然此地虽有胜景，终不如故乡山水更能让自己安心。

[2] 三晋：战国时期，晋为赵、韩、魏三家所分，因而晋地所在区域也被称为"三晋"。

[3] 二崤（xiáo）：崤山。因崤山分为东崤、西崤，故称。汉班固《西都赋》："左据函谷、二崤之阻，表以太华、终南之山。"

[4] 古戍：古老的戍楼、瞭望台之类。

[5] 危巢：高树上的鸟巢。

[6] 乐（lè）郊：乐土。《诗经·魏风·硕鼠》："逝将去女，适彼乐郊。乐郊乐郊，谁之永号。"

登灵宝阁[1]

荒城楼阁倚山村，近郭风沙入夜昏。关塞阴阴当[2]万岭，星河衮衮[3]下三门[4]。游梁已谢平台[5]宴，入赵空悲国士[6]恩。日日东归归未得，孤城吹角易销魂。

【注释】

[1] 此诗前四句写登高远眺之壮阔，笔势亦雄健，后四句写乡关之思，然"平台""国士"之典，亦暗含不得志于时之悲。

[2] 当（dāng）：面对着。

[3] 衮衮（gǔn）：大水奔流激荡的样子。唐杜甫《登高》："无边落木萧萧下，不尽长江滚滚来。"

[4] 三门：砥柱山，亦称三门山，位于河南省陕县东北的黄河中。北魏郦道元《水经注》："砥柱者，山名也。昔禹治洪水，山陵当水者凿之，故破山以通河。河水分流，包山而过，山见于水中若柱然，故曰砥柱也。"

[5] 平台：古台名，在河南商丘睢阳区东北，为西汉梁孝王所筑。梁孝王曾在此台与邹阳、枚乘等文士悠游。唐李白《梁园吟》："平台为客忧思多，对酒遂作《梁园歌》。"

[6] 国士：国中才能最优秀的人物。宋黄庭坚《书幽芳亭》："士之才德盖一国则曰国士。"

潼关[1]

连山觅路纵横断，粉堞[2]当空结构[3]牢。万里河流蒲阪[4]动，九天秋色岳莲[5]高。燕齐无计挠[6]秦帝，关陇[7]频闻唱《董逃》[8]。设险当年隶畿辅[9]，庙谟[10]亲见紫宸[11]劳。

【注释】

[1] 此诗前四句写潼关之险峻与气势，后四句叙周汉以来围绕潼关的争夺与兴败，抒发了作者安天下在人不在险的慨叹。

[2] 粉堞（dié）：用白垩涂刷的女墙。唐杜甫《秋兴·其二》："画省香炉违伏枕，山楼粉堞隐悲笳。"

[3] 结构：联结构架，以成屋舍。唐刘禹锡《白侍郎大尹自河南寄示兼命同作》："结构疏林下，夤（yín）缘曲岸隈。"

[4] 蒲阪（bǎn）：指蒲州古城，遗址位于山西省永济市西南，黄河东岸，隔河与潼关相望。

[5] 岳莲：指西岳华山莲花峰。唐杜甫《题郑县亭子》："云断岳莲临大路，天晴宫柳暗长春。"仇兆鳌注："岳莲，西岳莲花峰也。《华山记》：'山顶有池，生千叶莲花，因名。'"

[6] 挠：阻止。

[7] 关陇：关中和甘肃东部一带地区。唐骆宾王《早秋出塞寄东台详正学士》："汉月明关陇，胡云聚塞垣。"

[8]《董逃》：《董逃歌》，东汉灵帝时童谣，主旨写董卓跋扈，纵其残暴，终归逃窜，以致灭族。辞载《后汉书·五行志》。

[9] 畿（jī）辅：畿，京畿；辅，三辅。合指京都周围附近的地区。

[10] 庙谟：见《送程周量之桂林》注释[4]。

[11] 紫宸：见《益都公晋大司寇喜赋》注释[19]。

潼关道中[1]

杨公墓[2]下绕清溪，柳叶桑条翠覆堤。乡梦自萦河曲外，客愁更在霸陵[3]西。林间黄鸟春无赖[4]，马首青山望转迷。纵使新丰[5]赊斗酒，玉壶金管[6]为谁携。

【注释】

[1] 此诗写春日游谒杨震之墓，"乡梦""客愁"之句乃本诗旨趣所在。

[2] 杨公墓：杨震，弘农郡华阴（今华阴市）人，东汉大臣、名儒，治《欧阳尚书》，被称为"关西夫子"。据《潼关卫志》载："（杨）震墓地潼关卫城西七里，《汉书》载'改葬潼亭'，即此。"

[3] 霸陵：见《铜雀台》注释[8]。

[4] 无赖：活泼可爱的样子。宋辛弃疾《清平乐·村居》："最喜小儿无赖，溪头卧剥莲蓬。"

[5] 新丰：古县名，汉置，治所在今陕西省西安市临潼区东北。新丰镇古时产美酒，谓之新丰酒。

[6] 金管：精美的乐器。

望华山[1]

潼关西上见嵯峨[2]，路入云台[3]佳气多。万壑深松寒白日，三峰积雪照黄河。天鸡[4]晓彻扶桑[5]涌，石马[6]宵鸣翠辇过。拟向青冥[7]销永夏，莲花玉井[8]竟如何。

【注释】

[1] 此诗写远望华山之壮美，激发了诗人欲登临游赏的渴望。

[2] 嵯峨：见《徒步行》注释[11]。

[3] 云台：华山北峰。唐李白《古风·十九》："邀我登云台，高揖卫叔卿。"王琦注引慎蒙《名山记》："云台峰在太华山东北。"

[4] 天鸡：见《西峰》注释[11]。

[5] 扶桑：见《望岳》注释[17]。

[6] 石马：华山中峰的景观之一。中峰又名玉女峰，多数景观都与萧史弄玉的传说有关，"玉马""翠辇"或亦指此。

[7] 青冥：见《十二砚歌赠汪蛟门》注释[10]。

[8] 莲花、玉井：见《瀑布》注释[2]、[13]。

骊山[1]

千秋遗构[2]怅骊山，涧道[3]遥连百二关[4]。断续清泉浮树杪[5]，逶迤猎火[6]出云间。青梧月冷麒麟[7]卧，绣岭[8]春深鸟雀还。欲向朝元[9]重系马，征途愁见野花斑。

【注释】

[1] 此诗前四句从宏观视角描写骊山的雄阔，后四句则转向以景衬心，"系马朝元阁"透露出诗人的方外之趣，而"征途野花"则又寄托了些许的乡思。

[2] 遗构：见《兖州故宫篇》注释[10]。

[3] 涧道：山谷中的路。

[4] 百二关：又称"百二秦关"，形容秦地地势险要。司马迁《史记·高祖本纪》："秦，形胜之国，带河山之险，县（悬）隔千里，持戟百万，秦得百二焉。"裴因引苏林曰："秦地险固，二万人足当诸侯百万人也。"司马贞索隐引虞喜曰："言诸侯持戟百万。秦地险固，百倍于天下，故云得百二焉，言倍之也，盖言秦兵当二百万也。"

[5] 树杪（miǎo）：树梢。杪，树枝的细梢。唐王维《送梓州李使君》："山中一夜雨，树杪百重泉。"

[6] 猎火：打猎时焚山驱兽之火。唐李白《大猎赋》："羽毛扬兮九天绛，猎火燃兮千山红。"

[7] 麒麟：骊山北麓始皇陵有石麒麟两座。《西京杂记·卷三》："观前有三梧桐树，树下有石麒麟二枚，刊其胁为文字，是秦始皇骊山墓上物也。"

[8] 绣岭：山名，骊山之上有东绣岭、西绣岭。以山势高峻，如云霞绣错，故名。唐杜牧《华清宫三十韵》："绣岭明珠殿，层峦下缭墙。"

[9] 朝元：骊山的朝元阁，又名降圣阁，著名的道教圣地。

杂感三首[1]

其一

北斗城[2]边万古愁，五陵[3]佳气绕皇州[4]。旌旄影动金银阙[5]，关塞风吹苜蓿[6]秋。铜马[7]何曾怀帝子，骊山岂复笑诸侯[8]。伤心远道[9]兵戈满，回首秦川[10]涕泗[11]流。

【注释】

[1] 此三首作品均为游处秦川时期的作品。其一借阅尽沧桑的长安古城，来抒发诗人对历史盛衰的慨叹。其二、其三均为抒发思乡之情而作，在乡思的背后，似有不为世赏的无奈。

[2] 北斗城：斗城，长安的代称。《三辅黄图·汉长安城》："城南为南斗

形，城北为北斗形，至今人呼汉京城为'斗城'。"唐严武《酬别杜二》："斗城怜旧路，涡水惜归期。"

[3] 五陵：五陵原，地处关中平原中部偏北的咸阳原上，南临渭水，北接北山山系，因西汉王朝在这里设立的五个陵邑而得名。五陵分别为：高祖长陵、惠帝安陵、景帝阳陵、武帝茂陵、昭帝平陵。

[4] 皇州：帝都、京城。南朝宋鲍照《侍宴覆舟山》："繁霜飞玉阁，爱景丽皇州。"

[5] 金银阙：传说中东海仙人所居住的宫殿，这里指长安帝王宫阙。许坚《初学记》引《博物志》："沧海之中有蓬莱、方丈、瀛洲三神山，金银为宫阙，仙人所集。"

[6] 苜蓿（mù xu）：俗称"三叶草"，是一种多年生牧草。葛洪《西京杂记》："乐游苑多苜蓿，风在其间，常萧萧然。"

[7] 铜马：汉武帝得大宛马，乃命东门京以铜铸像，立马于鲁班门外。东汉初，铜马迁往洛阳西门。北魏郦道元《水经注·谷水》："明帝永平五年，长安迎取飞廉并铜马，置上西门外平乐观。"

[8] 笑诸侯：指周幽王烽火戏诸侯之事。《史记·周本纪》："褒姒不好笑，幽王欲其笑，万方，故不笑。幽王为烽燧大鼓，有寇至则举烽火。诸侯悉至，至而无寇，褒姒乃大笑。幽王说之，为数举烽火。"

[9] 远道：远路。唐杜甫《登舟将适汉阳》："中原戎马盛，远道素书稀。"

[10] 秦川：泛指今陕西省、秦岭以北的关中平原地带。因春秋、战国时地属秦国而得名。

[11] 涕泗：眼泪和鼻涕。三国魏阮籍《咏怀》："齐景升丘山，涕泗纷交流。"

其二

杨花[1]雪落昼阴阴，堂下新篁[2]渐作林。怀古久拼[3]违世远，愁时转觉闭门深。鸣筝夜促[4]他乡酒，啼鸟朝闻故国[5]音。渭水秦山余胜迹，远游人已倦登临。

【注释】

[1] 杨花：柳絮。庾信《春赋》："新年鸟声千种啭，二月杨花满路飞。"

[2] 篁（huáng）：竹林，泛指竹子。

[3] 拼：弃。

[4] 促：短。

[5] 故国：指故土，即曲阜。

其三

秦地高楼五月寒，劳人[1]不寐倚阑干[2]。春归每拟[3]乡书到，乱后偏知客路难。三市[4]酒香聊独往，半床书在好谁看。故园兄弟堪行乐，应傍荷花洗玉盘[5]。

【注释】

[1] 劳人：忧伤之人。《诗经·小雅·巷伯》："视彼骄人，矜此劳人。"马瑞辰通释："高诱《淮南子》注：'劳，忧也。'劳人，即忧人也。"

[2] 阑干：栏杆。唐李白《清平调词》之三："解释春风无限恨，沉香亭北倚阑干。"

[3] 拟：虚想。

[4] 三市：泛指闹市。何晏《景福殿赋》："俯眺三市，孰有谁无？"李善注引《周礼》："大市，日昃而市；朝市，朝时为市；夕市，夕时为市。"

[5] 玉盘：代指月亮。

五日[1]

令节惊心独未归，榴花无恙照帘帏。侍儿自进涓涓[2]酒，燕子何劳故故[3]飞。官舍[4]青山看已倦，高堂白发向来稀。扁舟[5]苦忆雕胡饭[6]，栗树滩头上钓矶[7]。

【注释】

[1] 此诗写诗人西行久未归，时值端午节，见燕子穿帷，榴花映幕，遂触发了诗人的思乡、念亲之情。五日：指农历五月初五，端午节。

[2] 涓涓：清新、明洁的样子，这里指酒色清醇。潘岳《射雉赋》："天泱泱以垂云，泉涓涓而吐溜。"徐爰注："涓涓，清新之色。"

[3] 故故：故意、特意。清黄遵宪《己亥杂诗》："衔雏燕子浑无赖，眼见人瞋故故飞。"

[4] 官舍：专门接待来往官员的宾馆。《史记·韩信卢绾列传》："豨常告归过赵，赵相周昌见豨宾客随之者千余乘，邯郸官舍皆满。"

[5] 扁舟：见《赠张杞园》注释 [3]。

[6] 雕胡饭：用菰米煮成的饭。《西京杂记·卷一》："太液池边皆是雕胡、紫萚、绿节之类。菰之有米者，长安人谓为'雕胡'。"唐王维《登楼歌》："琥珀酒兮雕胡饭，君不御兮日将晚。"

[7] 钓矶（jī）：水边石滩或凸出的岩石。北周明帝《贻韦居士诗》："坐石窥仙洞，乘槎下钓矶。"

吊韩淮阴[1]

钟室[2]坡前野草红（长乐钟室故址，草独红色），冤魂常绕未央宫[3]。王侯屡负将军约，绛灌[4]何知国士[5]风。垂钓但应依漂母[6]，筑坛[7]翻恨误[8]萧公。可怜汉室君臣际，不道云台[8]复战功。

【注释】

[1] 这是一首咏史诗。诗人游历韩信当年遇害的钟室，深惋韩信之死，并对汉初的君臣际遇表达了委婉的批评。韩淮阴，即淮阴侯韩信。

[2] 钟室：悬钟之室。《史记·淮阴侯列传》："吕后使武士缚信，斩之长乐钟室。"张守节正义："长乐宫县（悬）钟之室。"

[3] 未央宫：汉宫名。汉高祖七年（公元前200），丞相萧何主持在秦章台基础上修建而成。

[4] 绛灌：指周勃、灌婴，汉初被封为绛侯、颍阴侯。《史记·淮阴侯列传》："信知汉王畏恶其能，常称病不朝从。信由此日夜怨望，居常鞅鞅，羞与绛、灌等列。"

[5] 国士：萧何曾以国士之誉向刘邦推荐韩愈。《史记·淮阴侯列传》："（萧）何曰：'诸将易得耳。至如信者，国士无双。王必欲长王汉中，无所事信；必欲争天下，非信无所与计事者。顾王策安所决耳。'"

[6] 漂母：漂洗丝絮的老妇人。韩信落魄时，曾寄食漂母。《史记·淮阴侯列传》："有一母见信饥，饭信，竟漂数十日。信喜，谓漂母曰：'吾必有以重报母。'母怒曰：'大丈夫不能自食，吾哀王孙而进食，岂望报乎？'信既贵，酬以千金。"

[7] 筑坛：刘邦曾筑坛封韩信。《史记·淮阴侯列传》："（萧）何曰：'王素慢无礼，今拜大将如呼小儿耳，此乃信所以去也。王必欲拜之，择良日，斋戒，设坛场，具礼，乃可耳。'王许之。诸将皆喜，人人各自以为得大将。至拜大将，乃韩信也，一军皆惊。"

[8] 误：此处谓韩信被萧何所误。萧何曾助力吕后执韩信，故云。《史记·淮阴侯列传》："吕后欲召，恐其党不就，乃与萧相国谋，诈令人从上所来，言豨已得死，列侯群臣皆贺。相国绐信曰：'虽疾，强入贺。'信入，吕后使武士缚信，斩之长乐钟室。"

[8] 云台：见《世祖章皇帝挽诗六首》其二，注释[8]。

再望华山[1]

秋入秦川万里悲，重瞻西颢[2]仰巉危[3]。霏空[4]翠霭寒相射[5]，碍日[6]莲花[7]影倒垂。玉女[8]窗虚松露滴，武皇坛[9]迥[10]野风吹。扪萝拟拂仙人掌[11]，虎瑟鸾车[12]肯更随。

【注释】

[1] 诗人第一次写《望华山》是在夏季，此次"再望"是在秋季。在秋日凄冷的氛围中看华山，自有一番韵味。那挺拔的山势在翠霭、青松的映衬下，不但激发了诗人登临的渴望，亦引发了诗人的超迈情怀——欲与仙人同游华山之巅。

[2] 西颢：秋季。西方曰颢天，秋位在西，故称。唐刘禹锡《上门下裴相公启》："授钺于西颢之半，策勋于北陆之初。"

[3] 巉（chán）危：山势高峻的样子。

[4] 霏空：布满云气的天空。霏，云气。

[5] 射：映衬。

[6] 碍日：遮挡太阳，这里形容华山之高。

[7] 莲花：见《西峰》注释[4]。

[8] 玉女：见《白云峰》注释[16]。

[9] 武皇坛：华山的巨灵祠，汉武帝登华山顶后所建。

[10] 迥（jiǒng）：远。

[11] 仙人掌：华山东峰的代称，为华山最陡峭的一峰。相传华山为巨灵神所开，华山东峰尚存其手迹。

[12] 虎瑟鸾车：虎鼓瑟，鸾驾车，形容仙人出没的场景。唐李白《梦游天姥吟留别》："虎鼓瑟兮鸾回车，仙之人兮列如麻。"

望汴城[1]

马度关城拂早霜，戍楼[2]吹角[3]更悲凉。山开广武[4]存孤垒，天尽长河见大梁。夹岸黄芦[5]容对酒，连宵[6]明月伴还乡。狂歌拟上侯嬴[7]冢，汴水桑田[8]已渺茫。

【注释】

[1] 此诗写诗人西游秦川，经大梁返乡。大梁古都雄踞中原腹地，在这里曾经上演过无数历史悲歌，诗人以宏阔的视角再现了这座历史古城的厚重感，然

"广武""侯嬴"之句，似乎流露出不得意的隐衷。汴城，即今河南省开封市，因汴水得名，战国时为魏都，亦称大梁城。

[2] 戍楼：用于戍守或瞭望的城楼。

[3] 吹角：吹号角。唐王维《从军行》："吹角动行人，喧喧行人起。"

[4] 广武：古城在今河南省荥阳市东北广武山上，有东西二城，中隔一涧。为刘邦、项羽对峙处。

[5] 黄芦：枯黄的芦苇。唐王昌龄《九江口作》："驿门是高岸，望尽黄芦洲。"

[6] 连宵：通宵。宋苏辙《次韵王巩见寄》："君家有酒能无事，客醉连宵遣不回。"

[7] 侯嬴：战国时魏国人。家贫，年老时始为大梁（今河南省开封市）监门小吏。信陵君慕名往访，亲自执辔御车，迎为上客。

[8] 桑田：泛指田畴，比喻世事变迁。

荷兰贡马恭纪[1]

骅骝[2]入塞冀群空[3]，南海新传使节通。玉辇[4]曾无千里驾，兴朝自贺万方[5]同。云霞并映天闲[6]日，金石争鸣御苑[7]风。为报龙颜应喜溢，华阳[8]归后有边功。

【注释】

[1] 据王士禛《池北偶谈》载：清康熙六年（1667）荷兰遣使臬独攀呵闰等入贡，贡品有刀剑八枚、四头西洋小白牛、四匹荷兰马、玻璃箱、牡丁香、哆啰绒等。颜光敏诗中所纪当为此马。

[2] 骅骝：见《送曹颂嘉假归》注释 [6]。

[3] 冀群空：冀州之地再无好马，此谓荷兰贡马之卓异。唐韩愈《送温处士赴河阳军序》："伯乐一过冀北之野，而马群遂空。"

[4] 玉辇（niǎn）：天子所乘之车，以玉为饰，又称玉辂。辇，古代用人拉着走的车子。唐杜牧《洛阳长句》："连昌绣岭行宫在，玉辇何时父老迎？"

[5] 万方：指万邦、万族。《尚书·汤诰》："诞告万方。"

[6] 天闲：皇帝养马的地方。梅尧臣《伤马》："况本出天闲，因之重怊怅。"

[7] 御苑：皇家园林。

[8] 华阳：地名，周武王曾放马华阳，以示偃武兴文之意。《尚书·武成》："乃偃武修文，归马于华阳之阳，放牛于桃林之野，示天下弗服。"

玉河[1]

户外春深紫禁[2]边，玉河[3]宫殿霭[4]晴烟。沉沉燕子勤依水，泛泛桃花远趁[5]船。较猎[6]空随沙苑[7]马，还家已负汶阳田[8]。谁能不忆乡园乐，潦倒金门[9]乞俸钱。

【注释】

[1] 此诗借咏玉河春色，抒发了诗人对仕宦京城的倦怠之情。"空随沙苑马"道出了走马兰台的无奈之情，而"乞俸钱"之句又形象地描摹出诗人进退不得的尴尬处境。

[2] 紫禁：紫禁城，明、清两朝天子的居所。

[3] 玉河：水名，即御河。该河发源于玉泉山，流经紫禁城。

[4] 霭（ǎi）：云气，这里用作动词。

[5] 趁：逐，追赶。唐杜甫《题郑县亭子》："巢边野雀群欺燕，花底山蜂远趁人。"

[6] 较猎：比赛谁打猎收获多。"较"通"角"。唐窦巩《赠阿史那都尉》："较猎燕山经几春，雕弓白羽不离身。"

[7] 沙苑：地名，在陕西省大荔县南，水草丰美，为著名的马场。唐代于此置沙苑监，以管理马场。唐杜甫《留花门》："沙苑临清渭，泉香草丰洁。"

[8] 汶阳田：春秋时期鲁国属地，在今山东省泰安市西南一带，因在汶水之北，故名。这里代指故乡的田野。

[9] 金门：见《丁未八月支俸米寄里中因题长句》注释[2]。

南苑[1]

凌晨羽卫开黄道[2]，照日天营[3]逼翠微[4]。风动炉烟知辇近，鸟鸣春殿上书稀。调鹰[5]逐队花骢马[6]，驯象[7]分行紫罽衣[8]。南苑宫中杨柳遍，攀条长得奉恩辉。

【注释】

[1] 此诗写南苑狩猎的仪仗之威严、整饬，亦有赞颂皇恩泽被万物的用意。南苑，是元、明、清三代的皇家苑囿，因苑内有永定河故道穿过，形成大片湖泊沼泽，草木繁茂，禽兽、麋鹿聚集。清代皇帝多次到南苑打猎和阅兵。

[2] 黄道：帝王出游时所走的道路。唐李白《上之回》："万乘出黄道，千

骑扬彩虹。"王琦注:"萧士赟曰:《前汉·天文志》:日有中道。中道者,黄道也。日,君象,故天子所行之道亦曰黄道。"

[3] 天营:星垣名,即紫微垣。《晋书·天文志》:"紫宫垣十五星,其西蕃七,东蕃八,在北斗北。一曰紫微,大帝之坐也,天子之常居也,主命主度也。一曰长垣,一曰天营。"

[4] 翠微:形容山光水色青翠缥缈。晋左思《蜀都赋》:"郁葐蒀以翠微,崛巍巍以峨峨。"刘注:"翠微,山气之轻缥也。"

[5] 调(tiáo)鹰:调弄和训练鹰隼。唐韩偓《苑中》:"外使调鹰初得按,中官过马不教嘶。"

[6] 花骢(cōng)马:五花马。骢,青白色的马。唐杜甫《骢马行》:"邓公马癖人共知,初得花骢大宛种。"

[7] 驯象:驯养的象。《汉书·武帝纪》:"元狩二年,南越献驯象。"颜师古注引应劭曰:"驯者,教能拜起周章,从人意也。"

[8] 罽(jì)衣:毛织物制的衣服。《尔雅》:"牦,罽也。"邢昺疏:"罽者,织毛为之。"

晚泛[1]

江头细雨乱蒹葭,晚日晴开趁物华[2]。鸥鹭争随船出浦[3],管弦不放[4]客思家。推窗隐映渔村柳,解缆[5]漂摇野树花。却笑城闉[6]冠盖人[7],水边空对月明斜。

【注释】

[1] 此诗写雨后傍晚泛舟江面的所见所感。鸥鹭逐船,管弦盈耳,杨柳拂岸,杂花满树,明月映水。诗人沉潜其中,更觉冠盖生涯的拘执与枯槁。晚泛,傍晚泛舟而行。

[2] 物华:自然景物。唐杜甫《曲江陪郑南史饮》:"自知白发非春事,且尽芳樽恋物华。"

[3] 浦(pǔ):水滨。

[4] 放:教、让。

[5] 解缆:解去系船的缆绳,指开船。南朝梁江淹《谢法曹赠别》:"解缆候前侣,还望方郁陶。"

[6] 城闉:见《同曹升六郊行二首》其二,注释[3]。

[7] 冠盖人:代指官宦。冠,礼帽。盖,车盖。

京口[1]

十里荒烟接岸青，金焦[2]疑对两浮萍。连山北断江楼出，潮水东还海气腥。机杼并愁鲛室[3]尽，鼓鼙[4]空向鹭门[5]停。归舟拟雪苍生泪，闻说君王不忍听。

【注释】

[1] 此诗前四句写京口的江山形胜，后四句由京口的战船想到东南战事，国事之忧浮上心头。

[2] 金焦：金山与焦山的合称。两山都在今江苏省镇江市（旧称京口）。金山原名浮玉，因裴头陀江际获金，唐贞元间李骑奏改。焦山因汉焦光隐居此山得名。元萨都剌《题喜寿里客厅雪山壁图》："大江东去流无声，金焦二山如水晶。"

[3] 鲛室：谓鲛人水中居室。唐杜甫《秋日夔府咏怀奉寄郑监李宾客一百韵》："俗异邻鲛室，朋来坐马鞯。"

[4] 鼓鼙：见《南苑扈从恭赋八首》其四，注释 [7]。

[5] 鹭门：厦门的古称。清王士祯《池北偶谈·谈异三·厦门砖刻》："明季崇祯庚辰岁，有闽僧贯一者，居鹭门。"自注："即今厦门。"

将至扬州怀王阮亭[1]

江船稳泛桃花水[2]，运道[3]新开瓠子河[4]。瓜步[5]潮生吞海岸，市桥风转送渔歌。野残禾稼愁年啬[6]，路入乡关厌梦[7]多。最忆风流竹西[8]在，北征无奈布帆何。

【注释】

[1] 王阮亭曾为官扬州五年，其间多与江南名士往来，留有《红桥唱和集》。诗人南游过扬州，睹物思人，遂泛起淡淡的惆怅之情。王阮亭，见《为王阮亭题庭前竹》注。

[2] 桃花水：桃花汛，谷雨前后，江河因降雨增多而出现的水位上涨。唐杜甫《南征》："春岸桃花水，云帆枫树林。"

[3] 运道：指水陆运输通道，诗中指水路。

[4] 瓠（hù）子河：水名，故道在山东、江苏两省之间，汉武帝初年由黄河决口冲刷所致。瓠子，古地名，亦称瓠子口，在今河南省濮阳县西南。诗中的瓠子河当是指扬州附近的新开水道。

［5］瓜步："步"，一作"埠"。山名，在南京市六合区东南，亦名桃叶山。此山南临大江，又相传吴人卖瓜于江畔，因以为名。清顾炎武《上吴侍郎旸》："烽火临瓜步，銮舆去石头。"

［6］年眚（shěng）：年景不好。眚，灾难。

［7］厌梦：噩梦。唐李白《寄远》："寒灯厌梦魂欲绝，觉来相思生白发。"

［8］竹西：古寺名。《乾隆江都县志》："禅智寺在城北五里蜀冈上，即上方寺，本隋炀帝故宫；一名竹西寺，杜牧诗'谁知竹西路，歌吹是扬州'是也。"

湖上[1]

残雨归云渐作虹，野塘新涨画船通。重重日影蒲荷荡，片片人烟橘柚丛。清圣浊贤[2]频殢酒[3]，朝南暮北任祈风[4]。行行渐逼乡园路，回首莼鲈[5]梦已空。

【注释】

［1］此诗当写于诗人南行后期。诗中既有对江南风物的留恋，也有客游的乡思，但在这些情绪的背面，似乎还隐藏着诗人对人生蹉跎的无奈，只得"朝南暮北"随风飘荡，甚至借酒自慰。

［2］清圣浊贤：泛指酒。汉代末年因饥荒严禁酿酒，饮者讳言酒，称酒之清者为圣人，浊者为贤人。宋李新《怀酒》："清圣浊贤莫区分，一入愁肠功等伦。"

［3］殢（tì）酒：沉湎于酒、醉酒。殢，困于。宋刘过《贺新郎》："人道愁来须殢酒，无奈愁深酒浅。"

［4］祈风：代指不同方向的风。宋时泉州、广州等地对南方海外交通之商舶，须依赖风力航行，每年夏历五月及十一月左右，地方长官和市舶司官员等常为回舶及去舶举行祈祷仪式，以期航行中风向顺利，称为祈风。

［5］莼鲈：代指江南。见《集张带三斋得浓字》注释［2］。

献岁三日同年集饮和沈康臣韵二首[1]

其一

晴云晓放帝城春，苑柳长条拂路尘。天外羽书[2]频送喜，筵前柏叶转亲人。鱼龙百戏[3]何年盛（连岁罢殿上杂戏[4]），罗绮千家隔岁新（是岁复弛服色之禁[5]）。忽忆从戎江上客（谓杨维扬、孙开盛），挑灯[6]促膝肯辞频。

【注释】

[1] 此二首为步韵友人沈康臣之作。其一写聚会适逢边乱初定，除旧迎新之际，诗人想起在外从戎的朋友，流露出"遍插茱萸少一人"的牵挂。其二写同年宴饮的热闹与快意。献岁，岁首正月初一。同年，科举考试同科中试者之互称。沈康臣，见《沈康臣见过同作》注。

[2] 天外羽书：南方（三藩之乱）的战报。1673 年（康熙十二年）春，康熙皇帝做出撤藩的决定。吴三桂于这年十一月杀云南巡抚朱国治，提出"兴明讨虏"，率先反叛。

[3] 鱼龙百戏：百戏杂耍节目。唐张说《侍宴隆庆池》："鱼龙百戏分容与，凫鹢双舟较沂洄。"

[4]"三家本"无此注，今据"汇编本"。

[5] 同上注。弛（chí）禁，解除禁令。

[6] 挑灯：拨动灯火，点灯。亦指在灯下。唐岑参《邯郸客舍歌》："邯郸女儿夜沽酒，对客挑灯夸数钱。"

其二

九阍[1]鱼钥[2]罢趋朝[3]（诏免朝）[4]，灯火天街夜寂寥。剑佩[5]空怜宫草软，笙歌[6]真想玉台[7]遥。风尘荏苒惟高枕[8]，湖海清狂托下僚。闻说大酺[9]行令节（是岁始令民间游燕）[10]，落梅浓李[11]更相邀。

【注释】

[1] 九阍：见《朝出》注释[18]。

[2] 鱼钥：鱼形的锁，这里用作动词。宋欧阳修《清明赐新火》："鱼钥侵晨放九门，天街一骑走红尘。"

[3] 趋朝：上朝。宋沈作喆《寓简》卷八："宰相趋朝，驺唱过门。"

[4]"三家本"无此注，今据"汇编本"。

[5] 剑佩：宝剑和垂佩。宋苏辙《次韵子瞻感旧》："久从江海游，苦此剑佩长。"

[6] 笙歌：泛指奏乐唱歌，形容宴会的热闹景象。

[7] 玉台：天帝的居处。东汉班固《汉书·礼乐志》："天马徕，龙之媒，游阊阖，观玉台。"颜师古注引应劭曰："玉台，上帝之所居。"

[8] 高枕：枕着高枕头，形容无忧无虑的状态。

[9] 大酺（pú）：大宴饮。《史记·秦始皇本纪》："五月，天下大酺。"张守节正义："天下欢乐大饮酒也。"唐张祜《大酺乐》："车驾东来值太平，大酺

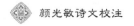

三日洛阳城。"

[10] "三家本"无此注，今据"汇编本"。

[11] 落梅秾李：形容宴席侍女的娇艳与伴乐的喧闹。秾李，亦作"秾李"形容妇女容颜服饰之美。《诗经·召南·何彼秾矣》：何彼秾矣，花如桃李。落梅，古曲调名。汉乐府《横吹曲》有《梅花落》。唐苏味道《正月十五日夜》："游妓皆秾李，行歌尽落梅。"

送魏子相庶常归养[1]

上苑[2]花明拂玉珂[3]，鲁门秋尽返岩阿[4]。赐衣金殿承恩浅，捧檄[5]蓬门[6]奈乐何。壮业犹看五车[7]在，亲年[8]常爱寸阴多。他时拟载春壶酒[9]，元伯[10]堂中许更过[11]。

【注释】

[1] 此诗为送别同乡魏子相归养故里而作。诗人对魏子相去职深感惋惜，这种惋惜即是惜别也是自况。魏子相，名希征，号山翁，郓城县城关镇魏路口人。康熙十五年（1676）殿试第二甲第一名进士，选翰林院庶吉士，授编修，历侍讲、充东宫日讲官、顺天大主考。庶常，庶吉士的代称。归养，回家奉养父母。

[2] 上苑：皇家的园林。

[3] 玉珂：马络头上的玉制装饰物，代指马。

[4] 岩阿：山的曲折处，这里代指乡野。汉王粲《七哀诗》："山岗有余映，岩阿增重阴。"

[5] 捧檄：为母而出仕为官的典故。南朝宋范晔《后汉书·刘平等传序》："东汉毛义家贫，以孝出名，府檄召义为守令。义捧檄色喜。后其母死，辞职不干。"唐骆宾王《渡瓜步江》："捧檄辞幽径，鸣根下贵洲。"

[6] 蓬门：用蓬草编成的门，借指贫苦人家。唐杜甫《客至》："花径不曾缘客扫，蓬门今始为君开。"

[7] 五车："五车书"的简称，指书多或形容读书多，学问深。《庄子·天下》："惠施多方，其书五车。"

[8] 亲年：父母的年岁。宋梅尧臣《依韵和胡武平怀京下游好》："眷恋此江湖，亲年当喜惧。"

[9] 春壶酒：用玉壶春瓶装的酒。春壶，玉壶春瓶。唐司空图《诗品·典雅》："玉壶买春，赏雨茅屋；座中佳士，左右修竹。"

[10] 元伯：张元伯，约东汉初年前后在世。张元伯与山阳范式友善，二人同游太学，临别相约于两年后某日到张元伯家拜母。这里借用元伯范式之约，谓自己也会在适当的时候，拜访魏子相的高堂。南朝宋范晔《后汉书·独行列传》："范式字巨卿，山阳金乡人也。少游太学，为诸生，与汝南张劭为友。劭字元伯。二人并告归乡里。式谓元伯曰：'后二年当还，将过拜尊亲，见孺子焉。'乃共克期日。后期方至，元伯具以白母，请设馔以候之。母曰：'二年之别，千里结言，尔何相信之审邪？'对曰：'巨卿信士，必不乖违。'母曰：'若然，当为尔酝酒。'至其日，巨卿果到，升堂拜饮，尽欢而别。"

[11] 过：拜访。《战国策·齐策四》："于是乘其车，揭其剑，过其友。"

蒙山[1]

晓行阴壑暮层峦，入峡沾衣出峡干。绝顶惊看西日在，危楼长对北风寒。松间明灭烧丹[2]火，竹外馨香捣药[3]盘。稳睡[4]不愁雷雨至，野人身已出云端。

【注释】

[1] 此诗写入蒙山的经历与感受。前四句写山中一天的经历，后四句感发昂首尘外的惬适。蒙山，古称"东蒙""东山"，位于今山东省临沂市境内，跨平邑、蒙阴、费县和沂南等县。据《南游日历》载：（康熙乙未年九月二十八日）"早行，望蒙山顶上松树如蓬……乃造绝巅，见一巨石，如龟形引领北向，人自龟颈骑行，危甚。"

[2] 烧丹：炼丹。唐许浑《赠王山人》："近来闻说烧丹处，玉洞桃花万树春。"

[3] 捣药：舂捣药材。唐李白《朗月行》："白兔捣药成，问言与谁餐？"

[4] 稳睡：安稳深沉的睡眠，形容人身心放松的状态。

宿蒙山顶[1]

龟蒙[2]遥接泰山阿，石屋荒台覆薜萝[3]。断壑阴森藏暮雨，孤峰屈注[4]转明河。丁丁[5]樵音[6]穿林早，谡谡[7]松涛闭户多。晓日晴开须望鲁，狂吟不叹手无柯[8]。

【注释】

[1] 此诗写诗人感受的蒙山之美，不但在石屋、荒台、断壑、孤峰的视觉上，更在丁丁樵音、谡谡松涛的听觉上，甚至在晴日望鲁的想象中。游宿其间，

自然往返。

[2] 龟蒙：龟山、蒙山的合称。龟山在今山东省新汶县东南一带，蒙山在其东南。后人以龟山当蒙山，蒙山为东蒙，龟山之名遂埋。《诗经·鲁颂·閟宫》："奄有龟蒙。"

[3] 薜萝：见《望岳》注释 [14]。

[4] 屈注：曲折流淌的样子。屈，曲折。

[5] 丁丁（zhēng）：象声词。原指伐木声。《诗经·小雅·伐木》："伐木丁丁，鸟鸣嘤嘤。"毛传："丁丁，伐木声也。"

[6] 樵音：砍柴的声音。樵，打柴。

[7] 谡谡（sù）：劲风声。宋苏轼《西湖寿星院此君轩》："卧听谡谡碎龙鳞，俯看苍苍立玉身。"

[8] 手无柯：手无权柄。东汉蔡邕《龟山操》："予欲望鲁兮，龟山蔽之；手无斧柯，奈龟山何？"

别徐原一赞善[1]

芜城[2]南望旅魂[3]惊，太史[4]邮签[5]促水程。岂有朋尊[6]留画桨[7]，能忘御柳待行旌[8]。五湖[9]天尽涛声接，三观[10]秋高海色明。两地登临余感慨，含凄不独故乡情。

【注释】

[1] 此诗以回忆的方式写惜别，同游时的畅快，分手时的眷恋，都在对往昔的回顾中展开，绵绵而有余音。徐乾学（1631—1694），字原一，江苏昆山人，康熙九年进士，累官至刑部尚书。徐有文名，曾主持编修《明史》《大清一统志》《读礼通考》等书籍，著《憺园文集》三十六卷。赞善，官职名，唐始置，明、清赞善分属左右春坊，秩从六品。

[2] 芜城：广陵城，故址在今江苏省扬州市江都区。西汉吴王刘濞建都于此，筑广陵城。南朝宋竟陵王刘诞据广陵反，兵败死焉，城遂荒芜，鲍照作《芜城赋》以讽之，因得名。

[3] 旅魂：旅人的心绪。唐杜甫《夜》："露下天高秋水清，空山独夜旅魂惊。"

[4] 太史：这里指徐乾学，徐初入仕曾为授翰林院编修，清人常称翰林为太史。

[5] 邮签：驿馆驿船等夜间报时的更筹。唐杜甫《宿青草湖》："宿桨依农

事，邮签报水程。"仇兆鳌注："朱注：漏筹谓之邮签。"

[6] 朋尊：又作"朋樽"，两樽，亦借指二斗，这里代指酒。《诗经·豳风·七月》："朋酒斯飨"毛传："两樽曰朋。"宋陆游《李允蹈判院送酒四斗予答书乃误以为二斗作小诗识愧》："堪笑放翁昏至此，乘壶误写作朋樽。"

[7] 画桨：彩饰的船桨，这里代指船。

[8] 行旌：指官员出行时的旗帜，亦泛指出行时的仪仗。

[9] 五湖：太湖。《国语·越语下》："果兴师而伐吴，战于五湖。"韦昭注："五湖，今太湖。"

[10] 三观：这里指往昔与徐同游的楼观。

同鲁太守谦庵超再游横云山[1]

细林[2]归路怅云軿[3]，望里群山一带青。野圃重来春草合，渔梁[4]乍过晚潮腥。亭阴树暖龙湫[5]日，竹外风传雁塔铃。今日使君最潇洒，移文翻笑草堂灵[6]。

【注释】

[1] 此诗写于游览横云山归途中，诗人以横云山的秀美、恬静，来衬托鲁太守放逸的情怀。鲁太守，鲁超，号谦庵，曾为松江知府，"太守"是知府的别称。横云山，位于今上海市松江区。

[2] 细林：山名，本名秀林山，松江九峰之一，唐天宝六年更名细林山。

[3] 云軿：见《大松》注释 [10]。

[4] 渔梁：拦截水流以捕鱼的设施。也作"鱼梁"。《诗经·邶风·谷风》："毋逝我梁。"毛传："梁，鱼梁。"

[5] 龙湫（qiū）：上有悬瀑的深潭。湫，水潭。唐杜荀鹤《送吴蜕下第入蜀》："鸟径盘春霭，龙湫发夜雷。"

[6] "移文"句：移文，文体之一，南朝齐孔稚珪作《北山移文》以嘲讽周颙"虽假容于江皋，乃缨情于好爵"。文首有"钟山之英，草堂之灵，驰烟驿路，勒移山庭"之句。诗人反用其意，谓鲁超身在衙署而心存江湖。

游小昆山天晚归棹不及登陈征君眉公读书台[1]

面面青峰对绿川，谁从胜地数高贤。征君[2]婉娈[3]余藜榻[4]（婉娈草堂中有眉公旧塌），太守风流羡酒泉[5]。野寺风花云外落，夕阳梅观镜中悬。春游无那韶华^[6]迅，几点芙蓉已暮烟。

【注释】

[1] 此诗写与鲁超同游小昆山，凭吊陈继儒旧居。清幽的环境与荏苒而逝的光阴，让诗境稍带感伤。小昆山，山名，在今上海市松江区，山下为西晋文学家陆机、陆云的故宅。陈征君，陈继儒（1558—1639），字仲醇，号眉公，明代文学家、书画家，曾长期隐居于小昆山。据《南游日历》载："（康熙庚申年一月二十七日）骑马出城西门，循河岸行至神山……横云为九峰之冠，有西则为天马山，为小昆山。九峰往复，不出三十里许。"

[2] 征君：征士的尊称，被征召而不仕的人。

[3] 婉娈：陈继儒草堂名。小昆山下有二陆故宅，陆机《赠从兄车骑诗》有"仿佛谷水阳，婉娈昆山阴"之句，陈氏草堂之名或源于此。

[4] 藜榻：简朴的坐榻。

[5] 酒泉：地名，在今甘肃省，以"城下有泉""其水若酒"而得名。诗中代指小昆山上的白驹泉。

[6] 韶华：美好的时光，常指春光。唐戴叔伦《暮春感怀》："东皇去后韶华尽，老圃寒香别有秋。"

小昆山宝奎阁观世祖皇帝御书恭赋^[1]

芝花^[2]常捧禁垣^[3]中，宝墨新瞻日气^[4]昽^[5]。忆伏桥门^[6]亲候辇（岁庚子初，祀文庙，臣为太学生护觋^[7]），梦游仙蟠^[8]浪呼嵩^[9]。缥缃^[10]万轴虚珍殿（赐诸臣书画最多），神鬼千年守梵宫^[11]（御书赐本月僧）。珥笔^[12]小臣俱老大（臣超、臣敏前后备员中书）^[13]，不堪重对鼎湖弓^[14]。

【注释】

[1] 此诗写游览小昆山宝奎阁，瞻仰清顺治皇帝遗墨，追忆当年为宫中书侍奉皇帝的情景，表达了对世祖皇帝的思念。宝奎阁，又称御书楼，收藏有世祖顺治皇帝的御书。

[2] 芝花：祥瑞之物，这里代指清顺治皇帝的书法。据载，顺治十六年，九峰禅寺住持本月曾奉召进京，世祖皇帝赐御书匾额"乐天知命"及两副对联"一池荷叶衣无尽，数亩松花食有余""天上无双月，人间本一僧"御赞。（叶梦珠《阅世篇》）唐张说《端午三殿侍宴应制》："甘露垂天酒，芝花捧御书。"

[3] 禁垣（yuán）：皇宫城墙，代指宫中。唐孟球《和主司王起》："仙籍共知推丽藻，禁垣同得荐嘉名。"

［4］日气：日光散发的热气。唐杜审言《夏日过郑七山斋》："日气含残雨，云阴送晚雷。"

［5］昽（lóng）：模糊不明的样子。

［6］桥门：古代太学周围环水，有四门，以桥通，故名。南朝宋范晔《后汉书·儒林传序》："飨射礼毕，帝正坐自讲，诸儒执经问难于前，冠带缙绅之人，环桥门而观听者盖亿万计。"

［7］护觐（jìn）：伴随皇帝左右。

［8］仙籞（yù）：皇家苑囿。籞，苑囿。

［9］呼嵩（sōng）：据《汉书·武帝纪》：元封元年正月，武帝"亲登嵩高，御史乘属，在庙旁吏卒咸闻呼万岁者三"。后因以"呼嵩"指对君主祝颂。明唐顺之《观中州进贺长至表笺恭述》："望日扳仙仗，呼嵩绕御床。"

［10］缥缃（piāo xiāng）：指书卷。缥，淡青色；缃，浅黄色。古时常用淡青、浅黄色的丝帛做书囊书衣，因以指代书卷。

［11］梵（fàn）宫：原指梵天的宫殿，后多指佛寺。唐王勃《梓州郪县兜率寺浮图碑》："梵宫霞积，香阁星浮。"

［12］珥（ěr）笔：古代史官、谏官上朝，常插笔冠侧，以便记录，谓之"珥笔"。

［13］此注及"缥缃"句后注，"三家本"未录，今据"汇编本"。

［14］鼎湖弓：这里代指清顺治皇帝的遗墨。汉司马迁《史记·封禅书》："黄帝采首山铜，铸鼎于荆山下。鼎既成，有龙垂胡髯下迎黄帝。黄帝上骑，群臣后宫从上者七十余人，龙乃上去。余小臣不得上，乃悉持龙髯，龙髯拔堕，堕黄帝之弓。百姓仰望黄帝既上天，乃抱其弓与胡髯号，故后世因名其处曰鼎湖，其弓曰乌号。"

李毅可王印周邀泛西湖[1]

绮筵[2]云幕逐兰桡[3]，湖水新添谷雨朝[4]。坐见楼台移翠阜[5]，忽惊歌管在青霄[6]。野莼丝滑春将暮，亭柳阴浓酒易消。他日瀛洲[7]陪凤舸[8]，越江回首故人遥。

【注释】

［1］此诗写应邀泛舟西湖。水阔岸绿的美景加之以友人的盛情，让人不忍罢游分手。李毅可（1619—1695），名士桢，今山东省昌邑市人。历仕至浙江布政使、江西巡抚、广东巡抚。王印周（1623—1700），名日藻，江南华亭（今上

海市金山区干巷）人。清顺治十二年进士，累官至河南巡抚。王印周书法超妙，亦工诗文，著有《秦望山庄集》《梁园草》。

[2] 绮筵：见《蹴鞠行》注释[43]。

[3] 桡（ráo）：船桨。

[4] 朝：同"潮"。

[5] 翠阜：岸边的青绿坡地。

[6] 青霄：青天；高空。晋左思《蜀都赋》："干青霄而秀出，舒丹气而为霞。"

[7] 瀛洲：传说中的东海仙山。

[8] 凤舸（gě）：雕绘华美的大船。舸，大船。前蜀毛文锡《柳含烟》："夹岸绿阴千里，龙舟凤舸木兰香，锦帆张。"

送周星公使安南[1]

交州[2]万里静云涛，魏阙[3]千官宠节旄[4]。禹服[5]山川迎太史，舜阶干羽[6]出春曹[7]。莺花路入南天尽，星斗晴瞻北极高。此地乘槎[8]饶盛事，承恩今更饮醇醪[9]。

【注释】

[1] 此诗写周星公奉节出使安南，诗人为诗以赠，出语虽恭而真情不足，或为应景而作。周星公，周灿，字星公，临潼人。清顺治己亥进士，官至南康府知府。安南，古代对越南的称谓，包括现在的广西壮族自治区的部分地区。

[2] 交州：古地名。东汉时期，交州包括今越南北部和中部、中国广西壮族自治区和广东省。东汉时治所在番禺（今广州市）。

[3] 魏阙（què）：宫门上巍然高出的观楼，其下常悬挂法令。后用作朝廷的代称。《庄子·杂篇·让王》："中山公子牟谓瞻子曰：'身在江海之上，心居乎魏阙之下，奈何？'"

[4] 节旄（máo）：旌节上装饰的牦牛尾。这里代指使节。

[5] 禹服：王畿以外的疆土，这里指安南。《尚书·仲虺之诰》："表正万邦，缵禹旧服。"孔传："继禹之功，统其故服。"

[6] 舜阶干羽：在舜帝宫殿之前，执干羽以舞蹈。这里指使节出发前在朝廷之上举行的仪式。《尚书·大禹谟》："帝乃诞敷文德，舞干羽于两阶。"

[7] 春曹：礼部的别称，使节的人选照例当出于礼部。

[8] 乘槎（chá）：乘坐竹、木筏。后用以比喻奉使。"槎"同"楂"，木

筏。晋张华《博物志》："近世有人居海渚者，每年八月有浮槎去来。"

[9] 醇醪（láo）：味厚的美酒。醇，酒味厚。醪，浊酒。

送孙予立使安南[1]

炎州[2]佳气接皇都，使节争传汉大夫。万里戈鋋[3]静云海，九天雨露[4]洗春芜。蛮王[5]拜诏兼犀象，苦竹迎旌[6]绕鹧鸪。绝域风谣[7]资献纳，归装不羡日南珠[8]。

【注释】

[1] 此诗为送孙予立奉使安南而作。诗人以虚笔揣度孙予立到安南境内后，所受到的隆盛迎迓，以彰显大清声威与孙予立卓异功绩。孙予立（1647—1683），名字，号如斋，安徽宣城人，清康熙己未登进士，授编修。康熙二十二年癸亥（1683），特简章奉使册封安南国。

[2] 炎州：泛指南方广大地区。唐杜甫《得广州张判官书》："忽得炎州信，遥从月峡传。"

[3] 鋋：见《斫冰行》注释[20]。

[4] 雨露：比喻皇恩。

[5] 蛮王：这里指安南王。

[6] 旌：旌节，这里代指使节孙予立。

[7] 风谣：泛指反映风土民情的歌谣。

[8] 日南珠：安南出产的珍珠。日南，旧郡名，汉武帝时期所设。在今越南中部，东汉末以后，为林邑国所有。

送刘价人[1]

五年魂梦逐江云，却忆骊歌[2]手易分。燕市[3]寒花[4]初泛酒[5]，小山丛桂[6]早思君。南天玉笋[7]环珠网[8]，北阙[9]鹓行[10]有雁群。此去争传山吏部[11]，闭关[12]休拟醉参军[13]。

【注释】

[1] 刘价人主司考课、遴选官员，诗人以"山吏部"相勖励，寄望刘氏能一如既往地尽职尽责。刘价人，名始恢，淮安楚州河下人，清康熙九年（1670）进士。历官大理寺右评事、吏部考功司郎中、文选司郎中等，终致仕归，卒年73岁。

［2］骊歌：见《送徐方虎假旋兼寄孙屺瞻》注释［20］。

［3］燕市：北京城。晋左思《咏史》："荆轲饮燕市，酒酣气益震。"

［4］寒花：亦作"寒华"。寒冷时节开放的花。多指菊花。晋张协《杂诗》："寒花发黄采，秋草含绿滋。"

［5］泛酒：古人用于重阳或端午宴饮的酒，多以菖蒲或菊花等浸泡，因称"泛酒"。

［6］小山丛桂：淮南小山《招隐士》有"桂树丛生兮山之幽，偃蹇连蜷兮枝相缭"之句，诗人袭用此句，有双关之妙。汉王逸《楚辞序》："《招隐士》者，淮南小山之所作也。昔淮南王安，博雅好古，招怀天下俊伟之士……著作篇章，分造辞赋，以类相从，故或称小山，或称大山……小山之徒，闵（悯）伤屈原……虽身沉没，名德显闻，与隐处山泽无异，故作《招隐士》之赋，以章其志也。"

［7］玉笋：比喻英才。宋王禹偁《献转运副使太常李博士》："捧诏瑶池下，辞班玉笋中。"

［8］珠网：缀珠之网状的帐帏。《文选·王中〈头陀寺碑文〉》："夕露为珠网，朝霞为丹膢。"吕延济注："珠网，以珠为网，施于殿屋者。"

［9］北阙：古代宫殿北面的门楼，是臣子等候朝见或上书奏事之处，这里用为宫禁或朝廷的别称。唐李白《忆旧游寄淮郡元参军》："北阙青云不可期，东山白首还归去。"

［10］鹓（yuān）行：形容朝官的行列。唐温庭筠《病中书怀呈友人》："凤阙分班立，鹓行竦剑趋。"

［11］山吏部：山涛。山涛为吏部尚书，善甄拔人才。唐李白《送杨少府赴选》："尔见山吏部，当应无陆沉。"

［12］闭关：闭门谢客，断绝往来。谓不为尘事所扰。南朝宋颜延之《五君咏·刘参军》："刘伶善闭关，怀情灭闻见。"李周翰注："言伶怀情不发，以灭闻见，犹闭关却归而无事也。"

［13］醉参军：指陶渊明。陶曾为建威参军、镇军参军。

赠浙闽总制李邺园二首[1]

其一

中朝硕德[2]重惟邻[3]，苍玉[4]群瞻副相[5]巡。斗北[6]名高先节钺[7]，安东量远[8]裕[9]经纶。临轩[10]曲宴推丹毂[11]，莅位[12]新编锡紫珍[13]。宸眷[14]特优人望[15]惬，揽辉遥切[16]觊芳尘（任后上赐御制日讲四书一部）。

【注释】

[1] 李郱园位高权重，功绩彪炳，诗人这两首作品俱为歌功颂美之词。其一，侧重于李氏的威望与皇帝对李氏的器重。其二，侧重于李氏的操守、人品、政绩。两篇作品文辞渊雅，涉典极多，徒有滞重之感。李之芳（622—694），字郱园，山东武定（今山东省惠民县）人，清顺治四年进士。康熙十二年，李之芳以兵部侍郎身份离京去杭州"总督浙江军务"，参与平定耿精忠之乱，累官至书、文华殿大学士兼吏部尚书。总制，官名，即总督。

[2] 硕德：大德之人。唐韩愈《举张正甫自代状》："可谓古之老成，朝之硕德。"

[3] 惟邻：邻居。惟，语助词。《左传·昭公三年》："非宅是卜，惟邻是卜。"

[4] 苍玉：水苍玉，杂有斑纹的深青色的玉石，古时为二品以下官员佩戴的玉器。唐白居易《寓意诗》："貂冠水苍玉，紫绶黄金章。"

[5] 副相：御史大夫的别称。李之芳为都察院右副都御史。

[6] 斗北：北斗。比喻位尊权重，为人所敬仰的人物。

[7] 节钺（yuè）：符节和斧钺。古代授予将帅，作为加重权力的标志。唐张祜《送周尚书赴滑台》："鼓角雄都分节钺，蛇龙旧国罢楼船。"

[8] 量远：远量，远大的器量。晋陶潜《晋故征西大将军长史孟府君传》："冲默有远量，弱冠，俦类咸敬之。"

[9] 裕：自如的样子。

[10] 临轩：皇帝不坐正殿而御前殿。殿前堂陛之间近檐处两边有槛楯，如车之轩，故称。唐王维《少年行》之四："天子临轩赐侯印，将军佩出明光宫。"

[11] 推丹毂：古代帝王任命将帅时的隆重礼遇。丹毂，华贵的车。《史记·冯唐列传》："上以胡寇为意，乃卒复问唐曰：'公何以知吾不能用廉颇、李牧也？'唐对曰：'臣闻上古王者之遣将也，跪而推毂，曰阃以内者，寡人制之；阃以外者，将军制之。'"

[12] 莅位：与"临轩"对应，谓皇帝亲临。

[13] 锡紫珍：赐给贵重的礼物。锡，赐。紫珍，皇家所赐的礼物。

[14] 宸眷：帝王的恩宠、关怀。唐李白《为赵宣城与杨右相书》："银章朱绶，坐荣宦达，身荷宸眷，目识龙颜。"

[15] 人望：声望、威望。

[16] 切：轻触、抚摸。这里指诗人只能远观皇帝所赐书籍（见诗尾自注）。

其二

佩有龙渊与汉文[1]，清霜[2]湛露[3]满江濆[4]。早聆南国歌廉叔[5]，得近中台[6]御李君[7]。趣驾[8]搴帷[9]群政肃[10]，围棋决策捷书闻[11]。登临不倦庾楼[12]赏，沅芷湘兰[13]许共芬（浙人近刻《来暮歌》，取汉人歌廉叔度之句）。[14]

【注释】

[1] 汉文：天子题有文字的宝剑。南朝宋范晔《后汉书·韩棱传》："肃宗尝赐诸尚书剑，唯此三人特以宝剑，自手署其名曰：'韩棱楚龙渊，郅寿蜀汉文，陈宠济南椎成。'时论者为之说：以棱渊深有谋，故得龙渊；寿明达有文章，故得汉文；宠敦朴，善不见外，故得椎成。"

[2] 清霜：形容宝剑的寒光。《西京杂记》："高祖斩白蛇剑，十二年一加磨莹，刃上常若霜雪。"

[3] 湛露：露水清莹的样子，这里指宝剑的寒光。

[4] 江濆（fén）：江岸。濆，水崖。晋陆云《答吴王上将顾处微》："于时翻飞，虎啸江濆。"

[5] 廉叔：人名，廉范，字叔度。廉范为官武威、武都二郡太守时，能随俗化导，各得治宜。百姓歌曰："廉叔度，来何暮？不禁火，民安作。平生无襦今五绔。"（《后汉书·廉范传》）

[6] 中台：官署名。应劭《汉官仪》载：汉称尚书台为中台。

[7] 御李君：李君，指东汉名士李膺。李膺有贤名，士大夫被他接见的，身价大大提高，被称作登龙门。荀爽去拜访他，并为他驾驭车马，回家后对人说："今日乃得御李君矣！"（《后汉书·李膺传》）后因以"御李"谓得以亲近贤者。

[8] 趣驾：谓驾驭车马速行。《晏子春秋·外篇上一》："公曰：'趣驾迎晏子。'"张纯一校注："孙云：'趣，《新序》作速。'"晋陆云《答兄平原》："羲阳趣驾，炎华电征。"

[9] 搴（qiān）帷：撩起帷幕。《后汉书·贾琮传》："及（贾）琮之部，升车言曰：'刺史当远视广听，纠察美恶，何有反垂帷裳以自掩塞乎？'乃命御者搴之。百城闻风，自然竦震。"后亦以"搴帷"称高级地方官履任。

[10] 肃：肃清。

[11] "围棋"句：东晋谢安指挥"淝水之战"时，曾淡然与客围棋。《世说新语》："谢公与人围棋，俄而谢玄淮上信至，看书竟，默然无言，徐向局。客问淮上利害，答曰：'小儿辈大破贼。'意色举止，不异于常。"

[12] 庾楼：楼名。一名庾公楼，在江西省九江市。传说为晋庾亮镇江州时所建。诗中代指楼观之类的登临胜地。

[13] 沅芷湘兰：沅江、湘江一带的香草。

[14] "三家本"无此注，今据"汇编本"。

寿狼山诺总戎[1]

大角[2]星辉霄汉间，广陵涛[3]外指狼山[4]。水犀[5]宁数三千甲，天堑[6]重开百二关。绝域烟消来白雉[7]，蓬莱日近驻红颜[8]。讴歌已彻天吴[9]窟，莫向安期[10]问大还[11]。

【注释】

[1] 这是一首祝寿诗。前四句以狼山为衬，状诺总兵虎视雄关的气势；后四句以绝域白雉、蓬莱霞光寄语诺总兵康寿。寿，祝寿。狼山，位于南通市南郊，由狼山、马鞍山、黄泥山、剑山和军山组成，西临长江、山水相依，为军事重地。诺总戎，名字、事迹不详。总戎，即总兵。

[2] 大角：星宿名，在亢的上面，夹在左右摄提之间，其光甚炽。陈遵妫《中国天文学史》："古法角宿，实从大角算起，它和角宿二星，共三星形成牛首的样子。由于它最亮，所以列为二十八宿之首，后人由于它入亢宿2.5度，遂把它列入亢宿。"

[3] 广陵涛：广陵（扬州）曲江潮。汉枚乘《七发》："将以八月之望，与诸侯远方交游兄弟，并往观涛乎广陵之曲江。"

[4] "汇编本"作"琅山"，有误。今据"三家本"。

[5] 水犀："水犀军"。披水犀甲的水军，亦泛指水上劲旅。唐杜牧《润州》："谢朓诗中佳丽地，夫差传里水犀军。"

[6] 天堑（qiàn）：天然的壕沟。这里指长江的天然屏障。

[7] 白雉：见《听董樵谈海市有述》注释［27］。

[8] 驻红颜：红颜永驻，祝寿的吉祥用语。

[9] 天吴：见《听董樵谈海市有述》注释［31］。

[10] 安期：安期生。见《听董樵谈海市有述》注释［34］。

[11] 大还：大还丹，道家传说中的长生丹药。唐马湘《又诗二首》："时人若觅长生药，对景无心是大还。"

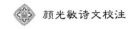

丙午三月出游历邯郸洛阳入秦中十月乃还十二月十三日 以计偕北上府君季父伯兄同行至韩马河联句为别[1]

闻说咸京[2]五月寒，况逢腊日[3]向长安。马蹄晓蹴[4]三冬雪，雁字[5]风高十里滩。秦岭燕山迷客梦，官梅御柳待鸣銮[6]。天涯春色来何许，多恐明年两地看。

【注释】

[1] 计偕，举人赴京会试之称。清康熙丙午（1666）冬，颜光敏赴京应会试，其父、伯父、堂兄同行至韩马河，颜光敏赋此联句，道别家人。前四句以腊月的严寒衬托分手时的心境，后四句则寄寓了诗人对前途未卜的隐忧。辞浅而意真，颇显其志。

[2] 咸京：原指秦代京城咸阳。这里用以指代北京。下句中的"长安"，也是指北京。

[3] 腊日：古时腊祭之日为农历十二月初八，这里用以泛指十二月的时候。

[4] 蹴（cù）：踏。

[5] 雁字：成列而飞的雁群。群雁飞行时常排成"一"或"人"字，故称。唐白居易《江楼晚眺景物鲜奇吟玩成篇寄水部张员外》："风翻白浪花千片，雁点青天字一行。"

[6] 鸣銮：装在轭首或车衡上的铜铃，车行摇动作响。这里借指京城中皇帝或贵族出行。东汉班固《西都赋》："大路鸣銮，容与徘徊。"吕延济注："銮，车上铃也。"

送胡妙山还金陵[1]

南天归雁几宵闻，把菊荒庭此送君。令节[2]宁辞燕市[3]酒，离心长望秣陵[4]云。鱼龙波静游堪数，林壑秋高迥自分。若向江楼见明月，为言狂客久离群。

【注释】

[1] 此诗为送别胡妙山归金陵而作。"令节宁辞燕市酒，离心长望秣陵云"之句，表达了胡妙山对回归金陵的执着，也暗示了胡氏在京城的不称意。而"鱼龙"两句，则微妙地传达了诗人对胡妙山的激赏，唯有激赏，才有遗憾。

[2] 令节：佳节。

[3] 燕市：见《题龙江楼》注释 [12]。

[4] 秣陵：南京的别称。

送茅于纯归霅上[1]

郭外秋花满目斑，羽书昨夜入燕关[2]。弥天烽火征人泪，隔院砧声[3]客子颜。短棹自随震湖[4]水，小篮应遍道场山[5]。遥知鸾掖[6]书名久，谁许庞公[7]隐不还。

【注释】

[1] 此诗为送茅于纯归乡而作。天下越纷乱，客子之归心便越沉重，诗人未书别境，只以"隔院砧声"一点而过。后四句则虚揣茅先生归乡后的适意，并希冀朝廷再次征召他出仕。茅于纯，名熙，乌程（今浙江省湖州市）人。霅（zhà）上，湖州的别称，因霅水而得名。

[2] 燕关：山海关。

[3] 砧声：见《怀孔染如先生》注释 [5]。

[4] 震湖：见《题吴园次年谱》注释 [21]。

[5] 道场山：山名，在湖州市南，山上有著名的万寿寺。

[6] 鸾掖（luán yè）：宫殿边门，唐代门下省亦称"鸾掖"。诗中指朝廷机构。

[7] 庞公：庞德公，字尚长，荆州襄阳人，东汉末年名士、隐士。庞德公与当时徐庶、司马徽、诸葛亮、庞统等人交往密切。庞德公曾称诸葛亮为"卧龙"，庞统为"凤雏"，司马徽为"水镜"，被誉为知人。庞德公隐居不仕，于鹿门山采药而终。

卷六　五言绝句

山荪亭[1]

龙藤树相樛[2]，叶叶藏风雨。山高落日深，白云[3]在何许？

【注释】

[1] 此诗看似写景，实为思乡。"白云"之句，一语双关，用典妥帖而不经意。山荪（sūn）亭，位于华山玉泉院内，据说陈抟常在此观赏山景，著书立说。亭旁有一古树，名为无忧树，传为陈抟手植。

[2] 相樛（jiū）：亦作"相摎"或"相缪"。相互缠结；纠缠在一起。唐杜甫《乾元中寓居同谷县作歌》："南有龙兮在山湫，古木巃嵸枝相樛。"唐韩愈《别知赋》"山磝磝其相轧，树蓊蓊其相摎。"

[3] 白云："白云亲舍"的省称，谓慕亲思乡之情，又称"望云之情"。《新唐书·狄仁杰传》："（狄仁杰）荐授并州法曹参军，亲在河阳。仁杰登太行山，反顾，见白云孤飞，谓左右曰：'吾亲舍其下。'瞻怅久之。云移，乃得去。"

峪口[1]

乱石开峪口，阴岑[2]望明星。金天[3]殊有意，更遣岳莲[4]青。

【注释】

[1] 此诗写于登山之初，诗人从峪口仰望深邃的山路与远处的青峦，顿生神情超迈之感。

[2] 阴岑（cén）：深邃的样子。唐杜甫《虎牙行》："巫峡阴岑朔漠气，峰峦窈窕溪谷黑。"

[3] 金天：华山神名。唐王维《华岳》："上帝伫昭日，金天思奉迎。"赵殿成笺注引《杜氏通典》："先天二年，封华岳神为金天王。"

[4] 岳莲：莲花峰，见《西峰》注。

桃林坪[1]

绝巘[2]闳[3]奇芳，春深见红萼[4]。天风万里吹，不向人间落。

【注释】

[1] 华山深处的桃林坪，让诗人似乎想到了陶渊明的"桃花源"，它远离俗世，独自芬芳。桃林坪，华山玉泉洞南边的一大片平地，因广植桃树，故名。

[2] 绝巘：见《游邹峄山八首》其六，注释 [1]。

[3] 闷（bì）：掩蔽。

[4] 红萼（è）：红花。萼，花蒂。南朝宋谢灵运《酬从弟惠连》："山桃发红萼，野蕨渐紫苞。"

毛女峰[1]

人传毛女峰，时闻毛女琴。欲写秦宫怨，空山多众音。

【注释】

[1] 此诗中诗人以《列仙传》的传说为依托，为毛女峰的险峻风光加入了一抹凄怨的色彩。毛女峰位于华山十八盘尽处西侧。《列仙传》载："毛女者，字玉姜，在华阴山中……自言秦始皇宫人也，秦坏，流亡入山避难，遇道士谷春，教食松叶，遂不饥寒，身轻如飞，百七十余年。所居岩中，有鼓琴声云。"

希夷峡[1]

高峡飞长虹，遥望能已渴[2]。却怪希夷眠[3]，不畏泉声聒。

【注释】

[1] 此诗写希夷峡长虹高挂，飞泉漱石，再加以希夷先生的传说，境界幽峻而飘逸。希夷峡，本名张超谷，后因陈抟在此安葬，宋太宗当初又赐陈抟为"希夷先生"，故而更张超谷为希夷峡。旧时，希夷峡旁建有希夷祠，塑有陈抟像，玉泉院中的希夷祠是由此而迁建的。

[2] 已渴：消渴、解渴。

[3] 希夷眠：据传，希夷先生主从邛州天师观都威仪（道教职名）何昌一学睡功"锁鼻术"，以睡养生，或一睡三年，人称"睡仙"。

莎萝坪[1]

路转山行深，树密瞑色[2]早。青冥[3]多烈风，翻恐岳莲[4]倒。

【注释】

[1] 莎萝坪，莎萝即菩提，因坪上栽植莎萝树而得名。莎萝坪又名洞天坪，在华山峪石门上一公里处。诗人行经此处，已暮色苍茫，山风狂烈，仿佛能撼动山岳。

[2] 暝色：暮色；夜色。南朝宋谢灵运《石壁精舍还湖中作》："林壑敛暝色，云霞收夕霏。"

[3] 青冥：形容青天色苍幽远。这里代指青天。战国屈原《九章·悲回风》："据青冥而摅虹兮，遂儵忽而扪天。"王逸注："上至玄冥，舒光耀也。所至高眇不可逮也。"

[4] 岳莲：华山莲花峰。

春塘曲二首[1]

其一

春塘波潋潋[2]，绿草蝶飞飞。含情无一语，春水照罗衣。

【注释】

[1] 春塘曲为仿民歌之制。诗人不炫雕琢、隶事之功，以质素之言，娓娓道来，含蓄不说破，颇有神韵与情致。

[2] 潋潋：水波浮动的样子。唐张籍《朱鹭》："避人引子入深堑，动处水纹开潋潋。"

其二

为爱桃花岸，盈盈[1]沂碧流。回头见鸂鶒[2]，却转木兰舟[3]。

【注释】

[1] 盈盈：清澈貌、晶莹貌。《古诗十九首·迢迢牵牛星》："盈盈一水间，脉脉不得语。"

[2] 鸂鶒（xī chì）：水鸟名。形大于鸳鸯，而多紫色，好并游，俗称紫鸳鸯。唐温庭筠《开成五年秋以抱疾郊野一百韵》："溪渚藏鸂鶒，幽屏卧鹧鸪。"顾嗣立补注："《临海异物志》：鸂鶒，水鸟，毛有五彩色。"

[3] 木兰舟：用木兰树造的船，后常用为船的美称，并非实指木兰木所制。南朝梁任昉《述异记》卷下："木兰洲在浔阳江中，多木兰树。昔吴王阖闾植木兰于此，用构宫殿也。七里洲中，有鲁般刻木兰为舟，舟至今在洲中。诗家云木兰舟，出于此。"

题《射猎图》二首[1]

其一

塞马嘶黄昏，方瞳[2]生紫焰[3]。俯身握寒雪，净洗莲花剑[4]。

【注释】

[1] 此二诗为题画诗。题画贵在传神，诗人能用简洁的文字将人物的神情与心理写照出来，两诗用功处全在描摹画中人物的眼神。

[2] 方瞳：方形的瞳孔，古人以为长寿之相。唐李白《游泰山》诗之二："山际逢羽人，方瞳好容颜。"王琦注："按仙经云：八百岁人瞳子方也。"

[3] 紫焰：形容目光刚烈。

[4] 莲花剑：芙蓉剑，古剑名，又名"纯钩"。春秋时期，越王允常聘欧冶子所铸五宝剑之一。秦客薛烛善相剑，赞叹说："光乎如屈阳之华，沉沉如芙蓉始生于湘，观其文如列星之芒，观其光如水之溢塘，观其色如冰将释，见日之华，此纯钩者也。"（东汉赵晔《吴越春秋》）

其二

丰颐[1]最出群，貂裘锦为带。抽箭随双雕，目射[2]阴山外。

【注释】

[1] 丰颐：丰满的下巴，旧时视为有威容。

[2] 射：投向。诗中形容目光犀利的样子。

春词八首[1]

其一

新织雾縠[2]窗，窈窕[3]延[4]明月。明月去复来，不应照离别。

【注释】

[1] 春词，古诗旧题，多为春怨之词，自中唐刘禹锡、白居易唱和以来，代有仿制。颜光敏此八首春词，均写春怨闺愁之情，用语浅近，含蓄婉曲，角度新颖，情思缠绵，特具民歌风味。

[2] 雾縠（hú）：薄雾般的轻纱。战国宋玉《神女赋》："动雾縠以徐步兮，

拂墀声之珊珊。"李善注:"縠,今之轻纱,薄如雾也。"

[3] 窈窕:幽深的样子。白居易《题西亭》:"直廊抵曲房,窈窕深且虚。"

[4] 延:延请。

其二

燕子掠虫飞,翩翩[1]不知远。君非从军行[2],何事归常晚?

【注释】

[1] 翩翩:鸟飞轻疾的样子。唐白居易《燕诗示刘叟》:"梁上有双燕,翩翩雄与雌。"

[2] 从军行:本为乐府旧题,多为边塞之作。这里代指服兵役。

其三

朝来刺绣闲,遥望长堤下。杨柳千万枝,不系青骢马[1]。

【注释】

[1] 青骢(cōng)马:毛色青白相杂的骏马。诗中指代远去的心上人。

其四

春山有蝴蝶,一翅为歌扇[1]。蝴蝶多轻扬[2],莫障[3]春风面。

【注释】

[1] 歌扇:歌舞时用的扇子,这里泛指扇子。

[2] 轻扬(yáng):轻快地飞行。

[3] 障(zhàng):遮挡。

其五

高楼开绮窗[1],且复熏香卧。春色何茫茫,杨花映天过。

【注释】

[1] 绮窗:雕刻花纹的窗子。绮,有花纹的丝织品。晋左思《蜀都赋》:"开高轩以临山,列绮窗而瞰江。"吕向注:"绮窗,雕画若绮也。"

其六

朝见樱桃子,暮见荼蘼[1]花。园中多杜宇[2],何不唤天涯[3]?

【注释】

[1] 荼蘼:植物名,花白色,有芳香。荼蘼是夏季最后盛放的花,当它开

放的时候就意味着夏天的结束，秋天的开始。宋苏轼《杜沂游武昌以荼蘼花见饷》："荼蘼不争春，寂寞开最晚。"

[2] 杜宇：杜鹃鸟。杜鹃鸟的叫声很像"不如归去"，常用以作思归或催人归去之词。

[3] 天涯：这里指远行的人。

其七

客从姑胥[1]来，曾见客衣绛。鸣鞭过酒垆[2]，夜宿专诸巷[3]。

【注释】

[1] 姑胥：苏州的别称。

[2] 酒垆（lú）：卖酒处安置酒瓮的砌台，亦借指酒肆、酒店。明徐祯卿《赠别献吉》："日暮经过燕赵客，解裘同醉酒垆旁。"

[3] 专诸巷：苏州城区西北部的一条街巷，位于阊门内，以春秋时刺杀吴王僚的勇士专诸得名。

其八

君向秦淮行，定过桃叶渡[1]。桃叶复桃叶，桃根[2]在何处？

【注释】

[1] 桃叶渡：桃叶渡位于南京市秦淮区，是秦淮河上的一个古渡，位于秦淮河与古青溪水道合流处附近，南起贡院街东，北至建康路淮清桥西，又名南浦渡。

[2] 桃根：据传，桃叶、桃根为姊妹名，两人同为王献之妾。王献之尝作《桃叶歌》："桃叶复桃叶，渡江不用楫。但渡无所苦，我自迎接汝。"《古今乐录》："晋王献之爱妾名桃叶，其妹名桃根。"李商隐《燕台》："当时欢向掌中销，桃叶桃根双姊妹。"

无题[1]

其一

白纻[2]香空在，红帘月易斜。美人期不至，独语向灯花[3]。

【注释】

[1] 此二首诗本已失题，或本名"无题"，不可详知。其一写候人的孤寂

感。其二写念远的凄清感。两诗情致相似，都是表达独处者的寂寞的。

[2] 白纻（zhù）：指白纻所织的夏布。纻，麻的一种，纤维可织布。唐张籍《白纻歌》："皎皎白纻白且鲜，将作春衣称少年。"

[3] 灯花：灯芯烧过后，灰烬仍旧在灯芯上，红热状态下的灰烬在火焰中如同花朵，遂名灯花。

其二

纤月[1]摇人影，惊鸦噪井阑[2]。夜深裁锦字[3]，应畏剪刀寒。

【注释】

[1] 纤（xiān）月：未弦之月，月牙。唐杜甫《夜宴左氏庄》："风林纤月落，衣露净琴张。"

[2] 井阑：同"井栏"。唐白居易《渭村退居诗》："井阑排菡萏，檐瓦斗鸳鸯。"

[3] 裁锦字：指锦字书。《晋书·列女传·窦滔妻苏氏》："窦滔妻苏氏，始平人也，名蕙，字若兰。善属文。滔，符坚时为秦州刺史，被徙流沙，苏氏思之，织锦为回文旋图诗对赠滔。宛转循环以读之，词甚凄惋。"

卷七　七言绝句

同黄子厚途中作[1]

二月长安[2]柳色新，故乡相忆泪沾巾。遥怜蓟北[3]莺花少，不道[4]春光恼杀人。

【注释】

[1] 蓟北的春色之浓不减故乡，这让思乡的诗人颇感意外。黄垍（jì），字子厚，号澄庵，黄宗庠第四子，清即墨（山东省即墨市）人。清康熙二年（1663）举人，博通经史子集，恬淡不慕荣利，书法出入晋唐，诗、古文、词皆雄深雅健，为同邑诗人之冠，主即墨诗坛数十年。著有《夕霏亭诗集》《白鹤峪集》《书法辑略》等。

[2] 长安：这里代指北京。

[3] 蓟（jì）北：泛指河北北部地区。蓟，古州名。唐开元十八年置，治所在渔阳（今天津市蓟县）。

[4] 不道：不料。苏轼《洞仙歌》："但屈指西风几时来，又不道流年暗中偷换。"

悲沙丘[1]

沙丘池馆[2]水西滩，旧国繁华欲见难。春色不来歌舞地，月明深照陇[3]头寒。

【注释】

[1] 这是一首怀古诗。沙丘之地古来繁华，今已湮灭成残迹。繁华难久恃，人事有沧桑，让人顿生黍离之悲。沙丘，见《寒食日过故沙丘》注。

[2] 池馆：池苑馆舍。这里指池馆的残迹。

[3] 陇：通"垄"。

有感[1]

北郭风沙落日昏，五陵[2]秋草怨王孙。可怜珠履[3]三千客，却道曾无[4]国士恩。

【注释】

[1] 诗人借汉家王陵的萧瑟秋景，抒发食客之于君主空有逞舌之巧而并无扶危之谋的尴尬。或寄有对明亡的感喟。

[2] 五陵：见《杂感三首》其一，注释[3]。

[3] 珠履：珠饰之履。《史记·春申君列传》："春申君客三千余人，其上客皆蹑珠履。"

[4] 曾（zēng）无：连……也没有。曾，竟然、还。

宿溪上二首[1]

其一

路入沙村暑气收，鸬鹚鸂鶒[2]满汀洲[3]。疏帘影拂晴川树，孤月轮生近水楼。

【注释】

[1] 此二首诗写诗人旅途中暂住溪上的感受，闲适中带有几分落寞。语境疏淡，饶有闲趣。

[2] 鸂鶒：见《春塘曲二首》其二，注释[2]。

[3] 汀（tīng）洲：水中小洲。战国屈原《九歌·湘夫人》："搴汀洲兮杜若，将以遗兮远者。"

其二

五夜淹留[1]白栗滩，啼乌绕树惜更残[2]。千山落月连秋曙[3]，一片钟声度[4]水寒。

【注释】

[1] 淹留：羁留；逗留。战国屈原《离骚》："时缤纷其变易兮，又何可以淹留？"

[2] 更残：更声将尽，意谓黎明时刻。

[3] 秋曙：初秋的黎明。

[4] 度：通"渡"。

少年行[1]

卖却千金白鼻骗[2]，封侯何必在天涯。腰间匕首无人识，且就东邻屠狗家[3]。

【注释】

[1] 此诗中诗人塑造了一个不得于时的少年侠士形象，或有自况之意。《少年行》，汉乐府旧题，多些侠义少年。

[2] 白鼻騧（guā）：一种白鼻黑喙的黄马。唐李白《白鼻騧》："银鞍白鼻騧，绿地障泥锦。"

[3] 屠狗家：杀狗为业者。西汉司马迁《史记·刺客列传》："（荆轲）爱燕之狗屠及善击筑者高渐离"，"日与狗屠及高渐离饮于燕市"。

秋深[1]

户外秋花红复殷[2]，黄鹂犹自啭林间。那[3]能对此思春色，不遣青钱沽[4]酒还。

【注释】

[1] 此诗写诗人对秋天的到来，本着一种顺时仁性的心态，文士的洒脱情怀可见一斑。

[2] 殷：黑红色。

[3] 那：同"哪"。

[4] 沽（gū）：买，多指买酒。

子夜歌二首[1]

其一

弱柳晴花拂玉鞍，当时不解别离难。哪知今日看春色，却忆沙场白草寒。

【注释】

[1] 这是两首闺怨题材作品，均抒发了闺中女子怀念征人的缠绵之情。语言清丽，含蓄婉曲，有江南民歌滋味。第一首写春天，情绪略显轻快，愁思不甚深；第二首写秋日，情绪稍加凄恻。子夜歌，乐府古曲名，旧辞以五言为主，多写爱情题材，产生于六朝时期的江南。

其二

井梧飘落满庭秋，白雁清砧[1]夜夜愁。莫向高楼望边塞，星河[2]遥尽陇

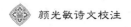

西头。

【注释】

[1] 清砧：捶衣石的美称，这里当指捣衣声。唐杜甫《暝》："半扉开烛影，欲掩见清砧。"

[2] 星河：银河。

昭君曲[1]

一辞宫阙出秦关，长得丹青[2]识旧颜。为报君王休爱惜，汉家征戍几人还？

【注释】

[1] 诗人所作，亦不出旧题窠臼，以昭君口吻抒发了其远嫁塞北的凄怨之情。昭君曲，也叫昭君怨，乐府古题之一，多为代言体。

[2] 丹青：图画。《西京杂记》："前汉元帝，后宫既多，不得常见。乃令画工图其形，按图召幸之。"

送朱锡鬯之济南三首[1]

在抚军署。

其一

潞河[2]三月锦帆开，齐鲁人烟入望[3]来。夹岸旌旗迎细马[4]，知君独上鲁连台[5]。

【注释】

[1] 朱彝尊（1629—1709），字锡鬯，号竹垞，清代著名词人、学者，浙江秀水（今嘉兴市）人。康熙七年（1668）春，自朱彝尊自北京至山东，颜光敏赠诗以送。"鲁连台"之典或有寄语朱氏搭救陷囹圄的顾炎武之意。

[2] 潞河：也称白河、北运河，北通北京，东南通天津，与大运河、海河相接。

[3] 入望：进入视野。五代孟贯《冬日登江楼》："远村虽入望，危槛不堪凭。"

[4] 细马：骏马。唐李白《对酒》："蒲萄酒，金叵罗，吴姬十五细马驮。"

[5] 鲁连台：台名，在山东省茌平县东。传说战国时齐人鲁仲连曾在此居住，后人遂筑台纪念。

其二[1]

鹊湖[2]风景似鸳湖[3]，竹垞[4]遥临水墅[5]孤。闻道参军[6]能爱酒，百禽争学叫提壶[7]。

【注释】

[1] 此诗赞朱彝尊为士林领袖，天下文士附和者甚众。

[2] 鹊湖：鹊，鹊山，在济南北郊，黄河北岸，与东面不远的华山（古称"华不注"）遥相呼应，均属"齐烟九点"之一。唐宋时，山下一片汪洋，称"鹊山湖"。

[3] 鸳湖：浙江南湖，临近嘉兴。朱氏为嘉兴人，故云。

[4] 竹垞（chá）：长满竹子的小丘。垞，小丘。朱彝尊别号"竹垞"，故称。

[5] 水墅：水边的庭院。

[6] 参军：僚属官名。清康熙七年，朱彝尊入山东巡抚刘芳躅幕，故称。

[7] 提壶：鸟名，即鹈鹕。亦作"提胡芦"。宋欧阳修《啼鸟》："独有花上提壶芦，劝我沽酒花前醉。"

其三[1]

携手河桥怅去尘，历山[2]遥望柳条春。讼庭尚有南冠客[3]（时亭林以诏狱在济南），莫向燕台[4]思故人。

【注释】

[1] 此诗嘱托朱彝尊以搭救顾炎武为重，不要思念京城的故人。

[2] 历山：山名，在济南。这里代指济南。

[3] 南冠客：囚徒。《左传·成公九年》："晋侯观于军府，见钟仪，问之曰：'南冠而执者，谁也？'有司对曰：'郑人所献楚囚也。'"后遂以南冠代指囚徒。

[4] 燕台：见《送高少司寇念东予假归》注释[22]。

彭城[1]

彭城烟火出云中，戏马台[2]边落照红。上濑[3]齐鸣河伯[4]鼓，挂帆争拜大王[5]风。

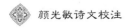

【注释】

[1]彭城，徐州的旧称，据《世本》记载，"涿鹿在彭城，黄帝都之"。此诗当作于颜光敏南行过徐州之时。炊烟绕古城，落照映高台，船行水上，浪急帆满，此亦可见诗人心中之快意。

[2]戏马台：地名。公元前206年，项羽灭秦，自立为西楚霸王，定都彭城，于城南里许的南山上，构筑崇台，以观戏马，故名戏马台。

[3]上濑：激流。濑，流得很急的水。

[4]河伯：传说中的河神，名冯夷。

[5]大王：这里指西楚霸王项羽。末两句为拟人写法，意谓河水汤汤如河神鸣鼓，船帆饱满像是对风而拜。

临淮道中[1]

东塘绿水灌西陀[2]，雨歇淮南布谷多。少妇村头休叹息，御筵[3]曾谱稻秧歌[4]。

【注释】

[1]此诗写诗人南行至临淮，适逢大雨初歇，在布谷鸟的叫声里，诗人想到皇帝的劝农之举。临淮，旧称临淮关，今属凤阳县，地处淮河中游。

[2]陀（tuó）：坡地。

[3]御筵：喻指帝位。唐杜甫《秋日夔府咏怀一百韵》："耿贾扶王室，萧曹拱御筵。"诗中代指皇帝。

[4]稻秧歌：民间曲艺的一种，多载歌载舞。诗中或指皇帝为劝农而专门命人谱写秧歌曲。

大柳驿[1]

大柳山南行且涉，朝岚未散炊烟接。游人不来春草长，桑下黄鹂媚蚕妾[2]。

【注释】

[1]此诗写大柳驿山行，远望山岚炊烟迷蒙，春草寂寂，桑间偶尔传来鸟鸣衬托出远行的寂寥。大柳驿：古驿站名，在今安徽省滁州市西南。

[2]蚕妾：古代育蚕女奴，后亦泛指育蚕妇女。《左传·僖公二十三年》："（重耳）将行，谋于桑下。蚕妾在其上，以告姜氏。"

清流关[1]

身骑龙背上青霄，路尽峰回出丽谯[2]。雨气全吞幽壑树，风声直送大江潮。

【注释】

[1] 清流关踞群山之巅，关口建有谯楼。凭栏四望，但见云气莽莽，风啸山谷，气势不同凡响。清流关，古代关隘名，处于清流河上游，故名。清流关始建于南唐，雄踞于关山之口，为南北交通必经之道，有"金陵锁钥"之称。

[2] 丽谯（qiáo）：亦作"丽樵"，华丽的高楼。《庄子·徐无鬼》："君亦必无盛鹤列于丽谯之间。"郭象注："丽谯，高楼也。"成玄英疏："言其华丽嶕峣也。"

丰乐亭[1]

滁州无数樱桃树，丰乐亭阴色可怜[2]。山上游人随意折，累累直过使君[3]前。

【注释】

[1] 丰乐亭以欧阳修的文，苏东坡的手书而闻名，诗人盘桓亭阴，非唯醉心山水，亦有尚友古人之心在。丰乐亭，位于今安徽省滁州市琅琊山丰山脚下紫薇泉旁，为北宋欧阳修任滁州太守时所建。亭中有苏轼手书欧阳修亲撰的《丰乐亭记》，欧文与苏字有珠联璧合之妙。

[2] 可怜：可爱的样子。唐杜甫《韦讽录事宅观曹将军画马图歌》："可怜九马争神骏，顾视清高气深稳。"

[3] 使君：汉代称呼太守刺史，汉以后用作对州郡长官的尊称，亦可用以泛称尊长者。诗中指欧阳修。

醉翁亭[1]

佳树幽香山径中，取鱼酿酒[2]乐年丰。巢由[3]著意[4]逃丘壑，未许风流作醉翁。

【注释】

[1] 诗人游赏醉翁亭，体味着当年欧阳修感受，亦渐悟出欧阳修不拘执于去留的生活方式，似乎胜过巢由的隐遁绝踪之举。醉翁亭，位于安徽省滁州市西

南琅琊山旁，由北宋琅琊寺僧智仙建于庆历七年，时任职滁州的欧阳修撰《醉翁亭记》，亭以文名。

[2] 取鱼酿酒：《醉翁亭记》中有"临溪而渔，溪深而鱼肥；酿泉为酒，泉香而酒洌"之句，诗人袭用之。

[3] 巢由：巢父和许由的并称。相传皆为尧时隐士，尧让位于二人，皆不受。因用以指隐居不仕者。李善注引皇甫谧《逸士传》："巢父者，尧时隐人也。及尧让位乎许由也，由以告巢父焉，巢父责由曰：'汝何不隐汝光？何故见若身、扬若名令闻？若汝，非友也。'乃击其膺而下之。由怅然不自得，乃过清泠之水洗其耳。"

[4] 著意：集中注意力；用心。这里有刻意的意谓。宋玉《九辩》："罔流涕以聊虑兮，惟著意而得之。"朱熹集注："著意，犹言著乎心，言存于心而不释也。"

鲥鱼[1]

江浦[2]鲥鱼人不惜，安能活汝送波涛？船头泼剌[3]乘空下，犹胜金盘白雪[4]高。

【注释】

[1] 诗人欲纵鱼归江，既有怜生之意，也寄寓着自己对自由的渴望。鲥鱼，参见《题龙江楼》注释 [13]。

[2] 浦（pǔ）：水边。

[3] 泼剌：见《题龙江楼》注释 [14]。

[4] 白雪：比喻鲥鱼肉质的洁白。唐杜甫《观打鱼歌》："饔子左右挥霜刀，鲙飞金盘白雪高。"

渡江[1]

天际扬帆一鸟轻，四边银屋[2]海门[3]声。巨鳌[4]已散[5]扶桑岛[6]，却怪神山两岸行。

【注释】

[1] 诗人以夸诞的笔法描绘了江面的开阔与水势的浩渺，船行江面如同置身大海。

[2] 银屋：比喻浪涛之大。唐李白《司马将军歌》："扬兵习战张虎旗，江

中白浪如银屋。"

[3] 海门：见《送高少司寇念东予假归》注释 [18]。

[4] 巨鳌：见《戊申六月十七日齐鲁地大震歌以纪之》注释 [33]。

[5] 散：分开、分离。巨鳌已经与仙山分开。

[6] 扶桑岛：东海仙山的代称。

金陵杂诗[1]

其一

春江薄热水闻腥，北渚[2]商羊[3]舞不停。明日柳棉须打落，高楼静对万山青。

【注释】

[1] 诗人曾于康熙己未、辛酉年间，两次南游，这组诗大约是此阶段触景而发，累积而成。诗人以布衣之身徜徉于山水间，寻访名胜，拜谒高逸，间或与同道雅士唱和，故此组诗歌情味多闲逸，俱为抒发山水游赏之乐，并无深致，亦不涉家国情怀。与诗人的古诗相较，辞浅意淡，清新素雅。

[2] 北渚（zhǔ）：北面的水涯。战国屈原《九歌·湘君》："鼂骋骛兮江皋，夕弭节兮北渚。"王逸注："渚，水涯也。"

[3] 商羊：见《麦雨叹》注释 [3]。

其二

江干[1]桃李春无主[2]，乱蕊繁枝谁见开。锦石洲前还久立，落花或逐晚潮来。

【注释】

[1] 江干：江边，江畔。唐戴叔伦《江干》："江干望不极，楼阁影缤纷。"

[2] 桃李春无主：形容春日江边寂寂无人的样子。唐齐己《戊辰岁江南感怀》："桃李春无主，杉松寺有期。"

其三

南郭浮屠[1]高出霞，下窥黄屋[2]如金沙。四十门中响空籁，吾将独步青莲花。

【注释】

[1] 浮屠：梵语音译，对佛或佛教徒的称呼，后泛指佛塔。

[2] 黄屋：帝王所居宫室。

其四

楝树[1]馨香覆稻畦[2]，日斜人散子规啼。春风尽解篔筜[3]箨[4]，重到长干[5]路转迷。

【注释】

[1] 楝（liàn）树：落叶乔木，花淡紫色，有芳香。

[2] 稻畦（qí）：稻田。畦，田园中分成的小区。

[3] 篔筜（yún dāng）：一种皮薄、节长而竿高的大竹子。这里泛指竹子。

[4] 箨（tuò）：见《为王阮亭题庭前竹》注释[3]。

[5] 长干（gàn）：古建康里巷名。长干里，故址在今江苏省南京市南。西晋左思《三都赋》："长干延属，飞甍舛互。"刘逵注："江东谓山冈间为'干'。建邺之南有山，其间平地，吏民居之，故号为'干'。中有大长干、小长干，皆相属。"

其五

鸡鸣山[1]下蒋侯祠[2]，烟火凄凉松桧[3]枝。阊阖[4]自蟠龙虎势[5]，更无人吊六朝时。

【注释】

[1] 鸡鸣山：原名鸡笼山，以其山势浑圆，形似鸡笼而得名。南朝齐武帝到钟山射雉，至此闻鸡鸣，改鸡笼山为鸡鸣山。鸡笼山位于南京市玄武区，东连九华山，西接鼓楼岗，北近玄武湖，为紫金山延伸入城余脉。

[2] 蒋侯祠：东汉蒋子文的祠堂。据《艺文类聚》载："徐爰《释问略》曰：'建康北十余里有钟山，旧名金陵山，汉末金陵尉蒋子文讨贼，战亡，灵发于山，因名蒋侯祠。'"

[3] 桧（guì）：常绿乔木，木材桃红色，有香气，可作建筑材料。亦称"刺柏"。

[4] 阊阖：见《朱鹭》注释[3]。

[5] 龙虎势：山势如龙虎盘踞。晋吴勃《吴录》："刘备曾使诸葛亮至京，因睹秣陵山阜，叹曰：'钟山龙盘，石头虎踞，此帝王之宅。'"

其六

帘外星河觉夜晴，江涛拍岸旅魂惊。明朝试问西江估[1]，何似匡庐[2]瀑布声。

【注释】

[1] 估：同"贾"，商人。

[2] 匡庐：见《赠邢命石》注释[4]。

其七

桃花水[1]涨江鱼肥，渔人维舟[2]趁钓矶[3]。得钱沽酒旬日醉，不知双桨生苔衣[4]。

【注释】

[1] 桃花水：见《将至扬州怀王阮亭》注释[2]。

[2] 维舟：系船停泊。南朝梁何逊《与胡兴安夜别》："居人行转轼，客子暂维舟。"

[3] 钓矶（jī）：钓鱼时坐的岩石。这里指江边的岩石崖岸。

[4] 苔衣：泛指苔藓。南朝宋谢灵运《岭表赋》："萝蔓绝攀，苔衣流滑。"

其八

镜中楼阁影层层，桃叶津[1]头五夜[2]灯。纵使当年罗绮[3]在，忍将歌舞对西陵[4]。

【注释】

[1] 桃叶津：见《春词八首·其八》注。

[2] 五夜：自宋初以来，将庆赏元宵花灯的时间由三夜改为五夜，称为"五夜元宵"。《宣和遗事》："且如前代庆赏元宵，只是三夜……从十四至十六夜，放三夜元宵灯烛。至宋朝开宝年间，有两浙钱王献了两夜浙灯，展了十七、十八两夜，谓之'五夜元宵'。"

[3] 罗绮：这里指穿罗绮的人。

[4] 西陵：南朝齐钱塘名妓苏小小的墓。唐李贺《苏小小墓》："西陵下，风吹雨。"

其九

水部衙前菡萏[1]香，翩翩蛱蝶[2]绕人床。虚[3]窗永日[4]愁多梦，逐尔双飞望故乡。

【注释】

[1] 菡萏：见《瀑布》注释 [13]。

[2] 蛱（jiá）蝶：蝴蝶。

[3] 虚：虚掩。

[4] 永日：从早到晚；整天。汉刘桢《公宴》："永日行游戏，欢乐犹未央。"

其十

潮水才平南北岸，灯船[1]交放两三重。人影衣香谁领略，夜深丝管[2]故从容。

【注释】

[1] 灯船：载有花灯的船。

[2] 丝管：代指音乐。

其十一

牛首[1]栖霞[2]拥百层，乡书每讯[3]几时登？曾探华岳双池水[4]，不用仙人万岁藤[5]。

【注释】

[1] 牛首：见《重登牛首山》注。

[2] 栖霞：山名，位于南京市栖霞区，又名摄山，被誉为"第一金陵明秀山"。南朝时山中建有"栖霞精舍"，因此得名，是中国四大赏枫胜地之一。

[3] 讯：问。

[4] 双池水：指华山的玉泉池和玉井。诗人曾西行秦地，登华山诸峰。

[5] 万岁藤：多年生藤茎，可用以制作手杖。

甓社湖[1]

天云吹荡白粼粼[2]，万里秋涛接汉津[3]。泽国[4]曾无乘鹤客[5]，甓湖独见采珠人。

【注释】

[1] 此诗中诗人以天空来衬托湖水的广阔，置身湖上，仿佛行舟天际，湖面上稀疏点缀着采珠人家的帆影，更增添了天水相接的逸致。甓（pì）社湖：湖名。在江苏市高邮市西北。

[2] 粼粼（lín）：水流清澈貌。《诗经·唐风·扬之水》："扬之水，白石粼粼。"毛传："粼粼，清澈也。"

[3] 汉津：银河。《尔雅·释天》："析木之津，箕斗之间汉津也。"郝懿行义疏："《左传》及《周语》并云'析木之津'。韦昭注：'津，天汉也。析木，次名，从尾十度至南斗十一度为析木，其间为汉津。'"

[4] 泽国：水乡。唐李嘉祐《留别毗陵诸公》："凄凉辞泽国，离乱到乡山。"

[5] 乘鹤客：代指仙人。

淮上见龙舟[1]

十里龙船出射湖[2]，龙头首唱榜人[3]呼。淮南无限苍生怨，却吊千年楚大夫[4]。

【注释】

[1] 此诗中诗人把赛龙舟场面的盛大、热闹，与凭吊屈原的深沉哀怨放在一起，意趣相反相成，引人寻绎。

[2] 射湖：今称射阳湖，大致位于江苏省宝应、建湖、盐城、兴化之间，南连大纵湖，地势低洼，湖荡连片。

[3] 榜（bàng）人：船夫，舟子。汉司马相如《子虚赋》："榜人歌，声流喝，水虫骇，波鸿沸。"郭璞注引张揖曰："榜，船也。"

[4] 楚大夫：指屈原。因其曾为楚国三闾大夫，故称。唐杜甫《地隅》："丧乱秦公子，悲凉楚大夫。"

春词[1]

红粉楼中岁月淹[2]，江南江北草纤纤。送君二月攀杨柳[3]，从此春风不卷帘。

【注释】

[1] 这是一首闺怨题材的诗作，诗人以闺中女子的视角，抒发了独处的落寞与哀怨。语言清丽浅近，不事雕琢，很有民歌的韵味。春词，多写男女春日的恋情与乡思，中唐刘宾客白香山多有唱和。宋尤袤《全唐诗话·莺莺》："莺莺姓崔氏，有张生者，托其婢红娘以《春词》二篇诱之。"

[2] 淹：时光迟缓的样子。

[3] 攀杨柳：攀折柳条。古人离别时，有折柳枝相赠之风俗，汉乐府收有《折杨柳歌辞》。

题赵武昔小像[1]

画省[2]仙郎美且都[3]，青帘白舫出鸳湖[4]。窗中越女皆纤手，今日平原[5]绣得无[6]？

【注释】

[1] 题画诗多遗貌取神，此诗亦如是。诗人没有落脚到画面笔墨布局的经营上，而是直指赵武昔精神——"美且都"，甚至越女的巧手也难绣出赵武昔的娴雅气度。赵武昔，不详。

[2] 画省（shěng）：指尚书省。汉尚书省以胡粉涂壁，紫素界之，画古烈士像，故别称"画省"。或称"粉省""粉署"。唐岑参《暮秋会严京兆后厅竹斋》诗："盛德中朝贵，清风画省寒。"

[3] 美且都：美而娴雅。《诗经·郑风·有女同车》："彼美孟姜，洵美且都。"

[4] 鸳湖：见《送朱锡鬯之济南三首》其二，注释[3]。

[5] 平原：以战国的平原君代指赵武昔。唐李贺《浩歌》："买丝绣作平原君，有酒谁浇赵州土。"

[6] 绣得无：能否绣得出。

题画[1]

山色苍凉似剡中[2]，石淙[3]秋雨乱流通。虚窗遥闭深松里，夜夜楼前万壑风。

【注释】

[1] 此诗中诗人题写的是一幅山水画，前三句实写画面布局，最后一句归纳画面的感受。"风"是不容易画出来的，但该画通过对山、水、雨、松的巧妙经营，却能让人感受到风的动态和气息，可谓气韵生动。颜光敏亦擅画，故能曲尽画趣。

[2] 剡（shàn）中：指古剡县（今属浙江省嵊州市）一带。南朝宋谢灵运《登临海峤与从弟惠连见羊何共和之》："暝投剡中宿，明登天姥岑。"

[3] 石淙（cóng）：石上水流。淙，流水声。元袁桷《马伯庸拟李商隐无题

次韵》：“浣纱可是无灵匹，侧足寒溪溅石淙。”

题茅天石小像[1]

抱膝长吟[2]动四邻，松风萝月[3]太湖滨。人间只有丹青赏，不道髯公最绝伦。

【注释】

[1] 茅天石擅长丹青，世人只赏其画而不知其人。诗人观茅天石小像，不禁为茅天石豪迈的气质和绝俗的神韵所倾倒，故为此诗，以彰其人。茅天石，清初画家，浙江归安人。康熙十一年茅天石曾为颜光敏画《藤阴读书图》。

[2] 抱膝：以手抱膝而坐，有所思的样子。《三国志·蜀志·诸葛亮传》："亮躬耕垄亩，好为《梁父吟》。"裴松之注引三国魏鱼豢《魏略》："每晨夕从容，常抱膝长啸。"

[3] 松风萝月：松萝与风月相映的状态。

题吴赤一小像[1]

其一

苕霅[2]秋风蟹正肥，乘槎[3]北去久忘归。江湖钓侣[4]今多少，却怪沙禽夜夜飞。

【注释】

[1] 题像诗贵在遗貌取神，此诗中颜光敏睹像思人，虽着墨于形态，但能暗示出吴赤一寄居松竹，放浪烟湖的情致与意趣。吴赤一，名瓒。

[2] 苕霅 (tiáo zhà)：苕溪、霅溪二水的并称，在今浙江省湖州市境内，二水汇合后北入太湖。唐人张志和曾隐居于此。《新唐书·隐逸传·张志和》："愿为浮家泛宅，往来苕霅间。"

[3] 乘槎 (chá)：乘坐竹、木筏。槎，筏子。

[4] 江湖钓侣：这里指与诗人友善的未仕名士们。

其二

松烟[1]竹翠雨蒙蒙，藜榻[2]翛然[3]向晓风[4]。今日相看图画里，开窗疑坐鸟声中。

【注释】

[1] 松烟：指松林中的烟云。唐白居易《长安闲居》："风竹松烟昼掩关，意中长似在深山。"

[2] 藜榻（tà）：藜条编制的坐具。榻，狭长而较矮的床形坐具。

[3] 倏（xiāo）然：形容超脱或自由自在的样子。《庄子·大宗师》："倏然而往，倏然而来而已矣。"成玄英疏："倏然，无系貌也。"

[4] 晓风：清晨的风。

赠冒辟疆[1]

其一

淮干紫气[2]接青霄，杨柳春遍廿四桥[3]。常怪仙翁垂鹤发[4]，挥毫更作广陵潮[5]。

【注释】

[1] 冒辟疆为明末清初名士，能诗文善书画，亦以守节全志称誉于士林。其一写冒辟疆气与天齐，文如潮涌，表达了诗人对冒辟疆的敬仰之情。其二写冒辟疆晚年笑傲自娱的生活场景，绮树繁花映左右，乐府新声处处闻。

冒襄（1611—1693），字辟疆，号巢民，南直隶扬州府泰州如皋县（今江苏省如皋市）人。明末，冒襄曾参加复社，同陈贞慧、方以智、侯方域过从甚密，人称"四公子"。清初，冒襄以明遗民自居，淡泊明志，守节不仕。冒襄长于诗文，兼擅书画，著述颇丰，有《先世前征录》《朴巢诗文集》《水绘园诗文集》《影梅庵忆语》《寒碧孤吟》《六十年师友诗文同人集》等。

[2] 紫气：紫色的霞气，古人以为瑞祥的征兆。汉刘向《列仙传》："老子西游，关令尹喜望见有紫气浮关，而老子果乘青牛而过也。"

[3] 廿四桥：桥名，在扬州西郊。杜牧《寄扬州韩绰判官》："二十四桥明月夜，玉人何处教吹箫？"

[4] 鹤发：白发。南朝梁庾肩吾《八关斋夜赋四城门·第三赋南城门老》："鹤发辞轩冕，鲐背烹葵菽。"唐刘希夷《代悲白头翁》诗："宛转蛾眉能几时，须臾鹤发乱如丝。"

[5] 广陵潮：亦称"广陵涛"，每年秋季出现在广陵（扬州）曲江的潮水。汉枚乘《七发》："将以八月之望，与诸侯远方交游兄弟，并往观涛乎广陵之曲江。"

其二

当筵[1]乐府接新声[2]，绮树繁花雨后明。楼上凤凰齐度曲[3]，不教缑岭[4]独吹笙。

【注释】

[1] 筵（yán）：竹席。古人席地而坐，设席不止一层，紧靠地面的一层称筵，筵上面的称席。这里指宴会。

[2] 新声：新作的乐曲或新颖美妙的乐音。晋陶潜《诸人共游周家墓柏下》："清歌散新声，绿酒开芳颜。"

[3] 度曲：指作词曲；唱曲。汉班固《汉书·元帝纪赞》："鼓琴瑟，吹洞箫，自度曲，被歌声，分刌节度，穷极幼眇。"颜师古注引应劭曰："自隐度作新曲，因持新曲以为歌诗声也。"

[4] 缑（gōu）岭：缑氏山，位于河南省嵩山洛阳之间。这里指修道成仙之处。《河南府志》："缑山，在县（偃师）南四十里，孤峰突出，周灵王太子晋升仙于此。"

元夕松江竹枝词[1]

其一

拾翠[2]探花[3]事事慵[4]，新声自谱彻鸣钟。争知[5]一片氍毹[6]席，隔断巫山十二峰[7]。

【注释】

[1] 这是两首民歌风味的近体之作。竹枝词，源自巴蜀民间，中唐刘禹锡始袭用其制，后代多有仿制。这两首均以女子的口吻，抒发了相思的难耐与独处的寂寞。其一写一女子对关外征人的思念，"怨"中见"怜"。其二写一女子春情萌动的情状，重重的院落也挡不住探出墙外的花香。两诗含蓄隽永，意生言外，很有情致。元夕，即正月十五之夜。松江，今属上海市。

[2] 拾翠：拾取翠鸟羽毛以为首饰，后多指妇女游春。魏曹植《洛神赋》："或采明珠，或拾翠羽。"唐吴融《闲居有作》："踏青堤上烟多绿，拾翠江边月更明。"

[3] 探花：赏花。

[4] 慵（yōng）：懒散，没有情致。

［5］争知：怎知。

［6］氍毹：见《蹴鞠行》注释［3］。

［7］巫山十二峰：代指男女欢会，非实指巫山诸峰。战国宋玉《高唐赋》记载楚襄王游云梦之泽，梦见神女之事，后遂以巫山云雨比喻男女和合。

其二

星桥[1]歌吹[2]正繁华，隐几[3]焚香对绛纱[4]。却怪儿家[5]饶院宇，六街[6]犹见出墙花。

【注释】

［1］星桥：银河上的鹊桥。北周庾信《舟中望月》："天汉看珠蚌，星桥似桂花。"

［2］歌吹：歌声和乐声。唐温庭筠《旅泊新津却寄一二知己》："并起别离恨，思闻歌吹喧。"

［3］隐几：靠着几案，伏在几案上。《庄子·齐物论》："南郭子綦隐机而坐，仰天而嘘。"成玄英疏："隐，凭也。子綦凭几坐忘，凝神遐想。"

［4］绛纱：红纱。纱，绢之轻细者。唐韦应物《萼绿华歌》："仙容矫矫兮杂瑶佩，轻衣重重兮蒙绛纱。"

［5］儿家：古代年轻女子对其家的自称，犹言我家。宋辛弃疾《江神子·和人韵》："儿家门户几重重，记相逢，画楼东。"

［6］六街：本为唐代长安六条中心大街的省称，这里指里巷街道。前蜀韦庄《秋霁晚景》："秋霁禁城晚，六街烟雨残。"

颜光敏诗补遗

失题诗（六首）

其一[1]

邹鲁接氤氲[2]，荣光[3]属使君[4]。政看龚太守[5]，名重鲍参军[6]。美箭[7]南山竹，龙泉北斗纹[8]。隼旟[9]缇骑[10]绕，虎节[11]琐闱[12]分。映幰[13]繁秋稼，迎旌起夏云。雉声行遍野，犀照[14]易消氛[15]。楚水[16]流仙霭[17]，燕台[18]策旧勋。还知三辅[19]外，应得九霄[20]闻。

【注释】

[1] 这是一首赠诗，所赠何人不得而知。依诗中所写，该"使君"很有才干，且为官地方时（当就职于南方），政声颇佳，曾得天子策勋。又依首句猜测，此"使君"或为鲁人。

[2] 氤氲：见《望岳》注释[4]。

[3] 荣光：五色云气，古时以为吉祥之兆。与上句的"氤氲"对应。这里代指荣耀。

[4] 使君：不知其详，本诗即为赠该"使君"而作。使君，汉代称呼太守刺史，汉以后用作对州郡长官的尊称。

[5] 龚太守：龚遂，西汉山阳郡南平阳县（今山东省邹城市）人，曾为渤海太守，守正尽责，政声颇佳。东汉班固《汉书》："（龚）遂为人忠厚，刚毅有大节。"

[6] 鲍参军：鲍照（415—466），东海郡兰陵（今山东省兰陵县）人，曾为刘子顼前军参军，长于文学，与颜延之、谢灵运合称"元嘉三大家"。

[7] 美箭：美竹。此句用以指称人物的材质之美。《尔雅·释地》："东南之美者，有会稽之竹箭焉。"

[8] "龙泉"句：龙泉，宝剑名。北斗纹，剑气上应北斗。诗中用以比喻"使君"的才能。《晋书·张华传》："初，吴之未灭也，斗牛之间常有紫气……焕到县，掘狱屋基，入地四丈余，得一石函，光气非常，中有双剑，并刻题，一曰龙泉，一曰太阿。其夕，斗牛间气不复见焉。"

[9] 隼旟（sǔn yú）：画有隼鸟的旗帜。古代为州郡长官所建。旟，旗帜。《周礼·春官·司常》："鸟隼为旟，龟蛇为旐……州里建旟，县鄙建旐。"唐刘禹

锡《泰娘歌》："风流太守韦尚书，路傍忽见停隼旟。"

[10] 缇骑（tí qí）：穿红色军服的骑士。泛称贵官的随从卫队。《后汉书·百官志》："执金吾一人，中二千石……丞一人，比千石。缇骑二百人。"王先谦集解引李祖楙曰："《说文》：'缇，帛丹黄色。'盖执金吾骑以此帛为服，故名。"

[11] 虎节：周代山国使者出行时所持的符节，后泛指符节。《周礼·地官·掌节》："凡邦国之使节，山国用虎节，土国用人节，泽国用龙节，皆金也。"郑玄注："使节，使卿大夫聘于天子诸侯，行道所执之信也，土，平地也。山多虎，平地多人，泽多龙，以金为节铸象焉。"

[12] 琐（suǒ）闱：镂刻连琐图案的宫中旁门，此处代指皇宫。

[13] 幰（xiǎn）：车上的帷幔。

[14] 犀照：燃犀牛角照亮，比喻洞察幽微。《晋书·温峤传》："扦温峤呞至牛渚矶，水深不可测，世云其下多怪物，峤遂毁犀角而照之。"

[15] 消氛：消解不祥之气。氛，凶气。这里用以赞赏"使君"化解地方纷乱的能力。《左传·襄公二十七年》："楚氛甚恶。"

[16] 楚水：古时的朗州、连州一带，今在湘粤之交。这里或为"使君"就职之地。

[17] 仙霭：仙气，这里指祥和之气。

[18] 燕台：见《庚申除夕寓学山园八首》其六，注释 [3]。

[19] 三辅：京畿之地，这里代指北京附近的地区。

[20] 九霄：古代传说天有九重，九是个虚数，也是贵数，有"极限"之意，指天之极高处。诗中代指天子。

其二[1]

先生昔在蜀山[2]北，雕轩宝马长为客。先生今在泗水[3]滨，玉壶金罍[4]多故人。东皋[5]携手聊行乐，麟角凤觜[6]甘寂寞。六年混迹托[7]风尘，一官寄兴[8]存丘壑[9]。北郊雨霁[10]风云涌，宾从杂沓[11]连钱[12]动。酒阑[13]踟蹰[14]难具陈，声名旧与丘山重。郑虔[15]好道[16]不辞[17]贫，桓荣[18]稽古[19]终承宠。人生何地不用才，弦歌[20]曾向子游台。秣[21]马鲁门紫气绕，移旌[22]济北春风来，且看宝玦[23]莫徘徊。先生宦游气豪壮，锦江玉垒[24]峨眉上。眼前尺土何必奇，着鞭[25]更慰[26]苍生望。

【注释】

[1] 这是一首赠别诗。诗中的"先生"大约是诗人的乡党旧交，曾为官蜀山，北归故里后一度闲居数年，今将赴任济北。诗人既赏其心存丘山的雅志，又

赞扬了其经世才干，最后以"慰苍生"作为临别赠言。

[2] 蜀山：指四川的山，如唐杜牧《阿房宫赋》："蜀山兀，阿房出。"另，安徽省无为县西南有蜀山镇。诗中所指不得其详。

[3] 泗水：见《游伊阙二首》其一，注释[17]。

[4] 金罍（léi）：古代一种盛酒的容器。小口，广肩，深腹，圈足，有盖，多用青铜或陶制成。

[5] 东皋：见《野老》注释[7]。

[6] 麟角凤觜（zuǐ）：麒麟的角，凤凰的嘴，比喻稀罕名贵的东西。诗中指拥有出众的才能。觜，同"嘴"。汉东方朔《海内十洲记》："煮凤喙及麟角，合煎作膏，名之为续弦胶，或名连金泥。此胶能续弓弩已断之弦，刀剑断折之金。"

[7] 托：托身、寄身。

[8] 寄兴：寄寓情趣。

[9] 丘壑：山陵和溪谷，代指隐逸的情怀。南朝宋谢灵运《斋中读书》："昔余游京华，未尝废丘壑。"

[10] 雨霁（jì）：雨住天晴。霁，雨雪停止。

[11] 杂沓（tà）：纷杂繁多的样子。亦作"杂遝"。唐杜甫《丽人行》："箫管哀吟感鬼神，宾从杂遝实要津。"

[12] 连钱：马名。唐纪唐夫《骢马曲》："连钱出塞蹋沙蓬，岂比当时御史骢。"连钱本为花纹名，后指代马匹的障泥，再转为指代马匹。

[13] 酒阑（lán）：酒宴将尽。阑：残、尽。

[14] 蹢躅（zhí zhú）：以足击地，顿足。《荀子·礼论》："今夫大鸟兽，则失亡其群匹，越月逾时，则必反铅过故乡，则必徘徊焉，鸣号焉，蹢躅焉，踟蹰焉，然后能去之也。"王先谦集解："蹢躅，以足击地也。"

[15] 郑虔（qián）（691—759）：字趋庭，河南荥阳荥泽人，盛唐著名文学家、诗人、书画家，与杜甫友善。杜甫称赞他"荥阳冠众儒"。《新唐书·文艺传·郑虔》："虔善图山水，好书，常苦无纸，于是慈恩寺贮柿叶数屋，遂往日取叶肆书，岁久殆遍。"

[16] 道：此处当指儒道。

[17] 辞：躲避、推托。

[18] 桓荣：东汉初年名儒，字春卿，沛郡龙亢（今安徽省怀远县）人。桓荣少赴长安求学，拜博士朱普为师，习《欧阳尚书》。他刻苦自励，十五年不回家乡，终成学业。

[19] 稽（jī）古：考察古代的事迹，以明辨道理是非、总结知识经验，从

287

而于今有益、为今所用。《东观汉记》："建武二十八年，以桓荣为少傅，赐以辎车乘马。荣大会诸生，陈车马印绶，曰：'今日所蒙，稽古之力也，可不勉乎。'"

[20] 弦歌：弦歌之声，代指礼乐教化。《论语·阳货》："子之武城，闻弦歌之声，夫子莞尔而笑曰：'割鸡焉用牛刀。'子游对曰：'昔者偃也闻诸夫子曰："君子学道则爱人，小人学道则易使也。"'子曰：'二三子，偃之言是也，前言戏之耳。'"

[21] 秣（mò）：牲口的饲料，用作动词。

[22] 移旌：转往异地任职。旌，古代用羽毛装饰的旗子，这里指官宦赴任的节杖。

[23] 宝玦（jué）：珍贵的佩玉。这里或指官印。

[24] 锦江玉垒：锦江，源出灌县，自郫县流经成都入岷江；玉垒，山名，在今茂汶羌族自治县。唐杜甫《登楼》："锦江春色来天地，玉垒浮云变古今。"

[25] 着鞭：策马赴任。

[26] 慰：使人心里安适。

其三[1]

冠冕[2]通南国，声华[3]仰大猷[4]。名邻荆楚玉[5]，才重济河舟[6]。王粲[7]辉[8]戎幕[9]，羊公[10]允帝求。天都[11]蟠豫兖[12]，郎位[13]出奎娄[14]。鲁甸[15]青云[16]满，湘江紫气[17]流。飞鸟迎建隼[18]，草绿待鸣驺[19]。谷暖三阳[20]雨，霜澄一鹗[21]秋。圣朝荣四岳[22]，更拟借前筹[23]。

【注释】

[1] 这是一首赠诗，被赠者或姓吕（见注释 [22]），不知其详。全诗多褒誉之词，并无深致，雕琢有余而稍欠真情。

[2] 冠冕：古代皇冠或官员的帽子，比喻受人拥戴或出人头地。

[3] 声华：美好的名声、声誉。唐白居易《晏坐闲吟》："昔为京洛声华客，今作江湖潦倒翁。"

[4] 大猷（yóu）：治国大道。《诗经·小雅·巧言》："奕奕寝庙，君子作之；秩秩大猷，圣人莫之。"郑玄笺："猷，道也；大道，治国之礼法。"

[5] 荆楚玉：荆山之玉、和氏璧，喻美质贤才。晋卢谌《览古》："连城既伪往，荆玉亦真还。"

[6] 济河舟：亦作"济川舟"，比喻宰辅之臣。《尚书·说命上》："若金，用汝作砺；若济巨川，用汝作舟辑。"

[7] 王粲（177—217）：字仲宣。山阳郡高平县（今山东省微山县两城镇）

人。东汉末年文学家，"建安七子"之一。王粲先依刘表，后投奔曹操麾下。

[8] 辉：照耀。

[9] 戎幕：军府、幕府。王粲曾为曹操军谋祭酒，王国侍中。

[10] 羊公：羊续（142—189），字兴祖，兖州泰山郡平阳县（今山东省邹城市石墙镇羊续村）人。东汉时期大臣、廉吏，为西晋初年名将羊祜祖父。《后汉书·羊续列传》："六年，灵帝欲以续为太尉。时拜三公者，皆输东园礼钱千万，令中使督之，名为'左骖'。其所之往，辄迎致礼敬，厚加赠略。续乃坐使人于单席，举缊袍以示之，曰：'臣之所资，惟斯而已。'左骖白之，帝不悦，以此故不登公位。"

[11] 天都：星名。属于南方七星中的星宿。《晋书·天文志上》："七星……一名天都，主衣裳文绣，又主急兵盗贼。"

[12] 豫兖：地域名，指豫、兖二州。即今日之河南省和山东省南部地区。

[13] 郎位：本为星座名，这里指职居枢要的郎官之位。《史记·天官书》："（五帝座）后聚一十五星，蔚然，曰郎位。"张守节正义："郎位十五星，在太微中帝坐东北。"明宋濂《拟诰命起结文·中书左司郎中》："郎位之选，必择贤才。"

[14] 奎娄：亦名"降娄"，十二星次之一。配十二辰为戌时，配二十八宿为奎、娄二宿。

[15] 鲁甸：见《怀孔栗如先生》注释 [6]。

[16] 青云：青色的云，祥瑞之兆。《楚辞·九歌·东君》："青云衣兮白霓裳，举长矢兮射天狼。"

[17] 紫气：见《过郯城赋呈会稽子藏金夫子八韵》注释 [12]。

[18] 建隼：旧时官员上任的仪仗，代指官员赴任。建，树；隼，旌旗上的鸟纹。

[19] 鸣驺（zōu）：古代随从显贵出行并传呼喝道的骑卒，亦借指显贵。南朝齐孔稚珪《北山移文》："及其鸣驺入谷，鹤书起陇，形驰魄散，志变神动。"

[20] 三阳：时令名，即立春过后的一段时间。古时认为：冬至一阳生，十二月为二阳生，立春为三阳生。

[21] 鹗（è）：鸟名，常在水面上飞翔，捕食鱼类，俗称"鱼鹰"。

[22] 四岳：相传为共工的后裔，因佐禹治水有功，赐姓姜，封于吕，并使为诸侯之长。《国语·周语下》："共之从孙四岳佐之。"韦昭注："言共工从孙为四岳之官，掌师诸侯，助禹治水也。"《史记·齐太公世家》："太公望吕尚者，东海上人。其先祖尝为四岳，佐禹平水土，甚有功。虞夏之际封于吕，或封于

申，姓姜氏。"据上述材料推测，此处的"四岳"或指被赠诗者的姓氏。

[23] 前筹：谓筹划。明贺万祚《周侍御行部》："不独难危忧水旱，前筹更欲请长缨。"

其四[1]

宗门[2]推旧德[3]，佳士[4]复殊伦[5]。玉树深沾雨，红兰迥受春。国应图骏马，家喜出麒麟。掞藻[6]虚前席[7]，扬镳[8]满后尘。流云迎旆[9]转，芳草映袍新。莫辍[10]龙门棹[11]，乘风有问津[12]。

【注释】

[1] 这是一首劝勉宗族新人的诗。诗的前半部分重在对新人的赞誉，想必该人已经取得一定的成就。诗歌的后半部分，主要以勉励为主，希望对方能继续努力。

[2] 宗门：宗族。此宗族或指颜氏，未可知。

[3] 旧德：谓先人的德泽。《左传·成公十三年》："穆公不忘旧德，俾我惠公用能奉祀于晋。"

[4] 佳士：品行或才学优良的人。唐司空图《二十四品·典雅》："玉壶买春，赏雨茅屋，坐中佳士，左右修竹。"

[5] 殊伦：出类拔萃。唐杜甫《奉赠鲜于京兆二十韵》："异才应间出，爽气必殊伦。"

[6] 掞（shàn）藻：铺张辞藻，这里指写文章。掞：舒展、铺张。唐萧颖士《赠韦司业书》："今朝野之际，文场至广，掞藻飞声，森然林植。"

[7] 虚前席：这里指文才为人所激赏的样子。唐李商隐《贾生》："可怜夜半虚前席，不问苍生问鬼神。"

[8] 扬镳（biāo）：提起马嚼子，驱马。比喻显扬才华。东汉傅毅《舞赋》："龙骧横举，扬镳飞沫。"李善注："镳，马勒旁铁。"

[9] 旆（pèi）：古代旗末端状如燕尾的垂旒，泛指旌旗。

[10] 辍（chuò）：中途停止。

[11] 棹（zhào）：划船的一种工具，形状和桨差不多。

[12] 问津：询问渡口、问路。

其五[1]

有美生人杰，由来积德堂[2]。骅骝[3]开道路，雕鹗[4]得风霜。名重衣冠[5]会，才高俎豆[6]旁。飞腾空海甸[7]，秀发[8]照宫墙。圣代金符[9]满，高门玉树[10]香。斗边占剑气[11]，会见拂云长[12]。

【注释】

[1] 这是一首赠给某个出身士绅高门朋友的诗作。诗中对该人物的才华与家世多有赞誉，然终失之辞高情寡，为文造情。

[2] "有美"二句：此句袭用杜甫《赠比部萧郎中十兄》"有美生人杰，由来积德门"之句，用以赞誉对方的人品与家风。有美："有美一人"的省称，谓人才质之美。《诗经·郑风·野有蔓草》："有美一人，清扬婉兮。"人杰：人中之杰出者，誉人之词。《宋书·武帝纪》："刘裕风骨不恒，盖人杰也。"积德堂：积有善德的家族。《开皇神告录》："隋开皇末，有老翁诣唐高祖，从容置酒，语及时事，曰：'公积德之门，负至贵之表。'"

[3] 骅骝：见《送屠尹和任扶沟》注释[5]。

[4] 雕鹗：见《九月十日子纶邀同人泛舟东河醉歌》注释[19]。

[5] 衣冠：本指士人的服饰、冠带，代指有文化底蕴的家族子弟。《后汉书·羊陟传》："家世衣冠族。"

[6] 俎（zǔ）豆：古代祭祀、宴飨时盛食物用的两种礼器，这里代指礼乐文化。《论语·卫灵公》："卫灵公问陈于孔子。孔子对曰：'俎豆之事，则尝闻之矣；军旅之事，未之学也。'"

[7] 海甸：近海地区。南朝齐孔稚珪《北山移文》："张英风于海甸，驰妙誉于浙右。"

[8] 秀发：喻指人神采焕发，才华出众。南朝梁刘勰《文心雕龙·时序》："今圣历方兴，文思光被，海岳降神，才英秀发。"

[9] 金符：古代朝廷传达命令或征调兵将用的凭证，这里代指帝王所赐的礼物。

[10] 玉树：比喻有才华的贵胄子弟。《世说新语·言语》："谢太傅问诸子侄：'子弟亦何预人事，而正欲使其佳？'诸人莫有言者。车骑答曰：'譬如芝兰玉树，欲使其生于庭阶耳。'"

[11] 占剑气：审视宝剑的寒光。明李攀龙《元美以家难羁京作此为唁四首》其三："偶然占剑气，夜夜向燕台。"

[12] "会见"句：谓定会成就一番功业。该句袭用唐杜甫《严郑公宅同咏竹》诗句："但令无剪伐，会见拂云长。"

<h3 style="text-align:center">其六[1]</h3>

夜跨茅龙[2]访玉京[3]，睡扶黎杖[4]坐桃笙[5]。西台[6]多羡慈乌[7]绕，南国

重闻彩凤鸣。湛露[8]颁[9]来玉除酒[10]，菊花开遍石头城[11]。皤皤[12]却笑磻溪客[13]，犹自垂纶[14]钓巨鲸。

【注释】

[1] 此诗或写于诗人南游时期，在今昔对照中，表达了诗人对仕途生涯的疏离之感。

[2] 茅龙：相传仙人所骑的神物。汉刘向《列仙传·呼子先》："呼子先者，汉中关下卜师也，老寿百余岁。临去，呼酒家老姬曰：'急装，当与姬共应中陵王。'夜有仙人持二茅狗来至，呼子先。子先持一与酒家姬，得而骑之。乃龙也，上华阴山。"唐李白《西岳云台歌送丹丘子》："玉浆倘惠故人饮，骑二茅龙上天飞。"

[3] 玉京：这里代指京城。参见《苍龙岭》注释 [8]。

[4] 黎杖：用藜的老茎制成的手杖。黎，通"藜"。《韩诗外传》卷一："原宪楮冠黎杖而应门。"

[5] 桃笙：见《卖船行为宣城先生作》注释 [7]。

[6] 西台：官署名，御史台的通称。

[7] 慈乌：寒鸦。《禽经》："鸣哑哑，故谓之。此鸟初生，母哺六十日；长则反哺六十日，可谓慈孝矣。北人谓之寒鸦，冬月尤甚也。"

[8] 湛露：清澈的露水。《诗经·小雅·湛露》："湛湛露斯，匪阳不晞。厌厌夜饮，不醉无归。"

[9] 颁（bān）：颁赏。

[10] 玉除酒：御赐的好酒。玉除：玉阶，代指皇宫。唐白居易《答马侍御见赠》诗："谬入金门侍玉除，烦君问我意何如？"

[11] 石头城：古城名，又名石首城，故址在今江苏省南京市。南朝宋谢灵运有《初发石首城》诗，李善注引伏韬《北征记》："石头城，建康西界临江城也，是曰京师。"

[12] 皤皤（pó）：白发貌，形容年老。《汉书·叙传下》："营平皤皤，立功论议。"颜师古注："皤皤，白发貌也。"

[13] 磻（pán）溪客：姜子牙。磻溪：水名，一名璜河，在今陕西省宝鸡市东南，源出南山兹谷，北流入渭水。相传姜太公垂钓于此而遇周文王。郦道元《水经注·清水》："城西北有石夹水，飞湍浚急，人亦谓之磻溪，言太公尝钓于此也。"

[14] 垂纶：垂钓。三国魏嵇康《兄秀才公穆入军赠诗》之十五："流磻平皋，垂纶长川。"

题允叔小照^[1]

风人^[2]美无度，遥爱竹林间。露白延^[3]江月，烟青接蜀山。琴声希更古，鸟语静思还。何必费胜醉，参军始闭关^[4]。

【注释】

[1] 这是一首题画诗，画中人物鼓琴于江畔竹林，举止潇洒，意态闲淡。本诗仅见于清代席居中（允叔）所辑《昭代诗存》卷九（《四库禁毁书丛刊补编》第五十五册，北京出版社），他本均未收录。小照，肖像画。

[2] 风人：诗人。曹植《求通亲亲表》："是以雍雍穆穆，风人咏之。"吕延济注："风人，诗人也。"

[3] 延：邀请。

[4] 闭关：佛道修行用语，指独居静修，不与外界交往，满一定期限才外出。南朝宋颜延之《五君咏·刘参军》有"刘伶善闭关，怀清灭闻见"之句。本诗中的"参军"指席允叔。

颜光敏诗附录

一 颜光敏诗集序跋

《乐圃集》施闰章序

岁之辛亥（1671），颜子修来相值于金陵。是时，修来以仪部郎榷关龙江，偕从父季玉，刻有杂咏绝句及五言近体数十首，坚光壮采，著语能自起立。度其意，非得上驷则宁废草不肯出，余盖已心惮之。既八年，来京师。辇下盛传"十子"诗，修来其一也。观集中山左诗人，如曹子升六、田子子纶，皆蔚然深秀，日进于古。而修来东归读礼，索其集，不可得。今岁乙未春，修来录寄古体诗来属论序。时微雪洒庭，读之终帙，知其诗之不肯轻出，益可畏也。

士魁垒喜自负，常掉头不可一世。及摧折发愤，则瞠乎唯恐后人。其志强者心弥下也，志弱则无高轨，气溢则无兼蓄。修来深思远望，有概于中。五言如《太华》《燕子矶》，七言如《麦雨》《地震》诸篇，皆苍郁雄高，出入于工部、昌黎之间，怪伟百态。新城（今山东省桓台县）王阮亭侍读尝谓余曰："吾乡迩来英绝，当让此人。"夫向之所为近体者，余既见之金陵矣，由今观之，其有称于后无疑也。语山莫如岱，语水莫如海，从其大者为言也。必谓海岱而外无山水，则是太华、峨眉之险，华顶、雁宕之奇，黄河之怒流，三江五湖之澎湃，飞泉骇瀑变幻无可端倪，皆不足与于山水之殊观也！然，使有人于此，自守其一丘一壑，而以为泰山不必登，沧海不足临也，有不为山灵海若所匿笑者哉？诗之为道，实有类于是。故曰：先河后海，言有本也；百川学海，言有宗也。修来蓄其雄锐，积学而出；上窥骚雅，下仿杜韩。其真岳观而海游者乎！

吾尝病实学凋散，词场蔓草。间过阙里，观礼器，辄沉吟永日。修来生于其乡，为复圣之哲裔，将必有喟然叹兴者。嗟乎！古能言不朽之士，盖未有无志乎道而能卓然垂后者也。

《乐圃集》陈玉璂序

春秋之国最多，孔子采其诗之可录者，止十有五。小国无论，国大而无"风"者，如鲁与宋与楚是也。然宋无"风"，而《河广》可以观宋；楚无"风"，而《江汉》《汝坟》可以观楚；独鲁无"风"。或者曰：孔子删《诗》，削鲁"风"，不欲以诸侯视鲁也。或又曰：《春秋》传吴札观鲁乐，无鲁"风"，非圣人删也。余思鲁为文献之邦，岂无诗可采？反不如邶、鄘、齐、郑之有诗？圣人删"风"而存"颂"，以重鲁也。孔子为鲁人，而鲁又为周之后。周衰而有鲁，犹夏、殷亡而有杞、宋。圣人尊鲁以尊周，未必非微意也。然，又有议之者，以为王者治定功成，作乐告庙，则有"颂"。鲁虽文、武之后，而已为诸侯，作乐颂功德，非礼矣。当成公之时，鲁立武宫、仿九庙、为世室，颂作于此时，将推广僖庙为文世室，故诗存《鲁颂》，犹《春秋》书"立武宫"，皆以志僭。不然，东迁而后，已无"雅"矣，又焉得有"颂"乎？由此言之，孔子以鲁为"颂"，非尊之，实贬之矣。孔子为鲁人，而鲁又为周之后，揆诸孔子尊周之意，当必不然。昔之论《诗》者又曰：《周颂》奏诸庙，《鲁颂》奏诸朝；周祀先，鲁祷君；周以祭，鲁以燕。故谓《鲁颂》为"变颂"。盖以鲁为"变颂"，以其体类乎"雅"而意本乎"风"也。呜呼，即以鲁之"颂"兼鲁之"风"之"雅"焉，未尝不可也。

颜子修来，鲁人，为复圣裔。与余同举进士，同出金溪蔡先生之门。长安逆旅，朝夕得与论诗，因出示所为诗若干卷，皆有得乎古人之旨。其平日登临赠答诸作，则有类乎"风"。及举孝廉歌《鹿鸣》而来所为诗，又一变而为宏肆整齐，有类乎"雅"。及今官中书，出入禁闼，凡郊坛宗庙以及山川、岳渎、帝王、圣贤祭享诸乐章，多出乎其手，其体宜乎"颂"，而颜子诗又皆类乎"颂"。呜呼，昔以《鲁颂》为"变颂"，以其体类乎"雅"，而意本乎"风"。颜子能各仿古而为之，使"风"不侵"雅"，"雅"不侵"颂"。今天下一家，四海一国，安见鲁之不可有"风"耶？又安见鲁之不宜有"颂"耶？颜子诗出，而纷纷之说，余知可以免矣。

《乐圃集》邓汉仪序

忆乙巳（1665）岁，予有东郡之游。于时偕二三同志，登少陵之台，连袂歌呼，相乐也。已而入阙里，拜孔庙，览其车服礼器之盛，更谒孔林，观华道之犹存，瞻桧柏之无恙，窃叹读圣人之书，一旦游圣人之里，为不虚此生也，而颜君修来相遇适于是时。修来固复圣之裔，年方俊少而风格秀远。与予把酒纵谈，丙夜散去，盖未尝论及诗，而心知修来深思好古，有过人者。

既闻修来掇巍科，官近侍，旋自仪部擢铨曹，声满京洛。而修来顾锐意著述，思激扬风雅之教，以抗衡于蕴退（赵进美）、荔裳（宋琬）、西樵（王士禄，字西樵）、阮亭（王士禛）诸公之间。曹升六舍人、田子纶户部（田雯曾为户部主事）实左右之，而东国之诗于斯为盛。嘉禾（今浙江省嘉兴市）曹顾庵（曹尔堪，清初著名词人）学士自京师过维扬，向予称道不绝。予曰：是岂当日洙水之滨所与把酒纵谈者乎？而敢轻以尺素相问讯。

己未（1679）秋，予以金门事竣，息轸邗江，而修来惠然访予于昭明楼畔。观其气度仪表，殊不似昔时，而神益退冲，穆乎君子，有道之容，与予叙论旧游，如昨日事。岂若今之得志于时者，一朝高剑佩、美骖从，辄视故人为不足比数者哉？而修来更出其诗集一帙示予，苍奇浑奥，能自出机轴，而无一字傍人。其刻画山水而外，每于国计民生安危利弊之大，沉痛指切，是以屈子之《离骚》、贾生之奏疏并合而为诗者，岂复区分年代、模拟声调之家所可及乎？

夫曲阜之墟，吾夫子删《诗》地也，修来产于其乡，而能倡明"四始""六义"之学，以垂后世，吉甫、奚斯岂能远过？更其家世忠孝，贻谋未远。以肃雍之范，树骏伟之业，其又安可量乎？而予深幸东郡之游为不虚也矣。

《乐圃集》孙枝蔚序

古今论诗者众矣，虽各有所见，而要之卓然自立于诸家之上，则断然属之有气力者。第就五言古诗一体论之：或专尚兴趣，甚至于厌薄长篇，少陵《北征》不免訾议，是知有风而不知有雅也。知有风之《关雎》《鹊巢》，而不知有风之《小戎》《七月》也，嘻！固哉怪矣。盖自严沧浪之论兴，而诗家斤斤守之，不啻金科玉律。予不敢谓守其说者非是也，今观严氏所自运，神韵有余而气力不足，亦其弊也。说之与严不无同异者，唐不有司空表圣，宋不有陆务观乎？表圣之言曰："神而不知，知而难状。挥之八垠，卷之万象。河浑沆清，放恣纵横。涛怒电蹴，掀鳌倒鲸。"务观之言曰："区区圆美非绝伦，弹丸之评方误人。"二家持论又如此，可谓之都无所得者耶？予选今人诗，于气屡力小者无取焉，盖亦略依二家之意也。

曲阜颜修来先生过江都见访，示所为《乐圃诗》数卷。余忙冗中为竟读数十章，辄欣然有合与心也，此其气力有过人者矣。诗仅数卷，诸体具备，无一体不川之涌鄂之健者。自予交新城王西樵、阮亭兄弟，每叹其诗秀绝海内。今复得见修来，天下之才，山东为最雄矣。因书向来所见，并选诗之指，序于简端，不独论修来诗也，然论修来诗亦尽于此。

《乐圃集》叶暗序

诗之为道，难言矣。所难言者，莫病于依傍门户、剽窃肤理，而不能自成其体；犹莫病于亟就虚誉，根力浅薄、才具疏庸，而不能得见其大。如是，则虽有盛句，不过一脔之美，半律之称，以云名通，则未也。昔吴下有人问诗于李献吉，时献吉行游圃中，即手撷绿豆，示之曰："颜色而已。"其人过听闻，务声华，拟格调，自谓是矣。甚矣！其考颜色之说不详也。夫绿豆虽小物乎，必播之耰锄，养之地力，渐渍以雨露，三资者备至于日至之时，乃始益然其味全，粲然其色著焉。而岂可无本以求，袭取而得也哉？暗尝执此法论诗垂三十年，盖断断乎难之。

乃今，山左有修来先生。往岁己酉（1669），予从施愚山先生手抄五言数章，意谓是唐人逸诗。愚山曰："是吾友颜仪部修来作也。"予始惊叹：今天下未尝无人，而文学仍推邹鲁云。岁庚申（1680）夏五月，复得于吴山邸次。展全集读之，如睹眩人焉，如聆广乐焉。耳目回易而不自主也。盖自五言、七言、歌行，古今诸体备美而恢恢有余地。此犹之扛鼎者，亦既举千钧之重而意气安闲、喘息不动，其本领有以胜之也。养由基（春秋人名，善射）命中百步之外，达胕贯革。其巧力所及，犹能摩腹、拂脊，射麋丽，龟卜式。已出私财助边数百万，为县官赈流民复数百万，而廪庾缗钱之贯朽红腐者，尚鳞鳞沉沉，未有赀量。噫！是何其优饶宏肆也。

夫文章盛衰之数，与世运相推移。今"都下十子"及先生同声蔚起，拔茅连茹之象在此一时。吾行见其事业与言俱立，雅颂之作登诸郊庙，华国经猷为不可朽，岂徒沾沾声律、风云、月露，效为小碎篇章，以自号曰"诗人"已也？

《颜氏三家诗集》王献唐跋

此曲阜《颜氏三家诗集》原抄底本。褚砚主人初得其一，竭力搜访，始获全璧。乡贤文献得鉴赏如主人者，善藏之幸也。山东图书馆有微波榭抄本，初在王廉生处，编入《海岱人文》。俟有余暇，当取此本与馆藏本校之，主人其许我乎？

二 《乐圃集》题词

（朝邑）李楷

圣贤删诗，其作诗盖甚寡，尼山传《息陬》《龟山》诸篇。复圣未闻也。今操觚家遍海内，而风雅榛芜，益无所底止。必且有非常之人后而删之，存其百一，乃可以上续骚雅。

余交颜君修来久矣，其人温厚笃挚，盖有得于试教者，而绝口不言诗，及见其所为古今各体，则入唐人阃奥，即唐人抑或有不及者。乃知昔人所云不矜不伐，今固有其人也。修来诗出，必将有退然自失，返而力学深思，以求一当者，

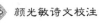

则诗亦可不删也夫。

（昆山）顾炎武

古诗训辞深厚，往往得古人微旨，可称大雅遗音，迩来殆无出其右者。近体清新婉约，逼似唐人，所谓"不意永嘉之末，复闻正始之音"者矣，敬服敬服。

（富平）李因笃

古体欲疏欲整，而今之作者有意求散，又承接太密，虽时有佳篇，求之古人，未合也。此集最为杰出。其深厚不必言，而每诗必惨淡经营，绝远时蹊。用韵皆稳然，自不由人，读之可喜。可谓好学深思，心知其故者矣。

（益都）孙宝侗

富贵福泽之气，根于性情，泽于骨理。故不难其调之高，而难其体之厚；不难其力之雄，而难其气之浑。是以，铲镂万态而归于大雅，顿挫百出而不失元音。巍然大家，为时麟凤矣。

（番禺）屈大均

作者文质相宜，开辟自如，而尺寸不失古人法度，乃能自立一家。故不难于才而难于学，有学而后，其才愈出。于正蓄学，以奇用才，极平淡中，亦复惊采绝丽，斯真不可及也已。

是集雄才绝力，虽出入少陵（杜甫）、嘉州（岑参），而机杼自别。无正不奇，无奇不正。造语绝新，而不伤气格，前后磨砻淘汰，无毫发之颣，信可传无疑矣！

（吴门）计东

修来之诗，高华丽则，端本雅颂，而接翼乎风骚。其格调之老成，殆兼济南沧溟（明·李攀龙）、中麓（明·李开先）两家之胜。以此鼓吹休明，即孔颜世室中之乐府琴瑟也。

（江宁）纪映钟

读《乐圃集》，知作者为一代之诗人也。开卷多乐府古诗，峭然壁立，吐语高洁，已坐百尺楼上。酒酣耽八极，俗物都茫茫矣。至于命题有意，忆古情长，感物悲歌，一唱三叹。古体之浑灏流转，今体之秀逸绝尘，含情深厚，读罢而几箧间尚殷殷留金石声，安得不以此事相归。

（华亭）董含

今日谈诗之家林立，大约摇笔相对，累纸可得。然性情不深，学问又浅，读之往往欲寐。吏部格律既精，各体俱妙，密而能肆，丽而不浮，一字一句靡不谐当，乃浑厚之气复溢于言表。古人谓"公干升堂，思王入室"，殆欲移以相赠矣。

（西陵）丁澎

昔人称孔北海为先达，而其文特高雄，德祖次之，皆诗不与也。诗独推子建、正平，甚矣诗之难言已。从来论诗家侈口以古风方汉魏，近体追盛唐，然终属描头画角，愈趋愈下，造建安、庆历之堂奥者，寥寥若晨星焉。余且老，懒作诗。间作，亦未必佳。尝欲得海内雄才，沉博伟丽独踞一代之上者，竟不概见。读《乐圃集》，不得不于先生叹服膺也。

（吴江）顾有孝

余向者尝裒辑宋观察荔裳、赵观察韫退、王司勋西樵、王侍读阮亭为《山左四家诗》，艺林传诵，奉为指南。嗣得家亭林扎，盛称修来诗，近始得读。五古则原本三谢，七古在李颀、杜甫之间，近体神似辋川，可称美备。山左多才，将使三吴掩彩。展卷未竟，为之惭汗矣。

（黄冈）杜濬

吾论诗有坚脆之分，诗必坚而后传，脆者顷刻之观耳。何谓坚？曰：不可动摇。今人之诗，脱手鲜丽，一经披勘，便通首动摇，无只字安稳。此其所以作者满世，而未见确然可传者，不坚故也。舜华不终朝，诚然哉。少陵云"毫发无遗恨，波澜独老成"，正是坚字注脚。读修来诗，盖欣然遇之，因识数语于《乐圃集》后，冀附其坚以传，岂非幸欤？

（钱塘）林璐

前哲能学杜者，莫如北地（李梦阳）、信阳（何景明），北地合而离，信阳离而合，虽然，吾犹惧其袭也。吏部公以温厚和平之旨，发为坚光逸响，折中于杜，而更能集诸家之大成，有美必臻，无瑕可摘。至其省括之工，譬之倩女临妆，不使一丝两丝有遗膏沐，观止矣！醉后与先生论诗，因泚笔书于简末，以志景仰。

（云间）吴懋谦

余客游曲阜甚久，因得交修来。时修来弱冠，才锋驰骋，霆举飙发，便令人退三舍，日同其大阮石珍倡酬，不啻百余篇。暇相与瞻谒孔庙礼器，凭吊少昊元公之墟，极一时友朋歌咏之乐。修来每出语，必惊一座。余心仪之而心惮之，赠诗二语有"君才方跋扈，余意已沉冥"，然修来静穆，不轻言诗。后举进士，榷税龙关，复遇于金陵。适我友愚山至，出其《南苑扈从诗》八首，两人读之，瞠目叹赏，爽然自失也。浸淫有年，陶冶成集，而见其五古之雅也，七古之雄也，五律、七律、七绝之精以练也，沉着痛快，壮采惊人。如陇西之射，饮羽没石；平原之书，透过纸背。字字从古人中来，而又字字不从古人中来。东鲁风雅，代不乏人。荔裳淹通，阮亭英藻，方之修来之沉郁伟丽，真堪鼎足观止矣！

颜光敏文校注

颜光敏文校注
前　言

　　颜光敏（1640—1686），字逊甫，更字修来，号德园，晚号乐圃，山东曲阜人，复圣颜子六十七代孙。祖父胤绍，明思宗崇祯年间为河间知府，壬午岁（1642）闰冬，清兵围城，自焚殉国。同年腊月，清兵破兖州，父伯璟、母朱氏均遭乱军荼毒，幸而得存，光敏亦赖乳母藏匿脱险，阖家归居曲阜龙湾。这一年，光敏仅三岁。阅二年，明亡。生逢明、清鼎革之季，及长，社会秩序渐趋安定；良好的家教传统加之天资聪颖、勤奋好学，颜光敏在青少年时期就显露出异乎常人的颖慧。清圣祖康熙二年（1663），乡试中式为举人，又四年成进士。遭逢天下离乱，目睹家国沧桑人事浮沉，年轻的新科进士颜光敏带着复杂的心情置身宦海。从康熙六年（1667）补授国史院中书舍人，至康熙二十五年（1686）卒于吏部考功清吏司郎中任上，十余年间，颜光敏历仕礼、吏二部，勤于政事而达于治体，立朝侃侃不阿，僚友目为模楷。

　　颜光敏年寿不永，未及知天命而猝然捐馆，但他生而早慧，一世勤勉，好学罩思，手不离帙，公暇之季，锐意著述，在诗文时艺等诸方面都取得了足以傲人的成就。其诗掩汉魏南北朝唐宋元明诸家之长，厕身"金台十子"之首，輦下称盛名，有《乐圃诗集》行世。解经"折中群儒，言自出新义"，于《大学章句》深得奥旨，持论尤称断断。另有《旧雨堂诗》《未信堂时艺》《未信稿》《颜氏家诫》《音正》《音变》《文粹》《训蒙》以及《京师日历》《德园日历》《南游日历》等书存世，这些著作或有补于世道，或有益于小学，足以光大艺苑、补苴史阙，具有重要的文学研究价值、社会认识价值和史料价值，早已引起学术界的关注。

　　本次对颜光敏文的校注，选文限于四部分：一是《颜氏家诫》四卷；二是颜光敏佚文（二篇）；三是《颜光敏文钞》（十四篇）；四是颜光敏书札（十二通）。

齐鲁书社曾于 1997 年出版"陋巷丛书"，其中收有赵传仁先生等人《颜光敏诗文集笺注》（下称《笺注》）一书，该书是一个时期以来对颜氏诗文进行系统校理取得的重要成果，文集部分包含《颜光敏文钞》（十四篇）和颜光敏书札（十二通），笺注广采博综，秩然得理，碻然成证，实有功于颜氏。然而书成众手、时过境迁，以今天的眼光来看，书中不免间有遗憾处。本次校注，《颜光敏文钞》（十四篇）和颜光敏书札（十二通）两部分，即以《笺注》本为底本，分别参校了南开大学图书馆藏《颜修来先生文钞（未刊稿本）》和上海科学技术文献出版社影印出版的上海图书馆藏《颜氏家藏尺牍》原件墨迹，衍脱倒误，凡有校改，概在正文中体现并在注释中说明。《笺注》缺载的《颜氏家诫》是一部诫子家教类著作，分"敦伦""承家""谨身""辨惑"四卷。据颜光敏之子颜肇维所撰《颜修来先生年谱》（以下简称《年谱》）记载，该书著于康熙十七年（1678）光敏丁父艰家居期间，虽名为"家诫"，内容上却并不拘泥于家庭内闱之事，而能极大地向外拓展思路，"称述祖训，陈忠孝以勉后学"，孝双亲睦宗族，忆父祖扬风烈，谨言行树风操，辨迷惑命勉学，诫勉子弟修身务本学为好人，世人因此将其与颜之推《颜氏家训》同观，以为"均有光于复圣"。该书写成后，颜光敏曾请执友顾炎武代为勘正，然而直到光敏去世，此书却未克刊行。直到一百多年后的嘉庆三年（1798），光敏曾孙、江苏兴化县令颜崇榘携此书稿本拜访浙江学政阮元，请他"校订付梓"，阮元以朱笔对稿本作了删改，并于本年秋刊于浙江节署，是为嘉庆阮元刻本。山东友谊出版社曾于 1989 年出版《孔子文化大全》丛书，"述闻类"中收《颜氏家训　颜氏家诫》，其中《颜氏家诫》影印嘉庆阮元刻本和曲阜师范学院（今曲阜师范大学）图书馆藏《颜氏家诫（稿本）》，本次校注，先据阮元刻本过录（施加标点），再校以稿本，并为每章拟定标题以便检索。颜光敏佚文二篇，其一《先大父河间公江都遗篆记》摘录自台北成文出版社"中华民国"五十七年三月印行的《中国方志丛书·华北地方》（第十九号）之《（山东省）曲阜县志·舆地志·胜概·古物》，该书据"民国"李经野等纂修、"民国"二十三年铅印本影印；其一《岁寒堂存稿序》是颜光敏为钱塘人林璐所撰《岁寒堂存稿》作的序言，今依四库全书本过录。另外，颜光敏的三种日历以及与颜氏有关的传记、碑铭、年谱等文献，在内容上与本书选文多所关联，从校注的规则上看，它们或对选文有直接的校勘价值，或对注释有重要的参考意义，在校注工作中都发挥了积极作用。

　　注释是此次校注工作的重点。注释力求准确、细密，并尽量杜绝随文释义的弊病，特别注意处理好语词的词典概括义跟其在具体语言环境中的变异间的关系。同时，注释不避重复，即同一个字词在不同选文或章节中出现时，一般均予出注，目的在于保持各篇选文的独立性，满足读者随意翻检的非连续性阅读的习惯。再者，本书注释不单单满足于对疑难字词的训解，在"人名注释"中，除了介绍一般生平事迹外，特别注重提供与本文相关的背景材料；另外，间或有所思辨，亦不揣谫陋，随注出之。例如《颜氏家诫·承家》中有这样一章：

> 幼时，大人命省耘，与二西瓜，手自去其蒂。母宜人问何为去蒂，曰："儿道远，持其蒂必脱，瓜且裂矣。"

这个故事，颜肇维撰《颜修来先生年谱》（以下简称《年谱》）系于顺治六年（1649，岁次己丑）：

> 顺治己丑，府君年十岁。赠公命省芸，与二西瓜，手自去其蒂。母朱太淑人问："何为去其蒂？"府君曰："儿道远，持其蒂必脱，瓜且裂矣。"

可见，《年谱》认为"手自去其蒂"的人是"府君"颜光敏，"儿道远"之"儿"也系光敏自称。其实，"手自去其蒂"者还应该是"大人"，即《年谱》中所谓"赠公"（颜光敏父伯璟），而"儿道远"云云，实当为"赠公"而非"府君"所言。《颜氏家诫·承家》卷内容主要集中在追述父祖辈的德行、事功和言语上，若意《年谱》之说为是，本卷中掺入一章颜光敏自矜早慧的故事，殊觉突兀，不免扞格不通；当然，古汉语简奥而多语法项目省略，也是这里产生误解的一个根由。我们把诸如此类一点粗浅的思考写进注文之中，对读者准确理解文义，对文史研究者正确选择使用史料，或许都不无小补。

颜光敏学植渊深，属文雅驯，体现在用字上则文中多难僻字、异体字、古今字、通假字等，校注中一般均酌情改为规范简化字；间或有例外，一从其宜。

此次校注工作，多蒙徐复岭、赵雷二教授导引指教，稿成后指瑕斥正再四，谨此鸣谢；书中纰漏错谬之处定然不少，则责任全在笔者，欢迎读者方家赐正。

任城　王永超

颜氏家诫

卷一　敦伦

1.1　力学有成以奉养双亲

为人子者，四体苟不瘘痹[1]，牵牛服贾以供甘旨[2]，分[3]也。父母欲其力学有所成，则反致养[4]焉。衰白[5]之人，躬自[6]勤苦，使优游[7]艺林。斯时岁月，岂忍玩愒[8]也者！而昼夜所为，自饱食、安寝之外，无他营焉。好事者[9]则又博弈群饮，以敝[10]其精神，岂非罪人耶？

【注释】

[1] 四体：四肢。这里代指身体。《论语·微子》："四体不勤，五谷不分。"苟：如果、假使。瘘痹（wěi bì）：肢体不能活动或丧失感觉。唐李商隐《行次西郊作一百韵》："筋体半瘘痹，肘腋生臊膻。"痹，同"痹"。

[2] 牵牛服贾（gǔ）：指经商做买卖。《尚书·酒诰》："肇牵车牛，远服贾。"汉孔安国《传》："载其所有，求易所无，远行贾卖。"甘旨：指奉养父母双亲的食物。唐白居易《奏陈情状》："臣母多病，臣家素贫；甘旨或亏，无以为养；药饵或缺，空致其忧。"

[3] 分（fèn）：本分。《孟子·离娄下》："孟子曰：'世俗所谓不孝者五：惰其四支，不顾父母之养，一不孝也；博弈好饮酒，不顾父母之养，二不孝也；好货财，私妻子，不顾父母之养，三不孝也；从耳目之欲，以为父母戮，四不孝也；好勇斗狠，以危父母，五不孝也。'"此章正可与孟子"五不孝"之说互相发明。

[4] 致养：奉养父母。南朝宋范晔《后汉书·明帝纪》："昔曾闵奉亲，竭欢致养。"

[5] 衰白：人老体衰，鬓发疏落花白。语本三国魏嵇康《养生论》："至于措身失理，亡之于微，积微成损，积损成衰，从衰得白，从白得老，从老得终，闷若无端。"

[6] 躬自：自己、亲自。《诗经·卫风·氓》："静言思之，躬自悼矣。"勤苦：勤劳辛苦。《墨子·兼爱下》："今岁有疠疫，万民多有勤苦冻馁，转死沟壑中者。"

[7] 优游：悠闲自得地居于其中。南朝宋范晔《后汉书·班固传》："则将军养志和神，优游庙堂，光名宣于当世，遗烈著于无穷。"艺林：艺苑。唐李延寿《北史·常爽传》："顷因暇日，属意艺林，略撰所闻，讨论其本，名曰《六经略注》，以训门徒焉。"

[8] 玩愒（kài）："玩岁愒日"的缩略语。贪图安逸，旷废时日。语本《左传·昭公元年》："赵孟将死矣。主民，翫（玩）岁而愒日，其与几何？"汉班固《汉书·五行志中之上》引作"玩岁而愒日"。唐颜师古《注》："玩，爱也。愒，贪也。"

[9] 好（hào）事者：爱生事端的人，喜欢多事的人。《孟子·万章上》："万章问曰：'或谓孔子于卫主痈疽，于齐主侍人瘠环，有诸乎？'孟子曰：'否。不然也；好事者为之也。'"宋朱熹《集注》："好事，谓喜造言生事之人也。"

[10] 敝（bì）：疲惫；困乏。《左传·襄公九年》："许之盟而还师，以敝楚人。"晋杜预《注》："敝，罢（疲）也。"

1.2　父母爱子无私

人之无礼仪而恶[1]其父母者，每谓"其怜少子"；而导人以不孝、而助其恶父母者，亦谓"其怜少子"。为父母者，唯恐人之訾[2]己也，往往自讳[3]，而终亦不能。呜呼！此其所以为父母之心也。夫人之情：见弱小而寡助者，则怜之；见危苦而莫之恤[4]者，则怜之。故先王发政施仁，必先鳏寡孤独[5]，岂有私哉！夫为人子，而为少子，斯可谓不幸矣。生人至乐，无过膝下[6]。少子，则其生也，去鲜民[7]之日不远矣。方其宛转褓襁[8]、笑言哑哑[9]，岂知此庞眉皓首[10]之翁媪为不可常保者？迨[11]其稍有知识，则枯鱼衔索[12]、忽如过隙[13]，其间[14]几何时哉！人寿鲜[15]八十者，六十生子众矣！其相守或以岁计，或以月计。老人生子，且喜且悲。其怜之也，则喜与悲并焉者也。人将有远行，其亲戚执友[16]钱之赆之，执手以远送之，丁宁[17]告诫，有加于曩昔者[18]——为其将有岁时之不见也，况父母之于少子，将有永不见者乎！非直[19]此也：少子则多骄惰失学，或孱弱[20]善病；贫则无以为家，富则外侮立至；又或嫡庶前后之间，微贱乖离[21]，他日必为厉阶[22]。有一于此，皆父母所日夜忧劳、多方补苴[23]，而不可以告人者。然其意无穷，而力则有限；其虑甚深，而时则甚短。卒之为少子者，保身克家，未必尽赖舐犊[24]之故。或爱之过，而至于放辟邪侈[25]，则又适以戕[26]之。然明知其无益，而不能自已者，情之至也。而人遂以为怜少子而不怜壮子。夫壮子则安有不怜者？人少时以抱子为羞，老则含饴[27]煦煦，不忍释手——亦其血气[28]刚柔之故。壮子既有室家[29]，朝拜以时；少子提携捧负，婉娈[30]在前。壮子时当返哺[31]，而孝衰妻子者，往往而有；少子则殊未然。故爱少子，宜也；谓不爱壮子，妄也。壮子回思昔日者，长育[32]、顾复[33]，与今之怜少子果不同乎？或数年以长，或数十年以长，则受父母之恩，不啻倍蓰[34]矣。如是不为父母怜少子，使父母自怜少子，而又怨之。夫亦思少子者，为谁哉？吾弟也。吾弟而他人爱之，吾将以为德乎？以为怨乎？人子于父母，固无有怨，而亦无可言德也，独奈之何其怼之哉！

【注释】

[1] 怼（duì）：怨恨。《孟子·万章上》："如告，则废人之大伦，以怼父母，是以不告也。"杨伯峻先生《译注》："（怼）音队（duì），又音坠（zhuì），怨也。"

[2] 訾（zǐ）：诋毁；指责。《礼记·曲礼上》："不登高，不临深，不苟訾，不苟笑。"唐孔颖达《疏》："相毁曰訾。"按，本句中"己"字刊本、稿本并作"已"，恐非。今据文意改。

[3] 讳：隐讳、回避。《左传·昭公十六年》："十六年春，王正月。公在晋，晋人止公。不书，讳之也。"

[4] 恤（xù）：体恤、怜悯。《左传·昭公三十年》："事大在共其时命，事小在恤其所无。""莫之恤"中，之，代词作宾语，在否定句中提前到动词"恤"之前。这是古代汉语的一种特殊语序。

[5] 鳏（guān）寡：老而无妻和老而无夫。泛指老弱孤苦的人。《诗经·小雅·鸿雁》："爰及矜人，哀此鳏寡。"汉毛亨《传》："老无妻曰鳏，偏丧曰寡。"孤独：幼而无父和老而无子。泛指孤苦无依的人。《礼记·王制》："恤孤独，以逮不足。"

[6] 膝下：人年幼时常依于父母膝旁，言父母对幼孩的亲昵。《孝经·圣治》："故亲生之膝下，以养父母日严。"唐玄宗李隆基《注》："亲，犹爱也；膝下，谓孩幼之时也。"后用作对父母的亲敬之称。

[7] 鲜（xiǎn）民：没有父母且穷困无依的人。语本《诗经·小雅·蓼

莪》：“鲜民之生，不如死之久矣。”汉毛亨《传》：“鲜，寡也。”

[8] 宛转：身体翻来覆去。襁褓（qiǎng bǎo）：背负婴儿用的宽带和包裹婴儿的被子。后亦泛指婴儿包。《列子·天瑞》：“人生有不见日月，不免襁褓者，吾既已行年九十矣。”

[9] 哑哑（è è）：笑声。《易经·震卦》：“震来虩虩，恐致福也；笑言哑哑，后有则也。”唐陆德明《经典释文》引汉马融云：“笑声。”

[10] 庞眉：眉毛黑白杂色。形容年老的样子。庞，用同“厖”。唐钱起《赠柏岩老人》诗：“庞眉忽相见，避世一何久。”皓首：白头，白发。形容年老的样子。旧题汉李陵《答苏武书》：“丁年奉使，皓首而归。老母终堂，生妻去帷。”

[11] 迨（dài）：等到。晋陆云《牛责季友》：“迨良期于风柔，竟悲飙于叶落。”知识：指辨识事物的能力。明焦竑《焦氏笔乘·读孟子》：“孩提之童，则知识生，混沌凿矣。”

[12] 枯鱼衔索：把干鱼串在绳索上（以备食用）。比喻存日不多。《韩诗外传》卷一：“枯鱼衔索，几何不蠹。二亲之寿，忽如过隙。”北周庾信《哀江南赋》：“泣风雨于梁山，惟枯鱼之衔索。”

[13] 忽如过隙：比喻光阴易逝、人生短促。语本《庄子·知北游》：“人生天地之间，若白驹之过郤，忽然而已。”唐陆德明《经典释文》：“郤，本亦作‘隙’。隙，孔也。”

[14]“其间”句：等于说“中间又能经历多少时间啊”。

[15] 鲜（xiǎn）：少。《易经·系辞上》：“百姓日用而不知，故君子之道鲜矣。”

[16] 执友：志同道合的朋友。《礼记·曲礼上》：“僚友，称其弟也。执友，称其仁也。交游，称其信也。”汉郑玄《注》：“执友，志同者。”赆（jìn）：赠送财物为他人送行。《孟子·公孙丑下》：“予将有远行，行者必以赆。”

[17] 丁宁：嘱咐、告诫。《诗经·小雅·采薇》：“曰归曰归，岁亦莫止。”汉郑玄《笺》：“丁宁归期，定其心也。”今写作“叮咛”。

[18] 加：超过。汉司马迁《史记·季布栾布列传论》：“虽往古烈士，何以加哉！”曩（nǎng）昔：往日、从前。晋向秀《思旧赋》：“追思曩昔游宴之好，感音而叹，故作赋云。”

[19] 直：副词。特、但、只。汉班固《汉书·司马迁传》：“夫阴阳、儒、墨、名、法、道德，此务为治者也，直所从言之异路，有省不省耳。”唐颜师古《注》：“直，犹‘但’也。”

[20] 孱（chán）弱：瘦弱、衰弱。宋司马光《资治通鉴·唐懿宗咸通元年》："时二浙久安，人不习战，甲兵朽钝，见卒不满三百；郑祗德更募新卒以益之，军吏受略，率皆得孱弱者。"

[21] 乖离：背离。《荀子·天论》："父子相疑，上下乖离，寇难并至。"

[22] 厉阶：祸端。《诗经·大雅·桑柔》："谁生厉阶，至今为梗。"汉毛亨《传》："厉，恶。"《诗经·大雅·瞻卬》："妇有长舌，维厉之阶。"汉郑玄《笺》："阶，所由上下也。"宋苏轼《代张方平谏用兵书》："从微至著，遂成厉阶。"

[23] 补苴（jū）：补缀、缝补。语本汉刘向《新序·刺奢》："今民衣敝不补，履决不苴。"引申为弥补缺陷。

[24] 舐（shì）犊：老牛舐牛犊以示爱。比喻父母爱自己的子女。南朝宋范晔《后汉书·杨彪传》："子修为曹操所杀。操见彪，问曰：'公何瘦之甚？'对曰：'愧无日磾先见之明，犹怀老牛舐犊之爱。'"

[25] 放辟邪侈：肆意为非作歹。《孟子·梁惠王上》："苟无恒心，放辟邪侈，无不为已。"汉赵岐《注》："放溢辟邪，侈于奸利。"

[26] 戕：残害、杀害。《尚书·盘庚中》："汝共作我畜我，汝有戕则在乃心。"汉孔安国《传》："戕，残也。"

[27] 含饴：谓哺育幼儿。形容亲子之情。清吴伟业《题钱泰谷画兰》诗之二："北堂萱草恋王孙，膝下含饴阿母恩。错认清郎贪卧雪，生儿强比魏兰根。"煦煦：心情和悦的样子。宋叶适《祭周宗夷文》："良朋时来，花月供娱；十十五五，煦煦濡濡。"

[28] 血气：指元气、精力。汉班固《汉书·宣帝纪》："耆老之人，发齿堕落，血气衰微。"

[29] 室家：宅院，房舍。《论语·子张》："譬之宫墙，赐之墙也及肩，窥见室家之好。夫子之墙数仞，不得其门而入，不见宗庙之美。""有室家"，等于说已经娶妻成家。

[30] 婉娈：依恋的样子。亦作"婉恋"。清沈德潜《说诗晬语》卷上："《离骚》者，《诗》之苗裔也……读其词，审其言，如赤子婉恋于父母侧而不忍去。"

[31] 时当：适当。晋陈寿《三国志·吴志·顾雍传》："雍为人不饮酒，寡言语，举动时当。"返哺：同"反哺"。雏乌长成，衔食喂养其母。比喻报答亲恩。宋梅尧臣《思归赋》："嗷嗷晨乌，其子反哺。"

[32] 长（zhǎng）育：养育，使子女长大。语本《诗经·小雅·蓼莪》：

"拊我畜我，长我育我。"

[33] 顾复：指父母对子女的养育。语本《诗经·小雅·蓼莪》："父兮生我，母兮鞠我。拊我畜我，长我育我，顾我复我，出入腹我。"汉郑玄《笺》："顾，旋视；复，反复也。"唐孔颖达《疏》："复育我，顾视我，反复我，其出入门户之时常爱厚我，是生我劬劳也。"

[34] 啻（chì）：但；仅；止。常用在表示疑问或否定的字后，组成"不啻""匪啻""何啻""奚啻"等词，在句子中起连接或比况作用。《尚书·多士》："尔不啻不有尔土，予亦致天之罚于尔躬。"倍屣（xǐ）：亦作"倍蓰""倍徙"。谓数倍。倍，一倍；蓰，五倍。《孟子·滕文公上》："夫物之不齐，物之情也。或相倍蓰，或相十百，或相千万。"

1.3 爱父母之所爱

父母之所爱，亦爱之。至于犬马皆然，而况于人乎？然或奸险便佞[1]之人，谗说殄行[2]，父母或有时爱之者，此如马之诡衔窃辔[3]、狗之当门溺井[4]，其害将延及父母。倘能起敬起孝[5]，从容以告之，必悟矣。人之情，未有远其子而亲他人者，必其子先自远焉，他人始得而间之。于此不自刻责[6]，而徒咎[7]谗言之乱听，谓父母已溺于人，不可救也，则隐忍[8]之；推其心，又恨恨[9]焉。待他日之甘心于是人而后已，则又自绝于父母者也。

【注释】

[1] 便（pián）佞：巧言善辩，夸夸其谈。《论语·季氏》："友便辟，友善柔，友便佞，损矣。"三国魏何晏《集解》引汉郑玄《注》："便，辩也。"

[2] 谗说殄（tiǎn）行：等于说胡言乱语、胡作非为。语本《尚书·舜典》："朕堲谗说，殄行，震惊朕师。"唐孔颖达《疏》："我憎疾人为谗佞之说，绝君子之行而动惊我众人。"殄：绝、尽。

[3] 诡衔窃辔（pèi）：（马）吐出嚼子，（马）脱掉笼头。比喻人不受束缚。语本《庄子·马蹄》："夫加之以衡扼，齐之以月题，而马知介倪，闉扼鸷曼，诡衔窃辔。故马之知而态至盗者，伯乐之罪也。"唐成玄英《疏》："诡衔，吐出其勒；窃辔，盗脱笼头。"衔，马嚼子。青铜或铁质，放在马口内，用以勒马，控制马的行止。辔，套在骡马等头上的笼头，用来系缰绳，有的并挂嚼子。

[4] 当门溺（niào）井：（狗）挡着门，（狗）往井里撒尿。比喻人做了坏事又千方百计阻挠他人揭露其恶行。典出《战国策·楚策一》："人有以其狗为有执而爱之。其狗尝溺井。其邻人见狗之溺井也，欲入言之。狗恶之，当门而噬

之。"溺：撒尿。汉司马迁《史记·范雎蔡泽列传》："宾客饮者醉，更溺雎。"唐司马贞《索隐》："溺即溲也。"

[5] 起敬起孝：更加恭敬，更加孝顺。语出《礼记·内则》："父母有过，下气怡色，柔声以谏；谏若不入，起敬起孝。"汉郑玄《注》："起，犹更也。"

[6] 刻责：严加责备、严格要求。汉班固《汉书·韩延寿传》："或欺负之者，延寿痛自刻责。"

[7] 咎（jiù）：责怪；追究罪责。《论语·八佾》："遂事不谏，既往不咎。"

[8] 隐忍：克制忍耐。汉司马迁《史记·伍子胥列传赞》："方子胥窘于江上，道乞食，志岂尝须臾忘郢邪？故隐忍就功名，非烈丈夫孰能致此哉？"

[9] 恨恨：抱恨不已。南朝陈徐陵《玉台新咏·古诗〈为焦仲卿妻作〉》："生人作死别，恨恨那可论。"

1.4　好慕声利者戒

子之贵，父母荣之如身受也，而或以骄其父母；子之善，父母扬之如将不及也，而或以掩[1]其父母。即如苏秦[2]，倾诈之士也，佩六国相印，炫煌[3]于道，如蜉蝣、朝菌[4]耳。乃念其不得志时，父母曾不与言，遂若今日之巍巍然者，可以自鸣得志，以为父母僇[5]。为之父母者，亦不自即安[6]，至为清宫除道、张乐设饮，若以自赎[7]者——战国之好声利，尚知有人伦哉？夫困穷而父母不与言。视舜为都君[8]，而瞽瞍焚廪盖井者何如[9]？为六国相与为天子何如？乃夔夔[10]斋栗。舜知为人子，而不知为天子；瞽瞍为天子父，而终未尝见天子子。人即未能学焉，奈何取所谓苏秦者，侈谈而乐道之？贼人纪[11]而伤风教，莫此为甚矣！昔年，有父子同应乡荐[12]。父见其子制艺[13]，喜溢眉睫，持以夸人曰："此子若第[14]，必居吾前。"及邮骑[15]至门，父子欢然出问，第者乃其父也。子痛哭，去，三日而后返。此子若登第，谓其显亲扬名[16]，则吾不信也。

【注释】

[1] 掩（yǎn）：蒙蔽。汉司马迁《史记·苏秦列传》："岂掩于众人之言而以冥冥决事哉！"

[2] 苏秦：战国时东周洛阳（今河南省洛阳市东）乘轩里人，字季子，生年不详，卒于公元前 284 年。奉燕昭王命入齐，从事反间活动，使齐疲于对外战争，以便攻齐为燕复仇。齐湣王末任齐相。秦昭王约齐湣王并称东西帝，他劝说齐王取消帝号，与赵国李兑约五国攻秦，被赵封为武安君。五国合纵攻秦，迫使秦废帝号，并归还部分魏、赵之地。齐乘机攻灭宋国。后燕将乐毅联合五国攻打

齐国，他的反间活动暴露，车裂死。汉班固《汉书·艺文志》"纵横家"著录有《苏子》31篇，今亡佚。马王堆汉墓出土帛书《战国纵横家书》，保存有苏秦的书信和游说辞16章，但与《史记》所记不同。

[3] 炫煌：声势盛大的样子。也作"炫熿""炫煃""炫晃"。《战国策·秦策一》："当秦之隆，黄金万镒为用，转毂连骑，炫熿于道。"

[4] 蜉蝣（fú yóu）：虫名。幼虫生活在水中，成虫褐绿色，有四翅，生存期极短。《诗经·曹风·蜉蝣》："蜉蝣之羽，衣裳楚楚。"汉毛亨《传》："蜉蝣，渠略也，朝生夕死。"也作"蜉蝤"。朝菌：朝生暮死的菌类。借喻生命极短。《庄子·逍遥游》："朝菌不知晦朔，蟪蛄不知春秋。"唐陆德明《经典释文》："司马云：'大芝也。天阴生粪上，见日则死，一名日及，故不知月之终始也。'崔云：'粪上芝。朝生暮死，晦者不及朔，朔者不及晦。'"

[5] 僇：通"戮"，羞辱。汉司马迁《史记·楚世家》："僇越大夫常寿过。"唐司马贞《索隐》："僇，辱也。"

[6] 即安：就枕。这里指休息。《国语·鲁语下》："士朝而受业，昼而讲贯，夕而习复，夜而计过无憾，而后即安。"

[7] 自赎：自行赎罪。

[8] 都（dū）君：古代诸侯的别称。《孟子·万章上》："谟盖都君咸我绩。"宋孙奭《疏》："都君，即象称舜也。然谓之都君者，盖以舜在侧微之时，渔雷泽，一年所居成聚，二年成邑，三年成都，故以此遂因为之都君。"

[9] "而瞽（gǔ）"句：据《孟子·万章上》记载，舜的父母命舜去修缮谷仓，等舜上到屋顶，便抽去梯子；舜的父亲瞽瞍还放火焚烧谷仓，打发舜去淘井，便用土填塞井眼。瞽：失明的人，盲人。廪（lǐn）：谷仓。

[10] 夔夔（kuí kuí）：戒惧谨慎的样子。《尚书·大禹谟》："（舜）负罪引慝，祇载见瞽瞍，夔夔斋慄，瞽亦允若。"汉孔安国《传》："夔夔，悚惧之貌。"

[11] 人纪：人伦纲纪，世人立身处世的道德规范。《尚书·伊训》："先王肇修人纪。"汉孔安国《传》："言汤始修为人纲纪。"

[12] 乡荐：唐宋时应试进士科，循例要由州县荐举，称"乡荐"。宋徐铉《稽神录·赵瑜》："瑜应乡荐，累举不第。"后世称乡试中式为领乡荐。

[13] 制艺：八股文。也作"制义"。

[14] 第：科举时代经考试而得中，录取。唐韩愈《上考功崔虞部书》："始者谬为今相国所第。"

[15] 邮骑：古代驿站供运送官物和投递书信所用的马匹。借指传递公文邮件的人。

[16] 显亲扬名：使双亲荣显，使自己的美名得到传扬。《孝经·开宗明义》："立身行道，扬名于后世，以显父母，孝之终也。"

1.5　事亲当尽致其欢

高年[1]动静，仿佛婴儿：饮食小惠，数有所得，则喜。其所溺爱，若少子，若女，若外孙，若婢，常思周给[2]之。唯恐其之厌也，则忍而不言。为子者，于父母日用所需，常使有余；复先意承志[3]，又使父母所便习者为之侦伺[4]，不难尽致其欢矣。一村媪病久，语人思食新柑。人谓："何不语汝子？"妪曰："昔尝语以所思，终不能致。自惭老饕[5]见鄙，故不复言耳！"《诗》曰："民之失德，干糇以愆[6]。"其可哀矣夫！

【注释】

[1] 高年：特指年迈的父母双亲。

[2] 周给（jǐ）：接济。唐李延寿《北史·恩幸传·王椿》："（椿妻）存拯亲类，所在周给。"

[3] 先意承志：语见《礼记·祭义》："君子之所为孝者，先意承志，谕父母于道。"本指孝子先父母之意而承顺其志，后泛指揣摩人意、谄媚逢迎。

[4] 侦伺：窥探，伺望。南朝宋范晔《后汉书·清河孝王传》："外令兄弟求其纤过，内使御者侦伺得失。"

[5] 老饕（tāo）：贪吃的人。清钱谦益《重阳次日徐二尔从馈糕蟹》诗："小人属厌君休诮，一饱如今学老饕。"

[6] "民之"二句：语本《诗经·小雅·伐木》。高亨先生《注》："干糇即干粮。这里用以代表普通的食品。"

1.6　人生至乐

孝衰[1]于妻子，祖不慈其孙，皆人伦[2]之变也。有族子[3]，为其祖笞[4]之流血。语季父[5]曰："吾年亦既抱子，何罪而见责若此！"季父曰："昔韩伯俞[6]，受母杖，不痛而泣。今汝既抱子，而王父[7]尚能笞汝，且至流血，此奇福也！"因泣数行下曰："吾自七岁来，求父笞不可得已，况王父乎？"故夫祖孙同堂、兄弟无故，人生至乐也。恩义偶乖，或至胥谇[8]胥怨，唯恐不相暌离[9]，由其德薄不足以堪此耳。苐思独行踽踽[10]、形影相吊时[11]，斯孝弟[12]之念，油然生矣。

【注释】

[1] 衰（cuī）：减少。《战国策·赵策四》："日食饮得无衰乎？"

[2] 人伦：封建礼教规定的人与人之间的关系。特指尊卑长幼之间的等级关系。《孟子·滕文公上》："人之有道也，饱食煖衣，逸居而无教，则近于禽兽，圣人有忧之，使契为司徒，教以人伦：父子有亲，君臣有义，夫妇有别，长幼有叙，朋友有信。"

[3] 族子：同族兄弟之子。

[4] 笞（chī）：用鞭、杖或竹板等物打人。

[5] 季父：叔父。也指最小的叔父。

[6] 韩伯俞：也作"韩伯愈"，汉代梁国睢阳人，著名孝子。汉刘向《说苑·建本》记载：韩伯俞做了错事，被母亲打后哭了起来。韩母问："从前你挨打的时候从未哭过，这次怎么哭起来了？"伯俞回答："先前我犯错的时候，母亲打得都很疼；今天母亲您的力气小了、打得一点也不疼，所以才哭。"成语"伯俞泣杖"即本于此。

[7] 王父：祖父。《尚书·牧誓》："昏弃厥遗王父母弟不迪。"唐孔颖达《疏》："《释亲》云'父之考为王父'，则王父是祖也。"

[8] 胥谇：相谇。《诗·小雅·角弓》："兄弟昏姻，无胥远矣。"汉郑玄《笺》："胥，相也。"《孟子·梁惠王下》："睊睊胥谇，民乃作慝。"胥怨，相怨。多指百姓对上的怨恨。《尚书·盘庚上》："盘庚五迁，将治亳殷，民咨胥怨。"南朝宋范晔《后汉书·杨彪传》："移都改制，天下大事，故盘庚五迁，殷民胥怨。"唐李贤《注》："胥，相也。迁都于亳，殷人相与怨恨。"

[9] 暌（kuí）离：分离、离散。在"分离"的意思上，"暌""睽"用同。明宋濂《寄和右丞温迪罕诗卷》序："想其亲属暌离，并无一人，四顾萧条，与影为侣。"

[10] 弟：同"第"，只。踽踽（jǔ）：独自走路孤单的样子。《诗经·唐风·杕杜》："独行踽踽。"汉毛亨《传》："踽踽，无所亲也。"

[11] 形影相吊：形容孤单无依。三国魏曹植《上责躬诗表》："形影相吊，五情愧赧。"

[12] 弟：敬爱兄长。这个意思后来写作"悌"。

1.7 人爱其子甚于自爱

人之爱子，殆甚自爱——身自冲寒[1]冒暑，跋涉山川，曾不为意；若其子在远，值风雨霜雪之朝，往往行叹坐愁，旁皇[2]达旦。为人子者，终身无犯危险，居则慎疾，出则慎交；君子无犯义，小人无犯刑——犹胜五鼎[3]之养也。

【注释】

[1] 冲寒：冒着严寒。唐杜甫《小至》诗："岸容待腊将舒柳，山意冲寒欲放梅。"

[2] 旁皇：因为心中不安而徘徊不定的样子。现作"彷徨"。

[3] 五鼎："五鼎食"的省称。即排列五鼎而食，形容高官贵族的豪奢生活。汉司马迁《史记·平津侯主父列传》："且丈夫生不五鼎食，死即五鼎烹耳。"唐房玄龄等《晋书·束晳传》："夕宿七娵之房，朝享五鼎之食。"

1.8　称道尊长当致其敬

凡官长[1]及亲友，私处[2]称之，如对其人；君亲圣贤，则更敛容[3]致敬。

【注释】

[1] 官长（zhǎng）：旧时行政单位的主管官吏。汉班固《汉书·武帝纪》："（元朔元年诏）二千石官长纪纲人伦。"唐颜师古《注》："谓郡之守尉，县之令长。"

[2] 私处（chǔ）：等于说"独处、独居"。《楚辞·九章·惜诵》："矫兹媚以私处兮，愿曾思而远身。"

[3] 敛容：正容以显出端庄的脸色。汉班固《汉书·霍光传》："光每朝见，上虚己敛容，礼下之已甚。"

1.9　待客必诚心尽礼

凡为主，勿对客叱[1]仆，勿遽[2]呼茶。肴必洁，酒食清冽，食以客所嗜。延[3]一客，若与同辈或同居者，必并延，词曰"请某某同往"，勿生分别；尚[4]延者，勿以尊长陪。宾尊，或有急事，道远大寒暑，勿固请。无车马，则以车马迎。宾将至，肃衣冠以俟[5]。度饥，则先进食。必祭，必执爵。侍者勿骄蹇[6]，容勿惰，语次[7]必遍众宾。不饮者，勿强。

【注释】

[1] 叱（chì）：责骂、呵斥。《公羊传·庄公十二年》："手剑而叱之。"汉何休《注》："手剑，持技（拔）剑叱骂之。"

[2] 遽（jù）：急迫。南朝梁萧统《文选·宋玉〈神女赋〉》："礼不遑造，

辞不及究。愿假须臾，神女称遽。"唐李善《注》："遽，急也。"

[3] 延：邀请。晋陶潜《桃花源记》："余人各复延至其家，皆出酒食。"

[4] 耑：同"专"。主持、掌管。

[5] 俟（sì）：等待。《尚书·金縢》："尔之许我，我其以璧与珪，归俟尔命。"汉孔安国《传》："待命当以事神"。

[6] 骄蹇（jiǎn）：傲慢、不顺从。《公羊传·襄公十九年》："为其骄蹇，使其世子楚乎诸侯之上也。"汉班固《汉书·淮南厉王刘长传》："自以为最亲，骄蹇，数不奉法。"唐颜师古《注》："蹇谓不顺也。"

[7] 语次：交谈之间。汉司马迁《史记·黥布列传》："姬侍王，从容语次，誉赫（贲赫）长者也。"

1.10 为宾赴宴之礼

凡为宾，闲坐勿久。受人请启必赴。邀勿待三。席为他宾设，我当上之则辞。众宾皆辞。主人馔未具，则固辞；馔已具，勿辞。逊坐[1]勿久。主人祭，执爵则辞。肴酒虽不佳，必尝。勿谈筵中所不设。勿专觞政[2]。勿苦人以所不能。微醺则止。起，视众宾。

【注释】

[1] 逊坐：让座，请客人入座。清蒲松龄《聊斋志异·司文郎》："余杭生适过，共起逊坐。"

[2] 觞政：酒令。汉刘向《说苑·善说》："魏文侯与大夫饮酒，使公乘不仁为觞政。"明王志坚《表异录》卷十："觞政，酒令也。酒纠，监令也，亦名瓯宰，亦名觥录事。"

1.11 不速之客来敬之有终

"有不速之客[1]三人来，敬之终吉"，谓敬之有终，乃吉也。凡人初见，则敬；久则厌生。不速之客来，敬之克[2]终，可以入世矣。若其不当者，又须敬而远之。

【注释】

[1] 不速之客：没有邀请而自己来的客人。《易经·需卦》："有不速之客三人来，敬之终吉。"唐孔颖达《疏》："速，召也。不须召唤之客有三人自来。"

[2] 克：能。《尚书·舜典》："慎徽五典，五典克从。"汉孔安国《传》：

"五教能从，无违命。"《诗经·齐风·南山》："析薪如之何？匪斧不克。"汉毛亨《传》："克，能也。"

1.12　礼尚往来

礼尚往来[1]，往而不来，则不复往。于高贤[2]非所论也。

【注释】

[1] 礼尚往来：礼以相互往来为贵。语出《礼记·曲礼上》："太上贵德，其次务施报，礼尚往来，往而不来，非礼也；来而不往，亦非礼也。"

[2] 高贤：高尚贤良的人。汉班固《汉书·礼乐志》："大海荡荡水所归，高贤愉愉民所怀。"

1.13　女婿服缌于礼不薄

或曰："婿于妇翁[1]，其服缌[2]，不已[3]薄乎？"曰："今之为缌也薄，非缌故薄也。五世[4]之亲属相为缌，其天性也。婿于妇翁，合以人者也。以妇故，而推其父与五世之亲属等。"先王之于婚媾[5]，可不谓挚乎？今之有缌也，如无服。

【注释】

[1] 婿：女儿的丈夫。妇翁：岳父。明凌蒙初《初刻拍案惊奇》卷三十三："知县对那女婿说道：'你妇翁真是个聪明的人，若不是这遗书，家私险被你占了。'"

[2] 缌（sī）：古代以亲疏为差等的五种丧服中的最轻者。《礼记·学记》："师无当于五服，五服弗得不亲。"唐孔颖达《疏》："五服，斩衰（cuī）也，齐衰（zī cuī）也，大功也，小功也，缌麻也。"这种孝服用细麻布制成，服期为三个月。凡本宗为高祖父母、曾伯叔祖父母、族伯叔父母、族兄弟及未嫁族姊妹，外姓中为表兄弟、岳父母等，依礼均服缌麻。

[3] 已：太、过分。《诗经·唐风·蟋蟀》："无已大康，职思其居！"汉毛亨《传》："已，甚也。"

[4] 五世：家族世系相传的五代。父子相继为一世。《礼记·大传》："有百世不迁之宗，有五世则迁之宗。"《论语·季氏》："自大夫出，五世希不失矣。"

[5] 先王：上古贤明君王。《孝经·开宗明义》："先王有至德要道，以顺天下，民用和睦。"唐玄宗李隆基《注》："先代圣德之主，能顺天下人心，行此至要之化。"婚媾：婚姻；嫁娶。晋葛洪《抱朴子·弭讼》："夫婚媾之结，义无逼迫，彼则简择而求，此则可意乃许。"

1.14　慈教之方

慈教之方[1]，以择良师益友为上。周濂溪潜德隐耀[2]，人莫知者。独二程[3]父知之，遣明道、伊川受学，并为儒宗[4]。今为子择师，徒取虚名，不务朴学[5]。子弟稍长，立志未坚，听其与众人游，能自振拔[6]者，鲜矣。

【注释】

［1］慈教：慈母的教诲。这里指父母的教诲。明袁宏道《孟生为尊慈索诗信笔题四韵》："十年奉慈教，督子若先生。"方：道理、常规。《易经·恒卦》："君子以立不易方。"唐孔颖达《疏》："方，犹道也。"

［2］周濂溪：周敦颐（1017—1073），北宋哲学家，字茂叔，道州营道（今湖南省道县）人。曾官大理寺卿、国子博士。因筑室庐山莲花峰下的小溪上，取营道故居濂溪为之命名，后人遂称为濂溪先生。提出的"太极""理""气""性""命"等概念，成为宋明理学的基本范畴，其本人也成为理学的创始人之一。著有《太极图说》《通书》等，后人编有《周子全书》。潜德：指不为人知的美德。宋薛季宣《答陈同甫书》："发潜德之幽光，某愧焉多矣。"隐耀：等于说"含而不露"。南朝宋范晔《后汉书·郑玄传》："南山四皓有园公、夏黄公，潜光隐耀，世嘉其高，皆悉称公。"

［3］二程：指北宋理学家程颢和程颐兄弟。程颢（1032—1085），哲学家、教育家。字伯淳，学者称明道先生。洛阳（今河南省洛阳市）人。嘉祐进士。曾与弟弟程颐就学于周敦颐，同为北宋理学的奠基者，世称"二程"。程颐（1033—1107），哲学家、教育家。字正叔，学者称伊川先生。他和其兄程颢的学说后来为朱熹所继承和发展，世称程朱学派。

［4］儒宗：儒者的宗师。汉代以后也泛指为读书人所宗仰的学者。汉司马迁《史记·刘敬叔孙通列传赞》："叔孙通希世度务，制礼进退，与时变化，卒为汉家儒宗。"

［5］朴学：指清代学者继承汉儒学风而治经的考据训诂之学。

［6］振拔：振奋自拔。引申为出类拔萃、超群出众。

1.15　祭祀须当以礼

祭不以礼，曰"不孝"。黩[1]于祭祀，曰"弗钦"。今祭法全废，人于祖考[2]，有荐新而无享祀[3]。仁孝久衰，精神不属[4]。虽复具牲牢[5]、虔跪拜，而鬼之饥饿不食者多矣。梵宇神丛[6]，络绎杂遝[7]，亦且惑矣。至祭天，律有明禁，而世俗于岁朝张幕植主[8]，绘图以祭，僭越[9]孰甚。窃谓有事祖先，必依文公[10]《家礼》。朔望拜先圣[11]，及城隍之神；仕则拜祀典[12]，及本署土地之神。室中择洁处为位，无常主，或灶井、先农、先蚕[13]，祈报[14]唯时。

【注释】

[1] 黩（dú）：多而繁杂；丛杂。《尚书·说命中》："黩于祭祀，时谓弗钦。"

[2] 祖考：祖先。《诗经·小雅·信南山》："祭以清酒，从以骍牡，享于祖考。"唐韩愈《祭郑夫人文》："春秋霜露，荐敬苹蘩，以享韩氏之祖考。"

[3] 荐新：以时鲜的食品祭献。《礼记·檀弓上》："有荐新，如朔奠。"唐孔颖达《疏》："荐新，谓未葬中间得新味而荐亡者。"享祀：祭祀。《易经·困卦》："困于酒食，朱绂方来，利用享祀。"

[4] 属（zhǔ）：依托；寄托。《楚辞·天问》："日月安属？列星安陈？"

[5] 牲牢：古代祭礼用的牛、羊、豕三牲各一为一牢。《左传·僖公十五年》："馈七牢焉。"晋杜预《注》："牛、羊、豕各一为一牢。"

[6] 梵宇：佛寺。神丛：神灵依托的群树。以茂密林木多立神祠而名。

[7] 络绎：连绵不断，往来不绝。杂遝：纷杂繁多的样子。也作"杂沓"。

[8] 岁朝（zhāo）：古历正月初一。朝：初、始。张幕：张设帷幕。主：神的牌位。

[9] 僭（jiàn）越：超越本分，冒用在上者的职权、名义行事。

[10] 文公：宋代理学家朱熹卒后谥"文"，世称朱文公。《家礼》：朱熹的礼学著作，包括"通礼、冠礼、昏礼、丧礼、祭礼"等五部分内容，是作者根据当时的社会习俗并参考古今家礼编纂而成，体现其因革损益、博采众家的礼学思想特点。

[11] 朔（shuò）望：朔日和望日。朔日指阴历每月初一；望日指阴历每月十五日，有时是十六日或十七日。唐徐坚《初学记》卷一引《释名》："望，月满之名也，日月遥相望也。"先圣：先世圣人。

[12] 祀典：记载祭祀仪礼的典籍。《国语·鲁语上》："凡禘、郊、祖、宗、报，此五者国之典祀也……非是，不在祀典。"

[13] 先农：古代传说中最先教民耕种的农神。或称神农，或称后稷。先蚕：古代传说始教民育蚕之神。相传周制王后享先蚕，以后历代封建王朝由皇后主祭先蚕。

[14] 祈报：古代祀社（土神），春夏祈而秋冬报。《礼记·郊特牲》："祭

有祈焉，有报焉。"汉郑玄《注》："祈，犹求也。谓祈福祥、求永贞也，谓若获禾报社。"

1.16 兄弟应欢谐相处

兄弟虽同气[1]，而资禀[2]常不能齐：或严急，或宽缓；或好交游，或乐静闲；或俭，或奢。但能平居欢然，无相厌苦；共为一事，则各言所见，而长者决之；庶几[3]奢俭酌中，宽猛相济，犹胜以水济水[4]也。或至暴戾昏愚，比[5]匪人以荡其家，必为之委曲斡旋[6]，使无大戾[7]。力谏不从，则垂涕泣以道之。若以素性不谐，而置之不言，是越人[8]相视也。

【注释】

[1] 同气：气质相同。《吕氏春秋·应同》："帝者同气，王者同义。"汉高诱《注》："同元气也。"

[2] 资禀：人所禀受的体性资质。

[3] 庶几：等于说"有幸"。汉班固《汉书·公孙弘传》："朕夙夜庶几获承至尊。"

[4] 以水济水：在水中再加入水。比喻雷同附和，于事无补。这里指亲兄弟禀赋相同，彼此不能促进。《左传·昭公二十年》："君所谓可，据（梁丘据）亦曰可；君所谓否，据亦曰否。若以水济水，谁能食之？"

[5] 比（bì）：勾结。《礼记·缁衣》："大臣不治而迩臣比矣。"汉郑玄《注》："比，私相亲也。"

[6] 委曲：周全、调和。清张廷玉等《明史·杨廷和传》："廷和与东阳委曲其间，小有剂救而已。"斡旋：奔走活动；周旋。元脱脱等《宋史·辛弃疾传》："经度费巨万计，弃疾善斡旋，事皆立办。"

[7] 戾（lì）：罪行。《尚书·汤诰》："兹朕未知获戾于上下。"汉孔安国《传》："未知得罪于天地。"

[8] 越人：关系疏远的人。《商君书·修权》："论贤举能而传焉，非疏父子亲越人也，明于治乱之道也。"

1.17 兄弟当戒骄妒相待

兄弟中有闻达[1]富贵者，祖宗之泽、父母之庆[2]也。为兄弟者，非但被[3]其荣，且有所赖焉。乃或以骄，或以妒，皆君子所不忍闻也。骄与妒以待异国之人且不可，况骨肉乎？

【注释】

[1] 闻（wèn）达：有名望；显达。语本《论语·颜渊》："在邦必闻，在家必闻。""在邦必达，在家必达。"

[2] 庆：赏赐；福泽。《诗经·小雅·甫田》："黍稷稻粱，农夫之庆。"

[3] 被：领受、享受、享有。《管子·形势解》："主明而国治，竟内被其利泽。"

1.18　兄弟当戒阋墙之争

同气失欢[1]，有能先下气与笑言趋[2]事者，即大豪杰。若向外人论列[3]是非，是自谤也。阋墙[4]之争，闻者直谓不弟不友[5]，未有从中较其曲直者。

【注释】

[1] 同气：气质相同。代指亲兄弟姊妹。南朝宋范晔《后汉书·东平宪王苍传》："凡四夫一介，尚不忘箪食之惠，况臣居宰相之位，同气之亲哉！"失欢：失和。

[2] 下气：态度恭顺；平心静气。唐韩愈《答张籍书》："若商论不能下气，或似有之，当更思而悔之耳。"趋（qū）：用同"趋"，奔向。

[3] 论列：逐一论述。《荀子·王霸》："相者，论列百官之长，要百事之听。"

[4] 阋（xì）墙：兄弟相争于内。后用来指内部相争。阋：争吵、争斗。《诗经·小雅·常棣》："兄弟阋于墙，外御其务。"汉毛亨《传》："阋，很也。"唐孔颖达《疏》："'很'者，忿争之名。"

[5] 直：副词。特、但、只不过。《孟子·梁惠王下》："寡人非能好先王之乐也，直好世俗之乐耳。"汉班固《汉书·司马迁传》："夫阴阳、儒、墨、名、法、道德，此务为治者也，直所从言之异路，有省不省耳。"唐颜师古《注》："直，犹但也。"不弟（tì）：弟弟不敬爱、不恭顺兄长。弟，敬爱兄长。这个意义后来写作"悌"。《左传·隐公元年》："郑伯克段于鄢，段不弟，故不言弟。"《孟子·告子下》："疾行先长者谓之不弟。"不友：兄弟不相敬爱。北齐颜之推《颜氏家训·治家》："是以父不慈则子不孝，兄不友则弟不恭。"

1.19　兄弟但相劝勉砥砺

言人兄弟，或较其文行[1]以为胜负，犹指一人之身而曰"右拳胜左拳"也。

且其品骘^[2]必以私，而意则主于毁，故曰"若不如若"，不曰"若胜于若"。兄弟但相劝勉砥砺，于斯言宜若罔^[3]闻也者。或有愧愤^[4]于心，斯其薄可知也。右手强，左手不亦蒙其利乎？使誉其子跨灶^[5]，必囅然^[6]色喜矣。

【注释】

[1] 文行：文章与德行。《论语·述而》："子以四教，文、行、忠、信。"

[2] 品骘（zhì）：评定；评论。唐范摅《云溪友议》卷二："余以曾子回车，不入'胜母'之门，吕不韦有铜轮之媚。是乃曾参立孝行之名，不韦抱淫邪之责。迩之进退者，岂以二子而骘是非乎？"

[3] 罔（wǎng）：没有。《诗经·大雅·抑》："罔敷求先王，克共明刑。"汉郑玄《笺》："罔，无也。"

[4] 愧愤：羞愧愤慨。

[5] 跨灶：比喻儿子胜过父亲。《诗律武库·跨灶撞楼》引三国魏王朗《杂箴》："家人有严君焉，井灶之谓也，是以父喻井灶。或曰：灶上有釜，故生子过父者，谓之跨灶。"宋苏轼《答陈季常书》："长子迈作吏，颇有父风，二子作诗骚殊胜，咄咄皆有跨灶之兴。"

[6] 囅（chǎn）然：大笑的样子。《庄子·达生》："桓公囅然而笑曰：'此寡人之所见者也。'"唐成玄英《疏》："囅，喜笑貌也。"

1.20 刻意孝弟当动心忍性

刻意孝弟^[1]，反致责备无已。动心忍性^[2]，正在此时。一不能制，前功尽失^[3]，犹然一流俗^[4]之人也。

【注释】

[1] 刻意：潜心致志；用尽心思。弟："悌"的古字。

[2] 动心忍性：语出《孟子·告子下》："所以动心忍性，曾益其所不能。"汉赵岐《注》："所以惊动其心，坚忍其性，使不违仁。"后多指不顾外界阻力，坚持下去。

[3] 前功尽失：事将成而失败，以前的努力全部白费。本作"前功尽灭"，今多说"前功尽弃"。《战国策·西周策》："一攻而不得，前功尽灭。"汉司马迁《史记·周本纪》："今又将兵出塞，过两周，倍韩，攻梁，一举不得，前功尽弃。"

[4] 犹然：尚且、仍然。流俗：指世间平庸的人。汉班固《汉书·司马迁传》："仆之先人非有剖符丹书之功，文史星历近乎卜祝之间，固主上所戏弄，

倡优畜之，流俗之所轻也。"

1.21　兄弟间当力戒怨怒猜嫌

不藏怒[1]，不宿怨[2]，只是多方自寻出径[3]。即有可怨、可怒，亦曰："此其惛[4]不及察耳；是亦我有过焉。"其为得失亦甚小。常从同胞共乳[5]、父母左提右携时着想，痛痒相关[6]，斯怨怒胥[7]化矣。若第[8]隐而不发，猜嫌既深，日甚一日，其发也必不可遏。故百忍不如一仁。

【注释】

[1] 藏怒：怀藏怒火。语出《孟子·万章上》："仁人之于弟也，不藏怒焉，不宿怨焉，亲爱之而已矣。"

[2] 宿怨：怀恨于心。

[3] 径：小路。宋杨万里《过长峰径遇雨遣闷十绝句》序："南中谓深山长谷，寂无人烟，中通一路者谓之径。"

[4] 惛（hūn）：认识糊涂，不明事理。《商君书·农战》："是以其君惛于说，其官乱于言，其民惰而不农。"

[5] 共乳：共吮一母之乳。指同胞兄弟姊妹。

[6] 痛痒相关：等于说利害相关。也指亲爱的人彼此关心。

[7] 胥：全、都。《诗经·小雅·角弓》："尔之远矣，民胥然矣。"郑玄《笺》："胥，皆也。"

[8] 第：只，只是。宋陆游《老学庵笔记》卷十："魏文帝善弹棋，不复用指，第以手巾角拂之。"

1.22　不可以物色望人

责人者曰："彼目中未尝有我。"鄙哉，斯言乎！夫我果有懿德娉行[1]，而彼不知，是犹珠玉在前而盲人无见也。何有于怒[2]？若犹是苟同流俗，无足比数[3]，则我于庸人，岂能一一致敬哉！或曰："为斯言者，谓自许[4]终当富贵耳。"顾穷约[5]而人轻之，分也。天子宰相尚不敢以物色望[6]人，我何人乎？若富贵而犹轻之，斯真吾友矣。

【注释】

[1] 懿德：美德。《诗经·大雅·烝民》："天生烝民，有物有则。民之秉彝，好是懿德。"娉（kuā）：美丽，美好。《楚辞·九歌·礼魂》："娉女倡兮容

与，春兰兮秋菊。"汉王逸《注》："娉，好貌。"

[2] 何有于怒：意思是"有什么可生气的呢"。"何有于某某"是古汉语尤其是上古汉语时期的习语，表示"某某又算个什么"的意思。《论语·子罕》："子曰：'出则事公卿，入则事父兄，丧事不敢不勉，不为酒困，何有于我哉？'"

[3] 无足比数：相与并列；相提并论。汉班固《汉书·司马迁传》："刑余之人，无所比数，非一世也，所从来远矣。"

[4] 自许：自夸；自我评价。北齐颜之推《颜氏家训·勉学》："有一俊士，自许史学，名价甚高。"

[5] 穷约：穷困；贫贱。《庄子·缮性》："故不为轩冕肆志，不为穷约趋俗。"

[6] 物色：形貌。望：怨恨；责怪。《国语·越语下》："又使之望而不得食，乃可以致天地之殛。"三国吴韦昭《注》："怨望于上而天又夺之食。"

1.23　人兽之关

人兽之关[1]，曰敬与肆。乱臣贼子[2]，其始皆于君父稍有觖望[3]。积久不除，渐成怨怼[4]；率意而行，遂至横决[5]耳。故中人[6]之资，皆可与为孝，亦可与为不孝。敬肆之间，仅争[7]毫发。

【注释】

[1] 关：指衡量事物的标准。《韩非子·外储说左上》："不以仪的为关，则射者皆如羿也。"陈奇猷《韩非子集释》："关，衡也。"

[2] 乱臣贼子：不守臣道、心怀异志的人。《孟子·滕文公下》："孔子成《春秋》，而乱臣贼子惧。"

[3] 君父：特称天子。觖（jué）望：不满；怨望。汉司马迁《史记·荆燕世家》："今营陵侯泽，诸刘，为大将军，独此尚觖望。"

[4] 怨怼（duì）：怨恨，不满。汉刘向《新序·善谋》："百姓罢劳怨怼于下，群臣倍畔于上。"

[5] 横决：等于说为非作歹、不受控制。

[6] 中人：中等的人；常人。《论语·雍也》："中人以上，可以语上也；中人以下，不可以语上也。"

[7] 争：相差；不够。唐杜荀鹤《自遣》诗："百年身后一丘土，贫富高低争几多？"

1.24 良辰美景必为高堂庆赏

良辰美景，必具酒肴，为高堂庆赏[1]，兼致所亲爱便习[2]之人与俱。

【注释】

[1] 高堂：父母。唐韦应物《送黎六郎赴阳翟少府》诗："只应傅善政，日夕慰高堂。"庆赏：欢庆玩赏。

[2] 便（pián）习：等于说宠爱、喜爱。

1.25 宗族间须彼此亲厚互相体恤

范文正公仲淹[1]为参知政事时，语诸子曰："吾吴中[2]宗族甚众，于吾固有亲疏；然吾祖宗视之，则均是子孙，固无亲疏也。苟祖宗之意无亲疏，则饥寒者，吾安得不恤也？自祖宗来，积德百余年，而始发于吾，得至大官。苟独享富贵而不恤宗族，异日何以见祖宗于地下？今何颜入家庙[3]乎？"近世好以同姓为宗族，虽秦越欢如同产；迨乎生死贵贱之间，去之唯恐不速。是皆势交[4]、贿交之流派耳。袒免[5]之亲，或不相知，何其厚所薄，而薄所厚也！

【注释】

[1] 范文正公仲淹：范仲淹（978—1052），北宋政治家、文学家，字希文，卒谥"文正"，苏州吴县（今江苏省苏州市）人。少时贫困力学，出仕后有敢言之名。宋仁宗庆历三年（1043）任参知政事，建议十事，主张建立严密的任官制度，注意农桑，整顿武备，推行法制，减轻徭役。有《范文正公集》。

[2] 吴中：今江苏省苏州市吴县一带。也泛指吴地。

[3] 家庙：祖庙、宗祠。古时有官爵者才能建家庙，作为祭祀祖先的场所。上古叫宗庙，唐朝始创私庙，宋改为家庙。

[4] 势交：攀权附势之交。南朝梁刘孝标《广绝交论》："若其宠钧董石，权压梁窦……皆愿摩顶至踵，膢胆抽肠，约同要离焚妻子，誓殉荆卿湛七族，是曰势交。"贿交：因贪图其财富而与之结交。南朝梁刘孝标《广绝交论》："则有穷巷之宾，绳枢之士，冀宵烛之末光，邀润屋之微泽。鱼贯凫跃，飒沓鳞萃，分雁鹜之稻粱，沾玉斝之余沥。衔恩遇，进款诚，援青松以示心，指白水而旌信，是曰贿交。"

[5] 袒免：袒衣免冠。古代丧礼，凡五服以外远亲，无丧服之制，唯脱上衣、露左臂，免冠扎发，用宽一寸的布从颈下前部交于额上，又向后绕于髻，以

示哀思。《礼记·大传》：“五世袒免，杀同姓也。”唐陆德明《经典释文》：
“免，音问。”唐孔颖达《疏》：“谓其承高祖之父者也，言服袒免而无正服，减
杀同姓也。”

1.26　有称其兄之德者失言

有称其兄之德者，语余曰：“兄未尝视我为弟也——日察其寒燠[1]饥饱，抚
摩以讫成立[2]。”曰：“吾子失言[3]矣！是乃视吾子为弟也。”

【注释】

[1] 其：此处转指自己。寒燠（yù）：冷热。汉班固《汉书·天文志》：
“故日进为暑，退为寒。若日之南北失节，暑过而长为常寒，退而短为常燠。此
寒燠之表也，故曰为寒暑。”燠：暖、热。

[2] 抚摩：抚爱，照料。宋苏洵《祭亡妻文》：“有子六人，今谁在堂？唯
轼与辙，仅存不亡。咻呴抚摩，既冠既昏。”成立：成人；成长自立。元刘祁
《归潜志》卷八：“屏山在世，一时才士皆趋向之。至于赵所成立者甚少。”

[3] 吾子：对对方的敬称，一般用于男子之间。《仪礼·士冠礼》：“某有子
某，将加布于其首，愿吾子之教之也。”汉郑玄《注》：“吾子，相亲之辞。吾，
我也；子，男子之美称。”失言：出言失当。《战国策·魏策四》：“（信陵君）使
使者谢安陵君曰：‘无忌小人也，困于思虑，失言于君，敢再拜释罪。’”

1.27　同气之相左右譬之双足

同气之相左右[1]，譬之足也，一止一进，千里可至。或欲独存其一，而跂
踔[2]以行，又别求杖具以代之，惑矣。即使不能为用，亦犹骈拇枝指[3]，生而具
之，虽欲痛痒不关，不可得也。

【注释】

[1] 左右：帮助、辅佐。《易经·泰卦》：“辅相天地之宜，以左右民。”唐
孔颖达《疏》：“左右，助也，以助养其人也。”

[2] 跂踔（chěn chuō）：也作“蹑踔”。跳跃的样子；跛行的样子。《庄
子·秋水》：“夔谓蚿曰：‘吾以一足跂踔而行，予无如矣！’”唐成玄英《疏》：
“跂踔，跳踯也。”

[3] 骈拇枝指：比喻多余的、无用的东西。语出《庄子·骈拇》：“骈拇枝
指，出乎性哉，而侈于德。”唐成玄英《疏》：“骈，合也，大也，谓足大拇指与

第二指相连合为一指也；枝指者，谓手大拇指旁枝生一指成六指也。"

1.28　朋友一伦必不可缺

百里一贤犹比肩[1]也，益友[2]盖难言之。顾朋友一伦[3]，必不可缺。取其所长，弃其所短；读书修业，必有相为砥砺[4]问难之人。有缓急[5]，则可恃；欲为不善，则恐其知——斯友也！

【注释】

[1]　百里：古时诸侯封地范围和一县所辖的范围都可叫"百里"。《孟子·万章下》："天子之制，地方千里，公侯皆方百里。"汉班固《汉书·百官公卿表上》："县大率方百里。"后也作为诸侯国和县的代称。这里泛指较小的一个地域。比肩：并列，居于同等地位。

[2]　益友：有益的朋友。语出《论语·季氏》："益者三友。"

[3]　朋友一伦：旧有所谓"五伦"（也称"五常"）之说，即君臣、父子、兄弟、夫妻、朋友之间的五种伦理关系。"朋友"为其中一伦。

[4]　砥砺：激励、勉励。《荀子·王制》："案平政教，审节奏，砥砺百姓。"问难：诘问驳辩。

[5]　缓急：指危急的事情或发生变故的时候。汉司马迁《史记·绛侯周勃世家》："孝文且崩时，诫太子曰：'即有缓急，周亚夫真可任将兵。'"

1.29　家庭间须坦怀相信知无不言

家庭间须坦怀[1]相信、知无不言。若积疑[2]不去，触处皆生猜嫌。朋友亲串[3]，爱憎各于其党[4]。是尚不如田间兄弟糗粮[5]共饭、儿孙互抱之可乐也。

【注释】

[1]　坦怀：敞开胸怀，坦诚相见。

[2]　积疑：多年的疑惑。明顾起元《客座赘语·半山》："友人沈文学秋阳偶过，为余言，积疑顿释，为之大快。"

[3]　亲串：亲狎的人。南朝梁萧统《文选·谢惠连〈秋怀〉诗》："因歌遂成赋，聊用布亲串。"唐吕向《注》："串，狎也。因歌咏遂赋此诗，聊用布与亲狎之人。"也指亲戚。

[4]　各于其党：语出《论语·里仁》篇："子曰：'人之过也，各于其党。观过，斯知仁矣。'"党：亲族、乡党。

[5] 糗 (qiǔ) 粮：干粮。《尚书·费誓》："峙乃糗粮，无敢不逮。"汉孔安国《传》："皆当储峙汝糗糒之粮，使足食。"糗，炒熟或者焙熟的干粮，有香气。

1.30 交道鲜终，薄俗可耻

交道[1]鲜终，古今同慨。向来所见，管鲍[2]之知、朱陈[3]之好，数年后未有不交相怨谪[4]者。勿问衅[5]启何人，总觉薄俗[6]可耻。《诗》曰："忘我大德，思我小怨[7]。"言亦殊未善也。

【注释】

[1] 交道：交友之道。唐骆宾王《咏怀》诗："少年识事浅，不知交道难。"

[2] 管鲍：春秋时期，管仲和鲍叔牙二人相知最深。后常以"管鲍"比喻交谊深厚的朋友或朋友交情深厚。晋傅玄《何当行》："管鲍不世出，结交安可为。"

[3] 朱陈：古村名。唐白居易《朱陈村》诗："徐州古丰县，有村曰朱陈……一村唯两姓，世世为婚姻。"宋苏轼《陈季常所畜朱陈村嫁娶图》诗："何年顾陆丹青手，画作朱陈嫁娶图。"后代称两姓联姻。清曹雪芹《红楼梦》第九十九回："金陵契好，桑梓情深，仰蒙雅爱，许结朱陈。"

[4] 怨谪：埋怨责备。

[5] 衅：过失、罪过。《左传·庄公十四年》："人无衅焉，妖不自作。"

[6] 薄俗：轻薄的习俗，坏风气。汉班固《汉书·元帝纪》："民渐薄俗，去；礼仪，触刑法，岂不哀哉！"

[7] "忘我"二句：语出《诗经·小雅·谷风》，意思是"他忘掉我的大恩德，却记着我的小仇怨"。

1.31 姻媾之家义不容绝

"责善，朋友之道也[1]。"姻媾[2]之家，义不容绝[3]。或有疏失[4]于我，一切含忍[5]可也。

【注释】

[1] "责善"二句：语出《孟子·离娄下》："夫章子，子父责善而不相遇也。责善，朋友之道也；父子责善，贼恩之大者。"责善：劝勉从善。此二句疑属上章。

[2] 姻媾：结为姻亲。南朝梁萧统《文选·江淹〈杂体诗·效卢谌"感交"〉》："姻媾久不虚，契阔岂但一。"唐吕向《注》："姻媾，谓谌妹嫁琨

（刘琨）弟。"

　　[3] 义不容绝：道义上不容断绝往来。

　　[4] 疏失：疏忽失误。唐李百药《北齐书·卢宗道传》："有一旧门生酒醉，言辞之间，微有疏失，宗道遂令沉之于水。"

　　[5] 含忍：等于说容忍。晋陈寿《三国志·魏志·程昱传》："大臣耻与分势，含忍而不言。"

卷二 承家

2.1 彼违圣训，我守家传

昔兄弟相戒"唾面俟其自干"[1]，余谓"亦无仰人鼻息[2]、自取唾面可耳"。向岁[3]，曾有外侮[4]，相爱者多为不平。先大人饮酒自若[5]，徐[6]曰："彼则违'反求诸身'之圣训[7]，我则守'犯而不校'之家传[8]，夫何辱焉！"

【注释】

[1]"昔兄"句：《尚书大传》卷三："骂女毋叹，唾女毋干。"宋宋祁等《新唐书·娄师德传》："其弟守代州，辞之官，教之耐事。弟曰：'人有唾面，洁之乃已。'师德曰：'未也。洁之，是违其怒，正使自干耳。'"后以"唾面自干"形容逆来顺受，受辱而不计较、不反抗。俟（sì）：等待。

[2]仰人鼻息：喻指迎合别人的意旨。

[3]向岁：往年。

[4]外侮：来自外界的侵犯、欺侮。晋潘岳《离合》诗："嫣然以憙，焉惧外侮。"

[5]自若：镇静自如，毫不拘束；一如既往，依然如故。《国语·越语下》："自若以处，以度天下，待其来者而正之，因时之所宜而定之。"

[6]徐：安舒雍容的样子。《尔雅·释训》："其虚其徐，威仪容止也。"晋郭璞《注》："雍容都雅之貌。"

[7]"彼则"句：《中庸》载："子曰：'射有似乎君子，失诸正鹄，反求诸其身。'"《孟子·公孙丑上》载："孟子曰：'仁者如射：射者正己而后发；发而不中，不怨胜己者，反求诸己而已矣。'"反求诸身，意思是"反过来从自己身上找出问题的症结"。

[8]"我则"句：《论语·泰伯》载："曾子曰：'以能问于不能，以多问于寡；有若无，实若虚，犯而不校，昔者吾友尝从事于斯矣。'"犯而不校，意思是"别人触犯自己也不去计较"。吾友，《论语》的古今注者都认为是指颜回。因此，颜氏后人视"犯而不校"为"家传"（祖传的东西）。

2.2 宴客演剧不宜纵妇女观

人家不可畜优童[1]，能令子弟轻薄；宴客演剧[2]，不宜纵妇女观。尝见衣香鬓影隐约低回[3]，使宾客不注目氍毹[4]之上，而注目帘薄之间，殊非闺范[5]。

【注释】

[1] 人家：等于说家里。畜（xù）：容纳；容留。《左传·襄公二十六年》："获罪于两君，天下谁畜之？"晋杜预《注》："畜，犹容也。"优童：年幼的优伶。

[2] 演剧：演戏。清李渔《闲情偶寄·演习·选剧》："所可惜者，演剧之人美，而所演之剧难得尽美。"

[3] 衣香鬓影：北周庾信《春赋》："池中水影悬胜镜，屋里衣香不如花。"唐李贺《咏怀》之一："弹琴看文君，春风吹鬓影。"其中，"衣香""鬓影"都借指妇女。后二者连用，形容妇女仪态娴雅、服饰艳丽。低回：徘徊，流连。汉班固《汉书·司马相如传》："低回阴山翔以纡曲兮，吾乃今日睹西王母。"

[4] 氍毹（qú shū）：毛织的布或地毯，旧时演戏多用来铺在地上，因此常用它或"红氍毹"代称歌舞场、舞台。

[5] 闺范：指妇女应遵守的道德规范。

2.3　兖州民俗偷惰

兖州于《禹贡》赋居下下[1]，唐宋前地尚僻左[2]，元以后则缩毂[3]之冲也。供亿[4]之繁，视昔有加，而俗之偷惰[5]如故。水泽涓滴，悉入漕渠。农家唯事零祭[6]，不知世有灌输之利。然其食，以麦为饼、以粟为馔[7]；日三餐必兼之，视南北为尤[8]费。家无盖藏[9]，恬不为忧。闻晋人俭朴，则大笑之。遇凶年，则人或相食。何其愚也！按古人食，止曰"箪食豆羹"[10]，不闻以饼饵[11]为命。食，精者以稻，疏者以稷。稷，今之高粱也。岁丁巳，大无麦，兖人强以高粱粟米为饼，几不可食，而不知以高粱为饭，亦可谓不辨菽麦[12]矣。

【注释】

[1]《禹贡》：《尚书》中的一篇，作者不详，著作时代也没有定论，近代学者多以为约在战国时。它用自然分区的方法记述了当时国家的地理情况，把全国分为九州，假托为夏禹治水以后的政区制度，对黄河流域的山岭、河流、泽薮、土壤、物产、贡赋、交通等记述较详，对长江及淮河流域的记载则相对粗略。它把治水传说发展成为一篇珍贵的古代地理记载，是中国最早的一部科学价值很高的地理著作。书中有"济河惟兖州……厥田惟中下，厥赋贞，作十有三载乃同"的记载，所以此处说"兖州于《禹贡》赋居下下"。

[2] 僻左：人用右手为常，用左手为僻，故称偏僻之地为"僻左"。三国魏

曹丕《与朝歌令吴质书》："足下所治僻左，书问致简，益用增劳。"

[3] 绾毂（wǎn gǔ）：交通要冲之地。清钱谦益《山东济南府德州知州谢锡教授奉政大夫外制》："国家转漕，仰给东南，而德州实为绾毂。"绾：控制、掌握。汉司马迁《史记·货殖列传》："北邻乌桓、夫余，东绾秽貉、朝鲜、真番之利。"毂：车轮的中心部位，周围与车辐的一端相接，中有圆孔，用以插轴。《诗经·秦风·小戎》："文茵畅毂，驾我骐馵。"宋朱熹《集传》："毂者，车轮之中，外持辐、内受轴者也。"

[4] 供亿：按需要供给。清蒲松龄《聊斋志异·一员官》："凡贵官大僚登岱者，夫马兜舆之类，需索烦多，州民苦于供亿。"

[5] 偷惰：苟且怠惰。也作"偷堕"。《大戴礼记·盛德》："无度量，则小者偷堕，大者侈靡，而不知足。"

[6] 雩禜（yú yíng）：祭水旱之神的坛。《礼记·祭法》："幽宗，祭星也；雩宗，祭水旱也。"汉郑玄《注》："宗，皆当为'禜'，字之误也……雩禜，水旱坛也。"唐孔颖达《疏》："祭水旱者，水甚祭水，旱甚祭旱，谓祭此水旱之神。"后借指祭祀水旱之神。雩，古代为祈雨而举行的祭祀。《左传·桓公五年》："龙见而雩。"晋杜预《注》："龙见，建巳之月。苍龙，宿之体，昏见东方，万物始盛，待雨而大，故祭天，远未百谷祈膏雨。"禜，古代禳灾的祭祀。为禳风雨、雪霜、水旱、疫疫而祭日月星辰、山川之神。《周礼·地官·党正》："春秋祭禜，亦如之。"汉郑玄《注》："禜，谓雩禜水旱之神。盖亦为坛位，如祭社稷云。"

[7] 饘（zhān）：稠粥。《左传·僖公二十八年》："执卫侯，归之于京师，寘诸深室。宁子职纳橐饘焉。"晋杜预《注》："饘，糜也。"

[8] 尤：刊本作"允"，误。今据稿本改。

[9] 盖藏：储藏的财物。宋王安石《和吴御史汴渠》："自宜富京师，乃亦窘盖藏。"

[10] 箪（dān）食豆羹：一筐食，一碗汤。指饮食少而粗劣。《孟子·尽心下》："好名之人能让千乘之国，苟非其人，箪食豆羹见于色。"箪，古代盛饭的圆形竹器。豆，古代盛肉或其他食物的器皿，像今高脚盘。

[11] 饼饵：饼类食物的总称。语本《急就篇》卷十："饼饵麦饭甘豆羹。"唐颜师古《注》："溲面而蒸熟之则为饼，饼之言并也，相合并也；溲米而蒸之则为饵，饵之言而也，相黏而也。"北齐颜之推《颜氏家训·名实》："凡遣兵役，握手送离，或赍梨枣饼饵，人人赠别。"

[12] 菽（shū）麦：豆和麦。《诗经·豳风·七月》："黍稷重穋，禾麻菽

麦。"也用来比喻极易识别的事物。《左传·成公十八年》："周子有兄而无慧，不能辨菽麦。"菽，豆类的总称。

2.4　或谓"天生万物以养人"

释氏[1]之训，惟不杀生最善。先王体天[2]育物，亦必有心去杀，而承佃渔[3]之教。鲜食[4]已久，其势不能，姑去其已甚耳。故不覆巢[5]，不合围[6]，獭祭鱼[7]，然后登[8]鱼；豺祭兽[9]，然后告狩。其用之，曰祭、曰养、曰宾，非以为饔飧[10]也。今第[11]能无刍豢食，或大戒牲牢[12]，细戒蚳蛤[13]，不特杀，不见杀，无非善者。或谓："天生万物以养人，不食为非。"则君子不忍言矣。天生物不齐，弱者食于强，拙者食于巧。谓天地无如之何则可耳，若云以万物养人，则天之生人岂以养蚊蚤豺虎乎？

【注释】

[1] 释氏：佛姓释迦的简称，也用来指佛陀或佛教。

[2] 先王：上古贤明的君主。体天：依据上天的旨意。清李渔《蜃中楼·乘龙》："二位的姻缘乃前生注定，小仙不过体天行道，何恩之有！"

[3] 佃（tián）渔：打猎和捕鱼。佃，通"畋"。《易经·系辞下》："作结绳而为网罟，以佃以渔。"

[4] 鲜食：像鸟兽或鱼鳖之类的鲜活食品。《尚书·益稷》："予决九川……暨稷播，奏庶艰食鲜食。"汉孔安国《传》："川有鱼鳖，使民鲜食之。"

[5] 覆巢：倾毁鸟巢。《逸周书·月令》："禁止伐木，无覆巢，无杀孩虫，胎夭飞鸟。"

[6] 合围：从四周包围。《礼记·王制》："天子不合围，诸侯不掩群。"

[7] 獭祭鱼：也省作"獭祭"。獭常捕鱼陈列水边，如同陈列供品祭祀。《吕氏春秋·孟春》："鱼上冰，獭祭鱼。"汉高诱《注》："獭獱，水禽也。取鲤鱼置水边，四面陈之，世谓之祭。"

[8] 登：进献。

[9] 豺祭兽：豺在深秋时杀兽以备冬粮，陈于四周，有似人之陈物而祭，故称。《吕氏春秋·季秋》："菊有黄华，豺则祭兽戮禽。"汉高诱《注》："（豺）于是月杀兽，四围陈之，世所谓祭兽。"

[10] 饔飧（yōng sūn）：做饭。《孟子·滕文公上》："贤者与民并耕而食，饔飧而治。"汉赵岐《注》："朝曰饔，夕曰飧。"

[11] 第：但，只。刍豢：牛羊猪狗之类的家畜。这里泛指肉类食品。《孟

子·告子上》："故义理之悦我心，犹刍豢之悦我口。"宋朱熹《集注》："草食曰刍，牛羊是也；谷食曰豢，犬豕是也。"

[12] 牲牢：牲畜。《诗经·小雅·瓠叶序》："上弃礼而不能行，虽有牲牢饔饩，不肯用也。"汉郑玄《笺》："牛羊豕为牲，系养者曰牢。"

[13] 蜃蛤（shèn gé）：大蛤和蛤蜊。蜃，同"蜄"。《左传·昭公三年》："山木如市，弗加于山；鱼盐蜃蛤，弗加于海。"杨伯峻先生《春秋左传注》："蜄，大蛤；蛤，蛤蜊。均海内可食的动物。"

2.5　吾乡风物闲美俗尚和平

吾家世居曲阜之西偏[1]，接境于滋阳[2]，泗水带其南。地宜蔬果，多茂树。春夏间，禽声相杂，远近以为奇。居人率同姓，其异姓多佣工[3]也。俗淳朴，尚礼让。时承平富饶，往往有楼榭车马。吾高祖举事公多隐德[4]，族党有不平者，咸来就决之。乡人终身不入城市，不识吏胥[5]。尝自题幛曰："终身让畔[6]，不失一段。""与其同流俗，孰如增厚福[7]。"

【注释】

[1] 西偏：西部；西方边远地区。《左传·隐公十一年》："（郑伯）乃使公孙获处许西偏。"

[2] 滋阳：县名，清初属兖州府管辖。1962年改称兖州县，隶属济宁专署。

[3] 佣（yōng）工：受雇为人做工的人。

[4] 高祖举事公：名从麟，光敏高祖，娶妇朱姓。举事，即林庙举事，协助族长管理家族事务。隐德：施德于人而不为人所知。唐房玄龄《晋书·王湛传》："初有隐德，人莫能知，兄弟宗族皆以为痴，其父昶独异焉。"

[5] 吏胥：旧时官府中的小吏。

[6] 让畔：农民互相谦让地边（在田界处让对方多占田地）。语本汉司马迁《史记·五帝本纪》："舜耕历山，历山之人皆让畔；渔雷泽，雷泽上人皆让居。"

[7] 孰如：何如，怎么比得上。厚福：大福、多福。汉司马相如《封禅文》："受厚福，以浸黎元。"按，赵传仁先生等《颜光敏诗文集笺注》载《颜修来先生年谱》作"后福"。

2.6　龙湾村名由来

泗水绕吾家门前[1]，成巨潭，云有龙居之。乡人有水牛六，常卧潭中。人从岸上观，往往见九水牛。比[2]出，仍六也。龙湾之名，自兹始。

【注释】

[1]"泗水"句：颜氏故里龙湾，今山东省曲阜市姚村镇颜家河口村，泗河绕过村东南流向西南方。

[2]比（bǐ）：待到、等到。《左传·庄公十二年》："陈人使妇人饮之酒，而以犀革裹之。比及宋，手足皆见。"

2.7 孟仆之子不借父死讹人钱财

吾从兄[1]家，有仆孟姓，为主人索逋[2]匠人家。匠延之坐，酒次遽发病死。匠大恐，属人浼[3]其子，第[4]无讼官，若欲财用，唯命[5]。其子曰："彼若有他，则吾不共戴天[6]之仇也，不可以讲；如无他，是借父死以为利，吾不忍为也。"人曰："子无为利，第[7]使备周身之具，不亦可乎？"其子曰："彼匠人非吾兄弟也，而为父棺，是吾父无子也。"其家窭[8]甚，卒[9]市棺他所，殓[10]之归。

【注释】

[1]从兄：堂兄。即亲叔叔或亲伯父儿子中比自己年长者。《韩非子·外储说左上》："申子请仕其从兄官。"

[2]索逋（bū）：催讨欠债。逋，所欠赋税债务。元刘君锡《来生债·楔子》："况是家贫窭，门前闻索逋。"

[3]浼（měi）：同"浼"，央求、请求。元无名氏《百花亭》第二折："我特特央浼你通个信去，与他知道。"

[4]第：只要。宋吴曾《能改斋漫录·记诗》："素不作诗，亦非禁而不作，第不欲为闲言语耳。"

[5]唯命："唯命是听"的省略。"唯……是……"是古代汉语宾语前置的凝固格式。"唯"是语气词，"是"是代词，复指前置的宾语。

[6]不共戴天：不共存于人世间。比喻仇恨极深。语本《礼记·曲礼上》："父之仇，弗与共戴天。"戴，加在头上或用头顶着。

[7]第：但是。宋欧阳修《熙宁四年与韩忠献王书》："辱贶斋醯，尤为醇美，第小邦鲜嘉客，老病少欢意，不得如侍台席时豪饮之量尔。可叹，可叹！"

[8]窭（jù）：贫穷得无法置备礼物。泛指贫穷。《诗经·邶风·北门》："终窭且贫，莫知我艰。"汉毛亨《传》："窭者，无礼也；贫者，困于财。"唐陆德明《经典释文》："谓贫无可为礼。"

[9] 卒：最终。《孟子·尽心下》："晋人有冯妇者，善搏虎，卒为善士。"

[10] 殓（liàn）：给死者穿衣入棺。

2.8 仲父临危相托小辈

壬午[1]腊月二日，仲父[2]呼乳母吴抱伯兄、乳母孙抱余，至室。具酒櫑[3]酌之，泣曰："近吾屡感妖梦，河间[4]必不测矣。此城又旦晚不保，吾兄弟形貌伟然，必无幸脱。顾念吾家世，不应遂至无噍类[5]也。此两儿幸幼，不足膏[6]锋刃，非饥寒则无死法，是在汝矣！吾虽有弱女，此时不暇顾。此两儿，汝昼则携之，夜则怀之。若见军卒索金，则予之金；使缝纫操作，则为之役。即俘汝而去，登山涉水，必自抱持，勿假手[7]他人。倘两儿有一生者，数十年后，或至河间一奠，吾死无恨矣。"言已哽咽[8]，遂长跪两姬前。两姬亦跪，各痛哭。仲父曰："勿惊儿。"因左右并抱，曰："恐此后无抱汝日矣。"孙姬常为余言，辄悲不自胜[9]。谓彼时童稚无受刃者，皆以冻死。马往来蹄[10]之，如革囊[11]耳。尝遇仲父家乳妇[12]，问五岁姊安在。曰："弃之矣。"孙姬避，不与同处。仲父美而鬈[13]，生于癸亥[14]年。

【注释】

[1] 壬午：指明崇祯十五年（1642），本年岁次壬午。

[2] 仲父：古代称父亲的大弟。此指颜伯珝，光敏叔父。汉刘熙《释名·释亲属》："父之弟曰仲父……仲父之弟曰叔父。"乳母：奶妈。《荀子·礼论》："乳母，饮食之者也。"

[3] 櫑（léi）：盛酒器。《说文·木部》："櫑，龟目酒尊，刻木作云雷象，象施不穷也。从木从畾。畾亦声。櫑或从缶，或从皿。"

[4] 河间：明、清时北直隶河间府，今属河北省沧州市。颜光敏祖父颜胤绍明末时曾任河间知府，崇祯十五年（1642，岁次壬午）清兵攻河间，颜胤绍率兵英勇抗击，城破，率家人自焚殉国。

[5] 噍（jiào）类：指活着的人。汉班固《汉书·高帝纪上》："项羽为人僄悍祸贼，尝攻襄城，襄城无噍类，所过无不残灭。"唐颜师古《注》引如淳曰："无复有活而噍食者也。青州俗呼无子遗为无噍类。"

[6] 膏（gào）：等于说沾溉。这里借指受死。明沈德符《野获编补遗·土司·缅甸盛衰始末》："按麓川之灭，兆于孟养之入诉，其酋父子相继膏斧锧（音 zhì，古代腰斩用的垫座）矣。"

[7] 假手：借他人之手来达到自己的目的。《尚书·伊训》："皇天降灾，假

手于我有命。"

[8] 哽咽（yè）：悲叹气塞，泣不成声。《乐府诗集·杂曲歌辞十三·焦仲卿妻》："举言谓新妇，哽咽不能语。"

[9] 胜（旧读 shēng）：力能担任，禁得起。《诗经·商颂·玄鸟》："武丁孙子，武王靡不胜。"

[10] 蹄（dì）：通"踶"。踢；践踏。唐柳宗元《黔之驴》："驴不胜怒，蹄之。"

[11] 革囊：皮口袋。汉司马迁《史记·殷本纪》："（帝武乙）为革囊，盛血，卬而射之，命曰'射天'。"

[12] 乳妇：乳母。宋吴自牧《梦粱录·恩霈军民》："局侧有局名慈幼，官给钱典顾乳妇，养在局中，如陋巷贫穷之家，或男女幼而失母，或无力抚养，抛弃于街坊，官收归局养之。"

[13] 鬈（quán）：毛发弯曲或毛发好。《诗经·齐风·卢令》："卢重环，其人美且鬈。"汉毛亨《传》："鬈，好貌。"宋朱熹《集传》："鬈，须鬓好貌。"

[14] 癸亥：指明天启三年（1623），本年岁次癸亥。

2.9　妇人关乎家道盛衰

妇者，家道所由盛衰也。凡择姻家，须醇厚勤俭、闺门严肃者为可。若利其富厚，是先教子以不肖。近世有较量[1]嫁资，至不以妇礼相畜，使之毁容涕泣，而往索者，遂使贫家不敢举[2]女。何其悖[3]乎！

【注释】

[1] 较量：计较。宋苏轼《与范元长书》之八："况其平生自有以表见于无穷者，岂必区区较量顷刻之寿否耶！"资，女子出嫁时，娘家陪嫁的财物。

[2] 举：这里指抚养、生育。汉刘向《列女传·赵飞燕姊娣》："飞燕初生，父母不举，三日不死，乃收养之。"

[3] 悖：违背道理、错误。

2.10　妇人轻生其弊不小

妇人颛愚[1]，好以轻生惧人，不知捐生[2]之易也。于律当置勿论，而妇家必牵其妾婢小姑以为讼端[3]。听讼[4]者因以取贿，故弗禁焉。于是夫家荡产，而妇家如得志者，斯后之轻生者益多矣。甚至有子考终[5]，而妇家禁不得殓、不得葬，索其嫁时妆奁[6]，虐其婿及外孙者——是禽兽之行耳。

【注释】

[1] 颛（zhuān）愚：愚昧、笨拙。唐陈子昂《上军国机要事》："乃被逆贼诈造官军文牒，诬召怀昌。昌等颛愚，无备陷没。"

[2] 捐生：舍弃生命。晋潘岳《寡妇赋》："感三良之殉秦兮，甘捐生而自引。"

[3] 讼端：诉讼之事端。宋吕陶《奏乞放坊场欠钱状》："或虚指债负，妄起讼端，横赖论索。"

[4] 听讼：听理诉讼、审案。《论语·颜渊》："听讼，吾犹人也，必也使无讼乎。"

[5] 考终：享尽天年。"考终命"的省称。《尚书·洪范》："五曰考终命。"汉孔安国《传》："各成其长短之命以自终，不横夭。"

[6] 妆奁（lián）：嫁妆。清蒲松龄《聊斋志异·于中丞》："适巨绅家将嫁女，妆奁甚富，夜被穿窬席卷而去。"

2.11　家中或藏怨毒杀机

妻之于妾、后妻之于前子，其怨毒[1]之深、杀机[2]之巧，为丈夫者必不作是想。第以情理度[3]之，鲜不为其所卖。都门[4]屡见显者妻悍妒，媵侍[5]多惨死，而其夫日对客誉之，谓有"逮下"[6]之德。比邻[7]有女子四岁，其父出，即自执鞭授其继母，挞[8]之五六十，日以为常。其父虽问，不敢言也。夫人幸而偕老[9]无他，大善；脱[10]有不幸，即当慎重而预防之。良友、忠仆，有闻即以告。

【注释】

[1] 怨毒：怨恨、仇恨。《战国策·赵策一》："今足下功力，非数痛加于秦国，而怨毒积恶，非曾深凌于韩也。"

[2] 杀机：想要杀人的心思。唐司空图《歌者》诗之六："胸中免被风波挠，肯为螳螂动杀机。"

[3] 第：仅、只。度（duó）：测度。

[4] 都门：借指京城。元揭傒斯《送宋少府之官长洲》诗："白发长洲尉，都门万里船。"悍妒：蛮横妒忌。唐孟棨《本事诗·嘲戏》："御史大夫裴谈崇奉释氏，妻悍妒，谈畏如严君。"

[5] 媵（yìng）侍：妾和婢女。唐韩愈《扶风郡夫人墓志铭》："左右媵侍，常蒙假与颜色。"

［6］逮下：恩惠及于下人。《诗经·周南·樛木序》："《樛木》，后妃逮下也，言能逮下而无嫉妒之心焉。"明李东阳《谢公神道碑铭》："至于逮下之德，尤为姻族所慕效云。"

［7］比邻：乡邻、邻居。汉班固《汉书·孙宝传》："后署宝主簿，宝徙入舍，祭灶请比邻。"

［8］挞：用鞭子、棍子等打人。

［9］偕老：一起生活到老。常特指夫妻相偕到老。《诗经·邶风·击鼓》："执子之手，与子偕老。"也常常借指夫妇。宋钱昱《福州重修忠懿王庙碑》："塑山庭月角之容，立偕老于飞之像。"

［10］脱：假使、万一。连词，表示假设。《吴子·励士》："君试发无功者五万人，臣请率以当之。脱其不胜，取笑于诸侯，失权于天下矣。"

2.12　尝为不肖者不宜信用

人尝为不肖者，虽深自怨悔[1]，不宜信用。如以盗招刑、以酗受扑，当时岂不羞愤刻责[2]？及见箧笥[3]、杯斝[4]，则不能自禁也。尝见戒博自断其腕者，后仍以断臂博。

【注释】

［1］怨悔：等于说悔恨。南朝宋范晔《后汉书·卓茂传论》："夫厚性宽中近于仁，犯而不校邻于恕，率斯道也，怨悔曷其至乎！"

［2］刻责：严加责备。汉班固《汉书·韩延寿传》："或欺负之者，延寿痛自刻责。"

［3］箧笥（qiè sì）：藏东西的竹器。这里代指别人的财物。《礼记·内则》："男女不同椸枷，不敢悬于夫之楎椸，不敢藏于夫之箧笥。"箧，小箱子。藏物的器物，大的叫"箱"，小的叫"箧"。《左传·昭公十三年》："卫人使屠伯馈叔向羹与一箧锦。"笥，盛衣物或饭食等的方形竹器。《礼记·曲礼上》："凡以弓剑苞苴箪笥问人者，操以受命，如使之容。"汉郑玄《注》："箪笥，盛饭食者，圜曰箪，方曰笥。"也作"笥箧"。

［4］斝：古代青铜质贮酒器，有鋬（把手）、两柱、三足、圆口，上有纹饰，供盛酒与温酒用。盛行于殷代和西周初期。后借指酒杯或茶杯。《诗经·大雅·行苇》："或献或酢，洗爵奠斝。"汉毛亨《传》："斝，爵也。夏曰醆（盏），殷曰斝，周曰爵。"

2.13 为人不可玩物丧志

《书》曰："不作无益害有益……不贵异物贱用物……[1]"故天下物之可贵者，菽粟[2]布帛为上，为其饥可食、寒可衣也；金钱次之，为其可以市物，且办赋税也；至近世所宝陶冶器玩[3]，斯下矣。或曰："子谓好器玩不如好金钱乎?"曰："今之好器玩，非好器玩也，好其直[4]也。故常夸于人曰：'是直价若干。'人谓其受绐[5]，则恧[6]焉。若好其玩，则心所爱，斯爱之已耳，奚问真赝？吾见好法书者，往复辨证，细入毫芒。于兰亭遗墨[7]，不惜千金以购之。及其濡毫伸纸[8]，则尚不及硬黄[9]、响搨[10]之所为，他可知也。乃富者即以厚其藏；贫者亦以文[11]其陋。购之者常挟诈力[12]；守之者不惜身家。悖入悖出，亦可悲已。往在都，有郎官谭宣铜、宣磁甚悉[13]，四座倾听。叶子吉学士颦蹙[14]曰：'是真玩物丧志[15]矣！奚足谭！'"

【注释】

[1]"不作"句：语本《尚书·旅獒》："不作无益害有益，功乃成；不贵异物贱用物，民乃足。"意思是"不做无益的事情损害有益的事情，事业就可以成功；不看中奇异的东西而轻贱有用的东西，人民就可以丰足"。

[2]菽(shū)粟：豆子和谷子。泛指粮食。《墨子·尚贤中》："是以菽粟多而民足乎食。"菽，豆类的总称。《诗经·豳风·七月》："六月食郁及薁，七月亨葵及菽。"粟，我国北方统称谷子。

[3]陶冶：烧制陶器和冶炼金属。这里指可以用来赏玩的陶瓷器物和金属器物。《荀子·王制》："故泽人足乎木，山人足乎鱼，农夫不斫削、不陶冶而足械用，工贾不耕田而足菽粟。"器玩：可供玩赏的器物。宋欧阳修《日本刀歌》："百工五种与之居，至今器玩皆精巧。"

[4]直：通"值"。价值。《战国策·齐策三》："象床之直千金，伤此若发漂，卖妻子不足偿之。"

[5]绐(dài)：欺骗、欺诈。《穀梁传·僖公元年》："此其言获，何也？恶公子之绐。"字也作"绐"。

[6]恧(nǜ)：惭愧。《方言》第六："恧，惭也……山之东西，自愧曰恧。"

[7]兰亭遗墨：这里泛指古代名贵的法书。遗墨，死者留下来的亲笔书札、文稿、字画等。宋苏舜钦《哭曼卿》诗："归来悲痛不能食，壁上遗墨如栖鸦。"

[8]濡毫伸纸：毛笔蘸上墨汁，把纸铺展开。这里指进行书法艺术创作或

写字。

[9] 硬黄：古代复制法书的一种方法。宋张世南《游宦纪闻》（《说郛》卷十四）云："辨识书画古器，前辈盖尝著书矣，其间有议论而未详明者，如临、摹、硬黄、响拓，是四者，各有其说……硬黄为置纸热汁上，以黄蜡涂匀，俨如皂角器，毫厘必见。"

[10] 响搨：也作"响拓"，见本文注释［9］。是古代复制法书的一种方法。把纸或绢覆在墨迹上，向光照明，双钩填墨。传世的晋唐法书多数是响拓本。

[11] 文：掩饰、文饰。

[12] 诈力：欺诈与暴力。汉司马迁《史记·秦始皇本纪》："秦王怀贪鄙之心，行自奋之智，不信功臣，不亲士民，废王道，立私权，禁文书而酷刑法，先诈力而后仁义。"

[13] 郎官：古时中央官制中侍郎、郎中等职。秦代置郎中令，为皇帝左右亲近的高级官员。属官执掌护卫陪从、随时建议等。西汉因秦制不变。东汉以尚书台为行政中枢，其分曹任事者为尚书郎，职权范围扩大。魏晋南北朝时期，尚书郎官之制，略同于汉。隋分郎官为侍郎与郎。唐六部郎官，郎中之外，更置员外郎。唐以后郎官的设置，基本上无大变革。谭：同"谈"。谈说、称说。《庄子·则阳》："夫子何不谭我于王？"宣铜：明朝宣德年间所制铜器，以用料丰富、造型精致著称。宣磁：明朝宣德年间官窑所出瓷器，以青花瓷著称于世。宣德朝是青花瓷的黄金时代，纹饰、造型精美，艺术风格清新雅丽、质朴率真。磁，同"瓷"。悉：全、尽。

[14] 叶子吉学士：指叶方蔼。方蔼（？—1682），字子吉，号纫庵，谥"文敏"，江南昆山（今江苏省昆山市）人，顺治十六年（1659）进士，历官翰林院编修、侍讲学士、礼部侍郎、刑部侍郎。有《读书斋偶存稿》四卷等。颦蹙（pín cù）：皱眉蹙额。形容忧愁不乐的样子。北齐颜之推《颜氏家训·治家》："尝寄人宅，奴婢彻屋为薪略尽，闻之颦蹙，卒无一言。"

[15] 玩物丧志：沉迷于所爱好的事物而丧失远大理想。语出《尚书·旅獒》："玩人丧德，玩物丧志。"汉孔安国《传》："以器物为戏弄则丧其志。"

2.14　易俭朴为奢巧，当随事检之

易俭为奢，易朴[1]为巧，当随事检[2]之。

【注释】

[1] 朴：朴实、厚重。《老子》："我无欲，而民自朴。"

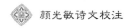

[2] 检：约束、限制。《尚书·伊训》："与人不求备，检身若不及。"唐孔颖达《疏》："检，谓自摄敛也。"

2.15　君子立身必先自远耻辱

君子立身，必先自远耻辱；其适然[1]至者，皆虚舟飘瓦[2]耳。他人佣保[3]，非有主仆分于我，或坐不起、乘不下、称谓不以礼，勿校可也。今多面诃[4]，并垢[5]其主。及权利所集，则轻身先之。至于结婚姻，向日盛气安往乎？尝见清要嫁女胥役[6]家，受聘千金，真弹议[7]所当加也。

【注释】

[1] 适然：偶然。《韩非子·显学》："故有术之君，不随适然之善，而行必然之道。"

[2] 虚舟飘瓦：比喻微不足道的东西。明汤显祖《牡丹亭·谒遇》："（净：）疑惑这宝物欠真吗？（生：）老大人，便是真，饥不可食，寒不可衣，看他似虚舟飘瓦。"

[3] 佣保：雇工。南朝宋范晔《后汉书·张酺传》："盗徒皆饥寒佣保，何足穷其法乎！"

[4] 诃：通"苛"。大声斥责、责骂。马王堆汉墓帛书甲本《老子·道经》："唯与诃，其相去几何？"

[5] 诟：辱骂、骂詈。《左传·哀公八年》："八年春，宋公伐曹，将还，褚师子肥殿。曹人诟之，不行。"晋杜预《注》："诟，詈辱也。"

[6] 清要：这里指地位显贵重要但政务不繁的官员。唐韩愈《永贞行》："郎官清要为世称，荒郡迫野嗟可矜。"胥役：胥吏与差役。泛指地位低下的人。清纪昀《阅微草堂笔记·滦阳消夏录一》："此胥役托词取钱耳。"

[7] 弹议：批评议论。北齐颜之推《颜氏家训·风操》："丧出之日，门前燃火，户外列灰，祓送家鬼，章断注连：凡如此比，不近有情，乃儒雅之罪人，弹议所当加也。"

2.16　大人言志

昔有醉隶啸[1]于门。先大人谓敏曰："汝亦闻山有猛虎，藜藿[2]为之不采乎？"敏对曰："窃谓猛虎不如祥麟[3]。"大人喜曰："此吾志也。"

【注释】

[1] 啐（chì）：通"叱"。大声呼喝。《礼记·内则》："男子入内，不啐不指。"汉郑玄《注》："啐，读为叱。"按，据颜肇维《颜修来先生年谱》载，"有醉隶啐于门"事在顺治十年（1653，癸巳），时年光敏十四岁。

[2] 蒹藋：也作"藋蒹"。蒹藜和藋香，这里泛指野草。《韩非子·外储说左下》："堂下生藋藜，门外长荆棘。"

[3] 祥麟：指瑞兽麒麟。元脱脱等《宋史·乐志十》："仪凤书良史，祥麟载雅歌。"

2.17　先大人为人自检朴素

先大人尝馆[1]于人，庭中有女乐奏技[2]，主人请观，不往。方具食，盘中皆粗粝[3]，及食，立尽。主人惊曰："世乃有如是公子乎[4]？"

【注释】

[1] 馆：寓居；留宿。《孟子·尽心下》："孟子之滕，馆于上宫。"汉赵岐《注》："馆，舍也。上宫，楼也。孟子舍止宾客所馆之楼上也。"

[2] 女乐：歌舞伎。《楚辞·招魂》："肴羞未通，女乐罗些。"奏技：也作"奏伎"。表演技艺。唐房玄龄等《晋书·刘隗传》："庐江太守梁龛明日当除妇服，今日请客奏伎，丞相长史周𫖮等三十余人同会。"

[3] 粗粝（lì）：糙米。泛指粗劣的食物。唐杜甫《有客》诗："竟日淹留佳客坐，百年粗粝腐儒餐。"

[4] 乃：竟、竟然。文言副词。

2.18　先大人虽严寒苦读不辍

先大人家居[1]，虽严寒，昧旦必兴[2]。兴则偕仲父[3]往东园小阁上，课诵竟日[4]。几下以筐盛木绵子煨足[5]。大寒则步庭中，无煖室炭炉。

【注释】

[1] 家居：辞官或无职业，在家里闲住。《韩非子·十过》："管仲老，不能用事，休居于家，桓公从而问之曰：'仲父家居有病，即不幸而不起此病，政安迁之？'"

[2] 昧旦：天将明未明的时候；破晓。《诗经·郑风·女曰鸡鸣》："女曰鸡鸣，士曰昧旦。"兴（xīng）：起身、起来。这里指起床。《诗经·卫风·氓》：

"凤兴夜寐，靡有朝矣。"汉郑玄《笺》："早起夜卧。"

[3] 偕：共同；与……一起。仲父：古代称父亲的大弟弟。此指颜伯珣，光敏叔父。汉刘熙《释名·释亲属》："父之弟曰仲父……仲父之弟曰叔父。"

[4] 课诵：课读吟诵。金元好问《学东坡移居》诗之二："谁谓我屋小，十口得安居。南荣坐诸郎，课诵所依于。"

[5] 木绵："木棉"。草棉。草本或灌木。花一般淡黄色，果实如桃，内有白色纤维和黑褐色的种子。纤维供纺织，籽可榨油。通称棉花。煖：同"暖"。温暖、暖和。《礼记·王制》："七十非帛不煖，八十非人不煖，九十虽得人不煖矣。"

2.19　复圣祖祠庙今昔

复圣[1]祖生于兖，今兖城中有专祠[2]，曰"颜子书院[3]"。城东地名娄德[4]，亦有祠，所云负郭田[5]五十亩在焉。所居陋巷[6]，在曲阜县，盖从学夫子居此。有庙，宗子[7]世守之。兖自元以前为州，隶东平府。明封鲁王[8]，建国于兖，改为兖州府。废附近之瑕丘县[9]，为附郭之嵫阳[10]县。以州儒学为府儒学[11]，暂就复圣书院为嵫阳儒学。庙祀[12]则仍旧云。后知府某[13]，谓"学宫当祀至圣"，遂迁复圣像于后魁星阁[14]下。

【注释】

[1] 复圣：元文宗孛儿只斤图帖睦尔封颜回为兖国复圣公，明嘉靖时罢封爵，止称复圣。明陈镐纂、清孔胤植重纂《阙里志·弟子职》："元文宗至顺元年，加赠兖国复圣公。"清张廷玉等《明史·礼志四》："其四配称复圣颜子、宗圣曾子、述圣子思子、亚圣孟子。"

[2] 专祠：为特定的人或神设立的祠宇。旧时对百姓有大功德的人，得敕封神号专立祠庙。以身殉职或亲民的官吏，也有机会在立功或原任地方建立专祠。

[3] 颜子书院：据清光绪十四年（1888）《滋阳县志》载："城南陋地村建有颜子书院。"《兖州府志》载："在县治南八里。自唐开元间加封兖国公立祠于此，历代因之，春秋祭告，其后庙移郡城，改为书院，今废。"

[4] 娄德：据山东省济宁市兖州区委侯子亮先生及陈馨博女史相告，娄德即"陋地"，其地在今济宁市兖州区兴隆庄镇四竹亭村，村中旧有颜子庙、书院。

[5] 负郭田：近郊良田。汉司马迁《史记·苏秦列传》："苏秦喟然叹曰：

'此一人之身，富贵则亲戚畏惧之，贫贱则轻易之，况众人乎！且使我有雒阳负郭田二顷，吾岂能佩六国相印乎！'"唐司马贞《史记索隐》："负者，背也，枕也。近城之地，沃润流泽，最为膏腴，故曰'负郭'也。"亦泛指田。

[6] 陋巷：今曲阜市孔府东有陋巷，据称是当年颜回生活的地方。《论语·雍也》："贤哉，回也！一箪食，一瓢饮，在陋巷，人不堪其忧，回也不改其乐。"一说指狭小简陋的居室。清刘宝楠《论语正义》："颜子陋巷，即《儒行》所云'一亩之宫，环堵之室'。解者以为街巷之巷，非也。"

[7] 宗子：泛称嫡长子。清刘献廷《广阳杂记》卷一："袁九叙抚滇时，丁外艰归，轿围用白氈。或曰：'昔某公遭艰归，于轿顶之中，为一小龛，奉纸位一，载而行。'九叙将用之。一友曰：'公非宗子，神所依之主，在六完老先生所，若公复奉一主，是神有二矣。此礼，惟长房长子得行，公奔走可也。'九叙拜而谢之。"

[8] 鲁王：明朝开国后，朱元璋推行封藩制度，即除了封长子为皇太子之外，其余诸子均封亲王，以"镇固边防，翼卫王室"。第十子朱檀，封鲁王，驻兖州。

[9] 瑕丘：丘，刊本作"邱"，今据稿本改。

[10] 嵫阳：金代设县，在今山东省济宁市兖州区老城区东北，属兖州。明洪武十八年（1385）移至今兖州老城区；成化间（1465—1487）改为滋阳县，属兖州府。清代因之。

[11] 儒学：元、明、清三代，在全国各府、州、县设立的供生员修业的学校。明宋濂等《元史·选举志一》："依儒学、医学之例，每路设教授以训诲之。"

[12] 庙祀：立庙奉祀。宋曾巩《为人后议》："号位不敢以非礼有加也，庙祀不敢以非礼有奉也。"

[13] 后知府某：指吴汝显。明万历三十二年（1604）进士，历官宁阳知县、兖州知府等。精堪舆。万历三十八年（1610）改颜庙前复圣殿为大殿，奉祀先师孔子，于其后创建尊经阁，阁下设殿祭祀复圣颜子。

[14] 魁星阁：中国古代神话中以为"奎星"主文运、文章。"奎星"是中国古代天文学中二十八宿之一。东汉纬书《孝经援神契》中有"奎主文章"的说法，后世附会为神，建奎星阁、塑神像崇祀奎星，视为主文章兴衰的神明，科举考试则奉为主中式之神，并改"奎星"为"魁星"。宋张元幹《感皇恩》词："绿发照魁星，平康争看。锦绣肝肠五千卷。"

2.20　吾家以"让"为教

国朝御史[1]某，议嵫阳学不宜就复圣书院，乃以废藩郡王[2]府为县儒学，而书院复旧观矣。后府城增设屯田道[3]，据新儒学为公廨[4]，又借复圣书院为儒学。族人多欲讼之。长者曰："为黉宫[5]祀孔子，非豪右[6]侵夺者比也。吾家以'让'为教[7]，其可与先师[8]争乎？然闻之立者建学为先。诸长吏士大夫，亦不宜简渎[9]若此，后必有悔、且更之矣。"

【注释】

[1] 国朝：指本朝。唐韩愈《荐士》诗："国朝盛文章，子昂始高踏。"御史：官名。清代，御史专司举发弹劾。

[2] 藩：封建王朝的侯国或属国、属地。郡王：爵位名。其名始于西晋。唐宋之后，郡王都为次于亲王一等的爵号。除皇室外，臣下亦得封郡王。清代宗室封爵第三级称为多罗郡王，简称郡王。

[3] 屯（tún）田：利用戍卒或农民、商人垦殖荒地。汉代以后历代政府借以获取军饷和税粮。有军屯、民屯、商屯之分。道：古代行政区划名。清代在省级设有主管专职的道，并在省与州、府之间设分守道。道设道员。民国赵尔巽《清史稿·职官志三》："道员。粮道。海关道。巡警道。劝业道。分守道：山东济东泰武临道，山西雁平道……各掌分守、分巡，及河、粮、盐、茶，或兼水利、驿传，或兼关务、屯田。"

[4] 公廨（xiè）：衙署、官舍。廨：官舍。

[5] 黉（hóng）宫：学宫、学校。黉，古代学校名。

[6] 豪右：封建时代的富豪家族、世家大户。南朝宋范晔《后汉书·明帝纪》："滨渠下田，赋与贫人，无令豪右得固其利。"唐李贤《注》："豪右，大家也。"比：类、辈。汉班固《汉书·叙传上》："班侍中本大将军所举，宜宠异之，益求其比，以辅圣德。"唐颜师古《注》："比，类也。"

[7] "吾家"句：据《论语》记载，颜氏先祖颜回为人处世，主张"犯而不校"，即别人侵犯了自己，也要忍让，不去计较。

[8] 先师：指孔子。晋陶潜《癸卯岁始春怀古田舍》诗之二："先师有遗训，忧道不忧贫。"

[9] 简渎：简慢亵渎。

2.21　仆之为道有二

仆之为道有二：其一如酿蜜之蜂——日出而作，唯恐违程[1]；入则两股臃肿，更番[2]以奉其王，且以自食；于其王，常以午朝[3]，暑则鼓翅扇之，人见而喜之；异于他蜂，而未尝见有馁者。其一如食叶之虫——有数仞[4]之木，枝叶扶疏[5]，附丝于其上。旬日[6]之间，浸[7]无完叶。叶欲荣则虫益附，叶欲凋则虫益食，迨其濯濯[8]则去之，唯恐不速。其旁复有如斯木者，则又群登而食之，无则立槁[9]焉耳。人将为蜂之王乎？将为虫之叶乎？曰："吾乌[10]知何者为蜂，何者为虫？"曰："是亦易辨：其貌不妖，其言不诳，见人则畏，施之惠则感，蜂之类也；酗酒好斗，挟倡[11]扮优，习诸博具[12]，憎粗衣食，疾主人勤俭，有罪亡匿，负人债多者，虫之类也。"

【注释】

[1] 违程：耽误行程。

[2] 更（gēng）番：轮流替换。

[3] 午朝：皇帝中午登朝议事。多行于明朝。

[4] 仞：古代长度单位。七尺为一仞，一说八尺为一仞。《论语·子张》："夫子之墙数仞，不得其门而入者，不见宗庙之美，百官之富，得其门者或寡矣。"三国魏何晏《集解》引苞氏曰："七尺曰仞也。"

[5] 扶疏：树木枝叶繁茂分披的样子。《吕氏春秋·任地》："树肥无使扶疏，树墝不欲专生而族居。肥而扶疏则多秕，墝而专居则多死。"

[6] 旬日：十天。也指较短的时日。

[7] 浸（jìn）：逐渐。

[8] 迨（dài）：等到。濯濯（zhuó zhuó）：光秃秃的样子。《孟子·告子上》："是其日夜之所息，雨露之所润，非无萌蘖之生焉，牛羊又从而牧之，是以若彼濯濯也。"汉赵岐《注》："濯濯，无草之貌。"

[9] 槁（gǎo）：死亡。汉刘向《说苑·立节》："成公赵曰：'……吾若是而生，何面目而见天下之士。'遂立槁于彭山之上。"

[10] 乌：何、哪里。汉班固《汉书·司马相如传上》："且夫齐楚之事，又乌足道乎？"唐颜师古《注》："乌，于何也。"

[11] 倡：古代表演歌舞杂戏的艺人。《晏子春秋·问下四》："今君左为倡，右为优，谗人在前，谀人在后。"

[12] 博具：赌博的用具。代指赌博。

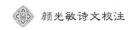

2.22　役奴不当使积怨

为人奴，率非得已——或以饥寒，或以徭役，业已执鄙事[1]、为人役夫[2]矣。奴故无讳也，人诟之曰"奴"，似生而下贱，必不可与常人齿者，其恨至于刻骨。江南巨族，世仆至数十百户，虽不服役者，亦不失臣仆礼。读书者，请于主家，乃就试；入黉宫[3]，犹青衣[4]以谒主人；不如意，则窘辱[5]之。至有登仕籍[6]，不与坐者。吴越间谓奴曰"鼻"。其子孙虽贵盛，语其家世，则指鼻以示之，积不能堪。乱时乃共歃血[7]称兵，各攻其主，曰"削鼻会"，谓雪此耻也。后就擒，皆劓[8]之以应其谶，然亦可为积怨戒矣。

【注释】

[1] 鄙事：古代多指各种技艺或耕种等体力劳动。《论语·子罕》："吾少也贱，故多能鄙事。"三国魏何晏《集解》引包咸曰："故多能为鄙人之事。"

[2] 役夫：泛指做各种杂役、地位卑贱的人。明何景明《石矶赋》："彼执筍系竹，操绳逝梁，较获易捕，乃潢污之陋渔，水滨之役夫也。"

[3] 黉（hóng）宫：学宫、学校。黉，古代学校名。

[4] 青衣：青色或黑色的衣服。汉代以后，多为地位低下者穿着。

[5] 窘辱：凌辱（他人）且使人窘迫。汉司马迁《史记·留侯世家》："雍齿与我有故，数尝窘辱我。"

[6] 仕籍：古时记载官吏名籍的簿册。

[7] 歃（shà）血：古代盟会中的一种仪式。盟约宣读后，参加者用口微吸所杀牲的血液，以示诚意。一说，以指蘸血，涂于口旁。也指结盟。

[8] 劓（yì）：割去鼻子。古代酷刑之一。《尚书·吕刑》："惟作五虐之刑曰法，杀戮无辜，爰始淫为劓刵椓黥。"唐孔颖达《疏》："劓，截人鼻。"谶（chèn）：迷信的人指将来要应验的预言、预兆。

2.23　植木家兴，伐木家索

植木者，家必兴；伐木者，家必索[1]。

【注释】

[1] 索：尽、空。这里指萧条、败落。《尚书·牧誓》："牝鸡无晨。牝鸡之晨，惟家之索。"汉孔安国《传》："索，尽也。"

2.24 大父吊孔载寰先生

吾邑孔载寰[1]先生，备兵[2]西宁。流寇[3]入，先生肃衣冠北拜，举室自焚。有仆妇匿先生幼孙，先生索之急。仆妇乃持己子畀炎火[4]，仅得存焉。其子迎丧归，过江都，大父[5]吊而不伤，抚其棺曰："吾师乎！吾师乎！"

【注释】

[1] 孔载寰：指孔闻籍。闻籍（？—1634），字知史、义绳，号碧宿，一说字载寰，山东曲阜人。明熹宗天启五年（1625）乙丑科进士，授行人，后升南京吏部郎中。历任陕西西宁兵备道、商洛参议。明思宗崇祯七年（1634），遭镇海马安邦叛乱，举家数十人自焚死。崇祯九年（1636）六月，朝廷追赠其为光禄寺少卿。

[2] 备兵：指驻守的军队。也指驻守军队。西晋陈寿《三国志·吴志·吕蒙传》："后羽讨樊，留兵备公安、南郡。蒙上疏曰：'羽讨樊而多留备兵，必恐蒙图其后故也。'"

[3] 流寇：到处转移、没有固定据点的盗匪。旧时常用以蔑称农民军。尤多指明末李自成、张献忠等领导的农民军。载寰实死于马安邦叛乱。

[4] 畀（bì）：给予、付与。《诗经·小雅·巷伯》："取彼谮人，投畀豺虎。"高亨先生《注》："畀，给予。"炎火：烈火。《诗经·小雅·大田》："田祖有神，秉畀炎火。"

[5] 大父：祖父。此指颜胤绍，光敏祖父。

2.25 大父婚配佳偶

大父[1]少孤，家中落[2]，僦居[3]郡中，才两楹[4]。常升屋就月中读书。年十五，补生员[5]第一。娶于镇国将军[6]，有一童一婢。前大母[7]早卒，童婢寻[8]去。大母生于邹之阜村，少有识鉴[9]，父母异之。闻大父家贫力学，使人密觇[10]。大父闻之喜，曰："远市井[11]，知稼穑[12]，吾故乐为婚也。况邹鲁文学累世通家[13]乎！"后封孺人[14]，制词[15]曰："以邹人之子，俪[16]鲁国之儒，一德[17]相成，家声弥茂。"

【注释】

[1] 大父：祖父。此指颜胤绍，光敏祖父。《韩非子·五蠹》："今人有五子不为多，子又有五子，大父未死而有二十五孙。"

[2] 中落：中途衰落。

[3] 僦（jiù）居：租屋居住。唐段安节《乐府杂录·觱篥》："（麻奴）不数月，到京，访尉迟青，所居在常乐坊，乃侧近僦居。"

[4] 楹（yíng）：量词。房屋计量单位。屋一列或一间为一楹。

[5] 生员：唐代国学以及州、县学生员额，因此称"生员"。唐代国学、太学、四门学、郡县学分别置生员若干员，是为"生员"之名所始。明、清时代，凡经过本省各级考试考取府、州、县学的，通名"生员"。即习惯上所谓"秀才"。生员须受到本地方教官（"教授、学正、教谕、训导"等）及"学政"（明代为"学道"）的监督考核。文献中则常称为"诸生"。明、清两代的生员，又有廪生、增生和附生的分别。

[6] 镇国将军：明制，除太子之外，皇帝的其他儿子封亲王；亲王的世子袭爵，其他儿子封郡王；郡王的长子袭爵，其他儿子封镇国将军。

[7] 大母：祖母。《墨子·节葬下》："其大父死，负其大母而弃之，曰鬼妻不可与居处。"

[8] 寻：不久。

[9] 识鉴：有见地和鉴别人才的能力。

[10] 觇（chān）：观看、观察。南朝梁江淹《丹砂可学赋》："觇炫燿而可见，听沉寥而有余。"

[11] 市井：古代城邑中集中买卖货物的场所。这里指粗鄙庸俗的言行。

[12] 稼穑：耕种和收获。泛指农业劳动。《尚书·无逸》："厥父母勤劳稼穑，厥子乃不知稼穑之艰难。"

[13] 邹鲁：邹，孟子故里；鲁，孔子故里。后用"邹鲁"代指文化昌盛之地，诗礼仁义之邦。累世：历代、接连几代。通家：精通业务的行家。

[14] 孺人：《礼记·曲礼下》："天子之妃曰后，诸侯曰夫人，大夫曰孺人，士曰妇人，庶人曰妻。"宋代用为通直郎等官员的母亲或妻子的封号，明、清时则为七品官的母亲或妻子的封号。旧时也通用为妇人的尊称。南朝江淹《别赋》："左对孺人，顾弄稚子。"

[15] 制词：也作"制辞"。诏书上的文辞。唐王建《贺杨巨源博士拜虞部员外》诗："诸生拜别收书卷，旧客看来读制词。"

[16] 俪：这里指结为婚姻。

[17] 一德：同心同德。

2.26　大母勤谨，大父夙慧

大母于归[1]，前大母未葬，常独处殡[2]侧，篝灯[3]缝纫。家渐饶，复居龙湾。先是，田宅质于人。人将坏其居，大父十余岁，往阻之曰："汝谓吾家无人耶？十年当赎归耳！"至是，比邻皆贺曰："积德终不负人。"

【注释】

[1]　于归：出嫁。《诗经·周南·桃夭》："之子于归，宜其室家。"宋朱熹《集传》："妇人谓嫁曰归。"

[2]　殡：这里指灵枢。《左传·昭公二年》："使杜洩告于殡曰：'子固欲毁中军，既毁之矣，故告。'"晋杜预《注》："告叔孙之枢。"

[3]　篝灯：把灯放于笼中。元脱脱等《宋史·陈彭年传》："彭年幼好学，母惟一子，爱之，禁其夜读书，彭年篝灯密室，不令母知。"

2.27　大父联第，大母不喜

大父丁卯乡试中副榜[1]，学使李公乔[2]见试卷，亟[3]赏之。庚午举乡试第十人，戴庄三伯父同榜。辛未试礼闱[4]，联第[5]，族党咸喜。大母独卧不起。语人曰："吾夫子[6]义不苟禄；国家方多难——吾滋惧焉。何以贺为？"

【注释】

[1]　丁卯：明熹宗天启七年（1627），本年岁次丁卯。乡试：古代科举三级考试之一。属于初级考试。唐宋时称"岁贡""解试"。金代以县试为乡试，由县令为试官，取中者方能应府试。元代在行省举行。考试分两榜，蒙古、色目人榜只试两场；汉人、南人榜试三场。中试者才能赴会试。明、清规定每三年一次在各省省城（包括京城）举行。凡本省生员与监生、荫生、官生、贡生，经科考、录科、录遗考试合格者，均可应考。逢子、午、卯、酉年为正科，遇庆典加科为恩科。考期在八月，分三场。每省有规定的录取名额，考中者称"举人"，可参加次年在京师举行的会试。副榜：科举时代会试或乡试取士，除正式录取红榜之外另取若干名，列为副榜，实为备取。副榜的人得不到补正，可以参加下次的乡试。作者祖父胤绍，明思宗崇祯三年（1630，庚午）中举，崇祯四年（1631，辛未）成进士。

[2]　学使：学政（提督学政的简称），又叫督学使者。清中叶以后，派往各省，按期至所属各府、厅考试童生及生员。均从进士出身的官吏中简派，三年一

任。不问本人官阶大小，在充任学政时，与总督、巡抚平行。李公乔：李乔（1595—1654），字世臣，南直隶扬州兴化（今江苏省兴化市）人，万历四十七年（1619）进士，崇祯元年（1628）七月壬子，以礼部郎中升任山东提学副使。

[3] 亟（qì）：屡次、一再地。

[4] 礼闱：古代科举中的会试是由礼部主持的全国性考试，因此会试又称礼闱。会试在乡试的下一年即逢丑、辰、未、戌年举行。届时，全国的举人在京师会试，考期在春季二月，因此又称春闱。考中者称贡士。唐杜甫《哭长孙侍郎》诗："礼闱曾擢桂，宪府旧乘骢。"

[5] 联第：在各级考试中接连及第。清侯方域《太常公家传》："能前知二子皆列卿，然长者联第，次者当后十年。"

[6] 夫子：丈夫。《孟子·滕文公下》："女子之嫁也，母命之，往送之门，戒之曰：'往之女家，必敬必戒，无违夫子！'"

2.28　无见两票，免作两人

人自誓无见两票，斯免作两人。何谓两人？曰"供状[1]人""立约[2]人"；何谓两票？曰"朱票"[3]"典票"[4]。无作非为；无与匪人为缘；置田宅、童仆，必悉根柢[5]、必明契券；早输[6]官税；接长吏，不慢不渎[7]；言语文字不涉谤讪[8]；器讼人无与通财[9]；人有大斗争，则远之。如此，终身不睹"朱票"，其为"供状人"，吾知免矣。勤修本业，不随人奢华，无觊[10]未来之获、先为不经[11]之费。如此，终身不睹"典票"，其为"立约人"，吾知免矣。

【注释】

[1] 供（gòng）状：呈交书面供词；招供。明施耐庵《水浒传》第三十六回："见都头赵能、赵得押解宋江出官，知县时文彬见了大喜，责令宋江供状。"

[2] 立约：成立契约或口头约定。汉司马迁《史记·田敬仲完世家》："两帝立约伐赵，孰与伐桀宋之利？"

[3] 朱票："朱笔官票"的省称。旧时官府用朱笔写的传票。也称"朱笔票"。清纪昀《阅微草堂笔记·滦阳消夏录五》："膳夫杨义，粗知文字，随姚安公在滇时，忽梦二鬼持朱票来拘。"明凌蒙初《二刻拍案惊奇》卷七："公人得了密票，狐假虎威，扯破了一场火急势头，忙下乡来，敲进史家门去。将朱笔官票与看，乃是府间遣马追取秀才，立等回话的公事。"卷四："随即差两个公人，写个朱笔票与他道：'立拘新都杨宦家人纪三面审，毋迟时刻！'"

[4] 典票：当票。典当衣物的票据。清褚人获《坚瓠五集·贫士征》："典

票日增，质物日减。"

　　[5] 根柢：事物的根基、基础。这里指底细。

　　[6] 输：交出、献纳。《左传·襄公九年》："魏绛请施舍，输积聚以贷，自公以下，苟有积者，尽出之。"晋杜预《注》："输，尽也。"

　　[7] 长（zhǎng）吏：旧称地位较高的官员。汉班固《汉书·景帝纪》："吏六百石以上，皆长吏也。"唐颜师古《注》引张晏曰："长，大也；六百石位大夫。"渎：通"嬻"。亵渎，轻慢。《易经·蒙卦》："初筮告，再三渎，渎则不告。"汉蔡邕《陈太丘碑文》序："交不谄上，爱不渎下。"

　　[8] 谤讪：毁谤讥刺。汉班固《汉书·淮阳宪王刘钦传》："王舅张博数遗王书，非毁政治，谤讪天子。"

　　[9] 嚚讼：等于说聚讼。明唐顺之《薛翁八十寿序》："其贫者鼓刀笔，工狱书，家为胥吏以机变嚚讼为常，故其所争不能锥匕，而骨肉且反目矣。"通财：朋友间互通财物。宋黎靖德《朱子语类》卷二九："'愿车马，衣轻裘，与朋友共。'以朋友有通财之义，故如此说。"清吴敬梓《儒林外史》第十一回："朋友原有通财之义，何足挂齿。"

　　[10] 觊（jì）：希望；企图。《楚辞·九辩》："事亹亹而觊进兮，蹇淹留而踌躇。"

　　[11] 不经：这里指承受不起，超出自己消费能力。

2.29　大父不恋京秩

　　殿试赐同进士出身[1]，当除[2]知县。人言故事[3]，圣裔皆得请改京秩[4]。大父曰："今当卧薪尝胆时，而人但思优游馆阁[5]，是唯恐有报称[6]地也。"遂除凤阳县。凤阳为前明丰沛[7]，而冲罢[8]甲于淮南。大父缓征息讼，常载酒巡行[9]，以劳[10]耕者。权贵至，一无供亿[11]。百姓流亡者，相率而归。中使[12]以皇陵之役，往来如织，怒谓百姓曰："汝县官可常恃耶？"逾年调繁江都县[13]。百姓遮道痛哭，立祠淮干[14]。凤阳太守名容暄者[15]，吾宗也。家于闽之漳州，字泰屏，万历庚戌进士，谓大父为叔父。每事必咨，故大父兼闻十七属之政[16]。后流寇入，太守衣冠坐堂上骂贼。贼迫以刃，声益厉，乃曳之杖于槛[17]下死。自后槛石有痕，如人卧状，拭之不灭。新太守怪之，询知其故，命异[18]槛石，致太守墓所为几。

【注释】

　　[1] 殿试：科举考试中最高的一级。皇帝亲临殿廷策试，因此也称廷试。

源于西汉时皇帝亲策贤良文学之士。始于唐武则天天授二年于洛阳殿前亲策贡举人，但尚未成定制。宋开宝八年，太祖于讲武殿策试贡院合格举人，并颁定名次，自此始为常制。太平兴国八年，将殿试后进士分为五甲。元代无殿试。明、清两代殿试后分为三甲：一甲三名，赐进士及第，通称状元（头名）、榜眼（第二名）、探花（第三名）；二甲赐进士出身，第一名通称传胪；三甲赐同进士出身。

[2] 除：拜官、授职。汉班固《汉书·景帝纪》："列侯薨及诸侯太傅初除之官，大行奏谥、诔、策。"唐颜师古《注》引如淳曰："凡言'除'者，除故官就新官也。"

[3] 故事：先例，旧日的典章制度。汉班固《汉书·刘向传》："宣帝循武帝故事，招名儒俊材置左右。"

[4] 京秩：京官，即在京师任职的官员。

[5] 馆阁：北宋有昭文馆、史馆、集贤院三馆和秘阁、龙图阁等阁，分掌图书经籍和编修国史等事务，通称馆阁。明代将其职掌移归翰林院，翰林院因此也称馆阁。这里代指朝中。

[6] 报称：等于说报答。汉班固《汉书·孔光传》："诚恐一旦颠仆，无以报称。"

[7] 丰沛：汉高祖刘邦是沛县丰邑人，因以"丰沛"称高祖故乡。后来借指帝王故乡。晋陆云《盛德颂》："丰沛之旅，其会如林。"

[8] 冲罢（chōng pí）：地当冲要，民情疲顽。罢，通"疲"。清黄六鸿《福惠全书·莅任·驭衙役》："郯地当南北孔道，素号冲疲。"后至清雍正年间，由广西布政使奏准，把全国州县分定为"冲、繁、疲、难"四类，以便选用官吏。冲，指地方冲要；繁，指事务繁重；疲，指民情疲顽；难，指民风强悍难治。

[9] 巡行：出行巡察、巡视。《礼记·月令》："（孟夏之月）命司徒巡行县鄙，命农勉作，毋休于都。"

[10] 劳：慰劳。《吕氏春秋·孟夏》："劳农劝民。"近人陈奇猷《校释》："劳即'慰劳'之劳。"

[11] 供（gōng）亿：所供给的东西。宋司马光《资治通鉴·后汉高祖天福十二年》："晋主每闻使至，举家忧惧。时雨雪连旬，外无供亿，上下冻馁。"

[12] 中使：宫中派出的使者。多指宦官。南朝宋范晔《后汉书·宦者传·张让》："凡诏所征求，皆令西园驺密约敕，号曰'中使'。"

[13] 调（diào）繁：指调任政务繁剧的州县。清张廷玉等《明史·熊开元

传》：“除崇明知县，调繁吴江。”江都县：今江苏省扬州市下辖区。

［14］干（gān）：岸，水边。《诗经·魏风·伐檀》：“坎坎伐檀兮，寘之河之干兮，河水清且涟猗。”汉毛亨《传》：“干，厓也。”

［15］太守：官名。秦代置郡守，汉景帝时改名太守，为一郡最高的行政长官。隋初以州刺史为郡长官。宋以后改郡为府或州，太守已不是正式的官名，只用作知府、知州的别称。明清两代专指知府。容暄：颜容暄（？—1635），福建漳浦人。

［16］“故大”句：凤阳府下辖寿州、泗州、宿州、颍州、亳州共五州，以及凤阳、临淮、怀远、定远（这四县直属凤阳府管辖）等十三县，其余十一县由辖州代辖。

［17］橺：同“檐”。屋檐。

［18］舁（yú）：抬；扛。西晋陈寿《三国志·魏志·钟繇传》：“时华歆亦以高年疾病，朝见皆使载舆车，虎贲舁上殿就坐。”

2.30 大父治江都勤慎清廉

大父治江都[1]，簿书[2]日充栋，曾无留牍[3]。洲课牙税[4]，羡余[5]累数万金，悉置公帑[6]。尝曰：“吾陋巷家风[7]，敢自污乎？”有两巨室搆讼[8]数年，死伤相当。大父谳[9]之，一夕而服。明日，谢曰：“公德甚厚。知公廉，不敢有献；献菊花四盎[10]。”大父曰：“尔德[11]我？乃欲浼[12]我！”卒弗受。

【注释】

［1］江都：今江苏省扬州市下辖江都区。

［2］簿书：官署中的文书簿册。汉班固《汉书·贾谊传》：“而大臣特以簿书不报，期会之间，以为大故。”

［3］曾（zēng）：一直；从来。副词。晋陶潜《五柳先生传》：“既醉而退，曾不吝情去留。”留牍：积压文案。清江藩《汉学师承记·武亿》：“赐同进士出身，以知县用。辛亥，选山东博山县，讼无留牍，祷雨即降。”

［4］洲课：也称芦课，即所谓芦政，明清时期对芦洲（芦田，亦称芦课地、苇课地）征收赋银。芦洲原本是长江中下游江滨荒地，土壤沙化，江水浸淹，生态环境恶劣，芦草丛生，长期未得到开垦。到明清时期，由于社会人口激增，人地矛盾日益突出，芦洲逐渐被开垦成农田。据《明孝宗实录》卷十记载，弘治元年（1488），明廷在南京工部设主事一员，主管镇江至九江沿江芦洲，是为明代芦政之始。朝廷设专官管理芦政，定期丈量芦田（五年一丈），划分类型并确

定不同科则。明清两代，对芦田征收的赋税一律都是银两。牙税：向居间买卖、代销货物的人征缴的租税。

［5］美余：盈余，剩余。

［6］公帑（tǎng）：公款；国库。帑，藏金帛的府库。北宋宋祁等《新唐书·裴胄传》："是时，方镇争剥下希恩，制重锦异绫，名贡奉，有中使者，即悉公帑市欢。"

［7］陋巷家风：颜氏安贫乐道的家风。孔子曾评价颜渊："贤哉，回也！一箪食，一瓢饮，在陋巷，人不堪其忧，回也不改其乐。"事见《论语·雍也》。

［8］巨室：世家大族。《孟子·离娄上》："为政不难，不得罪于巨室。巨室之所慕，一国慕之。"汉赵岐《注》："巨室，大家也，谓贤卿大夫之家。"构（gòu）讼：打官司。构，同"构"。

［9］谳（yàn）：议罪；判定。汉班固《汉书·景帝纪》："诸狱疑，若虽文致于法而于人心不厌者，辄谳之。"唐颜师古《注》："谳，平议也。"

［10］盎（àng）：盆类的容器。《急就篇》卷三："甄、缶、盆、盎、瓮、罂、壶。"唐颜师古《注》："缶、盆、盎一类耳。缶即盎也，大腹而敛口，盆则敛底而宽上。"

［11］德：感恩；感激。《左传·僖公二十四年》："王德狄人，将以其女为后。"唐孔颖达《疏》："荷其恩者谓之为德。"汉司马迁《史记·魏公子列传》："赵孝成王德公子之矫夺晋鄙兵而存赵，乃与平原君计，以五城封公子。"

［12］浼（měi）：同"浼"。沾污；玷污。《孟子·公孙丑上》："虽袒裼裸裎于我侧，尔焉能浼我哉？"

2.31　大父荡寇有功，君上褒美

流寇横行江淮间，扬州震恐。大父与守道郑潜庵[1]、太守韩一水[2]，力策守具。或献策宜铸大铁椎，悬索挥之，坏其梯。檄令大父括[3]铁监造。大父取舟人铁猫[4]悬之，立办，长吏皆叹服。上赐敕[5]褒美曰："广陵[6]南北咽喉，江海渔盐，为军国脏腑[7]。资其绸缪[8]，幸以安辑[9]。自此广陋巷之业，究为邦之谱[10]。朕于尔有厚望。钦哉！"

【注释】

［1］守道：官名，也作"分守道"。明代布政使司设参政、参议，分司诸道，督察州县，故名。郑潜庵：郑二阳，号潜庵，河南鄢陵人，明神宗万历四十七年（1619，己未）进士。

[2] 太守韩一水：扬州知府韩文镜。文镜，陕西咸宁人，祖籍山西洪洞，明崇祯四年（1631，辛未）进士，曾官扬州知府；清顺治三年（1646），任浙江按察使司金事分巡杭严道。太守，明清时知府的别称。

[3] 括（kuò）：征购；搜购。宋司马光《资治通鉴·后唐庄宗同光三年》："帝将伐蜀，辛卯，诏天下括市战马。"

[4] 舟人：船夫。《诗经·小雅·大东》："舟人之子，熊黑是裘。"汉毛亨《传》："舟人，舟楫之人。"猫：用同"锚"。舰船的停泊设备，多为铁质。

[5] 赐敕：下诏令。清张廷玉等《明史·杨嗣昌传》："帝念嗣昌行间劳苦，赐敕发赏功银万，赐鞍马二。"

[6] 广陵：扬州的古称。

[7] 脏腑：中医总称人体内部器官。心、肝、脾、肺、肾为五脏；胃、胆、三焦、膀胱、大肠、小肠为六腑。

[8] 绸缪：比喻事前做好准备工作。清纪昀《阅微草堂笔记·姑妄听之一》："先事而绸缪，后事而补救，虽不能消弭，亦必有所挽回。"

[9] 安辑：安定；使安定。汉班固《汉书·王莽传上》："居摄之义，所以统立天功，兴崇帝道，成就法度，安辑海内也。"

[10] 谱：标准、依据。

2.32　大父为国取才公谨无私

丙子[1]应天乡试，大父充同考官[2]，分校[3]《易经》。得吴江吴易[4]、贵池胡士瑾等八人[5]。校童子试[6]，糊名扃[7]署，片牍不得入。拔刘梁嵩[8]、孙自成[9]等四十人。

【注释】

[1] 丙子：明思宗崇祯九年（1636）。应天：元惠宗至正十六年（1356）朱元璋攻破集庆路（今江苏省南京市），改集庆路为应天府。明太祖洪武元年（1368）八月，建为南京。洪武十一年（1378）至成祖永乐元年（1403）间，应天府为京师。永乐十九年（1421）北迁以顺天府为京师，以南京应天府为留都。

[2] 同考官：明清乡试、会试中协同主考、总裁阅卷的官员。也称"同考"。因分房阅卷，故又称房官。清制，乡试自乾隆后从本省科甲出身的州县官中选任，会试由各部选送科甲出身、资望素著者，由皇帝简派，乾嘉以后，例用翰林院编修、检讨及进士出身之实缺京曹官。

[3] 分校（jiào）：科举考试时校阅试卷的各房官（同考官、房考）。清纪昀

《阅微草堂笔记·槐西杂志一》："江宁王金英，字菊庄，余壬午分校所取士也。"这里指校阅试卷。

[4] 吴江：今江苏省苏州市吴江区。吴易（？—1646）：字日生，号朔清，吴江（今属江苏省苏州市）人，南明抗清将领。崇祯十六年（1643）进士。

[5] 贵池：今安徽省池州市贵池区。胡士瑾：字文瑜，崇祯十三年（1640）进士，授浙江乌程知县。乌程素来赋税繁重，士瑾能体恤百姓劳苦。崇祯十五年（1642）调浙江仁和知县，以父忧归里。明亡，左良玉兵下江南，屯池州。士瑾佐池太道刘开文守城甚力，乡里德之。

[6] 童子试：科举制度中的低级考试。童生应试合格者始为生员。

[7] 糊名：科举考试为防舞弊，试卷上均糊住考生姓名，使试官难于徇私作弊。扃（jiōng）：关闭。《战国策·楚策一》："秦下兵攻卫，阳晋必开，扃天下之匈，大王悉起兵以攻宋，不至数月而宋可举。"

[8] 刘梁嵩：字玉少，江南江都（今江苏省扬州市）人，清顺治十七年（1660）举于乡，康熙三年（1664）进士，官江西崇义知县，工诗词，善书法。曾纂《河津县志》八卷。

[9] 孙自成：字物皆，号介庵，江南江都（今江苏省扬州市）人，顺治四年（1647，丁亥）进士。曾官福建归化知县。有《霁园诗选》《西湖纪胜》（十卷）。

2.33　大父不畏权贵

丁丑考绩奏最[1]，内召[2]有命矣。会中使杨显名来监两淮醝[3]政，声焰鸱张[4]，檄监司以下手板迎谒[5]。诸长吏聚议未决，大父厉声曰："此有何议！失官寻常耳，宁能屈膝事'妇人'乎！"即出纳印升车竟去。长吏皆叹息。显名至，劾守道袁公继咸等疏云："继咸见臣，唯冷笑半揖而已。"

【注释】

[1] 奏最：官吏考绩列为优等，并以此向朝廷上报。明徐渭《女状元》第五出："朕嘉悦其奇，且念伊三载奏最，可封夫人。"

[2] 内召：被皇帝召见。明谢肇淛《五杂组·人部二》："永康程京兆正谊，与义乌虞怀忠同禄命，同以辛未成进士，同作司李，同日内召。"

[3] 中使：宫中派出的使者。多指宦官。南朝宋范晔《后汉书·宦者传·张让》："凡诏所征求，皆令西园驺密约敕，号曰'中使'。"杨显名：宦官。崇祯朝曾为内官监左少监、南京孝陵神宫监掌印左少监、总理淮扬盐课等。醝（cuó）：盐的别名。《礼记·曲礼下》："盐曰咸醝。"汉郑玄《注》："大咸曰醝。"

[4] 声焰：声威气焰。宋欧阳修等《新唐书·郑注传》："（注）聚京师轻薄子、方镇将吏，以煽声焰。"鸱（chī）张：像鸱鸟张开翅膀一样。比喻嚣张、凶暴。晋陈寿《三国志·吴志·孙坚传》："卓不怖罪而鸱张大语，宜以召不时至，陈军法斩之。"

[5] 檄：文体名。古代官府用来征召、晓喻或声讨的文书。明徐师曾《文体明辨·檄》："《释文》云：檄，军书也。《说文》云：以木简为书，长尺二寸，用以号召。若有急，则插鸡羽而遣之，故谓之羽檄，言如飞之疾也。"这里指发檄文。监司：负有监察责任的官吏。汉代以后的司隶校尉和督察州县的刺史、转动使、按察使、布政使等通称为监司。手板：亦作"手版"，即"笏"。古时大臣朝见君王时手持的狭长板子，用来指画或记事。迎谒：迎接谒见。汉司马迁《史记·陈丞相世家》："信闻天子以好出游，其势必无事而郊迎谒。"

2.34　大父刚直遭贬

淮安武举陈启新[1]，伺上旨，为疏[2]。跪午门[3]，近侍为通；召对，称上意，使给事吏垣[4]。大父入都，启新数通殷勤[5]，竟不报谒[6]。启新曰："今日强项[7]如此，使居津要[8]，殆赤[9]吾祖矣。"遂奏选擢多大吏私人[10]，左迁广平府经历[11]。

【注释】

[1] 武举："武举人"的简称，科举武乡试及第者。陈启新：安徽山阳（今属安徽淮安）人，武举。崇祯九年（1636），诣阙上疏，言科目、资格、行取考选"等为"天下三大病，被破例授予吏科给事中，升兵科给事中。后被交章论劾，削籍，下抚按追赃拟罪，遂潜逃。明亡为僧。

[2] 疏：奏章。《汉书·贾谊传》："谊数上疏陈政事，多所欲匡建。"

[3] 午门：皇宫的正门，是群臣待朝或候旨的地方。

[4] 给（jǐ）：事：供职。吏垣：官署名，即吏科。垣，官署的代称。明清两代，朝廷设吏、户、礼、兵、刑、工六科给事中，掌侍从、规谏、补阙、拾遗和稽察六部百司之事。明初属通政司，清属都察院。清张廷玉等《明史·职官志三》："吏科，凡吏部引选，则掌科同至御前请旨。外官领文凭，皆先赴科画字。内外官考察自陈后，则与各科具奏。拾遗纠其不职者。"民国赵尔巽等《清史稿·职官志二》："吏科分稽铨衡，注销吏部、顺天府文卷。"

[5] 殷勤：衷情，心意。汉司马迁《史记·司马相如列传》："相如乃使人重赐文君侍者通殷勤，文君夜亡奔相如。"

[6] 报谒：回拜；回访。明沈德符《野获编·内阁三·大老居乡之体》："嘉禾兵使刘庚，其同年也，首来相访。（沈继山）辄葛巾芒屦以出，自云引疾不出门，送至中庭而止，又不报谒。刘大怒诟骂，欲起大狱罗织之。"

[7] 强项：强，通"僵"。颈项僵直，不能随意转动。比喻为人刚直。这里有不识时务的意思。

[8] 津要：比喻要职。清方苞《兵部尚书法公墓表》："居津要者多畏公伉直。"

[9] 赤：诛灭。南朝梁萧统《文选·扬雄〈解嘲〉》："客徒朱丹吾毂，不知一跌将赤吾之族也。"唐李善《注》："赤，谓诛灭也。"

[10] 私人：亲戚朋友或以私交、私利相依附的人。南朝宋范晔《后汉书·仲长统传》："亲其党类，用其私人。"

[11] 左迁：贬官。广平府：明太祖洪武元年（1368），改广平路为广平府，治永年县广府城。经历：官名。金代于都元帅府、枢密院始置经历；元枢密院、大都督府、御史台等衙署均设有经历；明清两代的都察院、通政使司、布政使司、按察使司等亦置经历，职掌出纳文书。

2.35 朝廷命大父守邯郸

大父至广平，寻[1]归里，忽迁知[2]邯郸县。闻吏部初以他人请，上曰："邯郸，畿[3]南要地。其[4]以前守江都者治之。"大父怃然[5]曰："邯郸无城无兵，师至如扫秋箨[6]耳。吾受朝廷特达[7]之知，唯昼夜兼行，与邯郸人同死，是所以报也。"明日遂行。

【注释】

[1] 寻：不久。

[2] 知：主管。知某县，即担任某县的知县，掌管一县政事。唐代始有"知县"之名，宋代多以中央官员为县官，结衔称"某官知某县事"，至明代始正式用作一县长官的名称，清代沿明制，为正七品。

[3] 畿（jī）：泛指靠近国都的地方。

[4] 其：表示命令或祈使，等于说"可以""应该"。南朝宋鲍照《咏采桑》："君其且调弦，桂酒妄行酌。"

[5] 怃（wǔ）然：怅然失意的样子。《论语·微子》："夫子怃然曰：'鸟兽不可与同群，吾非斯人之徒与而谁与？'"

[6] 箨（tuò）：落在地上的草木的皮、叶。《诗经·豳风·七月》："十月陨箨。"汉许慎《说文解字·艸部》："箨，草木凡皮叶落陊地为箨。"

[7] 特达：特殊知遇。

2.36　大父力守邯郸城

将至邯郸，预戒吏人[1]，即谯门中莅任[2]，士民聚观如堵[3]。大父曰："朝廷以我昔守江都，颇谙兵事，特命保兹疆土。吾亦素知赵人慷慨，乐与共患难也，故兼程而来。今闻人心忧惶，不知所出。邯郸虽当孔道[4]，素非名城。苟能效死守之，必不暇旷日以攻。倘天幸，假以三日训练，此城必无虞矣。"是时，王师违城仅数十里。督师太监高起潜[5]勒兵远避，视王师过，则纵兵焚掠，邯人日夜惊扰。旧令见事急逃去，邯人见新令至，皆惊喜。及闻言，踊跃涕泣曰："天佑我也！"即部署丁壮守城堞[6]，尽出橐金[7]，又尽出公帑[8]募勇士。邯人皆曰："令君口未饮邯勺水，而惠我若此，我辈尚当惜身家乎？"争输糇粮[9]钱布。募得勇士百余人，择邑人张执瑭者领之。执瑭，故守备也。又得善鸟铳者五十人，使为游兵[10]。夜有两生，私以絙缒[11]城堞，大父集众，数[12]之，斩首以徇[13]。王师薄[14]城下，围之三日，寂不闻人声。攻，则鸟铳皆向之，张执瑭承间颇有杀伤[15]。乃释围北去。

【注释】

[1] 戒：敕令，命令。《左传·宣公十二年》："百官象物而动，军政不戒而备，能用典矣。"晋杜预《注》："戒，敕令。"吏人：官吏与庶民。南朝宋范晔《后汉书·袁安传》："除阴平长、任城令，所在吏人畏而爱之。"

[2] 谯（qiáo）门：建有瞭望楼的城门。汉班固《汉书·陈胜传》："攻陈，陈守令皆不在，独守丞与战谯门中。"唐颜师古《注》："谯门，谓门上为高楼以望者耳。"莅（lì）任：官员到职。民国赵尔巽《清史稿》卷四五二："潮阳盗郑段基杀前令，（史）朴莅任，立捕诛之。"

[3] 堵：泛指墙。《庄子·盗跖》："为欲富就利，故满若堵耳。"唐成玄英《疏》："堵，墙也。"

[4] 孔道：大道；通道。汉班固《汉书·西域传上·婼羌国》："（婼羌国）去阳关六千三百里，辟在西南，不当孔道。"清王先谦《补注》引清王念孙曰："孔道犹言大道，谓其国僻在西南，不当大道也……《说文》曰：'孔，通也。'故大道亦谓之通道，今俗语犹云通衢大道矣。"

[5] 高起潜：宦官。崇祯时为内侍，有知兵之名。崇祯五年（1632），督诸将讨叛军孔有德；六年（1633），克登州；九年（1636），命为总监御清兵，怯懦不敢与战；十一年（1638），清兵再入关，主和，致使宣大总督卢象升苦战而

死；十七年（1644），李自成攻京师，奉命监宁、前诸军，中途弃官走。福王时，召为京营提督，后降清。

［6］城堞（dié）：城墙上如齿状的矮墙。汉贾谊《新书·春秋》："及翟伐卫，寇挟城堞矣。"

［7］橐（tuó）金：囊中之金。明王世贞《觚不觚录》："而橐金如山，草芥人命者，拥冠盖扬扬闾里间矣。"

［8］公帑（tǎng）：公款，国库。

［9］餱（hóu）粮：干粮。《诗经·小雅·伐木》："民之失德，干餱以愆。"

［10］游兵：流动作战的小股军队。《管子·幼官》："四机不明，不过九日，而游兵惊军。"

［11］絚（gēng）：粗大的绳索。缒（zhuì）：以绳索拴人或物，放下或上提。《左传·僖公三十年》："（烛之武）夜缒而出。"晋杜预《注》："县（悬）城而下。"

［12］数（shǔ）：数落；责备。《左传·僖公二十八年》："数之以其不用僖负羁，而乘轩者三百人也。"杨伯峻先生《注》："'数之'云云，数其罪也。"

［13］徇（xùn）：示众。《左传·僖公二十八年》："杀颠颉以徇于师。"

［14］薄（bó）：逼近，靠近。《左传·僖公二十三年》："曹共公闻其骈胁，欲观其裸。浴，薄而观之。"唐孔颖达《疏》："薄者，逼近之意。"

［15］"攻"三句：刊本作"攻之未克"，今据稿本改。

2.37　大父被谤，忠良受辱

邯郸既解围，洺关[1]、沙河城皆破，土寇乘机窃发[2]。有数十骑抵城下，称高总监部兵来守城者。大父挥[3]曰："此城吾自守之！"或请索其符验[4]，大父曰："符验庸[5]知非诈耶？即守城，当驻城外。"竟不纳。俄[6]闻北郭盗杀人，张执璠出逐之，生擒二人，即总监兵欲入城者，大父列其罪状，闻于起潜。会[7]起潜部将侯拱极与王师战败，起潜遂劾府县拒门不纳援师，又反戈相攻，以致转战败绩[8]。上震怒，诏诘倡谋[9]何人，并逮治之。邯郸人罢市狂走，大父禁之不得。行台[10]屡为覆奏，终镌职[11]三级，守城功亦不录。执璠受搒掠[12]几死，大父抚[13]其创，泣曰："残一人体肤，保万人首领[14]，夫复何恨！但此后欲人效命[15]疆场，恐不可得耳！"

【注释】

［1］洺（míng）关：也叫临洺关，今河北省邯郸市永年县城所在地。洺，

水名，即今洺河，在河北省南部。源出武安县西山，东流经临洺关北，自北以下，历代屡经迁改，今东流经永年县北折汇入滏阳河。

[2] 土寇：旧时蔑称地方反叛者或起义农民。窃发：暗中为非作歹。南朝梁沈约《宋书·朱修之列传》："又有徐卓者，复欲率南人窃发，事泄被诛。"

[3] 挥：驱赶。清纪昀《阅微草堂笔记·滦阳消夏录五》："一黑犬曰四儿，恋恋随行，挥之不去。"

[4] 符验：凭据；证件。《荀子·性恶》："凡论者，贵其有辨合，有符验。"清王先谦《荀子集解》引清王引之曰："符验即符节。《哀公六年公羊传》注：'节，信也。'《齐策》注：'验，信也。'或言符节，或言符验，或言符信，一也。"

[5] 庸：岂，难道。《左传·庄公十四年》："子仪在位十四年矣，而谋召君者，庸非贰乎？"

[6] 俄：不久。

[7] 会（huì）：恰巧；适逢。宋苏辙《龙川别志》卷上："行至河上，父母迓之。会大风雨，止于逆旅。"

[8] 败绩：特指军队溃败。《尚书·汤誓》："夏师败绩，汤遂从之。"汉孔安国《传》："大崩曰败绩。"

[9] 诘：追问；查究。《尚书·周官》："司寇掌邦禁，诘奸慝，刑暴乱。"倡谋：最先提出某个计谋。《国语·吴语》："吴王夫差还自黄池，息民不戒。越大夫种乃倡谋曰：'吾谓吴王将遂涉吾地，今罢师而不戒以忘我，我不可以忘也。'"三国吴韦昭《注》："发始为倡。"

[10] 行台：台省在外者称行台。

[11] 镌（juān）职：降职。清曾国藩《仁和邵君墓志铭》："咸丰四年，坐济宁防河无效，吏议镌职。"镌，谪降。

[12] 搒（péng）掠：笞击，拷打。南朝宋范晔《后汉书·朱晖传》："各言官无见财，皆当出民，搒掠割剥，强令充足。"

[13] 拊（fǔ）：抚摩。《公孙龙子·坚白论》："视不得其所坚，而得其所白者，无坚也；拊不得其所白，而得其所坚者，无白也。"

[14] 首领：头和脖子，代指性命。《左传·隐公三年》："若以大夫之灵，得保首领以没；先君若问与夷，其将何辞以对？"

[15] 效命：舍命报效。汉司马迁《史记·魏公子列传》："今公子有急，此乃臣效命之秋也。"

2.38 大父不战而降伏土盗

真定[1]多土盗，抚军[2]请敕大父以郡司马捕之。邯郸人争输金钱补公帑[3]，健儿[4]皆从。既与贼对垒[5]，擐甲胄[6]，贼曰："向[7]未见如是官军。闻颜邯郸且[8]至，得无是乎？"左右曰："然。"贼曰："我曹生为邯郸民，当不尔为。"皆投戈降，数日悉平。

【注释】

[1] 真定：明真定府下辖县，清世宗雍正元年（1723）因避世宗胤禛讳，改称正定。治在今河北省石家庄市正定县。

[2] 抚军：官名。巡抚的别称。

[3] 公帑（tǎng）：公款，国库。

[4] 健儿：勇士，壮士。北宋郭茂倩《乐府诗集·横吹曲辞五·折杨柳歌辞》："健儿须快马，快马须健儿。"

[5] 对垒：交战双方相持；交战。唐房玄龄等《晋书·宣帝纪》："（诸葛亮）数挑战，帝不出……与之对垒百余日。"垒：军壁，阵地上的防御工事。

[6] 擐（huàn）：贯穿；穿着。《左传·成公十三年》："文公躬擐甲胄，跋履山川，逾越险阻。"甲胄：铠甲和头盔。《尚书·说命中》："唯口起羞，唯甲胄起戎。"汉孔安国《传》："甲，铠；胄，兜鍪也。"

[7] 向：从前。

[8] 且：将要，副词。《诗经·齐风·鸡鸣》："会且归矣，无庶予子憎！"汉王充《论衡·变动》："故天且风，巢居之虫动；且雨，穴处之物扰。"

2.39 临洺关大父伏虎

临洺关有虎入城，噬人无算[1]，人家碓无故夜自舂[2]。大父率健儿入城，缚之去，碓舂亦止。

【注释】

[1] 噬（shì）：咬；吃。《左传·哀公十二年》："国狗之瘈，无不噬也。"无算：不计其数。《周礼·春官·男巫》："冬堂赠无方无算。"汉郑玄《注》："无算，道里无数，远益善也。"

[2] 碓（duì）：舂米的工具。最早是一臼一杵，用手执杵舂米。后用柱子架起一根木杠，杠端系石头，用脚踏另一端，连续起落，脱去下面臼中谷粒的

皮。后来又有用畜力、水力等代替人力。使用范围也有所扩大，例如，舂捣纸浆等。舂（chōng）：用杵臼捣去谷物的皮壳。

2.40　大父知河间府

河间抚军疏大父知河间府[1]。先大人家书云："昨感妖梦[2]，不忍明言。河间地冲[3]城旷，愿得早移乐土[4]；否则超然高蹈[5]，以全养性之福[6]。"大父曰："吾为自全计，此方百姓安所逃死乎？且吾千里赴邯郸之难，岂望生全？今不死于赵，而死于瀛[7]，又何避焉！"

【注释】

[1] 抚军：官名。巡抚的别称。疏：给皇帝上奏章。五代王定保《唐摭言·乡贡》："大历中，杨绾疏请复旧章，贵全乎实。"清张廷玉等《明史·张芹传》："给事中窦明言事下狱，芹疏救之。"知府：官名。明代始有以知府为名的地方官职。明清两代为管辖州、府一级地方最高行政长官。

[2] 妖梦：反常的梦；不祥的梦。《左传·僖公十五年》："寡人之从君而西也，亦晋之妖梦是践。"晋杜预《注》："狐突不寐而与神言，故谓之妖梦。"狐突与神言之事，载于《左传·僖公十年》。

[3] 冲（chōng）：交通要道。清顾炎武《与熊耐荼书》："三峰之下，弟所愿栖迟而卒岁者，而土瘠差烦，地冲民贫，非所以为后人计。"

[4] 乐土：安乐的地方。《诗经·魏风·硕鼠》："逝将去女，适彼乐土。"

[5] 超然：指脱俗离尘。《老子》："虽有荣观，燕处超然。"高蹈：指隐居。三国魏钟会《檄蜀文》："诚能深鉴成败，邈然高蹈，投迹微子之踪，措身陈平之轨，则福同古人，庆流来裔，百姓士民，安堵乐业。"

[6] 养性之福：这里指保全性命。养性：修养身心，涵养天性。语本《孟子·尽心上》："存其心，养其性，所以事天也。"

[7] 瀛：古州名。北魏时设置，治所在今河北省河间市，宋徽宗大观二年（1108）升河间府。颜胤绍时任河间知府，所以有"死于瀛"之志。

2.41　大父不爽生前约

岁壬午[1]，王师既入关。先大人驰至河间，欲随登陴[2]，大父强[3]遣还。出北门，大父从雉楼[4]上遥语曰："汝再来，相见于此。"后大人过河间北门，必见冲飙[5]扬沙；夜必梦见，或舆或马，自西来。

【注释】

[1] 壬午：明思宗崇祯十五年（1642）。

[2] 陴（pí）：城上女墙。《左传·宣公十二年》："国人大临，守陴者皆哭。"晋杜预《注》："陴，城上俾倪。"唐孔颖达《疏》："陴，城上小墙；俾倪者，看视之名。"也代指城墙。《左传·成公六年》："师还，卫人登陴，晋人谋去故绛。"

[3] 强：强行地。

[4] 雉（zhì）楼：城楼。清赵翼《题褒忠录》诗："雉楼月暗灯无光，缘梯万蚁上女墙。"雉，古代计算城墙面积的单位。长三丈，高一丈为一雉。因代指城墙。

[5] 冲飙：急风；暴风。晋葛洪《抱朴子·博喻》："冲飙倾山，而不能效力于拔毫；火铄金石，而不能耀烈以起湿。"

2.42　幕客严柏龄望气

幕客[1]严柏龄，善望气[2]。尝从围于邯郸，力言无虞[3]。在河间环城四望，微言[4]不利。大父阳[5]怒，使人护之出城。柏龄至兖，复登兖城四望，曰："犹是[6]也。"亟[7]辞去。

【注释】

[1] 幕客：幕宾，幕僚。古代官府中的参谋顾问人员，明清之际也称幕友。清吴敬梓《儒林外史》第七回："（范进）一会同幕客们吃酒，心里只将这件事委决不下。众幕宾也替疑猜不定。"

[2] 望气：古代方士的一种占候术。通过观察云气预测吉凶。《墨子·迎敌祠》："凡望气，有大将气，有小将气，有往气，有来气，有败气，能得明此者，可知成败吉凶。"

[3] 无虞：没有忧患，太平无事。《尚书·毕命》："四方无虞，予一人以宁。"虞：忧虑，忧患。《国语·晋语四》："卫文公有邢狄之虞，不能礼焉。"

[4] 微言：暗中进言。

[5] 阳：借指表面上。清薛福成《出使四国日记·光绪十六年三月二十九日》："华人于金厂附近开设店铺，阳售杂货，阴购金砂。"

[6] "犹是"句："差不多也是这样"，意思是说兖州与河间一样，是守不住的。

[7] 亟（jí）：疾速，急忙。《诗经·豳风·七月》："亟其乘屋，其始播百

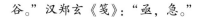

谷。"汉郑玄《笺》："亟，急。"

2.43　大父殉国

河间被攻急，大父豫集室人[1]，扃[2]一室中。庶祖母贾硕人[3]、于硕人及仲姑字[4]孔氏者，二婢子[5]、一仆妇[6]，传餐[7]，凡六人。时季父方六岁，索母急。于硕人母媪[8]携之，暂[9]启户入。于硕人急挥去，媪不省[10]。硕人曰："我居此，分也[11]；母何为者？"力推出之，楗[12]其户。闰十一月十二日城破。大父归署，麾[13]仆刘真等，拒门战，自持刀绕室行。室中窥见大父幞头绯衣[14]，皆痛哭。盖平居[15]、退食[16]，则燕服[17]；自守城来，则戎服。今见冠带，知非常也。挥家人积薪抵檐[18]瓦，既举火，向北再拜。履薪升屋，坐中溜[19]，季父牵衣，随以登。仆吕有年望见，冒黑焰入，抱之跃下，火遂烈。刘真、吕有年，俱战死。

【注释】

[1] 豫：预先；事先。汉班固《汉书·赵充国传》："宜遣使者行边兵豫为备，敕视诸羌，毋令解仇，以发觉其谋。"室人：泛指妻妾等家人。

[2] 扃（jiōng）：关闭。《战国策·楚策一》："秦下兵攻卫，阳晋必开，扃天下之匈，大王悉起兵以攻宋，不至数月而宋可举。"

[3] 硕人：宋代妇人的封号。后用作对妇人的尊称。清王士禛《香祖笔记》卷九："《枫窗小牍》言妇人封号，自夫人以下凡八等。如侍郎以上封硕人……今皆无之。硕人、孺人，率为妇人之通称矣。"

[4] 字：旧时称女孩子许配、出嫁。宋叶适《林伯和墓志铭》："邻女将字而孤，养视如己子，择对嫁之。"

[5] 婢子：使女；奴婢。唐韩愈《送殷员外序》："持被入直三省，丁宁顾婢子，语刺刺不能休。"

[6] 仆妇：年龄较大的女仆。

[7] 传餐：泛指开饭。清曹寅《赴淮舟行杂诗》之八："云帆初破浪，画楫更传餐。"

[8] 媪（ǎo）：老妇人的通称。《战国策·赵策四》："老臣窃以为媪之爱燕后，贤于长安君。"汉司马迁《史记·高祖本纪》："父曰太公，母曰刘媪。"唐司马贞《索隐》引三国吴韦昭曰："媪，妇人长老之称。"

[9] 暂：副词。突然，一下子。汉司马迁《史记·李将军列传》："广详死，睨其旁有一胡儿骑善马，广暂腾而上胡儿马。"

[10] 省（xǐng）：明白，醒悟。

[11] 分（fèn）：指本分。

[12] 楗（jiàn）：用木闩关门。徐珂《清稗类钞·才辩·王小能谓风亦畏寒》："王丹麓病起畏寒，每当雪夕，辄楗户御风。"

[13] 麾：指挥；挥动。宋叶适《庐州钱公墓志铭》："公麾诸军奋击，一战殄灭。"

[14] 幞（fú）头：古代的一种头巾。古人以皂绢三尺裹发，四带，二带系脑后垂之，二带反系头上，令曲折附项，故称"四脚"或"折上巾"。绯衣：古代朝官的红色品服。清钱谦益《题喜复官诰赠内》诗："我襚绯衣缘底罪，君还紫诰有何功？"

[15] 平居：安居无事。

[16] 退食：退朝就食于家或公余休息。唐李延寿《北史·高允传》："因退食暇，寻季式，酣歌留宿。"

[17] 燕服：燕居之服，即日常闲居时穿的衣服；便服。《诗经·周南·葛覃》："薄污我私。"汉毛亨《传》："私，燕服也。"清陈奂《诗毛氏传疏》："燕服，谓燕居之服也。"

[18] 檐：屋檐。

[19] 中溜（liù）：屋顶的中央。

2.44　丈夫贵有益于时

大父疏眉丰准[1]，两目炯然[2]。少常蹴鞠[3]骑射，曰："吾非好此，丈夫贵有益于时耳。南宋诸君子[4]，辨论毫芒[5]，不遗余力，而坐视神州陆沉[6]，吾不忍为也。"在扬时，郑潜庵[7]谓："君才如许，而不缔交虞山，何也？"大父曰："待太平闲暇，当徐图之。"

【注释】

[1] 丰准：高鼻子。清焦循《周县丞传》："公状长八尺余，丰准，口横阔，面赤色，虬髯。"

[2] 炯然：明亮的样子。《法苑珠林》卷八二："见小光炯然，状若荧火。"

[3] 蹴鞠（cù jū）：亦作"蹴毱""蹴踘"，我国古代的一种足球运动。用以练武、娱乐、健身。传说始于黄帝，最初用来操练武士。该运动战国时期已经流行。

[4] 南宋诸君子：指南宋时期以朱熹、陆九渊等人为代表的理学家。

[5] 毫芒：毫毛的尖端。比喻极细微的东西。汉班固《汉书·叙传上》："独撼意摩宇宙之外，锐思于豪芒之内。"唐颜师古《注》："毫芒之内，喻纤微也。"

[6] 陆沉：比喻国土沦陷于敌手。宋陈经国《沁园春》词："谁使神州，百年陆沉，青毡未还？"清秋瑾《感怀》诗："莽莽神州叹陆沉，救时无计愧偷生。"

[7] 郑潜庵：郑二阳，号潜庵，河南鄢陵人，明神宗万历四十七年（1619，己未）进士。

2.45　大人宽慰大父

王母[1]卒于扬州。大父持仲父、姑母曰："吾幼失母，备历诸艰，不意汝亦罹此患苦。"大人顿首[2]曰："儿在，大人勿忧。"

【注释】

[1] 王母：祖母。《礼记·曲礼下》："祭王父，曰皇祖考，王母曰皇祖妣。"

[2] 顿首：旧时的一种礼节。以头叩地即举头而不停留。

2.46　大人不事佛

乡人[1]至真定，大父问大人家居何似[2]。乡人曰："虽勉力为善，一事可骇。"问何事，曰："惟不事佛。"

【注释】

[1] 乡人：同乡的人。《左传·庄公十年》："公将战，曹刿请见，其乡人曰：'肉食者谋之，又何间焉。'"

[2] 家居：在家里闲住。何似：如何；怎样。唐李延寿《北史·崔伯谦传》："朝贵行过郡境，问人太守政何似？"

2.47　大人每有梦辄奇验

大人每有梦，辄奇验。尝梦一人僵卧，肢体糜烂不可识。旁有人指曰："此太守[1]也。"及觉闻大父知河间府，即致书极谏勿往。壬午冬，梦天上七棺，自西北来，集于庭。泣曰："河间殆不测也。"后至河间，室中焚者七人。四十时，语家人曰："吾梦神人语我寿六十一，但谓家道日隆，外侮不至，恐无德以堪之——不敢信耳！"

【注释】

[1] 太守：官名。秦置郡守，汉景帝时改名太守，为一郡最高行政长官。隋初以州刺史为郡长官。宋后改郡为府或州，太守已非正式官名，只用作知府、知州的别称。明清时则专指知府。按，颜肇维《颜修来先生年谱》载："崇祯癸未（1643），府君年四岁……昔年赠公有六棺自西北飞来之梦，今果验，数也。"

2.48 大父筹募兵饷

柏龄既去，郡城戒严。总戎刘良佐[1]，以王命来守兖。兵无饷，众请于鲁王[2]。鲁王豫著敝裤[3]示人曰："我乃[4]无裤，何从措饷？"兵愤欲溃。大人亟说樊滋阳吉人[5]往谕之，请自捐资[6]，并募豪家充饷。滋阳为卢尚书象升[7]门人，善用兵，闻王言，欲自刭[8]，及见大人，相与慷慨泪下，俱至范黄门淑泰[9]家。黄门适典试[10]归里，阍者[11]辞以未盥。大人排户[12]入曰："敌兵旦晚[13]至门，汝能索手板钱乎？"黄门出曰："病疟，寻[14]再计之。"大人曰："吾辈暂时人耳，尚不速计，恐溘然[15]为鬼，但呼啸不能言也。"左右皆唾，急掖黄门入。滋阳大笑曰："吾固知事不可为。"后黄门被执，不屈，死之。鲁藩既废，宫中椎埋[16]出金，十年不绝。

【注释】

[1] 总戎：统帅。亦用作某种武职的别称。刘良佐：字明辅，大同左卫（今山西大同）人。初从李自成起兵，后降明，以剿灭起义军功升为总兵。南明政权建立，封广昌伯，守颍寿，为南明四镇之一。清世祖顺治二年（1645）率兵众十万投降清豫亲王多铎，圣祖康熙六年（1667）卒。

[2] 鲁王：此指鲁安王（孝王）朱以派，崇祯十三年（1640）袭封，驻兖州府，十五年（1642），清兵破兖州，自缢死。

[3] 豫：预先；提前。著（zhuó）：穿。裤：满裆裤。以别于无裆的套裤而言。《急就篇》卷二："襦袴袷複褶袴裈。"唐颜师古《注》："合裆谓之裈，最亲身者也。"

[4] 乃：竟然；竟。

[5] 亟（qì）：屡次。樊滋阳吉人：樊吉人（？—1642），元城（今河北省大名县）人，崇祯十年（1637）进士，授知滋阳县，累擢山东兵备佥事。未赴，清兵破城，自刎死难。

[6] 资：钱财。

[7] 卢象升（1600—1639）：字建斗，又字斗瞻、介瞻，号九台。南直隶常

州府宜兴县（今江苏省宜兴市）人，明末著名将领，民族英雄。官右副都御史，总理河北、河南、山东、湖广、四川军务，兼湖广巡抚，后升任兵部侍郎，再迁兵部左侍郎，总督宣府、大同、山西军务。明思宗崇祯十一年（1638），为兵部尚书，力主抗清，守卫京师，连战皆捷，反被太监高起潜陷害，免去尚书职务，以侍郎视事；次年，所部在巨鹿贾庄被清军包围，高起潜拥兵不救，终因炮尽矢绝，战死疆场。追赠太子太师、兵部尚书，南明福王时追谥"忠烈"，清朝追谥"忠肃"。有《卢忠肃公集》《卢象升疏牍》传世。

[8] 刭（jǐng）：用刀割颈。汉班固《汉书·贾谊传》："今令此道顺而全安，甚易，不肯早为，已乃堕骨肉之属而抗刭之，岂有异秦之季世虖！"唐颜师古《注》："刭，割颈也。"

[9] 范黄门淑泰：范淑泰（1603—1643），字通也、大来，又字木渐，山东滋阳（今山东省济宁市兖州区）人。崇祯元年（1628）进士，授行人。五年（1632），擢工科给事中。十五年（1642）升吏科都给事中，典浙江乡试，事竣还家。腊月清兵围兖州，城破，死节。诏赠太仆少卿。黄门，"给事黄门"的略称。

[10] 典试：主持考试之事。清张廷玉等《明史·选举志二》："天启二年壬戌会试，命大学士何宗彦、朱国祚为主考。故事，阁臣典试，翰、詹一人副之。"

[11] 阍（hūn）者：守门人。

[12] 排户：推门。宋陈师道《中秋夜东斋赠仁公》诗："此地正须烦一笑，要令排户问东邻。"清东轩主人《述异记·无锡幻人》："冯大骇，急排户，则人马都散。"

[13] 旦晚：早晚；短时间之内。比喻时间紧迫。清蒲松龄《聊斋志异·局诈》："公但备物，仆乘间言之，旦晚当有报命。"

[14] 寻：不久。

[15] 溘（kè）然：谓忽然死去。南朝梁萧纲《与刘孝仪令》："所赖故人，时相媲偶，而此子溘然，实可嗟痛。"

[16] 椎（chuí）埋：盗墓。唐李延寿《南史·萧颖达传》："梁州有古墓名曰'尖冢'，或云张骞坟，欲有发者，辄闻鼓角与外相拒，椎埋者惧而退。"

2.49 大人遣散童仆各给钱布

十二月朔[1]，大风拔木，车自行于途。初二日，兵围城，喊声如鹤唳[2]。大人呼童仆，各给钱布[3]。与仲父登陴[4]，语家人曰："城破，当归处置。"

【注释】

[1] 朔（shuò）：月相名。旧历每月初一，月球运行到地球和太阳之间，和太阳同时出没，地球上看不到月光的月相。汉许慎《说文解字·月部》："朔，月一日始苏也。"按，此指崇祯十五年（1642）朔日。

[2] 唳（lì）：鹤鸣。汉王充《论衡·变动》："夜及半而鹤唳，晨将旦而鸡鸣。"

[3] 钱布：钱币。布是古代一种铲形的货币。《管子·山至数》："赋无钱布，府无藏财。"

[4] 仲父：颜伯玠，光敏叔父。陴（pí）：墙上的女墙。这里借指城墙。《左传·成公六年》："师还，卫人登陴，晋人谋去故绛。"

2.50　大人匍匐河间收大父骸骨

初八日，城破。人皆循城堞[1]乱窜，锋镝[2]如雨。大人体肥，不能疾走；仲父癯[3]而捷，掖[4]大人以行，步益窘[5]。大人麾[6]曰："汝亟[7]去，犹可活；兄弟并命[8]，何益？"仲父相持不忍释。大人绐[9]使他顾，遽自睥睨[10]间跃下，堕城间，极夜乃甦[11]。左足伤，不能履。逻卒讶其状非常，舆见大帅。时见者皆顿颡乞哀[12]，大人箕踞[13]扪足，旁若无人。大帅问何许人，具以家世对。大帅曰："人皆讳言家富贵，汝何独不然？"大人曰："公岂谓天下无忠信人乎？吾圣贤后，固不妄语。"大帅曰："汝不怖死乎？"大人曰："死何足怖！且吾父存亡不可知，吾虽苟活，悲苦方深，不如一死塞责[14]耳。"大帅曰："吾自略地以来，未尝见如此人。"遂与饮食。大人不食，曰："恐濒死犹贪口腹，为人所笑。"大帅问同难更何人，大人以弟状对。即传其部伍，各集所俘人，使观之。得一家童云：仲父见大人坠城，方伏堞号哭，身中二矢，不知所终。又邻人言，初八日，见逻卒驱妇女数十辈。中一妇不行，卒反刀击其臂。妇詈[15]不已，卒杀之墙下。识者曰："此颜氏妇也。"大帅使人负大人往视，则吾母宜人。胭[16]未绝，仅一息存。大帅闻，使人致创药，数日渐甦。大人至中军谢，辄留语，与饮食。会有自远被掠者，自言河间人。闻河间有变，大人长号，请于大帅曰："吾父义不苟生，愿遄[17]往收骸骨。"言已，恸绝于地。大帅自送出垒，戒曰："攻城略地，未有定向，唯曲阜以圣人故，不扰。汝必暂避曲阜，无邌北。"又使人骑马护八口，至沂水上，望曲阜城灯火，乃还。大人缒曲阜城而上，亲知[18]或供衣食。大军既去，足尚蹒跚，遂匍匐赴河间。时母宜人创未痊愈，伯兄与敏俱患痘，无席，撤屋上草为荐[19]。人皆谏阻，大人长号独往，有两仆请从。乱后村店皆邱墟，转蓬[20]如山，竟日无所得食。行人困，辄有青蝇数斗，蠷[21]之立毙。土盗充斥，日遇数辈，每与语声泪俱发，辄引去。至阜城，途人皆南奔，云盗自北来。大人毅然不返，两仆不得已随行。已而盗自南至，奔者皆被掠。至河间，具衣棺，成礼，求季父与俱还。俱疏[22]以告，上嘉悼[23]不已，敕所司核[24]状优恤。

【注释】

[1] 循：沿着，顺着。城堞（dié）：泛指城墙。

[2] 锋镝：刀锋和箭镞。汉司马迁《史记·秦汉之际月表》：“堕坏名城，销锋镝，锄豪桀，维万世之安。”

[3] 癯（qú）：瘦。

[4] 掖（yè）：拉人手臂；挟持。《左传·僖公二十五年》：“春，卫人伐邢，二礼从国子巡城，掖以赴外，杀之。”唐陆德明《经典释文》：“《说文》：‘以手持人臂曰掖。’”

[5] 窘：困迫。《诗经·小雅·正月》：“终其永怀，又窘阴雨。”汉毛亨《传》：“窘，困也。”

[6] 麾：指挥。这里指招手使去。汉班固《汉书·樊哙传》：“沛公如厕，麾哙去。”

[7] 亟（jí）：快，疾速。《诗经·豳风·七月》：“亟其乘屋，其始播百谷。”汉郑玄《笺》：“亟，急。”

[8] 并命：等于说同死。北齐颜之推《颜氏家训·兄弟》：“为兵所围，二弟争共抱持，各求代死，终不得解，遂并命尔。”

[9] 绐（dài）：欺骗，欺诈。《穀梁传·僖公元年》：“此其言获，何也？恶公子之绐。”

[10] 遽（jù）：急忙，匆忙。睥睨（pì nì）：城墙上锯齿状的短墙；女墙。唐杜甫《南极》诗：“睥睨登哀析，蟾孤照夕曛。”清杨伦《杜诗镜铨》引晋崔豹《古今注》：“女墙，城上小墙也，亦名‘睥睨’，言于城上睥睨人也。”

[11] 甦（sū）：同“苏”。复活；苏醒。宋赵师侠《一剪梅·丙辰冬长沙作》词：“暖日烘梅冷未甦，脱叶随风，独见枯林。”

[12] 顿颡（sǎng）：屈膝下拜，以额角触地。多表示请罪或投降。《国语·吴语》：“勾践用帅二三之老，亲委重罪，顿颡于边。”颡，额头。《孟子·滕文公上》：“其颡有泚，睨而不视。”汉赵岐《注》：“颡，额也。”乞哀：乞求哀悯、饶恕。

[13] 箕踞：随意张开两腿坐着，形似簸箕。是一种轻慢、不拘礼节的坐

姿。《庄子·至乐》："庄子妻死，惠子吊之，庄子则方箕踞鼓盆而歌。"唐成玄英《疏》："箕踞者，垂两脚如簸箕形也。"汉司马迁《史记·张耳陈馀列传》："高祖箕踞骂。"唐司马贞《索隐》引崔浩曰："屈膝坐，其形如箕。"

[14] 塞责：尽责；补过。《韩诗外传》卷十："前犹与母处，是以战而北也，辱吾身。今母没矣，请塞责。"

[15] 詈（lì）：骂。

[16] 脰（dòu）：颈项，脖子。《左传·襄公十八年》："射殖绰，中肩，两矢夹脰。"杨伯峻先生《注》："脰音豆，颈项。"

[17] 遄（chuán）：疾速。《易经·损卦》："已事遄往，无咎，酌损之。"唐孔颖达《疏》："遄，速也。"

[18] "亲知"句："衣"字刊本脱，今据稿本补。

[19] 荐：垫席；垫褥。《楚辞·刘向〈九叹·逢纷〉》："薜荔饰而陆离荐兮，鱼鳞衣而白蜺裳。"汉王逸《注》："荐，卧席也。"

[20] 转蓬：随风飘转的蓬草。南朝梁萧统《文选·曹植〈杂诗〉》："转蓬离本根，飘飖随长风。"唐李善《注》引汉刘向《说苑》："鲁哀公曰：秋蓬恶其本根，美其枝叶，秋风一起，根本拔矣。"

[21] 嬲（niǎo）：纠缠；烦扰。

[22] 疏：奏章。汉班固《汉书·贾谊传》："谊数上疏陈政事，多所欲匡建。"

[23] 嘉悼：赞美且悼念。后晋刘昫《旧唐书·良吏传上·薛季昶》："言念忠冤，有怀嘉悼。"

[24] 核（hé）：查验；核实。南朝梁萧统《文选·张衡〈西京赋〉》："化俗之本，有与推移。何以核诸?"三国吴薛综注："核，验也。"

2.51 大人至都下

大人至都下，先达[1]皆见器重。询河间失守状，谓城中必有奸人为应。大人言："王师攻无不克者，焉用内应!"因言："无兵无饷，时事大不可支矣。"慷慨泣下，问者辄不怿[2]。寻命酒当歌，大人曰："处堂燕雀，处处皆然。天下事尚可为乎?"遂归，不与通问[3]。

【注释】

[1] 先达：有德行学问的前辈。北齐颜之推《颜氏家训·勉学》："爰及农商工贾，厮役奴隶，钓鱼屠肉，饭牛牧羊，皆有先达，可为师表。"

［2］怿（yì）：喜悦；快乐。《尚书·康诰》："我维有及，则予一人以怿。"

［3］通问：互通音信。唐王昌龄《武陵开元观黄炼师》诗之二："闻道秦时避地人，至今不与人通问。"

2.52　大人善待本宗女眷

四祖姑[1]既寡，有女请终养[2]。祖姑曰："吾乐居犹子[3]家。"遂终葬焉。五祖姑性严急[4]，恶其子，适来遽发痰疾，喜曰："吾得终此，幸矣。"从姑母[5]少寡，其家以析产，欲夺其志[6]，大人请弃产，自分宅养之。

【注释】

［1］祖姑：祖父的姐妹。

［2］终养：奉养父母，以终其天年。多指辞官归家以终养年老亲人。晋李密《陈情表》："臣密今年四十有四，祖母刘今年九十有六，是臣尽节于陛下之日长，而报养刘之日短也。乌鸟私情，愿乞终养。"

［3］犹子：侄子。

［4］严急：严厉急躁。汉班固《汉书·五行志中之下》："'听之不聪，是谓不谋'，言上偏听不聪，下情隔塞，则不能谋虑利害，失在严急，故其咎急也。"

［5］从姑母：父亲的叔伯姐妹。

［6］夺志：迫使改变志向。这里指改嫁。

2.53　大人不应科试

大人读书，恒丙夜[1]不辍。为诸生[2]试，辄高等，然不应科试。方食廪[3]，遽请老[4]，年四十耳。

【注释】

［1］丙夜：三更时分，为晚上十一时至翌日凌晨一时。

［2］诸生：明清两代称已入学的生员。

［3］食廪：明清两代由公家供给生员膳食。这类生员又称"廪膳生"。明初生员有定额，皆食廪。其后名额增多，才把初设食廪者为廪膳生员，省称"廪生"，增多者称"增广生员"，省称"增生"。又于额外增取，附于诸生之末，称"附学生员"，省称"附生"。后凡初入学者皆谓之附生，其岁、科两试等第高者可补为增生、廪生。廪生中食廪年深者可充岁贡。清代制度与明时基本相同。

［4］请老：官吏请求退休养老。《左传·襄公三年》："祁奚请老，晋侯问嗣

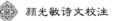

焉。"晋杜预《注》:"老,致仕。"

2.54　大人遇事从容平气

流寇伪将军至,避于石门[1]。自后告讦[2]日兴,巨室[3]咸奔窜无宁日。有客至于庭云必致讼,大人饭毕,从容平气应之,客无以难。人谓客曰:"彼入深渊与骊龙寝处[4],终不见噬[5];区区鼠雀,何有于彼哉!"

【注释】

[1] 石门:石门山,在曲阜城东北三十余千米,因两山对峙如两扇石门而得名,山上林木葱茏、风景优美,人文遗迹众多,是曲阜著名的文旅胜地。

[2] 告讦 (jié):攻击别人的过失、短处或揭发他人的隐私;告发。汉班固《汉书·刑法志》:"及孝文即位……论议务在宽厚,耻言人之过失。化行天下,告讦之俗易。"唐颜师古《注》:"讦,面相斥罪也。"

[3] 巨室:指名望高、势力大的世家大族。

[4] "彼入"句:喻指颜伯璟壬午之难中被清军所执后竟获释,并匍匐千里北上河间寻收父尸事。"与骊龙寝处"典出《庄子·列御寇》。骊龙,传说中的一种纯黑色的龙,其下巴下有宝珠,想要取出宝珠,一定要等黑龙睡着。

[5] 见噬:被咬;被吃掉。

2.55　大人与西瓜自去其蒂

幼时,大人命省耘[1],与二西瓜,手自去其蒂。母宜人[2]问何为去蒂,曰:"儿道远,持其蒂必脱,瓜且[3]裂矣。"

【注释】

[1] 省 (xǐng) 耘:慰问干农活的人。耘,除草。泛指从事农业劳动。按,据颜光敏子颜肇维撰《颜修来先生年谱》,此章所记系顺治六年 (1649,岁次己丑) 事,光敏时年十岁。《年谱》原文作:"顺治己丑,府君年十岁。赠公命省芸,与二西瓜,手自去其蒂。母朱太淑人问:'何为去其蒂?'府君曰:'儿道远,持其蒂必脱,瓜且裂矣。'"则颜肇维以为"手自去其蒂"者为"府君"光敏,"儿道远"之"儿"系光敏自称,此说恐于义未安。本卷名"承家",内容集中在追述父祖辈的德行、事功和言语上,若意肇维说为是,卷中掺入此章光敏自矜早慧的故事,殊觉突兀、扞格。窃谓本章所载"手自去其蒂"者为"大人",即《年谱》中所谓"赠公" (光敏父伯璟),而"儿道远"云云,实为

"赠公"伯璟而非"府君"光敏所言。颜肇维为父亲撰写年谱，在此条材料的理解使用上，怕是有误了。光敏用来赞美己父的故事，被肇维用来赞美光敏，可谓"各人的父亲各人夸"，错得无理，但却有趣。

[2]宜人：封建时代，妇女因丈夫或子孙居官而得的一种封号。宋代政和年间始有此制，文官自朝奉大夫以上至朝议大夫，其母或妻封宜人；武官官阶相当者同。元代七品官妻、母封宜人，明清五品官妻、母封宜人。

[3]且：副词。就。《墨子·尚同下》："上得且罚之，众闻这非之。"

2.56　大人作《咏秋蝉》诗

大人与执友[1]为诗社，《咏秋蝉》诗曰：

蜩螗如沸羹[2]，南威煽方逞[3]。

卑栖待物化[4]，且愿羲轮[5]永。

昨夜梧桐飘[6]，秋声泛金井[7]。

遥爱邱园[8]深，共惜桑榆[9]景。

橐龠[10]乘虚空，天籁[11]吹逾静。

夕露生华滋[12]，朝霞伴孤迥[13]。

念昔居草泽，未悉炎与冷。

美荫良[14]可怀，栗林更三省[15]。

孔方训[16]先生叹曰："君家其克[17]昌乎？"

【注释】

[1]执友：志同道合的朋友。《礼记·曲礼上》："僚友，称其弟也。执友，称其仁也。交游，称其信也。"汉郑玄《注》："执友，志同者。"

[2]"蜩螗"句：《诗经·大雅·荡》："如蜩如螗，如沸如羹。"后因以"蜩螗沸羹"形容声音嘈杂喧闹，好像蝉噪、水滚、羹沸一样。常以喻纷扰不宁。清钱谦益《贺文司理诗册序》："于是小人抵隙，遂如蜩螗沸羹。"也简作"蜩羹"。蜩（tiáo）：蝉。《诗经·豳风·七月》："五月鸣蜩。"《庄子·逍遥游》："蜩与学鸠笑之。"唐陆德明《经典释文》："蜩，音条。司马云：蝉。"清恽敬《释螳蛄》："蜩蜋、蜩螗、蜩蛦、马蜩，皆夏蝉也。自其蜕言之曰蝉，自其鸣言之曰蜩。"螗（táng）：一种较小的蝉。亦名蝘，又名螗蜩、螗蛦。字亦作"螳"。

[3]南威：南方极热的暑气。南朝梁萧统《文选·鲍照〈苦热行〉》："赤阪横西阻，火山赫南威。"唐张铣《注》："南方之威色。"唐白居易《秋热》

诗："西江风候接南威,暑气常多秋气微。"煽:炽盛。《诗经·小雅·十月之交》:"艳妻煽方处。"汉毛亨《传》:"煽,炽也。"逞:施展;肆行。

[4] 卑栖:居于低下的地位。唐皇甫冉《送田济之扬州赴选》诗:"调补无高位,卑栖屈此贤。"物化:事物的变化。这里指蝉由幼虫蜕化成蝉。《庄子·齐物论》:"昔者庄周梦为胡蝶,栩栩然胡蝶也;自喻适志与!不知周也。俄然觉,则蘧蘧然周也。不知周之梦为胡蝶与,胡蝶之梦为周与?周与胡蝶,则必有分矣。此之谓物化。"唐成玄英《疏》:"夫新新变化,物物迁流,譬彼穷指,方兹交臂。"

[5] 羲轮:太阳的别称。也代指时间、光阴。宋阮阅《诗话总龟》卷十二引《玉堂诗话》:"杨黎州《自遣》云:'天上羲轮都易识,人间尧历自难逢。'"

[6] "昨夜"句:古人认为梧桐是"知秋之木",所以有"梧桐一叶而天下知秋"的说法。本句意相近。

[7] 秋声:秋天里自然界的各种声音,如风声、落叶声、虫鸟声等。北周庾信《周谯国公夫人步陆孤氏墓志铭》:"树树秋声,山山寒色。"金井:井栏上有雕饰的井。一般用以指宫廷园林里的井。一说即石井。金,称其坚固。唐李贺《河南府试十二月乐词·九月》:"鸡人罢唱晓珑璁,鸦啼金井下疏桐。"桐城叶葱奇《李贺诗集》注:"金井,即石井。古人凡说坚固,多用金,如金塘、金堤等。"

[8] 邱园:乡村家园。唐牛肃《纪闻·吴保安》:"将归老邱园,转死沟壑。"清吴嘉纪《内人生日》诗:"潦倒邱园二十秋,亲炊葵藿慰余愁。"

[9] 桑榆:喻指隐居田园。北齐魏收《魏书·逸士传·眭夸》:"或人谓夸曰:'吾闻有大才者必居贵仕,子何独在桑榆乎?'"

[10] 橐龠(tuó yuè):也作"橐爚"。古代冶炼时鼓风吹火的装置,同今天的风箱类似。这里喻指造化、自然。晋陆机《文赋》:"同橐籥之罔穷,与天地乎并育。"

[11] 天籁:风声、鸟声、流水声等自然界的声响。《庄子·齐物论》:"女闻人籁而未闻地籁,女闻地籁而未闻天籁夫!"

[12] 华滋:润泽。唐李白《大猎赋》:"诞金德之淳精分,漱玉露之华滋。"明刘基《述志赋》:"漱飞泉之华滋分,泡灏露之醇英。"

[13] 孤迥:寂寞;寂寥。唐杜牧《南陵道中》诗:"正是客心孤迥处,谁家红袖凭江楼?"

[14] 良:确实。副词。

[15] 三省(xǐng):反复地反省。语本《论语·学而》:"曾子曰:'吾日三省吾身:为人谋而不忠乎?与朋友交而不信乎?传不习乎?'"后泛指认真反省

自己的过失。

[16] 孔方训：孔尚则，号方训，曲阜人，清初著名戏剧家孔尚任族兄，明崇祯十三年（1640）进士。南明弘光朝官刑部尚书。

[17] 克：能。

2.57　子孙当有自养之资

六畜[1]依人而养，虽有自养之资，废而不用，一旦去主，无逾宿[2]之命矣。世之为子孙计者，徒欲黄金满籯[3]，是不以人畜其子也。其子之不肖，不亦宜乎？

【注释】

[1] 六畜：本指"马、牛、羊、鸡、狗、猪"六种牲畜。《左传·昭公二十五年》："为六畜、五牲、三牺，以奉五味。"晋杜预《注》："马、牛、羊、鸡、犬、豕。"《周礼·天官·庖人》："掌共六畜、六兽、六禽，辨其名物。"汉郑玄《注》："六畜，六牲也。始养之曰畜，将用之曰牲。"这里泛指各种牲畜。

[2] 逾宿：过了一夜，到第二夜。清蒲松龄《聊斋志异·小猎犬》："逾宿，公疑其已往，视之，则盘伏如故。"

[3] 籯（yíng）：箱、笼等之类的盛物器。汉班固《汉书·韦贤传》："故邹鲁谚曰：'遗子黄金满籯，不如一经。'"唐颜师古《注》："如淳曰：'籯，竹器，受三四斗。今陈留俗有此器。'……然则筐笼之属是也。今本籯字或作盈，又是盈满之义，盖两通也。"

2.58　鲁王事多有可炯戒者

吾家向居郡城[1]，于鲁王[2]事颇悉。尝听大人言数事，有可炯戒[3]者，因记之。

【注释】

[1] 郡城：郡治所在地。这里指兖州（今山东省济宁市兖州区）。

[2] 鲁王：明太祖朱元璋于洪武三年（1370）封第十子朱檀为鲁王，十八年（1385）就藩兖州，是为鲁荒王。后历靖王、惠王、庄王、端王、恭王、敬王、宪王、肃王、安王（朱以派，1640—1642 年在位，崇祯十五年，清兵攻兖州，自缢而亡）以及朱以海、朱弘桓等。

[3] 炯戒：亦作"炯诫"。明显的鉴戒或警戒。汉班固《幽通赋》："既讯

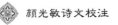

尔以吉象兮，又申之以炯戒。"

2.59　诸藩姻媾例不得宦京师

尝见大父谒选供状云"并无过犯[1]及与王府结亲"。盖当时诸藩姻媾，例不得宦京师也——催抑[2]至此。末季乃许举进士科出仕。一代玉牒[3]，竟无片善可纪，是宗子[4]之羞也。

【注释】

[1] 谒选：官吏赴吏部应选。明何良俊《四友斋丛说·史四》："壬子年秋，余谒选至京。"供（gòng）状：泛指自陈事实的文字。宋刘克庄《书考》诗："世上升沉姑付酒，考中供状是吟诗。五钱买得羊毛笔，自写年劳送有司。"过犯：过错。唐韩愈《曹成王碑》："观察使噎媚不能出气，诬以过犯，御史助之，贬潮州刺史。"

[2] 催抑：挫折压制。晋陈寿《三国志·魏志·田豫传》："（田豫）为校尉九年，其御夷狄，恒催抑兼并，乖散强猾。"

[3] 玉牒：记载帝王谱系、历数及政令因革的著作。至宋代，每十年一修。宋罗大经《鹤林玉露》："玉牒修书，始于大中祥符，至于政、宣而极备……编年以纪帝系，而载其历数及朝廷政令之因革者，为玉牒。"

[4] 宗子：皇族子弟。

2.60　亲王郡王亦多尴尬

文皇自起藩邸[1]，猜防[2]过深，其于同姓，畏之如虎、待之如彘[3]。亲王既无事权，第以威令行于本支[4]。为左右衣白领者，嘘生吹枯[5]，莫敢忤视[6]。郡王以下，多贫困无以为家。滋阳王尝坐巡方于庭，自入点茶[7]，开后阁[8]呼卖薪者，冠七旒[9]，著团龙衣[10]，自负薪入，不之怪也。

【注释】

[1] 文皇：指明太祖朱元璋，因其谥号为"开天行道肇纪立极大圣至神仁文武俊德成功高皇帝"，故称。藩邸：藩王的宅第。按，明朝建立之初，朱元璋将亲王分封到全国军事要地，各王拥有统兵征战之权，以屏护皇室，是为"封王建藩"。

[2] 猜防：猜疑防范。

[3] 彘（zhì）：猪。

[4] 第：只是。本支：同一家族的嫡系和庶出的子孙。

[5] 嘘生吹枯：活着的吹气使之干枯，干枯的吹气使之生长。比喻言论中既有批评的也有表扬的。嘘，呵气。本作"嘘枯吹生"。南朝宋范晔《后汉书·郑太传》："孔公绪清谈高论，嘘枯吹生，并无军旅之才、执锐之干。"

[6] 忤视：逆视；对视。

[7] 点茶：古代的一种沏茶方法。

[8] 阁（gé）：宫中的小门。

[9] 旒（liú）：同"瑬"。冕冠前后悬垂的玉串。《礼记·玉藻》："天子玉藻，十有二旒。"

[10] 著：通"着"，穿着。团龙衣：绣有团龙图案的袍服。所谓"团龙"，是将龙纹设于圆内，构成的圆形图样。

2.61　王者更苦于食毒

鲁王第五子[1]，袭封，卤薄[2]自国门达于朝。观者曰："美哉！人言乐曰南面王，有是乎？"大人曰："亦知其有忧与？"昔先王有疾，今王尝刲[3]股焉。世子稍不自安[4]，于先王近侍，每有所遗[5]。王一日执宫妾倪氏手，见指环极精丽，弄之，因脱以著王指，则见其内著指处镂文曰"钟情"。王考[6]左右，咸曰："世子也。"世子初见倪氏其家，悦之，欲为媵[7]，盖未尝忘也。王怒，召世子，自执金瓜[8]击其首，立碎。自后宫中夜有声，如呼"父王"，甚悲。王穷治乃悔恨以薨[9]。又闻世子常自糁[10]砒霜食中，食之。徐以药解，初少许，渐至多，曰："使腹中习惯，即中毒不死。"夫以食毒自苦，犹不得王。是王者不将更苦于食毒哉！壬午王遂及于难[11]。

【注释】

[1] 鲁王第五子：指鲁王朱以海，肃王寿镛庶五子，崇祯十七年（1644）袭封，寻寄居台州，后监国于绍兴。

[2] 卤薄：古代帝王驾出时扈从的仪仗队。出行目的不同，仪式各不相同。汉代后妃、太子、王公大臣，唐代四品以上官员皆准用卤薄。

[3] 刲（kuī）：刺。《国语·楚语下》："必自射牛、刲羊、击豕。"三国吴韦昭《注》："刲，刺也。"

[4] 世子：太子；帝王和诸侯的嫡长子。《公羊传·僖公五年》："世子，贵也。世子犹世世子也。"自安：安分守己。

[5] 每：每每；常常。遗（wèi）：赠予；赏赐。

[6] 考：拷问。南朝宋范晔《后汉书·窦武传》："时国政多失，内官专宠，李膺、杜密等为党事考逮。"

[7] 媵（yìng）：古代诸侯的女儿出嫁时随嫁或陪嫁的女人。这里指妾室。

[8] 金瓜：古代卫士所执的一种兵仗。棒端呈瓜形，铜质，金色。元张昱《辇下曲》之十九："卫士金瓜双引导，百司拥醉早朝回。"

[9] 穷治：彻底查办。乃：竟然；竟。薨：古代称诸侯或有爵位的高官死去。

[10] 糁（sǎn）：粒状物。这里用作动词，散开。唐李白《春感》："榆荚钱生树，杨花玉糁街。"

[11] "壬午"句：鲁安王（孝王）朱以派，肃王寿镛嫡子，崇祯十三年（1640）袭封，十五年（1642），岁次壬午，清兵破兖州，自缢死。

2.62　王令左右与狎客戏

王令左右与狎客[1]戏，或炙金卮[2]，极热以进，或密置蝎，椅上螫[3]之。

【注释】

[1] 狎客：陪伴权贵游乐的人。

[2] 卮（zhī）：古代一种酒器。汉班固《汉书·高帝纪上》："上奉玉卮为太上皇寿。"唐颜师古《注》："卮，饮酒圆器也。"

[3] 螫（shì）：毒虫或蛇咬刺。汉司马迁《史记·淮阴侯列传》："猛虎之犹豫，不若蜂虿之致螫。"

2.63　德王要漕艘

德王[1]初王德州，漕艘[2]至，王要于河干[3]，取之。有司闻于孝宗[4]，孝宗曰："朕尝有密旨，许其自取耳。"后徙王济南。

【注释】

[1] 德王：此或指明英宗朱祁镇之子朱见潾。见潾，初名见清，代宗景泰三年（1452）封荣王。英宗天顺元年（1457），改封德王，建藩德州，后改封济南。宪宗成化三年（1467）就藩。在藩五十二年，在王位六十一年。武宗正德十二年（1517）薨，时年七十。王陵在今山东省济南市长清区五峰山南麓。谥号庄王。

[2] 漕艘：供漕运的船。明沈德符《野获编·河漕·徐州》："宜仍遣漕艘

之半，分行其中，以防意外之梗。”

[3] 要（yāo）：拦阻；截击。《孟子·公孙丑下》：“（孟仲子）使数人要于路。”河干（gān）：河边；河岸。《诗经·魏风·伐檀》：“坎坎伐檀兮，寘之河之干兮。”汉毛亨《传》：“干，厓也。”

[4] 有司：官吏。古代设官分职，各有专司，故称有司。《尚书·大禹谟》：“好生之德，洽于民心，兹用不犯于有司。”闻：奏报。孝宗：明孝宗朱祐樘（1470—1505），宪宗朱见深之子，成化二十三年（1487）即位，次年改元弘治，在位十八年。按：本文记德王故事同孝宗在位时间似有未协。

2.64　镇国将军养浩蒙冤

镇国将军养浩，名观烟者，其少子卒，妇以受封，律不得更适[1]。其兄蛊[2]之，使告养浩及长子鸟兽行[3]。会鲁王言王孙不驯谨[4]，愿得以有司法治之。初得请[5]，乃称长史[6]、承奉、教授为三司法，使考治[7]养浩父子。初造诸刑具，毕陈于前，养浩父子皆夺魄[8]不能言。而妇兄尝与同浴于川，乃教妇言其隐状[9]，竟诬服抵法。是日，妇兄发狂，称养浩父子剔其目，徇[10]于路十日乃死。人恶其妇，莫敢娶。三年，有邹人孟氏娶之；至则悬于梁，引刀刺其股，曰：“吾愤无人为养浩报雠[11]耳。”

【注释】

[1] 更（gēng）适：改嫁。唐李延寿《南史·孝义传上·徐元妻许氏》：“先是，新蔡徐元妻许二十一丧夫，子甄年三岁，父揽愍其年少，以更适同县张买。”

[2] 蛊：迷惑。

[3] 鸟兽行：比喻乱伦的秽行。语本《周礼·夏官·大司马》：“外内乱，鸟兽行，则灭之。”汉郑玄《注》引《王霸记》：“悖人伦，外内无以异于禽兽，不可亲百姓，则诛灭去之也。”

[4] 驯谨：和顺谨慎。明陈子龙《寿夏太夫人序》：“及乎蹑履鸣佩，训伯子以驯谨。”

[5] 得请：等于说所请获得批准。《左传·僖公十年》：“夷吾无礼，余得请于帝矣，将以晋畀秦，秦将祀余。”

[6] 长史：官名。

[7] 考治：等于说拷问。汉荀悦《汉纪·高祖纪四》：“乃就槛车，送诣长安，言王不知，考治身无完者，终不复言。”

[8] 夺魄：天夺其魄。上天夺走人的魂魄。等于说欲其死。《左传·宣公十五年》："原叔必有大咎，天夺之魄矣。"唐孔颖达《疏》："魂魄去之，何以能久。"这里有"天使人神志迷乱"的意思。

[9] 隐状：等于说身上隐秘部位的样子。

[10] 徇（xùn）：示众。汉司马迁《史记·司马穰苴列传》："遂斩庄贾以徇三军。"

[11] 雠：同"雠"，仇恨。战国屈原《楚辞·九章·惜诵》："专惟君而无他兮，又众兆之所雠。"

2.65　大人不欲子孙以空言贾寔祸

昔尝作一《孝女》诗，大人偶见，问："此诗得毋[1]为某作乎？"对曰："然。"大人怒不食，曰："杀身成仁[2]，吾亦不禁汝为；若但以空言贾寔[3]祸，吾不愿有此子孙也。"遽[4]焚之。

【注释】

[1] 得毋：莫非、该不是。宋岳珂《桯史·吴畏斋谢贽启》："屡矣蹉跎，虽粗有少年之志，斐然狂简，得毋贻小子之嗤？"也作"得亡"和"得无"。汉班固《汉书·赵充国传》："我告汉军先零所在，兵不往击，久留，得亡效五年时不分别人而并击我？"《论语·颜渊》："为之难，言之得无讱乎？"

[2] 杀身成仁：儒家为了"仁"的最高道德准则而不惜舍弃生命。语本《论语·卫灵公》："志士仁人，无求生以害仁，有杀身以成仁。"后泛指为正义事业牺牲个人生命。

[3] 贾（gǔ）：招引；招致。晋陆机《豪士赋》："惧万民之不服，则严刑峻制，以贾伤心之怨。"寔：刊本作"实"，寔，同"实"。今据稿本改。

[4] 遽（jù）：急忙，赶紧。

2.66　牝鸡之晨，圣人深戒

妇人性阴鸷[1]，与男子反：轻男而重女；恶妇而爱壻[2]；厚母家而薄夫党[3]；待人常过仁柔[4]，而能阴谋[5]杀人；遇患害则怯懦，而好诅咒；临财必吝啬，而信僧尼巫觋[6]；恨丈夫不若人，而欲其为己屈；羡人多男，而不愿有孽子。又所见浅陋偏私、暗[7]大体、无远虑。听其所为，则皆与宜家[8]之道相反。是以牝鸡之晨[9]，圣人深戒。

【注释】

［1］阴鸷：阴险凶狠。宋司马光《资治通鉴·汉宣帝神爵四年》："严延年为治，阴鸷酷烈。"

［2］壻：同"婿"。女婿。

［3］夫党：丈夫的亲族。《礼记·杂记下》："姑姊妹，其夫死，而夫党无兄弟，使夫之族人主丧。"

［4］仁柔：仁爱温和。南朝宋范晔《后汉书·史弼传论》："夫刚烈表性，鲜能优宽；仁柔用情，多乏贞直。"

［5］阴谋：暗中策划，秘密计议。汉司马迁《史记·蒙恬列传》："乃与丞相李斯、公子胡亥阴谋，立胡亥为太子。"

［6］觋（xí）：为人祷祝鬼神的男巫。后也泛指巫师。《国语·楚语下》："如是则明神降之，在男曰觋，在女曰巫。"三国吴韦昭《注》："巫觋，见鬼者。《周礼》男亦曰巫。"

［7］暗（àn）：不明了；不了解。《墨子·修身》："事无终始，无务多业；举物而暗，无务博闻。"

［8］宜家：语出《诗经·周南·桃夭》："之子于归，宜其室家。"宋朱熹《集传》："宜者，和顺之意。室者，夫妇所居；家，谓一门之内。"《左传·襄公三十一年》："臣有臣之威仪，其下畏而爱之，故能守其官职，保族宜家。"后因以称家庭和睦。

［9］牝鸡之晨：母鸡报晓。语出《尚书·牧誓》："牝鸡无晨。牝鸡之晨，惟家之索。"汉孔安国《传》："喻妇人知外事。雌代雄鸣则家尽，妇夺夫政则国亡。"贬喻女性掌权，阴阳倒置，将导致家破国亡。也说"牝鸡司晨"。

2.67　驭下有道

驭下[1]者，欲施恩厚而约誓明[2]，使诸人皆得请间[3]；复兼听而徐察之；有欺负[4]者，予夏楚[5]，当其过，宁宥[6]无滥；勿疾[7]怒；决罚[8]勿待，恐愚人[9]，惧有他。

【注释】

［1］驭下：统治部下、百姓。唐房玄龄等《晋书·姚泓载记》："君等参赞朝化，弘昭政轨，不务仁恕之道，惟欲严法酷刑，岂是安上驭下之理乎！"

［2］约誓：以誓言相约信。汉班固《汉书·韩延寿传》："接待下吏，恩施甚厚而约誓明。"《诗经·邶风·击鼓》："执子之手，与子偕老。"汉郑玄

《笺》："执其手与之约誓示信也。"

[3] 请间：不愿当着众人的面、请求在空闲的时候陈述事情。汉司马迁《史记·孝文本纪》："代王下车拜。太尉勃进曰：'愿请间言。'"唐司马贞《索隐》："言欲向空间处语。颜师古云：'间，容也，犹言中间。请容暇之顷，当有所陈，不欲即公论也。'"

[4] 欺负：欺诈违背。

[5] 夏（jiǎ）楚：古代学校两种体罚越礼犯规者的用具。《礼记·学记》："夏、楚二物，收其威也。"汉郑玄《注》："夏，榎也；楚，荆也。二者所以扑挞犯礼者。"清张廷玉等《明史·职官志二》："有不率者，扑以夏楚；不悛，徒谪之。其率教者，有升堂积分超格叙用之法。课业仿书，季呈翰林院考校，文册岁终奏上。"夏，字亦作"榎""檟"。此处泛指处罚。

[6] 宥（yòu）：宽恕；赦免。《尚书·舜典》："流宥五刑。"汉孔安国《传》："宥，宽也。以流放之法宽五刑。"

[7] 疾：怒，强狠。

[8] 决罚：指杖刑。用棍棒等拷打罪犯的刑罚，亦指施杖刑。这里泛指施以各种刑罚。

[9] 愚人：可与为恶、不可与为善的人。汉班固《汉书·古今人表》分人为九等，其中第九等为"下下，愚人"。蚩尤、妲己、赵高等皆列于此等。这里泛指违法悖理的人。

卷三　谨身

3.1　君子不素餐

　　少时好嬉[1]，一日开卷[2]至暮，声不辍[3]，母呼而饭[4]之，竟食不怍[5]，因知他日食皆未尝甘也。有友谓余曰："吾有六马，自粤西归，毙其四焉。"曰："彼中风土[6]恶，何为骑往？"曰："吾正以风土恶，故择其驽[7]者二，乘之往，其骏者皆留枥[8]中。比[9]还，则驽者无恙，而枥中皆病肥死，故悔之。"《诗》曰："彼君子兮，不素餐兮[10]。"

【注释】

　　[1] 嬉（xī）：游玩，玩耍。唐韩愈《进学解》："业精于勤，荒于嬉。"

　　[2] 开卷：翻开书本。借指读书。

　　[3] 辍：停止，中止。

　　[4] 饭：给人饭吃；使人吃饭。汉司马迁《史记·淮阴侯列传》："有一母见信饥，饭信。"

　　[5] 怍（zuò）：羞愧，惭愧。南朝宋范晔《后汉书·文苑传下·祢衡》："（祢衡）先解袒衣，次释余余服，裸身而立，徐取岑牟、单绞而著之，毕，复参挝而去，颜色不怍。"唐李贤《注》："怍，羞也。"

　　[6] 风土：泛指一地的风俗习惯和地理环境。唐刘长卿《自江西归至旧任官舍赠袁赞府》诗："南方风土劳君问，贾谊长沙岂不知。"

　　[7] 驽（nú）：劣马；走不快的马。

　　[8] 枥（lì）：马槽。供马吃草料、饮水的器具，早期多为木制。

　　[9] 比（bǐ）：及，等到。汉司马迁《史记·殷本纪》："比九世乱，于是诸侯莫朝。"

　　[10] "彼君"二句：语见《诗经·魏风·伐檀》。二句的意思是：那些君子们呀，可真是不白吃饭呀。君子，指身份高贵的人。素餐，白吃饭，即不劳而获。原诗系反讽之语。

3.2　亚卿不攀附辅臣

　　辅臣柄国[1]，有亚卿不肯踵其门[2]。或传辅臣语，谓"知亚卿正人，愿得见为荣施[3]"。亚卿曰："我方苟容窃禄[4]，安得为'正人'？此公欲我见[5]，而

'正人'誉我，是欲其入而闭之门也。"卒弗往。

【注释】

[1] 辅臣：辅弼之臣，多指宰辅。据民国赵尔巽等《清史稿·职官志》，清人入关后继承明朝遗制，不设相位，内阁大学士"掌钧国政，赞诏命，厘宪典，议大礼、大政，裁酌可否入告"，实际上位同宰相。柄国：执掌国政。

[2] 亚卿：唐代以后太常寺等官署少卿的别称。清代大理寺、太常寺、光禄寺、鸿胪寺等均置少卿之职，品级自从五品至正四品不等。踵（zhǒng）：至；亲到。

[3] 荣施：赞誉并施于人恩惠。《左传·昭公三十二年》："俾我一人无徵怨于百姓，而伯父有荣施，先王庸之。"

[4] 苟容：屈从附和以取悦于世。《荀子·臣道》："不恤君之荣辱，不恤国之臧否，偷合苟容以持禄养交而已耳，谓之国贼。"窃禄：等于说无功受禄。多为自谦的说法。

[5] 见（旧读 xiàn）：谒见，拜见。

3.3 万物不死于死，而死于生

躯体，炭也；神气，火也。火傅于炭，然后能为功用；顾其势亦渐消渐灭而不可以暂[1]止，则生气之鼓荡[2]也。故万物不死于死，而死于生。谓人可长生者，妄也；谓死有时，不可先不可后者，亦妄也。今夫[3]炭当风则易烬；扇之则立烬；置之密室，移时乃烬[4]；覆之以灰，竟日夜乃烬——总未有不烬者。人生嗜欲忧劳，其为当风之扇者亦众矣。稍有闲暇，即当澄心[5]静气，无致从流[6]忘返，即摄生[7]之道也。

【注释】

[1] 顾：连词。表示转折，相当于"但是"。清蒲松龄《聊斋志异·五通》："此等物事，家君能驱除之。顾何敢以情人之私告诸严君？"暂：突然，一下子。汉司马迁《史记·李将军列传》："行十余里，广佯死，睨其旁有一胡儿骑善马，广暂腾而上胡儿马，因推堕儿，取其弓，鞭马南驰数十里，复得其余军，因引而入塞。"

[2] 鼓荡（dàng）：鼓动激荡。明方孝孺《王待制私谥议》："发之文辞，敷腴蔚赡，浩乎若秋江之涛，鼓荡莫测，而其来有本也。"

[3] 今夫：发语词，无实义。《礼记·中庸》："今夫天，斯昭昭之多，及其无穷也，日月星辰系焉，万物覆焉；今夫地，一撮土之多，及其广厚，载华岳而

不重，振河海而不泄，万物载焉。"清俞樾《古书疑义举例·古书发端之词例》："《礼记·中庸篇》'今夫天'一节，四用'今夫'为发端，此近人所习用者；乃或变其文为'今是'。"

[4] 移时：一会儿，过一段时间（多指不长的一段时间）。五代王周《会唫岑山人》诗："略坐移时又分别，片云孤鹤一枝筇。"烬：动词，烧毁；烧成灰烬。

[5] 澄（chéng）心：使心情清静；静心。《文子·上义》："老子曰：'凡学者能明于天人之分，通于治乱之本，澄心清意以存之，见其终始，反于虚无，可谓达矣。'"晋陆机《文赋》："罄澄心以凝思，眇众虑而为言。"

[6] 从流：顺着水流，随着水流。这里有随波逐流、放任自己的意思。南朝梁武帝《游钟山大爱敬寺》诗："从流既难反，弱丧谓不然。"

[7] 摄生：养生，保养身体。《老子》："盖闻善摄生者，陆行不遇兕虎，入军不被甲兵。"即，稿本作"即即"，衍一"即"字，刊本不误。

3.4　博施济众

博施济众，是谓圣人[1]；君子勉焉，于人必有所济。故曰"不为宰相，则为名医"。且知医必自敬其身[2]，故业[3]之者多寿。吾所见虽庸医，未尝不皤皤黄发[4]也。

【注释】

[1] "博施"二句：博，广泛。济，接济，救济。博施济众，指广泛地给予百姓恩惠和救济。语本《论语·雍也》："子贡曰：'如有博施于民而能济众，何如？可谓仁乎？'子曰：'何事于仁，必也圣乎！尧舜其犹病诸！夫仁者，己欲立而立人，己欲达而达人。能近取譬，可谓仁之方也已。'"谓，刊本作"为"，今据稿本改。

[2] 自敬其身：敬重自身。《孔子家语·大婚》："是故君子无不敬，敬也者，敬身为大。"

[3] 业：动词。以……为业；从事于。唐柳宗元《种树郭橐驼传》："驼业种树，凡长安豪富人为观游及卖果者，皆争迎取养。"清蒲松龄《聊斋志异·丁前溪》："娘子言，我非业此猎食者。主人在外，尝数日不携一钱。"

[4] 皤皤（pó pó）：满头白发的样子。形容年高。汉班固《汉书·叙传下》："营平皤皤，立功立论。"唐颜师古《注》："皤皤，白发貌也。"黄发：旧说是人长寿的特征。晋陶潜《桃花源记》："黄发垂髫，并怡然自乐。"

3.5 汲引后进，师法先达

汲引后进[1]，冀[2]他日为我用；或不输诚[3]，则又多方排挤之，非君子之道也。先达德行文学[4]，可师则师之。若浮慕声华[5]，执鞭[6]恐后，或陈乞荐引[7]，捐躯自矢[8]，他日得志，去之则食言，附之则失己。慎之于初，庶无悔吝[9]。

【注释】

[1] 汲（jí）引：从下往上引水。比喻引进、举荐或提拔人才。汉班固《汉书·刘向传》："禹稷与皋陶传相汲引，不为比周。"后进：后辈。也指学识或资历较浅的人。《论语·先进》："先进于礼乐，野人也；后进于礼乐，君子也。"宋邢昺《疏》："后进，谓后辈仕进之人也。"

[2] 冀：希望；打算。

[3] 输诚：表明诚心，献出诚意。晋陈寿《三国志·蜀志·刘备传》："尽力输诚，奖厉六师，率齐群义，应天顺时，扑讨凶逆，以宁社稷，以报万分。"

[4] 先达：学问深、德行高的前辈。北齐颜之推《颜氏家训·勉学》："爰及农商工贾，厮役奴隶，钓鱼屠肉，饭牛牧羊，皆有先达，可为师表。"德行、文学：历史上有学者将"德行""言语""政事""文学"视为"孔门四科"，基本依据是《论语·先进》中的记载："德行：颜渊、闵子骞、冉伯牛、仲弓；言语：宰我、子贡；政事：冉有、季路；文学：子游、子夏。"这就是说，孔门弟子根据其学业特长分为"德行、言语、政事、文学"四科。所谓"文学"，通常认为是指古代文献。

[5] 浮慕：表面上假装仰慕。汉司马迁《史记·酷吏列传》："（张汤）及列九卿，收接天下名士大夫，己心内虽不合，然阳浮慕之。"声华：等于说声誉荣耀。唐白居易《晏坐闲吟》："昔为京洛声华客，今作江湖潦倒翁。"

[6] 执鞭：持鞭（为人驾车）。多借以表示卑贱的差役。这里有景仰追随、甘为仆隶的意思。汉司马迁《史记·管晏列传论》："假令晏子而在，余虽为之执鞭，所忻慕焉。"

[7] 陈乞：陈述请求。唐刘禹锡《代裴相公让官第一表》："伏枕之初，已有陈乞，请罢真食，兼辞贵阶。"义同"陈祈"。荐引：举荐，引荐。

[8] 自矢：自誓，立志不移。矢，通"誓"，发誓。

[9] 悔吝：灾祸。语本《易经·系辞上》："悔吝者，忧虞之象也。"

3.6 为人当戒心傲

沉潜[1]、高明[2]，皆美质也，犹须刚克柔克[3]；今人性之所偏，顾返[4]自喜，以为率真。或云："我心素傲。"不思禹之戒舜曰"无若丹朱傲"[5]。充此一念，慢上凌下[6]，何所不为？故虽有启明[7]之资，而尧不敢以为子。又云："彼实无他，但性僻耳。"不知公好公恶，人心所同，安得悍然独异？《传》曰："僻则为天下僇矣。"[8]

【注释】

[1] 沉潜：也作"沉渐"，指大地；地德深沉柔弱。《尚书·洪范》："沉潜，刚克；高明，柔克。"唐孔颖达《疏》："地之德沉深而柔弱矣，而刚能出金石之物也。"《左传·文公五年》："《商书》曰：'沉渐刚克。'"杨伯峻先生《春秋左传注》："'潜'亦作'渐'，潜、渐古音近，字得通。"

[2] 高明：天，上天。《尚书·洪范》："沉潜，刚克；高明，柔克。"汉孔安国《传》："沉潜谓地，高明谓天。"汉司马迁《史记·秦始皇本纪》："群臣诵功，本原事迹，追首高明。"南朝梁萧统《文选·谢庄〈月赋〉》："臣闻沉潜既义，高明既经。"唐吕延济《注》："沉潜，地，故称义；高明，天，故称经。"

[3] 刚克：刚强而能立事。《尚书·洪范》："三德：一曰正直，二曰刚克，三曰柔克。"唐孔颖达《疏》："二曰刚克，言刚强而能立事。"柔克：和柔而能成事。《尚书·洪范》："六，三德：一曰正直，二曰刚克，三曰柔克。"汉孔安国《传》："和柔能治。"汉班固《汉书·叙传下》："孝元翼翼，高明柔克。"唐颜师古《注》："谓人虽有高明之度，而当执柔，乃能成德也。"

[4] 顾返：反而。也作"顾反"。汉司马迁《史记·萧相国世家》："今萧何未尝有汗马之劳，徒持文墨议论，不战，顾反居臣等上，何也？"

[5] "不思"句：据《尚书·益稷》记载，禹曾警诫帝舜，不要像帝尧的儿子丹朱一样傲虐、怠惰、不理正事："无若丹朱傲，惟慢游是好，傲虐是作。"丹朱，尧的儿子。据汉司马迁《史记·五帝本纪》载："尧知子丹朱之不肖，不足授天下，于是乃权授舜。"

[6] 慢：骄慢；怠慢。《易经·系辞上》："上慢下暴，盗思伐之矣。"唐孔颖达《疏》："小人居上位必骄慢，而在下必暴虐。"凌：侵犯；欺压。《楚辞·九歌·国殇》："凌余阵兮躐余行。"汉王逸《注》："凌，犯也。"

[7] 启明：开明；通达事理。《尚书·尧典》："放齐曰：'胤子朱，启明。'"汉孔安国《传》："启，开也。"唐孔颖达《疏》："其人心志开达，性识

明悟。"唐柳宗元《舜禹之事》："其立于朝者，放齐犹曰朱启明。"明王守仁《答顾东桥书》："背此者，虽其启明如朱，亦谓之不肖。"

[8]"《传》曰"二句：《大学》原为《礼记》第四十二篇。宋代程颢、程颐兄弟抽出该篇编次章句；朱熹又把《大学》重新编排整理，分为"经"一章、"传"十章。"僇则"句在第十章。僇，通"戮"，杀戮。

3.7　赌博乃盗贼之事

赌博，盗贼之事也。人而赌[1]，则时时与盗贼为伍。幸而己不为盗则有之矣，未有不被其盗者。赌之具，钱不过八，骰不过六，牌则三十，如[2]六十、四十，顾其中变诈锋出[3]，离朱或诎其明[4]，偎师或逊[5]其巧。其人或三五为曹[6]，朝散而夜聚。计人室中之藏，及其祖、父所遗，入场则两三人共绐[7]一人，而阳[8]不相知者，多方自翳[9]，掩其不见而取之。负则逋逃[10]，胜则群分其贿[11]。欲穷治之，则思致命焉——是全乎其为盗矣！而其所属意者，则良人也、赤子也。虽甚黠慧[12]，必不能与若辈敌。而若人诱之，唯恐不深也，则先令旁观握筹，取其余羡；继则令为主人散钱取息，以偿其膏火之费；与之博，则使之必胜；又群誉其黠慧以骄之。迨[13]其既深，则一夕之间，遂使其连北[14]而势不可以中止；旬日之间，必荡然矣。其后家贫无所归，又随若人而常为盗。尊长之所怜悯，亲友之所痛恶，尚且废寝忘食，而不知返。目昏面赤，夜半方归，儿不为应[15]门，妻不为炊爨[16]，饥寒抑郁，而不敢以告人。疾病作，斯身与名俱殒矣。要[17]其始，必有所因：或其诸父[18]、诸兄，或其母党、妻党，或其仆，或其邻里，必先有为之者，初以为戏耳，后以为业。夫至以盗为业，尚忍言哉！其父善博，子必以博丧其家，彼适见其利也；父荡家者，其子反能固守，彼亲见其害也。

【注释】

[1]而：用在主谓结构"人赌"中，连接主语"人"和谓语"赌"，表示设定或强调的意思。《论语·为政》："人而无信，不知其可也。"《左传·襄公三十年》："子产而死，谁其嗣之？"

[2]如：或者。《论语·先进》："方六七十，如五六十，求也为之，比及三年，可使足民。"宋朱熹《集注》："如，犹或也。"

[3]变诈锋出：巧变诡诈纷纷出现。锋，通"蜂"。汉刘向《说苑·谈丛》："百方之事，万变锋出。""锋出"又作"缝出"。汉班固《汉书·东方朔传》："舍人所问，朔应对辄对，变诈缝出，莫能穷者。"

[4] 离朱：传说是黄帝时期一位视力极强的人。《孟子》中称"离娄"。《孟子·离娄上》："孟子曰：'离娄之明，公输子之巧，不以规矩，不能成方圆。'"清焦循《孟子正义》："离娄，古之明目者，黄帝时人也。黄帝亡其玄珠，使离朱索之。离朱，即离娄也，能视于百步之外，见秋毫之末。"诎（qū）：折服；屈服。《战国策·秦策一》："今欲并天下，凌万乘，诎敌国，制海内，子元元，臣诸侯，非兵不可！"汉高诱《注》："诎，服也。"明：眼睛，视力。《礼记·檀弓上》："子夏丧其子而丧其明。"汉郑玄《注》："明，目精。"

[5] 偃师：传说是周穆王时的巧匠，所制木偶，能歌善舞，恍如活人。穆王与姬妾一同观赏，木偶对侍妾眉目传情，穆王大怒，欲杀偃师，经剖示木偶方罢。事可参阅《列子·汤问》。逊：比不上，不及。

[6] 曹：成群，群集。《左传·昭公十二年》："周原伯绞虐，其舆臣使曹逃。"晋杜预《注》："曹，群也。"

[7] 绐（dài）：欺骗，欺诈。《穀梁传·僖公元年》："此其言获，何也？恶公子之绐。"

[8] 阳：假装，表面上。《大戴礼记·保傅》："纣杀王子比干，而箕子被发阳狂。"在这个意义上后代多写作"佯"。

[9] 翳（yì）：遮掩，隐藏。战国楚屈原《楚辞·离骚》："百神翳其备降兮，九疑缤其并迎。"汉王逸《注》："翳，蔽也。"汉班固《汉书·扬雄传上》："于是乘舆乃登夫凤凰兮翳华芝。"唐颜师古《注》："翳，蔽也。以华芝为蔽也。"

[10] 逋（bū）逃：流亡，逃亡。《尚书·费誓》："马牛其风，臣妾逋逃。"汉孔安国《传》："马牛其有风佚，臣妾逋亡。"

[11] 贿：财物。《诗经·卫风·氓》："以尔车来，以我贿迁。"汉毛亨《传》："贿，财。"

[12] 黠（xiá）慧：机敏聪慧。也作"黠惠"。唐崔颢《邯郸宫人怨》诗："七岁丰茸好颜色，八岁黠惠能言语。"

[13] 迨（dài）：等到。晋陆云《牛责季友》："迨良期于风柔，竟悲飙于叶落。"

[14] 连北：接连失利。

[15] 应（yìng）：应答。晋李密《陈情事表》："外无期功强近之亲，内无应门五尺之童。"唐杜甫《秦州杂诗》之二十："晒药能无妇，应门亦有儿。"

[16] 炊爨（cuàn）：烧火煮饭。南朝宋刘义庆《世说新语·德行》："（祖讷）性至孝，常自为母炊爨作食。"

[17] 要：概括，总括。南朝梁萧统《文选·晋陆机〈五等论〉》："且要而

言之：五等之君，为己思治，郡县之长，为利图物。"

[18] 诸父：伯父和叔父。《庄子·列御寇》："如而夫者，一命而吕钜，再命而于车上舞，三命而名诸父，孰协唐许也。"唐成玄英《疏》："诸父，伯、叔也。"

3.8　称人善非谀人可耻之举

谀[1]人可耻，诮[2]人亦可耻。谀人所共谀，诮人所共诮，尤可耻。或曰："见人称其善，即谀乎？"曰："意在与人为善，则可耳。"

【注释】

[1] 谀（yú）：恭维，用不实之词奉承人。

[2] 诮（qiào）：责备。引申为讥讽。南朝齐孔稚珪《北山移文》："列壑争讥，攒峰竦诮。"

3.9　欲无媚者必先无傲

媚骨傲骨[1]，故是一具，时出不同耳。人目舟人[2]曰"仙""虎""狗"——乘风顺流，"仙"也；欺孤懦，索钱，"虎"也；受鞭扑，立涂泥[3]风雨中，"狗"也。故欲无媚者，必先无傲。

【注释】

[1] 媚骨：奉承谄媚的本性。傲骨：高傲自尊的性格。

[2] 舟人：船夫。《诗经·小雅·大东》："舟人之子，熊罴是裘。"汉毛亨《传》："舟人，舟楫之人。"

[3] 涂（tú）：泥。《易经·睽卦》："睽孤见豕负涂，载鬼一车。"高亨先生《注》："涂，泥也。负涂，背上有泥。"

3.10　妓女薄情

昔究东郭沙邱院[1]，有妓与某王孙[2]善。王孙居远，蚤[3]起见大雪，促舍人[4]送米炭三车与妓。舍人报曰："彼方困乏，见米炭喜甚，亟问谁何[5]。曰：'念汝至此，尚须[6]问耶？'使自度[7]为谁，凡十举而不及主。因大忿，欲持还，以天寒须酒食，强留耳。"王孙闻之怃然[8]。此亦可为锦缠头者下一砭[9]也。

【注释】

[1] 东郭：郭，古代为保护内城而修筑的外围工事，即外城。东郭指外城的东部。沙邱院：清人孔宪彝辑《曲阜诗钞》（卷二）载颜光敏《寒食日过故沙邱》诗，诗题自注称"（沙邱）在兖城东，故青楼地"。本诗中有"又不见古沙邱，朝朝寒食王孙游"句。

[2] 王孙：泛指贵族的子孙。

[3] 蚤：通"早"，早上。

[4] 舍人：左右亲信。

[5] 亟（qì）：屡次。谁何：疑问词，等于说"谁"。《庄子·应帝王》："吾与之虚而委蛇，不知其谁何。"

[6] 须：通"需"，需要。

[7] 度（duó）：猜度，猜测。

[8] 怃（wǔ）然：失意不乐的样子。《论语·微子》："夫子怃然曰：'鸟兽不可与同群，吾非斯人之徒与而谁与？'"宋邢昺《疏》："怃，失意貌。"

[9] 锦缠头：古代歌舞艺人演出结束，看客以罗锦赠予艺人，缠置艺人头上，叫"锦缠头"。后来又作为赠送女妓财物的通称。砭（biān）：古代治疗疾病的一种方法，以石刺病。"下一砭"比喻规劝过失。

3.11 衣冠子弟不务正业后患无穷

幼时见衣冠子弟相聚为优[1]剧，皆一时俊髦[2]。有不合者，优师与夏楚[3]，不忤[4]，人谓玩世不恭所为也。十年许，率贫困无所成，或怙党骹[5]法以杀其身。

【注释】

[1] 衣冠（guān）子弟：指名门世族的子弟。优：古时指演剧的艺人。

[2] 俊髦：才智杰出的人物。宋王安石《敕修南郊式表》："恭惟皇帝陛下体圣神之质，志文武之功，嘉与俊髦，灵承穹昊。"

[3] 夏（jiǎ）楚：古代学校中施行体罚的两种用具。《礼记·学记》："夏楚二物，收其威也。"汉郑玄《注》："夏，榎（tāo）也；楚，荆也。"也泛指体罚。夏，通"榎"。

[4] 忤（wǔ）：违逆，触犯，不顺从。《庄子·刻意》："无所于忤，虚之至也。"唐成玄英《疏》："忤，逆也。"

[5] 怙（hù）：依仗，凭恃。《诗经·小雅·蓼莪》："无父何怙，无母何

恃。"唐陆德明《释文》:"《韩诗》云:'恬,赖也。'"骫(wěi):骨头弯曲不正。这里指枉曲。字后多写作"委"。汉刘向《说苑·至公》:"奉国法而不党,施刑戮而不骫,可谓公平。"宋欧阳修等《新唐书·张茂昭传》:"克勤骫有司法,引庇它族,开后日卖爵之端,不可许。"

3.12 子弟不务正业反不觉可羞

近世子弟,与谈道义经史,开口茫然,如堕云雾;及观优剧,则言之便便[1],且能识其姓名、按其音节[2]——不自觉其可羞也!

【注释】

[1] 便便(pián):言语流畅的样子。《论语·乡党》:"其在宗庙朝廷,便便言,唯谨尔。"

[2]"按其"句:这句话等于说熟知戏剧的乐曲。

3.13 守身如玉勉作完人

语云:"恶莫大于淫。"君子守身如玉,方期无纤毫疵瑕[1],敢犯此大恶乎?一时不忍,终身不得为完人。鲁男子[2]正气千古,与苟焉须臾[3]者,孰得孰失哉!且杀机立至,不可不畏。吾所见闻系颈受辱、斩头陷胸[4]者,亦不为少,但不敢述耳。

【注释】

[1] 纤(xiān)毫:比喻极为微细的事物。晋陈寿《三国志·魏志·武帝纪》:"君秉国之钧,正色处中,纤毫之恶,靡不抑退。"疵瑕(cī xiá):也作"瑕疵",本指玉的疵病。比喻微小的毛病,也泛指一切缺点、缺陷。

[2] 鲁男子:传说春秋时鲁国人颜叔子洁身自好,不贪恋女色,有坐怀不乱的美誉。《诗经·小雅·巷伯》"哆兮侈兮,成是南箕"句,汉毛亨《传》曰:"鲁人有男子独处于室,邻之嫠妇又独处于室。夜,暴风雨至而室坏,妇人趋而托之,男子闭户而不纳。妇人自牖与之言曰:'子何为不纳我乎?'男子曰:'吾闻之也,男子不六十不闲居。今子幼,吾亦幼,不可以纳子!'妇人曰:'子何不若柳下惠然?姁不逮门之女,国人不称其乱。'男子曰:'柳下惠固可,吾固不可。吾将以吾不可,学柳下惠之可。'"

[3] 苟:这里指不守礼法。须臾:片刻、暂时。极言时间短暂。

[4] 系颈:把绳子套在脖子上,表示等候降罪。斩头陷胸:砍下头颅、刺

破胸膛。泛指被杀死。语本汉司马迁《史记·魏其武安侯列传》："灌夫曰：'今日斩头陷胸，何知程李乎！'坐乃起更衣，稍稍去。"唐司马贞《索隐》释"今日斩头陷胸"："韦昭云：'言不避死亡也。'"

3.14　酒所以养老

酒所以养老也——老者血气衰，酒以扶之；老者多忧思，酒以释之——《诗》曰"有椒其馨，胡考之宁"是也[1]。老而嗜酒，则多寿；少而嗜酒，则多夭。盖老则饮不能多；少则使气争雄，不大醉不已，号呶骂座[2]，备诸丑状，又渐比匪人，敖狠昏瞀[3]，狂走中风[4]，必将为君子所不齿。昔有王孙出饮，抵暮，唯空马还。家人索之三日，犹卧林中。沃[5]之以水，载之归，耳鼻皆出虫，痛苦累月，犹幸不遇豺狼耳！呜呼！饮醇酒、近妇人[6]，古人有行之者，乃遭谗失志、求死不得者之所为也。今自负才俊、思自见于世者，若之何倒行而逆施哉[7]？

【注释】

[1]"有椒"二句：见《诗经·周颂·载芟》，意思是"献祭椒酒香味好，祝福老人常安康"。

[2]号呶（háo náo）：喧嚣叫嚷。语本《诗经·小雅·宾之初筵》："宾既醉止，载号载呶。"汉毛亨《传》："号呶，号呼欢呶也。"骂座：在酒宴上借酒使性、辱骂同席的人。

[3]敖狠：也作"傲狠""傲很"等。倨傲狠戾。昏瞀（mào）：指视觉昏花、神智混乱。清纪昀《阅微草堂笔记·滦阳消夏录四》："天锡遂大发寒热，昏瞀不知人。"

[4]中（zhōng）风：风中。

[5]沃：荡涤；洗濯。唐杜甫《喜闻官军已临贼境二十韵》："谁云遗毒螫，已是沃腥臊。"清仇兆鳌《注》："沃，以荡涤其秽也。"

[6]"饮醇"二句：醇酒妇人，典出汉司马迁《史记·魏公子列传》："公子自知再以毁废，乃谢病不朝，与宾客为长夜饮，饮醇酒，多近妇女。日夜为乐饮者四岁，竟病酒而卒。"后以"醇酒妇人"代指酒色，比喻颓废腐化的生活。清全祖望《阳曲傅先生事略》："今世之醇酒妇人以求必死者，有几人哉！"

[7]若之何：为什么。《国语·周语中》："且夫阳岂有畜民哉？夫亦皆天子之父兄甥舅也，若之何其虐之也？"倒行、逆施：原指做事违反常理，不择手段。这里指年少嗜酒以致伤身败德。哉，刊本作"也"，今据稿本改。

3.15　群聚轰饮非为宏达

饮食饕餮[1]，古人以为不肖[2]。今群聚轰饮[3]，以容酒多者为能，至引"尧舜千锺，孔子百觚"[4]之说以为解，自谓宏达[5]。语云："公子登筵，非醉即饱；壮士邻阵，非死即伤。"闻斯言，能无愧赧[6]乎？

【注释】

[1]饕餮（tāo tiè）：传说中一种贪残的怪物。这里特指贪食者。

[2]不肖：这里指不正派、不成材。

[3]轰饮：狂饮，闹酒。宋贺铸《六州歌头》词："轰饮酒垆，春色浮寒瓮。"

[4]尧舜千锺（zhōng），孔子百觚（gū）：像尧、舜、孔子那样一次能饮许多酒。比喻人的酒量大。语出《孔丛子·儒服》："尧舜千锺，孔子百觚；子路嗑嗑，尚饮十榼。古之圣贤，无不能饮者。"锺、觚，都是古代盛酒的器皿。

[5]宏达：旷达。

[6]愧赧（nǎn）：因为羞惭而脸红。汉许慎《说文解字·赤部》："赧，面惭而赤也。"唐韩愈《答陈商书》："辱惠书，语高而旨深，三四读尚不能通晓，茫然增愧赧。"

3.16　吉凶之道，日在天壤

"惠迪吉，从逆凶"[1]，是曰天命[2]，其不尽然，则命之不齐也，然而鲜矣。所谓吉凶，非有人籍而识之[3]，按其所为，而一一称量以予之也。吉凶之道，日在天壤。人日有所为，斯日于吉凶必有所取。吉与凶本不相淆，第其几微而势渐[4]，又利欲所昏，遂不及察耳。即如死亡，人所共恶也。以疾终，则谓正命[5]。顾风寒、暑湿、醉饱、忧愤，积渐[6]以杀其身，皆可以无死者也。人死于水火，则悼之；死于无形之水火，则不之怪。自扁鹊视之，则不然矣。祸患人所恶也，一人免，一人不免，则曰"命之不犹[7]"。然其免者，必谦让祗[8]慎，有远虑，或有德于人，或其先世余荫；其不免者，必反是。故夫吉人而及于患，其致患之由，亦必其偶尔[9]失德；及所不知防之事，不知者虽以吉人不可为。自圣人视之，则不然矣。斯二者，皆命也，而非其人之正命[10]也。君子知命，"强为善而已矣[11]"。

【注释】

[1]"惠迪"二句：语见《尚书·大禹谟》："惠迪吉，从逆凶，惟影响。"汉孔安国《传》："迪，道也。顺道吉，从逆凶。"道，指道理。《楚辞·九章·怀沙》："易初本迪兮，君子所鄙。"清蒋骥《注》："谓变易其初时本然之道也。"明兰陵笑笑生《金瓶梅词话》第三九回："一门长叨均安，四序公和迪吉。"后以"迪吉"表示吉祥、安好。

[2]天命：上天的旨意，由上天主宰的命运。

[3]籍（jí）：记录，登记。《左传·成公二年》："非礼也，勿籍。"晋杜预《注》："籍，书也。"识（zhì）：记载。汉班固《汉书·匈奴传上》："于是说教单于左右疏记，以计识其人众畜牧。"唐颜师古《注》："识亦记。"

[4]第：只，但。稿本作"弟"。弟，古与"第"同。汉司马迁《史记·孙子吴起列传》："孙子谓田忌曰：'君第重射，臣能令君胜。'"几微：隐微。唐柳宗元《寄许京兆孟容书》："年少气锐，不识几微。"渐：端倪、迹象。

[5]正命：儒家以顺应天道、得享天年而死为得"正命"。也泛指寿终而死，与"非命"相对。《孟子·尽心上》："尽其道而死者，正命也；桎梏死者，非正命也。"汉赵岐《注》："尽修之道，以寿终者为得正命也。"

[6]积渐：逐渐形成。《管子·明法解》："奸臣之败主也，积渐积微使王迷惑而不自知也。"汉班固《汉书·贾谊传》："安者非一日而安也，危者非一日而危也，皆以积渐然，不可不察也。"

[7]犹：相同，如同。

[8]祗（zhī）：恭敬。汉许慎《说文解字·示部》："祗，敬也。"稿本作"祇"，误。刊本不误。"祗""祇"二字，仅在副词"只、仅"意义上通用。"祗敬"一义，不作"祇"。

[9]偶尔：稿本作"偶而"。二词形异而义同。

[10]正命：儒家认为人有三种命运，"正命"是"三命"中的一种，指"天生的好命运，不需行善而求"。汉王充《论衡·命义》："正命，谓本禀之自得吉也。性然骨善，故不假操行以求福而吉自至。"

[11]"强为"句：强，勉力、勤勉。语出《孟子·梁惠王下》："君如彼何哉？强为善而已矣。"杨伯峻先生《注》："强，勉也。"

3.17　时曲小说导人淫荡

时曲[1]、小说，导人淫荡。动称才子佳人，观其所传，则其为人也，行甚丑而大不才。其端始于司马相如之于卓文君也[2]。盖尝论之，略曰："汉武好侈喜功，与祖龙[3]并称，而相如为之从事蛮夷，以罢中国[4]；又盛陈苑囿游畋之乐[5]，如将不及。死之日，犹且以封禅希上旨[6]，虽文采瑰丽，奚足称者？史谓其慕蔺相如为人，更名相如，迹其平生所为[7]，皆妾妇逢迎之道[8]，无一事可与蔺相如颉颃[9]者。题桥柱[10]，不曰'大丈夫当立功名绝域[11]，而曰'不乘高车驷马，不过此桥[12]，然则治痔[13]而得车，当亦不耻，此可以观矣。及其至临邛，为令客，家徒四壁，而车骑甚都[14]，殆几几乎穷斯滥[15]焉。幸则或致轩冕[16]，不幸则填沟壑[17]，君子所不屑道也。而卒然[18]有文君之遇，千古遂艳称之。夫文君之行可知矣。于何知之？于其新寡，而窃视座上客也知之[19]；于相如之聘于临邛而请绝也知之[20]；于相如之病渴[21]死也知之。然则其故夫即死于文君，未可知也。夫死谓何？曾无翔回啁啾之顷[22]，而目成心挑[23]、不自匿丑，遂至易丧髻[24]、曳[25]轻裾，明犯《行露》之戒[26]；绝其父母兄弟，而自托于未通媒妁[27]之人——虽桑中、淇上[28]，未有若是之甚者也。方其奔也，亦见车骑甚都，又令所敬礼，且能厚贿仆妾，使通殷勤[29]，谓必金夫[30]耳。及见家徒四壁，即不能堪，而势又不可以返，遂至倚市门[31]，当垆[32]涤器，将[33]为辱人贱行之极者，以僇[34]其父母，使之分童婢田产为富人而后已。呜呼！士与女[35]之无行也如此，尚忍言哉！相如名犬子，其后因狗监[36]以进，所谓名副其实者。文君负义而灭礼，尚为士君子艳述[37]，遂使淫乱之徒借为口实[38]。而士与女之善辞赋、解声律者[39]，不以为立德之基，反以为诲淫之具，盖千载于兹矣。吾非不知才与好色之能移人爱憎也，而不敢不爱吾礼，故不敢为苟同之论耳。"

【注释】

[1] 时曲：当时流行的曲子。清徐喈凤《会仙记》："女遂倚楼歌时曲数阕，达旦而去。"

[2] "其端"句：意思是说，司马相如和卓文君的故事是"导人淫荡"的"才子佳人"时曲、小说的开端。司马相如（约前179—约前118），名犬子，字长卿，因仰慕战国时代名相蔺相如的为人更名为"相如"，汉蜀郡蓬州（今四川省蓬安县）人，中国文化史和文学史上的杰出代表。历仕景帝、武帝二朝，并曾受武帝命出使西南夷，将西南夷团结、统一于大汉疆域，被誉为"安边功臣"而名垂青史。工辞赋，代表作《子虚赋》《大人赋》《美人赋》等，辞藻富丽，结构宏大，被后人赞为"辞宗"和"赋圣"。他与卓文君不拘封建礼教束缚、追求自由幸福的爱情故事广为流传。《史记》有传。卓文君（前175—前121）：原名文后，西汉临邛（今四川省邛崃市）人，巨商卓王孙之女，姿色娇美，精通

音律，善弹琴。有诗文传世，《白头吟》诗中"愿得一心人，白头不相离"堪称经典佳句。

[3] 祖龙：秦始皇嬴政。汉司马迁《史记·秦始皇本纪》："秋，使者从关东夜过华阴平舒道，有人持璧遮使者曰：'为吾遗滈池君。'因言曰：'今年祖龙死。'"唐裴骃《集解》引苏林曰："祖，始也；龙，人君象。谓始皇也。"

[4] "而罢"句：汉武帝时司马相如奉命出使西南夷诸民族事。罢（pí）：通"疲"，这里指使疲敝，使愈乏。《晏子春秋·问上一》："用兵无休，国罢民害。"张纯一《校注》："言国力愈乏，民命残伤。"

[5] "又盛"句：据史书记载，司马相如曾向汉武帝上《上林赋》，文中描绘了上林苑宏大的规模以及天子率众臣在此狩猎的场面。全文语词瑰丽、气势昂扬，构建了具有恢宏巨丽之美的文学意象。畋（tián）：打猎。

[6] "死之"二句：据汉司马迁《史记·司马相如列传》载，司马相如临终前曾撰《封禅文》一卷，在这篇遗作他反复阐明请求汉武帝封禅的主张。

[7] "史谓"三句：汉司马迁《史记·司马相如列传》载："少时好读书，学击剑，名犬子。相如既学，慕蔺相如之为人也，更名相如。"蔺相如：战国时期赵国大臣，著名政治家和外交家。迹：考核，推究。《墨子·尚贤中》："然后圣人听其言，迹其行。"

[8] 妾妇：泛指妇女。《孟子·滕文公下》："以顺为正者，妾妇之道也。"逢迎：迎合，奉承。《孟子·告子下》："逢君之恶其罪大。"汉赵岐《注》："逢，迎也。君之恶心未发，臣以谄媚逢迎而导君为非，故曰罪大。"

[9] 颉颃（xié háng）：不相上下，彼此抗衡。唐房玄龄等《晋书·文苑传序》："潘（潘岳）、夏（夏侯湛）连辉，颉颃名辈。"也作"颉亢"。清刘大櫆《见吾轩诗集序》："中畯乃独得雄直之气，以与古之作者相颉亢。"

[10] 题桥柱：典出晋常璩《华阳国志》卷三《蜀志》，司马相如初离蜀赴长安，曾在成都城北十里升仙桥桥柱上题句，自述致身通显的志向，曰："不乘赤车驷马，不过汝下也！"后以"题桥柱"比喻对功名有所抱负。也简作"题桥""题柱"。

[11] "不曰"句：据史书记载，西汉傅介子年幼时曾"好学书"，后"弃瓢而叹曰：'大丈夫当立功绝域，何能坐为散儒！'"遂投笔从戎。公元前77年（昭帝元凤4年）又奉命以赏赐为名，携带黄金锦绣至楼兰，于宴席中斩杀楼兰王，另立在汉楼兰质子为王。后以功封义阳侯。绝域：极其遥远的地方（多指国外）。《管子·七法》："不远道里，故能威绝域之民；不险山河，故能服怗固之国。"

[12]"而曰"二句：据晋常璩《华阳国志》卷三《蜀志》，司马相如所题文字为："不乘赤车驷马，不过汝下也！"

[13]治痔：典出《庄子·列御寇》："秦王有病召医，破痈溃痤者得车一乘，舐痔者得车五乘。所治愈下，得车愈多。"后以"舐痔""治痔"比喻谄媚附势的卑劣行为。南朝宋范晔《后汉书·文苑传下·赵壹》："佞谄日炽，刚克消亡。舐痔结驷，正色徒行。"

[14]都（dū）：美好，娴雅。《诗经·郑风·有女同车》："彼美孟姜，洵美且都。"汉毛亨《传》："都，闲也。"宋朱熹《集传》："都，闲雅也。"

[15]殆（dài）：大概，差不多。几几乎：等于说"几乎"。明陈治纪《书张文忠公文集后》："夫伊尹之于桐，周公之徂东，当其时，盖亦几几乎不免于不臣不弟之过矣。"穷斯滥：语出《论语·卫灵公》："子曰：'君子固穷，小人穷斯滥矣。'"意思是说"君子可以安于困厄，小人遭受困厄就会胡作非为"。

[16]轩冕：原指古时大夫以上官员的车乘和冕服，后借指官位爵禄、国君或显贵者。泛指为官。

[17]填沟壑：填尸于沟壑。"死"的婉辞。语本《战国策·赵策四》："虽少，愿及未填沟壑而托之。"

[18]卒（zú）然：终于，最后。《楚辞·天问》："齐桓九会，卒然身杀。"宋朱熹《集注》："卒，终也。"

[19]"于其"二句：据汉司马迁《史记·司马相如列传》记载，司马相如做客临邛富商卓王孙家，"是时，卓王孙有女文君新寡，好音，故相如缪与令相重而以琴心挑之。相如时从车骑，雍容闲雅，甚都。及饮卓氏弄琴，文君窃从户窥，心说而好之，恐不得当也"。

[20]"于相"句：司马相如聘娶卓文君为正妻，后来司马相如曾有过休妻的想法。

[21]病渴：患消渴症。唐杜甫《过南岳入洞庭湖》诗："病渴身何去，春生力更无。"消渴，中医学病名，包括糖尿病、尿崩症等；病症有口渴、善饥、多尿、消瘦等。汉司马迁《史记·司马相如列传》："相如口吃而善著书，常有消渴疾。"

[22]翔回（huí）：回旋着飞翔。啁啾（zhōu jiū）：鸟鸣声。语本《礼记·三年问》："凡生天地之间者，有血气之属必有知，有知之属莫不知爱其类；今是大鸟兽，则失丧其群匹，越月逾时焉，则必反巡，过其故乡，翔回焉，鸣号焉，蹢躅焉，踟蹰焉，然后乃能去之；小者至于燕雀，犹有啁啾之顷焉，然后乃能去之。"顷（qǐng）：时，时候。汉司马迁《史记·循吏列传》："市令言之相

曰：'市乱，民莫安其处，次行不定。'相曰：'如此几何顷乎？'市令曰：'三月顷。'"北齐颜之推《颜氏家训·归心》："未杀之顷，牛解，径来至阶而拜，县令大笑，命左右宰之。"这句话讥刺卓文君不能为亡夫守制，无情无义，鸟兽不如。

[23] 目成心挑：眉目传情、私心相诱。挑，通"誂"，相诱。与"目成心与""目窕心与"义近。

[24] 髽（zhuā）：古代妇女的丧髻，以麻线束发。《仪礼·丧服》："布总、箭笄、髽，衰三年。"

[25] 曳（yè）：穿着。《诗经·唐风·山有枢》："子有衣裳，弗曳弗娄。"唐孔颖达《疏》："娄、曳俱是着衣之事。"裾（jū）：衣服前后襟。也泛指衣服的前后部分。汉枚乘《七发》："杂裾垂髾，目窕心与。"旧时，夫亡，妻妾依礼均需服斩衰（五种丧服中最重的一种，用粗麻布制成，左右和下边不缝；服制三年）。这里批评卓氏负义灭礼。

[26] "明犯"句：《诗经·召南》有《行露》篇，叙述女子坚决拒绝逼婚，不为强暴所污。后世遂以为女子守贞自誓的典故。明谢肇淛《五杂俎·人部四》："惟文君之于长卿，绿珠之事季伦，可谓才色俱侔，天作之合矣；而一以琴心点玉于初年，一以行露碎璧于末路，令千古之下，扼腕陨涕，欲问天而无从也。"

[27] 媒妁（shuò）：为人说合婚事的人。据汉许慎《说文解字》，"媒"指"谋合二姓者"；"妁"指"斟酌二姓者"。一说男方曰"媒"，女方曰"妁"。《孟子·滕文公下》："不待父母之命，媒妁之言，钻穴隙相窥，踰墙相从，则父母国人皆贱之。"

[28] 桑中、淇上：《诗经·鄘风·桑中》篇云："期我乎桑中，要我乎上宫，送我乎淇之上矣。"宋代朱熹等认为《桑中》是一首旨在暴露世族贵族男女淫乱成风的诗作。后因以"桑中淇上"作为"私奔幽会之所"的典实。

[29] "方其"五句：据史书记载，司马相如受临邛令王吉邀请赴临邛，有车马随行，且受王吉倚重。卓文君的父亲宴请王吉和司马相如，相如得以鼓琴与文君暗致款曲。宴会完毕，相如托人以重金赏赐文君的侍者，以此向其转达倾慕之情，二人终得桑中之乐。

[30] 金夫：多金的男子。《易经·蒙卦》："六三，勿用取女，见金夫，不有躬，无攸利。"宋朱熹《本义》："金夫，盖以金赂己而挑之，若鲁秋胡之为者。"秋胡，春秋时鲁国人，婚后五天，离家到陈国谋求官职，五年后返乡。快到家时，见一位美妇在路旁采桑叶，于是赠金调戏，少妇不要赠金，拒绝了他的

非礼要求。到家后，母亲把妻子叫来与他见面，却正是那位采桑的妇人。妻子怒斥秋胡调戏他人且不孝敬母亲，好色淫逸。妻子羞愤难当，投河而死。事见汉刘向《列女传·鲁秋洁妇》。后世遂以"秋胡"泛指爱情不专一的男子。

[31] 倚市门：指经营商业。汉司马迁《史记·货殖列传》："夫用贫求富，农不如工，工不如商，刺绣文不如倚市门。"日本学者泷川资言《史记会注考证》："刺绣文，工之事；倚市门，商之事。"也省作"倚市"。

[32] 垆（lú）：古时酒店里安放酒瓮的炉形土墩子。

[33] 将（jiāng）：殆，大概。副词。《左传·昭公十二年》："昔穆王欲肆其心，周行天下，将皆必有车辙马迹焉。"辱人贱行：可耻的人，卑劣的行为。汉司马迁《史记·鲁仲连邹阳列传》："乡使管子幽囚而不出，身死而不反于齐，则亦名不免为辱人贱行矣。"

[34] 僇（lù）：通"戮"。戮辱，羞辱。

[35] 士与女：未婚男女。《易经·归妹卦》："女承筐，无实；士刲羊，无血。无攸利。"清李道平《周易集解纂疏》："曰女曰士，未成夫妇之辞。"

[36] 狗监：官名。主管豢养皇帝的猎狗，疑属于上林令。

[37] 士君子：泛指读书人。艳述：指男女情爱方面的叙述。

[38] 口实：借口。《左传·襄公二十二年》："若不恤其患，而以为口实，其无乃不堪任命，而翦为仇雠？"晋杜预《注》："口实，但有其言而已。"

[39]"而士"句："之"刊本作"子"，非，今据稿本改。

3.18　人贵能敛

语曰："少年收敛[1]太过，如春行秋令[2]，是谓不祥。"非也。《书》曰："翕受敷施[3]。"贵能敛也。故知敛吾身之精气者，身必固；知敛天下之名理[4]者，学必精。敷施则唯恐其早焉耳。譬诸草木：人见其春荣秋瘁[5]，不知其生意实则固于秋、养于冬、发于春、尽于夏；敛之既完，虽欲不发，不可得也。今之教子弟者，急帖括以弋科名[6]，饰文学以延声誉，犹畜卉木者，置之暖室，取其不时之花，非不暂时悦目，而本之不拨[7]者鲜矣。

【注释】

[1] 收敛：这里指检点行为、约束身心。清李渔《比目鱼·狐威》："用豪奴，使狠仆，非是我不知收敛。"

[2] 春行秋令：指春天却表现为秋季的气候。《礼记·月令》："（孟春之月）行秋令，则其民大疫，猋风暴雨总至，藜莠蓬蒿并兴。"

［3］翕（xī）受：合受，吸收。敷施：等于说布施。《尚书·皋陶谟》：“翕受敷施，九德咸事，俊乂在官。”汉孔安国《传》：“能合受三六之德而用之，以布施政教，使九德之人皆用事。”

［4］名理：名称与道理。中国传统上所谓“名理之学”，是指汉末至魏晋时期以考核名实和辩名析理的方法研究问题的一种思潮。

［5］瘁（cuì）：枯槁。晋葛洪《抱朴子·畅玄》：“与之不荣，夺之不瘁。”

［6］帖（tiě）括：唐代科举制度规定“明经科”以“帖经”试士。所谓“帖经”，是把经文贴去若干字，令应试者对答。后考生因帖经难记，于是总括经文编成歌诀，便于记诵应试，称“帖括”。后泛指科举应试文章。明清两代也指八股文。弋（yì）：获取。《尚书·多士》：“非我小国敢弋殷命。”汉孔安国《传》：“弋，取也。”科名：科举功名。唐韩愈《答陈生书》：“子之汲汲于科名，以不得进为亲之羞者，惑也。”

［7］拨：灭绝，断绝。《诗经·大雅·荡》：“枝叶未有害，本实先拨。殷鉴不远，在夏后之世。”汉郑玄《笺》：“拨，犹绝也。”明归有光《士立朝以正直忠厚为本》：“夫木之有本，本既拨，则枝叶无所寄托矣。”

3.19 子弟成童须知节欲保生

人少时血气未定[1]，不知此生之可贵也。邪佞之徒及淫词小说时时导之以不自爱，父兄能尽防乎？凡子弟及成童[2]，宜属良友[3]为陈说节欲保生之道，使知自守其身，庶无大悔。胡安定先生[4]教一富人子，少有羸疾[5]，令读《素问》一过[6]，其人懼[7]然不敢恣，疾渐差[8]。

【注释】

［1］“人少”句：语本《论语·季氏》：“孔子曰：‘君子有三戒：少之时，血气未定，戒之在色；及其壮也，血气方刚，戒之在斗；及其老也，血气既衰，戒之在得。’”未定：未成熟、未固定。

［2］成童：年龄稍大的儿童。有“八岁以上”“十五岁以上”等不同说法。

［3］属（zhǔ）：嘱咐，托付。这个意义后来写作“嘱”。良友：益友，有才德而且对自己有帮助的好朋友。

［4］胡安定先生：胡瑗（993—1059），字翼之，泰州海陵人。北宋著名学者、教育家、思想家，与孙复、石介并称为“宋初三先生”。祖籍陕西安定堡，因此，学者尊称为“安定先生”。

［5］羸（léi）疾：衰弱生病。晋陈寿《三国志·吴志·吴主权潘夫人传》：

"侍疾疲劳，因以羸疾。诸宫人伺其昏卧，共缢杀之。"

[6]《素问》：《黄帝内经素问》的简称。该书是中医现存最早、最重要的医学著作和中医学理论体系形成与奠基之作。并非出自一时一人之手，最终成书不早于西汉中晚期。"素"是"本"的意思；"问"，即"黄帝问于岐伯"。岐伯等人是上古医学家，本书就是假托黄帝与上古医学家问答这一形式撰写而成的综合性医学文献。古书原本九卷，但已亡佚。后经唐代王冰订补，改编为二十四卷，计八十一篇，定名为《黄帝内经素问》。其后，又经宋人林亿校正、孙兆改误，遂称《重广补注黄帝内经素问》。该书所论内容极为丰富，是中医学界公认的中医基本理论的源头。过：动量词。回，次，遍。

[7] 愯（sǒng）：同"悚""竦"。恐惧。

[8] 差（chài）：病愈。汉扬雄《方言》："差，愈也。南楚病愈者谓之'差'。"这个意义也写作"瘥"。

3.20 日常危险须知预防

勿过开口，防脱颐[1]。含哺[2]勿语，防错喉[3]。勿啮[4]刚物，防伤齿。食鱼勿顾，防鲠[5]。嗅花勿近蘂[6]，防小虫入鼻。物非食，勿内[7]口，防下咽。勿吸骨髓蟹螯，防鲠。夏夜勿扪壁，履[8]必以烛，防蝎[9]。久雨寝处[10]勿近壁，防坏。

行，前足实，乃移后足。乘马，过桥堰[11]则下。夜行，视黑者泥，白者水，葛色[12]者路。行树间，则先以手。借人马，必问其性。勿畜猿鹤、麇鹿、鹰隼[13]。勿制火药。

【注释】

[1] 颐（yí）：面颊，腮。

[2] 含哺：指口里衔着食物。《庄子·马蹄》："含哺而熙，鼓腹而游，民能以此矣。"

[3] 错喉：饮食误入气管。唐赵璘《因话录·角》："宁王对御坐喷一口饭，直及龙颜。上曰：'宁哥何故错喉？'"

[4] 啮：咬，啃。

[5] 鲠（gěng）：鱼骨，鱼刺。这里指鱼骨、鱼刺卡在咽喉中。

[6] 蘂（ruǐ）："蕊"的俗体，稿本作"蕊"。花蕊。

[7] 内（nà）：放进。这个意义后来写作"纳"。《史记》《汉书》中即多以"内"为"纳"。

[8] 履（lǚ）：行走。《易经·履卦》："跛能履，不足以与行也。"

[9] 螫（shì）：毒虫或毒蛇刺咬。

[10] 寝处（chǔ）：坐卧。《左传·襄公二十一年》："然二子者譬于禽兽，臣食其肉而寝处其皮矣。"

[11] 堰：挡水的堤坝。

[12] 葛（gé）色：棕色。葛，一种多年生的草本植物。

[13] 鹰隼（sǔn）：两种猛禽。泛指凶猛的鸟。

3.21　衣食住行诸种禁忌

勿过煖[1]，勿伤饱[2]。有汗，虽暑，勿遽[3]解衣。冬则增衣，夏勿卧风露中。常令脐、足煖。冰水、西瓜、苹果，食勿多，勿杂腥食，冷热勿兼。勿以冷水淘[4]饭。甜瓜、桃、李，勿食。冬盥漱[5]，先粥；有所往，必先食；唯赴饮，勿饱。祁寒[6]雾露，则饮酒。出郊，虽晴，必携雨具。大雷电，则预掩[7]耳。有恶气所，必携香烈物，否则刺鼻使嚏。大热或气恶沮湿[8]勿寝。盛暑必袜。勿食恶菌。

【注释】

[1] 煖（nuǎn）：同"暖"。温暖。

[2] 伤饱：因饮食不节对身体造成伤害。

[3] 遽（jù）：急速，匆忙。

[4] 淘：这里指混（拌）在一起。

[5] 盥漱（guàn shù）：洗脸、洗手、漱口等。泛指梳洗。

[6] 祁寒：严寒，酷寒。《尚书·君牙》："冬祁寒，小民亦惟曰怨咨。"蔡沈《集传》："祁，大也。"也作"祈寒"。元揭傒斯《刘福墓志铭》："闻有学出己上，便往与交；闻有大人先生，便往质其所疑，祈寒极暑不懈。"

[7] 掩：掩盖。《礼记·聘义》："瑕不掩瑜，瑜不掩瑕，忠也。"这里有捂上的意思。

[8] 沮（jù）湿：低洼潮湿。沮，低湿的地带。清张廷玉《明史·王治传》："明年，左右有言南海子之胜者，帝将往幸。治率同官谏，大学士徐阶、尚书杨博、御史郝杰等并阻止，皆不听。至，则荒莽沮湿，帝甚悔之。"

3.22　摄生之道

有显者患背疡。医诊之曰："此疡之苗也，易与[1]耳。数日后恐作足痛，疽发自涌泉[2]，则难疗矣。”患者日扪[3]足而视，旬日[4]无恙，背寻[5]愈。故无疾时，宜若有疾；有疾时，宜若无疾。

【注释】

[1] 与（yǔ）：交往。这里有治疗的意思。

[2] 疽（jū）：中医指一种毒疮。涌泉：涌泉穴，位于人两脚足心的穴道。

[3] 扪（mén）：抚摩，抚摸。清褚人获《坚瓠广集·顶上千拜》："按暹罗国，凡臣之见其君者，先扪其足者三，复自扪其首者三，谓之顶上。"

[4] 旬日：十天。也指较短的时间。《周礼·地官·泉府》："凡赊者，祭祀无过旬日。"

[5] 寻：不久。

3.23　龚端毅公谋事深远

向值岁贡生廷试，与翰林官阅卷[1]。一卷竟以“之”“乎”“者”“也”四字颠倒成幅。众骇曰："此生胸中竟无第五字！食饩[2]数十年，侥幸已极，异日何以秉铎[3]教士！"拟奏黜[4]之。龚端毅公[5]曰："黜之固当，恐后遂为故事[6]。每岁必有黜落[7]，龙钟衰腐[8]，不得生还矣。"遂止。

【注释】

[1] “向值”二句：岁贡生是清代国子监最基本的贡生，简称“岁贡”。成为岁贡生是生员（秀才）的出路之一。“岁”即“年”，因根据各地不同情况，一年或二年、三年以至五年录取一次，故有此名。岁贡系由各省的府州县学及八旗官学，将资格最老的廪生（即廪膳生员，享受廪饩银的生员。生员经学政考试多次列一等的，可按一定的名额和次序录取为廪膳生员），按食廪年数为顺序依次“贡于王室”，因为是一个挨着一个选送上去，所以又有“挨贡”之称。岁贡由学政录取，有严格的标准和名额。学政要对该省各府州县的廪膳生员进行考试，非优等者不能录取。据《清史稿》，清圣祖康熙二十六年（1687）之前大约四十年间，经学政选拔后，廪生们还要参加中央举行的廷试，后此例废止。顺治二年题准，贡生廷试在每年的三月十五日（后改为四月十五日），吏、礼二部官同翰林院官赴内院，公同阅卷定序。之所以吏部要参加廷试事宜，是因廷试与岁贡的铨选有关。颜光敏曾任职吏部，故有同翰林官一起参与廷试阅卷的机会。

[2] 食饩（shí xì）：明清时经考试取得廪生资格的生员享受廪膳补贴。亦即成为廪生。

[3] 异日：将来，以后。秉铎：古人执木铎以施教，这里指担任执掌文教

的官职。清钱泳《履园丛话·科第·梦》："苏州蒋古愚学博，秉铎颍上，督课诸子甚严。"

[4] 黜（chù）：贬降，罢退，除名。唐韩愈《黄陵庙碑》："元和十四年春，余以言事得罪，黜为潮州刺史。"

[5] 龚端毅公：龚鼎孳（1615—1673），字孝升，号芝麓，卒谥端毅（清高宗乾隆三十四年，即 1769 年，诏夺其谥），安徽合肥人。明思宗崇祯七年（1634）进士，任职兵科，前后弹劾周延儒、陈演、王应熊、陈新甲、吕大器等权臣。明亡后，先降李自成，后降清，官至刑部、兵部、礼部尚书。洽闻博学，诗文并工，在文人中极有声望，时人将其与吴伟业、钱谦益并称"江左三大家"。有《定山堂集》等传世。

[6] 故事：旧例，老规矩。汉班固《汉书·刘向传》："宣帝循武帝故事，招名儒俊材置左右。"

[7] 黜落：科场除名，落第。宋陆游《老学庵笔记》卷一："绍兴末，巨公丁丑生者数人。或戏以衰健放榜，陈福公作魁，凌尚书景夏末名，张魏公黜落。"

[8] 龙钟：年老体衰、行动不便的样子。也指潦倒不得志的样子。衰腐：体衰老迈。参加岁贡考试的生员大都年老体衰，所以这里这样说。

3.24　小儿诸病皆从饱暖起

语曰："欲得儿安，稍耐饥寒。"盖儿诸病，皆从饱煖[1]生也。富贵之家，则其肠胃必更脆弱：食以甘浓[2]，则滞而生痰；食以饼，则留而成痞[3]——不可不慎也！

【注释】

[1] 煖：同"暖"。暖和。

[2] 食（sì）：给……吃。这个意义后来写作"饲"。甘浓：这里指甘甜味浓的食物。

[3] 痞（pǐ）：胸中懑闷结块，也叫"痞块""痞积"。

3.25　稚子种痘，新法仁术

近时医有种痘法：稚子未痘者，取善痘衣褥覆之，或以痘痂加麝香塞鼻[1]，计日[2]作热。出颗、灌浆、收靥[3]悉得安吉。盖痘毒受自胞胎[4]，蕴而未出；或风寒暑湿、受惊停食、厉气时瘟，有一于此，乃发焉。是其发也必兼他证[5]，其或数证交集，气血不平，药饵[6]易误，故多致夭折。今择天道[7]和畅、气血充盈之时，导以善种[8]，真仁术矣！譬如城邑伏戎[9]，平居[10]治之，一县尉[11]力耳；必待其有外援，而先发，然后治之，是畏难苟安，非计之得者也。

【注释】

[1]"或以"句：我国古代医学家发明的人痘接种法有多种，这里指的应是所谓"水苗法"。该法取痘痂（痘疮收敛后结成的痂）二十至三十粒作痘苗，研成细末，加净水或人乳三至五滴，混合调匀，用新棉摊薄片，把调好的痘苗包裹在里面，再捏成枣核样，用线拴好，塞进鼻孔，十二小时后取出。通常至七日发热见痘，种痘成功。此法是我国古代人痘接种诸法中效果最好的，可达到预防天花的目的；即使发病，病情也较轻，避免危及接种者生命。"近时"至"或"字，稿本中恰为一行，刊本夺之，今据稿本补足。据吴谦《医宗金鉴》，此为我国古人发明的给人种痘的所谓"痘衣种法"，"小儿出痘者，当长浆浆足之时，则彼痘气充盛，取其贴身裹衣，与未出痘之儿女服之，服二三日，夜间亦不脱下，至九日十一日始发热，此乃衣传，然恐气薄不透，多有不热不出，其法不灵，故不可用"。按，关于中国古代种痘历史，承蒙著名儿科学教授、北京京都儿童医院孙绪丁院长赐教。

[2]计日：不长时间，形容时间短暂。唐岑参《送羽林长孙将军赴歙州》诗："剖竹向江濆，能名计日闻；隼旗新刺史，虎剑旧将军。"

[3]出颗：中医术语。指感染天花的病人身体上出现皮疹。灌浆：也叫"贯脓""灌脓"。人感染天花病毒七至九天后，身上疱疹中的液体变成脓，使疱疹在皮肤表面凸起。收靥（yè）：指使痘疹的疱块收敛结痂。

[4]"盖痘"句：中医认为天花病是由于先禀胎毒与后感天行时毒共同作用引起的。胞胎：等于说娘胎。

[5]是：凡是。证：中医学术语。医家常"病""证"兼论。病，指疾病；证，即证候。因此，"病证"既包括疾病又包括证候。疾病是人体的一个生命异常状态的全过程，而证候是这个全部生命异常过程中在某个阶段。中医诊断学强调"辨病"与"辨证"并重，所以中医学中探讨某病时，既要说"病"又要说"证"，因此常以"病证"并称。

[6]药饵：泛指药物。

[7]天道：这里指天气、气候。

[8]"导以"句：意思是接种痘苗以达到预防痘疮的目的。

[9]伏戎：指隐伏着伺机作乱的武人。《易经·同人卦》："九三，伏戎于莽。"唐孔颖达《疏》："伏潜兵戎于草莽之中。"

[10] 平居：平日，平素。《战国策·齐策五》："此夫差平居而谋王，强大而喜先天下之祸也。"

[11] 县尉：职官名。县令或县长的佐贰官，掌缉捕盗贼等事。汉代始设，明清时罢置，改由典史兼领其事，因掌稽检狱囚等事，故沿元制习称典史为县尉。

3.26　官方日坏，民伪日滋

官方日坏，民伪日滋。于是乎，生祠[1]遍天下矣。有邑令立祠肖像[2]。他日自过，见以粉墨[3]涂其面，又以竹箨为校荷之[4]，遂阴使人彻去[5]。士人倡为之者，恐亦当配享也[6]。

【注释】

[1] 生祠：为活人建立的祠堂。

[2] 邑令：县令。肖像：图画或雕塑人像。

[3] 粉墨：演员化装或妇女化妆用的白粉和黛墨。

[4] 箨（tuò）：竹皮，笋壳。校（jiào）：古代拘囚犯人用的刑具。也作枷械的统称。

[5] 阴：偷偷地；默默地。彻：毁坏。

[6] 配享：也作"配飨"。合祭，祔祀。"士人"二句，言外之意是那些倡导为活人建生祠的读书人，也合该受到"以粉墨涂其面""又以竹箨为校荷之"的羞辱。

3.27　与人为善，爱人以德

与人为善[1]，以财以力，不如以言。与人言，勿挟私[2]、勿苟徇人[3]。期于成其美，勿成其恶而已[4]。富贵者，勿谀使骄；谨厚者，勿导使诈。或欲为不善，微[5]问于我，必无假以辞色[6]；人有不相善，愬[7]于我，则曰"彼非不近情者，必其不及察耳"；骨肉[8]有相怨者，必勉以孝弟[9]，曰"无向外人言"；有权力者，则与言兴利除害事；人有善，扬[10]之，如不及也[11]——是谓爱人以德。

【注释】

[1] 与人为善：这里指善意地去帮助他人（原指赞成别人行善）。

[2] 挟私：心怀私心杂念。《韩非子·说疑》："使诸侯淫说其主，微挟私而

公议。"

[3] 苟徇（xùn）：无原则地顺从。徇，顺从，曲从。五代刘昫《旧唐书·王求礼传》："此诖（guà）误之人，比无良吏教习，城池又不完固，为贼驱逼，苟徇图全，岂素有背叛之心哉！"

[4]"期于"二句：语本《论语·颜渊》："君子成人之美，不成人之恶，小人反是。"期，期望，期待。

[5] 微：隐匿。这里指偷偷地做某事。《左传·哀公十六年》："白公奔山而缢，其徒微之。"晋杜预《注》："微，匿也。"宋叶适《翰林医痊王君墓志铭》："大受读书能文，又以其先大家，多衣冠显人，特君发愤于庸医为之耳，颇微其事，故今所记者仅数事。"

[6] 假以辞色：好言好语、和颜悦色地对待他人。

[7] 愬（sù）：同"诉"。诉说，特指把冤屈向人陈述。

[8] 骨肉：指父母、兄弟、子女等亲人。

[9] 孝弟（tì）：孝顺父母，敬爱兄长。《论语·学而》："其为人也孝弟，而好犯上者，鲜矣。"宋朱熹《集注》："善事父母为孝，善事兄长为弟。"弟，这个意义后来写作"悌"。

[10] 扬：称扬，宣扬。

[11]"如不"句：语本《论语·季氏》："子曰：'见善如不及，见不善如探汤。'"见善如不及，意思是说"见到好人好事，就像自己没有能力去做一样"。

3.28　刘孔和因言罹祸

济南刘节之孔和[1]，少有异才，为诗必警策，不惊人不休。其父与曹州刘泽清以同姓为昆弟[2]。泽清封东平伯，开府[3]淮安。一日大风雪，晏客[4]舟中。酒酣为诗示人，诸诗伯皆极誉之，至为起舞。节之在坐，代申愧赧[5]，曰："叔父勋名盖天壤，而与操觚之士争此蛩吟[6]微响。是谓'弃其所长，就其所短'。"泽清大怒，叱斩之，宾客皆稽首[7]为谢。乃去衣冠，使人投之岸上。罢酒归，泽清怒不已，夜复使骑追之，取其首还。

【注释】

[1]"济南"句：刘孔和（约1613—约1644），字节之，明末济南府长山县人（今山东省淄博周村人），崇祯朝礼部尚书兼文渊阁大学士刘鸿训次子，性豪迈，工诗文。李自成攻陷北京，孔和聚众起兵。后引兵至淮河流域，属刘泽清部。因论诗与泽清交恶，被杀。

[2] 刘泽清（？—1649）：字鹤洲，山东曹县人。行伍出身，明思宗崇祯末年任山东总兵。李自成大顺军逼近北京，崇祯帝命其率部入卫京师，他谎称坠马受伤，拒不奉诏。后大顺军入山东，率部南逃淮安。明亡后，在江南拥立福王朱由崧登极，封"东平伯"，镇守淮安、扬州，与刘良佐、高杰、黄得功并称"江北四镇"。清世祖顺治二年（1645）降清，后为清廷诛杀。《明史》有传。昆弟：同"昆仲"，指兄和弟。

[3] 开府：高级官员成立府署、选置僚属。

[4] 晏客：晏，同"宴"。宴客，用酒食宴请客人。

[5] 愧赧：因羞愧而脸红。

[6] 操觚（cāo gū）：执笔作文。操，持、拿。觚，古人用来写字的木简。蛩（qióng）吟：蟋蟀鸣叫。

[7] 稽（qǐ）首：古代的一种跪拜礼，叩头至地，是九拜中最恭敬的。《公羊传·宣公六年》："灵公望见赵盾，愬而再拜；赵盾逡巡北面再拜稽首，趋而出。"

3.29　寝兴不时有大害

万物养于戌亥[1]，作于寅卯[2]。吾见宰执大臣，向晦宴息[3]，每四鼓则趋[4]入朝，虽年六七十，转益矍铄[5]；而少年号呼、沉湎[6]，俾[7]昼作夜者，往往血不华色[8]——则顺天与逆天之别也。主人寝兴不时，则奴婢缘为奸盗，必不能防，其于保身齐家之道，皆大有害[9]。尧民曰："日出而作，日入而息[10]。"兹言[11]可不察乎？

【注释】

[1] 万物：等于说众人。南朝梁沈约《宋书·沈文秀传》："主上狂暴如此，土崩将至，而一门受其宠任，万物皆谓与之同心。"戌亥：旧式计时法中的戌时（晚七点至九点）和亥时（晚九点至十一点）。

[2] 寅卯：旧式计时法中的寅时（早三点至五点）和卯时（早五点至七点）

[3] 宰执大臣：宰相与执政。泛指掌政的高官。向晦：傍晚，天将黑。《易经·随》："君子以向晦入宴息。"宴息：休息。

[4] 四鼓：旧时把从当日黄昏到翌日拂晓的一整夜分为甲夜（晚七时至九时）、乙夜（晚九时至十一时）、丙夜（晚十一时至翌日一时）、丁夜（一时至三时）、戊夜（三时至五时）五段，称为"五更"或"五夜"，古人击鼓报时，所以又称"五鼓"。四鼓，即四更天，指凌晨一时至三时。趋（qū）：同"趋"。

奔向。

[5] 矍铄：形容老人目光炯炯、精神健旺。矍：惊视的样子。铄：明亮，光明。

[6] 号呼：喧嚣叫嚷。沉湎（miǎn）：沉溺，耽于。多形容陷入不良的生活习惯难以自拔。宋苏辙《备五福论》："莫不以饮酒无度，沉湎荒乱，号呶倨肆以败乱其德为首。"

[7] 俾（bǐ）：使。

[8] 血不华色：中医学认为人若心气充足、精神内守，面部就会色泽明润而有光华，这叫"华色"；否则，若气血不足、魂不守宅，则有色悴之相，叫"血不华色"。

[9] "皆大"句：刊本作"皆有大害"，今据稿本改。

[10] "尧民"句：晋皇甫谧《高士传》记载："帝尧之时，天下太和，百姓无事。壤父年五十而击壤于道中。观者曰：'大哉，帝之德也！'壤父曰：'吾日出而作，日入而息；凿井为饮，耕田而食。帝何德于我哉？'"此即"尧民击壤"故事。其中"日出而作，日入而息，凿井为饮，耕田而食。帝何德于我哉"，被后世称作《击壤歌》（《壤父歌》《尧民歌》）广为传布。清沈德潜编《古诗源》，将之列在卷首，视为中国有文字记载的最古老诗歌。击壤，也被历代文人用作"太平盛世，百姓安居乐业"的代称。

[11] 迩（ěr）言：浅近的语言；常人的语言。语本《礼记·中庸》："舜好问，而好察迩言。"汉郑玄《注》："迩，近也。近言而善，易以进人。"宋朱熹《集注》："迩言者，浅近之言。"

卷四　辨祸

4.1　冥钱事鬼

今之楮钱纸铤[1]，盖得明器遗意[2]。既无致死之不仁，亦无致生之不智。秉礼者以事鬼，无伤也。明末多妖，市人鬻[3]酒食，往往钱入手化为灰。后皆设水盆，得钱，投之有声，乃受。此父老所亲见，亦不可解。

【注释】

[1] 楮（chǔ）钱：楮币，冥钱。楮，纸的代称。纸铤（tǐng）：纸锭，是用锡箔糊制成的银锭状的冥钱。

[2] 盖：情态副词，表示推测性论断的语气。明器：也称冥器。专门为陪葬而制作的器物，一般用陶瓷木石制作，也有金属或纸制的。除日用器物的仿制品外，还有人物、畜禽的偶像及车船、建筑物、工具、兵器、家具的模型等。遗意：前人或古代事物留下的意味、旨趣。

[3] 鬻（yù）：卖；出售。《孟子·万章上》："百里奚自鬻于秦养牲者。"

4.2　赌博为世大害

凡赌胜具率[1]费日损财，为世大害。自弈有手谈坐隐[2]之目，埒[3]于琴书。使以学弈之功，学琴、学书，不大善乎？近世为马吊牌[4]，以精雅相尚，作谱十三篇[5]，拟孙武子《兵法》，曰"闻其落几之声，虽南面王[6]乐，不是过也"。有御史劾一津要[7]好为此戏，遂以罢。僚友笑曰："彼斗混江[8]，尚为人以三空汤见绐。"安得过誉如此？癸丑棘闱[9]，外帘官[10]携此具入。某御史监试，不敢出。微谓曰："春昼甚长，安所得马吊牌赌酒消闲耶？"御史曰："我亦有牌。较诸君所弄颇宽广，而折叠凡数十幅。俟[11]诸君牌出，即出耳。"谓"白简"[12]也。众相视，竟不敢出。

【注释】

[1] 赌胜：争强；比高下。唐李颀《古意》诗："男儿事长征，少小幽燕客；赌胜马蹄下，由来轻七尺。"明吴承恩《西游记》第二十六回："当年太上老君曾与我赌胜，他把我的杨柳枝拔了去，放在炼丹炉里，炙得焦干，送来还我，是我插在瓶中，复得青枝绿叶，与旧相同。"率（shuài）：一概；都。唐韩愈《进学解》："占小善者率以录，名一艺者无不庸。"

[2] 手谈坐隐："手谈"和"坐隐"均指围棋。南朝宋刘义庆《世说新语·巧艺》："王中郎以围棋为坐隐，支公以围棋为手谈。"北齐颜之推《颜氏家训·杂艺》："围棋有手谈、坐隐之目，颇为雅戏，但令人耽愦，废丧实多，不可常也。"

[3] 埒（liè）：等同。汉司马迁《史记·平准书》："故吴诸侯也，以即山铸钱，富埒天子。"

[4] 马吊牌：明代后期开始流行的一种赌博游戏。一副牌合四十叶（张）纸牌而成（分"十万贯""万贯""索子""文钱"四种花色），所以又叫"叶子""叶儿"。斗马吊牌，也称"斗叶儿"。

[5] 作谱十三篇：据近人徐珂《清稗类钞》，明时汪伯玉《数钱叶谱》、潘之恒《叶子谱》《续叶子谱》、黎遂球《运掌经》、龙子犹（冯梦龙）《牌经十三篇》《马吊脚例》、潘子恒《续叶子谱》等书，均与打马吊有关。此处或即指冯梦龙所撰《牌经十三篇》。传世《孙子兵法》也是十三篇，所以，下文说"拟孙武子《兵法》"。

[6] 南面：面朝南方。古以坐北朝南为尊。王：称王。南面王，泛指统治人。

[7] 津要：比喻要职。这里指身居要职的人。

[8] 僚友：同僚，同事。绐（dài）：同"诒"，欺骗。混江、空汤：博戏术语，用以揶揄津要好为马吊而为御史弹劾罢官事。马吊诸种花色中，"十万贯"和"万贯"牌面上画有《水浒传》中"好汉"的图像，"混江"疑即"混江龙李俊"；"文钱"中最尊者为"空汤"。

[9] 棘闱：科举时代的考场。考场四周围上荆棘，以免闲人擅入，所以称"棘闱"。

[10] 外帘官：明清科举制度，乡试、会试时有"内帘官""外帘官"之别，统称"帘官"。之所以称"帘官"，是因为至公堂后进有门，加帘分隔开，后进在帘内，称内帘；帘外为外帘。主考（或总裁）及同考官居内帘，主要职务为阅卷。其助理人员掌管试卷等事，也居内帘。外帘为监临、外提调、监试、收掌、誊录等官所居，各官管理考场事务。内外帘官不相往来，有公事在内帘门口接洽。

[11] 俟（sì）：等待。《尚书·金縢》："今我即命于元龟，尔之许我，我其以璧与珪，归俟尔命。"汉孔安国《传》："待命当以事神。"

[12] 白简：弹劾官员的奏章。唐房玄龄等《晋书·傅玄传》："玄天性峻急，不能有所容；每有奏劾，或值日暮，捧白简，整簪带，竦踊不寐，坐而待旦。"

4.3　习技务求专精

吴人周东侯与歙人黄姓者并称弈中国手[1]。尝见其对弈，穷[2]日夜，仅两局耳，皆面无人色。黄年二十余，已双聋矣。又京师张髯，能以首承踘[3]。踘旋转耳鼻头额间，竟日[4]不坠。以首撞之，使去[5]顶渐高，数撞则高数丈，复渐低之，仍著[6]于首。人皆不能学。尝曰："此不难，止须两足实立耳。"此技不足道。但欲成名，亦须专精[7]若此——可以喻学矣。

【注释】

[1] 周东侯：名勋，安徽六安人，"清代围棋十大家"之一，棋艺绝高。康熙间与泰州人黄龙士齐名，时有"龙士如龙，东侯如虎"之誉。著有《弈悟》《二子谱》《四子谱》等。歙（shè）人黄姓者：颜光敏《德园日历》载，康熙十五年（1676），岁次丙辰，五月初四日，光敏"观围棋。周东侯、黄我瞻对弈"。今疑此"黄我瞻"即指此人。另外，《德园日历》中还有颜光敏与周东侯对弈的记载。国手：具有某种才能技艺（如棋艺、医术等）为全国第一流的人。

[2] 穷：穷尽。《尚书·微子之命》："作宾于王家，与国咸休，永世无穷。"汉孔安国《传》："为时王宾客与时皆美，长世无竟。"

[3] 踘（jū）：同"鞠"。古代游戏用的一种皮球。

[4] 竟日：终日，整天。

[5] 去：离开。

[6] 著：同"着（zhuó）"。附着（zhuó）。

[7] 专精：擅长。

4.4　宾主相见三辞三让

语云："事不逾[1]三。"故宾主之间，三辞三让[2]，不获则已[3]。初曰"让"曰"辞"；再曰"固让"曰"固辞[4]"；三曰"终让"曰"终辞"。今相遭[5]于途，必并立北面，长揖相逊[6]左右，或以齿[7]，或以地，呶呶移时[8]不息，至汗出沾[9]衣——是"争"也，非"让"也。

【注释】

[1] 逾：越过，超过。

[2] 三辞三让：古时宾主相见，主人三揖请宾客先行，宾客三次向主人表示不敢当。

[3] 不获则已：不能不如此。

[4] 固辞：古礼称再辞为"固辞"。《礼记·曲礼上》："凡与客入者，每门让于客。客至于寝门，则主人请入为席，然后出迎客，客固辞。"唐孔颖达《疏》："固，如故也。礼有三辞：初曰礼辞，再曰固辞，三曰终辞。"

[5] 遭：遇见。

[6] 长（cháng）揖：古时候汉人交际礼俗，拱手高举，自上而下行礼。上古时开始流行，不分长幼尊卑都可用，但多数用于辈分相同的人。逊：辞让，退让。

[7] 齿：年齿，年龄。《孟子·公孙丑下》："天下有达尊三：爵一，齿一，德一。朝廷莫如爵，乡党莫如齿，辅世长民莫如德。恶得有其一以慢其二哉？"

[8] 呶呶（náo náo）：喧闹声。唐卢仝《苦雪忆退之》诗："病妻烟眼泪滴滴，饥婴哭乳声呶呶。"移时：经过一段时间（多指不太长的时间）。

[9] 沾：沾湿。

4.5　壬子岁行耕籍礼故事

壬子岁[1]，行耕籍[2]礼，省旧仪。户部尚书跪右、进耒[3]；顺天府尹[4]跪左、进鞭。率[5]谓不便，欲更进鞭于右。余曰："耕之起土，皆偏于右。使左秉[6]耒，则身必右，是行新垦[7]中也；右秉耒，则行平地，故左其鞭耳。"仪乃定。田在先农坛[8]，纵长百余步，每一往来，谓之"一推"。公卿当九推者，皆豫[9]致老农教之。一卿意[10]每一步为"一推"，及期，急甚；又行新垦中，数颠仆[11]。上从省耕台[12]观之，不怪[13]，明日罢去。

【注释】

[1] 壬子：1672年，即清圣祖康熙十一年。据颜肇维《颜修来先生年谱》，康熙己酉年（1669）九月，光敏升礼部仪制司主事。冬，上《籍田秉耒议》。

[2] 耕籍（jí）："籍""藉"古时常通用。古代田制，借用民力耕种公田叫"藉"。汉班固《汉书·文帝纪》前二年《诏》："夫农，天下之本也，其开藉田，朕亲率耕，以给宗庙粢盛。"唐颜师古《注》引三国吴韦昭曰："藉，借也。借民力以治之，以奉宗庙，且以劝率天下，使务农也。"汉司马迁《史记·文帝本纪》作"籍田"。每年春耕前，天子、诸侯等举行仪式，亲耕藉田，种植供宗庙祭祀用的谷物，并以示劝农。历代都有此种制度，称为"耕籍礼"或"籍田礼"。

[3] 进：进献，奉上。耒（lěi）：古农具，上有曲木柄，下有犁头，主要用

来翻松土地，一般被看作后世犁的前身。

[4] 顺天府尹：清朝有"应天""顺天"两府，分别指今南京和北京。顺天府尹是顺天府负责治安与政务的最高行政官员。

[5] 率（shuài）：副词，大都。《荀子·议兵》："无礼义忠信，焉虑率用赏庆刑罚执诈除阸其下，获其功用而已矣。"

[6] 秉：握住，拿住。

[7] 垦：耕，开发土地。这里指新耕过的土地。

[8] 先农坛：明清两代帝王祭祀先农神的场所，始建于明嘉靖年间。今存先农坛、观耕台、神仓等主要建筑。

[9] 豫：也作"预"。预备，事先做准备。

[10] 意（yì）：动词，猜测、意料；以为。《孙子兵法》："攻其无备，出其不意。"

[11] 颠仆：跌倒。《诗经·小雅·宾之初筵》"式勿从谓，无俾大怠"，汉郑玄《笺》："醉者有过恶，女无就而谓之也，当防护之，无使颠仆至于怠慢也。"

[12] 上：皇上，这里指康熙帝。省（xǐng）耕台：先农坛内坛墙内的坛台建筑。明代为木制高台，至清乾隆年间改建为典型的宫殿坛基建筑。台前有一亩三分耕地，是皇帝行籍田礼时亲耕的土地。今称"观耕台"。

[13] 怿（yì）：喜悦，快乐。《尚书·康诰》："我维有及，则予一人以怿。"

4.6 圣人五教

或问："'三教'，圣人宗旨云何[1]？"余曰："闻圣人'五教'，不闻'三教'——父子有亲，君臣有义，夫妇有别，长幼有序，朋友有信[2]——《书》曰'契为司徒，敬敷五教'是也[3]。出乎此者，不得为教。"

【注释】

[1] 云何：疑问代词。如何，怎么样。汉司马迁《史记·司马穰苴列传》："召军正问曰：'军法期而后至者云何？'对曰：'当斩。'"

[2] "父子"五句：所谓"五伦"，这是中国传统社会基本的五种人伦关系。语出《孟子·滕文公上》："人之道也，饱食、暖衣、逸居而无教，则近于禽兽。圣人有忧之，使契为司徒，教以人伦：父子有亲，君臣有义，夫妇有别，长幼有序，朋友有信。"宋朱熹《集注》："人之有道，言其皆有秉彝之性也。然无教则亦放逸怠惰而失之，故圣人设官而教以人伦，亦因其固有者而道之耳。"

[3] "契为"二句：语出《尚书·舜典》："帝曰：'契，百姓不亲，五品不

逊。汝作司徒，敬敷五教，在宽。'" 契（xiè）：本作"偰"，相传是帝喾的儿子、殷代的祖先。舜时辅佐禹治水有功，任为司徒，封于商，赐姓子氏。敷（fū）：施与，施行。《孔子家语·致思》："回愿得明王圣主辅相之，敷其五教，导之以礼乐。"

4.7　语言文字必拟议而后出

语言文字，必拟议[1]而后出之；否则，宁为吉人[2]之寡焉。语涉君父，尤不可以不慎。嘉靖间，大医令[3]徐伟，入诊帝脉。膝行，至御榻前，见御衣曳地，奏曰："龙衣在地上，臣不敢前。"世宗喜[4]。赐手札[5]曰："地上，人也；地下，鬼也。"赏赉甚[6]厚。

【注释】

[1] 拟议：揣度议论。多指事前的考虑。《易经·系辞上》："拟之而后言，议之而后动，拟议以成其变化。"南朝梁刘勰《文心雕龙·议对》："夫动先拟议，明用稽疑。"

[2] 吉人：善良的人。《易经·系辞下》："吉人之辞寡，躁人之辞多。"

[3] 大医令：明代医官，明代太医院院使取代太医院令的最高医官地位后，院使也可称作太医令。据明沈德符《万历野获编·列朝·触忌》载，徐伟其时为太医院院使。大，"太"的本字。

[4] 世宗：明嘉靖帝朱厚熜的庙号。

[5] 手札：手书，亲笔信。

[6] 赏赉（lài）：赏赐，赐予。甚，刊本作"盛"，今据稿本改。

4.8　读书当蠲成见而集众长

读书本以求道，须见古人所谈义理，实获我心[1]，方寸中洒然卓然[2]，虽鬼神不能夺也；若于心有未慊[3]，则反复求之，不敢遽[4]信为然。如五经传注[5]，百家互有出入，苟能蠲[6]成见、集众长，虽不尽合于经，其害经者寡矣。即《论语》《孟子》，亦有当变通以求之者。盖《论语》本非自撰，皆因人立言；《孟子》意在救时，或矫枉过正。若不信义理，而信方策[7]，则伪书皆得乱真矣。

【注释】

[1] 实获我心：别人说的跟自己的想法一样。语出《诗经·邶风·绿衣》：

“我思古人，实获我心。”

[2] 方寸：心，心处胸中方寸之间，故称。也指脑海。唐刘知几《史通·自叙》：“始知流俗之士，难与之言。凡有异同，蓄诸方寸。”洒然：了然而悟。明方孝孺《与楼希仁书》：“能言者声和而音雅，词切而义明，理约束而不乱，端多而不复，听之使人洒然不倦。”卓然：卓越的样子。汉刘向《说苑·建本》：“尘埃之外，卓然独立，超然绝世，此上圣之所游神也。”

[3] 慊（qiè）：满足，满意。《孟子·公孙丑上》：“行有不慊于心，则馁矣。”汉赵岐《注》：“慊，快也。”

[4] 遽（jù）：仓促，匆忙。清蒲松龄《聊斋志异·促织》：“见有虫伏棘根，遽扑之，入石穴中。”

[5] 五经：五部儒家经典，即《诗》《书》《易》《礼》《春秋》。其称始于汉武帝建元五年。其中《礼》，汉时指《仪礼》，后世指《礼记》；《春秋》，后世并《左传》而言。汉班固《白虎通·五经》：“五经何谓？谓《易》《尚书》《诗》《礼》《春秋》也。”宋欧阳修等《新唐书·百官志三》：“《周易》《尚书》《毛诗》《左氏春秋》《礼记》为五经。”传（zhuàn）注：解释经籍的文字。

[6] 蠲（juān）：除去。汉荀悦《申鉴·政体》：“四患既蠲，五政既立，行之以诚，守之以固。”

[7] 方策：方册。简册，典籍。后亦指史册。《礼记·中庸》：“哀公问政。子曰：‘文、武之政，布在方策，其人存，则其政举；其人亡，则其政息。’”汉郑玄《注》：“方，版也。策，简也。”唐孔颖达《疏》：“言文王、武王为政之道皆布列在于方牍简策。”章炳麟《文学总略》：“是故绳线联贯谓之经，簿书记事谓之专，比竹成册谓之仑，各从其质以为之名，亦犹古言‘方策’，汉言‘尺牍’，今言‘札记’矣。”

4.9　紫阳学有根据

紫阳学有根据[1]，故儒者宗之。宗之，则所遗者小；悖之，则所害者大。孙北海[2]先生尝著《考正晚年定论》一书，谓此书为王阳明[3]赝作，有功后学不浅。

【注释】

[1] 紫阳：宋代理学家朱熹的别称。朱熹父朱松曾在安徽歙县的紫阳山读书，后朱熹居福建崇安，题厅事曰“紫阳书室”，以示不忘。后人因此就以“紫阳”别称朱熹。根据：根基，根底。

[2] 孙北海：明末清初政治家、收藏家孙承泽（1593—1676），字耳北、一作耳伯，号北海，又号退谷，山东益都（今山东省寿光市）人，明思宗崇祯四年（1631）进士，官至刑科给事中。清世祖顺治元年（1644）起仕清，历任吏科给事中、太常寺卿、大理寺卿、兵部侍郎、吏部右侍郎等职。著有《春明梦余录》《天府广记》《庚子消夏记》《九州山水考》《溯洄集》《研山斋集》等四十余种，今多传于世。《考正晚年定论》：孙承泽撰，二卷。本书认为王守仁所撰《朱子晚年定论》一文，不言晚年始于何年，但取偶然谦抑之词，或随问而答之语，以及早年与人的笔记，特欲借朱熹之言以攻击朱熹，因此不足为据。孙氏取朱熹《年谱》《行状》《文集》《语类》等书，考证甚详。

[3] 王阳明：王守仁，浙江余姚人，字伯安，号阳明子，世称阳明先生，故又称王阳明。明代著名思想家、哲学家、文学家和军事家，陆王心学集大成者。精通儒释道，且能统军征战，是中国历史上罕见的全能型大儒。

4.10 日者测命不可信从

日者[1]以年、月、日、时、干支测人之命，盖卜筮支派，偶专精于此，以为寄托耳。今辄以干支、八字为命，谓"一饮一啄[2]，皆自其堕地时预定"。若是，则积善[3]、积不善何为各以类应，昭然[4]不爽乎？或又谓所为善为不善，亦皆预定，是又恕凶人而诬天道，得罪名教之甚者也。且其说可以欺愚人，而不可以罔[5]君子。假如有人生于甲子年、乙丑月、丙寅日、丁卯时，按之五行生尅，非不灿然[6]可观。顾其年之称"子"，则谓是岁木星在天之"子"分[7]，此于人何与耶？月之称"丑"，则谓是月初昏[8]斗柄建丑，此于人何与耶？日之称"寅"，非有可指，配年月强名之耳。时之称"卯"，则谓是时日在地之"卯"分，又于人何与耶？日星去人，不可以道里计。众星烂然，孰近孰远？独于纬星取太岁，经星取北斗[9]，似不知天行之昼夜一周者。记岁之历辰则以天，日之历辰则以地，斗之历辰又专以昏——非有说也。至十干之名，则大挠[10]作"甲子"，取十与十二相错，为数六十，多寡适中耳。是皆假借言之，非有象数[11]可指也。使异域[12]之人，自验[13]天为术，不与中国相谋，吾知所以纪年月日时，必不能若合符节矣。是其所据以为质者，谬悠[14]附会如此。虽使错综参互，研之极精，谓以八字题为文则可，于其人之休咎穷通[15]，略无关涉，又安得有鬼神焉，一一按籍[16]而施耶？且人所谓生于此日，固非自此日始生也。其具形体、能运动，久矣。是日也，不过如蛰虫[17]之出焉耳。今有人张天文图于室，而室中有蚯蚓出，因指所向之星辰，以定蚯蚓之祸福，其可信乎？人于天，不啻[18]

蚯蚓也。天体旋运^[19]，尚不如天文图之有定向也。而子平五星^[20]之说，君子犹或信之，不亦惑乎？曰："然则为是术者，何以行？"曰："人生吉与凶二者而已。率意妄言，其中者亦常相半，况揣摩以求得当乎？且其至于是邦也^[21]，则必尽侦其富贵好事者之生平，然后出而极誉之，名曰'买春'；其次，铦^[22]之以言，察其颜色，以为钩拒^[23]，名曰'审囚'。其言必曰'先否^[24]，后吉'，听之者既不自省以往之过，而又妄觊^[25]将来之福，故多信之。所损虽为不多，然不免流俗愚陋之所为，不如以赠行道之人也。"

【注释】

[1] 日者：古代以占候、卜筮为业的人。《墨子·贵义》："子墨子北之齐，遇日者。"汉司马迁撰、褚少孙补《史记·日者列传》，唐裴骃《集解》："古人占候卜筮，通谓之'日者'。"

[2] 一饮一啄：语本《庄子·养生主》："泽雉十步一啄，百步一饮，不蕲畜乎樊中。"唐成玄英《疏》："饮啄自在，放旷逍遥。"谓鸟类饮食随心。后也泛指人的饮食。宋李昉等《太平广记》卷一五八引《玉堂闲话·贫妇》："谚云：'一饮一啄，系之于分。'"宋道原《景德传灯录·尸利禅师》："一饮一啄，各自有分，不用疑虑。"清吴敬梓《儒林外史》第四五回："今日有三处酒吃，一处也吃不成；可见一饮一啄，莫非前定。"

[3] 积善：累积善行。《易经·坤卦》："积善之家，必有余庆；积不善之家，必有余殃。"

[4] 昭然：明明白白的样子。《礼记·仲尼燕居》："三子者，既得闻此言也，于夫子，昭然若发蒙矣。"唐李隆基《孝经序》："约文敷畅，义则昭然。"

[5] 罔（wǎng）：蒙蔽；欺骗。《孟子·万章上》："故君子可欺以其方，难罔以非其道。"宋朱熹《集注》："罔，蒙蔽也。"

[6] 灿然：明白；显豁。汉董仲舒《春秋繁露·王道通三》："文理灿然而厚，知广大有而博。"

[7]"顾其"二句：岁星，即木星。古人认识到木星约十二年运行一周天，轨道与黄道相近，将周天分为十二分，称十二次。木星每年行经一次，即以其所在星次来纪年，故称岁星。《韩非子·饰邪》："此非丰隆、五行、太一、王相、摄提、六神、五括、天河、殷抢、岁星数年在西也。"

[8] 初昏：黄昏。《仪礼·士昏礼》："期初昏，陈三鼎于寝门外。"《左传·庄公二十九年》："水昏正而栽。"唐孔颖达《疏》："言水昏正者，夜之初昏，水星有正中者。"

[9]"独于"二句：旧称二十八宿等恒星为经星，与行星称纬星相对。因恒

星相对位置不变，故称。《穀梁传·庄公七年》："夏，四月，辛卯，昔，恒星不见。恒星者，经星也。"晋范宁《注》："经，常也，谓常列宿。"汉班固《汉书·天文志》："凡天文在图籍昭昭可知者，经星常宿中外官凡百一十八名，积数七百八十三星，皆有州国官宫物类之象。"宋沈括《梦溪笔谈·象数一》："星有三类：一、经星，北极为之长；二、舍星，大火为之长；三、行星，辰星为之长。"

[10] 大挠：相传黄帝建国时，命大挠氏"采五行之情，占斗机所建，始作甲乙以名日，谓之干，作子丑以名月，谓之枝。有事于天则用日，有事于地则用月。阴阳之别，故有枝干名也。"

[11] 象数：《左传·僖公十五年》："龟，象也；筮，数也。物生而后有象，象而后有滋，滋而后有数。"晋杜预《注》："言龟以象示，筮以数告，象数相因而生，然后有占，占所以知吉凶。"《周易》中，凡言天日山泽之类为象，言初上九六之类为数。象数并称，即指龟筮。

[12] 异域：外国。南朝宋范晔《后汉书·班超传》："大丈夫无它志略，犹当效傅介子、张骞立功异域。"

[13] 验：勘验。

[14] 谬悠：虚空悠远。引申为荒诞无稽。《庄子·天下》："庄周闻其风而悦之，以谬悠之说，荒唐之言，无端崖之辞，时恣纵而不傥，不以觭见之也。"唐成玄英《疏》："谬，虚也。悠，远也。"

[15] 休咎：吉凶；善恶。汉班固《汉书·刘向传》："向见《尚书·洪范》，箕子为武王陈五行阴阳休咎之应。"穷通：困厄与显达。《庄子·让王》："古之得道者，穷亦乐，通亦乐，所乐非穷通也；道德于此，则穷通为寒暑风雨之序矣。"

[16] 按籍：按照簿籍或典籍。元脱脱等《宋史·职官志四》："时其曝凉而封籍其数，若进御及颁给，则按籍而出之。"

[17] 蛰虫：藏在泥土中过冬的虫子。《礼记·月令》："（孟春之月）冬风解冻，蛰虫始振。"

[18] 不啻（chi）：无异于，如同。唐元稹《叙诗寄乐天书》："视一境如一室，刑杀其下不啻仆畜。"

[19] 旋运：运转。清纪昀《阅微草堂笔记·滦阳消夏录三》："妇归，再转其磨，则力几不胜，非凤昔之旋运自如矣。"

[20] 子平：传说宋时有徐子平，精于星命之学（一种根据星象或生辰八字推算人的命运的迷信方法），为后世术士所宗。一说，子平，名居易，五季人，

曾与麻衣道者陈图南同隐华山。事见清翟灏《通俗编·艺术》。后世即以"子平"代指星命之学。明吴承恩《西游记》第四十二回："先生子平精熟，要与我推看五星。"五星，指水、木、金、火、土五大行星，即东方岁星（木星）、南方荧惑（火星）、中央镇星（读如"镇"，土星）、西方太白（金星）、北方辰星（水星）。《史记·天官书论》："水、火、金、木、填星，此五星者，天之五佐。"汉刘向《说苑·辨物》："所谓五星者，一曰岁星，二曰荧惑，三曰镇星，四曰太白，五曰辰星。"宋叶适《送程传叟》诗："谁知仰天懑天公，三辰五星在心中。"

［21］"且其"句："也"字，刊本脱，今据稿本补。

［22］餂（tiǎn）：取；诱取。《孟子·尽心下》："士未可以言而言，是言餂之也；可以言而不言，是以不言餂之也。是皆穿窬之类也。"汉赵岐《注》："餂，取也。"

［23］钩拒：钓钩。古书中亦作"钩距"。唐元稹《估客乐》诗："一身偃市利，突若截海鲸。钩距不敢下，下则牙齿横。"钜，刊本作"拒"，今据稿本改。

［24］否（pǐ）：困厄；不顺。《左传·宣公十二年》："执事顺成为臧，逆为否。"唐李隆基《经邹鲁祭孔子而叹之》诗："叹凤嗟身否，伤麟怨道穷。"

［25］觊（jì）：希望；企图。《楚辞·九辩》："事亹亹而觊进兮，蹇淹留而踌躇。"

4.11　精诚卜筮久必有验

人事不能决[1]，则质[2]诸鬼神；鬼神不能告，则假[3]于物之灵者——蓍[4]、龟是也。自日者[5]之说行，卜筮[6]之道遂废。儒者但致精诚[7]，从事于此，久之必当有验[8]。

【注释】

［1］人事：人间世事。决：决断，决定。

［2］质：询问，就正。汉扬雄《太玄·数》："爰质所疑。"晋范望《注》："质，问也。"汉班固《汉书·梅福传》："质之先圣而不缪，施之当世合时务。"唐颜师古《注》："质，正也。"

［3］假：假借，借助。

［4］蓍（shī）：一种多年生草本植物，一本多茎，可入药。中国古人常用它的茎占卜。

［5］日者：古代以占候、卜筮为业的人。《墨子·贵义》："子墨子北之齐，

遇日者。"汉司马迁撰、褚少孙补《史记·日者列传》裴骃《集解》："古人占候卜筮,通谓之'日者'。"

[6] 卜筮:古时预测吉凶,用龟甲称卜,用蓍草称筮,合称卜筮。《礼记·曲礼上》："龟为卜,筴为筮。卜筮者,先圣王之所以使民信时日、敬鬼神、畏法令也;所以使民决嫌疑,定犹与也。"

[7] 精诚:真心诚意,至诚。常用于书面语。语出《庄子·渔父》："真者,精诚之至也,不精不诚,不能动人。"

[8] 验:效验。

4.12　风鉴之道

风鉴[1]之道,盖有合于圣人。夫子谓子路"不得其死"[2],孟子云"胸中正,则眸子瞭焉;胸中不正,则眸子眊焉[3]",皆是也。列国卿大夫,于人威仪周旋[4],言其徵应皆不爽[5],惜乎人不能察。而世所传相人者,皆浅陋不足道,然中者亦十常八九。苟[6]澄心静气察之,则其人之邪正与富贵福泽,皆可知也,但可知不可道。语云:"学相轻人。"戒之哉!

【注释】

[1] 风鉴:指相面术。宋吴处厚《青箱杂记》卷四："余尝谓风鉴一事,乃昔贤甄识人物拔擢贤才之所急,非市井卜相之流用以贾鬻取资者。"

[2] "夫子"句:语出《论语·先进》:"闵子侍侧,訚訚如也;子路,行行如也;冉有、子贡,侃侃如也。子乐。'若由也,不得其死然。'"不得其死,等于说不得善终。

[3] "孟子"句:语出《孟子·离娄上》:"孟子曰:'存乎人者,莫良于眸子。眸子不能掩其恶。胸中正,则眸子瞭焉;胸中不正,则眸子眊焉。'"眸(móu)子:眼珠子。也泛指眼睛。瞭(liǎo):眼珠明亮。《周礼·春官·序官》:"眡瞭三百人。"汉郑玄《注》:"瞭,目明者。"眊(mào):眼睛失神,视物不清。

[4] 威仪:古代祭享等典礼中的动作礼节及待人接物的礼仪。《左传·襄公三十一年》:"故君子在位可畏,施舍可爱,进退可度,周旋可则,容止可观,作事可法,德行可象,声气可乐,动作有文,言语有章,以临其下,谓之有威仪也。"周旋:古代行礼时进退揖让的动作。

[5] 徵应:证验,应验。爽:差失,不合。《诗经·卫风·氓》:"女也不爽,士贰其行。"宋朱熹《集传》:"爽,差。"

[6] 苟：假使。稿本作"苟"，恐误。刊本作"苟"。

4.13　死当葬之以礼

古人卜[1]葬地，欲他日不为城邑、不为沟渠、不为道路——为化者[2]也；今之寻龙指穴[3]，冀得蕃衍富贵——为生者也。河北平旷，多爽垲[4]，水去地远，无虫蚁，故卜地易，然或百塚累累[5]，犹且因陋就简。江南必求善地，遂至数世暴露于庭，往往有遭水火、至无可葬者，有司[6]所宜禁也。人知亲体安善，子孙必昌，曷为不"生，事之以礼；死，葬之以礼"哉[7]？

【注释】

[1] 卜（bǔ）：选择。《吕氏春秋·举难》："卜相曰成（季成）璜（翟璜）孰可，此功之所以不及五伯也。"汉高诱《注》："卜，择也。"

[2] 化者：死者。《孟子·公孙丑下》："且比化者无使土亲肤，于人心独无恔乎？吾闻之也：君子不以天下俭其亲。"宋朱熹《集注》："化者，死者也。"

[3] 寻龙指穴：也叫"寻龙点穴"，中国传统堪舆（风水）术语。古人发现地上与地下水在不同的地域有不同的成分，含有特定成分的水长期滋养当地的土壤，土壤的矿物成分达到一个特殊比例，会形成异常适合动植物生活的环境。这种特殊土壤，本称作"龙砂"，古人甚至拿来入药。古人通过实践发现这种特殊土壤极其滋养动植物生长，因此认为也应该可以给人带来财富等好运，于是根据某些地势地形及动植物特征去寻找有"龙砂"的地区。古代所谓"阴阳风水学"的民俗学科就此形成，后人简称作"风水学"，并将寻找"龙砂"称作"寻龙点穴"或"寻龙指穴"。

[4] 爽垲（kǎi）：高爽干燥的地方。《左传·昭公三年》："初，景公欲更晏子之宅，曰：'子之宅近市，湫隘嚣尘，不可以居，请更诸爽垲者。'"晋杜预《注》："爽，明；垲，燥。"

[5] 塚（zhǒng）：同"冢"，"冢"的后起字。坟墓。累累：重叠的样子。

[6] 有司：指官吏。古代设官分职，各有专司，因此以"有司"称官吏。

[7] "生事"四句：语见《论语·为政》："孟懿子问孝。子曰：'无违。'樊迟御，子告之曰：'孟孙问孝于我，我对曰无违。'樊迟曰：'何谓也？'子曰：'生，事之以礼；死，葬之以礼，祭之以礼。'"

4.14　真相须得证验

汧水[1]中有石，类滑石[2]而有纵理。水中剖之，一寸可[3]八九重。每重有鱼，约二三寸，鳞骨皆具，如墨画者。尝意必真鱼，为土崩所掩，岁久成石。后询此石，果在穴中，如泥鱼[4]状，正汧水产也。邑中有少尼，每盥靧毕[5]，槃[6]水聚细沫成莲花，观者惊拜。士人曰："此必瓦盆，陶人[7]刻莲花其底。靧则水动，垢腻悉沉刻画中。午热，则煦沫[8]泛其上，成莲花耳。"曰："然则老尼何以独无？"曰："老尼衰，面无垢腻故也。"验[9]之，果然。

【注释】

[1] 汧（qiān）水：渭河的支流，今称"千河"。发源于甘肃境内六盘山南麓，流经陕西省入渭河。

[2] 滑石：矿物名称。性柔，触摸有滑润感。通常由富含镁的岩石因变质而成。可入药、制石笔。广泛应用于造纸及橡胶等工业。明李时珍《本草纲目·石一·滑石》："滑石性滑利窍，其质又滑腻，故以名之。"

[3] 可：副词，大约。清蒲松龄《聊斋志异·狐嫁女》："入视楼中，陈设芳丽。遂有妇人出拜，年可四十余。"

[4] 泥鱼：也称海鮎鱼。盛产于中国东海沿岸浅水区。泥鱼一年生，等到十一月份后，身体变得细长，钻入泥洞后死亡。

[5] 盥（guàn）：洗手，以手接水冲洗。《礼记·少仪》："举爵则坐立饮，凡洗必盥。"汉郑玄《注》："先盥乃洗爵，先自洁也。"唐孔颖达《疏》："洗，洗爵也；盥，洗手也。"靧（huì）：洗脸。

[6] 槃：同"盘"。古时沐浴盥洗或盛食承物的扁浅敞口的器皿。

[7] 陶人：烧制陶器的工匠。

[8] 煦沫：本指用唾沫互相润湿。语本《庄子·大宗师》："泉涸，相与处于陆，相呴以湿，相濡以沫。""煦""呴"二字相通。此指中午天热、水温高，水盆中的污垢油腻像唾沫一样。

[9] 验：核验。

4.15 荒徼穷陬当偃武修文

从来寒苦不食之地[1]，民无所聊[2]，其俗必习战斗、轻死亡，闻天下有故[3]，则攘臂[4]倾耳而听。故淮北、关西[5]，易为乱首。若夫沃野名区，有丝枲[6]舟车之利、酒醴笙竽之乐，一闻鼓鼙[7]，斯面无人色矣。乃古人称治天下，动曰"偃武修文"[8]。夫使荒徼穷陬[9]，果皆销其锋刃、惰其手足、食草衣木、累世而无他志，曷[10]为不可？若其势不能，而第[11]行于乐土之民，是使弱者益弱，强者更强。其可与否，不待智而知也。

【注释】

［1］从来：历来，向来。寒苦：严寒艰苦。不食：不食之地，指不宜耕种的土地。《礼记·檀弓上》："我死，则择不食之地而葬我焉。"汉郑玄《注》："不食，谓不垦耕。"

［2］聊：依靠，倚赖。《楚辞·九章·悲回风》："怜思心之不可惩兮，证此言之不可聊。"宋朱熹《集注》："聊，赖也。"

［3］有故：有变故。汉桓宽《盐铁论·疾贪》："常居则匮于衣食，有故则卖畜粥业。"

［4］攘臂：捋起衣袖，伸出胳膊。常用以形容激奋的样子。《老子》："上礼为之而莫之应，则攘臂而扔之。"

［5］关西：泛指函谷关或潼关以西的地方。

［6］枲（xǐ）：大麻的雄株。只开雄花，不结子，纤维可织布。也泛指麻。

［7］鼓鼙（pí）：大鼓和小鼓，是古代军中常用的乐器，故常借指征战。鼙，小鼓，汉以后也称骑鼓。

［8］偃武修文：停止武事，振兴文教。偃，停止。修，昌明，振兴。语本《尚书·武成》："王来自商，至于丰，乃偃武修文。"

［9］徼（jiào）：边界，边塞。汉司马迁《史记·司马相如列传》："西至沫、若水，南至牂柯为徼。"唐司马贞《索隐》引张揖曰："徼，塞也。以木栅水为蛮夷界。"陬（zōu）：四隅。指边远偏僻的地方。南朝梁萧统《文选·左思〈吴都赋〉》："其荒陬谲诡，则有龙穴内蒸，云雨所储。"刘逵《注》："陬，四隅，谓边远也。"

［10］曷：疑问代词，相当于"何""什么"。《尚书·盘庚上》："汝曷弗告朕？"汉孔安国《传》："曷，何也。"唐孔颖达《疏》："'曷、何'同音，故'曷'为'何'也。"

［11］第：副词。只是、只。

4.16　吏治当合文武为一科

男子生，悬弧[1]以射四方。古人有武功，则铸鼎、勒卣[2]。其子孙之文，多象人持戈或弓矢，非专武人为然也。今之武人，反以习韬钤[3]、善骑射为耻，誉之者必曰"轻裘缓带[4]，雅歌投壶[5]"，何其谬乎！故吾言吏治，当合文武为一科。

【注释】

[1] 悬弧：古代风俗尚武，生了男孩，就在家门左侧挂上一张弓，因此后世称生男为"悬弧"。《礼记·内则》："子生，男子设弧于门左，女子设帨于门右。"这里指尚武、练武。《孔子家语·观乡射》："是故士使之射而弗能，则辞以病，悬弧之义。"三国魏王肃《注》："男子生则悬弧其门，明必有射事也，而今不能射，唯病可以为辞也。"

[2] 卣（yǒu）：古代的一种中型酒樽，用青铜铸制，一般为椭圆形，腹大，口敛，圈足，有盖和提梁，多用作礼器，盛行于商和西周时代。《尔雅·释器》："卣，中尊也。"晋郭璞《注》："不大不小者。"

[3] 韬钤（tāo qián）：《六韬》《玉钤篇》两部古代兵书的合称，后世泛指兵书。也借指用兵的谋略。

[4] 轻裘缓带：轻暖的衣裘，宽缓的腰带。形容从容闲适。

[5] 雅歌：伴以雅乐歌唱的诗歌。投壶：古代宴会上，宾主依次用弓矢投向盛酒的壶口，以投中的多少定胜负，负者饮酒。投壶既是一种宴会制度，也是一种娱乐活动。

4.17　君子以懿文德

古人所谓"文德"[1]，"礼让"之谓也。董之司徒[2]，聚之学校，使民无骄气淫志[3]而已。后世雕镂文字[4]，以相矜夸[5]，费日格[6]事，终无补于世教。若丝竹、图绘诸艺，及焚香、啜茗，作诸清供[7]，适足荡人，与文教何与焉？上有好，则下必甚；且有藉之为倖窦[8]者——不可不察也！

【注释】

[1] 文德：礼乐教化，与"武功"相对。《易经·小畜》："君子以懿文德。"《论语·季氏》："故远人不服，则修文德以来之。"

[2] 董：监督，督察。司徒：官名。相传少昊时始置，唐虞因之，周时是六卿之一，称地官大司徒。掌管国家的土地和人民的教化。

[3] 淫志：放荡淫逸的心志。《礼记·乐记》："郑音好滥淫志。"汉司马迁《史记·老子韩非列传》："去子之骄气与多欲，态色与淫志，是皆无益于子之身。"

[4] 雕镂文字：比喻刻意修饰文辞。

[5] 矜夸：夸耀，也作"矜侉"。《尚书·毕命》："骄淫矜侉，将由恶终。"汉孔安国《传》："矜其所能以自侉大。"

［6］格：搁置，限制。

［7］清供：清玩，即清雅的玩品。多指书画、金石、古器、盆景等可供赏玩的东西。

［8］倖窦：倖门，指奸邪小人或侥幸者进身的门户。清张廷玉等《明史·华允诚传》："皇上以近臣可倚，而不知倖窦已开。"

4.18　小麦生虫

小麦一粒，可作三虫。先一虫，如蚕蛾[1]而小，名麦蛾；次一虫，如蜉蝣[2]而小，名麦蝣；最后一虫，如蚕而小，名麦槎。三虫出，斯麦全空矣。收麦后，遇晴日暴[3]干，啮[4]之有声，乃可入囷[5]。若阴雨沮湿[6]，旬日[7]必先生蛾、次生蝣，万不一爽[8]。《述异记》以麦皆化蛾飞去，诧为奇变，盖不知稼穑[9]者。

【注释】

［1］蚕蛾：蚕作茧成蛹后，所化的蛾。有二对翅，三对足，一对触角，遍体生白色鳞毛，雌大雄小，交尾产卵后不久即死。

［2］蜉蝣（fú yóu）：虫名。幼虫生活在水中，成虫呈绿褐色，有四翅，生存期极短。《诗经·曹风·蜉蝣》："蜉蝣之羽，衣裳楚楚。"毛《传》："蜉蝣，渠略也，朝生夕死。"

［3］暴（pù）：晒。《孟子·滕文公上》："江河以濯之，秋阳以暴之。"

［4］啮：咬，嚼。

［5］囷（qūn）：古代一种圆形的谷仓。《诗经·魏风·伐檀》："不稼不穑，胡取禾三百囷兮？"

［6］沮（jù）湿：低洼潮湿。清张廷玉等《明史·王治传》："明年，左右有言南海子之胜者，帝将往幸。治率同官谏。大学士徐阶、尚书杨博、御史郝杰等并阻止。皆不听。至则荒莽沮湿，帝甚悔之。"

［7］旬日：十天。也指较短的时日。

［8］爽：差失、不合。《诗经·卫风·氓》："女也不爽，士贰其行。"宋朱熹《集传》："爽，差。"

［9］稼穑（jià sè）：耕种和收获。泛指农业劳动。《诗经·魏风·伐檀》："不稼不穑，胡取禾三百廛兮？"汉毛亨《传》："种之曰稼，敛之曰穑。"

4.19　凡物无两为飞虫者

凡飞虫，皆先多足、蠕动为蚕，各食其食。既老，乃为室。蜕而为蛹，无足、不食。又蜕，乃成飞虫。率四翼，足在胸间，而腹颇长。或食或不食，皆合牝牡[1]，生子复为蚕。蜂蝶蝇蝉，莫不皆然。蝉蠕动为蛴[2]，在粪土间。今或以为蜣蜋[3]所化，非也。凡物无两为飞虫者。

【注释】

[1] 牝（pìn）牡：雌性和雄性。

[2] 蛴（cáo）：蛴（qí）蛴。金龟子的幼虫，白色，体形呈圆柱状，向腹面弯曲。生活在粪土中，以植物根茎等为食，为地下的主要害虫。又有"地蚕、土蚕、核桃虫"等俗称。

[3] 蜣蜋（qiāng láng）：昆虫。通体黑色，背部有硬甲，胸部和脚有黑褐色长毛，能飞，以动物粪屎、尸体为食，常将粪屎滚成球形，在其中产卵。俗称"屎壳郎、全屎虫"。

4.20　富贵者事鬼神必谄

富贵者虽骄悍、侮人，其中情[1]必怯。盖所为或不慊[2]于心，又恐不长有其富贵也，故其事鬼神也必谄。

【注释】

[1] 中情：内心的思想感情；内在的实际情况。

[2] 慊（qiè）：满足，满意。《孟子·公孙丑上》："行有不慊于心，则馁矣。"汉赵岐《注》："慊，快也。"

4.21　余遇术士弗为礼

有术士传食吴越间[1]。余遇之，弗为礼。人曰："自王侯将相，莫不执鞭恐后，子不闻乎？"余曰："彼其术，适足以眩[2]王侯将相耳，于我何有[3]？"人又曰："子不见伏谒[4]道旁，相践以至于死者乎？"余曰："若曹固惟知有王侯将相者，不然，何以为庶人之德[5]？"

【注释】

[1] 术士：这里指以占卜、星相等为职业的人。传（chuán）食：辗转受人供养。《孟子·滕文公下》："后车数十乘，从者数百人，以传食于诸侯，不以泰乎？"一说"传"读 zhuàn，客舍。传食，止息于诸侯客馆而受其饮食。

[2] 适足：充足适度而不过分，恰能。眩：迷惑，迷乱。这里有欺骗的意思。《荀子·正名》："彼诱其名，眩其辞而无深于其志义者也。"唐杨倞《注》：

"眩惑其辞而不实"。

[3]"于我"句:"对我来说能怎么样呢?"古书中也常说成"何有于我"。

[4]伏谒(yè):谒见尊长,伏地通报姓名。汉司马迁《史记·佞幸列传》:"江都王望见,以为天子,辟从者,伏谒道傍。嫣驱不见。"

[5]庶人之德:等于说"小人之德"。

4.22 "今与百姓约法三章"今读有误

汉高[1]入关,诰谕[2]"今与百姓约"为句,"法三章耳"为句。今称"约法",非也。

【注释】

[1]"汉高"句:据史书记载,公元前206年,刘邦率军攻入关中,秦王降刘。刘邦召集关中父老豪杰宣谕:"杀人者死,伤人及盗抵罪。"

[2]诰谕:告示。

4.23 引古人文不可轻为更易

引古人文,不可轻为更易。如《国策》载荆轲事[1]——秦王还坐,"目眩良久"[2]——乃环柱而走,致目眩耳。《史记》不知所谓,改"不怡良久"[3],遂失本意矣。

【注释】

[1]《国策》:《战国策》。此书据称原系战国时期各国史官或策士辑录,主要记载当时的谋臣策士游说各国或互相辩论时所提出的政治主张和斗争策略,有《国策》《国事》《事语》《短长》《长书》等不同名称。西汉时,刘向按战国时期秦、齐、楚、赵等十二国次序,删除重复内容,编订为三十三篇,并定名为《战国策》;东汉时,高诱曾为之作注;北宋时,曾巩做过校补;南宋及元代,姚宏、鲍彪和吴师道等人亦做过注释或补正工作。荆轲事:"荆轲刺秦王"事见《燕策》。

[2]"目眩"句:事见《战国策·燕策》。

[3]"《史记》"二句:事见汉司马迁《史记·刺客列传》,原文作"于是左右既前杀轲,秦王不怡者良久"。怡(yí):喜悦,快乐。汉司马迁《史记·萧相国世家》:"高帝不怿。是日,使使持节赦出相国。"

4.24　"虽鞭之长，不及马腹"今人误解

"虽鞭之长，不及马腹"[1]，解者谓"非所宜加也"。余谓古人以马驾车，御者之鞭，仅及其背。今以骑度[2]之，非也。

【注释】

[1]"虽鞭"二句：古语。今"鞭长莫及""鞭长不及马腹"等成语本此。见《左传·宣公十五年》："古人有言曰：'虽鞭之长，不及马腹。'"晋杜预《注》："言非所击。"谓鞭子虽然很长，但是不应该打到马肚上。

[2]度（duó）：推测。

4.25　丧礼久坏

丧礼久坏。南北风土[1]所尚，鲜有同者，要[2]皆奢靡以求观美，而于含殓椁圹[3]之制，反仍苟简[4]——是谓悦人，非事亲也。

【注释】

[1]风土：本指一方的气候和土地，也泛指风俗习惯。

[2]要（yào）：概括，总括。

[3]含（hàn）：古代丧礼，把玉或珠贝等放在死者口中。这个意义后来也写作"唅""琀"。殓（liàn）：给死者换好衣裳盛入棺中。椁：古代套于棺外的大棺。圹（kuàng）：墓穴。

[4]苟简：草率而简略。《庄子·天运》："古之至人，假道于仁，托宿于义，以游逍遥之虚，食于苟简之田，立于不贷之圃。逍遥，无为也；苟简，易养也；不贷，无出也。"

4.26　兖人治丧陋习

兖俗[1]：人始殁[2]，其属皆免跣赴土地、城隍[3]祠，灌地以馌[4]，虽道远，日必三往，妇人皆徒行。如是三日，乃为舆马、衣装、楮锭[5]，焚于门，兼赂鬼胥[6]，曰"钱行"。此陋俗，不知始何时。人生乘化[7]俱尽，魂魄固无不之，安在必有鬼伯[8]羁之，送之又必三日耶？且创巨[9]方深，岂宜仆仆[10]道路？又尽室偕往，而寘[11]死者于庭，甚至为鸟鸢虫鼠所侵，可谓大不智矣。孝子于亲死，唯恐其即远也，衣以复之，魂帛以敛之[12]；夕则侍寝，朝则侍盥栉[13]，食时[14]

设奠；葬则祝之曰"形归窀穸[15]，神返室堂"；为木主[16]以栖之；三日三虞[17]，以安之；庙以祀之；岁时则奉于寝室以飨[18]之——欲常相依附，不至旁皇[19]离散也。今始死，即求之神祠[20]，赠以车马，如云"从此已矣"，则是朝夕奠皆可不设，木主与庙皆可不立也，可谓大不仁矣。此事南北莫有行者，独兖为礼教之邦，反沿袭而不知怪。移风易俗，君子之责也。

【注释】

[1] 兖：今济宁市兖州区，在山东省，东与曲阜相邻。

[2] 殁（mò）：死。字有"圽""殅"等异体。

[3] 免跣（xiǎn）：脱帽赤脚。土地：神名，即土地神。掌管、守护某个地方的神。城隍：掌管、守护城池的神。

[4] 灌地：古代祭祀的一种仪式。把酒洒在地上，求神降临。馆（zhān）：稠粥。

[5] 楮（chǔ）锭：古时祭祀时焚烧的纸钱。楮，楮币，冥钱。锭，即纸锭，也叫纸铤（tǐng），是用锡箔糊制成的银锭状的冥钱。

[6] 胥（xū）：古代官府中的小吏。

[7] 乘化：顺随自然。化，自然、造化。晋陶潜《归去来兮辞》："聊乘化以归尽，乐夫天命复奚疑。"

[8] 鬼伯：等于说鬼王，即阎王。宋郭茂倩编《乐府诗集·相和歌辞二·蒿里》："鬼伯一何相催促，人命不得少踟蹰。"

[9] 创巨（jù）：创伤深重。指父母之丧。《礼记·三年问》："创巨者其日久，痛甚者其愈迟。"唐孔颖达《疏》："'创巨者其日久'者，以释重丧所以三年也。其事既大，故为譬也。巨，大也。"

[10] 仆仆：奔走劳顿的样子。宋范成大《醉江月·严子陵钓台》："富贵功名皆由命，何必区区仆仆。"

[11] 寘（zhì）：遗留，弃置。《诗经·大雅·生民》："诞寘之隘巷，牛羊腓字之。"

[12] "衣以"二句："复"和"魂帛"都与古时招魂术有关，作用同于后世的"招魂幡"。魂帛，又叫"神帛"，是招魂时使用的布帛。古人以为死者的魂灵会随神帛回还。汉许慎《五经异义》"大夫束帛依神"的说法与此类似。元马端临《文献通考·王礼十七》："检会典故，切详神帛之制，虽不经见，然考之于古，盖'复'之遗意也。《礼运》曰：'及其死也，升屋而号，告曰皋某复。'然古之'复'者以衣，今用'神帛'招魂，其意盖本于此。"复（復），刊本作"覆"，今据稿本改。

[13] 盥栉：梳洗整容。清蒲松龄《聊斋志异·莲香》：“（女）复自镜，则眉目颐颊，宛肖生平，益喜。盥栉见母，见者尽骇。”

[14] 食时：特指吃早饭的时刻（古人也称“朝食”），每天七时至九时，以地支命名，即所谓辰时。《诗经·鄘风·蝃蝀》“崇朝其雨”句，汉毛亨《传》曰：“崇，终也。从旦至食时为终朝。”

[15] 窀穸（zhūn xī）：墓穴。也作“窀夕”。宋洪适《隶释·汉泰山都尉孔宙碑》：“窀夕不华，明器不设。”

[16] 木主：木制的神位。上面写着死者姓名以供祭祀，又称神主，俗称牌位。汉司马迁《史记·周本纪》：“武王上祭于毕。东观兵至于盟津。为文王木主，载以车，中车。”

[17] 三虞：指三次虞祭（既葬之后的祭祀），是旧时汉族丧礼的一种仪式。《仪礼·既夕礼》：“三虞，卒哭。他用刚日，亦如初。”汉郑玄《注》：“虞，丧祭名。虞，安也。骨肉归于土，精气无所不之，孝子为其彷徨，三祭以安之。”唐孔颖达《疏》：“至此为卒哭祭，唯有朝夕哭而已，言其哀杀也。”古代，孝子自父母始死至殡，哭不绝声；殡后思及父母即哭，不择时间，称“无时之哭”。卒，即终止。“卒哭”祭为终止“无时之哭”的祭礼，自此改为朝夕各一次哭奠，称“有时之哭”。周代礼制，士三月而葬，自葬日开始接连举行三次虞祭，卒哭祭举行在第三次虞祭后的一个刚日（天干纪日法，甲丙戊庚壬为刚日，乙丁己辛癸日为柔日）。

[18] 岁时：每年一定的季节或时间。《周礼·地官·州长》：“若以岁时祭祀州社，则属其民而读法。”清孙诒让《正义》：“此云岁时，唯谓岁之二时春、秋耳。”寝室：古代宗庙的正殿称庙，后殿称寝，合称寝庙。《诗经·小雅·巧言》：“奕奕寝庙，君子作之。”《礼记·月令》：“寝庙毕备。”汉郑玄《注》：“凡庙，前曰庙，后曰寝。”唐孔颖达《疏》：“庙是接神之处，其处尊，故在前；寝，衣冠所藏之处，对庙为卑，故在后。但庙制有东西厢，有序墙，寝制唯室而已。故《释宫》云‘室有东西厢曰庙，无东西厢有室曰寝’是也。”飨（xiǎng）：通“享”。祭祀，祭献。

[19] 旁皇：因内心不安而徘徊不定的样子。也作“彷徨”。

[20] 神祠：祭神的祠堂。

4.27　追荐之谬在“以非礼为礼”

追荐[1]之谬，前人辟[2]之详矣。今人亦明知无益，而相承不能改。一则妇人之见[3]，以非礼为礼；一则人子之心[4]，恐人议其俭也。好礼者，当预戒子孙勿为。

【注释】

[1] 追荐：请僧道诵经祭奠、超度死者。也叫"追善""追福"等。

[2] 辟（pì）：驳斥。宋沈作喆《寓简》卷六："予见士大夫无贤愚，其言皆如此，心窃怪之而不敢辟也。"

[3] 妇人之见：妇女的见解。古时轻视妇女，因此用来比喻平庸的见解。

[4] 一则：一方面。用于并列叙述两件事时。人子：指子女。《礼记·曲礼上》："凡为人子之礼，冬温而夏清，昏定而晨省。"

4.28　今日吊丧陋俗

闻人丧哀则往吊[1]，岂有时乎？今数日以七为纪[2]，至其日乃吊，亦陋俗也。

【注释】

[1] 丧哀：指丧事。吊：祭奠死者。

[2]"今数"句：佛家认为人生有六道流转，在一个人死此生彼之间，有一个名"中阴身"的阶段，形如童子，在阴间寻求生缘，以七日为一期；如果七日终了，还没有寻到生缘，则可以再续七日，到第七个七日结束，必生一处（见《瑜珈论》）。所以在这七七四十九天当中，必须逢七举行超度、祭奠。因此，古代民间有"烧七"的丧俗。纪，期。

4.29　施德必无望报焉

人之情：施德而不报德；报小德而不报大德。盖施德则受报当在他日，又可以为名也；报德则已焉耳。小德则报之过当也易，而彼初未尝冀报也，人将谓我厚焉；大德则必谓当报，而报之称量也难，故弗乐也。然则吾如之何？曰："勉报德，未能报，则识之；虽复有怨于我，弗敢忘也。施德必无望报焉。予人虽千金，赠而不贷[1]。"

【注释】

[1] 贷：借出。元脱脱等《辽史·食货志上》："年谷不登，发仓以贷。"

4.30　世俗持斋邀福不如只持本等斋

世俗以持斋邀福[1]，沿习成风。其最著者曰"斗斋""准提斋"[2]，士大夫亦多效之。余谓不如只持本等[3]斋。如遇国忌[4]，则素服，不行吉礼[5]；家忌[6]，则布衣，居别室，不饮酒食肉。祭祀致斋[7]，居斋室，不饮酒，不食葱、韭、薤[8]、蒜，是曰"儒斋"，亦曰"忠孝斋"。

【注释】

[1] 持斋：奉持斋戒。邀福：祈求上天神明赐福。

[2] 斗（dǒu）斋：斗斋又称斗星神，源于古代汉族人民对星辰的自然崇拜，斗斋是天宫所有斗星神尊称。五斗星君是道教敬奉的五位尊神，即北斗星君、南斗星君、东斗星君、西斗星君和中斗星君的合称。准提斋：佛教术语，又称"十斋"。佛家以农历每月初一、八、十四、十五、十八、二十三、二十四、二十八、二十九、三十（大月）或初一、八、十四、十五、十八、二十三、二十四、二十七、二十八、二十九（小月）为"十斋日"，礼佛者在这十天需持八斋戒。

[3] 本等：本分，与身份地位相符合。

[4] 国忌：古时指帝、后的忌日。

[5] 吉礼：古代五礼之一。即祭祀天神、地祇、人鬼等的礼仪活动。历代兴革不一，但均为统治者所重视。

[6] 家忌：旧时指父母的忌日。

[7] 致斋：行斋戒之礼。

[8] 薤（xiè）：多年生草本植物。地下有圆锥形鳞茎，叶丛生，细长中空，断面为三角形，伞形花序，花紫色。新鲜鳞茎可做蔬菜，干燥鳞茎可入药；也指这种植物的鳞茎。又叫藠头、薤头、小蒜、薤白头、野蒜、野韭等。北方人较少食用。

4.31　新妇蔑礼言动其罪甚大

婚姻多俗例[1]、俗忌。率妇人所为，其最不可者：新妇入门，母家教其潜为蔑礼言动[2]，以求厌胜[3]——其罪当至于出[4]。

【注释】

[1] 俗例：民间习俗。清沈复《浮生六记·坎坷记愁》："邗江俗例，设酒

肴于死者之室，一家尽出，谓之'避眚（shěng）'；以故有因避被窃者。"

[2] 蔑礼言动：言语、行为蔑视礼法。语本《论语·颜渊》："非礼勿视，非礼勿听，非礼勿言，非礼勿动。"

[3] 厌胜：古代的一种巫术。认为能用诅咒制胜，压服他人他物。

[4] 出：遗弃，休弃。《韩非子·外储说左上》："蔡女为桓公妻，桓公与之乘舟，夫人荡舟，桓公大惧，禁之不止，怒而出之。"

4.32　富贵者须自节以礼

小人献谀[1]，务出新奇相尚[2]。富贵者须自节以礼，无曰任之而已。一不自检，如傀儡为人所掇，必致干名犯义[3]，祸且随之。魏忠贤[4]，祠庙徧[5]天下，拜者呼"九千岁"，忠贤岂教人为之哉？

【注释】

[1] 献谀：奉承阿谀。明谢肇淛《五杂俎·事部一》："王荆公作《字说》，一时从风而靡，献谀之辈竞为注解。"

[2] 相尚：争先恐后，相互超越。

[3] 干（gàn）名犯义：干犯名教和道义。元朝时确立的一种罪名，除了反叛、谋逆、故意杀人以外，儿子不许做证父亲所犯的罪行，奴隶不许告发自己的主人，妻妾、弟弟、侄子不许告发自己的丈夫、哥哥、叔伯，如果违背法令，出现告发行为，就是违背伦理道德、大伤风化的"干名犯义"。对于被告按自首处理，对于告发的人则给予惩罚。这是元朝加强对诉讼人身份控制的一种措施，主要目的是维护封建的纲常伦理。这种制度为明清两朝继承，直到清末变法修律，经过激烈讨论，才最终退出历史舞台。

[4] 魏忠贤（1568—1627）：明代宦官。河间肃宁（今属河北省）人，万历朝入宫。泰昌元年（1620），熹宗即位，被任命为司礼秉笔太监，后又兼掌东厂。勾结熹宗乳母客氏，专断国政，致使国政日益腐败，东林党人交章弹劾。熹宗天启五年（1625）杀东林党人杨涟、左光斗等人，大兴党狱。自称"九千岁"，下有"五虎""五彪""十狗"等名目，从内阁六部到四方督抚，都有私党。思宗即位后，被罢黜职务，安置凤阳，随后被逮，畏罪自缢而死。

[5] 徧："遍"的古字。稿本作"遍"。

4.33　学书者先脱凡近

学书者先脱凡近[1]。"凡近"者，习俗之谓也。习俗或以土风，或以时尚：

如南则华亭[2]，北则孟津[3]，楷则率更[4]，行则海岳[5]——人所共宝，未必真宝也——又往往独得其信笔过当，不合于古人者，以为法，迨后稍窥古人堂奥[6]，亟[7]欲从之，而积习已深。犹雁鹜依人，火食[8]日久，虽有凌云之志，而六翮[9]不为用矣。

【注释】

[1] 凡近：平庸浅薄。唐房玄龄等《晋书·王敦传》："天下事大，尽理实难，导虽凡近，未有秽浊之累。"

[2] 华亭：明代书画家董其昌（1555—1636），字玄宰，号思白，别号香光居士，松江华亭（今上海松江）人，故称。万历进士，官至南京礼部尚书，谥文敏。书法从颜真卿入手，后改学虞世南，又转学钟繇、王羲之，并参以李邕、徐浩、杨凝式等笔意，自谓于率易中得秀色，分行布白，疏宕秀逸，很有特色。擅山水，学董源、巨然及黄公望、倪瓒，讲究笔致墨韵，画格清润明秀。画论上标榜"士气"，以佛家禅宗喻画，倡"南北宗"之说，并推崇南宗为文人画正脉，颇有崇南贬北的倾向。但同时也主张作画须"读万卷书，行万里路"。著有《容台集》《容台别集》《画禅室随笔》《画旨》《画眼》等。

[3] 孟津：清代书法家王铎（1592—1652），字觉斯，号嵩樵，河南孟津人，故称。南明弘光朝任礼部尚书、东阁大学士；降清，官至礼部尚书。工行草书，多得力于颜真卿、米芾二家。笔力雄健，长于布白。兼能山水、兰竹。传世墨迹很多，有《拟山园帖》集刻其法书。

[4] 率更：唐代书法家欧阳询（557—641），字信本，潭州临湘（今湖南省长沙市）人。官至太子率更令，故称。又为弘文馆学士，封渤海县男。工书法，学王羲之、献之父子，劲险刻厉，于平正中见险绝，自成面目，人称"欧体"，对后世影响极大。与虞世南、褚遂良、薛稷并称唐初四大书家。碑刻有正书《九成宫醴泉铭》《化度寺碑》《虞恭公碑》《皇甫诞碑》及隶书《房彦谦碑》等。行书墨迹有《梦奠帖》《张翰帖》《卜商帖》等。编有《艺文类聚》一百卷。

[5] 海岳：北宋书画家米芾（1052—1108），初名黻，字元章，号襄阳漫士、海岳外史等，故称。世居太原（今属山西省），迁襄阳（今湖北省襄樊），后定居润州（治今江苏镇江）。徽宗召为书画学博士，曾官礼部员外郎，人称"米南宫"。因举止颠狂，又称"米颠"。能诗文，擅书画，精鉴别。行草书得力于王献之，用笔俊迈豪放，与蔡襄、苏轼、黄庭坚合称"宋四家"。

[6] 迨（dài）：等到。堂奥：本指屋子的角落深处。常比喻学养高深的境界。堂，指厅堂。奥，指室的西南角。

[7] 亟（jí）：紧急，赶忙。

［8］火食：吃熟食。《礼记·王制》："东方曰夷，被发文身，有不火食者矣。"汉郑玄《注》："不火食，地气煖不为病。"

［9］六翮（hé）：鸟类双翅中的正羽。代指鸟的两翼。翮，鸟羽的茎，中空透明，俗称"羽管"。《战国策·楚策四》："奋其六翮而凌清风，飘摇乎高翔。"

4.34　学书者当知书法宿源

学行楷书，当取资于商周秦汉，而以晋为法，唐则矩矱[1]森然。初学者宜于此求其笔迳[2]。宋以后，勿寓目[3]可也。或曰："晋唐则然矣。汉以前，所传何书？"曰："篆隶行楷，本同一原[4]。"所贵能书者，敛精神、谨法度，变化无方，而不失天然位置。吾所见，如古钟鼎[5]，太学石鼓[6]，琅邪、泰山李斯刻篆[7]，登封启母庙碑二种[8]，汉印章，阙里《韩敕碑》《史晨碑》《孔和碑》《孔宙碑》《孔彪碑》[9]，东平州《张迁碑》[10]，济宁州《鲁峻碑》《武荣碑》《郑固碑》《北海相景君碑》《尉氏处士故吏人名断碑》[11]，城武县《张寿断碑》[12]，滕县《秦君碑》[13]，鄢陵《尹宙碑》[14]，孔庙《五凤二年石刻》[15]，《酸枣令刘熊碑》[16]，《卫尉卿衡方碑》[17]，溧水县《潘乾碑》[18]，洺州《夏承碑》[19]，蜀新都《王稚子石阙》[20]，会稽禹陵窆石[21]刻字、延陵剑[22]刻字、羊子戈[23]刻字，吴《天发神谶碑》[24]，运笔之工，皆非后世所能仿佛[25]。但取石榻，置之座右，视学近代真迹，高卑不啻天壤。今学书者，但以为博物癖嗜之所为，而不知书法宿源[26]，亦可怪也。

【注释】

［1］矩矱（yuē）：规矩法度。《楚辞·离骚》："曰勉升降以上下兮，求矩矱之所同。"汉王逸《注》："矩，法也；矱，于缚切，度也。"

［2］迳：同"径"。道路，门径。

［3］寓目：过目，观看。

［4］原："源"的古字。

［5］钟鼎：此指钟鼎文字，即所谓金文，是铸刻在青铜器（以钟鼎为代表）上的铭文，起于商代，盛于周代，上承甲骨文，下启秦代小篆，书体雄浑壮观、典丽古朴。

［6］太学：此为国子监的俗称。石鼓：石鼓文，先秦时期的刻石文字，因外形似鼓（上细下粗顶圆，实为碣状）而得名，又因铭文多言渔猎事，又称"猎碣"。唐初发现于陕西，共计十枚，高约三尺，径约二尺，分别刻四言诗一首，共十首，计七百一十八字。字体在古文与秦篆之间，一般称"大篆"，刻石

时代众说纷纭，当代学者裘锡圭先生认为当在春秋晚期到战国早期之间。书法史上，石鼓文字集大成之成，开小篆先河，是由大篆向小篆演变而又尚未定型的过渡性字体，体态大度堂皇、奔放圆活，气质雄浑，刚柔并济，古茂道朴而有逸气，被历代书家视为研习篆书的重要范本，有"书家第一法则"的美誉。

[7]"琅邪"句：秦统一后，始皇巡行天下，在琅邪台（今山东省诸城市）、泰山（今山东省泰安市）等地刻石铭功。秦二世时又在每处刻石上加刻诏书，说明这些石上的文字为始皇所刻。这些刻石文字是研究小篆的绝佳资料，但琅邪台刻石仅有残块存留，保存的也主要是二世诏部分；泰山刻石的文字有残拓的摹刻本传世。据说两地刻石均为秦相李斯所书。刻石书法严谨浑厚，平稳端宁；形体匀正，线条圆健，结字外拙内巧、疏密有致，具有极高的艺术价值。琅邪，也作"琅玕"。

[8]"登封"句：河南登封嵩山太室山南麓万岁峰下，汉代有启母庙（始建于西汉武帝元封元年，即公元前110年，原名启母祠，是为纪念大禹王之妻、启的母亲涂山氏协助丈夫治理洪水的功绩而建造的一座庙宇），庙前有神道阙（东汉延光二年颍川太守朱宠所建，称启母阙，有东西二阙。阙身用长方形石块垒砌而成，上有长篇小篆铭文，记述禹、鲧治水以及启母事迹，字体遒劲俊逸，是汉代书法精品，历来为金石学家所重。阙铭下部另有东汉灵帝熹平四年（175）中郎将堂溪典所书《请雨铭》，铭文记堂溪典来嵩高庙请雨事，隶书，亦为汉隶珍品。

[9]"阙里"句：阙里：借指孔子故里曲阜。《韩敕碑》：《礼器碑》，全称《汉鲁相韩敕造孔庙礼器碑》，因系东汉桓帝永寿二年（156）韩敕立，又名《韩明府孔子庙碑》《韩敕碑》等。碑文记述鲁相韩敕修饰孔庙、制造礼器等事。此碑中正典雅、法度森严，飘逸不失沉着，规整不失畅快。笔画以瘦硬为主，清劲秀雅；通篇骨力通达，神气完足。整体风格质朴淳厚，体现出一种肃穆超然的风神，是东汉隶书的典型代表，被书法家奉为隶书楷模。清人翁方纲更称其为"汉隶中第一"。现存山东曲阜孔庙。《史晨碑》：隶书汉碑，灵帝建宁二年（169）立石。碑两面刻，故又称《史晨前后碑》（前碑全称《鲁相史晨祀孔子奏铭》，后碑全称《鲁相史晨飨孔庙碑》）。碑文记述当时尊孔活动情况。结字平正秀润、修饬紧密，厚实古朴，端庄遒劲，是汉隶走向规范定型后的代表，被学者赞为"庙堂之品，八分正宗""百世楷模，汉石之最佳者"。现藏山东曲阜孔庙。《孔和碑》：《乙瑛碑》，全称《汉鲁相乙瑛置百石卒史碑》。汉桓帝永兴元年（153）刻。碑文主要记载鲁相乙瑛奏请在孔庙设置"百石卒史"执掌孔庙祭祀及礼器事，桓帝允准，因乙瑛时已去职，后以孔和补任，故又称《孔和碑》。碑

中刻有奏请的公牍和对乙瑛的赞词。现藏山东省曲阜市孔庙。此碑法度谨严，骨气凝重，兼具豪肆和秀润、沉厚和雄强之致，深得庙堂之美。与《礼器碑》《史晨碑》合称"孔庙三碑"。《孔宙碑》：全称《汉泰山都尉孔君碑》。东汉桓帝延熹七年（164）立。碑主孔宙，孔子第十八代孙，孔融父。此碑属流丽一路，书法"纵逸飞动，神趣高妙"，用笔"旁出逶迤"，以"风神逸宕"胜。现藏山东省曲阜市孔庙。《孔彪碑》：东汉灵帝建宁四年（171）立。碑主孔彪，孔子十八代孙，孔宙弟，孔融叔父。此碑书风瘦劲淳雅，娟秀可爱，堪称汉隶上乘。现藏山东省曲阜市孔庙。

[10]《张迁碑》：又名《张迁表颂》，全称《汉故谷城长荡阴令张君表颂》。东汉灵帝中平三年（186）立，颂扬张迁执政谷城时多施惠政的政绩，碑阴刻立碑官吏姓名及捐款数额。书风通篇方笔，拙茂古朴。现藏山东省泰安市岱庙。

[11]《鲁峻碑》：全称《汉司隶校尉忠惠公鲁君碑》，又名《汉司隶校尉鲁峻碑》《鲁忠惠碑》。东汉灵帝熹平三年（174）立。书法峭峻古雅、丰腴雄伟。现藏山东省济宁市博物馆。《武荣碑》：全称《汉故执金吾丞武君之碑》，东汉桓帝永康元年（167）刻，山东嘉祥武氏墓群的碑刻之一，清乾隆年间移至济宁。汉隶妙品，现藏山东省济宁市博物馆。《郑固碑》：全称《汉郎中郑固碑》，东汉桓帝延熹元年（158）立。书风古雅雅洁，笔法坚劲，清人翁方纲称其"密理与纵横兼之，此古隶第一"。现藏山东省济宁市博物馆。《北海相景君碑》：亦称《北海相景君铭》（全称《汉故益州太守北海相景君铭》），东汉顺帝汉安二年（143）立。碑文记北海任城（今山东济宁）人景君殁后，北海属吏诸生慕其德而为之树碑事。书法古雅磅礴，是方峻劲拔一类汉隶的典型代表，对研究篆隶蜕变有较高学术价值。现藏山东省济宁市博物馆。《尉氏处士故吏人名断碑》：又名《尉氏令郑季宣碑》，东汉灵帝中平三年（186）立，碑文记郑季宣德政以及卒葬年月（季宣中平二年卒，三年四月葬），今仅残存数字。结构淳古，风神飘逸，隶中佳品。现藏山东省济宁市博物馆。

[12] 城武县《张寿断碑》：全称《汉竹邑侯相张寿碑》，因碑主张寿字仲吾，故又称《张仲吾碑》，东汉灵帝建宁元年（168）立，旧藏山东成武孔庙。碑字淳古老健，遒劲方整，为汉隶中妙品。城武，今为"成武县"，属山东省菏泽市。

[13] 滕县《秦君碑》：又称《堌城秦君碑》，明万历年间出土于滕县东四十里马山古城址。碑前无题名后无年月，内容为颂美牧守功德。汉隶佳品，清人顾炎武、朱彝尊等均多爱重。滕县，今称"滕州市"，系山东省辖市，由枣庄市代管。

[14] 鄢陵《尹宙碑》：全称《汉豫州从事尹宙碑》，又名《尹宙碑额》，东汉灵帝熹平六年（177）四月立。碑文主要记述尹宙家世、履历及德行。作为汉隶发展到高峰时期德碑刻，其书法方整浑穆，冲和有度；笔法圆健，自成一格。现存河南省鄢陵县。鄢陵，今隶属于河南省许昌市。

[15] 孔庙《五凤二年石刻》：又称《五凤二年刻石》《鲁孝王刻石》，刻于西汉宣帝五凤二年（前56），故名。金章宗明昌二年（1191）开州刺史高德裔监修孔庙时，发现于鲁灵光殿遗址西南三十步太子钓鱼池，凡三行十三字，无一字不浑成高古，较之后汉成熟的隶书，此碑书风更显平实质朴，可作隶书定型的例证。康有为目为"汉隶之始"。现藏山东省曲阜市孔庙。

[16]《酸枣令刘熊碑》：全称《汉酸枣令刘熊碑》，又称《酸枣令刘孟阳碑》。立碑年月不详，但属汉碑无疑。结字整饬规矩，用笔流美遒逸，布局疏朗清爽。古逸秀劲的书风与《曹全碑》《史晨碑》略近。唐人以为蔡邕书，后人或信或疑，迄无定论。现有残石存河南省延津县。酸枣，故城在今河南省延津县北。

[17]《卫尉卿衡方碑》：又称《衡方碑》。东汉灵帝建宁元年（168）九月立，原在山东汶上郭家楼，现藏山东泰安岱庙。书法结体宽绰，沉厚淳重，笔致古健丰腴、雄伟遒劲，是汉隶中古朴雄强一路的代表作品。

[18] 溧水县《潘乾碑》：全称《汉溧阳长潘乾校官碑》，碑额题"校官之碑"，故又简称《校官碑》。东汉灵帝光和四年（181）立。碑文记述潘乾的品行和德政，特别是其兴办学校、宣扬教化上的事迹。书风方正淳古、浑融丰茂。此碑为南京乃至江苏全境发现的最早的汉碑，同时也是江苏发现的唯一汉碑。现藏南京博物院。溧水，今南京市有溧水区。

[19] 洺州《夏承碑》：全称《汉北海淳于长夏承碑》，又名《夏仲兖碑》。东汉灵帝建宁三年（170）立。原碑久佚，明时翻刻。结体呈纵势，笔法上杂篆、籀、隶、楷书于一炉，点画摇曳多姿，舒展飞动；体貌瑰丽，神采飞扬，在汉碑中为别派。洺州，治在今河北省永年县。

[20] 蜀新都《王稚子石阙》：又称《王稚子墓阙铭》。东汉元兴元年（105）立，石在四川新都。东汉和帝时贤吏、新都人王涣（字稚子）墓前立双阙一对，并有阴，右阙题"汉故先灵侍御史河内县令王君稚子阙"，左阙题"汉故兖州刺史雒阳令王君稚子阙"。皆隶书，字势古朴雄健，历代宝重。宋时文字尚完，明拓已有残毁。现仅存东阙。

[21] 会稽禹陵窆（biǎn）石：此石在今浙江省绍兴会稽山麓大禹庙东侧，清人翁同龢定为三国吴刻石，年月不明，篆书，存三行。窆，把死者的棺木放进

墓穴。后引申为埋葬、墓穴。

[22] 延陵剑：春秋时吴公子季札封于延陵，称延陵季子。所佩剑上有铭文。

[23] 羊子戈：殷商时代青铜戈，正面铸刻"羊子止（之）造戈"五字铭文。

[24]《天发神谶（chèn）碑》：又称《天玺纪功碑》《吴大碑》《吴孙皓纪功碑》，刻于三国吴天玺元年（276）。因为吴国末帝孙皓为维护其统治，制造"天命永归大吴"的舆论，伪称天降神谶而刻，故称。相传碑文由吴国著名书法家皇象书写。原碑在江宁（今南京）天禧寺，宋代断为三段，故有俗称《三段碑》，清代又遭火焚，现仅有拓本传世。此碑书法笔意与秦汉篆书、隶书不同，而在篆隶之间；字形长方、形态修长，结体上紧下松，疏密得当；起笔多方折，竖画大都以悬针收笔，劲利而痛快，是魏晋时代篆书的代表作品，在中国书法史上以篆书雄奇独树一帜。现代书画大师齐白石篆书及篆刻作品深受此碑书法影响。

[25] 仿佛：这里有比拟、比得上的意思。

[26] 宿源：久远的源头。按，颜肇维《颜修来先生年谱》载，康熙四年（1665，岁次丙午），"府君年二十六岁""讲究书法宿原"。

4.35　性无有不善

性[1]犹水也：性无有不善，水无有不甘。江河溪涧诸水，味罔[2]有同者，是水之兼乎气质也，要[3]其去甘也必不远。其后为汤、为羹[4]、为酒醴[5]、为醯[6]、为卤[7]、为溲[8]，则其习也。人无以习为性，斯知性；知性，必强为善矣。

【注释】

[1] 性：人的本性。

[2] 罔（wǎng）：没有。《尚书·汤誓》："尔不从誓言，予则孥戮汝，罔有攸赦。"

[3] 要（yāo）：审察；核实。《周礼·秋官·乡士》："辨其狱讼，异其死刑之罪而要之。"汉郑玄《注》："要之，为其罪法之要辞，如今劾矣。"

[4] 羹：古代指用肉类或菜蔬等做成的带浓汁的食物。

[5] 酒醴（lǐ）：泛指酒。《诗经·大雅·行苇》："曾孙维主，酒醴维醹。"高亨先生《注》："酒醴，泛指酒。"

[6] 醯（xī）：醋。《论语·公冶长》："孰谓微生高直？或乞醯焉，乞诸其邻而与之。"宋邢昺《疏》："醯，醋也。"

[7] 卤（lǔ）：这里指咸水。

[8] 溲（sōu）：指小便，尿。

4.36　圣庙祀典尚有当厘正者

圣庙祀典[1]，尚有当厘正[2]者。如"四配"[3]中，惟子思子无专[4]祠。邹[5]虽有祠，乃因孟子受业[6]，而推尊之，曰"中庸书院"，所谓"笔之于书以授孟子"[7]者也。按夫子年二十生伯鱼[8]，伯鱼先五年卒，而夫子卒于敬王[9]四十一年，子思子为丧主[10]，四方观礼焉[11]，其时年已长矣。孟子以赧王[12]元年去齐，其书论张仪[13]，当是五年后事，距夫子之卒，百七十余年——是孟子必非亲受业于子思矣。毕侍御懋康[14]，尝请立子思子特祠于曲阜，未能也。子思子不称"孔子"，为嫌于先圣也。而两庑[15]如忠[16]、如安国[17]，乃俱称"孔子"，宜改忠为"先贤子蔑子"、安国为"先儒子国子"。

【注释】

[1] 圣庙：孔子庙，是纪念和祭祀孔子的祠庙，多省称"孔庙"。以山东曲阜孔庙为最早最大。曲阜孔庙原为孔子故宅，鲁哀公时立庙，历代叠加增修，至明中叶扩至现存规模。主要建筑物有大成殿、奎文阁、碑亭等。大成殿前有杏坛，相传是孔子讲学处。唐太宗贞观年间，下诏各州县皆立孔庙。祀典：祭祀的仪礼。

[2] 厘（lí）正：考据订正；整治改正。唐孔颖达《毛诗正义序》："先君宣父，厘正遗文，缉其精华，褫其烦重。"

[3] 四配：指颜渊、子思、曾参、孟轲。旧时以此四人配祀孔子庙。颜渊、子思居东，曾参、孟轲居西，通称四配。四配开始配祀的年份是：颜渊，三国魏齐王正始二年（见《三国志·魏志·三少帝纪》）；曾参，唐睿宗太极元年（见《新唐书·礼乐志五》）；孟轲，宋神宗元丰七年（见《宋史·神宗纪三》）；子思，宋度宗咸淳三年（见《宋史·度宗纪》）。

[4] 专：专一（的）、专门（的）。

[5] 邹：今山东省济宁市下辖的邹城市，系孟子故里。

[6] 受业：从师学习。

[7] 笔之于书以授孟子：语见朱熹《中庸章句》。

[8] 伯鱼：孔子之子孔鲤的字。见《孔子家语·本姓解》。

［9］敬王：周敬王姬匄（？—前477），东周君主，周景王子，周悼王弟。谥号敬王。

［10］丧主：主持丧事者。旧时丧礼以死者嫡长子为丧主；无嫡长子，则以嫡长孙充任。若当家无丧主，则依次以五服内亲、邻家、里尹来担任。

［11］"四方"句：可参见《礼记·檀弓》。

［12］赧王：指周赧王姬延（？—前256），周慎靓王之子，东周第二十五位也是最后一位君主，公元前315年至前256年在位。

［13］张仪（？—前309）：战国时魏国人。贵族后裔。先到楚国游说，后入秦。秦惠文王十年（前328），任秦相。采用连横策略，迫使魏国献上郡，辅秦惠文君称王，游说各国服从秦国，瓦解齐楚联盟，夺取楚汉中地。封武信君。秦武王即位，入魏为相，一年后去世。

［14］毕侍御懋康：毕懋康（1571—1644），明人，字孟侯，号东郊，安徽歙县人。弱冠即工古文辞。善画山水，笔意高古。明神宗万历二十六年（1598）进士，授中书舍人，后累迁广西道监察御史、右佥都御史、陕西巡按、山东巡盐御史。后遭宦官魏忠贤排挤、御史王际逵弹劾，遂被削籍。思宗崇祯初年，起用为南京通政使，升兵部右侍郎，旋自免归。辞别时，思宗命制武刚车、神飞炮等。械成后，编辑《军器图说》以进思宗。因功升南总督，不与宦官同流告归。著有《疏草》二卷、《西清集》二十卷、《管涔集》五卷。侍御，唐代称殿中侍御史、监察御史为侍御。后世因沿袭此称。

［15］两庑（wǔ）：曲阜孔庙大成殿东西两侧的房子叫"两庑"，是后世供奉先贤先儒的地方。配享的先贤先儒都是后世儒家学派中的著名人物，如董仲舒、韩愈、王守仁等。在唐朝仅有二十余人，经过历代增添更换，到民国时，已多达一百五十六人。这些配享的先贤先儒原为画像，金代改为塑像，明宪宗成化年间改为写有名字的木制牌位，分别供奉在一座神龛中。现在两庑中陈列着历代石刻。

［16］忠：指孔忠（《孔子家语·弟子解》作"孔弗"）。孔忠，字子蔑，春秋时期鲁国（今属山东省）人。孔子兄孟皮之子，也是孔子的门徒，孔门七十二贤之一。唐玄宗开元二十七年（739），追封为"汶阳伯"；宋真宗大中祥符二年（1009），加封为"郓城侯"；明世宗嘉靖九年（1530），改称为"先贤孔子"。清代，又改称为"先贤子蔑"。

［17］安国：孔子第十世孙孔安国（约前156—前74），字子国，受《诗经》于申公，受《尚书》于伏生。武帝时，官谏大夫、临淮太守。武帝末，鲁共王坏孔府旧宅，于壁中得《古文尚书》《礼记》《论语》及《孝经》，皆蝌蚪文字，

时人不能识，安国以今文读之；又奉诏作《书》传，定为五十八篇，是为《古文尚书》；又著《古文孝经传》《论语训解》。后世尊为"先儒子国子"。

4.37　"孔门三出妻"说不可尽信

"孔门三出妻"之说，杂见于《檀弓》[1]。桐城方百二[2]辨之，略曰："圣人道大莫容[3]，当世削之、伐之、围之、杀之[4]，不一人。谤兴而毁来，遂不难诋诬其父子祖孙，各以伉俪[5]之大不幸者，为修身齐家之有缺，以亏损其盛德，至一再传之后，而口实[6]遂不可易矣。"按古礼，子为出母杖期而无禫[7]；为父后者则无服[8]，止心丧[9]而已。伯鱼为父后者也，是果丧出母，自应心丧而无服。煌煌典礼，岂敢过情[10]？而《家语》[11]载其"期而犹哭"，则其非哭出母也，明矣。夫子甚之，则谓"既虞[12]而卒哭，礼也；期而犹哭，非礼也"。且考夫子年六十有九，而开官氏[13]卒。既去之妇，犹得系之年谱乎哉！若夫哭庶氏之母于孔氏之庙[14]，亦事之必无者也。史迁[15]好学深思，而称孔子不知父墓，殡[16]母于五父之衢。孟子之世，距孔子百年耳，而"主痈疽[17]"、"主寺人瘠环[18]"，已有敢于诬圣人而不顾者。《檀弓》之言，又安可尽信乎？窃谓：夫妇，人道之始[19]；圣人，人伦之至[20]。即有不齐，何至三世俱去、求一寻常箕帚[21]妇而不可得？其诬无疑矣。近世于出妻者，但责其凉德[22]，不问见出者之罪——其于尊阳抑阴[23]之义，固殊未协；然任之，则日流于薄矣。

【注释】

[1]《檀弓》：《礼记》篇名。因首章有檀弓（战国时鲁人，相传善于解说贵族礼制）名、记檀弓事，故名。杂记各种贵族礼制，以丧礼居多。

[2] 方百二：明儒方都秦，曾撰《孔门出妻辨》。

[3] 道大莫容：原指孔子之道精深博大，所以天下容纳不下他。后多指正确的道理不为世间所接受。汉司马迁《史记·孔子世家》："夫子之道，至大也，故天下莫能容夫子。"

[4] "当世"数句：方百二《孔门出妻辨》原文作"当世削之、伐之、围之、杀之、非之、笑之者"。

[5] 伉俪：夫妇。唐房玄龄等《晋书·孙楚传》："初，楚除妇服，作诗以示济（王济），济曰：'未知文生于情，情生于文，览之凄然，增伉俪之重。'"

[6] 口实：经常议论的话题或内容，引申为定论。

[7] 杖期：古时一种服丧礼制。"杖"是居丧时拿的棒；"期"是一年之丧。期服用杖的叫"杖期"，不用杖的则称"不杖期"。例如，嫡子、众子为庶母丧，

服杖期。夫为妻丧，如父母不在，服杖期；反之，则服"不杖期"。可参见《仪礼·丧服》。禫（dàn）：祭名，除去丧服时举行的祭祀。《仪礼·士虞礼》："中月而禫。"汉郑玄《注》："中，犹间也；禫，祭名也，与大祥间一月。自丧至此，凡二十七月。"

[8] 为父后者：作为父亲的继承人的人。《仪礼·丧服经传》："出妻之子为父后者，则为出母无服。"无服：古丧制指五服之外无服丧关系称"无服"。《礼记·丧服小记》："为父后者，为出母无服。无服也者，丧者不祭故也。"宋苏轼《宝月大师塔铭》："宝月大师惟简，字宗可，姓苏氏，眉山人，于予为无服兄。"

[9] 心丧：泛指无服或释服后的深切悼念，有如守丧。

[10] 过情：超过实际情形。《孟子·离娄下》："故声闻过情，君子耻之。"宋代孙奭《疏》："虚声过实，君子耻之。"

[11] 《家语》：《孔子家语》。也称《孔氏家语》，简称《家语》，孔子弟子撰，今传本十卷四十四篇，是一部记录孔子及孔门弟子思想言行的著作，对全面研究和准确把握早期儒学具有重要价值，有"儒学第一书"之誉。

[12] 虞：古代一种祭祀名。既葬而祭叫虞，有安神的意思。《礼记·檀弓下》："有司以几筵舍奠于墓左，反，日中而虞。"《释名·释丧制》："既葬，还祭于殡宫曰虞。谓虞乐安神，使还此也。"

[13] 开官氏：开，刊本、稿本并作"开"，或为"亓"字形误。亓官氏，又作丌官氏，汉《礼器碑》作"并官氏"，春秋时期宋国人，鲁昭公九年（前533）与孔子成婚，十年（前532）生孔鲤（字伯鱼）。哀公十年（前485），先孔子七年去世。其时，孔子在卫。

[14] "若夫"句：事见《礼记·檀弓下》："子思之母死于卫，赴于子思，子思哭于庙门。门人至曰：'庶氏之母死，何为哭于孔氏之庙乎？'子思曰：'吾过矣！吾过矣！'遂哭于他室。"庶氏，等于说"他氏"。清黄生《义府》卷上："庶氏，犹他氏。言出母既嫁，是即他氏之母耳，哭于庙，非礼也。"

[15] 史迁：司马迁的别称。司马迁为太史令，掌修史，故称。晋常璩《华阳国志·后贤志序》："史迁之记，详于秦汉；班生之书，备乎哀平。"明张煌言《李陵论》："世以李陵报苏子卿书，出自史迁之笔。"

[16] 殡：死者入殓后停柩待葬。五父：地名。在今山东省曲阜市东南。《左传·襄公十一年》："季武子将作三军……乃盟诸僖闳，诅诸五父之衢。"晋杜预《注》："五父衢，道名，在鲁国东南。"

[17] 主痈疽（yōng jū）：以痈疽为主人。意思是住在痈疽家里。主，名词活用作动词。痈疽，卫国宦官，为灵公所宠幸。

[18] 寺人瘠环：寺人，一作"侍人"，宦官。瘠环，齐国人。古代以与宦官交往为丑事。孟子时代就有人妄称，孔子在卫国时，住在痈疽家里；在齐国时，住在瘠环家里。典见《孟子·万章上》。

[19] "夫妇"二句：古代儒家认为"夫妇"是人伦之始，因为只有以夫妇婚配为前提，随后才有父子关系，继而又有兄弟关系，有兄弟关系才会有上下关系。

[20] "圣人"二句：圣人，是做人的极致。语见《孟子·离娄上》。

[21] 箕帚：借指妻妾。汉赵晔《吴越春秋·勾践阴谋外传》："（越王勾践有二遗女）谨使臣蠡献之，大王不以鄙陋寝容，愿纳以供箕帚之用。"南朝梁萧统《文选·王微〈杂诗〉》："弄弦不成曲，哀歌送苦言，箕帚留江介，良人处雁门。"唐李周翰《注》："箕，所以簸扬物者；帚，扫除也者。此妇人所执以事夫也。"

[22] 凉德：薄德，缺少仁义。《左传·庄公三十二年》："虢多凉德，其何土之能得！"

[23] 尊阳抑阴："男尊女卑"。

4.38　古人传闻非雅驯者不取

吾于古人传闻，取其雅驯[1]者而已。"鸟至[2]，为郊禖[3]之候；履帝武，为从高辛之行"，何其确[4]！今尚从史说之，何也？经文"履帝武敏"为句，"歆攸介攸止"为句。"敏"古音"每"，与"祀""子""止"为韵[5]。《小雅》"农夫克敏"与"子""止""喜"为韵[7]，是也。今以"歆"字属上句，而注曰"歆歆然，如有人道之感"，是何言也？

【注释】

[1] 雅驯：典雅纯正，文雅不俗。

[2] 鸟至：稿本原作"玄鸟至"，"玄"字缺末笔避帝讳；后删去此字；刊本增字改作"元鸟至"。

[3] 郊禖（méi）：古代帝王求子所祭之神。其祠在郊，故称郊禖。《诗经·大雅·生民》："克禋克祀，以弗无子。"汉毛亨《传》："弗，去也，去无子，求有子，古者必立郊禖焉。玄鸟至之日，以太牢祠于郊禖，天子亲往，后妃率九嫔御。乃礼天子所御，带以弓韣，授以弓矢，于郊禖之前。"汉郑玄《笺》："姜嫄之生后稷如何乎？乃禋祀上帝于郊禖，以祓除其无子之疾而得其福也。"清陈奂《诗毛氏传疏》："郊禖即禖，宫于郊，故谓之郊禖。"

[4]"何其"句：稿本"确"字前删一"典"字，刊本未删。今依稿本。

[5]"经文"下四句：参见《诗经·大雅·生民》。

[6]"《小雅》"句：参见《诗经·小雅·甫田》。

4.39　灾祥之机肇自人心

灾祥之机[1]，肇[2]自人心。"人心惟危"[3]，圣人借天变以儆[4]之，故"迅雷风烈必变[5]"。日食、地震，则恐惧而修德——重人事也。占象[6]者强为附会，谓纤悉[7]各以类应，反涉矫诬[8]。小人因得藉为口实[9]，谓天变不足畏矣。

【注释】

[1]机：征兆，先兆。

[2]肇：开始，发端。

[3]人心惟危：指人的嗜欲之心是危险的。语出《尚书·大禹谟》："人心惟危，道心惟微，惟精惟一，允执厥中。"

[4]儆（jǐng）：告诫，警告。

[5]迅雷风烈必变：遇到疾雷、大风，必定改变态度。语见《论语·乡党》篇。

[6]占象：根据天象的变化等附会人事、预测吉凶。

[7]纤悉：细微详尽。

[8]矫诬：假借名义以行诬罔；虚妄。

[9]口实：借口。《左传·襄公二十二年》："若不恤其患，而以为口实，其无乃不堪任命，而翦为仇雠？"晋杜预《注》："口实，但有其言而已。"

4.40　释典精义与告子"性无善无不善"语相合

禅学[1]之说，起于战国。告子[2]曰"性无善无不善"是也。后世释典汗牛充栋，其精义所归，不过此一语耳。告子之意，以为一切有为皆属虚妄，善与不善，皆可浑而同之；仁义既不足为，利欲亦不足却，唯知吾性中本无所有，斯大解脱耳。充其说，则世之为善者，既乐其简捷，而小人之无忌惮者，又得以藉口焉。是以孟子辟之不遗余力，而后世益陷溺其中而不能出也。

【注释】

[1]禅学：佛教的禅观之学，是魏晋时期与般若学并行的佛学两大派别之一。偏重宗教修持，主要流行于北方，与偏重教义研究、主要流行于南方的般若

学相对立。东汉安世高译《大安般守意经》主张默坐专念，构成"心专一境"的观想，是最初的禅学。

[2] 告子：战国时人。名字不详，一说名"不害"。提出性无善恶论，认为："人性之无分于善不善也，犹水之无分于东西也。"又说："生之谓性"，"食色，性也"（见《孟子·告子上》）。同孟子的性善论相对。

4.41　杨墨之流不足道

杨朱[1]墨翟，皆锐意求道，而未适于中，犹不免君子之讨焉[2]。后之为教者，剽窃矫激[3]，以为声利[4]之媒，则又杨朱之所泣，而墨翟之所悲也。

【注释】

[1] 杨朱：战国初期魏国哲学家。先秦古书中也叫他"杨子""阳子居"或"阳生"。相传他反对墨子的"兼爱"和儒家的伦理思想，主张"贵生""重己""全性葆真，不以物累形"，重视个人生命的保存，反对别人对自己的侵夺，也反对侵夺别人。《韩非子》中称他为"轻物重生之士"。孟子说他"拔一毛而利天下不为也"，抨击他的"为我"思想。杨朱的思想在战国初期非常流行，但现无著作流存。他的史料，散见于《孟子》《庄子》《韩非子》《吕氏春秋》等书。编入《列子》里的《杨朱篇》，未必可靠，有说是晋人伪作。墨翟：春秋战国之际思想家、政治家，墨家创始人。相传原为宋国人，后长期住在鲁国。曾学习儒术，因不满其"礼"的烦琐，另立新说，聚徒讲学，成为儒家的主要反对派。

[2] "皆锐"三句：语见《孟子·尽心上》："孟子曰：'杨子取为我，拔一毛而利天下，不为也。墨子兼爱，摩顶放踵利天下，为之。子莫执中。执中为近之。执中无权，犹执一也。所恶执一者，为其贼道也，举一而废百。'"

[3] 矫激：奇异偏激，违背常情。

[4] 声利：名利。

4.42　唐诗释疑三事

幼时，见人极赞崔颢《黄鹤楼》诗为七律压卷[1]，疑其"白云""黄鹤"两对少为板滞，又首句与次句似不相应者。及后见善本，乃是"昔人已乘黄鹤去"，辄为冰释[2]，且与拗体声律允协[3]。若作"白云"，则二、四、六皆平声，非法[4]也。太白《金陵凤凰台》诗，本拟崔作，亦连用三"凤凰"字[5]；《鹦鹉洲》诗又句句摹仿，而首三句亦三用"鹦鹉"[6]——皆其证也。子美《望岳》诗曰"岱宗大何如，齐鲁青未了"，状其大也。"大何如"三字，见《楚词》。今作"夫"字，则句落空；又连用四平，非法也。或又呕赏此三字，是何异见鼠末腊而以为璞耶[7]？孔北海[8]诗"吕望老匹夫，苟为因世故"云云，本谓"吕望空老，终为涸[9]俗之人；管仲乘时，遂削囚臣之耻。今吾年尚少，终当有所建立，不受人揶揄[10]耳"。《诗归》评曰"嫚骂得妙[11]"，又曰"意似不骂管仲"，瞆瞆[12]真不足道！而当时或奉为金鉴，何耶？吾不知太公何故遭人嫚骂，而嫚骂又复有何妙耶？

【注释】

[1] 崔颢（？—754）：其字不传。唐代汴州（今河南省开封市）人。唐玄宗开元十三年（725）登进士第，累官司勋员外郎。诗歌创作上，早期多写闺情，诗风纤艳，陷于轻薄；后期因历边塞，转为雄浑奔放，风骨凛然，唐殷璠《河岳英灵集》谓"鲍照、江淹，须有愧色"。所作《黄鹤楼》诗，相传李白叹服自愧弗如。有《崔颢诗集》传世。压卷：诗文书画中压倒其他作品的最优秀者。

[2] 冰释：冰融化消失。常用来比喻疑点、隔阂或误会完全消除。施蛰存《唐诗百话》云："崔颢这首诗有不同的文本。第一句'昔人已乘白云去'，近代的版本都是'昔人已乘黄鹤去'。唐代三个版本《国秀集》《河岳英灵集》《又玄集》，宋代的《唐诗纪事》《三体唐诗》，元代的选集《唐音》，都是'白云'，而元代另一个选集《唐诗鼓吹》却开始改为'黄鹤'了。从此以后，从明代的《唐诗品汇》《唐诗解》直到清代的《唐诗别裁》《唐诗三百首》等，都是'黄鹤'了。由此看来，似乎在金元之间，有人把'白云'改作'黄鹤'，使它和下句的关系扣紧些。"可见，施氏考证与颜氏有别。

[3] 拗体：格律诗的一种变体。诗人因刻意求奇，变更诗格，用拗句写成。这类诗多生涩瘦硬、崛奇古拙而富于气势。允协：确实符合。

[4] 非法：指不符合近体诗的格律。

[5] "太白"后三句：李白《登金陵凤凰台》诗有"凤凰台上凤凰游，凤去台空江自流"二句。

[6] "《鹦鹉洲》"后二句：李白《鹦鹉洲》诗有"鹦鹉来过吴江水，江上洲传鹦鹉名。鹦鹉西飞陇山去，芳洲之树何青青"句，故称。

[7] 腊（xī）：干肉。璞：未经治理的玉。耶：刊本作"也"，今据稿本改。

[8] 孔北海：孔融（153—208），汉末文学家，字文举，鲁国鲁县（今山东省曲阜市）人。曾任北海相，时称孔北海。为人恃才负气，言论常与传统观念相背。所作散文，锋利简洁，多讥嘲之词。又能诗，为"建安七子"之一。因触

怒曹操被杀。原有集，后散佚，明人辑有《孔北海集》。"吕望老匹夫，苟为因世故"，见孔氏《杂诗·岩岩钟山道》。

　　[9] 溷（hùn）：肮脏，混浊。

　　[10] 揶揄（yé yú）：戏弄，嘲笑。

　　[11]《诗归》：明末钟惺、谭元春合编的"古逸"到唐代诗歌的选本。古诗十五卷，唐诗三十六卷。钟、谭二人都是竟陵（今湖北天门）人，同为竟陵派的创始者，《诗归》代表该派的文学主张。嫚（màn）骂：辱骂、乱骂。汉司马迁《史记·高祖本纪》："高祖问医，医曰：'病可治。'于是高祖嫚骂之曰：'吾以布衣提三尺剑取天下，此非天命乎？命乃在天，虽扁鹊何益！'"

　　[12] 瞆瞆（guì guì）：眼睛看不见的样子。比喻人糊涂不明事理。

4.43　立言不在字数多寡

　　立言[1]不在多，顾其言之立与否耳。"立"者，谓其不可倾也、不可灭也；"言"之不"立"，不如其已也。《孝经》，一千九百三字；《论语》，一万一千七百五字；《孟子》，三万四千六百八十五字；《周易》，二万四千一百七字；《尚书》，二万五千七百字；《诗》，三万九千二百三十四字；《礼》，九万九千一十字；《周礼》，四万五千八百六字；《春秋左传》，一十九万六千八百四十字[2]——如日月焉，朝夕见而令人喜。后人甫怀铅椠[3]，即曰"著作等身"，吾不知何等也。

【注释】

　　[1] 立言：著书立说。《左传·襄公二十四年》："大上有立德，其次有立功，其次有立言，虽久不废，此之谓不朽。"唐孔颖达《疏》："立言，谓言得其要，理足可传，其身既没，其言尚存。"

　　[2]"孝经"下十八句：《孝经》《论语》《孟子》《周易》《尚书》《诗》《礼》《周礼》《春秋左传》，均为儒家重要典籍，各书字数都不多。对于各书字数，历代学者所据版本不同，统计数字各别。

　　[3] 甫（fǔ）：方才，刚刚。汉班固《汉书·翼奉传》："天下甫二世耳，然周公犹作诗书深戒成王，以恐失天下。"唐颜师古《注》："甫，始也。"铅椠（qiàn）：古人书写文字的工具。铅，铅粉笔；椠，古代削木为牍，未经书写的素牍称椠。

颜氏家诫·跋语 ［清］刘湄

右修来先生《家诫》四卷，与北齐颜黄门《家训》一书均有光于复圣[1]，可并传也。言愈浅近，义亦愈确实。内《承家》一卷，载河间公徇难事尤详[2]。睹其阖[3]门焚死，足令人悲；而慷慨激昂之气，又使人英英[4]有立志。公长子及妇，值兖城破，皆矢志决死；其复生，盖出意外。昔锡山相国先人徇福建耿逆之难，其夫人亦以节著，子及孙相继为大学士[5]，人以为节义之报。河间公诸孙多登科，第甲榜者三[6]，官爵虽逊嵇氏，而学山、修来两先生特以文显。天于大贤之裔报之又别有道，殆未可以优劣也。噫！忠节亦何负于人哉！清平后学刘湄跋[7]。

【注释】

[1] 颜黄门：颜之推。颜之推，北齐著名文学家，曾官黄门侍郎，因此又称"颜黄门"，有《颜氏家训》传世。复圣：指颜回。元代文宗皇帝封颜回为兖国复圣公，明代嘉靖时罢封爵，只称"复圣"。

[2] 河间公：颜胤绍。颜胤绍（？—1642），曲阜人，颜光敏祖父，复圣颜子第六十五代孙，明末抗清英雄。明思宗崇祯四年（1631）进士，授知凤阳县，改知江都、邯郸，迁真定同知，后擢拔为河间知府。崇祯十五年闰十一月，清军围攻河间府，颜胤绍在城陷之前，衣冠北向再拜，举火自焚而死。徇（xùn）：同"殉"，为某种目的或理想而舍弃自己的生命。

[3] 阖（hé）：全部，整个。

[4] 英英：杰出，奇伟。

[5] "昔锡"三句：据史书记载，清代大学士、水利专家嵇璜（锡山相国）的祖父嵇永仁曾在闽督范承谟幕府中做事。清圣祖康熙十三年（1674），靖南王耿精忠响应吴三桂叛乱，在福建起兵，范承谟和嵇永仁同时被捕。后范承谟被害，嵇永仁宁死不屈，康熙十五年（1676）在狱中自缢身死。当时，永仁夫人杨氏年仅二十七岁，独子曾筠七岁，孤儿寡母，生活艰辛。杨氏孀居五十七年而殁，教子有成。曾筠中康熙丙戌年（1706）进士，官至文华殿大学士，恩赠少保，赐谥文敏。嵇璜（1711—1794），字尚佐，字甫庭，晚号拙修，曾筠第三子。清世宗雍正八年（1730）进士，历任日讲起居注官、翰林院侍读学士、通政司副使、都察院右佥都御史、吏部右侍郎、礼部尚书等职。卒赠太子太师，谥文恭。有《治河年谱》传世。

[6] 第：科举时代经考试得中。甲榜：元明后称进士为甲榜。清赵翼《陔余丛考·甲榜乙榜》："今世谓进士为甲榜，以其曾经殿试，列名于一二三甲

也。"颜胤绍之孙光猷、光敏、光敩三兄弟均登进士第。

[7] 刘湄（1732—1802）：别号岸淮，世籍山东清平（今山东省临清市），清高宗乾隆己丑年（1769）进士，历官光禄寺少卿、大理寺少卿、太常寺卿、都察院左副督御史等。跋：跋文。写在书籍、文章、字画、金石拓片等后面的短文，内容大多属于评介、鉴定、考释、记述之类。

颜光敏佚文

先大父河间公江都遗篆记①

此先大父河间公令江都时遗篆也[1]。

先大父令江都[2]时尚多清暇，顾常读韬略战守[3]诸书，率健儿习骑射[4]。尝曰："丈夫贵有益于时耳，不欲左琴右书[5]，虚人禄位[6]。"盖遵黄门《家训》[7]云。岁丁[8]丑迄壬午，历任畿南[9]，时时擐甲枕戈[10]，往来恒山瀛海[11]之间。敏生于庚辰孟陬[12]，逮大父生存者三年[13]，竟未获见。壬午闰月[14]，阖室自燔[15]，图籍在官邸者俱殉劫火[16]。是岁十二月，兖郡亦失守[17]。先大夫[18]间道幸脱，缒[19]曲阜城而上。已闻河间音[20]，遂蒲伏[21]北上。比[22]还，则故居悬罄[23]，卮匜[24]之属一无存者。每恸先大父手泽[25]之遗，辄为垂涕。后敏屡至河间、邯郸、扬州，先大夫尝命往求遗迹。时父老牵衣执手，言旧事颇详，第[26]无可持归者。己未长至[27]，客维扬[28]，观吴涵公家藏乃翁仁长公所遗《六顺堂印赏》[29]，忽睹先大父遗篆[30]，且悲且喜，因力丐[31]于涵公。涵公有难色[32]，曰："是亦吾先人手泽也。"敏曰："君奉手泽数百章，犹以为未足；而我不得一焉——君其忍诸[33]？"时屈子翁山[34]、黄子仙裳[35]亦为力请，乃得奉[36]归。装璜成帙[37]，将持旋里[38]。质之我季父、伯兄[39]，而深恸先大夫之不及见也。因记岁月如左。康熙己未腊[40]日，第二孙光敏顿首书于仪真舟次[41]。

【注释】

[1] 本文未见于颜光敏作品集，题目为整理者所加。

[2] 先大父：死去的祖父。颜光敏祖父胤绍，事迹详见《颜氏家诫》注。令：做县令。江都：今江苏省扬州市江都区。

[3] 顾：乃，就。韬略：古代《六韬》《三略》两部兵书的合称。后泛指兵书。战守：攻守。代指兵书。

[4] 健儿：士兵，军卒。骑射：骑马射箭。泛指军事技术。

① 本文摘录自台北成文出版社"中华民国"五十七年三月印行的《中国方志丛书·华北地方》（第十九号）之《（山东省）曲阜县志·舆地志·胜概·古物》。该书据"民国"李经野等纂修、"民国"二十三年铅印本影印。

[5] 欲：应该。左琴右书：语出汉刘向《列女传·楚于陵妻》。弹弹琴，读读书。喻指养尊处优、不问世事的生活状态。

[6] 虚人禄位：等于说尸位素餐，即居位食禄而不尽职。

[7] 黄门《家训》：南北朝时期教育家、文学家颜之推，琅琊临沂人，曾为北齐黄门侍郎，世称"颜黄门"。颜之推（531—约591），字介，所著《颜氏家训》二十篇，是一部以儒家思想训诫子弟、以保持家庭传统地位的家庭教育教科书。书中内容是其一生关于士大夫立身、治家、处事、为学等诸方面的经验总结，在封建家庭教育发展史上有重要影响，被后世称为"家庭规范"。其中《涉务》篇记载："士君子之处世，贵能有益于物耳，不图高谈虚论，左琴右书，以费人君禄位也。"

[8] "岁丁"句：从明思宗崇祯十年（岁次丁丑，1637）到崇祯十五年（岁次壬午，1642）。

[9] 历任畿（jī）南：指颜胤绍历任邯郸知县、真定同知、河间知府等官，邯郸、真定和河间均属北直隶畿辅之地，去京城不远。畿，国都及其行政官署所辖地区。

[10] 擐（huàn）甲：穿着甲胄。《左传·成公二年》："擐甲执兵，固即死也；病未及死，吾子勉之。"枕戈：枕着兵器。戈，泛指兵器。擐甲枕戈，谓杀敌报国，志坚情切，不辞劳苦。

[11] 瀛海：大海。汉王充《论衡·谈天》："九州之外，更有瀛海。"

[12] 庚辰孟陬（zōu）：据颜光敏之子颜肇维所纂《颜修来先生年谱》，颜光敏生于明思宗崇祯十三年（1640），岁次庚辰正月初七日寅时。孟陬，孟春正月。正月为陬，又为孟春月，故称。战国楚屈原《楚辞·离骚》："摄提贞于孟陬兮，惟庚寅吾以降。"汉王逸《注》："孟，始也。贞，正也。于，於也。正月为陬。"

[13] "逮（dài）大"句：自己三岁时祖父才殉国身死。逮，及，赶上。

[14] 壬午闰月：明思宗崇祯十五年（1642）岁次壬午，该年闰十一月。

[15] 阖室自燔（fán）：清兵破河间，颜胤绍偕妻、媳等数人自焚殉国。燔，焚烧。

[16] 劫火：佛教语。指坏劫（佛教指"火、水、风""大三灾"毁灭众生和世界的时期，是"成、住、坏、空""四劫"之一）之末所起的大火。这里借指兵火。

[17] "兖郡"句：据颜光敏《颜氏家诫》，明思宗崇祯十五年（1642），岁次壬午腊月初八日，清兵破兖州。光敏时年三岁，为乳母孙氏自乱军中抱出，九

死一生逃离兖州，归曲阜龙湾祖居。

[18] 先大夫：据颜光敏之子颜肇维所纂《颜修来先生年谱》，光敏之父伯璟"清封奉直大夫，赠大中大夫"，故称。

[19] 縋（zhuì）：用绳索拴住人或物，自高处放下或从低处往高处提升。

[20]"已闻"句：指已经得到河间城破、胤绍阖室自焚殉国的噩耗。

[21] 蒲伏：也写作"匍匐"。伏地而行。据颜光敏《颜氏家诫》，兖州城破时，伯璟与弟弟伯玠相携登城外逃。伯璟身肥行迟，为保伯玠活命，从城墙上跃下几乎殒命，伤左腿；至北上寻其父胤绍遗骸，腿伤犹未痊愈。此言"蒲伏"，既彰伯璟纯孝之性，亦属陈其实情。

[22] 比：等到。

[23] 悬磬：亦作"磬悬"，空无所有。磬，通"罄"，空，尽。

[24] 卮匜（zhī yí）：古代的两种盛器。卮用来盛酒，匜盛水或盛酒。泛指家居日常用具。

[25] 手泽：手汗。后世多用来称代先人或前辈的遗墨、遗物。《礼记·玉藻》："父没而不能读父之书，手泽存焉尔。"唐孔颖达《疏》："谓其书有父平生所持手之润泽存在焉，故不忍读也。"

[26] 第：但，只是。

[27] 己未：指清圣祖康熙十八年（1679），岁次己未。长至：这里指冬至。自夏至之后白昼渐短，冬至之后白昼渐长，故称。《太平御览》卷二八引后魏崔浩《女仪》："近古妇人常以冬至日上履袜于舅姑，践长至之义也。"古人也有称夏至日为"长至"者。但据颜光敏之子颜肇维所纂《颜修来先生年谱》记载，颜光敏"（康熙己未）四月除服。九月出游吴、越间"，因此，此处似不当指夏至。

[28] 维扬：扬州的别称。《尚书·禹贡》载："淮海惟扬州。"惟，通"维"。后因截取"维扬"二字以为扬州别名。

[29] 吴涵公：明末清初篆刻家吴万春，字涵公，安徽黄山人。篆刻名家吴山之子、程邃（字穆倩，号垢道人，安徽歙县人，清代篆刻"徽派"创始人，兼工书画）之婿。乃翁：他的父亲。仁长公：对篆刻名家吴山的敬称。吴山，字仁长，一字拳石，号师古斋，安徽黄山人。制印师法秦汉，李维桢、陈继儒等对其推重备至，以为其能史籀，有"今之丞相斯也"之誉。《六顺堂印赏》，为其子吴万春所辑，有自序、李维桢序、张淑序。清初周亮工撰《赖古堂印人传》四卷，立传四十篇，共述印人七十三名，父子皆能制印者九对，吴山吴万春父子即为其中之一。

[30] 遗篆：这里指遗失的印章。

[31] 丐：乞求。南朝梁萧统《文选·刘孝标〈广绝交论〉》："攀其鳞翼，丐其余论。"唐李周翰《注》："丐，乞也。"

[32] 难色：为难的表情。

[33] 其："岂，难道"，副词。表诘问的语气。《尚书·盘庚上》："若火之燎于原，不可向迩，其犹可扑灭？"诸：代词"之"和疑问语气词"乎"的合音词。

[34] 屈子翁山：对屈大均的敬称。屈大均（1630—1696），初名绍隆，字翁山、介子，号莱圃，广东番禺人。明末清初著名学者、诗人。早年参加反清活动，失败后一度为僧。后云游四海，暗图复明。有"广东徐霞客"的美称。诗作有屈原、李白遗风，与陈恭尹、梁佩兰并称"岭南三大家"，可惜多毁于雍正、乾隆两朝。后人辑有《翁山诗外》《翁山文外》《翁山易外》《广东新语》和《皇明四朝成仁录》，合称"屈沱五书"。

[35] 黄子仙裳：对黄云的敬称。黄云（1621—1702），字仙裳，号旧樵夫，江苏泰州人。尊师重道，人品高洁。诗宗盛唐，在其时遗民诗人中声望极高，时人以与之交往为荣。有《桐引楼诗集》，曾与修《康熙泰州志》《康熙江南通志》等志书。

[36] 奉："捧"的古字。两手承托着。

[37] 装璜：亦作"装潢"。指装帧，装订。帙（zhì）：卷册，函册。

[38] 将持：拿取，拿着。旋里：回到故里。

[39] 质：询问；就正（于）。汉扬雄《太玄·数》："爰质所疑。"季父：指颜伯珣，颜光敏叔父。伯兄：指颜光猷，颜光敏长兄。

[40] 腊：岁末。通指古历十二月或泛指冬月，因腊祭得名，与"伏"相对。

[41] 仪真：今江苏省仪征市。明太祖洪武二年（1369）撤真州及扬子县，更名为仪真县，析出六合县。清沿明。清初避胤禛（雍正帝）讳，改名仪征。清末避溥仪帝讳，改称扬子县。辛亥后，复仪征县名。舟次：船上，行船途中。

岁寒堂存稿序

岁庚申[1]，仆与林子鹿庵定交西陵[2]寓舍，出《岁寒堂》一编相质问[3]。别去凡五载，林子更删定前后诸作，名之曰《存稿》，而邮书属[4]仆序。

呜呼！仆恶[5]能序林子哉！昔者，林子之言曰："富贵利达，我所不能主者也；文章，□□□□者也[6]。不能主者，强求倖致[7]，欲□□意□□不可得，正复何益？所得主者，顺时俯仰[8]，若授其权于人，伺其好尚[9]以立言，亦复何益？”又曰："今之文章之坏，不在缙绅[10]而在布衣。"又曰："达如嗣宗[11]，沉醉六十日，能辞婚而不能辞《笺》[12]；直如退之[13]，《佛骨》一表山崎岳立[14]，而不能不乞怜于《潮州》[15]——借古证今，文人下笔最难去谄。"仆尝叹息，以为名言。

林子欹崎历落[16]，淡嗜欲，寡交游，年至五十，忽作诗、古文辞，雄视海内。仆尝询今日文章何人最佳，辄曰："魏禧[17]不谄累于酬应，其人其文，吾师也。"呜呼！布衣不谄，正极难耳。昔者，大司马邺园李公[18]镇浙时，见林子文章，介[19]仆□□□府。仆笑谓林子："李公勋伐远过梅林[20]，圣朝不侈[21]祥瑞，无烦草《白鹿》[22]。"林子亦大笑。别去不两月，遄归[23]，讶其太速，林子曰："李公一代伟人，已望见丰采[24]；吾忆故园菊，暂归耳。"故其为文峻洁[25]高超，如腾空天马不受羁勒[26]。世有以古名家相比拟者，瞠目直视曰："吾岂袭古人牙后慧哉？"遇忠孝廉节，喜溢眉宇，激扬阐发，俨如虎头、龙眠助其笔端[27]，有色有声，令人或歌或泣，或发上指冠，或低头颊首[28]，咸叹为绝伦超群。先王考河间公仰附名笔[29]，亦得藉以不朽。仆携《家传》至邗沟[30]，乞言于冰叔，一见林子文，辞曰："某无以加此。"托其友曾止山[31]强之，始属草[32]。文成，复贻书[33]报林子曰："某卧疾客邸，必不起，以不得见君为恨。江左起衰[34]，端[35]在子矣！"——两人后先服善[36]如此。今者，冰叔墓已宿草[37]，独林子抱膝丘园[38]，甘贫著述，雄文傲骨，聊借斗酒销其块垒[39]。缕缕[40]数行，姑当报书[41]，以志区区[42]。故人云尔，若云"元晏"[43]，则吾岂敢！

时康熙二十有三年岁在甲子清和四月[44]，阙里弟颜光敏谨序。

【注释】

[1] 庚申：指清康熙十九年（1680）。据颜光敏《南游日历》，光敏于康熙十八年（1679）九月离乡，作江南游。在杭州时，光敏与林璐多有交往。

[2] 仆：我。谦辞。林子鹿庵：林璐，浙江钱塘人，生卒年不详。明末诸生，工文。有文集《岁寒堂存稿》。定交：结为朋友。西陵：今杭州滨江区西兴街道的古称，原属萧山，有钱塘江渡口，隔岸与杭州城相对，是浙东运河的起点，自古水路交通便利，为商旅聚集之地，元明清三代置有盐场，至今仍是浙赣铁路线上的商业重镇。

[3] 质问：询问以正是非。质，正。

[4] 属：同"嘱"，嘱咐。

[5] 恶：古同"乌"，哪，何。疑问代词。

[6] "□□"句：此句句首四字漫漶不清。按：据上下文文意，疑当为"我所得主"。

[7] 倖致：侥幸得到。倖，同"幸"。

[8] 顺时：顺应时宜；适时。俯仰：周旋，应付。汉司马迁《史记·货殖列传》："尽椎埋去就，与时俯仰，获其盈利。"

[9] 伺（sì）：观察，侦候。好尚：喜好与崇尚。三国魏曹植《与杨德祖书》："人各有好尚。"

[10] 缙绅：古时官宦装束，插笏于绅带之间。因借指为官者。

[11] 达：旷达。嗣宗：阮籍（210—263），字嗣宗，陈留尉氏（今属河南）人，曾为散骑常侍、步兵校尉，封关内侯。志气宏放，任性不羁，越礼惊众，常酣酒沉醉终日；博览群籍，尤好《老》《庄》，发言玄远；能属文，乐交游，后期口不臧否人物，以此自全。诗擅五言，风格隐晦。为"竹林七贤"之一。

[12] "沉醉"二句：所谓"能辞婚"，据唐房玄龄等《晋书·阮籍传》记载，阮籍为全身远祸，不问世事，以酣饮为常。晋文帝（司马昭）为武帝（司马炎）"求婚于籍，籍醉六十日，不得言而止"。所谓"不能辞《笺》"，是指阮籍在司马昭集团为晋王加"九锡"劝进中，于魏帝高贵乡公甘露五年（260）四月（此据清华大学人文学院孙明君先生观点），违心地代郑冲醉草《为郑冲劝晋王笺》事。

[13] 直：耿直；公正。退之：唐代文学家、哲学家、思想家韩愈（768—824），字退之，河内河阳（今河南省孟州市）人，郡望昌黎，后人称"韩昌黎"。卒谥"文"，故后世又称"韩文公"。德宗贞元八年进士，初拜监察御史，鲠言无所忌。宪宗元和中，历官国子博士、中书舍人、刑部侍郎。皇帝遣使迎佛骨入禁中，上《谏迎佛骨表》，贬潮州刺史，改袁州。召拜国子祭酒，转兵部侍郎，后以吏部侍郎为京兆尹。是唐代古文运动的倡导者和代表人物，提出"文以载道"等主张，反对南北朝以来华而不实的文风，反对骈体、提倡古文，对后世散文发展产生了深远的影响。宋代苏轼称之"文起八代之衰"，明人推为"唐宋八大家"之首，与柳宗元并称"韩柳"，享"文章巨公"和"百代文宗"之名。有《韩昌黎文集》传世。

[14] 《佛骨》一表：指韩愈在唐宪宗元和十四年（819）所写的《谏迎佛骨表》。据古书记载，陕西凤翔扶风县（今属陕西省宝鸡市）法门寺护国真身塔内藏释迦牟尼佛指骨舍利一节，每三十年开塔一次，取出舍利，供信众瞻仰礼拜，据说开塔则岁丰人泰。宪宗元和十四年正值开塔之年，正月，宪宗遣使持香花迎

佛骨入宫禁，供养三日。时任刑部侍郎的韩愈出于维护儒家思想正统地位的目的，上表谏阻，极言事佛得祸，反对皇帝佞佛并请屏斥佛。宪宗接谏表大怒，欲杀韩愈，后经裴度等人说情，免死，贬潮州刺史。山崿岳立：山岳笋峙。形容《谏迎佛骨表》一文端穆凛然、顶天立地。

[15]《潮州》：指韩愈贬谪潮州后所上《潮州刺史谢上表》。韩愈通过上此表向皇帝认罪悔过并感谢皇恩；同时，对宪宗"巍巍之治功"表文中多有谀辞。

[16] 嵚（qīn）崎历落：形容品格特异磊落，非同流俗。唐房玄龄等《晋书·桓彝传》："茂伦嵚崎历落，固可笑人也。"

[17] 魏禧（1625—1681）：字冰叔，一字叔子，号裕斋、勺庭，明末清初江西宁都人。明末补县学生，与兄祥（际瑞）、弟礼自为师友，号"宁都三魏"。明亡，隐居翠微峰，筑易堂，兄弟三人合本县李腾蛟、彭士望、林时益、丘维屏、彭任、曾灿等为"易堂九子"。康熙十八年（1679），以病辞博学鸿儒之征。文章雄杰凌厉。有《左传经世》十卷、《文集》二十二卷等。

[18] 大司马邺园李公：此指李之芳（1622—1694），字邺园，武定州（今山东滨州惠民）人。明崇祯十五年（1642）举人，清顺治四年（1647）进士。康熙十二年（1673）六月，以兵部侍郎身份赴杭州总督浙江军务，参与平定耿精忠之乱。十年后返京，升兵部尚书，不久托病返乡。康熙二十二年（1683），拜文华殿大学士兼吏部尚书，成为当时汉人中职位最高者。康熙二十七年（1688）离职家居。康熙三十三年（1694）病逝，谥号"文襄"。有《棘厅草》十二卷。因曾官兵部尚书，故称"大司马"。

[19] 介：居间，处于二者之间。此处有作中间人的意思。按：此句中"仆"后三字漫漶不清，据上下文意和有关史实，此三字表达的意思当是"（将林璐）延入幕府"。另，据颜光敏《南游日历》记载，康熙十九年九月初二日，颜光敏遣人送鹿庵往衢州入李之芳幕府。

[20] 勋伐：汉司马迁《史记·高祖功臣侯者年表序》："太史公曰：'古者人臣功有五品：以德立宗庙、定社稷曰勋；以言曰劳；用力曰功；明其等曰伐；积日曰阅。'"因以"勋伐"通称功绩。梅林：胡宗宪（1512—1565），字汝贞，号梅林，明徽州府绩溪人。嘉靖十七年（1538）进士；三十三年（1554），巡按浙江；三十五年（1556），擢升右佥都御史总督浙江军务，平两浙倭患，威震江南，积功进右都御史，加太子太保；四十一年（1562），以属严嵩党革职；四十四年（1565），终以严党下狱，死。万历初，复官，谥"襄懋"。

[21] 侈：夸大。

[22]《白鹿》：此指明代文学家、书画家徐渭代胡宗宪撰写的《进白鹿表》

《再进白鹿表》等文章。喻指阿谀献媚的文字。按：徐渭以才名为总督东南军务的胡宗宪招入幕府掌文书。另据清张廷玉等《明史·胡宪宗传》记载，嘉靖三十七年（1558），胡宗宪在朝中的支持者赵文华死，胡氏抗倭大计几赴东流，于是思谋"自媚于上"，恰逢在舟山捕获白鹿，宗宪献给朝廷，嘉靖帝大喜，视为祥物，行告庙礼并重赏胡氏银币。

[23] 遄（chuán）归：很快地返回。

[24] 丰采：风度，神采。

[25] 峻洁：文笔刚劲凝练。

[26] 羁勒：束缚。

[27] 虎头：晋代画家顾恺之。顾氏字"虎头"。龙眠：宋代画家李公麟，"龙眠"是他的别号。

[28] 頫："俯"的异体字。

[29] 先王考河间公：颜光敏祖父胤（允）绍明末曾任河间知府，后在抗清斗争中自焚殉国。先王考，对已故祖父的敬称。《礼记·祭祀法》："是故王立七庙，一坛一墠，曰'考庙'，曰'王考庙'，曰'皇考庙'，曰'显考庙'，曰'祖考庙'。"唐孔颖达《疏》："'曰王考庙'者，祖庙也。王，君也。君考者，言祖有君成之德也。祖尊于父，故加君名也。"仰附名笔：此指林氏曾撰《河间太守颜公传》载其《岁寒堂存稿》中。

[30] 邗（hán）沟：也称邗江、邗水、邗溟沟等，是春秋时吴王夫差为称霸中原、引江水入淮畅通粮道开凿的古运河，即江苏境内自扬州市西北至淮安市北入淮的运河。此处代指扬州。

[31] 曾止山：明末清初江西宁都人。生于17世纪20年代，卒于17世纪80年代。原名传灿，字青藜，号止山（一说为字）、六松老人，与魏禧等为"易堂九子"。早年随父应遴抗清。兄畹，并以诗名，有双丁之目。父亡兵败后为僧，游闽、浙、两广间。祖母、目前念之成疾，归里，筑"六松草堂"，数年躬耕不出。后侨居苏州二十余年，客游燕市（京师）而卒，葬宁都县城南一桥，坟今尚存。为文气势盛大又淡泊清真，诗词多反映风土民情，乡土气息浓厚。选同时人诗为《过日集》，又有《六松堂文集》《西崦草堂诗集》等。《清史稿·文苑传一》《中国人名大辞典》等载其生平事略。

[32] 属草：答应撰文。

[33] 贻书：写信。贻，本义为赠送。

[34] 江左：江东。泛指长江下游以东的地方。起衰：指振兴文运衰退之势并建树富有活力的新文风。典出宋苏轼《潮州韩文公庙碑》："文起八代之衰，

而道济天下之溺。"本为颂扬韩愈乃一代文宗。

[35] 端：副词。全，都。明张煌言《海师恢复镇江一路檄》："归正反正，端在今日。"

[36] 服善：佩服、顺从对方的长处。

[37] 宿草：已长出隔年的草。喻指已死去多年。按：魏禧卒于康熙二十年，本文作于魏氏卒后四年，故称"墓已宿草"。

[38] 抱膝：以手抱膝而坐，是沉于思考的样子。丘园：丘墟园圃，是隐居之处。此指过着隐逸生活。

[39] 块垒：郁结在胸中的不平之气。南朝宋刘义庆《世说新语·任诞》："阮籍胸中块垒，故须酒浇之。"

[40] 缕缕：情意难尽的样子。

[41] 报书：回信。汉陈琳《饮马长城窟行》："报书往边地：'君今出言一何鄙！'"

[42] 区区：方寸。形容人的心。汉李陵《答苏武书》："区区之心，切慕此耳。"

[43] 元晏（？—537）：字号不详，鲜卑人，北魏宗室大臣、藏书家。曾官吏部尚书，平心不挠，时论称颂；出为瀛洲刺史，在任未几，百姓欣赖。好集图籍，家书多秘阁，诸人欲借阅，从不违逆，时人服其气度。按：据《颜氏家藏尺牍》，林璐曾在一通致颜光敏的书信中，请光敏为其《岁寒堂存稿》作序，信中有"昨恳元晏为拙刻生色，先生能恝然乎"等语，今疑颜氏此处所谓"若云'元晏'，则吾岂敢"乃是就林语而发。

[44] 康熙二十有三年：时为1684年。有，通"又"。清和：农历四月的俗称。

颜光敏文钞

与张进士论格致书[1]

前言鄙拙，不足省览[2]。辱[3]教言，知爱我甚深、期我甚厚，故复通其狂惑[4]以就正焉。

窃惟[5]圣人既往，其微言绪论[6]不传于后世者多矣；幸而传焉，后人必将引而申之，广其义以教天下。至其支离浸淫[7]于异端之说，则言者之罪也。若防其支离浸淫，而于圣人之言遂不敢究竟[8]其说，亦非圣人之所与[9]也。

向来言"致知"则遗"格物"，言"格物"则遗"致知"，仆[10]窃怪其未然。故谓"致知""格物"为两事，其说似无弊者，而于文义为尤慊[11]。今若谓"物累"不当"格"去则别有说。若第[12]谓"致知"之先不得更设一语，则仆尝思之矣。盖"致知"者，学者之从入最先者也。夫子言学之"从入最先者"，曰"食无求饱，居无求安"[13]，曰"富贵不处""贫贱不去"[14]，曰"士志于道而耻恶衣恶食者，未足与议也"[15]。是言也，果皆在"致知"之后乎？孟子云"一心以为有鸿鹄将至，思援弓缴而射之"为其害于智而言也[16]。又曰："为间不用，则茅塞之矣。"[17]学者将亟去其塞而使之通耶？抑姑待"致知"之后耶？"致知"之后又复何所迪[18]耶？然而"去物累"之说，古人未尝明著其目，谓在致知之先者，何哉？盖古人之言约而该[19]，后人之言详而辨，曰"惟精"[20]、曰"择善"[21]，则"格物""致知"在其中。犹之言"惟一"[22]、言"固执"，则"诚意""正心""修身"举在其中也。乃《书》云"安汝止，惟几惟康"[23]，蔡《注》[24]亦谓"无私欲之念动摇其中"，然后"惟几"以审其事之发，"惟康"以省其事之安，则已凿凿乎其言之矣[25]。

至于分条析理、详切以诏后人，更莫备于《大学》。而后人释"格物"为"穷理"，则与"致知"溷[26]为一事。窃意"格""致"果为一事，则或曰"致知"，或曰"格物"，不应一事而两其名。盖非"知"，则"理"何由穷？非"理"，则"知"何所寄？犹之尽孝事亲：以亲言，则曰"尽孝"；以事言，则曰"事亲"——其实非有两端。不得云尽孝在事亲，亦不得云亲事[27]而后孝尽也。若谓圣人立说惟恐后世之言"知"者入于虚空，故为重言穷理以寔[28]之，是则紫阳当日蒿目时弊[29]不得已之盛心而作。《大学》者未见其然矣，且由"定""静""安""虑"以至能"得"[30]，其言"格物""致知"，岂不深切著明也哉！"得"则"知"之谓，"虑"[31]则"慎思""明辨"之谓也，"知止"而"定"

"静"，"安"则"物格"，而心无纷扰，然后能察物理之谓也。今以"知止"为"知至善之所在"，则是"致知"已造其极，下所云"得"，当为力行必至于至善而不迁者，不知此时复奚所虑？又何云"定""静""安"耶？是圣人固已言及，而后人以为未尝言也，乃后人则又不觉其自言之。其释"明明德"也，曰"虚灵不昧"者，为"物欲所蔽则有时而昏"；其言"格物"也，曰"主敬观理不可偏废"，又曰"养知莫如寡欲"，又曰"非存心无以致知"，如此类者，不可枚举。即足下序《王学质疑》，亦曰"嗜欲机智之用其心，记诵辞章之梦[32]其习，不知有学者无论已"。是谓"嗜欲""辞章"之有害于"知"也。今取其说以释"格物"，又曰"恐其近于'诚意''正心'则姑舍是，夫大道一贯，第恐其言之刺谬耳"[33]，曷为惧其相类而故远之哉？计行程者，或以"州"，则一言；或以"郡县"，则数言；或以"亭堠"[34]，则数十言。详略不同，第无适越而北其辕[35]可也。若执"精一""择执"之训，遂谓"穷理"之先不容更设一语。逎[36]经文云"自天子以至于庶人，壹是皆以修身为本"，则适言"格致诚正"遂俱为末乎？常观古之教人，"幼子常视毋诳"[37]，诚也；"蒙以养正"，正也。自其龆龄[38]已然，而况大学之将为人上者，不早虑其玩人丧德、玩物丧志，以累君德之清明，必待其清明之后，乃徐以不迩声色、不殖货利之说进耶？且所谓"诚意"则必有事焉，寔寔[39]为善去恶，"格物"则先去其蔽我者，而未尝有所为也。"正心"则喜怒哀乐发皆中节[40]，已驯致[41]乎无过不及之域矣；"格物"则先去其蔽我者，而未尝存乎理也。譬之构室[42]然：辟草莱[43]，撤[44]墙屋，然后可以经营之、相度之，"格物"之类也；"经营""相度"，"致知"之类也；筑之必坚，取材必良，"诚意"之类也；室成则埽[45]除洁清，堂为堂、室为室，翼翼焉、哙哙[46]焉，"正心"之类也；然后人从而居之，有邻、有闾、有里[47]，则"修身""齐家""治国""平天下"之类也。使当"经营""相度"之始，有颓垣敝栋而不之去[48]，曰"此筑室时事"；有粪壤瓦砾而不之除，曰"此室成时事"；又听行人鸡犬之阑入[49]而不之辟，曰"作室将以居人，且使六畜皆有所庇也"——斯为良工乎？然此犹喻言之也。

今有学者勤学好问以求先王之懿则[50]，必以为圣贤之徒也；复有学者屏玩好、绝纷营[51]，勤学好问以求先王懿则，且以为异端乎哉？至所谓穷至事物之理与夫格去物累，虽皆于经文增益数言，然一则为义之难通而益之，一则为辞之未克[52]而益之。故曰"致知在去物"可也[53]，曰"致知在至物"不可也。况"格"之训"至"[54]，又非穷至之谓乎？

仆于此说亦反复以求其疵谬[55]矣。窃谓"格物"之后复有"穷理"，则于致知之学必无所害，而或有所裨[56]，故遂信其说而罔[57]知所惧。乃使爱我者动色[58]相戒，犹未能舍己而从之。则所谓滞而不化，盖不在足下而在仆，第思滞而不化非"物"之谓乎？以滞而不化为歉，是仍欲其化也，非物当"格"之谓乎？滞而不化因为之愚，非"致知"在"格物"之明騐[59]乎？仆之辗转于惑溺之中而不能出也如此！幸复有以教之。

【注释】

[1] 张进士：张烈（1622—1685），字武承，河北大兴（今属北京市）人。清圣祖康熙九年（1670）庚戌科进士，授内阁中书。颜光敏充该科同考官，按照古代科场的规矩，二人乃有师生之谊。康熙十八年（1679），张烈举博学鸿词科，授翰林院编修，任会试同考官。他专治理学，谨守宋儒朱熹的学说；著《王学质疑》，于明代王守仁《传习录》多所辩难。另有《孜堂文集》《读易日录》等著作传世。张烈卒，颜光敏作《祭编修张武承文》致祭。格致："格物""致知"的略语，意思是"穷究事物的原理以获取知识"。《礼记·大学》："致知在格物，物格而后知至。"朱熹认为"即物而穷其理"即"格物致知"，而王守仁释"格"为"正"，"格物"即"正心"。

[2] 省（xǐng）览：审阅，观览。

[3] 辱：谦辞。等于说"承蒙"。《左传·僖公四年》："君惠徼福于敝邑之社稷，辱收寡君，寡君之愿也。"

[4] 狂惑：狂妄昏惑。这里代指自己的思想、文章，表谦抑。

[5] 窃：谦辞。私下，私自。惟：思考。

[6] 微言绪论：精深微妙的言论。绪论，言论。

[7] 支离：分裂，分散。浸淫：渐进，接近。

[8] 究竟：深入研究，达到彻底了悟。

[9] 与（yǔ）：赞成。

[10] 仆：古时男子自称的谦辞。

[11] 慊（qiè）：满足；满意。《孟子·公孙丑上》："行有不慊于心，则馁矣。"汉赵岐《注》："慊，快也。"这里有"符合"的意思。

[12] 第：只是，只。副词。设，赵传仁先生等《颜光敏诗文集笺注》作"没"，误。今据南开大学图书馆藏《颜修来著述稿本》改。

[13] "食无"二句：见《论语·学而》。

[14] "富贵"二句：语本《论语·里仁》："子曰：'富与贵，是人之所欲也；不以其道得之，不处也。贫与贱，是人之所恶也；不以其道得之，不去也。'"

[15] "士志"二句：见《论语·里仁》。

[16] "一心"二句：见《孟子·告子上》。智，赵传仁先生等《颜光敏诗文集笺注》作"知"，误。今据南开大学图书馆藏《颜修来著述稿本》改。

[17] "为间"句：见《孟子·尽心下》。为间，即"有间"，指时间不长。

[18] 迪：蹈行；实践。《尚书·皋陶谟》："允迪厥德，谟明弼谐。"汉孔安国《传》："迪，蹈。"唐孔颖达《疏》："为人君者当信实蹈行。"

[19] 该：完备，完足。这个意思也写作"赅"。

[20] 惟精：语本《尚书·大禹谟》："人心惟危，道心惟微。惟精惟一，允执厥中。"

[21] 择善：语本《礼记·中庸》："诚之者，择善而固执之者也。"

[22] 惟一：惟，赵传仁先生等《颜光敏诗文集笺注》作"唯"，今据南开大学图书馆藏《颜修来著述稿本》改。

[23] "安汝"二句：语见《尚书·益稷》。安，等于说"专心致志"；止，等于说"所要达到的目标"。几，洞见机微；康，思虑通达。

[24] 蔡《注》：指南宋时蔡沈《书集传》。

[25] "则已"句：赵传仁先生等《颜光敏诗文集笺注》"其言"后脱"之"字，今据南开大学图书馆藏《颜修来著述稿本》补。

[26] 溷（hùn）：混杂。

[27] 亲事：赵传仁先生等《颜光敏诗文集笺注》作"事亲"，误。今据南开大学图书馆藏《颜修来著述稿本》改。

[28] 寔：同"实"。赵传仁先生等《颜光敏诗文集笺注》径作"实"，今据南开大学图书馆藏《颜修来著述稿本》改。

[29] 紫阳：朱熹的父亲朱松曾在今安徽歙县西南紫阳山读书，后来朱熹居福建崇安，将其居室题名为"紫阳书堂"，以志不忘其父。后世就用"紫阳"之名代称朱熹。蒿（hāo）目时弊：形容对时局忧虑不安。蒿目，极目远望；时弊，艰难的时局。《庄子·骈拇》："今世之仁人，蒿目而忧世之患。"

[30] "且由"句：此本《礼记·大学》："大学之道在明明德，在亲民，在止于至善。知止而后有定，定而后能静，静而后能安，安而后能虑，虑而后能得。物有本末，事有终始，知所先后，则近道矣。"

[31] 虑：赵传仁先生等《颜光敏诗文集笺注》作"虚"，误。今据南开大学图书馆藏《颜修来著述稿本》改。

[32] 棼（fén）：纷乱。

[33] 剌（là）谬：违背常情事理。剌，赵传仁先生等《颜光敏诗文集笺注》作"刺"，误。今据南开大学图书馆藏《颜修来著述稿本》改。

[34] 亭：秦汉时期"里"以上、"乡"以下的行政组织，十里为一亭。因此，也可以用来记里程。堠（hòu）：古代记里程的土堆。不同时代一堠所记里程并不相同。或有每五里筑单堠、十里筑双堠者。唐韩愈《路旁堠》："堆堆路旁堠，一双复一只。"或有一里一堠者，唐李延寿《北史·韦孝宽传》："先是，路侧一里置一土堠，经雨颓毁，每须修之。自孝宽临州，乃勒部内，当堠处植槐树代之。既免修复，行旅又得庇荫。"

[35] 第：只要，只。副词。适越而北其辕（yuán）：要到南方的越国去，却驾车往北方走。比喻行动与目的相反。与"南辕北辙"义同（典见《战国策·魏策四》）。辕，车前驾牛马等牲畜的两根直木。

[36] 迺：通"乃"。赵传仁先生等《颜光敏诗文集笺注》径作"乃"，今据南开大学图书馆藏《颜修来著述稿本》改。

[37] 幼子常视毋诳：语本《礼记·曲礼上》。汉郑玄《注》曰："小未有所知，常示以正物；以正教之，无诳欺。"下文"蒙以养正"，语本《周易·蒙卦》："蒙以养正，圣功也。"意思是说从童年开始，就要施加正确的、正面的教育。

[38] 龆（tiáo）龄：童年；七八岁的年龄。龆，儿童脱去乳牙、长出恒牙。

[39] 寔寔：同"实实"。确实。赵传仁先生等《颜光敏诗文集笺注》作"实实"，今据南开大学图书馆藏《颜修来著述稿本》改。

[40] 中（zhòng）节：合乎礼义、法度。《礼记·中庸》："喜怒哀乐之未发谓之中，发而皆中节谓之和。"

[41] 驯致：逐渐达到；逐渐招致。《易经·坤卦》："履霜坚冰，阴始凝也；驯致其道，至坚冰也。"也作"驯至"。

[42] 构室：构木为室，即建造房子。

[43] 辟（pì）：开辟；开垦。草莱：杂生的草。代指荒芜的地方。

[44] 撤：拆除。

[45] 埽（sǎo）：打扫，扫除。《诗经·豳风·东山》："洒埽穹窒。"赵传仁先生等《颜光敏诗文集笺注》径作"扫"，今据南开大学图书馆藏《颜修来著述稿本》改。

[46] 翼翼：整齐的样子。《诗经·小雅·信南山》："疆场翼翼，黍稷彧彧。"宋朱熹《诗集传》："翼翼，整饬貌。"哙哙（kuài kuài）：宽敞明亮的样子。哙，通"快"。《诗经·小雅·斯干》："哙哙其正，哕哕其冥，君子攸宁。"清马瑞辰《毛诗传笺通释》："哙即'快'字之同音假借……《笺》云'哙哙犹快快'者，是状其室之明。"

[47]"有邻"句:"邻""闾"和"里",都是古代地方行政组织。时代不同,所辖民户数并不相同。

[48]"有颣"句:赵传仁先生等《颜光敏诗文集笺注》"而不"后脱"之"字,今据南开大学图书馆藏《颜修来著述稿本》补。

[49]听:听任,任凭。阑(lán)入:没有凭证擅自进入。

[50]懿则:美好的法则。

[51]屏(bǐng):摈弃。玩好(hào):供玩赏的奇珍异宝。纷营:纷扰钻营。

[52]克:通"核",准确;完备。

[53]"故曰"句:赵传仁先生等《颜光敏诗文集笺注》"故曰"后脱"致"字,今据南开大学图书馆藏《颜修来著述稿本》补。

[54]"况格"句:赵传仁先生等《颜光敏诗文集笺注》"况格"后衍"物"字,今据南开大学图书馆藏《颜修来著述稿本》删。

[55]疵谬:错误。

[56]裨(bì):好处;补益。唐韩愈《进学解》:"头童齿豁,竟死何裨。"

[57]罔(wǎng):不。《尚书·盘庚下》:"罔罪尔众,尔无共怒,协比谗言予一人。"

[58]动色:脸上显露出深受感动的表情。南朝宋范晔《后汉书·班彪传》:"君臣动色,左右相趋。"

[59]骢:同"验"。赵传仁先生等《颜光敏诗文集笺注》径作"验",今据南开大学图书馆藏《颜修来著述稿本》改。

再与张进士书

盈天地皆道也,道之外又有非道者以相轧[1],道之中又有非道而近似乎道者以相乱,欲其离非道而立于独也必不能。故有是必有非,使人而群知其非[2],斯为无非矣;有非而终不能害其是,使非而竟能害其是,斯不得为是矣。是非自在天壤[3],而人或以其意强争之。至去非之心太锐[4],而凡非中之是,是中之稍类乎非,与其旨趣出乎所论是非之外者,皆不暇顾,则不如姑忘是非之见,徐而察之之为得也。

古今来孰有大于朱陆[5]道学之同异者哉!然仆[6]尝思之,朱之为教平易,确寔如菽粟[7]布帛之不可易,是大有功于世教者也;陆之为说,专言本心[8],一若名教[9]纲维皆形迹之粗者,则荡检踰[10]闲皆得以借口焉,是大有害于世教者也。

盖其所言者善也，而开人以简略狎侮[11]之端，斯恶矣；所言者正也，而予人以掩饰假借之途，斯邪矣。夫善与恶并立，只成其为恶；正与邪杂用，只成其为邪。故为和合朱陆之说者，率皆未窥斯道之藩篱，而姑为齐女两袒[12]之计，唯恐进退失据，不得与于讲坛之片席云尔[13]。观其徒之相攻，则诋陆者，比之紫色哇声[14]，若将屏之远方，以御魑魅[15]；诋朱者，不过云其泛滥而失指归[16]，如所云功倍于小学[17]而无用者耳。是朱之徒必不容陆，陆之徒则可以存朱，则其轻重主客之形，业较然矣[18]。譬犹良田美宅，两人讼狱[19]而争之，谳[20]者为之区分，一人失其半而以为忧，一人得其半而以为喜，曲直必有分矣。

然而仆于象山、阳明[21]无所訾议，而独辩论于紫阳之遗书者，何哉？诚以紫阳之书颁之辟雍[22]、悬之礼闱[23]，海内学者皆将执此以废群言矣。而愚尝从容以折其衷[24]，揆[25]之《四书》正文，间亦有未能遽慊[26]于心者，因笔[27]之以正有道。若象山、阳明之非，则片言可折[28]，而前人业有辨之者。必欲人人丑诋痛诃[29]，以为朱门之羔雁[30]，殆近乎宦途怙党[31]之所为，未见其特操[32]也。

昔人云“加诸膝”“坠诸渊”[33]，今于先儒非操戈以相攻，则必归诚[34]而莫敢仰视。然紫阳最为尊信伊川[35]，而《易本义》与程传不必尽同，不然则“亨于天子”“亨于岐山”[36]，仍为“亨通”之“亨”矣。若片词只字，无关义理则勿注可也。今注一人必详其生平，注一草木必列其形状[37]，而片言不求其当，可乎？至谓异同之解，前人非不见及，特择而不用，夫以无关义理而不用，是未尝择也。择而不用，是必今之解不如前之解[38]，则当明辨所以不如之故。果其支离闇[39]陋，何难举而焚之？第云彼沉涵有年，吾才力不及什一[40]，而一旦欲易其说，则怵惕[41]而不敢出。

嗟乎！吾岂尝与前人较量乎哉！千虑一失，终不害为智；千虑一得，终不免为愚。今有一事焉，智者虑之已十得其八九[42]，愚者享其成劳，因得殚心竭力于智者之所不及，幸而有得，即仰首伸眉欲凌智者而上之[43]，斯其人之夐鄙[44]固不足道。若夫一经智者之虑，遂欲千人诺诺不敢置喙，见有踌躇握算[45]于其间者，则塞耳不愿闻，惟恐其言之偶动人听，使智者尚有遗策，从此不尊不信于天下。呜呼！何示人之不广与！《论语》曰：“知之为知之，不知为不知。”言学者不可以自罔[46]也。尼山至圣[47]，岂有违言？及门论难，亹亹[48]不绝。其于言无所不悦，则先复圣[49]一人而已。紫阳于尼山未知何如也，若仆之不肖，则于先复圣不啻瞠乎后[50]矣，而欲仆于紫阳之言无所不悦？则儒立教，岂若秦人立法，但欲人之俛[51]首奉行，言法不便者罪之，言法甚便者亦罪之乎？若夫孟子当人心陷溺之时，曰“仁义”、曰“性善”两言耳，而为功于天下万世与神禹[52]等。乃辞气所激，时或矫枉而过其正。仆正恐后人不善读者[53]，以文害辞，以辞害志，失孟子立言之意，而于事理相左，故稍为论列焉，岂谓孟子不得为知言哉！盖孔子亦有之，于冉有曰"闻斯行之"[54]；于子路则曰"有父兄在，如之何闻斯行之也"[55]；于季文子[56]曰"再，斯可矣"；于哀公[57]则曰"有弗思，思之弗得弗措也"。学者真知其故则信之，不知其故则疑之，疑之则问之、辨之。弟子于师将以考业而非以全恩也，将以明道而非以掩过也。而足下方之人子，不与父母辨者，然与？否与？议论纷则道术裂，道术裂则人心坏，人心坏则纲维绝，而气运随之，固也。乃吾观道学昌明莫盛于南渡[58]，而神州陆沉[59]，坐视莫救；阳明依托傅会似非君子所许，而于明室有社稷之功。吾党既不自言，终不能禁攻我者之举以相难也。然而宋室之亡，固非由于讲学，阳明之功亦非成于良知。即使其间果有得失之故，而是是非非自存天壤，岂得以一人一事而遽定其取舍乎？盖议论之出于一时者，权[60]也；义理之亘乎千古者，经[61]也。圣贤当日因人立说，与先儒传註[62]所云，盖亦有出于补偏救弊不得已之说者矣。今日既以《四书》传註为万世不刊[63]之书，举凡天经地义与吾生之动静云为胥于是取准焉，则必求其周详中正，如化工[64]之付万物，而凡其有为言之与夫言所未逮[65]，不妨明揭以示人，然后可以猒服[66]天下人之心，而用塞后世剖[67]击之口。若第以补偏救弊之故，盖置而不言，是以天下万世之规模又从而狭小之也。古来废兴存亡固各有其故矣，见明季之沦丧，谓以诋朱子之故[68]，因于朱子不敢复有论列，虽其心寔[69]有所疑，犹将姑面从[70]焉。如告子所云"不得于言，勿求于心"者[71]，以为救时则或然矣，以为明道则未也，求道者于道求之而已矣。

足下[72]，仆素所敬畏，愿北面[73]事之者，然不敢以所见不同而有所隐，故略布[74]之。

【注释】

[1] 轧（yà）：倾轧；排斥。

[2] "使人"句：意思是让众人都知道它是不对的。

[3] 天壤：天地之间。言相隔悬殊。

[4] 锐：急切，急迫。

[5] 朱陆：朱熹和陆九渊。朱熹（1130—1200），字元晦，又字仲晦，号晦庵，别号紫阳，晚号晦翁。卒谥"文"，世称"朱文公"。祖籍宋江南东路徽州府婺源县（今江西省婺源县），出生于南剑州尤溪（今福建省尤溪县），宋代著名理学家、思想家、哲学家、教育家、诗人，闽学派代表人物，孔孟之后最杰出的弘扬儒学的大师，世称"朱子"，是唯一非孔子亲传弟子而享祀孔庙、位列大

成殿十二哲之中者。后人辑有《朱子文集》等。陆九渊（1139—1193），字子静，江西抚州金溪人，宋代著名理学家、教育家，宋明"心学"的开山祖师。因其书斋名"存"，世人称其为存斋先生；因于贵溪象山结茅舍讲学，自称象山居士，学者称之为象山先生。与兄九韶、九龄称"金溪三陆"，其学并称"三陆之学"。构建了以"心学"为主体的儒家学说，与朱熹齐名，史称"朱陆"，二人在治学方法、"太极""无极"等问题上长期论辩。明代王守仁继承发展其学说，形成陆王学派。其著作后人总汇为《象山先生全集》，共三十六卷。

[6] 仆：古时男子自称的谦辞。

[7] 寔：同"实"。赵传仁先生等《颜光敏诗文集笺注》径作"实"，今据南开大学图书馆藏《颜修来著述稿本》改。菽（shū）粟（sù）布帛：代指食物、衣服。菽，豆类的总称。粟，谷物名，中国北方统称谷子。

[8] 本心：陆九渊思想中的基本概念。陆氏认为本心内在于每个个体，是人先天具有的，人依此本心而区别于禽兽，顺此本心做功夫即可充分展现人之为人的高贵特性。

[9] 名教：以正名定分为主的封建礼教。

[10] 荡检：行为放荡，不守礼法。踰闲：超越法度。踰，同"逾"。《论语·子张》："子夏曰：'大德不踰闲，小德出入可也。'"汉何晏《论语集解》引汉孔安国曰："闲，犹法也。"

[11] 简略：疏阔，散漫。南朝宋范晔《后汉书·刘宽传》："宽简略嗜酒，不好盥浴，京师以为谚。"狎侮：轻慢侮弄。《尚书·旅獒》："德盛不狎侮。狎侮君子，罔以尽人心；狎侮小人，罔以尽其力。"汉孔安国《传》："盛德必自敬，何狎易侮慢之有？"

[12] 齐女两袒：唐欧阳询等《艺文类聚》卷四十引汉应劭《风俗通》："齐人有女，二人求之。东家子丑而富，西家子好而贫。父母疑不能决，问其女：'定所欲适，难指斥言者，偏袒令我知之。'女便两袒。怪问其故，云：'欲东家食，西家宿——此为两袒者也。'"后因以"齐女两袒""东食西宿"比喻人贪得无厌、唯利是图。这里指希望得到双方的好处。

[13] 片席：一片席子，言其狭小。云尔：表示限止的语气，相当于"而已"。

[14] 紫色：《论语·阳货》："恶紫之夺朱也。"汉何晏《论语集解》引汉孔安国曰："朱，正色；紫，间色之好者。恶其邪好而夺正色。"后世以"朱"喻"正、是、善"；以"紫"喻"邪、非、恶"。哇（wā）声：轻艳浮靡的乐声。汉扬雄《法言·吾子》："中正则雅，多哇则郑。"晋李轨《扬子法言注》："多哇者，淫声繁越也。"

[15] 以御魑魅 (chī mèi)：语见《左传·文公十八年》："投诸四裔，以御螭魅。"魑魅，传说藏身山泽之中害人的神鬼妖怪。这里喻指荒凉、边远的地区。

[16] 归：主旨，意向。

[17] 小学：朱熹曾撰《小学》（四卷），此书是向学童灌输孔孟思想的启蒙读物。

[18] 业：既，已经。较 (jiào) 然：明显的样子。汉司马迁《史记·刺客列传论》："自曹沫至荆轲五人，此其义或成或不成，然其立意较然，不欺其志，名垂后世，岂妄也哉！"唐司马贞《史记索隐》："较，明也。"

[19] 讼狱：诉讼。

[20] 谳 (yàn)：议罪，审判。

[21] 阳明：王守仁 (1472—1529)，幼名安，字伯安，明朝浙江绍兴府余姚县（今属浙江省宁波市）人，因曾在故乡筑阳明洞，世称"阳明先生"。曾任南京鸿胪寺卿、都察院左佥都御使、南京兵部尚书，封新建伯。发展陆九渊学说形成陆王学派，与程朱对抗，所谓"无善无恶心之体，有善有恶意之动，知善知恶是良知，为善去恶是格物"，并以此作为讲学的宗旨。主张"万事万物之理不外于我心""心明便是天理"，否认心外有理、心外有事、心外有物。著作主要有《王阳明全集》《传习录》《大学问》等。

[22] 辟雍 (bì yōng)：辟，通"璧"。雍，本为西周天子所设大学，校址呈圆形，四周以水包围，形如璧环，前门外有便桥，故名。

[23] 礼闱 (wéi)：古代科举考试，会试由礼部主办，故称礼闱。闱，本指宫中的巷门，后引申指科举考试或科举考试的试场。

[24] "而愚"句："衷"字，赵传仁先生等《颜光敏诗文集笺注》误作"中"，今据南开大学图书馆藏《颜修来著述稿本》改。

[25] 揆 (kuí)：揣度，度量。

[26] 遽 (jù)：尽，完。慊 (qiè)：满足（于），满意。

[27] 笔：写作，书写。

[28] 片言而折：听几句话就可以断定争论的双方孰是孰非。语本《论语·颜渊》："片言可以折狱者，其由也与？"片言，极少的几句话。折，"折狱"的略词，本指判决诉讼案件。赵传仁先生等《颜光敏诗文集笺注》"片言"前衍"同"字，今据南开大学图书馆藏《颜修来著述稿本》删。

[29] 丑诋痛诃：辱骂，诋毁。诃，同"呵"。

[30] 羔雁：羊羔和大雁。古代用作卿大夫的贽礼。《周礼·春官·大宗伯》："卿执羔，大夫执雁。"汉郑玄《注》："羔，小羊，取其群而不失其类。

雁，取其候时而行。"也可作为征召、婚聘或晋谒的礼物。

[31] 宦途怙（hù）党：官场中互相依靠、相互勾结形成的利益集团。怙，依靠，依恃。

[32] 特操：独立的操守。《庄子·齐物论》："曩子行，今子止；曩子坐，今子起；何其无特操与？"

[33] 加诸膝、坠诸渊：语本《礼记·檀弓下》："进人若将加诸膝，退人若将坠诸渊。"加诸膝，将人揽坐在自己膝上；坠诸渊，将人投进深渊里。比喻用人或待人的态度喜怒无常、不能持之以恒。

[34] 归诚：对人寄以诚心。宋苏轼《黄州安国寺记》："盍归诚佛僧，求一洗之。"

[35] 伊川：宋代著名理学家、教育家程颐（1033—1107），字正叔，洛阳伊川（今属河南省）人，故人称"伊川先生"，与胞兄程颢（字伯淳，人称"明道先生"）同学于周敦颐。兄弟二人同为北宋理学的奠基人，世称"二程"；因长期在洛阳讲学，故他们的学说又被称为"洛学"。其学说以"穷理"为主，认为"天下之物皆能穷，只是一理"，"一物之理即万物之理"，主张"涵养须用敬，进学在致知"的修养方法，目的在于"去人欲，存天理"，认为"饿死事极小，失节事极大"，宣扬"气禀"说。后人曾辑二人语录合编为《河南程氏遗书》，现有《二程全书》流传于世，亦是后人统编而成。

[36] 亨于天子：语本《周易·大有卦》："公用亨于天子。"亨于岐山：语本《周易·升卦》："王用亨于岐山。"二句中"亨"，程颐释为"通"，而朱熹《周易本义》读为"享"，即认为"亨"是"享"的借字，"享"系本字。

[37] "注一"句：赵传仁先生等《颜光敏诗文集笺注》"一草"后衍"一"字，今据南开大学图书馆藏《颜修来著述稿本》删。

[38] "是必"句：赵传仁先生等《颜光敏诗文集笺注》"如前"后衍"人"字，今据南开大学图书馆藏《颜修来著述稿本》删。

[39] 闇（àn）：昏暗，糊涂。《荀子·臣道》："故明主好同，而闇主好独。"闇，与"暗"为同源字。赵传仁先生等《颜光敏诗文集笺注》径作"暗"，今据南开大学图书馆藏《颜修来著述稿本》改。

[40] 什（shí）一：十分之一。

[41] 怵惕：戒惧；惊惧。《尚书·冏命》："怵惕惟厉，中夜以兴，思免厥愆。"汉孔安国《传》："言常悚惧惟危，夜半以起，思所以免其过悔。"

[42] "智者"句：智，赵传仁先生等《颜光敏诗文集笺注》作"知"，今据南开大学图书馆藏《颜修来著述稿本》改。

[43] "即仰"句：赵传仁先生等《颜光敏诗文集笺注》"即仰"后脱"首伸"二字，今据南开大学图书馆藏《颜修来著述稿本》补。

[44] 弇（yǎn）鄙：浅陋，浅薄。弇，狭、浅。

[45] 握筭（suàn）：手执算筹计数。也指谋划。筭，古代计数的筹码。汉许慎《说文解字》："筭，计历数者。"又："算，数也。"分别词性，但古籍中通用。赵传仁先生等《颜光敏诗文集笺注》径作"算"，今据南开大学图书馆藏《颜修来著述稿本》改。

[46] 罔（wǎng）：蒙蔽；欺骗。《孟子·万章上》："故君子可欺以其方，难罔以非其道。"宋朱熹《孟子集注》："罔，蒙蔽也。"

[47] 尼山至圣：曲阜东南有尼山（尼丘之山），据说是"至圣先师"孔子诞生地（今山下有"夫子洞"），因以代称孔子。

[48] 亹亹（wěi wěi）：绵绵不绝的样子。

[49] 先复圣：元文宗封颜渊为兖国复圣公，明嘉靖时罢封爵，只称"复圣"。颜光敏为复圣后裔，故称"先复圣"。先，先世，祖先。《论语·先进》篇载："子曰：'回也非助我者也，于吾言无所不说。'""说"，悦的古字。

[50] 啻（chì）：但，仅，止。常用在"何""奚"等疑问代词或"不""匪"等否定副词后面，组成"何啻""奚啻""不啻""匪啻"等形式，在句中起连接或比况作用。瞠乎后：也作"瞠乎其后"或"瞠后"。指干瞪眼、落在后面却赶不上来。语本《庄子·田子方》："夫子奔逸绝尘，而回瞠若乎后矣！"

[51] 俛（miǎn）：俯，低头。《左传·成公二年》："韩厥俛定其右。"晋杜预《注》："俛，俯也。"唐陆德明《经典释文》："俛音勉。"赵传仁先生等《颜光敏诗文集笺注》作"俯"，今据南开大学图书馆藏《颜修来著述稿本》改。

[52] 神禹：对夏禹的尊称。语出《庄子·齐物论》："无有为有，虽有神禹且不能知，吾独且奈何哉。"唐成玄英《疏》："迷执日久，惑心已成，虽有大禹神人，亦不令其解悟。"

[53] "仆正"句：赵传仁先生等《颜光敏诗文集笺注》"善读"后衍一"书"字，今据南开大学图书馆藏《颜修来著述稿本》删。

[54] "于冉"句：冉有，孔子弟子冉求，字子有，比孔子小 29 岁。闻斯行之：见《论语·先进》。

[55] "于子"句：子路，孔子弟子仲由，字子路，又字季路，鲁国卞人，孔门十哲之一。以政事见称，为人伉直，好勇力。"有父兄在"两句，见《论语·先进》。赵传仁先生等《颜光敏诗文集笺注》"如之何"后衍一"其"字，今据南开大学图书馆藏《颜修来著述稿本》删。

[56] 季文子：鲁国大夫季孙行父。句中引文见《论语·公冶长》："季文子三思而后行。子闻之，曰：'再，斯可矣。'"

[57] 哀公：鲁哀公姬将（前521—前468），定公之子、悼公之父，春秋时期鲁国第二十六任君主。句中引文见《礼记·中庸》。

[58] 南渡：1127年靖康之变后，宋徽宗第九子康王赵构定都南京应天府（今河南省商丘市），继承皇位，为延续宋朝的皇统和法统，仍定国号为"宋"，史称"南宋"。1138年，迁都临安府（今浙江省杭州市）。传五世九帝，享国一百五十三年。

[59] 神州：中原地区。陆沉：比喻国土沉沦。南朝宋刘义庆《世说新语·轻诋》："桓公入洛，过淮泗，践北境，与诸僚属登平乘楼，眺瞩中原，慨然曰：'遂使神州陆沈，百年丘墟，王夷甫诸人不得不任其责！'"沈，同"沉"，这个意思上现在通常写作"沉"。

[60] 权：权宜之变。

[61] 经：亘古不变的常道。

[62] 传（zhuàn）註：解经的文字。註，赵传仁先生等《颜光敏诗文集笺注》径作"注"字，今据南开大学图书馆藏《颜修来著述稿本》改。

[63] 註：赵传仁先生等《颜光敏诗文集笺注》径作"注"字，今据南开大学图书馆藏《颜修来著述稿本》改。不刊：古时文字写在竹简上，发现错误就刮削掉，称为"刊"。不容删削改变叫"不刊"。这里有不可磨灭的意思。三国魏曹植《怨歌行》："周公佐成王，《金滕》功不刊。"

[64] 化工：天然的造化。

[65] 逮（dài）：达到，及。

[66] 猒（yā）服：使心服。猒，通"压"。镇压。汉班固《汉书·高帝纪》："秦始皇帝尝曰：'东南有天子气。'于是东游以猒当之。"唐颜师古《注》："猒，塞也。"赵传仁先生等《颜光敏诗文集笺注》作"厌"，今据南开大学图书馆藏《颜修来著述稿本》改。

[67] 剖：赵传仁先生等《颜光敏诗文集笺注》作"掊"，今据南开大学图书馆藏《颜修来著述稿本》改。

[68] "谓以"句：赵传仁先生等《颜光敏诗文集笺注》"诋朱"后脱一"子"字，今据南开大学图书馆藏《颜修来著述稿本》补。

[69] 寔：同"实"。赵传仁先生等《颜光敏诗文集笺注》径作"实"字，今据南开大学图书馆藏《颜修来著述稿本》改。

[70] 面从：表面上信从。

[71]"如告"句：《孟子·公孙丑上》载："告子曰：'不得于言，勿求于心。'"意思是如果不能够在言辞上取得胜利，就不必求助于思想。

　　[72]足下：古代下称上或者同辈相称的敬辞。

　　[73]北面：朝北，向北。表示尊崇。赵传仁先生等《颜光敏诗文集笺注》作"向"，误。今据南开大学图书馆藏《颜修来著述稿本》改。

　　[74]布：陈述；抒写。《国语·晋语四》："敢私布于吏，唯君图之！"三国吴韦昭《注》："布，陈也。"

代颜翰博募修复圣庙引[1]

　　窃闻茅茨[2]不厌者，达人淡养之高致[3]；庙貌必严[4]者，君子承先之盛心[5]。是以大禹[6]菲食而孝鬼神，文王卑服而惠宗公[7]，诚不敢有忽[8]于本源也。然则祖宗妥灵[9]之地，固仁人孝子之所早夜[10]系念而勿忘者矣。况于德优圣域[11]、堪范堪师、为天下后世之所共仰而共尊者乎！

　　先祖复圣公，以庶几[12]圣人之学，弁冕七十、三千之上[13]，历朝崇祀[14]弗绝，迄近代而典秩[15]更隆；配享[16]之外，复建特祠焉，盖亦功大者崇之不可以不专也。而或则疑之，以为治世之功在政教，垂世之功在文章。曾、思、孟[17]，皆有成书；教人以意者，其功不徒在书也。先儒周子[18]之言曰："善发圣人之蕴而教万世无穷者，颜子也！"先祖既无传书，自喟然一叹而外，其训词又未尝数数[19]见也，而周子云云者，岂好为夸哉？倘亦谓言或有穷、书或有穷，而意则无穷，先祖以发蕴[20]之身，昭昭示天下后世以其意之所存，何非教之所存乎！问为仁而克复之理以著[21]，教万世以内圣[22]也；问为邦而礼乐之裁以定[23]，教万世以外王[24]也；仰钻[25]之难据，教刻厉[26]也；博约之可循[27]，教知行[28]也；卓立[29]之末由[30]，教峻绝也；怒不迁而过不贰[31]，殆以养性教万世乎？食之箪而饮之瓢[32]，殆以乐天教万世乎？意无穷教亦无穷，则信乎周子之言之确也，则信乎先祖之功之大也。以如是之大功享朝廷之盛典，谁曰不宜？

　　惜也！典可百代常新而物则历久必敝。垣[33]之颓也，阶之圮[34]也，犹末[35]也；甚则宇之颠而栋[36]之摧也，风雨之弗避而几筵之莫施也。余小子忝承世序[37]，谬司豆笾[38]，每目睹而心忧之，因谋诸工师[39]。工师以功力浩大对，余薄植弗给也[40]。谋诸族，弗给；募诸邑，弗给；募诸通藩[41]，又弗给。宗耆[42]曰："举众者力益易，谍其教我哉！盍[43]募诸远？"余曰："唯唯[44]。"因思雍秦乃古圣发祥[45]之地，水土深厚，风教犹有存焉，其于邹鲁犹比肩[46]也；闻先祖之教而兴者，当亦指不胜屈[47]矣。夫群在先祖教思帡幪[48]之中，而坐视其暴露而不之恤，是岂高义者之所忍出与？而宦兹土而称表帅^[49]者，又皆先得先祖之教而不可不为之倡焉者也。伏望^[50]大人先生名绅学士，怦心^[51]前贤之功，协力更新之举，某也捐银若干，某也施物几何，则财以分出而易集，庶克相与以有成也已。是举也，在诸君为不忘先哲，在小子为克念列祖。勒之贞石^[52]，岂不声施万禩^[53]哉！拜手稽首胝告^[54]。

【注释】

[1] 颜翰博：此指颜回第六十九代孙颜懋衡。懋衡，字以玉，号向九，清圣祖康熙五年（1666）袭内弘文院五经博士，主奉祀事。自明英宗朱祁镇正统十一年（1446）始授颜子后裔宗子为翰林院五经博士，定期祭祀颜子，直至清末民初，均有颜氏宗子世袭本职，简称"颜翰博"。复圣：元明宗至顺元年（1330）尊颜回为"兖国复圣公"，明世宗嘉靖时罢爵，但仍尊称"复圣"。其后，颜子庙即尊称"复圣庙"，庙址在今山东省曲阜市城内。据颜肇维《颜修来先生年谱》，此文作于清圣祖康熙五年（1666）。引：文体名。唐之后始有此体，大略如序体，但篇幅略短。

[2] 茅茨（cí）：用茅草覆盖的屋顶。代指简陋的居室。

[3] 达人：通达事理的人。《左传·昭公七年》："圣人有明德者，若不当世，其后必有达人。"唐孔颖达《疏》："谓知能通达之人。"淡养：疏淡以养性。高致：高尚的情致，高雅的格调。

[4] 严：整饬；庄严。

[5] 承先：奉祀先祖。盛心：深厚而美好的心意。

[6] 大禹：对夏禹的美称。夏禹，古代部族首领，史载其治水有功，舜选他作为自己的继承人。《尚书·大禹谟》："曰若稽古大禹。"汉孔安国《传》："禹称大，大其功。"菲食而孝鬼神：语本《论语·泰伯》："子曰：'禹，吾无间然矣！菲饮食而致孝乎鬼神，恶衣服而致美乎黻冕，卑宫室而尽力乎沟洫。禹，吾无间然矣！'"

[7] 文王：周文王姬昌（前1152—前1056），周朝奠基者，其父季历死后，继承西伯侯位，因此也称西伯昌。后称王，史称周文王。在位五十年，勤于政事，重视发展农业生产，礼贤下士，广罗人才，是一代明君。创周礼，为后世儒家所推崇，孔子更称之为"三代之英"。卑服：使衣服粗劣；穿粗劣的衣服。《尚书·无逸》："文王卑服，即康功田功。"汉孔安国《传》："文王节俭，卑其衣服。"惠宗公：语本《诗经·大雅·思齐》："（文王）惠于宗公，神罔时怨，神罔时恫。"惠，顺敬。宗公，祖庙中的先公。

[8] 忽：轻慢，怠忽。

[9] 妥灵：安妥神灵。

[10] 早夜：日夜。终日。唐韩愈《原毁》："早夜以思，去其不如舜者。"

[11] 德优圣域：德行高尚达到圣人的境界。汉班固《汉书·贾捐之传》："臣闻尧舜，圣之盛也，禹入圣域而不优。"唐韩愈《进学解》："是二儒（孟子、荀子）者，吐辞为经，举足为法，绝类离伦，优入圣域。"

[12] 庶几：差不多；近似。《易经·系辞下》："颜氏之子，其殆庶几乎？"高亨先生《注》："庶几，近也，古成语，犹今语所谓'差不多'，赞扬之辞。"

[13] "弁冕"句：据史书记载，孔子有弟子三千，其中著名者七十有二，而颜回又是孔子最为喜爱的弟子之一。"弁"和"冕"都是古代男子的冠名，吉礼之服用冕，通常礼服用弁。因以"弁冕"指礼帽。《榖梁传·僖公八年》："弁冕虽旧，必加于首。"引申为"魁首""居于首位"。

[14] 祀：赵传仁先生等《颜光敏诗文集笺注》作"礼"，误。今据南开大学图书馆藏《颜修来著述稿本》改。

[15] 典秩：祭祀的仪礼。

[16] 配享：合祭；祔祀。指孔子弟子或历代名儒祔祀于孔庙。享，通"饗"清钱大昕《十驾斋养新录·宣圣配享》："元初，释奠先圣，以颜孟配享，盖用宋金旧制，至延祐三年，始增曾子、子思配享。"

[17] 曾、思、孟：曾子（参）、子思子（孔子之孙）、孟子（轲）。

[18] 先儒：先世儒者。孔庙大成殿东西两庑供奉先儒先贤牌位。先儒是指在历史上对儒学有杰出贡献的学者。周子，即周敦颐（1017—1073），北宋哲学家、理学家、文学家。原名敦实，为避英宗讳改为敦颐。字茂叔，号濂溪，道州营道县（今湖南省永州市道县）人。晚年定居庐山莲花峰下，以家乡营道之水"濂溪"命名堂前的小溪和书堂，故人称"濂溪先生"，谥号"元公"。与邵雍、张载、程颢、程颐并称为"北宋五子"。其著作主要有《太极图说》《通书》等，后人编为《周子全书》。今孔庙东庑供奉周氏牌位，居先贤第三十七位。句中引文见《通书·圣蕴》，所谓"圣人之蕴"，是指孔子思想的深层意蕴。

[19] 训词：上对下教导或训诫的话。数数（shuò shuò）：常常。

[20] 发蕴：阐发（孔子思想的）内蕴。

[21] "问为仁"句：《论语·颜渊》载："颜渊问仁。子曰：'克己复礼为仁。'"克复，"克己复礼"的略语。

[22] 内圣：内具圣人的才德。语本《庄子·天下》："是故内圣外王之道，暗而不明，郁而不发，天下之人，各为其所欲焉，以自为方。"在孔子思想中，"内圣"和"外王"是相互统一的，前者是基础，后者是目的。只有内心的不断

修养，才能成为"仁人""君子"，才能达到"内圣"；也只有在"内圣"基础上，才能够安邦治国，达到"外王"的目的。同样，"内圣"只有达到"外王"的目的才有意义，"外王"实现了，"内圣"才最终完成。

[23]"问为邦"句：《论语·卫灵公》载："颜渊问为邦。子曰：'行夏之时，乘殷之辂，服周之冕，乐则《韶》《舞》；放郑声，远佞人——郑声淫，佞人殆。'"

[24]外王：见本文"[22]内圣"注释。

[25]仰钻：《论语·子罕》载："颜渊喟然叹曰：'仰之弥高，钻之弥坚。瞻之在前，忽焉在后。夫子循循然善诱人，博我以文，约我以礼，欲罢不能；既竭吾才，如有所立卓尔，虽欲从之，末由也已。'"《论语》此章旨在赞叹孔子道德文章高深。

[26]刻厉：刻苦自励。清张廷玉等《明史·罗汝敬传（今按：1974年中华书局校点本误为"孙汝敬"，实当为"孙，汝敬"）》："自此刻厉为学，累迁侍讲。"

[27]"博约"句：见本文"[25]仰钻"注释。

[28]知行：学习与践行。

[29]"卓立"句：见本文"[25]仰钻"注释。

[30]末由：不知道从何处走。

[31]"怒不"句：《论语·雍也》载："哀公问：'弟子孰为好学？'孔子对曰：'有颜回者好学，不迁怒，不贰过。不幸短命死矣，今也则亡，未闻好学者也。'"迁怒，把对某甲的怒气撒在某乙身上。贰过：同样的过失犯两次。

[32]"食之"句：《论语·雍也》载："子曰：'贤哉，回也！一箪食，一瓢饮，在陋巷，人不堪其忧，回也不改其乐。贤哉，回也！'"此章赞叹颜回安贫乐道而有修养。

[33]垣（yuán）：墙。

[34]圮（pǐ）：毁坏，坍塌。

[35]末：微末小事。南开大学图书馆藏《颜修来著述稿本》作"未"，今不从。

[36]宇：屋檐。代指房屋。颠：倾覆。栋：房屋的正梁。

[37]余小子：旧时文人对长者或先人所做的自称。忝（tiǎn）：有愧于。谦辞。

[38]谬司：德薄才疏却承担管理职责。谦辞。豆笾（biān）：木制的豆和竹制的笾。古代祭祀或饮宴时常用的器物。

[39] 工师：工匠。

[40] 薄植：也作"薄殖"，常指根基薄弱、学识浅薄。这里指财货贫乏。给（jǐ）：丰足，充裕。

[41] 通藩：这里指古鲁国疆域。

[42] 宗耆（qí）：本宗的年长者。古称六十岁为"耆"。

[43] 盍（hé）：等于说"何不"。表达反诘语气。《左传·成公六年》："或谓栾武子曰：'圣人与众同欲，是以济事。子盍从众？'"晋杜预《注》："盍，何不也。"

[44] 唯唯（wěi wěi）：应答词，含恭敬意味。汉班固《汉书·司马相如传》："齐王曰：'虽然，略以子之所闻见言之。'仆对曰：'唯唯。'"唐颜师古《注》："唯唯，恭应之辞也。"

[45] 雍秦：雍州和秦州。雍州约在今陕西省、青海省、甘肃省一带；秦州在陕西一带，是周人发祥地。发祥：开始建立基业或兴起。

[46] 邹鲁：邹，在今山东济宁邹城，孟子故里；鲁，在今山东济宁曲阜，孔子故里。史上遂以孔孟二圣故里——邹、鲁——代指文化盛地、礼义之邦。比肩：并列，并肩，居同等地位。

[47] 指不胜屈：形容数量众多，扳着手指头数也数不过来。明沈德符《野获编·礼部一·国初荫叙》："今任官子孙，富豪者多纵荡丧身；而贫弱者或衣食不给；其小有才者至窜入匪类以辱先人。以余所见，指不胜屈。"也作"指不胜偻"。

[48] 帡幪（píng méng）：本指帐幕。这里指荫庇。

[49] 表帅：同"表率"。督率。

[50] 伏望：表希望的敬辞。多用于下对上。宋王禹偁《滁州谢上表》："伏望陛下思直木先伐之义，考众恶必察之言。"

[51] 怦（pēng）心：怦然动心。怦：心急，心动。

[52] 贞石：坚石。也作碑石美称。宋王禹偁《刻石为丘行恭赞序》："贞观中，思念功臣，追琢贞石，具人马之状，立陵阙之前，以劝后人，垂之不朽。"

[53] 禩（sì）：同"祀"。年；代。汉许慎《说文解字》及宋陈彭年《广韵》均以禩为祀的或体。赵传仁先生等《颜光敏诗文集笺注》径作"祀"，今据南开大学图书馆藏《颜修来著述稿本》改。

[54] 拜手稽（qǐ）首：古代男子的一种跪拜礼。跪地后双手相拱至地，俯首至手。《尚书·太甲》："伊尹拜手稽首。"汉孔安国《传》："拜手，首至手。"汉班固《汉书·郊祀志》："尸臣拜手稽首曰：'敢对扬天子丕显休命。'"稽，

叩头至地。肫（zhūn）告：诚恳相告。肫（肫），诚恳真挚。《礼记·中庸》："肫肫其仁，渊渊其渊，浩浩其天。"

御制诗颂（代李制台邺园[1]）

臣某向叨侍从[2]，仰见皇上睿思天纵[3]，圣学懋勤[4]。自奉命入浙[5]，侧闻宸[6]翰赐及近臣，无由亲睹。今管理织造内刑部郎中臣遇知恭捧上赐御制诗及御书"敬慎"二大字，又唐诗一首，臣载[7]拜仰观，朗若日星，照耀心目。顾臣身在行间[8]，不得望属车清尘[9]，已历数载。兹肃展奎章[10]，何啻天颜[11]咫尺！

伏惟我皇上兴文重道[12]，复[13]绝千古。万几[14]之暇，辄复精思六法[15]，挼藻七言[16]；而刻刻以兆民遐方为念[17]，即唐虞咨儆[18]，何以逾此！宜乎诞敷文德[19]，克奏荡平[20]，丕承[21]万世无疆之福，是皆孜孜一念所感孚也[22]！此岂贞观书屏、景祐飞白所堪伦拟哉[23]！某叨被宠锡[24]，重于天球、洛书[25]，世世子孙保藏毋敢[26]，臣不胜忭舞[27]。

爰作颂曰[28]：

维皇膺箓[29]，神武孔彰[30]。有虔秉钺[31]，惠此遐荒[32]。庙谟渊肃[33]，文德允翔[34]。既敬既戒，兆民用康[35]。蔼蔼璇宫[36]，沉沉珍殿[37]。乙夜藜光[38]，如虹如电。象数精微[39]，典谟广衍[40]。圣作圣述，优[41]乎如见。宸藻潏[42]发，遒嗣赓歌[43]。《韶》《濩》冲穆[44]，《雅》《颂》委蛇[45]。顾念黔首[46]，嗸嗸孔多[47]。陂滢修阻[48]，忧劳[49]如何！爰及六书[50]，天门凤阁[51]。芝花[52]共灿，云汉同倬[53]。自古哲王[54]，敬慎维学[55]。敷锡群工[56]，四国有觉[57]。臣侍丹陛[58]，仰窥圣功[59]。式无暇遗[60]，乃命即戎[61]。鸿雁于飞[62]，莫慰宸衷[63]。丹书[64]胜怠，愿矢[65]无穷。载睹天章[66]，龙光如覩[67]。谁其钦承[68]，尚方维旧。百尔有位[69]，钦心是究[70]。式赞高深[71]，八荒在宥[72]。

【注释】

[1] 李制台邺园：清初重臣李之芳（1622—1694），字邺园，武定州（今山东省滨州市惠民县）人。明思宗崇祯十五年（1642）举人，清世祖顺治四年（1647）进士，清圣祖康熙十二年（1673）六月，以兵部侍郎身份赴杭州总督浙江军务，参与平定耿精忠叛乱。十年后返京，升兵部尚书，不久托病返乡。康熙二十二年（1683），官拜文华殿大学士兼吏部尚书，成为当时汉人中职位最高者。康熙二十七年（1688）离职家居，康熙三十三年（1694）病逝，谥号"文襄"。有《棘听草》十二卷。制台：明清时对总督的敬称。明武宗正德皇帝朱厚

照自称总督军务，臣下避讳，改总督为总制，故有制台、制军的称谓。颜光敏《南游日历》载："庚申六月十五日，热甚。邨园招饯、深谈，属作《御制诗颂》。"文中所记当指本篇。庚申，即康熙十九年（1680），其时，李之芳在总督浙江军务任上。

[2] 叨（tāo）：辱承。谦辞。侍从：随侍皇帝左右。

[3] 睿思：圣明的思虑。天纵：上天赋予。《论语·子罕》："固天纵之将圣，又多能也。"后常以"睿思""天纵"谀美帝王。

[4] 懋（mào）勤：勤勉，勤奋。汉许慎《说文解字》："懋，勉也。"

[5] "自奉"句：南开大学图书馆藏《颜修来著述稿本》"自奉"，作"自奉奉"，或衍一"奉"字，今不从。

[6] 侧闻：听闻。谦辞。宸（chén）翰：古时敬称皇帝的墨迹、诗文。宸，北极星所居，即紫微垣。后借指帝王居住场所，再引申代称王位或帝王。

[7] 载：通"再"。《吕氏春秋·异宝》："五员载拜受赐曰：'知所之矣。'"陈奇猷先生《吕氏春秋校释》："载、再，通。"

[8] 行（háng）间：行伍之间，指军中。汉司马迁《史记·卫将军骠骑列传》："青幸得以肺腑待罪行间，不患无威。"

[9] 属车：代指皇帝。汉班固《汉书·张敞传》："孝昭皇帝蚤崩无嗣，大臣忧惧，选贤圣承宗庙，东迎之日，唯恐属车之行迟。"唐颜师古《注》："不欲斥乘舆，故但言属车耳。"清尘：车后扬起的尘土。这里用作对皇帝的敬称。清，敬辞。汉班固《汉书·司马相如传》："犯属车之清尘。"唐颜师古《注》："尘，谓行而起尘也。言清者，尊贵之意也。"

[10] 奎章：敬称皇帝的墨迹、诗文。

[11] 何啻（chì）：何异于。天颜：敬称皇帝的容颜。

[12] 伏惟：下对上的敬辞，多用于奏疏或信函。念及，想到。兴文：提倡文治，致力教化。重道：重视仁义德行。

[13] 夐（xiòng）：远。表示差别程度大。

[14] 万几：指帝王日常处理的纷繁政务。《尚书·皋陶谟》："无教逸欲有邦，兢兢业业，一日二日万几。"汉孔安国《传》："几，微也。言当戒惧万事之微。"赵传仁先生等《颜光敏诗文集笺注》作"万机"，误。今据南开大学图书馆藏《颜修来著述稿本》改。

[15] 精思：研思专精。六法：代指书画笔墨技法。

[16] 掞（shàn）藻：铺张辞藻。掞，发舒，铺张。七言：七言诗。代指诗文。

[17] 兆民：古称天子之民，后泛指百姓。《尚书·吕刑》："一人有庆，兆民赖之。"遐方：远方。

[18] 唐虞：唐尧与虞舜的并称。唐尧，古帝名。帝喾之子，姓伊祁（亦作伊耆），名放勋。初封于陶，又封于唐，号陶唐氏。其子丹朱不肖，传位于舜。虞舜，上古五帝之一，是古代传说中的圣君。姚姓，名重华，因其先立国于虞地，故称虞舜。咨儆：询问与警戒。《尚书》等典籍中多有尧舜之间此类性质的对话。这里以"唐虞咨儆"代指圣君治国。

[19] 诞敷文德：广大地施行教化。诞，大。敷，铺展，施行。语出《尚书·大禹谟》："禹拜昌言曰：'俞！'班师振旅。帝乃诞敷文德，舞干羽于两阶。"

[20] 荡平：扫荡平定（天下）。

[21] 丕承：很好地继承。旧指帝王承天受命。《尚书·君奭》："惟文王德丕承无疆之恤。"丕，大。汉扬雄《法言·问明》："成汤，丕承也；文王，渊懿也。或问'丕承'，曰：'由小致大，不亦丕乎？革夏以天，不亦承乎？'"

[22] 孜孜：勤勉而不懈怠。《尚书·益稷》："予何言？予思日孜孜。"唐孔颖达《疏》："孜孜者，勉功不怠之意。"感孚：这里指皇帝所以能继承万世无疆的福气，是由于他的勤勉不懈感动了上天。

[23] 贞观书屏：北宋宋祁、欧阳修等《新唐书·循吏部传序》载："太宗尝曰：'永惟治人之本，莫重于刺史。故录其姓名于屏风，卧兴对之，得才否状，辄书之下方，以拟废置。'"景祐飞白：据欧阳修《仁宗御书飞白记》记载，宋仁宗景祐年间在群玉殿宴请群臣，以飞白书赐群臣。

[24] 宠锡：皇帝的恩赐。锡，赐予恩宠或财物。

[25] 天球：玉名。《尚书·顾命》："大玉、夷玉、天球、河图，在东序。"清孙星衍《尚书今古文注疏》引汉郑玄曰："天球，雍州所贡之玉，色如天者。"洛书：《周易·系辞上》："河出图，洛出书，圣人则之。"河图洛书，是中国古代儒家关于《周易》卦形来源及《尚书·洪范》"九畴"创作过程的传说。古人认为出现"河图洛书"是帝王圣者受命的祥瑞。

[26] 致（yì）：倦怠；懈怠。

[27] 忭（biàn）舞：高兴得手舞足蹈。忭，高兴。

[28] 爰：助词，无实义。用在句首，起调节语气的作用。颂：古代的一种文体，内容上以颂扬为主旨。南朝梁萧统《文选·陆机〈文赋〉》："颂优游以彬蔚，论精微而朗畅。"唐李善《注》："颂以襃述功美，以辞为主，故优游彬蔚。"

[29] 维：句首语气词，无实义。膺箓（lù）：皇帝承受天命。膺，接受，承

受。箓，所谓天赐的符命书，古代帝王借以统治天下的凭证。

[30] 神武：（多用来称颂帝王将相）英明威武，以德服天下而不用刑杀。孔：大。彰：文采美盛鲜明。《尚书·伊训》："圣谟洋洋，嘉言孔彰。"

[31] 有虔秉钺（yuè）：语出《诗经·商颂·长发》："武王载旆，有虔秉钺。"汉毛亨《传》："虔，固。"有虔，虎行的样子，引申为勇武、强固。有，词头，无实义。清马瑞辰《毛诗传笺通释》："虔之本义原取勇猛，勇猛者必强固……有虔，正形容强武之貌。"秉，握持。钺，古代的一种兵器。圆刃，青铜制成，形似斧子而较大，盛行于殷周之时。也有玉石制成的，但多用于礼仪。

[32] 遐荒：偏远蛮荒之地。

[33] 庙谟：朝廷或帝王对战事做出谋划。谟，通"谋"。渊肃：深远严肃。

[34] 文德：教化。允翔：和洽。

[35] 兆民用康：天下的百姓因而过上康乐的生活。兆民，天子之民。用，因而。

[36] 蔼蔼：香气浓郁。璇宫：玉饰的宫殿。多指皇宫、王宫。

[37] 沉沉（tán tán）：宫室深邃的样子。汉司马迁《史记·陈涉世家》："入宫，见殿屋帷帐，客曰：'夥颐！涉之为王沉沉者！'"唐裴骃《集解》引汉应劭曰："沉沉，宫室深邃之貌也。"珍殿：帝王的宫殿。南朝梁江淹《为建平王庆少帝登祚章》："膺符宝宫，辑命珍殿。"

[38] 乙夜：晚上九点至十一点。又称"二鼓""二更"。古人把自黄昏至次日拂晓的一整夜分为"甲夜、乙夜、丙夜、丁夜、戊夜"五段，称为"五夜"，又称"五鼓""五更"。北齐颜之推《颜氏家训·书证》："或问：'一夜何故五更？"更"何所训？'答曰：'汉魏以来，谓为甲夜、乙夜、丙夜、丁夜、戊夜；又云鼓，一鼓、二鼓、三鼓、四鼓、五鼓；亦云一更、二更、三更、四更、五更；皆以五为节……更，历也，经也，故曰五更尔。'"藜光：烛光。亦作"藜火"。晋王嘉《拾遗记·后汉》载，汉刘向校书天禄阁，夜默诵，有老父杖藜以进，吹杖端，烛燃火明。取《洪范》《五行》之文、天文舆图之牒以授焉，向请问姓名，云"太乙之精"。后因以"藜光""藜火"作为夜读或勤学的典实。

[39] 象数：《周易》中凡言"天、日、山、泽"之类为"象"，言"初、上、九、六"之类为"数"。"象""数"并称，指龟筮。这里代指《周易》一书。精微：精深微妙。

[40] 典谟（mó）：《尚书》中《尧典》《舜典》以及《大禹谟》《皋陶谟》等篇的合称。这里代指《尚书》一书。广衍：内容广博。

[41] 僾（ài）：隐约，仿佛。清圣祖爱新觉罗·玄烨（康熙帝）对《周易》

《尚书》等儒家经典有较深的研究，曾纂《周易折中》《书经传说汇纂》等书，其中对先圣著作之旨隐约有所发明。

[42] 宸（chén）藻：皇帝的诗文。宸，北极星所居，因以指帝王的宫殿，又引申为王位、帝王的代称。南朝梁萧统《文选》载汉班固《典引》："是以高光二圣宸居其域。"藻：深。指才识、情性、文采等在文章中充分地表现出来。《诗经·商颂·长发》："濬哲维商，长发其祥。"唐孔颖达《疏》："有深智者，维我商家之德也。"赵传仁先生等《颜光敏诗文集笺注》作"浚"（"濬"与"浚"为同源字），误。今据南开大学图书馆藏《颜修来著述稿本》改。

[43] 迺：通"乃"。赵传仁先生等《颜光敏诗文集笺注》径作"乃"，今据南开大学图书馆藏《颜修来著述稿本》改。嗣：接续。赓歌：酬唱和诗。《尚书·益稷》篇记载着舜和群臣的唱和诗，名曰《赓歌》。

[44] 韶：舜乐名。濩（hù）：通"頀"。商汤乐名。南朝梁萧统《文选》载汉司马相如《上林赋》："荆楚郑卫之声，《韶》《濩》《武》《象》之乐。"唐李善《注》引文颖曰："《韶》，舜乐也；《濩》，汤乐也。"冲穆：冲和肃穆。

[45] 委蛇（wēi yí）：雍容雅正。上四句赞美清圣祖康熙皇帝的诗文如《韶》《濩》之乐和平沉静，又如《雅》《颂》之文雍容雅正。

[46] 黔首：平民百姓。古代百姓以黑头巾覆头，故称。黔，黑色。

[47] 嗸嗸：同"嗷嗷"。哀鸣声，哀号声。《诗经·小雅·鸿雁》："鸿雁于飞，哀鸣嗸嗸。"唐陆德明《经典释文》："嗸，本又作嗷。"高亨先生《注》："嗸，同嗷。嗷嗷，雁哀鸣声。"这里形容百姓受苦蒙难的哀号之声。清初三藩叛乱，民不聊生，百姓苦难深重。孔多：很多。赵传仁先生等《颜光敏诗文集笺注》径作"嗷嗷"，今据南开大学图书馆藏《颜修来著述稿本》改。

[48] 陬澨（zōu shì）：天涯海角。陬，四隅，边远偏僻之处。澨，水滨。修阻：路途遥远而阻隔。

[49] 忧劳：为（天下苍生）担忧、辛劳。汉司马迁《史记·鲁周公世家》："三王之忧劳天下，久矣。"上四句赞颂清圣祖康熙皇帝的诗作多以忧劳社稷苍生为主题。

[50] 六书：这里指书法。

[51] 天门凤阁：南朝梁武帝萧衍在其《古今书人优劣评》中评价王羲之的书法为"字体雄逸，如龙跳天门，虎卧凤阙"。凤阙，即凤阁。

[52] 芝花：灵芝花。

[53] 云汉：银河，天河。《诗经·大雅·棫朴》："倬彼云汉，为章于天。"汉毛亨《传》："云汉，天河也。"上四句赞美清圣祖康熙皇帝的书法技艺高超妙

绝，同灵芝花一般绚烂，同银河一样高显。倬（zhuō）：高大、显著。

[54] 哲王：贤明的君主。

[55] 敬慎：恭敬谨慎。《诗经·大雅·抑》："敬慎威仪，维民之则。"维学：思学。维，通"惟"。

[56] 敷锡：施赐。《尚书·洪范》："敛时五福，用敷锡厥庶民。"群工：群臣。

[57] 四国：四方邻国。泛指天下。有觉：蒙受皇恩而有所觉悟。

[58] 丹陛：宫殿的台阶。代称皇帝或朝廷。

[59] 圣功：帝王的功业。这里指皇帝的诗文、书法的功力。

[60] 式无暇遗：使边远之人也不遗弃。式，语助词，没有词汇意义。

[61] 即戎：作战、打仗。本句的意思是皇帝命人将御制诗赐给前线作战的人。李之芳当时正同耿精忠叛军作战，故称。

[62] 鸿雁于飞：语本《诗经·小雅·鸿雁》："鸿雁于飞，肃肃其羽。之子于征，劬劳于野。"飞，偕飞。于，语助词，无词汇意义。

[63] 宸衷：皇帝的心意。上两句的意思是，虽然臣下在前线奋勇征战，但仍然不能慰藉皇上忧劳天下的心意。是自谦语。

[64] 丹书：古代传说中赤雀所衔的瑞书。《吕氏春秋·应同》："及文王之时，天先见火，赤鸟衔丹书于周社。"汉司马迁《史记·周本纪》载"生昌（文王），有圣瑞"，唐张守节《正义》引《尚书·帝命验》："季秋之月甲子，赤爵衔丹书入于酆，止于昌户。其书云：'敬胜怠者吉，怠胜敬者灭……'"

[65] 矢：施布；施行。《诗经·大雅·江汉》："明明天子，令闻不已。矢其文德，洽此四国。"汉毛亨《传》："矢，施也。"

[66] 载：句首助词，起加强语气的作用。天章：皇帝的诗文。

[67] 龙光：皇帝的恩宠，荣光。龙，通"宠"。语本《诗经·小雅·蓼萧》："既见君子，为龙为光。"汉毛亨《传》："龙，宠也。"汉郑玄《笺》："'为宠为光'，言天子恩泽光耀被及己也。"觏（gòu）：遇到，看见。

[68] 钦承：恭敬地承受。《尚书·说命下》："监于先王成宪，其永无愆，惟说式克钦承。"

[69] 百尔有位：诸位在位者。《诗经·邶风·雄雉》："百尔君子，不知德行。"

[70] 铢（shù）心是究：等于说"究铢心"，明白（皇帝）呕心沥血。

[71] 式：表敬副词，多用于下对上，表示尊重。高深：汉曹操《短歌行》有诗句"山不厌高，水不厌深。周公吐哺，天下归心"，赞颂明主礼贤下士，而

能得到天下人衷心拥戴。

[72] 八荒：等于说天下。在宥（yòu）：《庄子·在宥》："闻在宥天下，不闻治天下也。"晋郭象《注》："宥使自在则治，治之则乱也。"唐成玄英《疏》："宥，宽也。在，自在也……《寓言》云，闻诸贤圣任物自在宽宥，即天下清谧。"后因以"在宥"指任物自在，无为而化。多用以赞美帝王的"仁政""德化"。

汉前将军汉寿亭侯壮缪关公[1]祠记

（代李制台郇园）

今人有关壮缪侯像而祠之者且遍[2]天下。衢属江山县，有仙霞岭，领故有侯祠，当仙霞关之麓，高骞长骞[3]，有俯压山川之气。四方仕宦、商贾、劳臣、戍卒[4]，以及梯航[5]贡献过此者，往往瞻拜低徊而始去。余奉命督吴越军，移镇[6]于衢，于今七年矣。四郊底定[7]，尝按部谒祠下，庙貌倾圮，始葺而修之，以答神庥[8]。于是文武将吏请余为记。

余惟义莫大于君臣，节莫重于忠孝。侯去今千五百岁矣，灵爽[9]在天地，声烈[10]照史册。学士大夫悯其忠，武夫劲卒壮其勇，田畯[11]妇女慑其神。而其心术之微[12]，学问之素，非偶遭暂免之可剽窃，则世莫得而尽知也。侯起列校[13]，事昭烈[14]，即能辨顺逆，识邪正，周旋艰险，侍立终日。当隆中[15]未出时，羁旅间关[16]亦恃侯与张桓侯耳。炎汉[17]之季，四海溃裂[18]，强如袁[19]，鸷如曹[20]，侯能遨游二帝[21]间，亦安往而不得其志。卒之催亢[22]为圆，履险终济，全其身以归故主。建节江汉，威震中原，以成益州之业。即不幸为敌所乘，而始终翊[23]汉之勋，百折不磨之气，炳于日星，峙于山岳。寒千古奸回[24]之胆，作万世忠义之倡，未有如侯者也。说者谓侯祖父世以《易象》《春秋》教授生徒，侯生而英毅，手《春秋》不释卷。跡[25]其生平，严讨诚之权，明君臣之义，自孔子成《春秋》，而侯实继之。呜呼！世仅以勇功目侯，犹未知侯者也。今者庙貌维新，道出兹祠者，景侯之大节，牧民者当思洁己以爱民[26]，捍御者当思同心以敌忾[27]，往来行旅当思为孝子顺孙、为良民、为善士，以沐浴圣天子之教化，而长戴神庥，其亦可矣。

是为记。

又按：康熙十七年，解州塔庙浚井得石砖[28]，乃侯父奉祀厥考[29]，中记生死甲子[30]甚悉。侯祖讳审，字问之。父讳毅，字道远。以桓帝延熹三年庚子六月二十四日生侯于常平村宝池里。侯壮大娶妇胡，以灵帝光和元年戊午五月十三日生子平。今世传侯诞辰皆错谬。解州守王朱旦梦侯大呼易碑，三韩分守张大本为铭。侯精诚不泯，理固不诬。余故附载以告世之祀侯者，亟[31]正之。

【注释】

[1] 汉前将军汉寿亭侯壮缪关公：关羽（160—220），本字长生，后改字云长，汉末河东郡解（hài）县（今山西省运城市）人。汉献帝建安五年（200）助曹操解白马之围后获封汉寿亭侯；二十四年（219）拜前将军。卒后，蜀汉后主刘禅于景耀三年（260）追谥"壮缪"。按，赵传仁先生等《颜光敏诗文集笺注》文题后有"（代李制台邺园）"字样，核诸南开大学图书馆藏《颜修来著述稿本》，稿本所无，疑涉《御制诗颂代李制台邺园》文题而衍。

[2] 遍：全面，遍及。《诗经·邶风·北门》："我入自外，室人交编谪我。"赵传仁先生等《颜光敏诗文集笺注》径作"遍"，今据南开大学图书馆藏《颜修来著述稿本》改。

[3] 高翥（zhù）长骞：高高飞举的样子。翥，飞举。骞，通"鶱"（xiān），飞。

[4] "四方"句：赵传仁先生等《颜光敏诗文集笺注》"四方"后衍一"之"字，今据南开大学图书馆藏《颜修来著述稿本》删。劳臣，有功劳的臣子。《管子·立政》："有功力未见于国而有重禄者，则劳臣不劝。"

[5] 梯航："梯山航海"的省称，喻指长途跋涉。也作"梯杭"。唐李隆基《赐新罗王》诗："玉帛遍天下，梯杭归上都。"杭，通"航"。

[6] 移镇："移藩"，指古代地方军政长官改换辖地。也泛指官员调任。

[7] 底定：成功平定。底，同"厎"，达到。《尚书·禹贡》："三江既入，震泽底定。"

[8] 神庥（xiū）：神明护佑。庥，庇护。

[9] 灵爽：神明，神灵。晋袁宏《后汉纪·献帝纪三》："朕遭艰难，越在西都，感惟宗庙灵爽，何日不叹。"

[10] 声烈：显赫的名望。也作"声列"。

[11] 田畯（jùn）：农民。汉许慎《说文解字》："畯，农夫也。"《诗经·豳风·七月》："田畯至喜。"汉毛亨《传》："田畯，田大夫也。"

[12] "而其"句：赵传仁先生等《颜光敏诗文集笺注》脱"其"字，今据南开大学图书馆藏《颜修来著述稿本》补。

[13] 列校：东汉时守卫京师的屯卫兵分作五营，称北军五校，每校首领称校尉，统称列校。

[14] 昭烈：蜀汉昭烈帝刘备。刘备卒，谥昭烈帝。

[15] 隆中：代指诸葛亮。诸葛亮未出山时，隐居隆中。

[16] 羁旅：客居异乡。间关：旅途艰辛，辗转。张桓侯：张飞（？—221），字翼德，幽州涿郡（今河北涿州）人。卒，蜀汉后主刘禅时追谥"桓侯"。

[17] 炎汉：汉自称以火德王天下，故称。

[18] 溃裂：溃烂，破裂。这里指纷乱破败。

[19] 袁：指袁绍，字本初，汝南汝阳（今河南省汝阳县）人，东汉末年群雄之一。

[20] 曹：指曹操，字孟德，沛国谯县（今安徽省亳州市）人，东汉末年杰出的政治家、军事家、文学家，三国中曹魏政权的奠基人。

[21] 二帝：指蜀汉刘备、刘禅。

[22] 亢（kàng）：刚直。

[23] 翊（yì）：通"翼"，辅佐。

[24] 奸回：奸恶邪僻的小人。回，邪僻。《诗经·小雅·鼓钟》："淑人君子，其德不回。"汉毛亨《传》："回，邪也。"

[25] 跡：同"迹"，异体字。踪迹，痕迹。这里有详查、追踪的意思。赵传仁先生等《颜光敏诗文集笺注》径作"迹"，今据南开大学图书馆藏《颜修来著述稿本》改。

[26] 牧民者：治民者，统治者。洁己：使自己行为端谨、符合规范。

[27] 敌忾（kài）：抵御所愤恨的敌人。忾，愤恨，仇恨。

[28] 塔庙：塔。也泛指寺塔。这里代指寺庙。浚（jùn）：深挖。

[29] 考：称呼死去的父亲。

[30] 生死甲子：生卒年月。

[31] 亟（jí）：急需。

辟淫祀[1]说

天子奉上帝[2]，上帝一天[3]也；诸侯奉社稷[4]，社稷一天也；卿大夫奉五祀[5]，五祀一天也；士庶奉祖考[6]，祖考一天也。自天子至于庶人，其所奉之鬼神虽有大小，其为天，一也。故徒知上帝之为天，而不知社稷、五祀、祖考之皆天，不知道者也。以社稷、五祀、祖考为末足，而必欲别奉一上帝，不独分[7]之不可，亦事之不必者也。天子祭上帝而上帝格[8]，祷上帝而上帝应；诸侯祭则不格，祷则不应也——惟为诸侯之分，止于一国也。诸侯祭社稷而社稷格，祷社稷则社稷应；卿大夫祭则不格，祷则不应也——惟为卿大夫之分，止于一家也。推之士庶，莫不皆然。所以三代之盛，人有专祀，而人易竭其诚；鬼神有专享，而鬼神易降其福，不若后世之淫渎^[9]也。淫起于僭^[10]，渎起于谄^[11]。人心知谄而不知义，于是各不足于其当奉之鬼神，势不得不上下左右以求之。求之无方，势不得不僭；无厌^[12]之求愈出愈多，势不得不淫、不得不渎。二氏^[13]善于揣摸天下之人心，知非炫之以夥^[14]不能济其淫，而天堂地狱种种之说行矣；知非诡之以趋不能遂其渎，而报应因果种种之说行矣。欲淫不已，益增其淫；好渎不已，更加其渎。后世之人心鬼神，总颠倒播弄于二氏而莫克自主，此游魂充斥而为厉^[15]于乡邦，人欲炽盛而共迷其伦理也，所关岂小小哉！

【注释】

[1] 淫祀：不合礼制的祭祀；不当祭而祭的妄滥之祭。《礼记·曲礼下》："非其所祭而祭之，名曰淫祀。"清孙希旦《礼记集解》："淫，过也。或其神不在祀典，如宋襄公祭次睢之社；或越分而祭，如鲁季氏之旅泰山，皆淫祀也。"

[2] 上帝：天帝。《易经·豫卦》："先王以作乐崇德，殷荐之上帝，以配祖考。"

[3] 一天：唯一的天神。

[4] 社稷：古代帝王、诸侯祭祀的土神和谷神。

[5] 卿大夫：卿和大夫。也用来称代高级官员。五祀：古代祭祀的五种神祇。

[6] 祖考：祖先。

[7] 分：分际；位分。

[8] 格：感通；感动。《尚书·说命下》："佑我烈祖，格于皇天。"

[9] 淫渎（dú）：超越分际而亵渎轻慢。也作"淫黩"。

[10] 僭（jiàn）：越分冒用尊上者的仪制或宫室、器物等。

[11] 谄：谄媚。

[12] 厌：满足。

[13] 二氏：指佛、道两家。唐韩愈《重答张籍书》："今夫二氏之所宗而事之者，下乃公卿辅相，吾岂敢昌言排之哉？"

[14] 夥（huǒ）：众多，盛多。

[15] 厉：恶鬼作祟。

寿李制台启^[1]

望揭星杓^[2]，文溽^[3]学海。发祥奕叶^[4]，仙枝远荫^[5]，千年毓德^[6]。崧高周翰^[7]，长藩四国^[8]。力靖^[9]天南之烽火，遥掣海上之鲸鲵^[10]。遂使袯襫耡犂

胥成战气[11]，桑麻鱼鸟宛在乐郊[12]。锡券分符[13]，虽尚稽夫宠命[14]，跻堂介寿[15]，寔共戴夫尊亲。当兹南吕司晨[16]，西成[17]告庆。仙霞影接[18]，香飘兰坂[19]之风；柯岭[20]云开，镜转桂岩之月。鹤飞[21]爰集，遥同鸿雁之联翩[22]；川至方增[23]，共睹江潮之澎湃。方拟永带砺[24]于河山，岂徒祝冈陵于耄耋[25]！某夙荷陶甄[26]，新承模楷[27]。阳维辟而阴维翕[28]，德合无疆[29]；川为媚而山为辉[30]，客知有道[31]。通衢罗拜[32]，听吴儿越女之讴吟[33]；仙醴遥称，纪衮衣绣裳[34]之祝颂。扬伟伐于竹帛[35]，莫罄悃诚[36]；比贞德于松苓[37]，祗深忭舞[38]。

【注释】

[1] 李制台：见《御制诗颂》注释。启：古代的一种文体。本文是颜光敏为李之芳贺寿的书启。

[2] 望：声望。揭：高举。《诗经·小雅·大东》："维北有斗，西柄之揭。"星杓（biāo）：指北斗柄部的三颗星。又称斗柄。本句称颂李之芳的声望高如北斗，众人仰望犹如众星拱卫。

[3] 渟（tíng）：渊深。本句称颂李之芳的学问价值渊深如海。

[4] 发祥：显现吉兆。《诗经·商颂·长发》："濬哲维商，长发其祥。"汉郑玄《笺》："深知乎维商家之德也，久发见其祯祥矣。"奕叶：代代，累世。相传春秋时期思想家、道家学派创始人老子，一说姓李名耳，后世李氏子孙多称其为先祖，老子之后李氏累世皆有闻人贤达，故称。

[5] 仙枝远萌：道家称老子为仙人；李之芳既称老子远孙，因此称誉其为"仙枝远萌"。

[6] 毓德：修养德行。

[7] 崧（sōng）高周翰：语本《诗经·大雅·崧高》："崧高维岳，骏极于天。维岳降神，生甫及申。维申及甫，维周之翰。四国于蕃，四方于宣。"汉毛亨《传》："崧，高貌。山大而高曰崧。"崧，"嵩"的异体字。此处作者将李之芳比作周代国之栋梁申伯和仲山甫。

[8] 长藩四国：此句赞誉李之芳是卫国重臣。四国，四方、天下。

[9] 靖：平息，止息。

[10] 鲸鲵：鲸。雄曰鲸，雌曰鲵。鲸为海中庞然大物，故后世以"鲸鲵"比喻凶恶的敌人。上两句称颂李之芳平定耿精忠叛乱功勋卓著。

[11] 耡（chú）：通"鉏"（锄）。赵传仁先生等《颜光敏诗文集笺注》径作"锄"，今据南开大学图书馆藏《颜修来著述稿本》改。被裋（bó shì）：粗劣的衣服。此处代指农民。耡犁：泛指从事农业生产。胥：全，都。战气：战斗

意气、斗志。

[12] 乐郊：乐土，安乐之所。

[13] 锡券：帝王颁赐给功臣丹书铁券。锡，通"赐"。分符：剖符。帝王封官授爵，分与符节的一半作为信物。

[14] 稽（qǐ）：叩谢。宠命：加恩特赐的任命。封建社会中对上司任命的敬辞。

[15] 跻（jī）堂：登堂、升堂。语本《诗经·豳风·七月》："跻彼公堂，称彼兕觥，万寿无疆。"介寿：语本《诗经·豳风·七月》："为此春酒，以介眉寿。"汉郑玄《笺》："介，助也。"后世以"介寿"作为祝寿之词。

[16] 南吕：阴历八月的别称。古人以十二乐律调比配十二月，南吕配在八月，故以南吕称代八月。《吕氏春秋·音律》："南吕之月，蛰虫入穴，趣农收聚。"汉高诱《吕氏春秋注》："南吕，八月也。"司晨：主管时令。也作"司辰"。

[17] 西成：秋天的庄稼已经成熟；农事告成。《尚书·尧典》："平秩西成。"唐孔颖达《疏》："秋位在西，于时万物成熟。"上两句点明李之芳祝寿在古历八月（十八日）。

[18] 仙霞影接：仙霞，指今浙江省江山市南仙霞岭。此地地势险要，是闽浙两省交通要冲。李之芳平定耿精忠叛乱，即经此处入闽。影接，迅速接应。这里称颂李之芳带兵神速。

[19] 坂：斜坡。

[20] 柯岭：指今浙江省衢州市南烂柯山，据传为王质成仙的地方。李之芳平定耿精忠叛乱时长期在衢州驻扎。

[21] 鹤飞：据《淮南子》等古书，鹤寿可达千年，且生性警觉，八月闻露珠滴落之声即鸣叫。此句既祝李之芳享千年之寿，又称颂他为国忧劳。

[22] 鸿雁：据说鸿雁八月开始从北向南飞，第二年春暖再返回北方。联翩：飞鸟连绵不断。此句以鸿雁八月南飞紧扣李之芳八月寿辰；鸿雁去而复返，李制台亦当奏凯北旋。语涉双关。

[23] 川至方增：语本《诗经·小雅·天保》："天保定尔，以莫不兴。如山如阜，如冈如陵，如川之方至，以莫不增。"宋朱熹《注》："言其盛长之未可量也。"

[24] 带砺：衣带和磨刀石。砺，不精细的磨石。字本作"厉"。汉司马迁《史记·高祖功臣侯者年表》："使河如带，泰山若厉。国以永宁，爰及苗裔。"南朝宋裴骃《集解》引汉应劭曰："封爵之誓，国家欲使功臣传祚无穷。带，衣

带也；厉，砥石也。河当何时如衣带，山当何时如厉石，言如带厉，国乃绝耳。"后因以"带厉（砺）"为受帝王恩宠、与国咸休的典实。赵传仁先生等《颜光敏诗文集笺注》作"厉"，今据南开大学图书馆藏《颜修来著述稿本》改。

[25] 冈陵：语本《诗经·小雅·天保》："天保定尔，以莫不兴。如山如阜，如冈如陵，如川之方至，以莫不增。"此句意在祈祝李之芳寿同山陵。耄耋（mào dié）：高龄。古代指七十岁至九十岁。

[26] 某：作者自称之词，是自谦的说法。荷（hè）：承受，接受。陶甄：陶冶、教化。

[27] 模楷：楷模，榜样。

[28] "阳维"句：《周易·系辞上》："夫乾，其静也专，其动也直，是以大生焉；夫坤，其静也翕，其动也辟，是以广生焉。"辟（pì），开。翕（xī）：收敛，收缩。

[29] 德合无疆：语出《周易·坤卦》："坤厚载物，德合无疆。"

[30] "川为"句：语本晋陆机《文赋》："石蕴玉而山辉，水怀珠而川媚。"

[31] 有道：德才兼具的人。

[32] 通衢罗拜：满街的人环绕着为制台拜寿。罗拜，环绕下拜。

[33] 吴儿越女：泛指江浙地区的官民。讴吟：歌颂吟咏（李之芳的功德）。

[34] 衮（gǔn）衣绣裳（cháng）：画有卷龙的上衣和绣有花纹的下裳。是古代帝王与上公的礼服。语本《诗经·豳风·九罭》："我觏之子，衮衣绣裳。"宋朱熹《诗集传》："之子，指周公也。"相传周公东征胜利，成王以上公冕服相迎。后遂用为典故。亦省称"衮绣""衮裳"。

[35] 扬：宣扬。伟伐：伟大的功勋。竹帛：竹简和白绢。古代用纸之前，文字写在竹帛上。这里指史书。

[36] 罄（qìng）：尽。悃（kǔn）诚：至诚，忠诚。悃，诚恳。

[37] 贞德：坚贞的德操。松苓：寄生在松树根上的茯苓。汉刘安《淮南子·说山训》："千年之松，下有茯苓。"传说人服用了千年茯苓即可飞升为仙。

[38] 祇（zhī）：敬。忭（biàn）舞：高兴得手舞足蹈。忭，喜悦。

李制台邺园寿序[1]

岁在庚申[2]，为今上龙飞之十有[3]九载，天子以闽浙既平，始行庆赏，禁旅凯歌将入京师，告太庙[4]鸣成功。

是时，总督尚书李公坐镇三衢[5]，绝口不言劳者七年矣。八月，余在武林[6]，见其士民童叟爇[7]香于道，诣佛寺神丛[8]再拜祝颂，自闾巷船舫中莫不皆然。听其辞，则曰："八月十八日为我公初度[9]。公活我百姓以亿万数，而我独祝公一人寿，何足云酬？"

盖公之事迹在瓯越[10]，而勋伐则在闽海[11]，至其德泽则在两浙、三吴及豫、楚、江、淮之间，莫有纪极[12]也。闽越东瓯[13]自汉削平以来，后即有徂击[14]，如无诸鸷举[15]，如宝应[16]外寇，如孙恩、卢循[17]，卒未尝能操天下之势，何也？海寇张皇多以楼船为命，乘风破浪，瞬息千里，亟经摧衄[18]，声寔[19]亏丧，一也；傍海之徒多缘亡命伏匿岛屿，比之巨鱼不能离水，二也；闽，前则畏豫章，后则戒两浙，首尾横决，不能鸱张[20]，三也。

然以近事断之，则微有不同。汉七国之起[21]，吴楚以身当汉，而后使齐赵摇关中。故汉使条侯[22]伐吴楚，而以魏其[23]驻荥阳监齐赵兵，盖势类犄角[24]。执鼠不力，易伤其手，此与清瞳四转[25]英杰自命者异矣。唐三镇之叛[26]，淄青成德魏博联盟以抗天子，而李希烈[27]以淮蔡之地阳顺阴逆，以觊觎神器[28]。故唐不忧河北之背诞[29]，而忧中州之晏安[30]。此又类连鸡[31]，使之交通则剪灭无日，又与卧读《汉书》[32]称为智士者异矣。

今天子恩威并施、仁义兼济，故逆则张九伐[33]，顺则赐四封[34]。公以雄骏之姿当艰巨之任，而吾测公心事，其合于古大臣之张弛者有二焉：一则见机于先，一则临事不慑。浙之畏寇也在眉睫，而坐待台军则需以数月之外；材官蹶张[35]，数十年不习行阵，望风退阻[36]。而公以两浙之机权系于将吏，将吏之主宰在督抚。步卒恐其由永康而犯诸暨，水师虑其蹂浦口而出钱唐[37]。于是不待奏可，不谋金同，而亟以身驻三衢，锁钥文溪、石室之间。山越之众百道以攻，而公时则偃旗卧鼓，使虚寔[38]不测；时则挟囚献馘[39]，使进退莫防，故曰见机能先也。括苍为东瓯门户，而节下多肘腋之虞[40]；四明为海道折冲[41]，而田间有辍耕[42]之叹。议者谓浙东蚕食，惴惴不保，牙蘖飞梯[43]将三吴是惧。而公开怀告语，单骑驱车，扶惫惰、吮伤残。资粮屝屦[44]不废于所司，玉帛牺牷时犒于道左[45]。当公巡四郊也，火砲及马首，飞矢中戎右[46]，而公意气自如。兵机交急，夜不及寝。常于殷浩[47]故宅、姑蔑[48]旧城巡行，四郊老兵退卒见公颜色铁衣红抹首，须髯如银，謦欬[49]闻数里。有指心而拜者曰："昔胡少保[50]督师浙江消除剧寇，其功似矣，而无公之血诚[51]；戚武毅制鸳鸯阵破倭[52]，其勇似矣，而无公之闲暇。"彼之亲兵宿将有间道拔身以归命于公者[53]，以八闽之所以帖然而江左已安也，岂易致也哉！

天子神圣，依公如左右手。故其成功也，军行而不劳，师久而不敝。然吾谓公之能自必[54]者一，其不能自必者亦一。能自必者，杖钺庵[55]羽，誓清跻癖^[56]，妻子身家所不敢计，谋定而后战，战胜而后守，决机于呼吸之间，克期于漏刻^[57]之际——此公之能自必也。其不能自必者，以遇巷为先，或有时而或阻；以纳牖^[58]有急，或有时而见疑。段纪明^[59]于将略，近威猛矣，而不能不曲意中贵；杜元凯^[60]于镇抚，识虚实矣，而不能不问遗洛中——此公之不能自必者也。至于成功则归之于天子之德、群将帅之力，此公之素抱^[61]也，又何足为公惜哉！

余闻之釐然^[62]而喜曰："朝廷得封疆大吏如此，岂非社稷之庆哉！"方公长西台^[63]时，凛凛如泰山乔岳^[64]。及功高望崇，乃益冲穆谦退^[65]，恂恂如^[66]不欲出诸口者。余尝屡叩^[67]平乱始末，言之觉甚平易，无一激词。其功若彼，其德若此，何一非遐龄之验^[68]哉！

余于公为同里^[69]，又素荷推爱^[70]，谊不可以谀辞^[71]进，止纪所闻如此^[72]，因为公寿。

【注释】

[1] 李制台邺园：见《御制诗颂》注释。序：古代的一种文体，明代之后产生，用于祝寿，称寿序体。

[2] 庚申：清康熙十九年。

[3] 今上：当今皇上，指清圣祖康熙皇帝。龙飞：《易经·乾卦》："飞龙在天，利见大人。"唐孔颖达《疏》："若圣人有龙德，飞腾而居天位。"后世遂以"龙飞"称帝王兴起或即位。有：通"又"。用在整数和零数之间。《论语·为政》："吾十有五而志于学。"

[4] 告太庙：古代天子或诸侯在出巡或遇兵戎等重大事件时祭告祖庙。

[5] 总督尚书：清代官制，总督依常例加兵部尚书衔。三衢：衢州境内有三衢山，因代指衢州。

[6] 武林：杭州西部有武林山，因代指杭州。

[7] 蓺（ruò）：烧，焚烧。

[8] 神丛：神灵依托的丛林。密林中多立神祠，故称。

[9] 初度：始生之年时。战国楚屈原《离骚》："皇览揆余初度兮，肇锡余以嘉名。"后因称男子的生日。

[10] 瓯（ōu）越：浙江瓯江流域一带的广大地区。

[11] 勋伐：泛指功劳、功勋。汉司马迁《史记·高祖功臣侯者年表序》："古者人臣功有五品，以德立宗庙定社稷曰勋，以言曰劳，用力曰功，明其等曰伐，积日曰阅。"闽海：福建和浙江南部沿海地区。

[12] 纪极：终极，限度。

[13] 东瓯：又称瓯越，古族名，越族的一支。相传是越王勾践后裔。分布在今浙江省南部瓯江、灵江流域。摇为首领时，助汉灭项羽。汉惠帝时受封为东海王，都东瓯（今浙江省温州市）。武帝初遭闽越攻击，迁徙江淮一带。

[14] 俎击：同"狙击"，偷袭。

[15] 无诸：汉时闽越王驺无诸。建国于秦闽中郡（约在今福建省），其子孙数次反汉，终为武帝所灭。鸷举：凶残的行为。喻反叛朝廷。

[16] 宝应：南朝晋安侯官（今福建省福州市）人陈宝应（？—564）。梁朝时为壮武将军、晋安太守。陈朝时，为巩固对闽中的统治，与浙赣割据势力结盟。天嘉五年（564），被陈朝俘获后斩首。

[17] 孙恩（？—402）：字灵秀，原籍琅琊（今山东省临沂市），后移居会稽（今浙江省绍兴市），世奉五斗米道。东晋隆安三年（399）反晋。后为谢琰所败，逃入海上。孙恩海上反乱被称为"中原海寇之始"，对后世海盗活动影响较大。后人常称海盗为"孙恩"，"孙恩"成为海盗的代名词。卢循：孙恩的妹夫。孙恩死后，卢氏接任叛军首领，后被刘裕击败，南逃交州，后投水而死。

[18] 亟（qì）：屡次。摧钮（nǜ）：挫折，失败。

[19] 寔：同"实"。赵传仁先生等《颜光敏诗文集笺注》径作"实"，今据南开大学图书馆藏《颜修来著述稿本》改。

[20] 鸱（chī）张：像鸱鸟张开翅膀一样。比喻嚣张、凶暴。

[21] "汉七"三句：西汉景帝即位后，御史大夫晁错提议削弱诸侯王势力、加强中央集权。景帝三年（前154），景帝采用晁错的《削藩策》，先后下诏削夺楚、赵等诸侯国的封地。吴王刘濞联合楚王刘戊、赵王刘遂、济南王刘辟光、淄川王刘贤、胶西王刘卬和胶东王刘雄渠等七个刘姓宗室诸侯王发动叛乱。由于梁国的坚守和汉将周亚夫所率汉军的反击，叛乱在三个月后被平定。

[22] 条侯：西汉名臣周亚夫的封号。

[23] 魏其（jī）：西汉时窦婴被封为魏其侯。窦婴与条侯周亚夫在平定七国之乱中起到了重要作用。

[24] 犄（jī）角：分兵牵制、夹击敌人并相互支援。犄，赵传仁先生等《颜光敏诗文集笺注》作"掎"，今据南开大学图书馆藏《颜修来著述稿本》改。

[25] 清瞳四转：卢循。唐房玄龄等《晋书·卢循传》载："循双目炯彻，瞳四转。"故称。

[26] "唐三"句：唐代宗时，淄青节度使李纳、成德节度使李惟岳和魏博节度使田悦等三个藩镇联合反叛。

[27] 李希烈：唐代燕州辽西（今北京市顺义区）人。德宗时，身为淮宁节

度使的李希烈奉命讨伐割据淄青的李纳（见本文注释［26］），反与李纳同谋，同多处叛军勾结，自称"天下都元帅"，后更称帝。

［28］觊觎（jì yú）：非分的希望或图谋。神器：代表国家政权的玉玺、宝鼎之类的实物。借指帝位或政权。

［29］背诞：抗命放诞，不受节制。

［30］晏安：安逸享乐。晏，赵传仁先生等《颜光敏诗文集笺注》作"宴"，误。今据南开大学图书馆藏《颜修来著述稿本》改。

［31］连鸡：捆缚在一起的鸡。比喻相互牵制、行动不能一致。《战国策·秦策一》："诸侯不可一，犹连鸡之不能俱上于栖之明矣。"宋鲍彪《注》："连，谓绳系之。"

［32］卧读《汉书》：李密初为隋炀帝的侍卫，后辞官隐居，专意读书，曾骑牛读《汉书》。卧，隐居。

［33］九伐：泛指征伐。九，言其多，非实数。

［34］四封：四方的疆界。此指赐予封地。

［35］材官：供差遣使用的地方低级武官。蹶张：用脚踏强弩，使之张开。言人勇健有力。汉司马迁《史记·张丞相列传》："申屠丞相嘉者，梁人，以材官蹶张从高帝击项籍，迁为队率。"南朝宋裴骃《集解》："如淳曰：'材官之多力，能脚蹋强弩张之，故曰蹶张。'"

［36］"望风"句：赵传仁先生等《颜光敏诗文集笺注》"望风"后衍一"而"字，今据南开大学图书馆藏《颜修来著述稿本》删。

［37］钱唐：古地名，秦置钱唐县，唐代因唐为国号，改为"塘"，故亦作"钱塘"。古代诗文中多代称今杭州市。赵传仁先生等《颜光敏诗文集笺注》径作"钱塘"，今据南开大学图书馆藏《颜修来著述稿本》改。

［38］寔：同"实"。赵传仁先生等《颜光敏诗文集笺注》径作"实"，今据南开大学图书馆藏《颜修来著述稿本》改。

［39］馘（guó）：古代战争中割掉敌人的左耳计数献功。这里代指被俘者。

［40］"而节"句：赵传仁先生等《颜光敏诗文集笺注》"节下"前脱一"而"字，今据南开大学图书馆藏《颜修来著述稿本》补。肘腋：比喻相近或接近的地方。

［41］折冲：制敌取胜。

［42］辍耕：停止耕作。汉司马迁《史记·陈涉世家》："陈涉少时，尝与人庸耕，辍耕之垄上，怅恨久之，曰：'苟富贵，无相忘。'"

［43］牙纛（dào）：牙旗。也指将帅。飞梯：古代攻城用的长梯。

［44］资粮：粮食。泛指钱粮。《左传·僖公四年》："若出于陈郑之间，共其资粮屝屦，其可也。"杨伯峻先生《注》："资粮，同义连绵词，资亦粮也。"屝屦（fèi jù）：草鞋。

［45］牺牷（quán）：古代祭祀时，天子用纯色牲叫"牺"，诸侯用全体牲叫"牷"。《礼记·祭义》："及岁时，斋戒沐浴而躬朝之，牺牷祭牲，必于是取之，敬之至也。"唐孔颖达《疏》："牺，纯色，谓天子牲也。牷，完也，谓诸侯牲也。"道左：路旁。

［46］戎右：周代陪君主乘车的官员，在行军或狩猎时，坐在君主右侧，手执武器，保卫君主。

［47］殷浩（303—356）：字渊源，唐房玄龄等《晋书》避唐太祖李渊讳改为"深源"，陈郡长平（今河南省西华县）人，东晋大臣、将领。自幼好《老子》《周易》，善谈玄理，颇负盛名，屡辞征召。后预朝政，晋穆帝永和十年（354）兵败，被贬为庶人，徙东阳信安县（今浙江省衢州市）。

［48］姑蔑：古代地名，在今浙江省衢州市境内。

［49］謦欬（qǐng kài）：咳嗽。借指谈笑、谈吐。

［50］胡少保：指明徽州绩溪人胡宗宪（？—1565）。宗宪，字汝贞，明世宗嘉靖三十四年（1555）为浙江巡按御史。后官太子少保。

［51］血诚：赤诚，心意极其真诚。

［52］戚武毅：明代抗倭名将戚继光（1528—1587）。继光，字远敬，山东蓬莱人，卒谥"武毅"。鸳鸯阵：由戚继光创造的一种阵法，每十二人组成一个作战单元。

［53］"彼之"句：赵传仁先生等《颜光敏诗文集笺注》"彼"后脱一"之"字，今据南开大学图书馆藏《颜修来著述稿本》补。

［54］自必：必然。

［55］麾（huī）：指挥；挥动。《尚书·牧誓》："王左杖黄钺，右秉白旄以麾。"

［56］疥癣：疥和癣之类的皮肤病。比喻隐患不大。

［57］漏刻：顷刻、片刻，形容极短的时间。

［58］纳牖（yǒu）：指引导人向善。《易经·坎卦》："六四，樽酒簋贰，用缶，纳约自牖，终无咎。"宋程颐《传》："纳约，谓进结于君之道；牖，开通之义。"牖，通"诱"，诱导。《诗经·大雅·板》："天之牖民，如埙如篪。"汉毛亨《传》："牖，道也。"

［59］段纪明：段颎，字纪明，东汉武威姑臧人。曾官护羌校尉，守边十几

年，屡败羌敌。南朝宋范晔《后汉书》载其"曲意宦官，故得保其富贵"。

[60] 杜元凯：杜预（222—284），字元凯，晋将领、学者。唐房玄龄等《晋书·杜预传》载："预在镇，数饷遗洛中贵要。或问其故，预曰：'吾但恐为害，不求益也。'"

[61] 素抱：素来就有的抱负志趣。

[62] 辴（chǎn）然：喜笑的样子。

[63] 西台：御史台别称。李之芳曾官都察院右副都御史，故称。

[64] 乔岳：泰山，后泛称高大的山峰。语出《诗经·周颂·时迈》："怀柔百神，及河乔岳。"汉毛亨《传》："乔，高也。高岳，岱宗也。"

[65] 冲穆：冲和肃穆。谦退：谦和隐让。

[66] 恂恂（xún xún）如：温和恭谨的样子。《论语·乡党》："孔子于乡党，恂恂如也，似不能言者。"唐陆德明《经典释文》："恂恂，温恭之貌。"

[67] 叩：求教，探问。《论语·子罕》："我叩其两端而竭焉。"

[68] 遐龄：高龄，长寿。遐，指时间，久远。《诗经·小雅·鸳鸯》："君子万年，宜其遐福。"騐：同"验"。赵传仁先生等《颜光敏诗文集笺注》径作"验"，今据南开大学图书馆藏《颜修来著述稿本》改。

[69] 同里：同乡。李之芳和颜光敏同为山东人，故称。

[70] 推爱：因爱某人而推及相关的人。

[71] 谀辞：阿谀奉承的言辞。

[72] "止纪"句：此，赵传仁先生等《颜光敏诗文集笺注》作"止"，误。今据南开大学图书馆藏《颜修来著述稿本》改。

祭广西方伯乃来宗丈[1]文

呜呼！昔闻之矣：天地亏盈而益谦[2]，鬼神福善而祸淫[3]。胡为乎感万汇而错且迕[4]、际千古而幽且深[5]！彼躍冶而自鸣[6]，或以为不祥之金[7]，若既命之为镆铘[8]，何为与铅刀[9]而俱沉？

惟灵衍洙泗[10]之宗风，擅燕云[11]之望族。既丹笈而青箱[12]，亦朱轮而华毂[13]。郏鄏定鼎[14]方新，鸑鷟[15]之翔云弥速。至其爽鸠[16]司政，白云[17]命官，毋伺风旨[18]，多所平反。廷无留事，省乏奇冤。尔乃熊伏轼前[19]，隼飞旗上[20]。皖江流汪濊[21]之波，九华表巉岏[22]之状。枫陛抡材[23]，岩疆属望[24]。作镇荆州，皇威乃畅。尺土扼黔蜀之冲[25]，片言契[26]文武之相。岂德器[27]之独优，亦谋猷[28]之克壮。故其居位牧伯[29]，分刺咸京[30]。千里抢攘[31]，驱单车而慷慨；十年丛脞[32]，历片晷[33]而澄清。揽[34]其厚泽，若九曲洪流之润物；挹其高标[35]，若三峰天外之削成。

呜呼！宦海沉浮，尘容（足敝足薛）[36]。有一于斯，是称俊杰。矧循吏[37]之德全，宜御屏之名列[38]。或吹角而拥节旄[39]，或曳履而司喉舌[40]。岂谓五陵裘马衮衮翩翩[41]，方局踏[42]乎后尘，遽腾踔乎先鞭[43]。乃至羽檄[44]驰、烽火燃，惟乐郊[45]与善地，益击毂而摩肩[46]。念炎荒[47]之赤子，宜沟壑之颠连[48]。顾苍颜与白发，誓请缨[49]而不还。遂至魑魅相迎，鹏鸟[50]献兆。目既瞑乎瘴疠[51]之乡，魂莫招于箐篁之峤[52]。三年茹檗[53]，谁问间巷之涟洏[54]；万里依人，难恃僚寀[55]之凭吊。今乃式悬繐帷[56]，言归丹旐[57]。燕寝[58]之蛛网常封，野寺之佛灯相照。鹿车久催[59]，痛祝融[60]之肆虐；玉树不蕃[61]，讶商瞿之蒙诮[62]。

呜呼！人生至此，天道何知？维彼忍人，尚求其疵。某分虽尽于祖绲[63]，谊寔联于本支[64]。欲举声而呜咽，托桂醑[65]而陈辞。

【注释】

[1] 方伯：商周时代一方诸侯之长。后世泛称地方长官。汉以后刺史，唐代采访使、观察使以及明清两代的布政使等均可称“方伯”。乃来宗文：颜敏（1617—1684），字乃来，别号澹叟，河北宛平（今北京市）人，清世祖顺治六年（1649）进士，授刑部主事，迁郎中。后为安徽池州知府，为官有政绩。历官湖北按察司副使、湖北布政司参政、贵州按察使摄布政使、广西右布政使，改陕西左布政使。清圣祖康熙十九年（1680）为广西布政使，二十三年（1684）卒于官。毛奇龄为作《颜君墓志铭》。因系颜光敏父辈同宗，故称“宗文”。颜光敏《京师日历》载：“（康熙二十三年甲子）六月十四日，广西方伯卒于四月二十四日。”“（康熙二十四年乙丑）五月二十五日，至西直门迎方伯丧。六月十六日，至净土庵祭方伯。”“（二十五年丙寅）正月初五，送方伯宗文于净土庵傍。”

[2] 亏盈益谦：语本《周易·谦卦》：“天道亏盈而益谦，地道变盈而流谦。”唐孔颖达《疏》：“亏谓减损。减损盈满而增益谦退者。日中则昃，月盈则食，是亏减其盈。盈者亏减，则谦者受益也。”

[3] 福善祸淫：语本《尚书·汤诰》：“天道福善祸淫。”意思是为善者得福报，行淫作恶者遭祸殃。

[4] 万汇：万事万物。迕（wǔ）：悖逆，违反。本句感叹在现实生活中，却时常有违反“天地亏盈益谦”“鬼神福善祸淫”的事情发生。

[5] 眎（shì）：古文“视”字。赵传仁先生等《颜光敏诗文集笺注》径作

"视"，今据南开大学图书馆藏《颜修来著述稿本》改。幽且深：幽眇渊深。言探寻不易。

[6] 躣冶：语本《庄子·大宗师》："今之大冶铸金，金踊跃曰：'我且必为镆铘。'大冶必以为不祥之金。"唐成玄英《疏》："夫洪炉大冶，镕铸金铁，随器大小，悉皆为之。而炉中之金，忽然跳掷，殷勤致请，愿为良剑，匠者惊嗟，用为不善。"后用以比喻自视甚高，急于见用。躣，赵传仁先生等《颜光敏诗文集笺注》径作"跃"，今据南开大学图书馆藏《颜修来著述稿本》改。

[7] 不祥之金：见本文注释 [6]。

[8] 镆铘（mò yé）：亦作"莫邪"。相传春秋时期，吴王阖庐命干将铸剑，铁汁不下流，其妻莫邪自投炉中，铁汁乃出。铸二剑，雄剑名干将，雌剑名莫邪。后泛指宝剑。

[9] 铅刀：用铅制成的刀。铅硬度不够，不是做刀具的材料，故喻指无用的人或物。汉贾谊《吊屈原赋》："莫邪为钝兮，铅刀为铦。"本句痛惜颜敏虽膺大才却与庸人一般地寂寞死去。

[10] 衍：此处有发扬光大的意思。洙泗：古时洙水和泗水在今山东泗水县北合流西下，至曲阜城北，又分流而为二水，洙水居北，泗水在南。据文献记载，孔子曾在洙泗二水之间聚徒讲学，后因以代称孔子或儒家。颜敏系孔门弟子曲阜颜回的后裔，因此赞扬他"衍洙泗宗风"。

[11] 燕云：指今北京市一带。颜敏系宛平人，颜氏为当地望族。

[12] 笈（jí）：古时可盛衣物、书籍等竹编的盛器。青箱：收储字画书籍的箱子。南朝梁沈约《宋书·王准之传》："曾祖彪之，尚书令，博闻多识，练悉朝仪，自是家世相传，并传江左旧事，缄之青箱。"本句言颜敏出身书香门第。

[13] 朱轮：红漆的车轮。华毂（gǔ）：装饰精美的车辆。毂，车轮中心部位，周围与车辐的一端相接，中有圆孔，用以插轴。代指车辆。本句言颜敏出身高门世家。

[14] 郏鄏（jiá rǔ）定鼎：语本《左传·宣公三年》："成王定鼎于郏鄏。"杨伯峻先生《春秋左传注》："郏鄏即桓七年《传》之郏，周之王城，汉之河南，在今洛阳市。"这里借指清朝定都北京。

[15] 鸑鷟（yuè zhuó）：传说中的鸟名。也称"鸑鷟"，是凤凰之类的鸟。

[16] 爽鸠：爽鸠氏，传说为少昊氏司寇。后借指执掌刑狱的官吏。颜敏曾任职刑部为主事、为郎中，故称。

[17] 白云：据传黄帝以云命官，主刑狱的秋官为"白云"。

[18] 风旨：帝王的旨意。

[19] 熊伏轼前：古代设在车厢前供立乘者凭扶的横木叫"轼"，地方长官的车轼前画有熊黑的图案。此指颜敏任池州知府等地方官。

[20] 隼（sǔn）飞旗上：旗帜上画有隼鸟的图案。古诗文中常用以为州郡长官的标志。

[21] 汪濊（huì）：深广的样子。南朝梁萧统《文选》载汉司马相如《难蜀父老》："威武纷纭，湛恩汪濊。"唐李善《注》："汪濊，深貌也。"濊，水多。

[22] 九华：九华山，在今安徽省。巑岏（cuán wán）：山势高峻。也作"岏巑"。上两句称颂颜敏任安徽地方官，施恩如皖江水一样深广，功勋如九华山一样高峻。

[23] 枫陛：代指宫殿，朝廷。汉代皇家宫殿多栽种枫树；皇家宫殿的台阶称"陛"。抡（lún）材：选拔人才。

[24] 岩疆：险要边远的地区。属望：注目。此写颜敏历任险要之地的地方官。

[25] 冲：要冲。

[26] 契：契合。

[27] 德器：道德修养和度量才识。

[28] 谋猷（yóu）：计谋，谋略。猷，计谋，谋划。《尚书·君陈》："尔有嘉谋嘉猷，则入告尔后于内。"又《君奭》："告君乃猷裕，我不以后人迷。"

[29] 牧伯：旧时称州郡的长官。

[30] 咸京：原秦代京城咸阳。后人常用它借指长安。颜敏曾任陕西左布政使，故称。

[31] 抢攘：纷乱的样子。颜敏奉调陕西任职时，天下纷扰，正是用兵之时。

[32] 丛脞（cuǒ）：琐碎、杂乱。《尚书·益稷》："元首丛脞哉，股肱惰哉，万事堕哉。"汉孔安国《传》："丛脞，细碎无大略。"

[33] 片晷（guǐ）：等于说片刻。晷，测日的工具，代指时间。

[34] 揽：通"览"，观看。

[35] 挹（yì）：汲取。高标：清高脱俗的风范。

[36] 蹩躠（bié xiè）：腿脚不便，努力向前走的样子。叠韵联绵字，又作"蹩薛"。《庄子·马蹄》："及至圣人，蹩躠为仁，踶跂为义，而天下始疑矣。"唐成玄英《疏》："蹩躠，用力之貌。"赵传仁先生等《颜光敏诗文集笺注》径作"蹩薛"，今据南开大学图书馆藏《颜修来著述稿本》改。

[37] 矧（shěn）：连词，况且。循吏：奉公守法的官吏。

[38]"宜御"句：唐太宗李世民曾把地方官的名字写在屏风上，优秀者随时加以擢升。

[39]节旄（máo）：旌节。

[40]曳履：拖着鞋子，形容从容、闲适的样子。喉舌：比喻身居要津。赵传仁先生等《颜光敏诗文集笺注》"喉舌"前脱一"司"字，今据南开大学图书馆藏《颜修来著述稿本》补。

[41]裘马：（穿）轻裘，（骑）肥马。形容生活奢华。语本《论语·雍也》："赤之适齐也，乘肥马，衣轻裘。"宋朱熹《集注》："言其富也。"衮衮：纷繁众多的样子。翩翩：行动轻快。

[42]局（jú）踏：马行徘徊不进。

[43]腾踔（chuō）：等于说腾达。踔，跳跃。先鞭：先行一步，占了先机。典出南朝宋刘义庆《世说新语·赏誉》："刘琨称祖车骑（祖逖）为朗诣，曰：'少为王敦所叹。'"刘孝标《注》引《晋阳秋》称："刘琨与亲旧书曰：'吾枕戈待旦，志枭逆虏，常恐祖生先吾著鞭耳。'"

[44]羽檄：古时候传递军事文书时插上鸟的羽毛，表示军情紧急，必须尽速送达。

[45]乐郊：乐土。《诗经·魏风·硕鼠》："逝将去女，适彼乐郊。乐郊乐郊，谁之永号。"

[46]击毂（gǔ）摩肩：车毂相碰，人肩相摩，形容车马人员众多。语出《战国策·齐策一》："临淄之途，车毂击，人肩摩。"毂，车轮中心传轴承辐的部位。汉许慎《说文解字》："毂，辐所凑也。"《老子》第十一章："三十辐，共一毂。"代指车。

[47]炎荒：南方炎热荒蛮之地。此指广西。

[48]颠连：困顿不堪的人。

[49]请缨：汉班固《汉书·终军传》："南越与汉和亲，乃遣军使南越，说其王，欲令入朝，比内诸侯。军自请：'愿受长缨，必羁南越王而致之阙下。'"后以"请缨"指自告奋勇请求杀敌。颜敏任职广西系其自请，故称。

[50]鹏（fú）鸟：猫头鹰。旧时迷信的说法，此鸟飞到谁家，谁家主人即死，因此被视为不祥之鸟。亦喻指奸佞。

[51]瘴疬（zhàng lì）：感染瘴气（中国南部、西南部地区山林间湿热蒸郁能致人疾病的有毒气体）而生的疾病。疬，瘟疫。

[52]箐（qìng）篁：竹丛，竹林。箐，山间的大竹林。峤（jiào）：山道。此句言（瘴疬之地）山道竹林茂密，无招魂之路。

[53] 茹：吃，吞咽。檗（bò）：黄檗。也称黄柏。茹檗，等于说含辛茹苦，备极艰辛。

[54] 涟洏（ér）：流泪的样子。汉王粲《赠蔡子笃》诗："中心孔悼，涕泪涟洏。"亦作"涟而""洏涟"。洏，流泪貌。

[55] 僚宷（cǎi）：同僚。宷，官吏，官僚。亦作"宷僚（寮）"。

[56] 繐（suì）帷：繐帐，是用细疏的麻布制成的帷幕，悬设在灵柩前而为灵帐。也作"繐帏"。

[57] 言归：回归。言，助词。丹旐（zhào）：丹旐，古时丧礼上张悬的红色铭旐。旐，古人丧事时用的一种魂幡。

[58] 燕寝：公余休息。这里婉称颜敏之死。

[59] 鹿车：古时一种小车，因其窄小仅容一鹿得名。南朝宋范晔《后汉书·鲍宣妻传》："妻乃悉归侍御服饰，更著短衣裳，与宣共挽鹿车归乡里。"后世遂以"鹿车共挽"作为称赞夫妻同心、安贫乐道的典实。颜敏妻早卒，故云"久催"。

[60] 祝融：传说中帝喾时的火官，后被尊为火神。也代称火或火灾。这里指南国酷热如火神肆虐。

[61] 玉树不蕃：南朝宋刘义庆《世说新语·言语》载："谢太傅问诸子侄：'子弟亦何预人事，而正欲使其佳？'诸人莫有言者。车骑答曰：'譬如芝兰玉树，欲使其生于阶庭耳。'"玉树，传说中的仙树，后世多以"玉树"比喻优秀子弟。蕃：多；兴旺；茂盛。

[62] 商瞿之蒙诮（qiào）：商瞿，字子木，孔子七十二贤弟子之一，从孔子专门学《易》。汉司马迁《史记·仲尼弟子列传》称其年长无子。诮，讥诮。颜敏无子，过继其侄为嗣。

[63] 袒絻（wèn）：袒衣免冠。古代丧礼，凡五服以外的远亲，无丧服之制，唯脱上衣，露左臂，脱冠束发，用宽一寸布从颈下前部交于额上，又向后绕于发髻，以示哀思。颜光敏与颜敏虽属同姓但并非近亲，故言。絻，赵传仁先生等《颜光敏诗文集笺注》作"免"，误。今据南开大学图书馆藏《颜修来著述稿本》改。

[64] 寔：同"实"。赵传仁先生等《颜光敏诗文集笺注》径作"实"字，今据南开大学图书馆藏《颜修来著述稿本》改。本支：同一家族嫡系或庶出的子弟。

[65] 桂醑（xǔ）：桂花酒。醑，美酒。

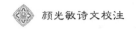

祭编修[1]张武承文

呜呼！谓天道其无知耶[2]，则君不应翱翔乎兰台金马[3]，使岩穴之士望青云而激昂[4]；谓天道其有知耶，则君不应槁项黄馘以殁[5]，使怀瑾握瑜者咸寂寞而神伤。世之诋君者曰"伪学"，曰"曲士"；世之誉君者曰"伟人"，曰"茂才"；而吾独曰斯不过"儒之璞""士之常"[6]。夫既俨然冠章甫而逢掖[7]，又安能忍瑕垢而习清狂[8]！奈之何？戴尺木[9]者，降虌于蟫（虫+施-方）之窟[10]；绚九苞[11]者，朵颐[12]乎鸡鹜之粮。

雕虫篆刻[13]，斯儒而工；干禄梯荣[14]，斯儒而贾[15]。或残沥余腥而丐[16]，或趑趄嗫嚅[17]而鲁，或张弓而萑泽[18]之雄，或掩袖而桑中之斌[19]。惟此席上之珍[20]，大璞独完[21]，斯令求宝者迷[22]、按剑者怒[23]。

当其砚田[24]始受、学海初腾，问寝则油油而贡婉[25]，受经则拳拳而服膺[26]；祖絻[27]之亲无远，虞芮之讼[28]弗兴。惟貌温温，惟骨稜稜[29]。见哲人之伏戎[30]而叛道惕惕焉，履繁霜而忧坚冰[31]。其嫉之也，则苗之有莠、粟之有秕[32]；其抉之也，则阴霾之日、暗室之灯。君之绩学，可谓载华岳之重，而观沧海之澄矣。

及乎翔鸿逵、就鹓列[33]，素发飘扬，丹心皎洁；胜国之兴废，视微知彰；尚方之笔札，钸心濡血[34]。树姚江之坛坫[35]，寔[36]足以杀人心；许长沙之委蛇[37]，恐从此隳臣节[38]。君之筮仕[39]，可谓明月入其怀而北斗司其舌矣[40]。

世之闻人华士[41]，什伯[42]为曹，得其寸长亦足自豪，莫不奋攘襟袂[43]，高拥旗旄[44]。而君方迟栖北阙[45]，吟啸东皋[46]，瓮牖绳枢[47]，风雨萧骚[48]。其未出也，书签药裹[49]，萧洒[50]而送日月；其既出也，敝裘羸马[51]，忠信而涉波涛。曾无临渊之羡[52]、见猎[53]之喜，而况专车之大兕与连山之巨鳌[54]！

於皇[55]兴朝，中天[56]景运，应诏求贤[57]，辟门吁俊[58]。己自安其龙钟[59]，人亟赏其神骏[60]。耀曲江[61]之光华，袭薇省[62]之清润。献赋[63]则凌云而无前，迁秩则登瀛[64]而累进。齐得丧[65]者视为偶然，计宠辱者讶为非分。居然见同人之有功[66]，不得称大过之无闷[67]。然后知天虽高而终有不能尽泯之降观[68]，民虽讹[69]而终有不能尽忘之公论。

于是岩阿之士翘首嘘晞[70]，喜君子之道渐长，信圣人之言不欺。夫何青灯犹焰，晨光未熹，谓宜精思而待旦，乃未梦赉而骑箕[71]。生逢[72]尧舜兮不忍诀，北望觚稜[73]兮泪交颐。

呜呼！君之制行[74]也，则伦教之人；其蜚声也，则观光之宾[75]；其奉职也，则清白之身；其传世也，则著作之臣[76]；其卫道也，则后学之津[77]；其垂裕[78]也，则贻谷[79]之亲——亦可已矣——而无奈老成[80]不遗，将谁与同方合志[81]而结邻？

【注释】

[1] 编修：官名。清代属翰林院，与修撰、检讨同为史官。援例，殿试第一名（俗称状元）授翰林院修撰，第二、第三名（俗称榜眼、探花）授翰林院编修；翰林院庶吉士"散馆"考试，成绩优良的（原本在二甲的），也授编修。张烈（武承）在清圣祖康熙十八年（1679）举博学鸿词科，授翰林院编修。颜光敏《京师日历》记载："（康熙二十四年乙丑）十一月十三日，武承殁。十四日，奠武承。十九日，为文奠武承。"可参阅《与张进士论格致书》注释[1]。

[2] 耶：语气助词。用于句末或句中，表示提顿。

[3] 兰台：汉代中央收藏档案典籍的地方。由御史中丞管辖，置兰台令史，史官在此修史。史学家班固曾任兰台令史，并受诏撰《光武本纪》，后世因称史官为"兰台"。金马：汉代国家藏书的地方。翰林院是养才储望之所，张烈举博学鸿词科，而为翰林院编修，系史官，故称"翱翔乎兰台金马"。

[4] 岩穴之士：指隐士。古时隐士多山居，故称。语出《韩非子·外储说左上》："其君见好岩穴之士，所倾盖与车以见穷间隘巷之士以十数，优礼下布衣之士以百数矣。"青云：喻指高官显爵。汉司马迁《史记·范睢蔡泽列传》："须贾顿首言死罪，曰：'贾不意君能自致于青云之上。'"激昂：奋发昂扬。汉傅毅《舞赋》："明诗表指，嘳息激昂。"

[5] 槁（gǎo）项黄馘（xù）：面黄肌瘦。《庄子·列御寇》："（曹商）见庄子曰：'夫处穷间阨巷，困窘织屦，槁项黄馘者，商之所短也。'"唐陆德明《经典释文》："李云：'槁项，羸瘦貌。'司马云：'黄馘，谓面黄熟也。'"馘，面，脸面。殁（mò）：死，去世。《国语·晋语四》："管仲殁矣，多谗在侧。"

[6] 士之常：等于说贫困是读书人的生存常态。晋皇甫谧《高士传》："贫者，士之常也；死者，命之终也。居常以待终，何不乐也？"

[7] "夫既"句：赵传仁先生等《颜光敏诗文集笺注》"夫既"后脱一"俨"字，今据南开大学图书馆藏《颜修来著述稿本》补。章甫：商代的一种帽子。《礼记·儒行》："丘少居鲁，衣逢披之衣；长居宋，冠章甫之冠。"清孙希旦《集解》："章甫，殷玄冠之名，宋人冠之。"这里指儒者之冠。逢（féng）披：宽大的衣袖。逢，同"逢"，俗体，训为"大"。赵传仁先生等《颜光敏诗文集笺注》径作"逢"字，今据南开大学图书馆藏《颜修来著述稿本》改。

[8] 瑕垢：耻辱；污点。唐杜甫《入衡州》诗："君臣忍瑕垢，河岳金汤。"

清狂：不羁；放逸。晋左思《魏都赋》："仆党清狂，怵迫闽濮。"

[9] 尺木：龙头上如博山形之物。唐段成式《酉阳杂俎·鳞介篇》："龙头上有一物，如博山形，名尺木。龙无尺木，不能升天。"

[10] 蓠（chí）：这里指龙的涎沫。《国语·郑语》："（夏后）卜请其蓠而藏之，吉。"三国吴韦昭《注》："蓠，龙所吐沫，龙之精气也。"蟺：通"鳝（鳝）"，鳝鱼。（虫+施-方）：同"虵（蛇）"，异体字。赵传仁先生等《颜光敏诗文集笺注》径作"鳝蛇"，今据南开大学图书馆藏《颜修来著述稿本》改。《荀子·劝学》："蟹六跪而二螯，非虵蟺之穴无可寄托者，用心躁也。"

[11] 九苞：凤的九种特征。这里称代凤。唐徐坚《初学记》卷三十引《论语摘衰圣》言凤有"九苞"："一曰口包命；二曰心合度；三曰耳听达；四曰舌诎伸；五曰彩色光；六曰冠矩州；七曰距锐钩；八曰音激扬；九曰腹文户。"

[12] 朵颐：鼓腮嚼食。这里喻指美慕、向往。

[13] 雕虫篆刻：汉扬雄《法言·吾子》："或问：'吾子少而好赋？'曰：'然。童子雕虫篆刻。'俄而曰：'壮夫不为也。'"后用来比喻辞章小技。

[14] 干（gān）禄：追求官位。梯荣：攀缘禄位。

[15] 贾（gǔ）：商人。

[16] "残沥"句：意思是向富贵人家乞求施舍残羹冷饭。

[17] 赵趄嗫嚅（zī jū niè rú）：奴颜婢膝、畏缩不前的样子。赵趄：欲进不前的样子；嗫嚅：欲言又止的样子。语本唐韩愈《送李愿归盘谷序》："伺候于公卿之门，奔走于形势之途，足将进而赵趄，口将言而嗫嚅，处秽汙而不羞，触刑辟而诛戮，徼倖于万一，老死而后止者，其于为人贤不肖何如也？"

[18] 萑（huán）泽：萑苻之泽。《左传·昭公二十年》："郑国多盗，取人于萑苻之泽。"晋杜预《注》："萑苻，泽名。于泽中劫人。"后用来指称盗贼出没的地方。

[19] 桑中：《诗经·鄘风》中有《桑中》诗，其中有诗句："爰采唐矣？沫之乡矣。云谁之思？美孟姜矣。期我乎桑中，要我乎上宫，送我乎淇之上矣。"宋朱熹《集传》："桑中、上宫、淇上，又沫乡之中小地名也……卫俗淫乱，世族在位，相窃妻妾。故此人自言将采唐于沫，而与其所思之人相期会迎送如此也。"后用来代称男女私奔幽会的地方。斌（wǔ）："妩"的或体。姿态美的样子。汉司马迁《史记·司马相如列传》载《上林赋》："斌媚姍嫋。"赵传仁先生等《颜光敏诗文集笺注》径作"妩"字，今据南开大学图书馆藏《颜修来著述稿本》改。

[20] 席上之珍：座席上的珍宝。比喻儒者具备美善的才学。也称"席上

珍""席珍"。《礼记·儒行》："儒有席上之珍以待聘。"南朝梁刘勰《文心雕龙·原道》："木铎起而千里应，席珍流而万世响。"

［21］"大璞"句：璞玉美不外现。

［22］"斯令"句：（璞玉美不外现），因此令求宝者迷惑。

［23］"按剑"句：典出汉班固《汉书·邹阳传》："明月之珠，夜光之璧，以暗投人于道，众莫不按剑相眄者。何则？无因而至前也。"

［24］砚田：文人以笔墨为生计，犹如农民以农田为生计，因此以砚喻田。

［25］问寝：问安侍寝。指问候尊长的起居。油油：和悦恭谨的样子。《礼记·玉藻》："礼已，三爵而油油以退。"汉郑玄《注》："油油，说（悦）敬貌。"贡婉：言语恭顺。

［26］拳拳：勤勉的样子。服膺：铭记在心并且衷心信奉。《礼记·中庸》："得一善，则拳拳服膺而弗失之矣。"宋朱熹《集注》："服，犹著也；膺，胸也。奉持而著之心胸之间，言能守也。"

［27］袒绖（wèn）：袒衣免冠。古代丧礼，凡五服以外的远亲，无丧服之制，唯脱上衣，露左臂，脱冠束发，用宽一寸布从颈下前部交于额上，又向后绕于髻，以示哀思。绖，赵传仁先生等《颜光敏诗文集笺注》作"免"，误。今据南开大学图书馆藏《颜修来著述稿本》改。

［28］虞芮（ruì）之讼：语本《诗经·大雅·绵》："虞芮质厥成，文王蹶厥生。"虞国和芮国的国君相与争田，争讼久而不决，于是去请周文王公断。结果文王之德感动了虞、芮二君，终于平息了这场争田风波。

［29］稜稜（léng léng）：有威严的样子。赵传仁先生等《颜光敏诗文集笺注》作"棱棱"，误（二者在"威势"义上非异体关系）。今据南开大学图书馆藏《颜修来著述稿本》改。

［30］伏戎：语出《周易·同人卦》："九三，伏戎于莽。"唐孔颖达《疏》："伏潜兵戎于草莽之中。"叛，赵传仁先生等《颜光敏诗文集笺注》作"阪"，误。今据南开大学图书馆藏《颜修来著述稿本》改。

［31］"履繁"句：《周易·坤卦》："履霜，坚冰至。"坚冰，坚实的冰。

［32］秕（bǐ）：籽实不饱满的谷粒。《吕氏春秋·辩士》："凡禾之患，不俱生而俱死，是以先生者美米，后生者为秕。"秕，汉许慎《说文解字》无，"秕"的俗体。赵传仁先生等《颜光敏诗文集笺注》径作"秕"，今据南开大学图书馆藏《颜修来著述稿本》改。

［33］鸿逵：语本《易经·渐卦》："鸿渐于陆，其羽可用为仪，吉。"宋朱熹《本义》曰："胡氏、程氏皆云陆当作逵，谓云路也。今以韵读之，良是。"

后遂以"鸿逵"称贤达君子的高超举止或称仕进。鹓（yuān）列：等于说鹓行，这里比喻朝臣的行列。

[34] 鉥（shù）心濡血：等于说呕心沥血。

[35] 姚江坛坫（diàn）：姚江指王守仁，浙江余姚人。余姚境内有姚江，王守仁主"良知"说，创姚江学派。张烈曾撰《王学质疑》，以为王学兴而人心毁，对之多有攻击。坛坫，指文坛上的领袖地位或其声望。明谢肇淛《五杂俎·人部三》："迨近日吴文中始从顾陆探讨得来，百年坛坫，当属此生矣。"

[36] 寔：同"实"。赵传仁先生等《颜光敏诗文集笺注》径作"实"，今据南开大学图书馆藏《颜修来著述稿本》改。

[37] 长沙委蛇（wēi yí）：长沙指李东阳，湖南茶陵（属长沙府）人。李东阳身居宰辅高位，面对刘瑾乱政，只与之委蛇周旋，不敢正面斗争，世人多所诟病。张烈曾撰《读史质疑》，对李东阳多有微词，以为其有辱臣节。委蛇：语本《庄子·应帝王》："吾与之虚而委蛇。"唐成玄英《疏》："委蛇，随顺之貌也。"

[38] 隳（huī）：毁；废。《老子》："故物或行或随，或歔或吹，或强或羸，或载或隳。"唐陆德明《经典释文》："隳，毁也。"《吕氏春秋·必己》："合则离，爱则隳。"汉高诱《注》："隳，废也。"臣节：人臣的节操。

[39] 筮（shì）仕：初出为官。古人将出做官前卜问吉凶。

[40] 明月入其怀：阔大明朗的胸怀。喻指官德好。赵传仁先生等《颜光敏诗文集笺注》此处"入"字脱，今据南开大学图书馆藏《颜修来著述稿本》补。北斗司其舌：古人视北斗为天之喉舌；张烈曾官中书舍人，掌出纳君命，为天子喉舌。

[41] 闻（wèn）人：有名望的人。《荀子·宥坐》："夫少正卯，鲁之闻人也。"唐杨倞《注》："闻人，谓有名为人所闻知者也。"华士：精英人士。

[42] 什伯（shí bǎi）：十倍、百倍。伯，通"百"。《孟子·滕文公上》："或相什伯，或相千万。"宋朱熹《集传》："什伯千万，皆倍数也。"

[43] 攘（rǎng）襟袂（mèi）：捋上衣袖。常形容奋起的样子。也作"攘袂"。汉班固《汉书·邹阳传》："臣窃料之，能历西山，径长乐，抵未央，攘袂而正议者，独大王耳。"攘：捋，揎。赵传仁先生《颜光敏诗文集笺注》作"襄"，误。今据南开大学图书馆藏《颜修来著述稿本》改。

[44] 旗旄（máo）：古代用牦牛尾作旗杆装饰的旗子，系军将所建。亦作"旍旄"。

[45] 迟栖北阙：喻指在朝廷任职。北阙：宫殿或朝廷的别称。

[46] 东皋（gāo）：水边向阳的高地。这里泛指田野。晋陶潜《归去来兮

辞》："登东皋以舒啸，临清流而赋诗。"

[47] 瓮牖 (yǒu)：以破瓮口做窗子，比喻贫寒人家。《庄子·让王》："桑以为枢而瓮牖。"唐成玄英《疏》："破瓮为牖。"绳枢：用绳子系户枢。形容房舍简陋，家境贫寒。枢，门户的转轴。晋陆云《谷风》诗："绳枢增结，瓮牖绸缪。"

[48] 萧骚：形容风雨吹打树叶的声音。

[49] 书签：署有书名的竹片、牙片、纸或绢条，悬于卷轴一端或贴于书的封面上。代指书籍。药裹：药包。这里代指医药。

[50] 萧洒：清高脱俗。后来多写作"潇洒"。

[51] 敝裘羸 (léi) 马：穿着破旧的皮衣，骑着瘦弱的马。形容行路艰辛。羸，瘦弱。汉许慎《说文解字》："羸，瘦也。"《国语·鲁语下》："民羸几卒。"

[52] 曾 (zēng)：副词。乃，竟。《战国策·赵策四》："曾不能疾走。"临渊之羡：汉班固《汉书·董仲舒传》："古人有言曰：'临渊羡鱼，不如退而结网。'"比喻空有祈望，却没有实际行动。

[53] 见猎："见猎心喜"的省语。语本《二程遗书》卷七："明道（程颢）年十六七时，好田猎。十二年，暮归，在田野间见田猎者，不觉有喜心。"后世遂以"见猎心喜"比喻难忘旧习，当触其所好，便跃跃欲试。

[54] 专车：满车。豕 (sì)：古代的兽名。连山之巨鳌：古代神话传说，东海中五座仙山由十五只巨鳌驮着。

[55] 於 (wū) 皇：用于赞美的叹词。《诗经·周颂·武》："於皇武王，无竞维烈。"这里借指帝王。於，赵传仁先生等《颜光敏诗文集笺注》作"于"，误。今据南开大学图书馆藏《颜修来著述稿本》改。

[56] 中天：天运正中。喻指盛世。

[57] 应诏求贤：清圣祖康熙十八年（1679），朝廷置博学鸿词科，张烈被举荐应考。

[58] 吁 (yù) 俊：求贤。《尚书·立政》："迪惟有夏，乃有室大竞，吁俊尊上帝。"唐孔颖达《疏》："招呼贤俊之人，与共立于朝，尊事上天。"

[59] 龙钟：年迈衰老的样子。按，张烈举博学鸿词科、授翰林院编修时，已近六十岁。

[60] 神骏：形容骏马、猛禽等身姿雄健。这里喻指张烈精神矍铄、身体硬朗。

[61] "耀曲江"：喻指张烈考中进士。唐时进士科放榜后，新中进士大会于曲江亭，时称"曲江会"，故称。

[62] 薇省："紫薇省"的简称，借指中枢机要官署。唐玄宗开元元年 (713)，改中书省为紫微省，中书令称紫微令，取天文紫微垣之义。后省中种紫薇花，故亦称紫薇省。张烈清圣祖康熙九年 (1670) 中进士后，授内阁中书，其官清荣枢要。

[63] 献赋：作赋呈献皇帝，旨在颂扬或讽谏。汉刘歆 (一说晋葛洪)《西京杂记》："相如将献赋，未知所为。梦一黄花翁，谓之曰：'可为《大人赋》。'"

[64] 迁秩：官员晋升。登瀛："登瀛洲"的简称。瀛洲，古代传说中的海上仙山，人有到者即为仙。唐太宗李世民开文学馆，擢房玄龄、杜如晦等十八人为学士，讲论坟典，为世人倾美，时人谓之"登瀛洲"。后以"登瀛"喻指士人受宠于君王，如临仙界。张烈清圣祖康熙九年 (1670) 中进士，授内阁中书；十八年 (1679)，举博学鸿词科，授翰林院编修，故称。

[65] 得丧：等于说"得失"。这里指荣利的得到与失去。

[66] 同人之有功：《周易·同人卦》："九五：同人先号咷而后笑，大师克相遇。"《同人卦》本爻辞言先苦 (号咷) 后乐 (笑)，张烈高龄发迹，其事正与之相合。

[67] 大过之无闷：《周易·大过卦》："象曰：'君子以独立不惧，遁世无闷。'"遁世，遗世索居或致仕退休；无闷，没有苦恼。张烈在朝廷为官，故不当言"遁世无闷"。

[68] 降观：下来观察。指身处高位者关注底层。

[69] 訛：改变。

[70] 嘘唏 (xī)：叹息声。

[71] 梦赉：语本《尚书·说命上》："恭默思道，梦帝赉予良弼，其代予言。乃审厥象，俾以形旁求于天下。"殷高宗武丁梦到上帝赐给他一位优秀的辅弼大臣，于是追忆梦中人的形貌，并告知群臣刻画出来，到全国各地寻访。傅岩野地上有位筑路的人名叫"说"，相貌跟梦中人很像，于是武丁就立这位筑路人为"相"，并且把他安置在自己左右。骑箕：语本《庄子·大宗师》："傅说得之，以相武丁，奄有天下，乘东维，骑箕尾，而比于列星。"傅说一星，在箕星和尾星之间，相传是傅说死后升天所化。后因以指大臣之死为"骑箕尾"或"骑箕"。本句言张烈尚未得到皇帝重用就去世了。

[72] 逢：同"逢"。遇到。赵传仁先生等《颜光敏诗文集笺注》径作"逢"，今据南开大学图书馆藏《颜修来著述稿本》改。

[73] 甋稜：宫殿转角处的瓦脊呈方角棱瓣的形状。这里借指宫阙。也作"甋棱"。稜，赵传仁先生等《颜光敏诗文集笺注》作"棱"，今据南开大学图书

馆藏《颜修来著述稿本》改。

[74] 制行：德行。明宋濂《题汤处士墓铭后》："予观老友陶先生所撰《汤处士墓铭》，叹其制行淳厚。"

[75] 观光之宾：语本《周易·观卦》："六四：观国之光，利用宾于王。"观光，观览一国圣德光辉。这里指成为国君的近臣。宾，宾相。张烈官内阁中书、翰林院编修，是皇帝身边的近臣，故称"观光之宾"。

[76] 著作之臣：张烈著有《王学质疑》《读史质疑》等书，故称。

[77] 津：门径，途径。

[78] 垂裕：为后人留下功绩美名。《尚书·仲虺之诰》："王懋昭大德，建中于民，以义制事，以礼制心，垂裕后昆。"汉孔安国《传》："垂优足之道示后世。"

[79] 贻（yí）谷：语本《诗经·小雅·天保》："天保定尔，俾尔戬谷。"汉郑玄《笺》："天使女所福禄之人，谓群臣也。其举事尽得其宜，受天之多禄。"后遂以"贻谷"指父祖的遗荫。

[80] 老成：年高而德隆。

[81] 同方合志：意气志向相同。也指志向相同的人。《礼记·儒行》："儒有合志同方，营道同术。"《逸周书·官人》："合志而同方，共其忧而任其难，行忠信而不疑。"

祭万进士维岳[1]文

惟[2]年月日，具官[3]某致祭清故待封文林郎、庚戌科进士维岳万君之灵曰：

何哉？天之于斯人也，厚其赋予，假以岁月，使行成名立，乃竟不一试而溘然[4]以没耶？其培之者何其渥[5]，而倾[6]之又何其惨耶？夫世之重者，以科名耳，以文章耳，乃吾尝与周旋[7]，更见有不可及者四：生于贵戚之族，雅尚儒术，孜矻[8]穷年，无异韦素[9]，一也；飘零失业，食贫[10]三十年，内外和蔼无间言[11]，人称孝友[12]，二也；读书穷理，为文必本先正[13]，时蓺从不寓目[14]，三也；既登贤书[15]，耻事干谒[16]，斗室不蔽风雨，而弦诵[17]不辍，四也。有此四者，其于当世庶几乎国士[18]无双矣。当世之人，读其文，想见其为人，莫不曰："盛朝之麟凤[19]，必将得志而大行其所学也。"奈何十余年来，步后尘、挹流风[20]者，皆得致身通显[21]，而方且闭户萧条，糠籺[22]不厌，直待夫东鲁之鄙儒[23]而后一遇焉，亦已甚矣！比既定交，又为余言生平历试，命题必涉复圣语乃获高隽[24]，自为童子至领乡荐[25]莫不皆然，一时惊叹，以为奇事。曾几何时，乃遽相从修文于地下[26]乎？忆昨至病榻勉相慰藉，且言今科以解元成进士者悉授馆职[27]，虽不得与，亦足自豪。维时亦为眉宇飞动，我乃知怀瑾待聘[28]，不欲涉躁进[29]之嫌，其心固未尝一日忘利济也[30]——而今已矣！

迹[31]其平生，自读书、教子之外，无一可为。乃今当盖棺之日，残箧败簏[32]，雨渍尘淹。三子年逾弱冠，未能一游庠序[33]。即其平生所得为者而蹉跎[34]如此，况乎名垂竹帛[35]、泽被苍生，尚可为儒生期望乎！然而其处也有守，其出也有为，在君固可以无憾，而当世之信君者亦已深矣。故于其亡也，莫不怜其才、惜其遇，痛哲人之云萎[36]，而不禁涕泪之无从也；况与君有夙契[37]，其能无"丧予"之恸[38]也哉！

【注释】

[1] 万进士维岳：万嵩，字维岳，清顺天府大兴人（今属北京市）。清世祖顺治十四年（1657）顺天府乡试解元，圣祖康熙九年（1670）庚戌科进士。未及授官，病卒。颜光敏之子颜肇维《颜修来先生年谱》记载："康熙庚戌，府君年三十一岁。二月充会试同考官，分校《易经》，得士十八人，曰白梦鼐……万嵩……皆一时名士。"据此可知，颜光敏与万氏有师生之谊。

[2] 惟：句首助词，无实义。也作"唯""维"。南朝梁萧统《文选》载晋郭璞《江赋》："惟岷山之导江，初发源乎滥觞。"唐李善《注》："惟，发语之辞也。"本句系古代祭文起首的套语。

[3] 具官：等于说"具位"。唐宋之后，官吏在奏疏、函牍或其他应酬文字上，常把应写明的官职、爵位写作"具位"，以示谦敬。宋苏轼《祭大觉禅师文》："维年月日，具位苏轼，谨以香茶蔬果，致奠故大觉禅师器之之灵。"

[4] 试：这里指被朝廷任用。《诗经·小雅·大东》："私人之子，百僚是试。"汉毛亨《传》："是试，用于百官也。"溘（kè）然：忽然死去。

[5] 培：培育；培植。渥：优厚。

[6] 倾：坍塌，倒下。

[7] 吾：赵传仁先生等《颜光敏诗文集笺注》作"我"，误。今据南开大学图书馆藏《颜修来著述稿本》改。周旋：打交道；交往多而彼此熟悉。南朝宋刘义庆《世说新语·品鉴》："桓公少与殷侯齐名，常有竞心。桓问殷：'卿何如我？'殷云：'我与我周旋久，宁作我！'"

[8] 孜矻（kū）：勤勉而不懈怠的样子。"孜孜矻矻"的缩略语。

[9] 韦素：韦布素衣，比喻生活贫寒。

[10] 食贫：过着穷苦的日子。《诗经·卫风·氓》："自我徂尔，三岁食贫。"清马瑞辰《毛诗传笺通释》："食贫犹居贫。"

[11] 和蔼：和顺。间（jiàn）言：非议；异议。语本《论语·先进》："孝哉闵子骞！人不间于其父母昆弟之言。"间：异，不同。

[12] 孝友：孝顺父母，友爱兄。《诗经·小雅·六月》："侯谁在矣，张仲孝友。"汉毛亨《传》："善父母为孝，善兄弟为友。"

[13] 先正：前代的贤士。清恽敬《诵芬录序》："《诵芬录》者，录荥阳郑氏自浦江迁归安诸先正之言行也。"

[14] 时蓺（yì）：时文，与古文相对，即八股文。是科举考试使用的文体。蓺，古同"艺"。赵传仁先生等《颜光敏诗文集笺注》径作"艺"，今据南开大学图书馆藏《颜修来著述稿本》改。寓目：等于说过目、观看。

[15] 登贤书：科举时代称乡试中式为登贤书。语本《周礼·地官司徒·乡大夫之职》："厥明，乡老及乡大夫群吏，献贤能之书于王，王再拜受之，登于天府，内史贰之。""贤能之书"，指举荐贤能的名籍。明袁宏道《寿李母曹太夫人八十序》："献夫高才，早有文誉，而其登贤书也，乃在强仕之后。"

[16] 干（gān）谒：对人有所求而拜见。多指拜谒上级，以谋求荣利。唐杜甫《自京赴奉先县咏怀五百字》："以兹悟生理，独耻事干谒。"干，谋求；请求。《尚书·大禹谟》："罔违道以干百姓之誉。"汉孔安国《传》："干，求也。"

[17] 弦诵：泛指弦歌诵读。

[18] 国士：才能在一国之中最突出的人。《左传·成公十六年》："皆曰：国士在，且厚，不可当也。"

[19] 麟凤：麒麟、凤凰。古人认为麟凤为瑞兽灵禽，不遇盛世名主则隐而不现。常用来比喻杰出的人物。

[20] 挹（yì）：通"揖"，推崇。梁启超《近代学风之地理的分布》："亭林屡游山左，此邦人士挹其风，慕学者甚众。"流风：流传下来的风气。多指好的风气。

[21] 致身：语本《论语·学而》："事父母能竭其力，事君能致其身，与朋友交言而有信。"原指献身，献出生命；后世用指出仕为官。唐杜甫《乾元中寓居同谷县作歌》之七："长安卿相多少年，富贵应须致身早。"通显：身居高位，声名显赫。南朝宋范晔《后汉书·应劭传》："自是诸子宦学，并有才名，至场七世通显。"

[22] 糠籺（hé）：粗劣的食物。籺，通"粝"，米、麦舂后剩下的粗屑。厌（yàn）：吃饱，饱足。汉班固《汉书·鲍宣传》："今贫民菜食不厌，衣又穿空，父子夫妇不能相保，诚可为酸鼻。"唐颜师古《注》："厌，饱足也。"

[23] 东鲁之鄙儒：颜光敏自谦之词。万氏中康熙庚戌科进士，颜光敏为同

考官，所以此处言"直待夫东鲁之鄙儒而后一遇"。

[24] 复圣：孔子弟子颜回。元明宗至顺元年（1330），加赠颜回为兖国复圣公，明世宗嘉靖时罢封爵，称复圣。高隽：指考取。

[25] 童子：清人为了取得参加正式科举考试的资格，先要参加童试，这些人称为儒童或童生，录取"入学"后称为生员，又称为庠生，俗称秀才。这是所谓"功名"的起点。领乡荐：乡试中举。也省作"领荐"。

[26]"乃遽"句：据宋李昉等《太平广记》卷三一九引晋王隐《晋书》，传说晋代苏韶死后现形，对其兄弟言："颜渊、卜商，今见在为修文郎。修文郎凡有八人，鬼之圣者。"后世遂以"修文郎"指阴曹地府执掌著作之官，以"修文"喻指文人之死。所谓"相从修文于地下"，是说万氏早年科场中既与颜回有缘，万氏之死，应是去追随颜回执掌著作之事了。

[27] 解（jiè）元：明清时期，乡试合格者称"举人"，第一名为"解元"。唐时，凡举进士者，皆由州县地方解送入京应试，称为"解"，后世相沿，故称。馆职：明清两代称翰林院、詹事府官员为馆职。馆职清要，皆一时英俊；一经此职，遂为名流。

[28]"我乃"句：赵传仁先生等《颜光敏诗文集笺注》脱"我"字，今据南开大学图书馆藏《颜修来著述稿本》补。

[29] 躁进：热衷于仕进。

[30]"其心"句：赵传仁先生《颜光敏诗文集笺注》"其心"后脱"固"字，"尝"误为"偿"，今据南开大学图书馆藏《颜修来著述稿本》补正。利济（jì），利民济世。

[31] 迹：考核；推究。

[32] 箧（qiè）：藏纳东西用的小箱子。古称大箱为"箱"，小箱为"箧"。麓（lù）：盛东西的竹制圆形器具。《楚辞·刘向〈九叹·愍命〉》："莞芎弃于泽洲兮，爬蟦囊于筐麓。"汉王逸《注》："方为筐，圆为麓。"

[33] 游庠序：清时童生（也称儒童）参加童试，考中者称"生员"，又称"庠生"，俗称"秀才"。生员"入学"肄业（清代有府、州学和县学，统称儒学。儒学和孔庙在一起，称"学宫"），受教官（教授、学正、教谕、训导）管教。

[34] 蹉跎（cuō tuó）：潦倒失意。

[35] 竹帛：竹简和白绢。古代使用纸之前，文字曾写在竹帛上。这里喻指史书。

[36] 哲人之云萎：语本《礼记·檀弓上》："孔子蚤作，负手曳杖，消摇于

门，歌曰：'泰山其颓乎，梁木其坏乎，哲人其萎乎！'既歌而入，当户而坐。子贡闻之，曰：'泰山其颓，则吾将安仰？梁木其坏、哲人其萎，则吾将安放？夫子殆将病也。'"后人常用"哲人其萎""哲人云萎"或其简称"哲萎""哲人萎"等指称圣贤病逝。

[37] 夙契：往日的交往。

[38] 丧予之恸：《论语·先进》载："颜渊死。子曰：'噫！天丧予！天丧予！'"又载："颜渊死，子哭之恸。从者曰：'子恸矣！'曰：'有恸乎？非夫人之为恸而谁为？'"弟子颜渊死，孔子极为伤心，以为"天老爷要了我的命"（天丧予）。颜光敏与万嵩有师生之谊，万氏之死，光敏自有"丧予之恸"。

奠侧室[1]徐氏文

维康熙二十二年六月二十日，以香楮庶羞[2]致奠于副室徐氏之灵曰：

呜呼！古闻有糟糠之妻，不闻有糟糠之妾。女归[3]我，十有二年矣。粗服粝食[4]，无异白屋[5]。又所历艰苦离别之日为多，其间居室燕婉[6]不过三四年而已矣。他人或为尔不堪，而尔怡然无怨言。弥留之际，犹愿来生得为媵侍[7]。呜呼！尔何取于鄙人耶[8]？吾尝见娶京师女者，后辄多悔恨，以此戒人，而吾独弗知。十年来，劳苦忧戚，或梦中作呻吟，无可告语。其殷勤相慰藉者，必尔先焉；且知书强记，凡吾所虑遗忘者，多以付之，叩之如响[9]。与人婉嬺[10]无所忤，侪辈有反唇者[11]，必下气怡色以徐导之，声未尝出于阃[12]。吾年来仕途征逐[13]，略无寸长，而尔淑慎乃身[14]，缝纫不释于手，尝以"富贵不淫"为余勖[15]。呜呼！尔其母训耶？其天性耶？尔与我地之相去千有余里，生之相后十有八年，忽焉而绸缪[16]无间，可谓幸矣。岂知一旦弃捐[17]，徒为今日悲痛之资耶！或命数不可逃，则又何不掩其所善，或稍涉疵颣[18]，犹可减今日之悲痛耶！尔死之日，自高堂以迄臧获[19]，莫不哭尔失声。而吾忍情制泪，惟恐尔之萦怀于九原，亦惟尔之故也。

今卜于二十九日卯时[20]，攒厝[21]于广渠门万柳园北之静室，他日言归兆域[22]，必不相弃。弱女当徐教，无为尔忧。尔或有所欲言，见梦于我。呜呼！女年少[23]，我亦未衰，窃谓相守之日方多，故于尔未有所优渥[24]焉。即尝告我"有疾"，了不知惧，而今悔之已无及已。尔素以义自安，谅亦无怨恫[25]也。

【注释】

[1] 侧室：妾；妾室。也称"副室"。颜光敏《京师日历》载："（康熙二十二年癸亥）五月三十日，徐氏妾病笃。"又载："六月初五日酉时，徐氏妾

殁。”“二十九，送徐氏妾枢于育婴堂之东。”本文所奠“侧室徐氏妾”与《京师日历》所纪实为一人。

［2］香楮（chǔ）：祭奠神鬼用的香和纸钱。庶羞：众多的美味佳肴。庶，多种多样的。羞，美味的食品，后多写作“馐”。

［3］女：通“汝”，你。赵传仁先生等《颜光敏诗文集笺注》径作“汝”，今据南开大学图书馆藏《颜修来著述稿本》改。归：古代称女子出嫁。《易经·渐卦》：“女归，吉。”唐孔颖达《疏》：“女人……以夫为家，故谓嫁曰归也。”

［4］粗服粝（lì）食：粗粝的衣服和食物。粝，粗糙，粗恶。

［5］白屋：古代平民居住的用白茅草覆盖的房屋。这里代称寒士或平民。

［6］燕婉：夫妻和美。唐白居易《母别子》诗：“以汝夫妇新燕婉，使我母子生别离。”

［7］媵（yìng）侍：妾和婢女。唐韩愈《扶风郡夫人墓志铭》：“左右媵侍，常蒙假与颜色。”

［8］“尔何”句：“我有什么值得你这样待我呢”。

［9］叩：询问。如响：“如响之应声”的略语，比喻反应极快、对答迅速，毫无爽失。

［10］婉嫕（yì）：和婉柔顺的样子。嫕，和蔼可亲。南朝梁萧统《文选·宋玉〈神女赋〉》：“澹清静其愔嫕兮，性沈详而不烦。”唐李善《注》：“嫕，淑善也，言志度静而和淑也。”

［11］侪（chái）辈：同辈，朋辈。侪，辈，类。反唇：反驳，顶嘴。

［12］阃（kǔn）：古代妇女居住的内室；闺房。

［13］年来：近年以来或一年以来。这里泛指出仕以来。仕途征逐：想在官场上有所成就。

［14］淑慎：使和善谨慎。《诗经·邶风·燕燕》：“终温且惠，淑慎其身。”汉郑玄《笺》：“淑，善也。”唐孔颖达《疏》：“又终当颜色温和，且能恭顺，善自谨慎其身。”

［15］富贵不淫：语本《孟子·滕文公下》：“富贵不能淫，贫贱不能移，威武不能屈，此之谓大丈夫！”勖（xù）：勉励。

［16］忽焉：很快的样子。绸缪（móu）：形容缠缠绵绵的男女恋情。

［17］弃捐：婉称人的亡故。汉司马迁《史记·扁鹊仓公列传》：“有先生则活，无先生则弃捐填沟壑，长终而不得反。”

［18］疵颣（lèi）：缺点、毛病。颣，缺点。

［19］高堂：父母双亲。明夏完淳《寄后张》诗：“汝为高堂不得来，我为

高堂不得行。"臧（zāng）获：古代对奴婢的蔑称。这里泛指仆役下人。

[20] 卜（bǔ）：选择吉日。卯时：十二时辰之一，指上午五时至七时。

[21] 攒厝（cuán cuò）：将棺材暂时停放某处待葬。攒，停放棺柩，暂时不葬。厝，通"措"。安置，后引申为安葬，停柩待葬也叫"厝"。

[22] 言归：我死后归葬祖茔。《诗经·周南·葛覃》："言告师氏，言告言归。"汉毛亨《传》："言，我也。"言，一说为词头，无实义。兆域：墓地四周的疆界。这里代称墓地。《周礼·春官·冢人》："掌公墓之地，辨其兆域而为之图。"清孙诒让《正义》："'辨其兆域'者，谓墓地之四畔有营域堳埒也。"

[23] "女年"句：赵传仁先生等《颜光敏诗文集笺注》"女"径作"汝"，今据南开大学图书馆藏《颜修来著述稿本》改。

[24] 优渥（wò）：特殊的、优厚的待遇。渥，厚。《诗经·邶风·简兮》："赫如渥赭，公言锡爵。"汉郑玄《笺》："硕人容色赫然，如厚傅丹。"

[25] 怨恫（tōng）：怨恨哀痛。也作"恫怨"。《战国策·燕策一》："子之三年，燕国大乱，百姓恫怨。"恫，痛苦，哀痛。汉许慎《说文解字》："恫，痛也。"《尚书·盘庚》上："乃奉其恫。"

祭二女[1]文

呜呼！汝竟舍我而去耶！汝之生也，父母年几三十[2]，四乳[3]未获一男，其视汝盖不之喜。又家贫不能致乳媪[4]，汝母日事操作而委汝于筐筐[5]间。及予在京邸十年所[6]，而汝与汝弟汝妹皆布衣粝食[7]。盗入，见汝辈，皆以非主人也。今年二十始于归[8]，得其所，乃竟舍我而去耶！

先人尝言：吾家世女鲜厚福；虽贵盛，必多所缺。汝祖最爱汝姊，谓其早慧福薄。其婿少孤，颇为市井所陶染，不修职业。汝姊每向予言，则泣数行下。今且俨然在衰绖[9]中、称未亡人[10]者，二年矣——其荼苦[11]盖已过当矣。而汝悃愊[12]寡言，对卷帙[13]则忘寝食。婿素攻举子业[14]，每来谒，辄出所为文，商其可否。盖平生未尝有此快事也，而孰意汝之苦乃更不忍言耶？

忆去年受聘[15]时，或谓姻党向皆比邻，不宜使去故乡独远；或谓予宦京师日长，正当源源相见，孰谓大造[16]茫茫，全非意计所及耶！呜呼！使汝在故乡，其亦然耶？其不然耶？抑使汝在故乡，则结缡奠雁之时[17]，为父母或不若是喜；以至弥留属纩[18]之时，虽复展转丁宁[19]，为父母者不见不闻，或不若是悲也。汝诀时，深以为妇两月未事姑嫜[20]为恨，谓父念汝当使婿成名。斯言也，我不忍忘。

今祖母、伯父母、父母、弟、妹、从弟咸在兹，惟叔父及姊在远。人生离合，何常若此者？良不易得，而殁者之依恋与生者之哀戚反不能自任矣。汝于人寡酬对[21]，而胸中颇了了[22]。今沥酒告哀，汝其闻之否？汝已庙见[23]成礼，他日婿生子，汝有母道焉。尚默相[24]之，毋怨恫[25]也。

【注释】

[1] 二女：排行第二的女儿。颜光敏《京师日历》载："（康熙二十三年）五月二十四日，第二女病笃。二十七日，申时亡，亥时殓。"又载："六月初三日，为文祭亡女。二十七日，出永定门送亡女殡于张氏庄。"光敏次女以清圣祖康熙二十三年三月十一日嫁顺天李昭，二月后，即病殁。

[2] 几（jī）：将近；几乎。《国语·晋语四》："时日及矣，公子几矣。"三国吴韦昭《注》："几，近也。言重耳得国时日近。"按：赵传仁先生等《颜光敏诗文集笺注》与"四"后绝句，即读为"父母年几三十四"，恐失本旨，今不从。据颜光敏之子颜肇维撰《颜修来先生年谱》，光敏次女生于康熙四年（岁次丙午，1665）夏五月，光敏时年二十六岁，故称"年几三十"。考诸《颜修来先生年谱》，顺治十四年（岁次丁酉，1657）十月初六，生长女；十八年（岁次辛丑，1661），再生一女（名丙），康熙三年（岁次甲辰，1664）殇；次年，"次女"生。光敏言"四乳"，其实未详。

[3] 乳：生子；生产。《吕氏春秋·音初》："天大风晦盲，孔甲迷惑，入于民室，主人方乳。"汉高诱《注》："乳，产。"

[4] 致：雇用。乳媪（ǎo）：受雇专门为别人家哺乳、带育婴儿的妇女，因时地不一，又有"奶妈、乳娘、奶子、保姆、奶姥、嬷嬷"等称呼。媪，已婚妇女。汉司马迁《史记·卫将军骠骑列传》："其父郑季为吏，给事平阳侯家，与侯妾卫媪通，生青。"唐司马贞《索隐》："媪，妇人老少通称。"

[5] 篚（fěi）：盛东西的竹器。《尚书·禹贡》："厥贡漆丝，厥篚织文。"汉孔安国《传》："织文，锦绮之属，盛之筐篚而贡焉。"

[6] 所：不定数词，词义同于"许"，表示大概的数目。汉司马迁《史记·李将军列传》："广令诸骑曰：'前！'前未到匈奴陈二里所，止，令曰：'皆下马解鞍！'"

[7] 粝（lì）食：粗恶的食物。汉班固《汉书·外戚传下·孝成许皇后》："妾夸布服粝食。"唐颜师古《注》引孟康曰："粝，粗米也。"

[8] 于归：女子出嫁。《诗经·周南·桃夭》："之子于归，宜其室家。"宋朱熹《集传》："妇人谓嫁曰归。"

[9] 衰绖（cuī dié）：古代的丧服。古人丧服胸前当心处缀有长六寸、宽四

寸的粗麻布，名"衰"，这种丧服也被称作"衰"；围在头上的散麻绳名"首绖"，缠在腰间的为"腰绖"。"衰""绖"是丧服的主要部分。这里指为丈夫居丧。颜光敏《京师日历》载："（康熙二十一年壬戌）十一月七日家人至，云长婿于十月六日殁。"据此，长婿之殁与二女之殁相距接近二年。

[10] 未亡人：旧时寡妇自称之词。《左传·成公九年》："穆姜出于房，再拜曰：'大夫勤辱，不忘先君以及嗣君，施及未亡人。先君犹有望也！'"晋杜预《注》："妇人夫死，自称未亡人。"

[11] 荼苦：艰辛；苦楚。

[12] 悃愊（kǔn bì）：诚恳，至诚。汉班固《汉书·刘向传》："论议正直，秉心有常，发愤悃愊，信有忧国之心。"唐颜师古《注》："悃愊，至诚也。"悃，诚恳，诚实。愊，至诚。汉许慎《说文解字》："悃，愊也"；"愊，诚志也。"

[13] 卷帙（juàn zhì）：书籍。也作"卷秩"。卷，书籍；帙，书套。

[14] 举子业：举业，即为应科举考试而准备的学业。明清两代专指八股文。

[15] 受聘：旧时婚俗，女方接受男方的聘礼，称"受聘"。

[16] 大造：指天地，大自然。南朝宋谢灵运《宋武帝诔》："业盛曩代，惠侔大造，泽及四海，功格八表。"

[17] 结缡（lí）：古时嫁女的一种仪式。女子临嫁，母亲为她系结佩巾，表示到男家后侍奉公婆，操持家务。《诗经·豳风·东山》："亲结其缡，九十其仪。"汉毛亨《传》："母戒女，施衿结帨。"奠雁：古代婚礼中的一种仪式。新郎迎娶新娘时，献雁为赘礼，称"奠雁"。《仪礼·士昏礼》："主人升，西面；宾升，北面，奠雁，再拜稽首。"《仪礼·士昏礼》："下达，纳采，用雁。"汉郑玄《注》："用雁为赘者，取其顺阴阳往来。"奠，荐献；进献。

[18] 属纩（zhǔ kuàng）：新丝绵絮质轻而易于摇动，旧时，人临终时，放在口鼻前，观察呼吸有无，据以判断生死。《礼记·丧大记》："属纩以俟绝气。"汉郑玄《注》："纩，今之新绵，易动摇，置口鼻之上以为候。"后称临终将死为属纩。

[19] 展转：同"辗转"。丁宁：同"叮咛"。

[20] 姑嫜（zhāng）：丈夫的母亲和父亲。

[21] 酬对：应对，对答。

[22] 了了（liǎo liǎo）：通晓事理。

[23] 庙见：女子婚后首次拜谒祖庙。

[24] 相（xiàng）：辅助；佑助。《尚书·盘庚下》："予其懋简相尔，念敬

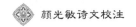

我众。"汉孔安国《传》:"相,助也。"

[25] 怨恫(tōng):怨恨哀痛。也作"恫怨"。《战国策·燕策一》:"子之三年,燕国大乱,百姓恫怨。"恫,痛苦,哀痛。汉许慎《说文解字》:"恫,痛也。"《尚书·盘庚》上:"乃奉其恫。"

祭某封公^[1]文

夫人情谊所钟,每有异方而亲于同室,契阔而笃于晋接^[2]者。之于太夫子,其终无见期矣。然而嗒焉^[3]痛悼,则诚不能以自裁。

夫未谋面亦复何痛哉?曰唯未谋面是以可痛也。太夫人挺生于楚之名阀^[4],其表冠人伦^[5]非一日矣。而又见吾夫子温栗为德^[6],豁达为度,私计渊源^[7]所自,必有非今日恒近所得想像^[8]者。乃吾郡徼^[9]福于天,得夫子以持平^[10]。郡中父老因知有是皤皤黄发^[11]者,寔^[12]赞成此平允之治。继而又以菲菲下材^[13]受知于夫子,因得执贽^[14]于廷而询起居焉。噫!何所遇之幸也!无何^[15],而太夫子以桑梓^[16]动念,遂复锦旋^[17]。间关^[18]数载,今岁方拟负笈登堂^[19]望颜色,而申请事之愿,而太夫子遂溘然^[20]没也。呜呼!又何其缘之悭^[21]乎!

夫袭大中丞之休烈^[22],而望重一时,功在两邑。又得夫子者为之象贤^[23],没以寿考^[24]终也,亦复无憾。独是我夫子眷顾方隆,行为当代名臣,而竟不及目睹,即使有丰功伟烈,竟不得一言之膝前以慰颜色而加飧食^[25],可恸也。夫子方在长安^[26],似闻有违和^[27]之言,食不甘味,乞归者数^[28]矣,卒未及返而讣音^[29]遂闻。跋涉数千里,虽复声彻昊苍^[30],泪及泉壤^[31],而九原^[32]之音容固已不可复作也,可恸也。且从夫子游者众矣,其思见我太夫子亦久且切矣。乃不授爵于几筵之下,而渍酒于穗帐之前^[33];不近光于杖履之堂^[34],而怆怀于松柏之陇^[35],可恸也。爰^[36]为辞以哭之。曰:

楚山兮苍苍,汉水兮茫茫。

斯人兮不弔^[37],昊天兮何常!

神独伤兮泣已尽,怅云车^[38]兮天一方。

【注释】

[1] 封公:封建时代因子孙功名而受封典的人。也称"封翁""封君"。

[2] 契(qiè)阔:久别不见。宋梅尧臣《淮南遇楚才上人》诗:"契阔十五年,尚谓卧岩庵。"晋接:接见;交接。语本《易经·晋卦》:"晋,康侯用锡马蕃庶,昼日三接。"唐孔颖达《疏》:"'昼日三接'者,言非惟蒙赐蕃多,又被亲宠频数,一昼之间,三度接见也。"

[3] 嗒焉：形容失意不乐的样子。《庄子·齐物论》："南郭子綦隐机而坐，仰天而嘘，嗒焉似丧其耦。"唐陆德明《经典释文》："'嗒焉'，本又作嗒。"

[4] 挺生：出生；生长。南朝宋范晔《后汉书·杨赐传》："华岳所挺，九德纯备。"唐李贤《注》："挺，生也。"晋左思《蜀都赋》："旁挺龙目，侧生荔枝。"名阀：古时官宦人家树立在大门外右侧的柱子，上面自序功状。后来因称名门巨室为"阀"。宋文天祥《回施帅准送别启》："某官冰雪孤标，云霄名阀。"

[5] 人伦：这里泛指有才学的人。

[6] "而又"句：赵传仁先生等《颜光敏诗文集笺注》脱"而"字，今据南开大学图书馆藏《颜修来著述稿本》补。温栗：温和而庄重。语本《尚书·舜典》："直而温，宽而栗。"汉孔安国《传》："教之正直而温，宽弘而能庄栗。"

[7] 渊源：赵传仁先生等《颜光敏诗文集笺注》作"渊原"，今据南开大学图书馆藏《颜修来著述稿本》改。

[8] 想像：赵传仁先生等《颜光敏诗文集笺注》作"想象"，今据南开大学图书馆藏《颜修来著述稿本》改。

[9] 徼：通"邀"，求取。《国语·吴语》："弗使血食，吾欲与之徼天之衷。"三国吴韦昭《注》："徼，要也。"

[10] 持平：持守公平。

[11] 皤皤（pó pó）：发白的样子。形容年老。汉班固《汉书·叙传下》："营平皤皤，立功立论。"唐颜师古《注》："皤皤，白发貌也。"黄发：指年老，也代指老人。古人认为黄发是人长寿的标志。

[12] 寔：同"实"。

[13] 葑（fēng）菲：语本《诗经·邶风·谷风》："采葑采菲，无以下体。"汉郑玄《笺》："此二菜者，蔓菁与葍之类也，皆上下可食，然而其根有美时有恶时，采之者不可以其根恶时并弃其叶。"蔓菁，即芜菁。芜菁与葍的根叶皆可食用，但根有时略苦，多为人舍弃。后因以"葑菲"用作鄙陋之人的谦辞。下材：才能低劣的人。也作"下才"。

[14] 执贽（zhì）：带着晋见的礼物。贽，初次拜见尊长或敬重的人时所持的礼物。《左传·庄公二十四年》："男贽，大者玉帛，小者禽鸟，以章物也。"

[15] 无何：不久。汉司马迁《史记·越王勾践世家》："居无何，则致赀累巨万。"

[16] 桑梓：故乡。

[17] 锦旋：衣锦荣归。元柯丹丘《荆钗记·获报》："他既登金榜，怎不锦旋。"

[18] 间关：辗转。汉班固《汉书·王莽传下》："王邑昼夜战，罢极，士死

伤略尽，驰入宫，间关至渐台。"唐颜师古《注》："间关犹言崎岖展转也。"

[19] 负笈（jí）：背着书箱，指游学外地。笈，盛书的箱子。登堂：升上厅堂。此指拜师求学。

[20] 溘（kè）然：忽然。战国楚屈原《离骚》："宁溘死以流亡兮，余不忍为此态也。"

[21] 缘之悭（qiān）：等于说缘分浅。悭，欠缺。宋陆游《怀昔》诗："泽国气候晚，仲冬雪犹悭。"

[22] 休烈：美盛的功业。汉班固《汉书·宣帝纪》："朕未能章先帝休烈，协宁百姓。"唐颜师古《注》："休，美也；烈，业也。"

[23] 象贤：子孙能效法先人的贤德。《仪礼·士冠礼》："继世以立诸侯，象贤也。"汉郑玄《注》："象，法也。为子孙能法先祖之贤，故使之继世也。"

[24] 寿考：年高；长寿。《诗经·大雅·棫朴》："周王寿考，遐不作人。"汉郑玄《笺》："文王是时九十余矣，故云寿考。"

[25] "竟不"句：飡（俗体），"餐"的异体字。赵传仁先生等《颜光敏诗文集笺注》径作"餐"；"飡"后脱"食"字。今据南开大学图书馆藏《颜修来著述稿本》改补。

[26] 长安：代指京师。

[27] 违和：身体失于调理而不舒服。称别人生病为"违和"，是一种委婉的表达。

[28] 数（shuò）：屡次。

[29] 讣音：讣告，死讯。

[30] 昊苍：苍天。

[31] 泉壤：泉下，地下。指墓穴。

[32] 九原：黄泉。宋苏轼《亡妻王氏墓志铭》："君得从先大人于九原，余不能，呜呼哀哉！"赵传仁先生等《颜光敏诗文集笺注》改"原"为"泉"，不当，今据南开大学图书馆藏《颜修来著述稿本》改。

[33] 渍酒：朋友间吊丧墓祭。典出南朝宋范晔《后汉书·徐稺（zhì）传》。穗（suì）帐：用细疏的麻布制成的帷幕，悬设在灵柩前而为灵帐。也称"穗帏""穗帷"。南朝梁刘孝标《广绝交论》："穗帐犹悬，门罕渍酒之彦。"

[34] 杖履之堂：指"太夫子"的起居之所。

[35] 松柏之阡：指"太夫子"的林墓。

[36] 爰：助词，没有词汇意义。用在句首或句中时，起调节语气的作用。《诗经·邶风·凯风》："爰有寒泉，在浚之下。"

[37] 不吊：不被天帝哀悯、庇佑，等于说不幸。吊，善。《诗经·小雅·节南山》："不吊昊天，不宜空我师。"汉郑玄《笺》："不善乎昊天，愬之也。"赵传仁先生等《颜光敏诗文集笺注》径改俗字"吊"，今据南开大学图书馆藏《颜修来著述稿本》改。

[38] 云车：传说中仙人的车驾。仙人以云为车，故称。南朝梁萧统《文选·曹植〈洛神赋〉》："载云车之容裔。"唐刘良《注》："神以云为车。"

移寓告文[1]

维康熙六年九月十三日，内颜移寓于黄御史所买刘氏之宅。谨以告诸冥漠君[2]，曰：

君其[3]生斯地者与？则当依尔子孙。

君其自外来者？当还尔乡土。

覆载[4]甚宽，其[5]安尔所，无相[6]及也！

此告。

【注释】

[1] 移寓：迁居，移居。此文当作于清圣祖康熙六年（岁次丁未，1667），颜光敏于这一年春中进士（第二甲十三名），五月有旨许进士考授中书，光敏赴考，名列第六，补国史院中书舍人。告文：祭文。

[2] 冥漠君：死魂灵。亦称"冥漠"。清曾国藩《金陵湘军陆师昭忠祠记》："宠彼冥漠，千祀馨香。"

[3] 其：表示揣测，大概，或许。《孟子·庄暴见孟子》："王之好乐甚，则齐国其庶几乎？"

[4] 覆载：天覆地载。这里指天地（之间）。

[5] 其：表命令语气，一定要。宋欧阳修《伶官传序》："尔其无忘乃父之志！"

[6] "无相"句：不要来祟乱我家。

颜光敏书札（十二通）

其一

宿荷云天[1]，迄今铭刻[2]。比闻荣擢，即持三寸不律[3]，相天下士[4]，在我公不自以为荣，而泥中人[5]望之如在天上矣。不孝[6]倦游落魄，兹抵关门，本应趋[7]候大教，因先人讳日在廿一[8]，星夜遄[9]归，故不遑[10]图晤。年余托钵[11]，轻装如叶，倘有应输纳者，老先生即会满公示下，立给钧批[12]，俾[13]得飞渡，拜德何尽！先集拙吟，并求政定[14]。芹私[15]并勿麾为望。临池依切[16]。[不孝弟名具。冲。][17]

【注释】

[1] 宿荷：昔日承蒙。云天：比喻恩德、情谊等高厚。

[2] 铭刻：指铭记在心，感念不忘。

[3] 不律：笔。《尔雅·释器》："不律谓之笔。"晋郭璞《注》："蜀人呼笔为不律也，语之变转。"

[4] 相天下士：考选天下的读书人。相，考察选拔。

[5] 泥中人：喻指未仕进者。人，赵传仁先生等《颜光敏诗文笺注》作"入"，误。今据《上海图书馆藏珍稀文献·颜氏家藏尺牍》所录尺牍墨迹影印件及释文（下称"上图本墨迹"或"上图本墨迹及释文"）改。

[6] 不孝：子于父母丧中自称不肖子，清初士大夫改称不孝。往来书信中也用作自称。

[7] 趋：海山仙馆本，1985年中华书局影印丛书集成初编本（下称"初编本"）以及赵传仁先生等《颜光敏诗文集笺注》本均作"趣"。今据上图本墨迹及释文改。"趋"为古代的一种礼节，以碎步疾行表示敬意；此处意为奔赴、前往。

[8] 先人：这里指亡父。讳日：忌日，指父母等长辈逝世的日子。廿一：二十一。廿，同"廿"（"二十"的合音字）。海山仙馆本、初编本和赵传仁先生等《颜光敏诗文集笺注》均作"二十"，误；上图本释文作"廿"。今据上图本墨迹改。按：据颜肇维（光敏子）撰《颜修来先生年谱》，光敏父伯璟于清圣祖康熙十五年（岁次丙辰）十二月二十一日病逝。

[9] 遄（chuán）：迅速；快速。

[10] 遑（huáng）：闲暇。

［11］托钵：僧人赴斋堂吃饭或向施主求布施均双手托举钵盂，后泛指贫困求人。

［12］钧批：对长官批示的敬称。

［13］俾（bǐ）：使。

［14］政定：正定，校订改正。政，通"正"。

［15］芹私：比喻浅陋的建议。麾：挥手使去。

［16］临池：本指学习书法。池，砚池。此处指提笔写信。依切：深切思念。

［17］"不孝"二句：方括号中二句，海山仙馆本、初编本以及赵传仁先生等《颜光敏诗文集笺注》本均脱。今据上图本墨迹及释文补出。以下各通类此，脱文径直在方括号中补出，一般不另出注。

其二

令甥南去，已道衷曲。诸凡珍重，所不待言。今恳张夫子寄去两札，甚为的当[1]；赍去者即张夫子纪纲[2]，可具一禀复之。又汪蛟门年兄云[3]，平山堂祠原专为欧阳公设[4]，今颇滥祠时贤[5]，欲为廓清，已言之抚军[6]。托不佞[7]向年兄一言，共成此举，故并及之。余怀不悉。［穆倩图章何时可致？又行。名另具。冲。］

【注释】

［1］的（dí）当：恰当；稳妥可靠。的，确实；准定。

［2］纪纲：原指统领仆隶的人，后也泛指仆人。清蒲松龄《聊斋志异·长清僧》："又年余，夫人遣纪纲至，多所馈遗。"

［3］汪蛟门年兄：汪懋麟。懋麟，字季角，号蛟门，江苏江都人，清圣祖康熙六年丁未科（1667）进士，十八年举博学鸿词，以忧不赴。历官刑部主事。有《百尺梧桐阁集》。颜光敏与之为同科进士，故称"年兄"。

［4］平山堂：在今江苏省扬州市。宋仁宗庆历年间欧阳修任扬州太守时建，坐此堂上江南诸山历历在目，似与堂平，故名"平山"。后人在平山堂北建有欧阳修祠，又名六一祠。专：专一；专门。此字赵传仁先生等《颜光敏诗文集笺注》本脱，今据上图本墨迹及释文补出。

［5］时贤：当代贤达。上图本释文从下，今不从。

［6］抚军：巡抚的别称。明清时巡抚总揽一省军事、吏治、刑狱、民政等，兼兵部侍郎衔，故有此称。

［7］不佞（nìng）：自谦之词，等于说不才。

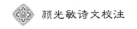

其三

昨见中州[1]王年伯，云佟老先生甚不满于尹和[2]，已为宽解至再，恐终不能释然，而尹和竟未相闻，何也？年兄关切，尚宜蚤为之地[3]。大约得重望者切言之，乃获有济[4]，未审与年兄有旧[5]否？江都[6]事，曾嘱马年兄否？并希留意。统容面悉。[名心具。冲。]

【注释】

[1] 中州：指今河南省一带。河南古豫州地，因处九州之中，故又称中州。

[2] 佟：海山仙馆本、初编本及赵传仁先生等《颜光敏诗文集笺注》本均作"修"，误。今据上图本墨迹和释文改。尹和：屠又良，字尹和，仁和（今浙江杭州）人。清圣祖康熙九年（1670）进士，十四年（1675）任扶沟县令。颜光敏《德园日记》："[康熙十四年乙卯]四月二十五日，尹和除扶沟令。""五月十八日，饯尹和。"

[3] 蚤：通"早"。赵传仁先生等《颜光敏诗文集笺注》径作"早"，今据上图本墨迹及释文改。地：地步；余地。

[4] 有济：有所帮助或补益。

[5] 未审：不知道。有旧：过去曾有交往；有老交情。

[6] 江都：明清时为扬州府江都县，今为江苏省扬州市江都区。

其四

居长安终日匆匆[1]，忽而言别，甚怅惘。承惠注，增愧荷矣[2]。昨晚与周量、曰绲、子端、灌湘[3]言，当与老年亲翁把臂入林[4]也。弟行期若定，再走别[5]以谢。外闻别[6]时为老年亲翁效力之人，颇怀[7]不甘，屡欲[8]向为忠告，幸留意自玉[9]。投启规矩，容请教。更望作一诗赠行，荣甚！[弟名心肃。冲。]

【注释】

[1] 长安：都城的通称。此处借指北京。匆匆：匆忙。

[2]"承惠"二句：犹言承蒙关照，多谢多谢。惠，表示对方动作施与自己的敬辞。注：关注；系念。愧荷：感荷；感谢。唐裴铏《传奇·孙恪》："[女]指青衣谓恪曰：'少有所须，但告此辈。'恪愧荷而已。""荷矣"二字，海山仙馆本、初编本以及赵传仁先生等《颜光敏诗文集笺注》本均作"何似"，误。今据上图本墨迹和释文改。

[3] 周量：程可则，字周量，广东南海人，官至兵部郎中、桂林知府，著有《海日堂集》。日缉：梁熙，字日缉，河南鄢陵人，清世祖顺治十二年（1655）进士，官咸宁令、云南道监察御史。子端：陈廷敬，字子端，山西泽州人，清世祖顺治十五年（1658）进士，官至尚书、文渊阁大学士，为《康熙字典》总修官。灌湘：疑当为"湘北"。李天馥，字湘北，河南永城人，与陈廷敬为同科进士，官至尚书、武英殿大学士，著有《容斋千首诗》。赵传仁先生等《颜光敏诗文集笺注》作"湘北"，海山仙馆本、初编本以及上图本墨迹和释文均作"灌湘"。

[4] 把臂入林：谓与友人一同归隐。语出南朝宋刘义庆《世说新语·赏誉》："谢公道：'豫章（谢鲲）若遇七贤，必自把臂入林。'"七贤，指竹林七贤。

[5] 走别：前往告别。

[6] 别：海山仙馆本、初编本及赵传仁先生《颜光敏诗文集笺注》本均作"昌"，误。上图本释文作"别"，核之上图本墨迹，是。

[7] 怀：海山仙馆本、初编本及赵传仁先生《颜光敏诗文集笺注》本均作"有"，误。今据上图本墨迹和释文改。

[8] 屡欲：海山仙馆本、初编本及赵传仁先生《颜光敏诗文集笺注》本均作"屡屡"，误。今据上图本墨迹和释文改。

[9] 自玉：自行珍重。

其五

都门聚首时，命酒当歌，宛然未散。真不图[1]年兄再聚长安，而弟反独作离人也。自遭大故，匍匐南还，苫庐却扫，不敢与闻外事[2]。东瞻紫气，音问阙如[3]。今且计日促装，匆匆北指，其去年兄台端[4]，弥益辽绝[5]。兹遣小价[6]，敬候崇禧[7]。远道荒械[8]，并希原鉴。戎父母前，已为年兄道及矣。我同人偃蹇[9]甚多，比来望眼欲穿，好音不至，奈何奈何。临启黯然。[制弟[10]名另具。冲。]

【注释】

[1] 不图：不料；想不到。

[2] "自遭"四句：谓光敏丁父忧守制事。大故：重大变故，此指光敏父伯璟于清圣祖康熙十五年（1676，岁次丙辰）十二月二十一日去世。匍匐南还：指光敏自京城奔丧南下老家曲阜。据颜肇维（光敏子）撰《颜修来先生年谱》，康熙十六年岁次丁巳正月，光敏接父亲去世讣闻，"成服后行，二月抵里（曲阜）"。苫（shān）庐：古人居丧时所居之室。苫，居丧时睡的草垫。却扫：不

再扫径迎客，即闭门谢客。

[3] 音问：音信；书信。音，赵传仁先生等《颜光敏诗文集笺注》作"意"，误。今据上图本墨迹及释文改。阙（quē）如：欠缺，缺少。《论语·子路》："君子于其所不知，盖阙如也。"

[4] 台端：称对方的敬辞。

[5] 弥益辽绝：更加遥远隔绝。

[6] 小价（jiè）：旧时称供役使的人；使者。

[7] 敬候崇禧：敬问幸福吉祥。候，问候；问安。禧，吉祥；幸福。

[8] 荒缄（jiān）：书信稀少。缄，信函（晚起义）。元郑东《和郭熙仲诗》："麻姑相许寄银缄。"赵传仁先生等《颜光敏诗文集笺注》作"缄"，误。今据上图本墨迹及释文改。按：信写好后要封缄，所以可以"缄"指书信，这个意思也写作"缄"，但二者不是异体字关系。

[9] 同人：志同道合的友人。偃蹇（jiǎn）：困顿；窘迫。

[10] 制弟：光敏其时正丁忧守制，故自称"制弟"。

其六

匆匆荣发[1]，祖饯阙然[2]。延望南云，载深离绪。前接家君[3]手札，深幸得接高贤。但谓[4]尘冗碌碌，未能常依末光[5]，实用怅惘耳。昨晤银台[6]诸公，始知老年翁有上书之举。讦谟硕画[7]，固陋虽未获闻，然奉教日久，知忠爱悱恻[8]本乎天性，万代瞻仰，在此一举矣。远颁华翰，弥荷注存[9]，因值便鸿，敬附数行致谢。荆南[10]暑湿，顺时自爱。有便仍望时惠好音[11]。临启翘切[12]。[弟名另具。冲。]

【注释】

[1] 荣发：对他人出发离去的敬称。

[2] 祖饯：设宴为出行的人送行。阙（quē）然：缺少；不完备。

[3] 家君：谦称自己的父亲，等于说家父、家严。《易经·家人卦》："家人有严君焉，父母之谓也。"

[4] 谓：通"为"（wèi），因为。海山仙馆本、初编本以及赵传仁先生等《颜光敏诗文集笺注》均径作"为"，误。今据上图本墨迹及释文改。

[5] 末光：余晖。比喻恩惠或教诲。

[6] 银台：银台司。宋门下省所辖的掌管天下奏状案牍的司署，因设在银台门内，故名。明清设通政使司，职位与宋银台司相当，故又称通政使司为银台

司或银台。

[7] 讦谟（xū mó）硕画：远大宏伟的谋划。《诗经·大雅·抑》："讦谟定命，远犹辰告。"汉毛亨《传》："讦，大；谟，谋。"画：谋划；筹划。

[8] 悱恻：忧思抑郁。

[9] "远颁"二句：意为从远处惠赐书信，多多承蒙关注存念。颁，赏赐。华翰，对他人来信的美称。

[10] 荆南：今湖北荆州一带。

[11] 时惠好音：经常地写信告诉我您的好消息。

[12] 翘切：翘首切望。是古代书信结尾处的套语。

其七

都门所恳购书数种，特託[1]崔令呈览，幸为留神。不悉。

【注释】

[1] 託：通"托"。托付；拜托。赵传仁先生等《颜光敏诗文集笺注》径作"托"，误。今据上图本墨迹及释文改。按："托"在"寄托""嘱托"意义上，与"託"字通。"托"是后起字，原用作以手承物义。"以手承物"本是"依託""寄託"的引申义，"托"是它的专用字，宋代之后，才兼用于"託"字各义。

其八

阅邸抄[1]，始闻近况。私心悬悬，有如焚溺[2]。即欲策马南行，一奉起居。奈遭先君之变[3]，方为襄事[4]经营，不敢远出，特令小价[5]往候台安。秋气渐深，伏望顺时自爱。余惊悰容去价口禀[6]。苦次[7]荒迷，不庄不备。[不孝名另肃。谨冲。][8]

【注释】

[1] 阅：初编本作"间（闲）"，误。海山仙馆本、上图本释文以及赵传仁先生等《颜光敏诗文集笺注》均作"阅"，是。邸抄：古代地方长官在京师设邸，邸中传抄诏令、奏章等以报于地方官，故称。也称"邸报"。后世亦泛指朝廷官报。

[2] "私心"二句：意为悬挂于心、焦急不安，犹如陷身水火。私心，个人心意。悬悬，十分惦念的样子。焚溺，焚烧淹没。

[3] 先君之变：指光敏父去世。参见"其五"注释 [2]。

[4] 襄事：指葬事。语出《左传·定公十五年》："葬定公，雨，不克襄事。"

[5] 小价 (jiè)：旧时称供役使的人；使者。

[6] 余悰 (cóng)：其他心绪；别的情形。悰：心情；情绪。禀：禀告。按："禀"是"稟"的俗体。海山仙馆本及初编本作"稟"，今据上图本墨迹及释文改。

[7] 苫 (shān) 次：指居亲丧处，即在为父母守丧的地方。

[8] "不孝"二句：上图本释文中方括号中仅"谨冲"句，以"不孝"句为未脱，误。

其九

清和序届[1]，知年兄凝祥集庆、川至方新[2]。不孝罪孽[3]万端，遽罹荼毒[4]，匍匐归里，无望生全。想至谊关切如年兄，闻之未有不恻然动念者也。目下已卜宅兆[5]，襄事[6]必在秋间。而都门拮据之后，遂至屡空[7]，苫由茕茕[8]，不能别为措置，所望故人高义，不啬调饥[9]。乞年兄暂贷一二百金，付之去价[10]，使得[11]稍尽子情，略赎不孝之罪。稍待从容，即图赵上[12]。我辈手足之谊，平生缓急，更无大于此者，知年兄定不膜视[13]。至异日相与有成，亦或别有图报之地；然在年兄前，亦不敢预为哓哓[14]也。《行述》[15]并呈台览。临楮[16]荒迷，不庄不备。[不孝名另具。冲。]

【注释】

[1] 清和序届：清明和暖的四月如期而至。清和，本指暮春初夏的天气清明和暖，后也作农历四月的别称。序届，按时序来临。

[2] 凝祥集庆：谓多有吉祥嘉庆之事。川至方新：《诗经·小雅·天保》："如川之方至，以莫不增。"意为如河水常流不断，日益更新。此为祝愿祈福之词。

[3] 孽：赵传仁先生等《颜光敏诗文集笺注》作"蘗"，误。今据上图本墨迹及释文改。

[4] 遽罹 (jù lí) 荼毒：突遭不幸。此指其父去世事。罹，遇上（不幸、灾祸等）。荼毒，悲痛。

[5] 卜宅兆：选定葬地。卜，古人用火灼龟甲取兆，以预测吉凶。语本《孝经·丧亲》："卜其宅兆而安措之。"唐玄宗李隆基《注》："宅，墓穴也；

兆，茔域也。"

[6] 襄事：指葬事。语出《左传·定公十五年》："葬定公，雨，不克襄事。"

[7] 屡空：谓贫穷，空无所有。语出《论语·先进》："回也其庶乎！屡空。"

[8] 苫凷（shān kuài）："寝苫枕块"的省略语，凷，同"块"，土块，上图本释文及赵传仁先生等《颜光敏诗文集笺注》径作"块"，今据上图本墨迹改。古时居父母丧要守铺草苫、枕土块的礼数，后遂以"寝苫枕块"或"苫块"表示居父母之丧。煢煢（qióng qióng）：同"茕茕"。形容孤孤单单，无依无靠。赵传仁先生《颜光敏诗文集笺注》径作"茕茕"，今据上图本墨迹及释文改。

[9] 不啻（chì）调饥：如同早上饥饿思食，形容渴望之极。不啻，无异于；如同。调（zhōu）饥，朝饥，早上饥饿（思食）。《诗·周南·汝坟》："未见君子，惄如调饥。"汉毛亨《传》："调，朝也。"汉郑玄《笺》："未见君子之时，如朝饥之思食。"

[10] 去价（jiè）：派去的使者。

[11] 得：得以；赖以。

[12] 赵上：完好归还原主的敬辞。典出《史记·廉颇蔺相如列传》"完璧归赵"故事。

[13] 膜视：今写作"漠视"。膜，可通"漠"。《穆天子传》二："甲申至于黑水，西膜之所谓鸿鹭。"晋郭璞《注》："西膜，沙漠之乡。"

[14] 哓哓（xiāo xiāo）：义同"譊譊（náo náo）"，言多，喧嚷。

[15]《行述》：行状。此处指记述颜伯璟世系、籍贯、生卒年月和生平概略的文章。

[16] 临楮：意义同"临池""临颖"等，等于说动笔写字。楮，本指皮可造纸的楮树，后也指"纸"。

其十

前接德音[1]，即附来鸿[2]致候。尚有未尽之言，耑此嗣布[3]，幸惟[4]留神。[名另具。冲。]

【注释】

[1] 德音：对别人言辞或书信的敬称。

[2] 来鸿：派来的信使。汉班固《汉书·苏武传》载有鸿雁传书事，后世遂用"鸿雁"或"鸿"指代信使或书信。

[3] 耑此嗣（sì）布：特意继续陈说。耑，同"专"。赵传仁先生《颜光敏

诗文集笺注》径作"专"，今据上图本墨迹及释文改。嗣，接续；继续。布，陈述；陈说。

[4] 惟：愿；希望。汉司马迁《史记·刺客列传》："此丹之上愿，而不知所委命，惟荆卿留意焉。"海山仙馆本、初编本以及赵传仁先生《颜光敏诗文集笺注》俱作"为"，误，今据上图本墨迹及释文改。

其十一

尊使旋时，曾寄数行奉慰，知仁孝情深，定复不能自抑。比闻六年兄之变[1]，有泪如泉。凡我同人，靡不[2]痛心疾首，不审友于如年兄，又何以为情也[3]！海内论文，屈指有几？龚先生既悲梁木[4]；荔兄至都，遽赴玉楼[5]；周老澹翁亦复委弃绝域，莫知税驾[6]：彼苍为虐，一至于此[7]！惟吾兄忧自戕藏[8]，抛书割砚，溷迹于饮酒、博塞[9]之徒，多祉之膺[10]，庶可收之桑榆耳。闻尊目微恙，今已复初，颇慰。顺时自玉[11]，勉抑哀衷，仰慰老年伯劬劳[12]之爱。知年兄必念及此，而不禁言之哓哓[13]者，亦区区寸衷[14]所不能已也。临颖曷胜驰切[15]。蜀中诗及六兄年谱，并祈惠教。

【注释】

[1] 变：事变；变故。此处指人突然死去。

[2] 靡不：无不；没有不。《诗经·大雅·荡》："靡不有初，鲜克有终。"

[3] "不审"二句：意思是不知道视六年兄为自己亲兄弟的您，听到六年兄死讯之后又该是怎样的悲恸欲绝。不审，不知。友于，《尚书·君陈》："惟孝友于兄弟。"后即以"友于"表示兄弟友爱。

[4] "龚先生"句：龚鼎孳先生已经病逝。龚鼎孳（1615—1673），字孝升，号芝麓，谥端毅。安徽合肥人，明末清初文学家，与吴伟业、钱谦益时称"江左三大家"。悲梁木：指担负重任的人因病去世（梁，屋梁；栋梁）。语本《礼记·檀弓上》："孔子蚤作，负手曳杖，逍遥于门。歌曰：'泰山其颓乎？梁木其坏乎？哲人其萎乎？'……盖寝疾七日而没。"

[5] "荔兄"二句：宋荔棠兄到了京城，突然惊忧辞世。宋荔棠，即宋琬（1614—1673），山东莱阳人，清初著名诗人，同施闰章有"南施北宋"之称。清圣祖康熙十一年（1672）授四川按察使，次年入京觐见，吴三桂兵陷成都，因其家人在川，闻讯惊忧而死。赴玉楼：谓文人过早亡故。典出唐李商隐《李长吉小传》，据载李贺（长吉）将死时，白昼忽见一绯衣人驾赤虬、持玉版，对李贺说："帝成白玉楼，立召君为记。天上差乐，不苦也。"李贺不愿去，独自哭

泣，不久气绝而亡。

[6] "周老"二句：意为周老先生也被遗弃在边远地区，不知所终。周老澹翁，待考。税驾，解驾，停车。泛指栖止、休止。税，释，放。宋覃怀高《水调歌头·游武夷》词："聊此税吾驾，赢得片时闲。"

[7] "彼苍"二句：意思是上天不仁竟然到了这种地步。彼苍：上苍，苍天。《诗经·秦风·黄鸟》："彼苍者天，歼我良人。"一，赵传仁先生《颜光敏诗文集笺注》脱，今据上图本墨迹及释文补出。

[8] 惟：愿；希望。忧：海山仙馆本、初编本及赵传仁先生《颜光敏诗文集笺注》本皆作"重"，疑为"忧"（"忧"的繁体字）、"重"二字草体形近致误，今据上图本墨迹及释文改。赵传仁先生等《颜光敏诗文集笺注》本此字后脱一"自"字，今据上图本墨迹及释文补出。弢（tāo）藏：隐藏。弢，通"韬"，掩藏。南朝梁萧统《文选》载晋陆机《汉高祖功臣颂》："彭越观时，弢迹匿光。"

[9] 溷（hùn）跡：杂身其间。含贬义。溷，混乱；混杂。跡，同"迹"。赵传仁先生等《颜光敏诗文集笺注》本作"混迹"，今据上图本墨迹及释文改。博塞（sài）：古代的一种赌博游戏。泛指赌博。塞，这个意义后来写作"簺"。《庄子·骈拇》："问谷奚事，则博塞以游。"《管子·四称》："流于博塞。"

[10] 多祉（zhǐ）之膺（yīng）：享受多福。祉：福。膺：承受。

[11] 自玉：自行珍重。

[12] 劬（qú）劳：劳累；劳苦。

[13] 而：原件漫漶残损，今据海山仙馆本补出。哓哓（xiāo xiāo）：义同"诿诿（náo náo）"，言多，喧嚷。

[14] 区区寸衷：诚挚之心。区区，谓诚恳真挚。赵传仁先生等《颜光敏诗文集笺注》脱一"区"字，今据上图本墨迹及释文补出。寸衷，心意。

[15] "临颖"句：古时书信结尾的常用语，意为提起笔来思念之情多么急迫、深切。临颖，执笔。颖，毛颖、毛笔。曷胜，何胜，用反问语气表示不胜。驰切，谓怀念之情急迫深切。

其十二

每接乡人，颇悉大孝近履，时时悬切。比闻六年兄之变，泣涕霑[1]襟。哲人之萎[2]，人有同悲。在门兄雁行中断[3]，痛心又当何如耶！使至，备闻近况，怅惘殊深。所谕当即切致。迩来情事，大异畴昔[4]，言之可发一叹，尊使自能道其详也。命途多舛[5]，自古难期，惟门兄强自裁［抑］[6]，以陟岵陟冈[7]之悲，转为爱日承欢[8]之计,是弟所深[9]望也。冗次草勒[10],不尽愿[11]言。家兄稿一册,附呈大教。

【注释】

[1] 霑:沾湿。亦作"沾"。按:"沾"只在"浸润,濡湿"及其比喻义"施与恩泽"义上通"霑",其他义项都不和"霑"相通。赵传仁先生等《颜光敏诗文集笺注》径作"沾",今据上图本墨迹及释文改。

[2] 哲人之萎:指有才智的人死去。也作"萎哲"。语本《礼记·檀弓上》:"泰山其颓乎?梁木其坏乎?哲人其萎乎?"

[3] 雁行中断:谓兄弟丧亡。《礼记·王制》:"父之齿随行,兄之齿雁行,朋友不相逾。"后因以"雁行"喻指兄弟。

[4] "迩来"二句:近来情况跟以前大不相同。情事,情况。畴(chóu)昔:往日。《左传·宣公二年》:"畴昔之羊,子为政;今日之事,我为政。"

[5] 命途多舛(chuǎn):人生道路常有不顺。唐王勃《秋日登洪府滕王阁饯别序》:"时运不齐,命途多舛。"舛,不顺利。

[6] 抑:海山仙馆本、初编本及赵传仁先生《颜光敏诗文集笺注》本皆脱,今据上图本墨迹及释文补出。

[7] 陟屺(zhì qǐ)陟冈:指思念亡故的母亲和兄长。语本《诗经·魏风·陟岵》:"陟彼屺兮,瞻望母兮。""陟彼冈兮,瞻望兄兮。"陟,登。屺,不长草木的山。

[8] 爱日承欢:指侍奉父母,此处特指孝敬父亲。爱日,汉扬雄《法言·孝至》:"不可得而久者,事亲之谓也,孝子爱日。"本谓供养父母的时日不多了,转指供养父母。承欢,本谓求取父母的欢心,转指侍奉父母。

[9] 深:原件漫漶残损,今据海山仙馆本补出。

[10] 冗次:谦辞,谓冗官之所。草勒:草草书写。勒,画;写。

[11] 愿:海山仙馆本、初编本及赵传仁先生《颜光敏诗文集笺注》皆作"欲",误。今据上图本墨迹及释文改。

颜光敏诗文校注·附录

颜光敏传（录自《清史稿》）

颜光敏，字逊甫，曲阜人，颜子六十七世孙也。康熙六年进士，除国史院中书舍人。帝幸太学，加恩四氏子孙，授礼部主事，历吏部郎中。其为诗秀逸深厚，出入钱、刘。吴江计东谓足以鼓吹休明。雅善鼓琴，精骑射、蹴鞠。尝西登太华，循伊阙，南浮江、淮，观涛钱塘，溯三衢。所至辄命工为图，得金石文恒悬之屋壁。有《乐圃集》《旧雨堂集》。

颜光敏传（录自《清史稿》）

颜光敏，字逊甫，山东曲阜人，颜子六十七世孙。幼好读书，九岁工行草，十三娴诗赋。康熙六年进士，除国史馆中书舍人。会圣祖幸太学，加恩四氏子弟之官于朝者，光敏由中书授礼部主事。次年，充会试同考官，出督龙江关税务，调吏部主事，升考功司郎中，充《一统志》纂修官。光敏书法擅一时，尤工诗，辇下称诗有十子之目，谓田雯、宋荦、王又旦、丁澎、曹禾、曹贞吉、谢重辉、叶封、汪懋麟及光敏也。新城王士禛尝曰："吾乡后来英绝，当让此人。"其五言原本三谢，七古在李颀、杜甫之间，近体秀逸深厚，也入钱、刘。吴江计东谓以此鼓吹休明，即孔、颜世室中之乐府琴瑟也，当时以为知音。读书折中群儒，言自出新义，其于《大学章句》，持论尤断断。雅善鼓琴，精骑射、蹴鞠。喜山水，尝西登太华，循伊阙，南浮江、淮，观涛钱塘，溯三衢。凡所游历，光敏必命画工为图。得金石文，恒悬之屋壁。性孝友，厚于睦族。居乡以礼让人，立朝遇政事侃侃不阿，有一善未尝自矜也。眉宇英异，锐意读书，明于律法、句股之数。著有《未信编》《乐圃集》《旧雨堂集》《南行日记》。二十五年卒，年四十七。

颜修来先生年谱①

颜肇维

复圣先祖六十七世之孙，讳光敏，字逊甫，号德园，一字修来。世居兖郡，崇祯末，避兵乱，遂家曲阜。高祖讳从麟，娶于朱，为林庙举事，多隐德，尝题

---

① 颜肇维撰，载于颜懋侨《霞城笔记·自叙》。文中括号中的公历纪年，系整理者所加。

幛云："终身让畔，不失一段；与其同流俗，孰如增后福？"曾祖讳嗣弘化，娶于张，赠明江都知县。尝畜两骏，为亲戚盗去，使人执鞍辔追赠之。有水牛六，入泗水化为九龙，因名其别业曰"龙湾"。祖讳胤绍，娶鲁藩女早卒，再娶于孟。登崇祯辛未进士，历官河间知府，殉难，赠光禄寺卿，事载《明史》列传。父伯璟，祖母孟氏出，明四氏学廪生，清封奉直大夫，赠大中大夫。跣行千里，负河间公遗骸归葬，乡人思其德，谥曰"孝靖先生"。母朱氏，明鲁藩镇国中尉还真公女，遇难全节，饮刃四日复生，详见家传，累封太宜人，今封太淑人。府君生于崇祯庚辰（1640）正月初七日寅时。是时河间公尚在邯郸，御敌救荒有方，名震畿辅，旋为督师太监所劾，被逮。

崇祯辛巳（1641），府君年二岁

直隶抚军屡奏邯郸冤抑状，河间公得从薄谴。旋以真定司马讨西山巨盗，降其众，遂知河间府。赠公感妖梦，寓书亟谏，不宜奉诏，河间公不从。

崇祯壬午（1642），府君年三岁

是年闰冬，清兵破河间，河间公死之。腊月破兖州，乳母孙氏匿府君获免，十二昼夜始达龙湾别业。时赠公与朱太淑人亦脱兵燹归曲阜。府君窜伏时，曾不啼；及见父母觅家人之殁于兵者，日夜哭不止，赠公奇之。

崇祯癸未（1643），府君年四岁

患疡。

赠公如河间求骸骨，上书请恤。具揭云："臣父巷战不胜，亲属五口俱付灰烬，臣父引刃自裁，倒火殒身。家丁吕有年、刘真皆死于兵。臣在兖州被创折足，匍匐北来，数月始至。得遇亲随刘宏猷、衙役傅可学，指示遗骸，焦头烂额，惨不忍见。今敛寄庙中，冒死奏闻云云。"下部议，河间公赠光禄寺卿。赠公又于民间求得河间公季子伯珣，时方六岁，即家丁吕有年掖之出火者。至是河间公榇归。昔年赠公有六棺自西北飞来之梦，今果验，数也。

顺治甲申（1644）三月，明亡，府君年五岁

与伯兄光猷及叔父伯珣共食寝，无稚气。对客琅琅诵诗数百言。

八月患痘。

顺治乙酉（1645），府君年六岁

赠公为子弟延师李泰禄先生于家塾。府君尚幼，请于赠公曰："叔父仅长三岁，伯兄长二岁，儿独何耶？"赠公喜，使入小学。日有考记，不好弄。

顺治丙戌（1646），府君年七岁

《四书》《孝经》《毛诗》《周易》俱成诵，一字不忘。

赠公教以步履进退，使无诳语，与人共食，必让匙箸。

顺治丁亥（1647），府君年八岁

强记善问，李先生不能难。语赠公曰："此子业已胜我。"遂辞去。

顺治戊子（1648），府君年九岁

从孔秀岩先生读书龙湾，学为举业，即不苟同于人。尝侍赠公寝，赠公梦中讲"天命之谓性章"，多前人之所未发，府君时已默识心通。

顺治己丑（1649），府君年十岁

赠公命省耘，与二西瓜，手自去其蒂。母朱太淑人问："何为去其蒂？"府君曰："儿道远，持其蒂必脱，瓜且裂矣。"

顺治庚寅（1650），府君年十一岁

学书。

顺治辛卯（1651），府君年十二岁

出应郡邑试，皆冠其偶。

府君祖姑母，值丧乱后依赠公以居。仆婢事之小不谨，府君必呵责之，饮食起居必问焉。祖姑母叹曰："是儿加人数等矣。"至其殁，哭之哀。

顺治壬辰（1652），府君年十三岁

学行草书。

作《仲秋泗河泛舟赋》。

顺治癸巳（1653），府君年十四岁

与叔父、伯兄唱和，得诗文各百余首。

有醉吏啸于门，赠公谓府君曰："汝亦闻山有猛虎，藜藿为之不采乎？"府君曰："窃谓猛虎不如麒麟。"赠公曰："此吾志也。"

顺治甲午（1654），府君年十五岁

应童子试，学使戴公京曾，拔置第一，入四氏学。

顺治乙未（1655），府君年十六岁

曲阜令某，有均田之役，邑人多不解勾股法。府君夜见陈征君惺存，学之，一夕而精。越陌度阡，十月竣役，邑令叹以为神。

十二月，娶孔氏。

学使施闰章科试第一，食饩。

著《月蚀歌》《玉蝶词》一卷。

顺治丙申（1656），府君年十七岁

顺治丁酉（1657），府君年十八岁

邑先达孔方训先生下帷讲学，诸生五十余人，府君七试皆第一。

是秋，中式六十九名。主考：户部给事严公沇、兵部郎中李公世洽；房考官：泰安知州张公知怿。放榜日，以非孔氏，改置副车第四名。按：明天启元年经台臣议，初定宗生圣裔中式名额，四氏始有"耳"字号。但凭文优取中，原未定一人，亦不拘定孔氏。故崇祯庚午（1630）科，河间公及颜伯轺则叔侄同榜。嗣后，宗生圣裔不副其选，仅能中式一名。至我朝顺治二年（1645），礼部尚书郎丘条陈科场事宜，不知四氏旧额原系不拘一人、不拘何姓，但凭文艺取中之例，遽称"山东孔裔，旧用'耳'字编号，中式一人，则当如旧遵行，冒昧题请"，以致历科中式孔氏一人，而颜、曾、孟三氏编号虽同，中额不及。是科也，府君已得复失，亦无愠容，人服其雅量云。场后，巡按缪正心具题，请复旧额，部议四氏子孙不拘何姓，以文高者取中二名，本朝"耳"字号之中式二名，自此始。

十月初六日，长女生。

顺治戊戌（1658），府君年十九岁

游太学，倡谈弈，时无与敌者，旋戒之。还龙湾，键户读书。

顺治己亥（1659），府君年二十岁

读书园中，手自种菊。《乐圃集》所载"东园甘菊高过墙，主人与尔饱风霜"之句，即其事。日挽桔槔浇畦蔬，园官止之，府君曰："吾欲习劳耳。"

顺治庚子（1660），府君二十一岁

秋试不第。与云间吴六益倡和，著《旧雨堂诗》一卷。从赠公受琴。府君尝谓赠公学琴于都门儒士赵天玉、天玉学琴于扬州曹杏田云。

顺治辛丑（1661），府君二十二岁

江南顾炎武宁人游阙里，耳府君名，过访，遂定交，同赋《行路难》九篇。后宁人以事系狱，府君已宦京师，故《送朱竹垞入东抚幕》有"讼庭尚有南冠客，莫向燕台思故人"之句。

是年三月，生女曰"丙"。

康熙元年壬寅（1662），府君年二十三岁

康熙癸卯（1663），府君年二十四岁

秋，举于乡，第二十六名。受知礼部郎中张公应瑞、刑部给事张公维赤、郯城令金公煜，同门五人。孔族诸无赖，至是闻府君中式，犹哗于门，扯去报帖，盖忿其防孔氏中式额也。府君不与较，其人至暮惭而归。

冬，游郯、沂间。

康熙甲辰（1664），府君年二十五岁

下第。作《吕律集说》。

冬，侍朱太夫人疾，衣不解带。女丙殇，不以告，亦无戚容。太淑人疾愈始知之，曰："儿纯孝，吾复何虑!"

康熙乙巳（1665），府君年二十六岁

夏五月，次女生。

讲究书法宿原，尝曰："学行楷书，当取资于商周秦汉，而以晋为法，唐则矩矱森然，初学者宜于此求其笔径，宋以后勿寓目可也。"或曰："晋、唐则然矣，汉以前所传何书?"曰："篆、隶、行、楷，本同一源，所贵能书者敛精神，姿态变化无方，而不失其天然位置，是谓得之。"后谷口郑簠见之，曰："惟先生为知书。"

康熙丙午（1666），府君年二十七岁

之秦，代大宗世翰募修祖庙。偕邑人孔君次宽止临洺关，访河间公缚虎、去碓处。昔临洺关有虎入城噬人，人家碓无故自舂。河间公率健儿缚虎去碓，民赖以安。登华山，与秦中名士李天生、王无异游，有诗数十篇，《西征日记》一卷。陕西方伯与府君同姓名，相见甚欢。凡所遗，比归，悉以奉父母、分诸兄弟，囊无私蓄。

十二月，偕计吏北上。赠公及叔及伯兄送于沙河别业，同为联句，有"咸京五月寒，腊日向长安"之句，志其事。

康熙丁未（1667），府君年二十八岁

试礼部，第七十四名。总裁：太子太保户部尚书王公弘祚、礼部尚书梁公清标、内秘书院学士刘公芳躅、吏部左侍郎管□□、右侍郎冯公溥；同考官：兵部职方司主事蔡公兆丰。同门□人。殿试，缪彤榜第二甲十三名。

五月，有旨许进士考授中书。府君赴考，名列第六，补国史院中书舍人。偕沈公胤范、张公鹏、张公鸿猷、张公衡、田公雯、申公檠、朱公射斗、李公回、梁公联馨、纪公愈、孙公百藩十二人入署办事。

康熙戊申（1668），府君年二十九岁

薇省多暇日，府君益稽古学，惟与同志数人，细论得失，皆一时名流。彼置身清要、声名赫奕，思附片席以自文其陋，竟不可得也。相传田公雯酒间漫骂，张公鹏典事见侮，一时内翰、词林俨若冰炭。故申公檠吟云："书生薄命还同妾，丞相怜才不论官。"田公吟云："失路嗟何益，痴怀老渐平。"

康熙己酉（1669），府君年三十岁

二月二十六日生不孝肇雍于京邸。

三月，皇上临雍，故名不孝曰"雍"。今名"维"，思亲也。

是年，加恩圣贤子孙之陪祀观礼者。

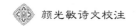

九月，府君升礼部仪制司主事。伯兄光猷举于乡。

冬，上《籍田秉耒议》。

康熙庚戌（1670），府君年三十一岁

二月，充会试同考官，分校《易经》，得士十八人，曰：白梦鼐、张烈、张为焕、孙在丰、崔瀛、李次莲、梁楠、黄承箕、万嵩、冯遵祖、李超、屠又良、余雪祚、辛乐舜、李谊、吴谨、王元臣、郭昂，皆一时名士。

三月，出监龙江关税。

五月，以覃恩授承德郎。

有族人绍灼者，当改革时失其母，后知为旗下所掠。灼故贫，其主人索价甚高，已无可如何。府君闻，为捐百金赎回，俾得完聚。

康熙辛亥（1671），府君年三十二岁

榷关一载，爬搜诸蠹，务从宽大，商族德之。役毕，至假金为途资以还。

五月，过鲁省亲，时时与亲串话，言畴昔。蹴鞠、校射，道傍观者殊不知为仕宦也。

季冬，奉朱太淑人入都。覆命后，上书宗伯，更定衣服等威仪，格不行。

康熙壬子（1672），府君年三十三岁

上命学臣选拔诸生以实成均，县学例得一人，府学二人。公力言于当事，故至今四氏学贡额得比于府。又请复录科以收人才，制曰："可。"科闱北场多葺语，磨勘日，诸公瞻徇不前；读韩公葵卷，皆摇首咋舌，不解何语。府君独击节叹赏曰："主持风气，赖有斯人。"谤始止。

康熙癸丑（1673），府君年三十四岁

买宅西城宣武坊。伯兄光猷试礼闱，府君引疾，不与闱事。唱榜，始入闱。唱至多名，公汗沾衣，谓："吾兄文若此，竟不遇乎？"已而唱至伯兄名，乃大喜曰："世有弃夜光之珠哉！"

八月，朱太淑人东归，公扳舆送至卢沟桥，涕泗交颐，都人见者，俱为感动。

九月，奉命考试善书画者充两殿书办官。应募者二百余人，录何湛、周京等九十人，后去取有差。旧例江南赍表监司每岁二人，自分两藩后，遂需四员，驰驱无宁日，职务多旷。府君请兼赍，许之。又奏礼部官专用进士，更定试卷磨勘例。议烈妇余氏旌表，氏遇强暴自缢，金欲不准，府君力争始定。"贞""烈"并旌，自此始。冬闻滇警，府君常蹴鞠、骑射以习劳。

是年，京察考语："明敏、勤练、称职。"

康熙甲寅（1674），府君年三十五岁

下直多弹琴。编辑《会典》，检前朝《实录》，集礼制新书，删改礼律繁重蒙累之处，及颁诏仪注，定朝仪。

是年秋，以长女适孔兴焯。

康熙乙卯（1675），府君年三十六岁

退食之暇，从宣城施公闰章、新城王公士祯论诗。世传"都门十子"，为田公雯、曹公禾、王公又旦、曹公贞吉、汪公懋麟、谢公重辉、宋公荦、林公尧英、叶公封暨先府君，刻有《十子诗略》。莫不简淡高远，寄兴微妙。亦各有所就，了无扶同。不知者，以有明七子拟之，陋矣。

八月，改吏部稽勋司主事。

十二月，以建储，诰封奉政大夫。四女生。

康熙丙辰（1676），府君年三十七岁

在万柳堂同冯益都、姚司寇二十余君为放生会。

是冬，迎养朱太淑人于邸第，母宜人携不孝来依膝下。遂令不孝就学，口授《童蒙》《急就》等篇，不令出门嬉戏。

康熙丁巳（1677），府君年三十八岁

先是丙辰十二月二十三日，东吴顾宁人来下榻，府君共宿。夜间门启，传赠公至，实梦也。是岁正月，赠公讣至，不意即其月之二十一日也。府君以未得亲视含敛，痛不欲生。又以朱太淑人欲同穴，不敢决绝。与兄光猷昼夜防护哭劝，逾时之久，太淑人始感动。京师故旧及四方挟策之士，咸来观礼，见府君涕与血俱，遂有"颜丁善居丧"之目。成服后行，二月，抵里。与邑人孔尚任酌议丧仪，殡虞卒哭，一如古礼。

十一月，葬赠公于城东侍郎之林。

康熙戊午（1678），府君年三十九岁

析产，府君以母在不敢从。太淑人谕曰："汝与兄俱宦京师，余暮年老妇，就养之日方多。诸弟不习稼穑艰难，他日何以自立？其勉应命！"府君始取瘠土敝器，曰："存此以养旧德耳。"良田广宅悉让诸兄弟。时时称述祖训，陈忠孝以勉后学，著《家诫》四卷，世比黄门《家训》云。

康熙己未（1679），府君年四十岁

辑赠公手书，凡片楮只字，俱装成帙。

四月，服除。

九月，出游吴、越间。历泉林、蒙山之境，遵郯、沂而南，小史挟楮墨后从，日有记，不具载。

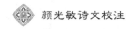

康熙庚申（1680），府君年四十一岁

客南中逾年，以山水、朋友为性命，甘置一官，不思莅任。春游峰泖，下松陵禾中，居武林半载，无日不与山色湖光相往复。观潮钱塘，溯桐江三衢。东访禹陵，遍历云门、显圣诸寺，与高僧数辈作方外游。登临所惬，辄呼好手泼墨为图。迄今观屠狗后人遗笔与府君《南游日历》，山河风景，宛然在目。

康熙辛酉（1681），府君年四十二岁

再过金陵，追念旧游，遍牛首、栖霞、九华、三茅诸胜。入皖舒，复下邗江，乱京口，还吴下。倦游思归，渡江，途经凤阳，询河间公宰凤阳政绩及家泰屏太守骂贼时事，士人犹有存者，府君皆书之于绅。

仲冬旋里，于宅西偏，买石筑山，穿池引水。慕姑苏清嘉坊朱氏之乐圃，即以名其园，更号"乐圃主人"，吟啸其中。与孔尚任考订礼乐，阐天命之微，欣然有得。时督诸弟读书，追述先德，悲不自胜，诸弟咸感泣力学。

康熙壬戌（1682），府君年四十三岁

春，登岱，游历下湖山。

潜心理学，著《未信编》一卷。尝曰："读书本以求道，须见古人所谈义理，实获我心，方寸中洒然、卓然，虽鬼神不能夺也。若与心中未慊，则反复求之，不敢遽信为然。如《五经》传注，百家互有出入，苟能蠲成见、集众长，虽不尽合于经，其害经者寡矣。即《论语》《孟子》，亦有当变通以求之者，盖《论语》本非自撰，皆因人立言；孟子意在救时，或矫枉过正：若不信义理而信方策，则伪书皆得乱其真矣。"

七月，至都。与及门张烈论《大学》"格致"，反复辩论累数千言。

九月，补吏部验封司主事。

冬，迎养朱太淑人于京邸。

康熙癸亥（1683），府君年四十四岁

正月，迁吏部验封司员外郎，署考功司事。

见不孝肇维嬴质，教以守身之道，曰："为人子者，居则慎疾，出则慎交；君子无犯义，小人无犯刑，胜于五鼎之养也。"时当计吏，门馆肃清。俸钱所入，结蕴阁于邸第之南，读书其中。

冬十月，为不孝肇维纳妇黄氏。

康熙甲子（1684），府君年四十五岁

三月，升吏部验封司郎中。

是月，以次女嫁李昭。五月，女亡，府君为文以祭，哭之痛。

初，康熙甲辰（1664），会试废八股时文，改为二场，初场"策"五，次场

"经""书""论"各一、"表"一、"判"五；丙午（1666）、丁未（1667）亦如之；乙酉（1705）复三场旧制。时有曰府君"以射策成进士"者，府君乃日课时文一篇，庄雅钜丽，出入六籍，在制义中自成一家之言；且与趋朝视事书簿相仍时成之，故脱稿多丹笔云。

秋八月，季弟光敩举于乡。时上欲东巡，命议典礼。府君谓宜仿古巡狩礼；经泰山，用祀五岳礼；经阙里，用本处丁祭礼。上悦。

九月，以覃恩诰授奉政大夫。

康熙乙丑（1685），府君年四十六岁

弟光敩试礼部不中，府君督责严切。比归，限以家居日课，故光敩卒成进士。其文剽悍迅疾，汪洋恣肆，识者谓颖滨之于东坡也。衍圣公《幸鲁谢恩疏》牵引瓜葛某，府君黜其名。又疏内只称孔族，驳改为"孔氏等族"，一时清议快之。先是颜氏之居曲阜者，其田租较他姓独重，谓之"寄户"，不知何故。府君白之张抚军鹏，奏请减租，例比孔氏，宗党至今感恩不衰。

是年，府君下值日读书不辍，不孝以"节劳"请。府君曰："吾自乐之，殊不苦也。"

康熙丙寅（1686），府君年四十七岁

四月，充《一统志》纂修官。刊《未信堂制义》八十篇，即比年自公之暇所成者。徐公乾学目为体大思深，方之前辈唐襄文公。韩公菼读之，谓为知本之儒。

是年五月，朱太淑人年已七十矣，府君及兄光猷俱宦京师，叔父、诸弟咸在。内而名公巨卿，外而岩穴知名之士，莫不仰太淑人之节、重府君之品，制为诗歌，跻堂拜母，于时宾客称极盛焉。朱太淑人顾而色喜曰："昔兖州城破之时，岂料家口得相聚！汝与兄今托先人福庇，得从翰铨之末。回想四十年前，何如景象？今门庭若此，尔辈俱当勉之！"家庆之后，留季弟光敩读书邸第，每陈经共治为乐。

秋八月，寝疾。

九月晦日，卒于京师宣武门私第。田公雯曰："已矣！吾山东又失一才人矣。"哭府君逾时而悲。次年丁卯（1687），不孝肇维扶榇归里，腊月十七日葬于城东侍郎之林，癸山丁向，以赠公穴东七十五步。

府君长身广颡，丰下隆准，喜与海内豪杰游。淹通经史，旁精律历、勾股之学，雅好鼓琴，及围棋、投壶、蹴鞠、弹弋各技，皆能运化入神。立朝侃侃不阿，所议改正律条，皆务为宽大，剔除积弊。自公之暇，锐意著述：已行世者，则有《未信堂时艺》《乐圃诗集》《音正》《文释》等书；尚未刊行者，则有

《旧雨堂诗》《德园日历》《南游日历》《家诫》《未信稿》《音变》等书。性好游览，遇佳山水，不能辄去。故升华蹑岱，以疏放其志。酷爱金石文字，亦复雅擅临池。世人获其片札，珍犹珠玉。独不信浮屠、星命之书，著论排之。于赠公之殁，废二氏之教，曲阜士大夫丧葬之不用僧道，自先府君居忧始。生而纯孝，历事二部，遇有题请节孝，吏人稍为迟留，府君即自定稿，呈请画题。同袍中友，有拜某权贵为义父者，数年致身卿贰，府君遂与绝交，疾其无亲也。

府君生不孝十有八年，即捐馆舍。不孝虽幼聆父师训，言尚无文。今当祥琴，思我父兮；又虑嘉言美行，渐遂日往，爰不揣浅陋，拭泪书此，知当世大人先生不我笑也。不孝敬志。

奉政大夫吏部考功清吏司郎中颜君墓志铭①
朱彝尊

颜氏望曲阜，自路、回父子事孔子，孔子弟子受业身通者七十有七人，颜居其八。回虽夭，其子孙特蕃，由汉迄今，多以忠孝、文学著。路传六十六世曰胤绍，崇祯中，知河间府事，城破自焚。其子伯璟，乡人私谥"孝靖先生"，彝尊尝表其墓者也。伯璟娶朱氏镇国中尉某之女，兖州破日，为逻卒所驱，以刀劫之不前，及刃击臂，臂折，骂不已，乃杀之城下，历四日复活。

君朱出也，生崇祯十三年正月。甫三岁，亦陷乱军中，乳母孙抱之得出。九龄工行草书，十三娴诗赋，旋补四氏学生员，以副榜入国子监。康熙二年举乡试，六年成进士，除国史院中书舍人。会天子幸太学，加恩四氏子弟之仕于朝者，迁礼部仪制清吏司主事。奔父丧归。除服，补验封清吏司主事，加一级，历本司员外郎，迁验封司郎中，封奉政大夫。未几，转考功司郎中，充《一统志》纂修官。康熙二十五年九月晦，以疾卒，年止四十有七。

君长身广颡，早慧，好读书，折中群儒，言自出新义，其于《大学章句》持论尤断断。诗掩汉魏南北朝唐宋元明诸家之长，有集若干卷。又述《音正》《音变》《训蒙》《文释》《家训》若干卷。独不信浮屠、星命之说，尝云："躯体，犹炭也；神气，火也。火传于炭，然后能为功。顾其势渐消而不可止，则生气之鼓荡也。夫炭当风则易烬，扇之则立烬，置之密室覆以灰则后烬——要未有不烬者。然谓人可长生者，妄也。谓死有时，不可先不可后（者），亦妄也。"君子以为笃论。雅善鼓琴，精骑射、蹴鞠，旁通勾股诀。尤耽山水，西登太华，

---

① 载朱彝尊《曝书亭集》（卷七十五）。

循伊阙，南浮江淮，观涛钱塘，溯三衢。凡所游历，必命画手为图。得金石文，恒悬之屋壁。性孝友，勤于睦族。居乡，以礼让人；立朝，遇政事侃侃不阿。有一善，未尝自矜也。

君讳光敏，字逊甫，更字修来，别字乐圃。妻孔氏，封宜人。子肇雍，国子监生。女子四人，俱配士族。君卒之明年，肇雍以君之丧归，卜葬于曲阜。将发，叩彝尊之门，杖苴请铭。彝尊与君交二十年矣，君之葬铭，何敢辞！

系曰：

生乎陋巷之里，殁乎宣武之坊，葬乎侍郎之林，祭乎复圣之堂。年逾强仕，不为夭也。秩以大夫，不为小也。吾铭君藏，久而有考也。

授奉政大夫吏部考功司郎中颜公墓表

孔尚任

古之传人，当世多不之知。后读其遗书，无从析疑质难，乃有生不同时之憾。吾里修来先生，为予姻亲，予知其必为传人。考德问业，亲炙最久，予何幸也！公葬后二十三年，嗣君肇雍乞新城王大司寇士祯题公墓碑，又属任摭公家世素履，表于碑后。

按《颜氏家乘》，公为复圣颜子六十七世孙。祖母孟氏，封恭人。父讳伯璟，四氏廪生，累赠中宪大夫，乡谥"孝靖先生"。母朱氏，累封太淑人。中遭世变，忠孝节义萃于一门，详著《孝靖先生墓表》。公讳光敏，字逊甫，改字修来，别号乐圃。生于明崇祯十三年正月七日。甫三岁，兖州城陷，孙媪抱出乱军中，归龙湾祖居。全家完聚，盖天相也。公年九岁，学制艺，即不犹人。十三，工诗及行草书。顺治十一年甲午，公年十五，补弟子员，文冠其偶。又二年，食饩，受知学使宣城施闰章。次年丁酉科中副车，贡入成均。又六年，始举于乡，盖康熙二年癸卯科也。至丁未，会试成进士，除国史院中书舍人。历二载，己酉，今上幸太学，加恩圣贤子孙之任于朝者，迁礼部仪制清吏司主事。明年庚戌，充会试同考官，多得名士。未几，出榷龙江关税，以覃恩诰授奉直大夫。次年，奔父丧，哀毁成礼。三年服除，养病家居。又三年，壬戌，起补吏部验封清吏司主事，加一级，寻升本司员外郎，历本司郎中。丙寅，充《一统志》纂修官。秋八月，寝疾。九月三十日，卒于京邸，年止四十有七。

公身长广颡，眉宇英秀。早慧，言行异群儿。性纯孝，能养亲志。敬叔父，友昆弟，睦族笃亲，以礼居乡。喜交海内贤豪，立朝十五年，侃侃不阿。勤于政而达治体，僚友咸宗之。生平手不离帙，折中群传言，标新领异，其于《大学

553

章句》尤得奥旨。为古诗，逼汉魏；近体则含咀初唐，深入三昧。同社十子，推公盟主，如嘉隆之王、李也。有《乐圃集》行世。又述《音正》《音变》《文粹》《训蒙》《家诫》十余卷，皆有益小学者。独不信浮屠、星命言，著论排之。雅好鼓琴、围棋、投壶、弹弋、蹴鞠之技，得心应手，妙入神解。若勾股、律历世谓绝学者，咸畅其理，而试其艺，归于实用。性耽游览，未仕之先，服阙以后，纵意所之：浮长江，跻名岳，秦晋吴楚，都会之区，山水之薮，舟车涉历殆遍。随所赏识，必命好手图绘，以实行箧。得金石文字，坐卧悬观，至忘寝食。以故，书文诗法空绝古今。晚著《未信堂时艺》，退食之暇，一日一课。凡圣贤经义及世情时政，无不洞发题旨中。今读其作，真雨粟鬼哭之秘也。于戏！公已传矣！

公原配孔氏，封宜人。子一肇雍，国子监教习贡生，考授知县，娶黄氏，继娶孔氏。女四：一适监生孔兴焯；一适顺天廪生李昭；一适监生孔衍滋；一适江西上犹县知县孔毓廉。孙四：懋龄娶潘氏；懋侨聘孔氏；懋份聘予孙女；懋建聘朱氏。孙女二：一适诸生孔衍派；一适济南诸生朱昱。曾孙崇树，幼，未聘。于康熙二十六年丁卯，归葬古鲁城内远祖侍郎公林之左阡。秀水朱太史彝尊志其圹，多名言，世不易见，今二十七年矣。乡党之知公者，莫予若。予幸犹在，敢不表之！